新 诗 研 究 丛 书

洪子诚 主编

# 精神与金钱时代的
# 中国诗歌

## 从1980年代到21世纪初

〔荷兰〕柯雷（Maghiel van Crevel）著

张晓红 译

著作权合同登记号　图字：01-2014-3761

**图书在版编目（CIP）数据**

精神与金钱时代的中国诗歌：从1980年代到21世纪初／（荷）柯雷（Maghiel van Crevel）著，张晓红译．—北京：北京大学出版社，2017.1
（新诗研究丛书）
ISBN 978-7-301-27762-1

Ⅰ.①精…　Ⅱ.①柯…　②张…　Ⅲ.①诗歌研究—中国—当代　Ⅳ.①I207.22

中国版本图书馆CIP数据核字（2016）第276175号

©2011 by Koninklijke Brill NV, Leiden, The Netherlands. Koninklijke Brill NV incorporates the imprints Hotei, Martinus Nijhoff Publishers and Global Oriental. The Chinese version of 'Chinese Poetry in Times of Mind, Mayhem and Money' is published with the arrangement of Brill. 博睿学术出版社：http://www.brillchina.cn

| | |
|---|---|
| 书　　名 | 精神与金钱时代的中国诗歌——从1980年代到21世纪初<br>JINGSHEN YU JINQIAN SHIDAI DE ZHONGGUO SHIGE |
| 著作责任者 | （荷）柯雷（Maghiel van Crevel）　著　张晓红　译 |
| 责任编辑 | 张雅秋 |
| 标准书号 | ISBN 978-7-301-27762-1 |
| 出版发行 | 北京大学出版社 |
| 地　　址 | 北京市海淀区成府路205号　100871 |
| 网　　址 | http://www.pku.cn　新浪微博：@北京大学出版社 |
| 电子信箱 | pkuwsz@126.com |
| 电　　话 | 邮购部 62752015　发行部 62750672　编辑部 62767065 |
| 印 刷 者 | 北京中科印刷有限公司 |
| 经 销 者 | 新华书店 |
| | 965毫米×1300毫米　16开本　30印张　417千字<br>2017年1月第1版　2019年5月第2次印刷 |
| 定　　价 | 69.00元 |

未经许可，不得以任何方式复制或抄袭本书之部分或全部内容。
**版权所有，翻版必究**
举报电话：010-62752024　电子信箱：fd@pup.pku.edu.cn
图书如有印装质量问题，请与出版部联系，电话：010-62756370

# "新诗研究丛书"出版说明

推动中国新诗研究的深入开展，出版相关的有一定学术质量的研究成果，是北京大学中国新诗研究所的工作重点之一。为此，在北京大学出版社的支持下，拟定了组织出版"新诗研究丛书"的计划。丛书的选题主要是：

一、新诗理论研究；

二、新诗史，包括断代史、流派史、诗刊史等；

三、诗歌文本阅读和重要诗人研究；

四、新诗文化问题研究；

五、有价值的新诗研究资料；

六、其他。

北京大学中国新诗研究所
"新诗研究丛书"编委会

# 目　录

"新诗研究丛书"出版说明
中文版序 …………………………………………………………（1）
序　言 ……………………………………………………………（1）
第一章　中国先锋诗：文本、语境与元文本 …………………（1）
　第一节　回　顾 ………………………………………………（1）
　第二节　民间诗坛和先锋派 …………………………………（5）
　第三节　语境：精神、动荡和金钱的时代 …………………（12）
　第四节　文本：从"崇高"到"世俗"，从"什么"到
　　　　　"怎么" ……………………………………………（21）
　第五节　元文本：诗歌形象和诗人形象 ……………………（29）
　第六节　个案研究，以及本书的写作目的 …………………（50）
第二章　真实的怀疑：韩东 ……………………………………（63）
　第一节　拒绝朦胧诗 …………………………………………（65）
　第二节　一种原创的诗学观 …………………………………（77）
第三章　"死亡传记"和诗歌声音：海子 ……………………（92）
　第一节　"死亡传记" ………………………………………（96）
　第二节　诗歌声音 ……………………………………………（126）
第四章　精神高于物质，物质高于精神：西川 ………………（141）
　第一节　精神性与物质主义、野蛮人 ………………………（142）
　第二节　另一种诗歌声音：诗歌崛起，诗人跌落 …………（148）
　第三节　语词捕捉意象，意象捕捉语词 ……………………（169）
第五章　外围的诗歌，但不是散文：西川和于坚 ……………（176）
　第一节　奇妙含混的"诗歌"定义 …………………………（177）

第二节　《致敬》和《0档案》：诗歌还是散文？……（182）
　　第三节　外围的诗歌 ………………………………（198）
第六章　客观化和长短句：于坚 ………………………（200）
　　第一节　"客观化"和"主观化" …………………（204）
　　第二节　长句和空格 ………………………………（229）
第七章　叙事节奏、声音、意义：孙文波 ……………（236）
　　第一节　内容偏见 …………………………………（239）
　　第二节　《节目单》：内容与情节 …………………（243）
　　第三节　《节目单》：形式 …………………………（250）
　　第四节　叙事性及其语境 …………………………（258）
第八章　"下半身写作"：尹丽川和沈浩波 ……………（261）
　　第一节　"下半身"诗歌 …………………………（262）
　　第二节　诗学谱系 …………………………………（295）
第九章　非字面意义：西川的明确诗观 ………………（302）
　　第一节　自释、问题、炼金术 ……………………（304）
　　第二节　更大的画面 ………………………………（318）
第十章　去神圣化？韩东和于坚的明确诗观 …………（322）
　　第一节　韩东和于坚眼中的诗人形象 ……………（323）
　　第二节　元文本风格 ………………………………（351）
第十一章　为何这般折腾？
　　——"民间"与"知识分子"的论争 ……………（356）
　　第一节　大家在论争什么？ ………………………（357）
　　第二节　大家为什么论争？ ………………………（396）
第十二章　说起来，就不光是写作了：颜峻 …………（414）
　　第一节　三维表演 …………………………………（415）
　　第二节　写作、活动文化和诗歌的开放 …………（426）
引用文献 …………………………………………………（430）
致　　谢 …………………………………………………（471）

# 中 文 版 序

1986—1987年间,在留学北大时,我的学习经验有一部分发生在课外。比方说:我有幸跟北京诗人兼翻译家马高明合作编选了《荷兰现代诗选》。这是我把荷兰诗歌带到中国。后来几年里,我参加了鹿特丹国际诗歌节的工作,也在荷兰国内文学报刊上发表译作,这是我把中国诗歌带到荷兰。自从1991年开始读博士以来,我的这些文化追求又补充以学术研究,这是我把中国诗歌带到英语世界。把诗歌从这里"带"到那里,这个意象,绝对不是那么单纯,也并不总是非常清晰,或清白无暇的,无论是从最狭义的语言翻译来看,还是从最广义的文化转移来看。你"带"的东西一旦到达新的地方,就很可能再也不是离开老地方时的那个东西了——再说了,它也当然根本就没有离开老地方。无论如何,一谈到文化,就避不开这种动态存在。

我最初的研究动力源于对诗歌本身的兴趣,但未必是对于中国诗歌的兴趣。这种差异是可疑的(解构它也很好玩),但它至今继续在我的研究中起着作用。什么叫"诗歌本身"?又什么叫"中国诗歌"?不久后,我研究文本的欲望与对整个诗坛的一种着迷感觉结合在了一起。了解诗坛只有一个办法,也是相当愉快的办法,就是呆在中国国内,寻找诗歌文本,寻找关于诗歌的话语,寻找诗歌的发生地、它的活动、它的人。跟许多研究当代文化的学者一样,我除了学者以外还遇见了诗人、活动家、评论家、"一般读者"、出版人、文化官员等。置身于世界别处的一个大学里去研究中国当代诗歌,这很快就变成了不可思议的事情,无论我校的东亚图书馆多么好。网络改变了一切,但没有改变这一点。我需要常常待在这边。

也正是因为这样，能看到拙作的中文版出版，让我极其高兴。我无意于将不同民族或不同语言的文化产品的差异本质化，或作过于僵硬的分类研究，但鄙人再怎么投身于中国诗坛，也仍然是个外国人、外语人、局外人、旁观者——而雇佣这个外国人的那座外国学校在推广研究成果时用的主要语言为英语和荷兰语。因此，终于能够直接参与进关于中国当代诗歌的汉语话语，让我像是松了一口气，尤其因为我只有在许多中国人和中国机构的支持下，才有可能写这本书。同时，顺便一提的是，关于笔者"作为外国人"能（或不能）说些什么，关于读者作为"中国读者"又能读到（或读不到）什么，不能作任何决定论的设想。笔者是个活人，读者也是个活人。

此书英文版在 2008 年问世（可在线阅读和免费下载：http：//booksandjournals.brillonline.com/content/books/9789047442738）。过去的八年里，诗坛和国内外的学术研究并没有止步。这是话题的当代性带给我们的一个事实，也不一定需要太关心。只要此书与诗歌和属于诗歌的一切所提的问题能保持其相关性，就可以了。

北京大学的洪子诚教授和北京大学出版社的张雅秋博士一直大力支持中文版的出版，我向两位表示由衷的感谢。莱顿大学博士生吴锦华帮我输入校对了书中引用的诗歌和评论的中文原文，也再次向她表示由衷的感谢。

最后一点，也是最重要的一点：下面的故事已经不光是我的了，这也是深圳大学教授张晓红的书。感激不尽。

柯　雷

2016 年 8 月于莱顿

# 序　　言

　　我的困惑之一是，当我们说什么事物是"边缘的"时，是什么意思？或者更确切地说，当我们说中国诗歌是"边缘的"，是什么意思？这个问题暂且留待第一章及后面章节再做讨论。在此，我仅说明，"边缘"问题与一种可疑的机制有关，这种机制用数字衡量一切，它不仅被应用于诗歌，也被应用于诗歌研究；在这两个层面上，它都经常缺乏根据，且具有潜在的欺骗性。我知道，在中国研究和文学研究中，做诗歌研究的人要少于做政治研究或小说研究的人，但我不能确定的是，这除了在数量上决定了诗歌的边缘地位之外，到底还有什么其他意义？或者，这种数量上的边缘化是否是件坏事？况且，人人皆知给诗歌下定义是很难的，诗歌的"无用"也深受批评，但这两个问题从未危及公认的诗歌存在权利，或者危及作为一种基本的人性表现形式的诗歌存在事实，所以，诗歌研究总算是想方设法撑了下来，无论参与者的人数是多是寡。看起来，诗歌和诗歌研究显然都是值得的。鉴于此，也尤其考虑到中国诗歌作为一种动态的现代文明的表现，此文明又携带着体量庞大的文化传统，所以，看到中国诗歌研究继续吸引着中国及其他地方的新面孔，他们继续在自己迷恋的领域做出新的成果，真是一件幸事。这也是一件极有意义的事情，因为除了边缘性，中国先锋诗歌还有很多其他令人困惑之处，就像本书中将要显示的那样。

　　粗算起来，中国先锋诗歌的书面记录不过是中国诗歌存在总量的百分之一。尽管如此，20世纪70年代以来，先锋诗歌资料的数量之大，也足以让个体研究者感到手足无措；但对于外国研究者来说，研究资料并不总是唾手可得的。"现代中国文学与文化资料中心"

（MCLC Resource Center）在线发行了三个研究书目，即"中华人民共和国非官方诗歌期刊：一份研究笔记和加注参考书目"（Unofficial Poetry Journals from the People's Republic of China: A Research Note and an Annotated Bibliography, 2007）、"中华人民共和国先锋诗歌：单作者和多作者文集参考书目"（Avant-Garde Poetry from the People's Republic of China: A Bibliography of Single-Author and Multiple-Author Collections, 2008a），和"中华人民共和国先锋诗歌：中文学术和批评作品参考书目"（Avant-Garde Poetry from the People's Republic of China: A Bibliography of Scholarly and Critical Books in Chinese, 2008b）。笔者将这三个研究书目与本书一并呈献给读者，为的是给研究、教学和翻译打开方便之门。

企望本人的研究能对读者有所助益，有解惑之力。

柯雷，2008年2月

# 第一章 中国先锋诗:文本、语境与元文本

什么是当下的中国诗歌?在这里,我先简单回顾一下先锋诗歌产生之前的诗界境况,然后,考察20世纪70年代后期以来中国大陆诗坛的两大诗歌群体——民间诗坛和所谓的先锋派(avant-garde)。在后一部分,我先是追述先锋诗歌史上的一些重要时刻,并略述其语境,之后,再以四个文本为个案,具体分析当代诗歌文本的两个大致发展趋向,并考察诗歌文本和诗人身份(poethood)的元文本意象(metatextual images)。最后,阐明本书的写作意图。

文本,在这里指诗歌文本,包括书面文本和口头诵读文本。语境(context),指诗歌存在于其中的社会、政治和文化环境。元文本(metatext),指关于诗歌的话语。

## 第一节 回 顾

持续2500多年不曾间断的诗歌传统,让中国引以为傲。中国早期的诗歌文本见于《诗经》和《楚辞》,《楚辞》的作者之一是中国的源头性诗人屈原。《诗经》和《楚辞》至今依然深受中外读者的喜爱,李白、杜甫、李商隐、苏轼和李清照等唐宋名家的作品也依然广为传诵。这些诗人生活的时代跨越了数个世纪,大约比现代时期早一千年,其作品是公认的中国文学巅峰之作,象征着整个中国文化的精华。唐宋诗歌堪称不朽的经典,但唐代之前、宋代之后,也有大量的优秀诗歌问世。

中国古典诗歌有各种各样成熟精炼、音乐性极强的风格形式,山河壮美、王朝更迭、帝国兴衰、朝臣苦谏等是其经典主题。一些表现情

爱思恋之苦的诗歌,会被习惯性地阐释为统治者对臣仆之耿耿忠心的漠视,这表明中国诗歌和政治之间有久远的、错综复杂的关系;诗人和政治家、诗歌读者和诗歌作者也为这种阐释惯性推波助澜。在中国诗界,作者往往也就是读者,诗人和政治家常常合而为一。一千多年前的南唐末代皇帝李煜即为一例,毛泽东则是我们这个时代的另一例。

与世界各地相比,鉴于中国文化中政府和文学之间的本体性联系,这样的身份巧合并非偶然。根据中国人传统的世界观,政府和文学的存在均是"道"这种宇宙原则的体现。"道"决定万物秩序,从自然界的季节更替到社会中的人伦关系。依据中国传统文艺观,文学的功能在于"载道",例如,歌颂统治者的美德、规劝昏君向善。"文以载道"的文学观念和"诗言志"并不相悖。这里,"志"不是指个体感受,也甚少指意乱情迷,而是指特定情境中某种得当自适的精神状态;这样的精神状态,会让文学创作者的言行举止符合儒家的社会道德规范,亦即符合人们想象中的为官之道。这就说明了,中国古代的科举考试,为何致力于考察那些求功名的士子们的诗词功底;也同样说明了,为什么在中国传统中,一个人的诗词功底能够得到客观评价。如宇文所安(Stephen Owen)所言,读诗即为阅人(reading the poem is reading the poet)。①

尽管学界有人认为没必要,但我们还是常常把中国诗歌分为古诗和现代诗两部分。两者体量悬殊很大。古诗有近三千年的历史,而现代诗的历史只有一百年。从今之后的百年或千年,是否还可以被称为现代,这个问题无需多虑,毕竟这只是遥想,而且人们的记忆有其限度;但是,在过去的一百年左右,中国诗歌已经横越了好几个分水岭,却是一个不争的事实。它从一种语言转向另一种语言,从相对的自我封闭转向与外国文化积极互动,从与政治及社会的纠缠不清转向喜忧

---

① "文以载道"英译为 literature to convey the Way。宇文所安把"诗言志"译成"poetry articulates what is on the mind intently",张隆溪把它译成"poetry verbalizes emotion"。Owen 1992:26-28;Zhang Longxi 1992:133;Owen 1979:232-234.

参半的独立自主,或者,像一些人认为的那样,被边缘化了。

1911年,清王朝崩溃,随后中华民国宣告成立。1917年,胡适和陈独秀等人在《新青年》杂志上掀起了一场名垂青史的文学革命,他们的目标是用白话文取代文言文,在此之前,文言文一直是高雅文学的专用语体。文言文和白话文的差别不仅仅是语域不同,它们简直是泾渭分明的两种语言,一如拉丁语和当今的法语之大相径庭。顺便说一下,虽然白话文学具有现代性特征,但是,在文学革命发生之后的头几十年中,白话文学文本其实依然保留着浓厚的文言文痕迹,也吸收了大量的外来新词。所谓新诗,就是以自由体和中外各种现代诗歌文体,取代历史悠久的旧体诗;当时的新诗提倡者认为,旧体诗在形式上过于僵化刻板,在内容上过于阳春白雪,妨碍了现代文学的发展,也间接地阻碍了现代社会的发展。白话文学革命的动力来自当时知识分子对社会现状的焦虑之情,并非只是单纯的美学追求,所以"文以载道"之"道"一直是文学革命的关注所在。问题的关键在于:既然诗歌不再有进仕加爵之用,中国诗人自然也就逐渐失去了他们原先不言自明的社会地位。正如汉乐逸(Lloyd Haft)和奚密等学者所指出的那样,中国诗人从那时开始面对一种身份危机和文学创作的合法性问题,被迫重新思考为何写、怎样写、写什么以及为谁写等问题;这样的危机一直延续至今。①

虽然说在现代早期,中国文学和政治的关系变得动荡不稳,但人们在文学的基本功能方面的共识,并没有受到质疑或排斥。到1940年代,由于各种因素,其中也包括外来影响,中国文学界产生了一系列实验性文学文本;那些年里,关于新诗及诗歌的社会责任问题,在文学界引发了一系列激烈论争。在中国,1940年代及之前产生的那些诗作,至今依然在不断重印,并被翻译成多种语言。这些诗人有郭沫若、闻一多、徐志摩、冰心、李金发、卞之琳、何其芳、冯至、戴望舒、艾青、臧

---

① Haft 1989,导言;Yeh 1991a,第1章。

克家、田间、郑敏、陈敬容等。论争发生时,正值国难当头,新诗倡导者们面临着帝国主义入侵、国内局势举步维艰等困境,因此,这场论争对于主张"为艺术而艺术"、认为艺术有权与政治斗争、社会现实相疏离的一方来说,是必败之战。也许"疏离"和"斗争"这两个比喻性的说法有失偏颇,但难以否认的是,这两个词语很适用于20世纪上半叶这个特殊的文学史阶段。

如同历代中国领袖一样,毛泽东也高度重视文学的政治功用。在1942年的《在延安文艺座谈会上的讲话》中,他向共产党统治区内的写作者明确指出,文学要为政治服务。① 这意味着,文学的多样性,比如所谓的个人主义文学和人道主义文学,受到抑制。同时,也要求作家们多创作以表现抗日战争和反对国民党为主题的作品。这些文艺政策本来是特定的战时环境的产物,但是,在1949年以后的几十年里,仍继续发挥效力。1949年之后,国民党政府退守台湾,香港仍然处在英国的殖民统治之下,台港两地的文学界与大陆文学界渐行渐远,逐渐发展出了自己的文学史。

在中国大陆,1949年之后,文艺的生产、出版、流通、批评和学术研究活动都开始在官方领导下进行,且作为一种意识形态工具被体制化,形成了从国家到地方的各级官方机构,比如作家协会。社会主义现实主义,以及后来提倡的革命现实主义与革命浪漫主义的结合,成为占主导地位的诗学观念。其结果是,政治抒情诗成为诗歌界的主流。官方对文学的影响逐渐渗透到遣词造句等具体的文体层面。

20世纪50年代和60年代初,虽然能够公开出版或发表的文学文本内容单调、故事结局无悬念可言,充斥着红旗飘飘、勇斗恶霸地主、大炼钢铁等情节,但在中国大陆,文学作品的出版和发表仍然在规范之中。民国时期的中国文学本已表现出明显的世界性特征,对外来影响也持开放态度;国民党退守台湾以后,台湾地区的文学继承了民国

---

① McDougall 1980;Denton 2003.

时期文学的这一传统。在这方面,大陆文学与台湾文学之间出现了极大差异。五六十年代,中国大陆并未停止出版翻译作品,但是对译作的挑选,越来越取决于原作者的政治立场和国别;"文革"爆发之后,中国的文学活动实际上陷入了停滞。①

## 第二节 民间诗坛和先锋派

"文革"中,对意识形态的管控更超极端。在"知识越多越反动"的社会潮流中,中小学和大学纷纷停课,城市里的高中生和大学生作为"知识青年"被送去"上山下乡"。在这场历史巨变中,由于红卫兵有机会获得公共图书馆和私人的"布尔乔亚"藏书,他们中的很多人因此接触到了外国文学译作。通过这个途径,他们见到了许多正常情况下难得一见的文本。这些文本都是旧的出版物,或是只有高级干部才能接触到的"内部读物",比如波德莱尔、卡夫卡、阿赫玛托娃、茨维塔耶娃、凯鲁亚克、塞林格、索尔仁尼琴的作品。"十年动乱"的社会环境、对当时主流文化的疏离、外国文学的启发、个人才华及努力探索,这些因素加在一起,让知识青年逐渐建立起多个非正式的、秘密的读书及写作小圈子,这成为本书所研究的诗歌诞生的摇篮。②

中国民间(unofficial)诗坛发源于"文革"中的"地下"(underground)文学。文学史和文学事件表明,当今中国算得上重要的那些诗人,最初几乎个个都是首先在民间诗坛发表诗作和发出自己的声音的,而不是在正式出版物上发表作品(后者在英语中也被称为"orthodox"或"establishment")。同样令人瞩目的是,多数成功的当代诗人都同意把自己的诗歌称为"先锋诗歌",虽然"先锋"这个概念在其他很多国家、民族、语言的文学史中都被看成是一个很狭窄的范畴。因此,

---

① Yang Lan 表示,新小说生产并未完全告停,但他的研究恰恰确证了文学生产的大面积停滞。参见 Hsu 1975。

② van Crevel 1996,第 2 章;van Crevel 2007;宋永毅,1997 年;Song Yongyi 2007。

我们应该深入考察一下在中国国内批评话语中,"民间诗坛"和"先锋诗歌"这两个概念。我曾在其他文章中,对这两个概念进行过深入分析:二者在含义上有交叉重叠,都既体现了诗歌写作的美学追求,也带有体制(institutional)特征,往往不太容易区分。① 在此,我首先分析它们的基本含义。当说"民间诗坛"时,我们是在讨论这些诗歌的体制特征;当说"先锋诗歌"时,我们是在讨论这些诗歌的美学特征。

诗坛(poetry scene),指的是诗人、诗歌文本及其存在环境,包括批评家和一般读者。当代诗坛作为一个整体来说,内部千差万别。一个诗人,他/她对于自己是属于主流诗坛,还是民间/非主流诗坛,或是其他更小的、依据地域、性别、风格、媒介等划分的不同群体,其归属感,有的很强,有的极弱,差别之大,一如有的人高调组织活动,称门称派,有的人却拒绝加入任何群体,坚持个体独立。

### 非官方诗坛

从体制的角度来看,民间诗坛是当代诗歌自主运作的一部分,独立于国家正规出版业之外。地下文学萌芽于"文革"期间,1978 年 12 月《今天》杂志在北京公开发行,民间诗坛开始转入地上。②《今天》的作者包括北岛、芒克、舒婷、顾城、杨炼、多多等一群闪亮的名字,③他们走出了"文革"文学的局限。20 世纪 80 年代初以降,国家逐渐放松了对文艺的监管,非主流文学扩展到南京、上海、杭州、成都、昆明、哈尔滨、广州等大城市,有兴趣的人都可以接触到非主流诗歌。出于自我保护的需要,这些作品常常自称只是"内部交流",这一说法是对官方用语的灵活挪用,事实当然并非如此。民间出版物无意限定自己的读者群,反倒是盼着读者越多越好,哪怕是多到没边儿。非主流诗坛依靠诗人和批评家组成的高效的非正式网络,推出了一系列刊物(其

---

① van Crevel 2007.
② "文革"之后人们继续使用"地下"的说法,但不再含积极躲避当局之意。
③ 杨炼和多多当时分别自称为飞沙和白夜。

中有些只出了一期即告终)、个人诗集或诗歌合集,从粗制滥造到光鲜夺目,从纸质版到电子版,应有尽有。他们也组织诗歌朗诵会等文学活动,并与戏剧、音乐等其他艺术形式展开合作。

在世界各地,英文"publication"一词,作为一个体制性机构的概念,主要依赖获得官方认可的专业群体或个人的正式参与,比如出版社和书评人。然而,当我们谈及中国大陆非主流诗坛或文坛时,考虑到在那个环境里,作家和政界所持的观点经常彼此冲突,并且政界有权力介入、干涉文学创作,我们就应该从最宽泛的意义上来理解"publication"。在这种情形下,"publication"可能仅仅是指,一个文本走出了与作者关系紧密的某个读者小圈子,被更多人所知。"发表"和"出版"两个中文语词之间的不同,可以说明问题(参照两个德语词"veröffentlichen"和"herausgeben",前者意为"发表",后者意为"出版",由此可见英语中的"publish""publication"含义模糊)。并非所有公开发表的文本都是正式出版物。虽然直到20世纪80年代末,在正式出版的书籍或杂志上依然很少出现"非主流诗歌"文本,但从广义上来说,"非主流诗歌"绝对也是"publications"。

非主流诗坛的一个重要特征是不太接受主流文化政策的约束。自1978年改革开放以来,官方已经相当明显地放宽了相关政策,虽然在放宽过程中有反复和间歇。这就引出了一个话题:既然当代诗歌已经在正统之外获得了比原来大得多的存在空间,只要不是明确表达政治异见的文本,都已不在禁止之列,那么,民间诗坛为何还有存在的必要呢?话虽如此,民间诗坛的存在自有其意义所在。其一,政治约束虽起伏不定,但一直存在。参与到民间诗坛的很多诗人,都受过良好教育,也有着良好的社会关系,生活无忧;虽然从冷战思维出发,把诗坛看作上演艺术游击战的剧场,是不准确的,但也并不是说在这个领域诗人们就可以为所欲为。这么说的证据之一是,在80年代末之后,官方也加强了对文化界的管理。当时,为了保护诗歌的生存空间,全国的民间诗坛都联合了起来。

总的来说,我们有充分的理由质疑白杰明(Geremie Barmé)在这个问题上的观点。他在一本研究当代中国文化的著作——一本令人佩服、但略有些愤世嫉俗的著作——中指出,非主流诗歌只有在"国家制造的背景"中,或与"国家文艺"相比对时,才显现其存在价值。而所谓国家文艺,它的存在价值只在自己的那种话语范围内被认可。凭借这个条件,非主流诗歌有了一个生机勃勃的发展氛围,这对于作为个体的诗人,和整个诗坛的发展,大有助益。这一点,在相关的文学史著述,和这些诗歌所产生的国内外影响方面,表现明显。就此而论,吕周聚和罗振亚把非主流诗歌视作亚文化,是值得商榷的。①

当然,文学史的撰写总会受到某些特定利益集团的主导,难以客观均衡。现代时期对大众文学的压抑即为明显一例。当时,在晚清和民国初年发展起来的五四和新文学范式,由于近乎垄断地占据着"现代"话语权,对大众文学造成了明显的压抑局面。这种境况,要到20世纪80年代之后,才受到严肃质疑。然而,在20世纪初期,文学革命被认为是建立现代民族国家这一宏大事业的一部分,这个事实,让支持文学革命的一方,有了主导构造文学史的机会。但是对于当代先锋诗来说,情况绝非如此。

## 先锋诗歌

"文革"之后,在先锋诗歌的名目之下,其实是一个文本大杂烩。在这个特定的社会文化语境内,先锋诗歌之被命名为"先锋诗歌",其实与现代西方文学、民国时期的文学、社会主义现实主义文学和中国台湾地区的文学,以及最广泛意义上的现代主义,都没有关系。当然,我们可以探究先锋诗歌和 80 年代末 90 年代初的先锋小说在内容上的交合之处,比如这两个文类对社会变革都作出了自己的反应,但实

---

① 相关论点,见 Barmé 1999,第 2 章及第 206 页。孔书玉的研究表明了"第二渠道"出版业的重要性,见 Kong 2005,第 3 章;参见 Yeh 2007a:30。

际上,诗歌和小说彼此之间几乎互无影响,各自运行,泾渭分明。或许,将先锋文学与当代中国其他的先锋艺术形式放在一起比较会更有意义,但这不在本书的研究范围之内。①

尤其在早些年里,"先锋诗学"这个概念是被从其反面来定义的(negatively defined),指的是抛弃、排斥正统文学作品中的主题、意象、诗歌形式和语域。然而,自80年代中期以降,在中国及其他地方的读者看来,②最初也曾被称为"实验诗歌"和"探索诗歌"的先锋诗歌,已经门类众多、精彩纷呈;相比之下,正统诗歌黯然失色。对于诗歌研究者而言,对倾向不一的各种当代诗潮的研究,已经不是指对作为正统诗歌之"他者"的诗歌现象的研究,而是这些诗潮已经成为独立自足的研究对象,正统诗歌被冷落一旁。③ 进而言之,"正统诗歌"这个概念反而逐渐显得负面了,因为它不能容纳与文学现代性相关联的个性、原创、异质的文学用语、文学意象和世界观等元素。

打个老套的比方,对事物从正面去观察,会更清晰明白些,比如说"蓝色是晴空的颜色",而不说"蓝色不是血的颜色"。迄今为止,先锋诗歌已有四十年的历史,事实上已经足够让我们对它做一个客观全面的观察:第一,在当下中国,相比于在其他时代或其他地域,我称之为"崇高"(elevated)和"世俗"(earthly)的这两种相互对立的美学范畴,彼此关联从未如此之深。这一点体现在诗歌文本中,也体现在诗人的身份形象和诗人的明确诗观(explicit poetics)④中,先锋诗人"制造"了大量的明确诗观。第二,先锋诗歌文本充满了独特晦涩的隐喻,尤其在具有"崇高"美学特征的那些文本当中。第三,先锋诗人已经写出了很多长诗,虽然风格不同。

---

① 参见 Huot 2000,第5章。
② 参见 He Yuhai 1992,第7章;Zhang Xudong 1997:123 and Lovell 2006:162。
③ 参见胡续冬,2005年。
④ "明确诗观"是本书作者使用的一个重要概念,意为某一诗人在诗歌文本或非诗歌文本中明确陈述的诗学观念。该词在后文还将多次出现。——译者注

**美学与体制,非主流与主流**

据世界各地先锋运动的践行者和研究者观察,美学与体制之间的关系即使不能说是问题重重,至少也是错综复杂的。中国也不例外。虽然在表面上,从多人诗歌合集、文学史和批评调查性著作的标题、新书广告推介等文字来看,"先锋"这个概念经常是在美学范畴内而非体制范畴内被使用,①但是,细究之下会发现,由于"先锋"概念下容纳着各种各样、千差万别的诗学观念,所以它本质上同时必然是体制性的概念。同样,"非主流"也是一个模棱两可的术语,因为除了其体制性内涵,它还指涉美学问题。这种模糊性,被诗人和学者巧妙地用到了关于先锋诗歌的辩论中,尤其是在1998—2000年的一次长久的论争中。笼统地讲,用皮埃尔·布迪厄(Pierre Bourdieu)的话来说就是,不同的利益群体,都在利用先锋诗歌定位的模糊性来为自己争取象征资本。② 大多数先锋诗人,都不乐意让别人觉得自己的作品有主流文学的美学特征,因为这意味着他的作品在主题或其他方面显现出了主流色彩。然而,除了通过民间渠道发表作品外,几乎每个先锋诗人也都希望能在体制内的正式出版物上发表作品。所谓正式出版物,是指经过正式登记、版权页上标有图书馆在版编目数据和定价等信息的出版物。换句话说,大多数先锋诗人,都希望自己既能够在体制内的正式报刊上发表作品,也能够获得作家协会会员之类的资格,同时还由于自己作品的美学特征,而被认为是非主流诗人。

于坚和西川的作品在本书中占有很大比重,两位也就是上文所说的那样的作者。自90年代以降,两人都被推举为中国诗界的领军人物,获得了国际声誉。在作品文本的美学特征上,两人都出身于非主流,通过非主流渠道形成和发展自己的职业道路,同时又都在国内主

---

① 例如:李丽中等,1990年;吕周聚,2001年。
② Bourdieu 1993,第1章。

要的出版社出版了诗集。另外,于坚身为云南文学艺术界联合会主办的杂志《云南文艺评论》的编辑,与其作为非主流诗人的身份并行不悖。西川执教于北京的中央美术学院,2002 年,他获得了具有明显官方色彩、四年一度的鲁迅文学奖,是当时的五名获奖诗人之一;于坚则是 2007 年度鲁迅文学奖的获奖者之一。虽然主流的美学标准仍然反映着意识形态极强的文学观念,但是,这两位诗人在职业上的体制内身份,应该并不影响读者对他们的人品的评价。相反,于坚和西川的文学创作可能会让人产生一个疑问,就是,这是否证明非主流诗坛正在改变主流诗坛呢?

中国社会正处于快速变革中,作为这种变革的一部分,中国的文化生活越来越呈现出多元特征。这种多元性和上文所说的模糊性表明,尽管美学上的鸿沟继续分隔着主流诗坛和非主流诗坛,但它们在体制上的差异已经变得含糊不清。早年水火不容、有你无我的敌意,发展至 1980 年代中期,已经所剩无几。根据江克平(John Crespi)和殷海洁(Heather Inwood)的观察,这两个诗坛如今共存于平行的世界中,中间地带有待进一步探索。① 主流诗坛和非主流诗坛偶尔也会打个照面,有所互动,虽然这样的互动很少得到明确认可。比如,体制内的正式出版物,偶尔会在美学取向上完全等同于非正式出版物。事实上,一些正式出版物已经被"下海"做生意、成为书商、但从他们作品文本的美学特征上看依旧算是非主流的诗人承包并负责发行。虽然这些书刊通常都有正式书号或刊号,但早就不意味着它们与主流美学有任何性质的兼容。②

主流和先锋、正式和非正式/地下等的区别,也同样适用于中国其他文艺门类和媒介,如剧场表演、音乐、电影、绘画、雕塑等。其运作方式跟诗界相似或相同,都经历过从水火不容到偶有互动这个过程。中

---

① Crespi 2005;Inwood 2008。
② 关于主流和非主流诗歌及其他艺术圈子的交互作用,见 Edmond 2006 and Liu (Melinda)2004。关于书籍经纪人,又称"书籍中介"和"书商",见 Kong 2005,第 3 章。

国社会在过去三十年间发生了巨大变化,这样的变化至今依然在持续中,作为中国社会文化生活的一部分,主流和先锋、正式和非正式/地下等的差异,也绝非静止不变。这些现象,反映了目前正在进行中的多种力量的发展状态:从主流意识形态和文化政策,到个体原创,再到文化市场、本土及全球的地域政治。

## 第三节 语境:精神、动荡和金钱的时代

让我们先花一点儿时间回溯文本、语境与元文本这三个概念。首先,从文本到语境再到元文本,大体上是我这些年里诗歌研究之兴趣的发展过程,但是,在本书当中,我无意按照这样的顺序来展开论述。比如,本章是把关于"语境"的那一部分内容放在前面,关于"文本"和"元文本"的内容放在后面。而从全书范围来看,本章主要探讨"语境"及"元文本"问题,关于"文本"的个案研究会在本书后面的章节中展开。再者,文本+语境+元文本是务实灵活的三位一体,而非三足鼎立。我无意切断这三个概念之间的联系,因为在这样一个研究中,它们在多数情况下彼此互动,相互间的边界也模糊不清,甚至有时呈现出来的边界是有欺骗性的。在这个问题上,西川的明确诗观可为一例。许多时候,文本也是语境和元文本,语境和元文本经常交叉重叠,类似的现象不一而足。文本、语境和元文本是各自自足的范畴,不能变更,不可互换,但有时也会随着论者观察问题角度的调整而有所机动。

本节的小标题"精神、动荡和金钱的时代",旨在概述从20世纪70年代末至今,中国当代的社会、政治、文化等诗歌语境方面的巨变,这一时段常被简称为"80年代""90年代"。这种代际划分不仅适用于诗歌领域,也适用于更大的思想文化领域。在具体写作中,我偶尔会使用"八十年代"或"九十年代"(多见于"九十年代诗歌")这样的写法——这种情况我们将遇到几回——以区别于用阿拉伯数字写的

80年代和90年代,后者表示的是中性的时间概念。

"精神"一词,指从改革开放到1989年这一期间乐观向上的社会及文化氛围。那些年里,文艺逐步摆脱了作为政治附庸的地位。整个社会的精神文化生活蓬勃发展,涌动着"文化热"。诗歌极受追捧,整个诗坛非常活跃,诗人们热情豪放、大展身手,各种期刊、诗集、社团、口号、主义、事件层出不穷。

"动荡"一词,指的是80年代末期发生的事件及其余波。1989年之后,诗坛的整体情绪,从汹涌澎湃的、集体主义的80年代,过渡到了后来私人的、冷静的、质疑的,有时甚至是怀疑的状态。特别是1992年邓小平南方考察,提出要把发展经济作为国家目标以后,整个社会开始转向,80年代那种热烈的精神生活氛围消失,一大批知识分子发生精神转向。进入90年代后,很多诗人停止了诗歌创作。

"金钱"一词,在这里,指称的是90年代以及21世纪初的中国社会状况。这一时期,一如经济学家何清涟警醒地看到的,"拜金主义"达到了空前的高度。① 随着市场化、商品化、商业化或者说金钱化——这个名词能说明,金钱极大地占据着人们的日常经验——席卷了社会生活的方方面面,包括各种精英文艺活动,诗歌也开始在消费、娱乐、媒体/新媒体和流行文化之间随波逐流。

**先锋诗歌史片段**

在本书中,对中国当代诗歌之存在语境的考察,有三点贯穿始终。第一,政治环境逐渐宽松;曾经,对诗人写什么、怎么写,都有严格的指导约束,如今则可以较为自由地表达。第二,高雅和通俗文化以及其他各种消费性娱乐方式势不可挡,与曾经在80年代领一时风骚的诗歌形成了竞争关系,在这样一个极度商业化的社会氛围中,诗歌不得不重新进行自我定位。第三,中国诗歌和外国文学,尤其是和内涵向

---

① 引自 Liu Binyan & Link 1998:22。

来都非常宽泛的"西方"文学的关系,已有很大变化;80年代早期,中国在引进"西方"文学的过程中,"拿来"多于"批判",如今,则对源文化和目标文化皆多质疑;随着全球化时代的到来,中国开始重估自己的文化身份,诗界及批评界也参与了这个过程。

  以上所言,就是先锋诗歌的发展背景。先锋诗歌是一个"当下"的、我们正经历着的时代中的事物,研究对象的近距离,以及它正在发展中的状态,是研究中所要面对的难题,但是,在这里,我绝对无意向读者提供一份完整的先锋诗歌通史。只是,如果我们以"文革"早期产生的地下诗歌为发端,追溯一下四十年来先锋诗歌史上的某些重要时刻,或许会有所裨益。①

  60年代后期,诗界出现了黄翔和郭路生这两位先锋诗歌先驱,后者自70年代中期以来以笔名"食指"为人熟知。虽然这两人的作品都不能称作美学意义上的先锋诗歌,但他们把表达现实关怀的能力——在传统中国诗学中,这也是诗歌的权利——归还给了诗歌,让诗歌不再仅仅是政治意识形态的传声筒,开始发出个体的声音。黄翔的作品主要发表在杂志《启蒙》上。该杂志于1978年10月创刊,比《今天》早两个月。《启蒙》更有政治情怀,也更短命,文学影响力远不如《今天》那样大。郭路生诗歌的影响尤其深远,当时在知识青年中广为流传,被认为是早期先锋诗人的灵感源泉。②

  中国当代著名诗人北岛,即是受到郭路生影响的一个例子。他曾经回忆过郭路生诗歌是如何启发了他,促使他在70年代初开始了创

---

① 许多著作和期刊文章针对先锋诗歌及其地下历史展开了历史和批评调查,其中一些例子包括:徐敬亚,1989年;吴开晋,1991年;Yeh 1992b and 2007a;王光明,1993年;杨健,1993年;van Crevel 1996,第2—3章;廖亦武,1999年;陈仲义,2000年;李新宇,2000年;洪子诚,2001年,第142—205页;吕周聚,2001年;常立、卢寿荣,2002年;Lovell 2002;向卫国,2002年;程光炜,2003年;王家平,2004年;洪子诚、刘登翰,2005年;Tao,2006年;李润霞,2008年。

② 关于黄翔,见 Emerson 2001 及 2004;李润霞,2004年;关于郭路生(食指),见 van Crevel 1996,第2章;廖亦武,1999年,第2章。

作。70 年代末,进入主流发表渠道之前,以芒克、画家黄锐和北岛为中坚力量的《今天》成为先锋诗歌的发源地和早期所谓朦胧诗的阵地。《今天》上的诗歌,包含着中国现代诗诞生以来的悲剧英雄式的诗人形象、屈原传统及其现代转型,以及欧洲浪漫主义鼎盛期的诗学或艺术观念。[①] 早期朦胧诗具有以下特征:语调夸张、隐喻奇异怪诞且常常个人色彩很强,以人道主义方式表达对"文革"的控诉和反抗。不仅正统批评家觉得朦胧诗中的隐喻确实"朦胧",一般读者也同样看不懂。朦胧诗的出现,引发了一场旷日持久的争论,这表明,诗歌、文学评论和文学研究都不再只是文化政策的传声筒。在 1983—1984 年间的"清除精神污染运动"中,朦胧诗和同情朦胧诗的声音成为被批判的对象,这是正统思想对高涨的西方"现代主义"大潮的一次打击。[②]

"清除精神污染运动"之后,诗歌创新依旧持续,局势变得明朗起来:先锋诗人群体不再是一个统一阵线,地方诗人不再接受以北京《今天》诗人群为核心的单一地理中心霸权。80 年代中期以降,民间刊物如雨后春笋般在全国涌现,新的诗学主张纷纷面世,有的明确提出要和已成"前辈"的朦胧诗人划清界限。朦胧诗曾因大胆的艺术创新而受到追捧,如今在日新月异的文学风景线上,却逐渐因其天真的乌托邦主义、观念和文体日益陈旧,或与正统文学不谋而合,而受到抨击。

新的诗歌潮流很多,在此举几个突出的例子。与南京《他们》杂志相关的所谓"口语诗",以语言低调节制、平实无华而为人熟知。韩东是"口语诗"的主要代表,《他们》还有来自全国各地的其他撰稿人。成都的"莽汉派"主要诗人有万夏和李亚伟,他们热衷于打破社会和

---

[①] Yeh 1991,第 2 章;Schneider 1980。

[②] 关于《今天》和朦胧诗的评论多如牛毛,见 Soong & Minford 1984;田志伟,1987 年;姚家华,1989 年;He Yuhuai 1992,第 7 章;庄柔玉,1993 年;Patton 1994,第 1 章;陈仲义,1996 年;van Crevel 1996,第 2 章及 2007;廖亦武,1999 年,第 5、6 章;刘禾,2001 年。关于"清除精神污染运动"以及作为攻击靶子之一的诗歌,见 Pollard 1985;Larson 1989;He Yuhuai 1992,第 6 章;关于一些原文资料,见《诗刊》1983 年第 12 期,第 31 页之后。

教育禁忌。"女性诗歌"及随之而生的相关批评话语,以来自成都的翟永明为杰出代表。"寻根派"也主要活动在成都;他们主张复兴文化之源,标榜"整体主义",其诗作主要见于《汉诗》杂志,主要诗人有石光华、宋渠和宋炜兄弟等。喧闹一时的"非非派"同样来自四川,这个群体既古板又轻狂,代表诗人有周伦佑、杨黎等。来自上海的喜欢自我嘲弄的"撒娇派",核心人物是默默和京不特。"知识分子诗歌写作"以《倾向》为阵地,代表诗人有北京的西川和海子,上海的陈东东。以上所列,都是出现于1984—1988年间的诗人群体,除了这些,当时及后来还产生了其他许许多多诗歌潮流。北京、上海、南京、杭州,尤其四川,都是当时诗歌活动很活跃的中心。但是,先锋诗歌持续发展,思潮涌溢,活动范围早已超出了这些地方。①

或许由于朦胧诗的影响力实在巨大,而且对"文革"之后的所有诗歌都有开创之功,也或许,从代际概念出发,可以简洁概括当代诗潮的发展状况,所以,文学史倾向于将上文所说的80年代中后期至90年代初期的各种诗潮统称为"第三代"("文革"之前的诗人为第一代,朦胧诗为第二代),也称为"新生代"或者"后朦胧诗",即使这些诗潮内部彼此大相径庭、互难兼容。这个命名太过宽泛笼统,除了对先锋诗歌发展过程做了时间上的划分以外,了无意义可言。后来出现的"第四代""中间代""70后""80后"等命名,与此类似,也是各路人等积极宣传或"炒作",促使某个群体进入批评视野及文学史的手段。② 尽管如此,关于80年代先锋诗歌,我们仍可概括两点:第一,迸发出了多样性,样态堪称丰富。第二,诗坛上开始出现"崇高"和"世俗"的对立,这最终发展成为先锋文学的醒目特征之一。

---

① 关于"口语诗",见陈仲义,2000年,第10章;洪子诚、刘登翰,2005年,第216—221页;关于"莽汉诗",见 Day 2005a,第4章;关于"女性诗歌",见 Jeanne Hong Zhang 2004;关于"整体主义",见 Day 2005a,第9章;关于"非非",见 Day 2005a,第10章;关于"撒娇派",见京不特,1998年;关于"倾向",见陈东东,1995年。

② 见龚静染、聂作平,2000年;安琪、远村、黄礼孩,2004年;2002年之后的民刊《80后诗选》。

1986年,徐敬亚组织了声势浩大的"中国诗坛1986'现代诗群体大展";1988年,厚厚的诗展选集《中国现代主义诗群大观1986—1988》跟进出版;连同其他证据一起,足以证明80年代先锋诗歌的丰富多样。关于"崇高"和"世俗"的对立,80年代后期的诗界,就已经有了("崇高的")自称是"知识分子写作"的潮流。另外,用奚密的话来说就是,当时出现了"诗歌崇拜"(cult of poetry)现象,它有朦胧诗式的悲剧英雄主义成分,但不像朦胧诗那样半政治化,而是有了半宗教色彩。另一方面,是诗歌的"反崇拜",是("世俗的")口语化和通俗化的诗歌潮流;这两种潮流针锋相对。对于双方来说,诗人身份至少与他们所创作的诗歌文本同样重要,也可能,诗人身份比诗歌文本更重要。朦胧诗之后,"崇高派"和"世俗派"的对立,从"第三代"概念与"世俗派"、"后朦胧诗"概念与"崇高派"之间的广泛关联上,也有所显现。①

80年代末期之后,原先就已存在的在国外进行诗歌写作的中国诗人群迅速壮大,诗人们各自及彼此之间的身份认同感急剧增强。中国诗人离开中国后的写作,在国际上开始得到关注;例如,杨炼、北岛和多多等人发现自己在国外突然得到了很高的认可,在国际媒体上频频露面。由于离开国土的诗人们所创作的诗歌意义重大,所以本章在讨论中国先锋诗歌时,将中国境内及其他地方的诗歌创作都包含在内。1989年之后,先锋诗人在正式刊物上发表作品的机会开始受到限制。比如,诗人、先锋诗歌倡导者王家新,失去了在当时颇有影响力的《诗刊》做编辑的工作。然而,1989—1992年间,成都、上海、北京以及其

---

① "第三代"和类似的诗歌类别常常被与朦胧诗加以对比,有关情况见唐晓渡,1992年,编者序;陈仲义,1993年;陈仲义,1994年,第45—58页;陈旭光,1996年;张清华,1997年,第147—158页;王一川,1998年,第3章;杨小滨,1999年,第3章;李震,2001年;罗振亚,2002年,第5、6章;罗振亚,2005年;王光明,2003年,第11章;Day 2005a, ch 1 and ch 4;朱大可,2006年,第6章。关于"诗群大展"及相关材料,见徐敬亚,1986年;徐敬亚等,1988年。关于后两份材料的关系,见Day 2005b。关于诗歌崇拜,见Yeh 1996a。

他地方出现的几份新杂志,显示了民间诗坛的自我复原能力。一份叫作《现代汉诗》——刊名中的"汉"指汉语而非汉族——的杂志在北京创刊,由来自不同城市的撰稿人轮流编辑,这种办刊方式,很明显是为了把全国各地的诗人和读者联合起来。

90年代后期,在中国境内,新的民间刊物继续出现。尤其是1993年之后,个人诗集和多人诗歌合集比之前也更容易出版。虽然如此,80年代那种思想交流活跃的、集体主义的氛围已成了明日黄花,造成这一变化的客观原因是社会的急剧转型。这一变化确实促使诗人们开始思考诗歌艺术的未来。诗歌曾经处在文化发展的前沿,但似乎一夜之间,诗歌和其他精英文艺活动一起,变得对现实无关紧要了,至少在公共领域是这样。如前所述,不少在80年代发表过作品的诗人,在90年代完全停止了写作。

不过,依然还有许多人继续或刚刚开始以诚恳的态度从事文学写作。回头来看,出版史表明,从表面上看,也许在一些集体性的、高调的活动方面,90年代诗坛没有80年代那么喧闹,但却有更多的诗人公开发表作品。① 诗歌生产变得更加多样化,也可以说更加先进。撇开诗坛社会学的角度不谈,如果我们想用一个词来概括90年代诗歌文本新特征的话,那就是"个人化"。在中国国内,就是所谓的个人写作或个人化写作(前者更常用一些)。截至90年代末,像曾经的《今天》《非非》或徐敬亚的"大展"那样,在诗界产生了公共影响力的群体活动,已逐渐难觅踪影。但是,如果从文学批评的角度来看,那些年里有好些个体诗人在诗歌写作上非常成功,这个现象至少同样有趣,甚至可以说更有趣。风格多样化并不意味着每种风格下只有一位诗人,也未必是每位诗人只用一种风格写作。一些标签性的归纳、命名,依然或多或少适用于某些特定的作者或作者群,比如诗人车前子那些著名的、难以归类的"另类诗歌",以及张曙光、孙文波、肖开愚等人写下的

---

① van Crevel 2008a.

所谓"叙事诗"。

随着时间推移,尤其在90年代最后几年间,"崇高派"和"世俗派"之间的对立再次骤现,导致了两个立场鲜明的诗歌阵营的形成。1998—2000年间,许多诗人和批评家加入到"知识分子写作"与"民间写作"的激烈论争中去。这场论争的源头,可追溯至80年代前期出现的"崇高"和"世俗"之间的分野。如果我们从修辞策略、动静大小、攻击力度及出版策略(比如派别色彩很强的诗歌年鉴)来判断,就会发现,"民间写作"阵营在自我宣传方面效果更佳,虽然,他们在打击"知识分子写作"的同时,"民间写作"中的知名诗人和批评家的声誉,也受到了一定的损害。即便这场论争并没有以"民间"(≈"世俗")无可争议的胜利而告终,但它确实为"世俗美学"在21世纪最初几年的极端表现提供了一个跳板。诗人伊沙因倡导"饿死诗人"而受到推崇和诟病,"民间写作"诗人常常把这位"禁忌艺术家"、辩才当成本派的守护神。在2000—2001年间,在诗歌界发生的"世俗美学"极端化的例子还有:以沈浩波和尹丽川为核心的"下半身"诗派,后来的"垃圾派"和所谓"低诗歌运动"。有趣的是,尽管这些流派使诗坛蒙羞,许多人认为此类行为冒犯了文学与社会的正当性、体面感,但这类诗歌的价值在于,表达了对都市弱势群体(如农民工和妓女)超乎寻常的社会关怀。①

1999—2000年前后,诗坛开始与互联网空间发生互动,从而获得了一个新的生存维度。网络上发生的事情,不在本书的研究范围之内,但是在这里,对戴迈河(Michael Day)、殷海洁、贺麦晓(Michel Hockx)等人的学术研究,我有一个简要列述。首先,网络作为民间诗坛和先锋诗歌的天然栖息地,为他们诗歌的公开发表提供了无限可

---

① 关于"知识分子写作"与"民间写作"论战,见Li Dian 2007以及本书第12章。关于"下半身",见本书第9章。关于"低诗歌运动"和"垃圾派",见Day 2007a; Inwood 2008,第2章。在英语中,"垃圾派"又被叫作"Garbage Poetry"和"Rubbish Poetry"。关于伊沙在同名诗作中的建议,见伊沙,1994年,第3—4页。

能。在过去十年左右的时间里,上线的诗歌文本数量着实惊人。网络阅读如同打开了防洪闸,在线读者直接面对戴迈河所说的诗歌无政府状态。网上除了原创文本,近期及以前的纸质出版物,也纷纷被转换成数字版上线。目前,专门的先锋诗歌网站大约有一百家。在最近的网络高潮之后,诗人们开了数百个个人博客,一些女诗人作为博客写手尤为成功。当然,如此情形也有它的另外一面:正如世界其他地方一样,网络诗歌文本在质量上参差不齐,无法与它的数量相提并论。

再者,就网上诗歌的媒介特征而言,中国诗人对网络的使用,几乎仅限于在网上发表本来可以印刷出版的线性的诗歌文本;这些在网上发表的文本,其实并没有参与到网络的多媒体互动中。除了严格的技术性问题,网络诗歌还有其他媒介特征。中国先锋诗人热衷于网络发表,常常和其他诗人、批评家、普通读者直接交流。殷海洁注意到,即使媒介对文本的影响不算大,但它的确对元文本产生了显著影响,并且也影响着文本和元文本之间的关系,以及整个诗坛的社会生态。殷海洁的观点,佐证了我在上文提到过的看法,即文本、元文本之间的界限有时非常模糊。如果将中国诗坛放在一个国际化的比较视野中来观察,这一论点看上去也依然成立。在中国,网络已经使得域内及域外信息实现即时交流,它也成为诗人们频率很高的唇枪舌剑的论辩之场所。

如果要解释这种超级活跃的元文本现象,首先得注意一下中国在诗歌话语上一直有的深厚传统。另外还应考虑到,网络消弭了国内遥远的空间距离,并且能够谨慎提供比印刷文化更大的表达自由。但是同时,撇开网络文本的文学质量问题不谈,与印刷文本相比,网络诗歌在探触边界方面确实走得更远。

另一个起作用的因素,是中国巨大的网络使用量。中国网民很多,尤其在城市年轻人中。在这一点上,说年轻一代诗人和读者都是在网络时代成长起来的,他们的诗歌经验根本就是从网上开始的,应该没有问题。在很多人那里,所谓诗歌,变成了仅仅是指网络诗歌,因为越来越多的网上诗人和读者几乎不再接触纸质诗歌。虽然如此，网络诗歌的印刷版本也还存在，作为布迪厄意义上的文化神圣化（consecration）的表征。据观察，在其他地域和其他语种中，网络诗歌转化成印刷诗歌的现象也一样存在。这也许是因为，与大多数的网站相比，书籍在内容编选上有更高要求，跟博客比就更不用说了；或者还因为，印刷文化尚未失去它的魅力。但是，根据殷海洁的观点，印刷文化不再与中国网络诗坛产生自动的关联，网络诗坛正迅速发展出自身的内在活力。一句话，最新研究表明，互联网的到来绝不意味着仅仅只是技术变化，它对整个诗坛的影响相当深远。这个现象，足以成为学者和批评家的研究课题，也足以成为文学史上一个里程碑式的分期标志。①

网络发展与多媒体诗歌表演有诸多交界，这方面亟待深入探索。例如，黑大春在摇滚乐队"目光"的伴奏下的诗朗诵，以及颜峻的才艺秀，都非常适合变成线上资源。颜峻常常和fm3实验乐队与艺术家武权合作，把诗歌和电子合成音响、电视综艺节目主持融合成一体。逐步扩大的互联网应用和多媒体诗歌表演说明，不论先锋诗歌是否有能力驾驭互联网技术，它都已成为互联网文化大潮的一部分。②

## 第四节　文本：从"崇高"到"世俗"，从"什么"到"怎么"

本书将在后文对某些先锋诗歌有更加详细的评述。这里，我们先借用利大英（Gregory Lee）和罗纳德·詹森（Ronald Janssen）的对比分析法，来提醒一下读者，在中国当下，现代诗歌所涵盖的话语谱系相当

---

① 关于先锋派和互联网，见DACHS诗歌篇；Day 2007a；Inwood 2008，第2章；Yeh 2007a：31。关于中国网络诗歌的整体情况，见Hockx 2004；Hockx 2005。罗斯·佩奎诺·格拉兹令人信服地研究了"数据诗学"个案，认为其与纸质诗学书写有着文本批评和社会学上的根本性差异，但也注意到纸质文化在文化贡献方面持续的分量，见Glazier 2002，第8章，尤其是156页。戴迈河突出中国先锋诗的文化贡献，见Day 2007b。

② 关于颜峻，见本书第13章。

宽泛。看下面两首写"红旗"的诗：①

> 我们
> 共和国最年轻的公民
> 知道历史的长河里
> 前辈们
> 经历了一场场血和火的战斗
> 这面冉冉升起的五星红旗
> 又一次使我们热泪横流
> 敬礼啊
> 五星红旗
> 我们每个人眼前
> 都闪现出许许多多
> 长夜里的镜头……

以及：

### 风雨中的红旗车

> 从省府后院穿过
> 穿过树林和草坪
> 在一小片空地上
> 有一辆报废的红旗车
> 不知经历过多少风雨
> 已经锈得没了模样
> 你又开始愤世嫉俗了
> 其实你犯不着那样子
> 让我们走近它

---

① 见 Lee( Gregory) 1996；50-51；Janssen 2002，第 259 页之后。

让我们坐进去

让我们一起欣赏

并且玩味

最后溶入

这尊破钢烂铁的

现代雕塑

第一个文本节选自桂兴华的长诗《青春宣言》(2002年),是上海共青团的约稿作品。《青春宣言》是直白的政治抒情诗,它是社会公共道德宣传的诗化表现,与背景照片相烘托,表现生气勃勃的现代化(计算机、手机、多层式立交桥)、国家象征(天安门广场、井冈山博物馆)以及中国在国际舞台上的重头戏(2001年亚太经合组织峰会、2008年的奥运会)。第二个文本是伊沙的一首短诗,这首诗典型体现了他在写作中常常不能超越的挑衅与机智的文风。《风雨中的红旗车》(2000年)篇幅只有桂兴华长诗的1/600,从哪个方面看都与政治抒情诗非常不同。虽然这首诗是发表在正式出版物上的,但由于它的美学取向,而可以被称为非主流诗歌。象征着某种过往的老旧红旗轿车,触动了诗人某种略带优越感的怀旧情绪。诗人在这里对正统话语表达了一下嬉皮笑脸的讽刺。这两首诗有天壤之别,一个属于老套的正统,一个是痞里痞气的先锋。说到这里,有另一个人的诗作更靠近正统,与桂兴华的诗歌相比,这个人的诗作没有那么浓厚的政治气息;也许可以说,他的诗作是当代诗歌中最接近通俗文化的。我指的是汪国真矫情多感的"人生课堂诗歌"(lessons-in-life)。在80年代末和90年代初,汪国真曾名噪一时。①

经过上文略加宽泛的考察和描述之后,再来看70年代末以来的先锋诗歌,我们就可以从各种杂乱的风格潮流中,梳理出两个总体上

---

① 桂兴华,2002年,第19页;伊沙,2003年,第155页。关于汪国真,见汪国真,1991年;袁幼鸣,1992年。

的文本趋向:从"崇高"到"世俗",从"写什么"到"怎么写"。

先锋诗歌可以被看成是两个差异极大的广义上的美学观念共同构造起来的一个话语谱系。无论在个案研究还是整体描述中,诗人和批评家均频繁采用二分法。比如:

| | | |
|---|---|---|
| 英雄 | 与 | 日常 |
| 书面语 | 与 | 口语 |
| 文化 | 与 | 反文化、前文化、非文化 |
| 抒情 | 与 | 反抒情 |
| 神话 | 与 | 反神话 |
| 神圣 | 与 | 世俗 |
| 乌托邦 | 与 | 现实主义 |
| 绝对 | 与 | 相对 |
| 精英 | 与 | 普通 |
| 学院 | 与 | 真实 |
| 西化 | 与 | 本土 |
| 中心 | 与 | 外省 |
| 北方 | 与 | 南方 |
| 精神 | 与 | 身体/肉体/肉身 |
| 知识分子 | 与 | 民间 |

这些二元对立范畴适用于题材和文风,二者往往并行不悖。左右两边列项,大概能代表我在前文所指出的"崇高"(左)和"世俗"(右)两种诗歌美学倾向。在此,本研究与现有诗歌和其他体裁研究存在着一种关联性,如李欧梵、奚密、王斑、唐小兵等学者的观点。①

基本上,"崇高"和"世俗"之类的概念可用来描述任何地域、任何

---

① 例如:李震,1995 年,第 91 页。Lee(Leo Ou-fan) 1973; Yeh 1991c,1992b and 1996a; Wang Ban 1997; Tang Xiaobin 2000。我使用"Elevated"而非"Sublime",目的是为了避免后者在欧洲启蒙运动以及浪漫主义传统中的哲学与美学含义。

时代的文艺作品,它们并不具有什么内在的中国性或诗性。从"崇高"到"世俗"的趋向也不是中国当下独有的:在全球或地域背景下解构各种体裁或媒介的"严肃"文艺,这一现象已持续了数十年。只是,中国当下的诗歌,更容易让人联想到崇高与世俗的对比。同时,又不能像一些好斗的批评家那样,用这两个概念把诗坛描述成一系列的二元对立组成的场景。事实上,甚至动辄被当作标准的"崇高"派或"世俗"派的个人诗作,也拒绝被纳入这样简单的分类法。比如,西川的作品趋于"崇高",但也包含重要的"反神话"和"相对化"元素;于坚的作品是"世俗"派代表,但也包含重要的"绝对"和"精神"元素;周伦佑是"反文化"或"前文化"的"非非"团体的核心人物,但他的作品也包含很明显的"文化"因素。① 因此,"崇高"和"世俗"这两个概念不是决然分立的,而是一个多维文本合体而成的坐标。如果我们将上文所言铭记于心,就可以说先锋诗的总体趋势是远离"崇高",走向"世俗"。

从"写什么"到"怎么写"的趋势,指的是这样一种动态:疏离容易解读、往往具有历史指称性的题材,亲近精雕细刻的个人风格,它由实验性个人用语、主题、修辞、听觉和视觉诗歌形式等组成。大致而言,在 70 年代和 80 年代初,十年浩劫结束之后,个人重新获得了自由这一令人振奋的新形势下,需要表达的东西太多太多,以至于"怎么写"成为一个次要问题。因此,在当时,是信息左右了媒体。但 80 年代中期以降,尤其在 90 年代,文学天平发生了偏移。阅读最早的先锋诗歌,有必要了解那一阶段的中国历史:著名的朦胧诗范本,如北岛的《回答》(1972 年)和顾城的《一代人》(1979 年),有赖于读者把"黑夜"与"冰川纪"解读成关于"文革"的隐喻。② 若干年后,人们通常不

---

① 例如,见西川,1999 年;于坚,2000 年;周伦佑,1999 年。
② 阎月君等,1985 年,第 1、22 页。《回答》的创作时间为 1972 年,而非 1976 年,后一个时间是出于大家普遍的、情有可原的误解。北岛于 1978 年在《今天》上发表该诗时,他标注的日期为 1976 年,为的是将此诗与"天安门事件"挂上钩。北京市委那时刚把"天安门事件"定性为"彻底革命",而非"反革命"。见 van Crevel 1996:51 & 59-68。

再需要这样的背景知识。"中国"常常干脆不在场;如果出场的话,例如在"下半身写作"中,它趋向于被明确指认。

从"崇高"到"世俗",从"写什么"到"怎么写",这两个趋势,都不是稳定的、绝对的或不可逆转的,但回首过去几十年,情形大致如此。这里,我们以下面四个文本为个案,考察先锋诗歌在世纪之交所处的位置,希望借此激发读者对本书后面章节中个案研究的兴趣。这四个文本全部选自90年代末及之后的作品,选择依据与上述思考相关。西川和于坚是90年代以来国内影响最大的诗人,他们分别与"崇高"和"世俗"两种诗潮联系在一起。在"民间写作"与"知识分子写作"论争接近尾声时,出现了"下半身写作",尹丽川是这个群体中的大嗓门;颜峻因大胆创新、有视听设备支持的诗歌表演而成名。除了在国内具有影响力,这四位诗人还多次应邀出国朗诵诗歌。

下面两节诗选自一首题为《鹰的话语》(1998年)的散文诗,全诗共99节,体现了西川90年代以来独特的写作风格。《鹰的话语》是个典型的、谜语般的文本,既邀请读者去阐释也抵制读者去阐释。主题内涵丰富,文本也难以捉摸。内容上涉及身份、自我与他者的关系之类的问题,语调亦庄亦谐;虽然表面上取一种解说的姿态,实际却暗含着对解说之逻辑、规则的蔑视,追求含糊、悖论和矛盾。该诗诙谐风趣,接地气,诗歌文本取决于其自身的音乐性和句型结构,而非其内容逻辑,验证了玛乔瑞·帕洛夫(Marjorie Perloff)所说的指称和创作游戏之间的张力。①

> 56.于是我避开我的肉体,变成一滴香水,竟然淹死一只蚂蚁。于是我变成一只蚂蚁,钻进大象的脑子,把它急得四脚直跺。于是我变成一头大象,浑身散发出臭味。于是我变成臭味,凡闻到我捂鼻子的就是人。于是我又变成一个人,被命运所戏弄。

---

① Perloff 1999:72。本书第5、6、9及13章提供以下诗歌样本的详细参考资料信息。

......

58. 于是我父变成我的后代,让雨水检测我的防水性能。于是我变成雨水,淋在一个知识分子光秃的头顶。于是我变成这个知识分子,愤世嫉俗,从地上捡起一块石头投向压迫者。于是我同时变成石头和压迫者,在我被我击中的一刹那,我的两个脑子同时轰鸣。

于坚诗歌和西川诗歌大相径庭。于坚的71行诗歌《在诗人的范围以外对一个雨点一生的观察》(1998年)这样开篇:

> 哦　要下雨啦
> 诗人在咖啡馆的高脚椅上
> 瞥了瞥天空　小声地咕哝了一句
> 舌头就缩回黑暗里去了
> 但在乌云那边　它的一生　它的
> 一点一滴的小故事　才刚刚开头
> 怎么说呢　这种小事　每时每刻都在发生
> 我关心更大的　诗人对女读者说
> 依顺着那条看不见的直线　下来了
> 与同样垂直于地面的周围　保持一致
> 像诗人的女儿　总是与幼儿园保持着一致
> 然后　在被教育学弯曲的天空中
> 被弯曲了　它不能不弯曲

诗中叙述耐心十足、娓娓道来,句子没有标点符号,代之以空格;这是于坚为传统意义上的琐碎和庸常留出的空白。在短暂坎坷的一生中,诗人和雨点的故事最终汇流在一起:雨滴把诗人的裤脚溅湿了一块。该文本例证了于坚诗歌中的客观化现象,意味着从习惯性感知和阐释中抽取人类日常现实的陈词,并把富有想象的关注投入到(无生命的)客体上。

于坚总是在写作中拆解陈词滥调和英雄式幻想,这与国内有关诗人形象的争论形成共鸣,与上文所引的西川对知识分子和压迫者的漫画式描绘亦相得益彰。与早年相比,当下中国诗歌的一个特征是饱含反讽(irony)。在这一方面,于坚、西川和其他诗人开拓了新视野,他们的诗歌实践始于80年代,在90年代如日中天。

下面讲讲跟随着诗歌先驱的步伐继往开来的年轻作者。在他们生活的时代,严肃的社会政治意识形态逐渐退落,他们的作品中,自然而然充满了冷嘲热讽和愤世嫉俗。这一特征,显见于尹丽川《为什么不再舒服一些》(2000)一诗。作者在诗歌结尾处描写了一个尽情享受性爱狂欢的女人玩世不恭地教导一个笨手笨脚的男人,借此嘲弄"民间写作"与"知识分子写作"之间的论争。"下半身写作"的内容当然不止于反讽、玩世不恭和描写性爱,但这首诗的确堪称"下半身写作"的代表作之一:

### 为什么不再舒服一些

哎　再往上一点再往下一点再往左一点再往右一点
这不是做爱　这是钉钉子
噢　再快一点再慢一点再松一点再紧一点
这不是做爱　这是扫黄或系鞋带
喔　再深一点再浅一点再轻一点再重一点
这不是做爱　这是按摩、写诗、洗头或洗脚
为什么不再舒服一些呢　嗯　再舒服一些嘛
再温柔一点再泼辣一点再知识分子一点再民间一点
为什么不再舒服一些

西川、于坚和尹丽川都是自己作品熟练的朗读者。西川最具音乐性,于坚最有戏剧性,尹丽川致开场白时喜欢说自己不擅长诗朗诵,让人感觉这就是她表演的一部分。她在朗诵时,会刻意只看书页,避开观众的视线,声音超然、单调,与冷酷阴郁的题材相结合,产生一种既滑稽又痛苦的效果。

颜峻的朗诵效果令人激动,这源于他对自己声音的出色把控,以及现场视听设备的媒介支持。颜峻的诗歌中流露出一种神经质的、放浪不羁的社会现实关怀,颇似"民间写作"与"知识分子写作"论争之后诗歌"世俗性"的极端表现。但是,在文体上,《反对一切有组织的欺骗》(2000年)一诗中的散文形式和意象运用,也让人联想到西川的作品。其中一节如下:

反对广告,反对遗忘。反对撕毁任何证件和嘴脸。反对从流星雨中经过,身披金黄的斗篷却忘记了女儿的名字。反对食肉动物跳舞。反对电脑死机。反对像镰刀一样生活。反对夜来香死在夜里。反对时尚杂志和网络公司。反对白日做梦,穿上透明的衣裳,心脏像鸿毛一样爆炸……二锅头十步杀一人……傻逼统治着世界……一本色情杂志就是一次考试……反对恐惧。

颜峻的多媒体表演,很好地契合了当代的文化潮流。也因此,与其他诗人的大多数作品(如果不是全部的话)相比,颜峻的作品稍稍接近通俗文化。而西川、于坚、尹丽川以及其他大多数先锋诗人的作品,则肯定是高雅艺术。这在元文本层面上就有所体现。

## 第五节　元文本:诗歌形象和诗人形象

元文本,或曰关于诗歌的话语,包罗万象。有不少人可能连一个当代诗人的名字都说不出来,有人甚至会问"今天还有人写诗吗?"2006年"人民网"(《人民日报》网络版)上曾有一篇文章说"诗人"一词是"十年间从人们嘴边消失的49个旧词"之一;同时依然也有人对先锋诗歌自"地下"开端以来的发展做谱系式的学术考察。在诗歌界有创作理论之争,也有针对诗人个人形象的抨击行为。所有这些都一起构成了中国当代诗歌的元文本。①

**外界的看法**

在当下中国,传统的诗学观念仍然有着相当大的影响。这种观念认为:诗歌应该是严肃高雅的艺术精华,卓然独立,文以载道;诗歌可使读者了解诗人的道德垂范和世界观,以及诗人在一种稳定的社会秩序观念中的个人立场。依据这种诗学观念,当代诗歌的读者之所以日渐减少,是诗歌文本从"崇高"到"世俗",从"写什么"到"怎么写"的趋势使然。

以上情形可以解释,为何大体上说来,公众对待先锋诗歌的态度中充满了偏见和冷漠,甚至一无所知。对大多数中国人来说,"诗歌"只是指古典诗歌。对于现代诗歌,人们大多只知道20世纪二三十年代的新文化运动,以及40年代之后中国共产党文化政策下出现的一些诗歌作品;另外对七八十年代北岛、舒婷、顾城和海子的作品或许也有所了解,除此之外,现代诗歌为何物,就很少有人知道了。舒婷的作品弥合了正统文学观和典型的朦胧诗之间的隔阂。除她之外,上述几位当代诗人之所以被人铭记,主要是因为他们文本之外的影响:北岛在海外获得了传奇性的成功,海子和顾城则是因为他们富有戏剧性的自杀,顾城还杀了自己的妻子谢烨。如果人们对当代诗歌竟然有所了解,即便没有读过什么作品,他们也常常会想当然地认为,现在的诗人无论写什么,都不可能与新文化运动中的诗人相媲美,更不能与前现代那些伟大的诗人们相提并论。当代诗人自己与前现代前辈们的关系也是暧昧不清的。没有哪位当代诗人会去质疑古典诗歌中所蕴含的美——表演作秀的场合除外,比如"下半身宣言"。但同时,诗人所体验到的古典传统的不可逾越,也是一个使他们感到沮丧的潜在根源;这种沮丧因为公众的偏见、漠视乃至无知而变得更加强烈。

---

① 人民网,2006年;向卫国,2002年。

2003年6月,北京新开张了一家大型书店,专营高雅读物之外的一切读物。它举办了一场名为"睁开眼睛:'非典'之后的中国诗歌"的诗歌朗诵会,尽管准备仓促,也没做大的宣传,参与的大多是先锋诗人,但来宾和观众却济济一堂,这又是何故呢?玩世不恭地说:先锋诗人在诗坛之外所拥有的任何地位,大概都是基于一种误解,这种误解源自读者所持有的传统文学观。毫无疑问,当天,大部分观众失望地发现,这场诗朗诵及其怪异的诗歌文本,其实并未触及公众关心的主题,如"非典"的爆发、首都基础设施大整修等。

回到正题。尽管先锋诗人做梦也不可能想拥有古典诗歌那样衷心的读者群,但先锋诗歌写作本身是一个虽人数不多但稳定持久的行当,一个有着良好文化品味的小众领域,汇聚了不少受过高等教育、广结人缘的实践者与支持者。支持者中有编辑、专家和业余读者,这意味着他们当中既有职业批评家、学者,又有大学生和一代代研究生等铁杆粉丝,通常是生活方式跟得上高雅文化发展的那些人。另外,在中国,文化商业化产生了这样一种结果:在知名或不知名的公司或个人中,兴起了对诗人、诗歌出版、诗歌活动的赞助风,甚至包括为学术机构从事诗歌研究提供资助,如北京房地产大亨、中坤集团的黄怒波,亦即诗人骆英,就是有公司背景的诗歌赞助商之一。①

因此,尽管关注诗歌的相对人数很少(在大城市中是如此,更别提这个国家中那些根本关注不起诗歌的群体),但在绝对值上,诗歌读者的规模仍然相当可观。尤为重要的是,他们拥有象征资本意义上的影响力。然而,自20世纪90年代中晚期以来,即便是专业读者,也会绝望地把自己所看到的情形视作一种诗歌"危机",这种"危机"经常被表述为诗歌"边缘化"的结果。1997年,北京大学的谢冕教授在武夷山举办的一次大型中国现代诗歌国际会议上,对此表达了忧虑之情——"有些诗歌正在离我们远去",即为著名的一例。谢冕的言论尤

---

① 参见 Crespi 2007b, Inwood 2008:62-65,133,228-255。

其能够说明问题,因为在 1980 年,他曾勇气十足地卷入到关于朦胧诗的论争当中,挺身捍卫刚刚从"地下文学"转为"地上文化"、正处于萌芽状态的先锋诗歌。① 在 1997 年那次会议讨论中,谢冕的同事洪子诚则认为,这或许只是"我们""正在离某些诗歌远去"。两位著名学者之间的交流,反映了诗歌作品/诗歌文本和评论之间的关系正在发生转变。与学界和评论界容不得半点模棱两可的时代相比,这种关系如今已不可预测。即使与 80 年代相比,亦是如此,虽然 80 年代已经开始出现一些真正的争论,而非争论之前就已先有结论。

诗歌危机论表明,关于诗歌本质日益激烈的论争,如何要求我们重新思考曾经是不证自明的学术研究和批评的合法化力量及道德评判力。诗评家们,如《诗刊》编辑部人员、蔡毅、吴新化、张闳、陈超、吴思敬等人,到底是凭借何种权威宣称当代诗歌中存在着"危机"和诸多"问题",已经不再显而易见,就像谢冕在上文中使用了泛指第一人称复数("我们")那样。在诗歌危机论中显露出来的道德说教和民族主义意味,与其所评论的文本已不合拍。同样不合拍的是他们经常使用的那些既定概念,比如用诗歌"走向"来指称评论者个人认定的诗歌发展方向,经常使用"应该""应当"之类的词句。不合拍的还有他们所持的"乐观"或"悲观"的批评立场,这些陈旧落伍、价值判断性很强的评判视角,遮蔽了许多正在发生的现象。

但是,有一个更大的问题,普遍存在于来自不同文化传统的现代诗歌当中,而非仅仅发生在中国。如果说诗歌不再是一个稳定的概念,围绕着它已产生了很多争议,那也完全无须称之为危机。或者反过来说:也许,时时与危机共存,正是现代诗歌的天性使然。正如德莱克·阿特里奇(Derek Attridge)和乔纳森·卡勒(Jonathan Culler)等学者所言:现代诗歌倾向于挑战世界和我们自身存在着的关于秩序和内聚力的假设,倾向于颠覆文化,而非保存古典文本中悠久的经典化价

---

① 谢冕,1980 年。

值观。在中国,古典传统及其在民族文化认同中的重要地位,与奚密所概括的现代诗歌的国际性、混杂性、颠覆性、实验性本质之间有着一种特别严重的差异。如果说这种差异让很多读者感到了困扰,那是因为,当代诗歌及其社会立场,整体上与继续被古典诗歌范式所塑造的种种期待相对立。与此相类似的另一错位现象是,没有市场销路的当代诗歌,被无端拿来与生活其他领域里的商业化潮流相对比,成为被痛惜和嘲弄的对象。① 对此下文还有论述。

2003年,赵毅衡在论及一个南京小说家群体时,批评当下中国诗歌既孤芳自赏又微不足道:

> 他们曾经都是诗人,成名于20世纪80年代后期……在20世纪90年代,他们改写小说,因为他们认识到写诗现在完全是一种孤芳自赏、自我陶醉的"卡拉OK式"艺术。②

也许布迪厄并未思考过"卡拉OK"这玩意,但它显然就属于他所谓的"圈内生产"(production for producers),先锋艺术亦可为例。③ 这样看来,赵毅衡的比喻不无道理。然而,卡拉OK是表演他人的歌词和乐曲,从这个角度看,赵的比喻又没有道理。"圈内生产"是一个有效的描述,但也是一种夸张的表达(hyperbole)。④ 另外,我们必须考虑到的一点是:诗歌读者(消费者)与创作者(生产者)合二为一的比例,远远超出其他文类和文艺形式,而且,诗人实际上几乎都不是专业作者,离开了他们各自或大或小的私人读者圈子就变得籍籍无名。但是还有

---

① 现代汉诗国际研讨会(福建师范大学中文系、中国社会科学院文学研究所举办),1997年7月26—30日;《诗刊》编辑部,《中国诗歌现状调查》;《诗刊》,1989年,第4—8页;蔡毅,1999年,第178—202页;肖鹰,1999年,第231页;吴新化,2004年;张闳,2003年,第149—151页;陈超,2005年;吴思敬,2005年;Atridge 1981:243;Culler 1997,第5章;Yeh 2007b。

② Zhao(Henry) 2003:203.

③ 《文化生产场:文艺论丛》一书第1、2部分,特别见 Bourdieu 1993:39。

④ 例如:Lovell 2006:149。

一点能说明赵的比喻没有道理。虽然先锋诗歌自八九十年代以来发生了许多显著变化,但从个人诗集、多人合集、杂志的出版情况、诗歌网站等来看,先锋诗坛一直呈现着自己的活力和弹性,这一点非常清楚。

虽然说诗歌在80年代领一时风骚,其影响超出了文化精英群体,或者打比方说,不再是卡拉OK式的圈内观众(诗人及读者)自娱自乐,但可疑的是,除了那些来自艺术界、学术圈的核心读者之外,其他读者是否曾涉猎下面几部最有名的朦胧诗篇之外的其他作品呢?比如,北岛的《回答》、舒婷的《祖国啊,亲爱的祖国》(1979)、顾城的《一代人》、梁小斌的《中国,我的钥匙丢了》(1980)、芒克的《葡萄园》(1978)、江河的《纪念碑》(1979)、杨炼的《我们从自己的脚印上……》(1980),以及其他若干被快速经典化的文本。这些文本中的大多数,都会激发读者从社会—历史角度对之进行与"文革"相关的寓言式解读。①

更为根本的是,虽然从70年代末到80年代,那些最负盛名的诗人确实拥有了摇滚巨星般的地位,但这同时也是一种反常现象,上文讲到的高雅文化"热"(craze或fever)的比喻就很恰当。它出自公众对文化自由化的渴望与诗人积极介入现实这二者的巧合,并且那时还没有其他文化娱乐形式与之相竞争。有一个流行的说法:在80年代,随便往大街上扔块石头,肯定就能砸中一个诗人。但是,这一时期,实际上只有寥寥可数的那么几位先锋诗人引人瞩目,真正进行多元化、个人化写作的诗人尚未大量出现。这类诗人的大量出现,要到90年代及之后才合乎情理。在90年代,如果说在大街上扔块石头,被砸中的不再只是诗人,那是因为此时已经有多种行当的潜在受害者跻身于街道;整体上,人们的社会文化活动和流动性已经开始急速加剧并多样化。

---

① 阎月君等,1985年,第1、42—43、122、148、190—192、247—248页。

从朦胧诗崛起,经过反精神污染运动,诗人对社会现实的积极介入,起到了应对极度压抑、冲破早年间文艺界的偏执规范的作用,而关于早年的记忆,使得这次文学实验格外振奋人心。80年代后半段是一个空前的自由期,变化尚未发生,金钱时代尚未来临,人们的精神生活充满了回光返照式的勃勃生机。反过来讲,在中国,和在其他地方一样,对于创新性的、不认为自己有重大社会或经济意义、也不是政府政策的宣传工具的诗歌来说,圈内生产——如前文所述——是正常状态。鲍勃·派里曼(Bob Perelman)在一篇短文(也是短诗)中概括了这个问题:

"诗歌的边缘化"——这几乎是
理所当然的事。Jack Spicer 写道,

"没有人倾听诗歌",
但问题就变成了,谁是

Jack Spicer? 在意他的
诗人应该知道……①

诗歌一般来说不能吸引大量民众,卡拉OK也是如此。从这点来看,赵毅衡的比喻合情合理。前面所说的圈内观众(incrowd audience)一词,既可以指涉私人空间里的一小撮人,也可以指涉一家装有公共卡拉OK设施的酒吧中的全体顾客,后者共同的观众身份在某种程度上具有偶然性。然而,成功的卡拉OK公司可以挣钱,而先锋诗歌就经济资本而言却没有销路,由此成为布迪厄所说的"经济世界逆转"(the reversion of the economic world)的最重要范例。② 因此,在中国国内,诗歌、小说和电影截然不同,也有别于绝大多数戏剧、艺术和流行音乐。矛盾的是,如江克平所言,恰恰因为诗歌的"无销路"可被理解成未被

---

① Perelman 1996:3.
② Bourdieu 1993,第1章。参见 Kong 2005:189-190。

"缺德"市场所污染的一种品质,才使得先锋诗歌和正统诗歌近年来成了房地产商业广告的魅力合作伙伴,诗歌的象征价值恰可弥补房地产业已被金钱和权势彻底腐化的商业形象。诗歌的"无销路"大概是结构性的,与房地产业的伙伴关系大概只是偶然,尽管回报颇丰。① 无论如何,虽然赵毅衡的观点很有启发性,为解决复杂的元文本问题提供了路径,但诗歌毕竟不是卡拉OK。我们在下文讨论诗人及其出版物的"视觉展示"过程时,将再次涉及这一比喻。

至于国际化,无论在公共场所,如电影院、画廊和展览馆,还是在富人宅邸之类的私人场合,较之中国电影和视觉艺术,诗歌在经济上的"无销路"都十分显著。不过,通过翻译、国际诗歌节和"驻校作家"等形式,中国先锋诗歌已经现身于海外诗界,发出了自己的声音——从经济上来说,海外诗坛一样没有销路。坦率地说,国外读者对中国文学的了解,主要局限于古典诗歌和现代小说。

总而言之,一般大众对先锋诗歌所知甚少,一些先锋诗歌读者(专家)为此感到愤怒、失望、困惑不解。这只反映了外界人们关于诗歌的部分想法——在此,我不想详细分析那些对诗歌持乐观态度的读者——但它们与诗人的想法密切相关。

**诗人的看法**

和许多别的中国诗人一样,西川和于坚都有自己全面的明确诗观。② 西川的诗观里有些是严肃的、豪言壮语式的宣言。1986年,他写道:"诗人既是神又是魔鬼";1999年,他又写道:"强力诗人点铁成金。"与西川相反,于坚在1997年撰文说,诗人不过是一台语言文字处理器,一个固守在日常现实当中的匠人,他让语言"从隐喻后退",实际上是作为"一种消除想象的方法"。于坚所言,丝毫不像在月光下赋

---

① Crespi 2007b.
② 第10、11章提供以下引文的详细参考资料信息。

诗的悲剧天才,或西川书中所谓的炼金术士。

尽管如此,在这方面,两位诗人的诗学观念都不完全一致,都有内在矛盾之处。1995年,西川写道:"有人竟宣称自己不写诗但却是诗人。"于坚声称要反对浪漫主义而在写作中解圣去魅、堪称渎神的行为,也由于过于浮夸而失去了效力。1999年,于坚称诗歌为:

> 穿越遗忘返回存在之乡的语言运动……它指向的是世界的本真,它是智慧和心灵之光。

这些话表明,"崇高"和"世俗"作为参照体系,其作用不仅体现在文本中,也体现在元文本中。"崇高"诗学非常突出地呈现在起源于70年代和80年代的诗歌崇拜当中;诗歌崇拜现象把诗人抬高到超人乃至神圣的地步,因此,在很大程度上这也是诗人崇拜。这个现象在90年代及之后的影响,表现在对海子和黑大春的持续崇拜和神化过程当中。前者之所以被神化,是由于他的自杀,后者则是由于他放荡不羁的生活方式。那些年里,"世俗"阵营的诗学观念亦显强势,于坚是其中最多产的写作者,尤其在1998—2000年关于"民间写作"与"知识分子写作"的论争当中。

这两者之间的论争表明,那些身处"世俗"阵营的诗人,虽然以"平凡"(ordinariness)自诩,但他们仍然将诗人身份视作一种卓然超群的品质,具有非同寻常的意义和社会重要性。对于"崇高"派写作者来说,诗人特殊的身份一直是其诗学观念的中心原理之一。也许,挽救诗人日渐式微的影响力,对于"世俗"派诗人中的辩手来说,尤显迫切,因为他们一直宣称,自己有能力与中国的日常生活、"平凡人生"保持接触,所以,普通人对先锋诗歌艺术的无知,尤其让他们感到痛苦。无论如何,在当今社会,消费娱乐已经成为头等大事,这使得各个派别的诗人都很难保持往日骄傲的自我形象。在一定程度上,他们的艺术脱离了社会消费的主流,但也能产生某种"圈内尊严感"(incrowd dignity),但是在"圈外"没有观众的情况下,他们不可能长久做下去。

现代以来，无论是中国还是别的地域，对于一位诗人来说，受到"老旧权势"——比如政治权势、资产阶级或股市——的公然误读和压制，都愈能显出诗歌的高贵。反过来看，考虑到艺术家与拥有压制性权力的各种观众进行互动的过程，又考虑到艺术家的反抗性和争议性在一定程度上可以作为艺术成就的标准，这能让我们想到王尔德（Oscar Wilde）的名言，"只有一种情况比人家说你闲话还要糟糕，那就是人家不说你闲话"。就中国先锋诗歌来讲，或许也可以调整为：只有一种情况比受到读者的误解和压制更糟糕，那就是受到读者的漠视。

　　与诗歌文本从"写什么"到"怎么写"的趋向相伴随的，是从"写什么"到"谁在写"的元文本变化过程，这个过程意味着诗人的身份愈加突出。大约从2000年开始，诗人们在各种活动和他们的出版物里，开始以"视觉展示"的方式表达自己。年轻作者，如"下半身"诗人、70后诗人群体或者年纪更轻的诗人，最先在刊物（如《诗文本》）中插入五花八门的照片，或使用抢眼花哨的版面设计。① 年长的诗人和编辑不久也开始跟风，比如伊沙和于坚的个人诗集、默默主编的以书代刊《撒娇诗刊》在复刊以后，等等。② 之后，钟鸣、廖亦武、芒克、杨黎等人主编或写的带插图的回忆录，以及关于先锋文学从"地下"起源到当下光景的外史别传流行起来。在宋醉发举办的一场名为"中国诗歌的脸"的展览中，150位诗人和20位批评家的肖像照成为原始素材，诗歌作品和诗学主张反而成了"配角"。2006年，在广州举行的"诗歌展"上，宋醉发所拍的诗人肖像被高调展示，本次展览由宋醉发和诗人杨克、祁国共同策划。同样，一大批诗人的肖像照被收入肖全的《我们这一代》一书，该书收集了自90年代以来，多位作家和艺术家公开发表过的各个版本的肖像。③ 尤其对年轻作者来说，类似的视觉表达来

---

① 例如：《诗文本》2001年第4期。
② 伊沙，2003年；于坚，2003年。
③ 中岛，1998年；廖亦武，1999年；芒克，2003年；杨黎，2004年；宋醉发，2008年；肖全，2006年。关于诗歌展，见 van Crevel 2007。

得尤为自然,在诗坛,这种视觉化现象的出现,部分原因可以解释为其他传媒形式正在侵蚀书面文字的盟主地位这一文化潮流,这也体现在书籍外观的变化及其他方面。同时,这也是诗人塑造自身形象的一种策略性做法,为的是维系读者群或曰观众群。

在诗坛,照片或插图以三种形式呈现。第一类是新潮时尚、风格化的、有时带有表演性和挑逗性的肖像照,包括单人照和合照。这一类中,《诗文本》和其他类似的出版物颇有代表性:照片是表演,是诗歌作品花哨直观的延伸物,暧昧地展示摇滚般的生活方式。第二类是各种照片都有,有些摄于公开场合,如诗歌朗诵会或研讨会,另一些则是诗人生活照,大部分是近照,但有时也包括家庭影集式的童年照片、诗人手写稿影印件等影像作品,这从伊沙和默默当时出版的书籍中可窥见一斑。第三类照片是(集体)肖像照,常见于近年大量出现的诗歌回忆录;(集体)肖像照展示的是文学史上的公共场景,与此在当下构成对照。再过些时间,第三类和第二类照片都上了点儿年头以后,就很难将它们区别开来。

人的经验,从属于"当下"到属于"过去",是一个渐进过程。虽然伊沙早在90年代初就已出道,但他那时的一张照片,并不能与北岛、芒克刚刚走出"地下"状态、正要将"地上"文坛搅得天翻地覆的一张照片相提并论,因为后者指证了过去的一个确定时刻,它在历史上留下了痕迹,且具有自己稳定的历史价值。1989年4月骆一禾写给万夏的一封信函的影印件,描述了不久之前发生的海子的自杀,其性质与北岛、芒克的照片相似。伊沙拿出的他于1990年手写的一首诗的影印件,与以上资料性质不同。这是在宣传手稿的真实性,但我们无法知道,这手稿是否是在2003年抄下的。值得注意的是,芒克回忆录中的许多照片根本就不是旧的,但在翻印时全部做了技术处理,使得照片色调发红发暗,对焦变得模糊,那一去不复返、从而越发特殊的往昔画面因此而历历如在眼前。

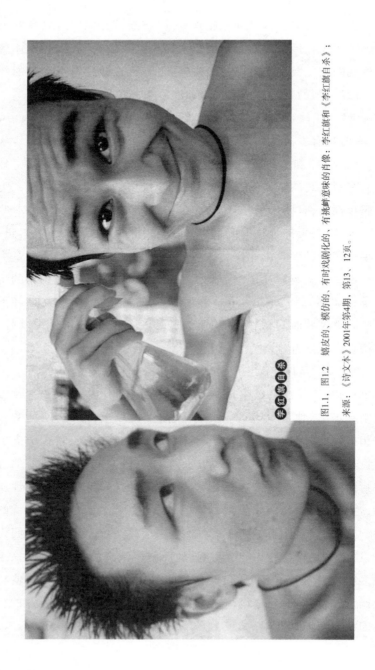

图1.1、图1.2 嬉皮的、模仿的、有时戏剧化的、有挑衅意味的肖像：李红旗和《李红旗自杀》；
来源：《诗文本》2001年第4期，第13、12页。

第一章 中国先锋诗:文本、语境与元文本 | 41

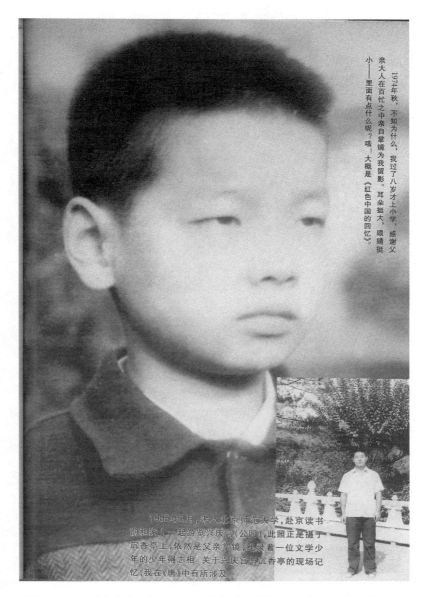

1974年秋,不知为什么,我过了八岁才上小学,感谢父亲大人在百忙之中亲自掌镜为我留影。耳朵挺大,眼睛挺小——里面有点什么呢?哦!大概是《红色中国的回忆》。

1985年8月,考入北京师范大学,赴京读书前和家人一起游览兴庆宫(公园),此照正是摄于沉香亭上,依然是父亲掌镜,纪录着一位文学少年的少年得志相。关于兴庆宫与沉香亭的现场记忆,我在《唐》中有所涉及。

图1.3 家庭影集类的童年照片:8岁的伊沙上学第一天,嵌入照片为诗人19岁上大学时。来源:伊沙,2003年,第30页。

左起：玛尔可 陈生 京不特 卢明华 默默 胖山 小江 吴正伟 张阳

图1.4，图1.5　文学史上的重要一幕：《今天》的创办者芒克、北岛，1978或1979年，芒克2003:21。"撒娇派"，1986（2004年1月《撒娇》复刊封内照）。

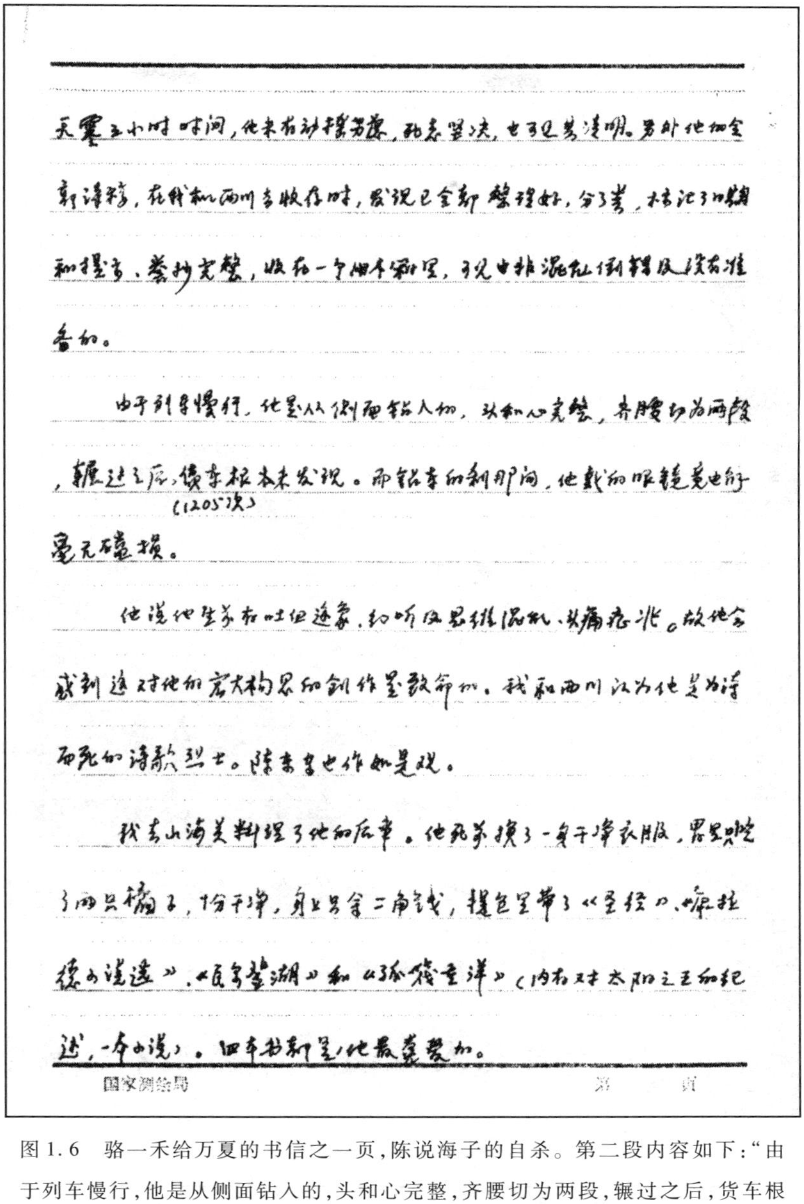
天要五小时时间，他来有动撰劳累，死志坚决，也可见其清明。另外他的全部诗稿，在我和西川去收存时，发现已全部整理好，分了类，标记了日期和提要，誊抄完整，收在一个细本册里，可见并非混乱倒错及没有准备的。

由于列车慢行，他是从侧面钻入的，头和心完整，齐腰切为两段，辗过之后，货车（1205次）根本未发现。而钻车的刹那间，他戴的眼镜竟也能毫无破损。

他说他生前有吐血迹象，幻听及思维混乱、头痛症状。故他会感到这对他的宏大构思和创作是致命的。我和西川认为他是为诗而死的诗歌烈士。陈东东也作如是观。

我去山海关料理了他的后事。他死前换了一身干净衣服，胃里只吃了两只橘子，怕干净，身上只余二角钱，提包里带了《圣经》、《康拉德小说选》、《瓦尔登湖》和《孤筏重洋》（内有对太阳之王的纪述，一本小说）。四本书都是他最喜爱的。

国家测绘局　　第　　页

图 1.6　骆一禾给万夏的书信之一页，陈说海子的自杀。第二段内容如下：“由于列车慢行，他是从侧面钻入的，头和心完整，齐腰切为两段，辗过之后，货车根本未发现。而钻车的刹那间，他戴的眼镜竟也能毫无破损。”来源：杨黎，2004 年，第 16 页。

1991年的伊沙。该年的我做了新郎，而在写作上最重要的事，是写出了语言上的"商标之作"——《结结巴巴》。

伊沙手迹

图1.7 伊沙《饿死诗人》手稿。来源：伊沙，2003年，第33页。

第一章　中国先锋诗：文本、语境与元文本 | 45

图1.8　韩东。如果照片上的人物是个诗人，照片会自然变得有趣，哪怕这诗人只是在吃一碗面条而已。来源：杨黎，2004年，第295页。

有一种对生活即景式图片的解读方式受到赵毅衡的卡拉OK比喻的启发，因为比喻表达的是，诗人们仿佛面对着由朋友和同仁组成的观众，虽然他们的表演既体现不了摄影艺术，也缺乏历史意义。另一种解读恰恰符合诗人们在"圈外"进行形象塑造的策略性需要，基于诗人身份这一通行资本的极大重要性，特别是在"世俗"派诗人当中：如果照片里的人是位诗人，照片内容自然而然就变得意味深长，哪怕诗人的行为不过是吃碗面条。值得注意的是，尽管书籍封面上的作者肖像照的专业品质已有全面提升，但"崇高"派诗人还是不大经常在视觉化过程中抛头露面。

当代诗人的（自我）形象，历经多次重新塑造。在早期朦胧诗那里,诗人是争取艺术解放的人文主义代言人,堪与1978—1979年的政治活动家相比,但在某种程度上,朦胧诗人仍然操练着自己试图质疑的主流意识形态话语。80年代中期以降,政治生活在诗坛的影响并未消失,又出现了与之相对立的诗人形象建构趋势:一种是诗歌崇拜中的精英式"高级祭司"(high priest),另一种是宣扬日常生活现实是艺术之砖石的"庸常"祛魅者兼祛圣者(demystifier-cum-desecrator)。当"崇高"和"世俗"美学获得发展并分道扬镳,"诗群"和"主义"在90年代开始瓦解,诗人作为个体,便再也无力宣扬诗歌的社会意义,而且也未必再对此苦心经营。在世纪之交,诗坛有人意欲再造诗人的自我形象,这部分是对诗人退出社会中心舞台的反应,部分是对视觉化的文化潮流及生活时尚杂志中日益风行的个人专栏之类现象的反应。

在本书中,我用阳性名词和代词统称诗人,这反映了诗坛几乎是由清一色男性主导的元文本竞技场。鉴于女诗人对先锋诗歌发展做出的重要文本贡献,在这一场域中,男性挂帅的现象就更加引人注目。女性书写发生在如蓝诗玲(Julia Lovell)所说的"边缘文类中的边缘位置"上①;但"边缘性"是一个复杂的概念,下面我们很快要涉及这一问题。在元文本中,尽管男性活跃分子积极地谋求女性同行对男性事业的支持,但女性诗人似乎不愿意卷入纷争,或者少有雄心壮志,也无意成为祭司或祛魅者。翟永明拒绝参与"民间写作"和"知识分子写作"论争,即为一例。②

上述诗人形象重塑和自我塑造助长了一种小规模的、疏离政治的名流话语(celebrity discourse),以及当代先锋诗歌中诗人身份的商品化倾向;先锋诗人形象已从高傲、正义的代表,大幅度逆转为酷、伤风败俗的代名词。任何对先锋诗歌"多变性"的理解——姑且不论它在各种各样相互冲突的刺激因素下的迅猛发展——都必须考虑到现代

---

① Lovell 2006,第1章。
② 参见 Yeh 1996a:75;Day 2007a。

中国诗人的身份危机及其合法化问题；这些问题发端于20世纪初，一路发展至今，不断受到社会、政治和文化环境的触弄，并成为持久不衰的问题，且近期以来，受到资本主义市场意识形态的影响而趋于恶化。诗人维系了诗人身份的重要性——无论它代表着（传统）文化精华，还是（现代）"救亡图存"的政治理想，或是（当代）个体认同——珍惜它，并将之视为一个允许不同表现、不同阐释相互接替又并存于世的抽象之物。

**谁的边缘？**

在元文本问题上，中国先锋诗歌依然是这个价值观念、生活方式日新月异的社会的一部分。它的任何市场化努力都将难逃失败的命运——这里仅指发财致富，而非沽名钓誉或混吃混喝——这一文类在上述名流话语以及新型传媒中获得过少许成功。

诗人们追名逐利的方式因时而异、因人而异，之前例举的诗人作品可以为证。于坚在吸引公众眼球的过程中，大致可以被认为是通过改变自己以适应，或者说是积极进行一种新潮时尚、反传统的展示，如有必要，信口乱说、声名不佳也在所不惜。尹丽川和颜峻的年龄使他们更加自然地与快速扩张的青年文化挂上钩，助推社会文化变迁，他们的事业与互联网密不可分。西川对出版物和诗歌活动的视觉展示保持缄默，代表了"崇高"派的态度。

对于于坚、尹丽川和其他诗人——颜峻的程度稍轻——来说，文本和元文本之间存在着分歧：一方面是高雅艺术和寥寥无几的读者，另一方面则是名流话语和诗人身份的商品化。我们在估算读者数量时，除了阅读纸面诗歌的读者之外，哪怕把浏览诗歌网站的人也计算在内，在诗歌写作的所谓有限生产场域之外，先锋诗歌文本也依然与主流社会文化潮流相疏离：在此，主流地位的获得取决于是否人多势众。各派诗人莫不以人数多寡来区分高下，以"世俗"派自居的诗人即可为例。于坚声称，唐、宋时期，古典诗歌是寻常百姓日常生活的一部分,真正的当代诗歌要在"老百姓"当中发挥作用。他的话语并不令人信服。尹丽川说,尽管大谈特谈反精英主义立场,但"下半身"诗歌仍然难以影响到精英圈之外的读者;她的话更容易让人相信。尽管"下半身"诗歌相对易读,其读者群中出现的布迪厄所谓的"非生产者"(non-producers),多于西川或车前子这样典型的"诗人中的诗人"(poet's poet)的读者群,但"下半身写作"还是基本上超不出精英读者圈。①

关于诗歌"走向"之类的问题频频出现在中国大陆批评话语当中,引发种种讨论。这些讨论把诗歌至今的发展价值及其各种未来可能性的可取之处与上述社会文化潮流联系起来。诗歌与这些社会文化潮流之间其实格格不入,诗坛有时为此嗒然若丧,有时又欣然自喜,但诗坛同时有信心认定,自己并未落伍于时代。只是,讨论各种诗学观念是否适应它们所处的物质环境,有什么意义呢?明知电视观众多于诗歌读者,诗歌对国民生产总值的贡献也难以量化,是扼腕叹息还是击掌相庆呢?相反,我们可能更希望说的是,从20世纪80年代开始,尤其90年代之后,一大批作者创作了形形色色的先锋诗歌,并通过各种渠道发表出来,从著名出版社到私人运营的网站,通过这些,诗坛维系着自己一个忠心耿耿、具有良好的社会影响渠道的读者群。当代诗歌崛起于80年代,衰落于90年代及之后,这种表述与语境有关,与文本或元文本无关,但无论是兴是衰,都缺乏重要事证。

还是回头来再讨论一下上文两个关于"红旗"的文本。桂兴华的诗集是主流意识形态的诗化表达;伊沙的诗集则源于出版商的决策。出版商出版伊沙的诗集,是因为他已经是有名气的诗人。在这个时代,政府极少再资助诗集出版。而且,正常情况下,任何指望靠诗歌挣钱的想法都不切实际。"反常"的80年代和诗人自杀都不是正常情

---

① 于坚,1999年(b),第12页;尹丽川及《那就是北京》,2004年及2004年5月比利时根特中心站问答环节。

况。很多一般的先锋诗歌出版物,若无外援就难见天日,但出版商依然会努力出版重要诗人的作品,并且向诗人支付稿酬。无论如何,用数字——金钱、印数、读者人数——来衡量一切,衡量诗歌的"相关性"(这里不包括作为社会道德宣传工具的、表达传统或正统思想、已获得广泛认可和传播的诗歌),都是一种社会经济简约法(socio-economic reductionism)。布迪厄指出了这一点,他把文学场定义为:

> 一个单独的、有着自身运行法则、独立于政治和经济的社会领域。

不过,他随后又写道,要理解文学就要理解如下:

> 它(文学)相对于权力领域而且特别是相对于这个世界的基本法则,即经济和权力基本法则,是如何被界定的。①

纵观整个20世纪直至当下,除了某些复杂的例外,中国诗歌的现代性已经证明,中国现代诗歌很难与"文以载道"的传统诗学思想相结合。由此看来,根据布迪厄的"基本法则",人们常常强调的现代诗歌的"边缘化"是一个有效的、实际上绕不过的概念。奚密的观点清楚地表明,现代诗歌最富创造性和影响力的时期,正是它处于边缘之际。② 但是,考察过80年代以来的诗歌趋向,以及影响着当代中国社会、政治、经济和文化势力之间关系的巨大变化,我们可能会问:谁的边缘?是什么使古典诗歌范式、社会经济发展或权力关系成了中心?谁的中心?文艺上的创新(artistic creativity),使我们通过一种很特殊的途径去理解这个日新月异的世界,这种"特殊性"刚好体现在:文艺创新不轻易迎合常规公理,经济上难以量化,也不可转变成凌驾于他人之上的显在权力。为了避免把诗歌简化为已经深刻经典化的文化认同中

---

① Bourdieu 1993:162-164.
② Yeh 1992:xxiii-1 and 2007a.

的一个"裂痕",或包罗万象的经济理性主义,我们应该警惕一种貌似可信但其实问题重重的观点。要想全面了解当下中国诗歌,用与先锋诗歌发展几乎格格不入的社会思想作参照,比如前现代或现代、儒家思想或市场化之类,毫无意义可言。先锋诗歌适于载道吗?先锋诗歌有市场吗?这两个问题本身,就是错误的。

**谁在乎?**

纠结于上文所说的错误问题,会使得我们对一个虽略显自闭但其实欣欣向荣的文化景象视而不见,也会使我们仅仅再次肯定那套轻视(现代)诗歌"相关性"的话语。轻视诗歌也好,为诗歌辩护也好,在不同文化传统中都已成了某种自成一体的文类。如果诗歌要轻视或辩护,那么这绝不是什么中国问题。

还不如我们在理解当下中国那些围绕和影响着诗歌发展的文化景观的同时,也最好给自己留下足够的空间,看到先锋诗歌之为先锋诗歌的特殊之处,以先锋诗歌本身的条件和标准去接近它。这不是关于艺术绝对自主性的无稽之谈,而是为理解下面的问题所做出的一种努力:这种诗歌意味着什么?是如何运作的?又是为谁运作的?

## 第六节 个案研究,以及本书的写作目的

本书后面的十一章内容,大致按照诗人文学影响的时间顺序排列。我倾向于把它们的范围看作安东尼·伊斯特霍普(Anthony Easthope)所定义的诗歌话语(poetic discourse),即在单个诗句以上,单个作品、个体诗人的诗作中出现的话语,有时也与其他或所有个体诗人的诗作中的话语相关联。① 如前所述,虽然文本、语境及元文本等分类方式有利于组织思维,但是,在本书中,我不会严格地划清它们之间的

---

① Easthope 1983:ch 1.

# 第一章 中国先锋诗：文本、语境与元文本

界线。总的来说，本书的第二到八章集中考察文本，第三章侧重分析元文本和语境，第九到十一章着眼于元文本；语境分析贯穿全书。第十二章是全书尾声，对文本、语境及元文本皆有涉及。

在伊斯特霍普的话语以及文本＋语境＋元文本这种全局性的、相互交织的概念内部，大部分个案研究是用另一种组织原则来划分的，即诗歌声音（the poetic voice）。我指的是形式和内容上的显著的个性风度：这种风度渗透该诗人的所有诗作，使读者一听或一看到其新产生的文本就能辨认出来。除了肖像照之外，作为历史人物，诗歌作者还出现在传记类文字中，也会在论争中现身，如果诗歌作者的故事推进了关于诗歌的讨论。我认为，在文本分析过程中，作者意图是不可知的，也是不相关的，唯一相关的，是文本与读者相遇时的文本意图和读者意图。一如雨果·布雷姆（Hugo Brems）的观点，我认为，拿这些章节中所考察的诗歌类型来讲（它们不同于前现代和毛泽东时代的文本传统），重要的不是创作诗歌的情感（the emotion that creates the poem），而是诗歌创造出的情感（the emotion that the poem creates）。[①] 因此，我把作者对自己文本意图的陈说，看成是作者作为读者的陈词。本书中，对单个诗人作品的个案研究不具有全面性或概括性，但每一个个案研究都有侧重点，这从各章标题可见一斑。此外有两章（第八和十一）从超越个体诗人的文学史片段出发。关于理论和方法问题，在下文略述。

从大量著作等身的诗人和诗评家的作品中，精选出十来个个案，作为文本和元文本的分析对象，这既是一种经典化行为，同时也是一件很个人的事。当然，不管是先入为主还是后见之明，经典化都很少是客观的或系统的，它充其量是主体间性的，通常是个体或集体层面上的主观，具有偶然性和任意性。虽然如此，我还是相信，本书以下章节所研究的每一位作者，都曾在公共领域里产生了显著影响，对先锋

---

① Brems 1991:137.

诗歌整体的多维度话语做出过明显贡献。本书绝对无意综观中国先锋诗歌全貌，但我确实希望借鉴目前的批评话语，并通过本书序言中所提及的在线研究书目，方便读者掌握材料，让读者大致了解中国先锋诗歌。①

**个案研究 12 例**

许多学者已做过 80 年代早期朦胧诗的研究，本书对诗人或文本的个案研究始于早期朦胧诗发端之后。关于韩东诗歌的讨论，往往重点在他对朦胧诗学观念的反抗。这一点清楚易见，但无论是对个人著作还是对更大的诗歌总体发展趋势来说，这种反面定义（negative definition）式的描述都问题重重。韩东作品的价值远超出"反朦胧诗"这一范畴（相关分析见本书第二章）。与之相类似的是，80 年代末，海子作品中蕴含的高度的诗歌崇拜，从某一方面来说，是对韩东、于坚、"莽汉"等人作品中口语化和粗俗化趋向的否弃，但海子文本中的诗歌声音自身很有新意，并不是对"口语"和"粗俗"潮流之前的传统的简单回归。1989 年 3 月，海子自杀，之后，他作为诗歌殉道者的神话形象，湮没了其文本中微妙、强烈的个人特征（第三章）。1989 年之后，海外的中国诗人群有所发展，在杨炼、王家新、北岛等诗人那里，虽然某些事件有催化作用，但并没有让他们的写作发生根本变化。80 年代末的社会变化也催化了国内诗人们的诗歌实践，比如西川的写作。就西川的个体意识而言，1989 是一个转折点。从 90 年代初开始，西川的诗歌文本由于他独创的不确定性而面目一新，这主要体现在他的文本表面与其"深层意义"之间多有互动，及其他种种（第四章）。90 年代初期，西川和于坚各自创作了一个很长的诗歌长文本，可说是代表"崇高"和"世俗"两种美学观念的里程碑式作品。作为引人瞩目的先锋诗歌，这两个文本吸引着我们对它们进行比较，顺便也涉及关于诗歌

---

① van Crevel 2007, 2008a 及 2008b。

和散文的类属定义(第五章)。另一个值得注意的角度,即于坚诗歌的客观化特征,之前已有所略述。悖论的是,所谓客观化,同时也是一个内容与形式高度主观化的过程(第六章)。同样,形式与内容相互强化,是孙文波90年代中后期诗歌文本的主要特征,诗歌节奏与叙事特征互为同构(第七章)。"民间写作"与"知识分子写作"论争之后,尹丽川和沈浩波于2000—2001年创作的诗歌表明,"下半身诗歌"和迅猛激进的社会变革,以及随之而来的代际隔阂之间,有着斩割不断的联系,但他们的诗歌所起的作用并不限于社会纪实(第八章)。

作为元文本的贡献者,中国诗人非常活跃。在这方面,西川的文章同样魅力十足。这一方面是因为,西川的作品堪称文本和元文本之间界限模糊不清的范例(第九章);另一方面,尽管西川所探讨的话题与韩东、于坚所关心的问题相类似,但是,韩东和于坚的明确诗观很丰富,包含着更多的对于诗坛现状的评述(第十章)。这三位诗人的作品,表明了"崇高"和"世俗"作为文本和元文本之标签的相对性,但并未减损它们作为话语坐标的有效性。"民间写作"与"知识分子写作"的论争进一步表明了这一点(第十一章)。新世纪之交,诗歌沿着颜峻的多媒体表演的道路继续向前(第十二章)。多媒体表演的文本成分超出书面范畴,而作为书写,它们属于先锋派诗歌话语。不过,在其他方面,作为被归纳为技术化和再媒体化的更大文化潮流的一部分,颜峻的作品与大多数先锋派诗歌大相径庭,因此引发人们反思这一话语在当前与未来的性质和范围。

在此,我需要做出几点声明。首先,台湾和香港是两个文学资源极其丰富的华语区,但这两地的诗歌不在本书研究范围之内。在中国国内,我的研究未延伸至非汉语诗歌。这反映了两点:第一,我的工作的局限性;第二,与中华人民共和国诗歌相适称的历史情况,使得先锋诗歌作为一种伊斯特霍普式话语,更具有内聚力。后一种观点无意于将地缘政治及其界线具体化,使之具有本质上的文学意义;王德威和奚密等学者早已指出,不应该把政治分界当作文学分界。

再者，在本书中，我详细考察了 10 位诗人的作品，他们当中只有一位女诗人。我在其他文章中曾经估测，中国先锋诗歌界男性诗人的作品比例约占 90%，但无心借这类数字为我的这一选择辩护。我最初的写作大纲包含"女性诗歌"一章，并发表了一篇初步研究翟永明的论文，但后来我有幸成为张晓红的博士论文导师，她的研究使我本来可以在女性诗歌方面所做的工作全部黯然失色。同样，我也曾计划撰写一篇文章，专门介绍 80 年代四川诗坛特立独行的活动和美学观念，但之后我又有幸指导了戴迈河研究四川先锋诗歌的博士论文，也同样"让路"。当然，他人就某个特定主题著书立论，绝不能构成自己不再去做的理由，但是，在指导他们晓红和迈河论文的过程中，我发现，我的兴致落在了与他们二人的对话上，并且乐在其中而忘返。

另外，如前所述，本研究未涉及网络诗歌，原因很简单：从一开始我就已经意识到，跟进纸面诗歌已经非常困难。

最后，虽然中国新诗的发生与外国文学休戚相关，但除了偶尔关注互文性，在本书中我不打算从影响研究的角度切入。①

## 中华性、西方、汉学家

说本书所研究的诗歌是"中国"的，意味着什么？这里借用一下周蕾提出的相关问题：难道它不就是诗歌，而非"中国"诗歌？② 首先，这些诗是用中文写成，它是文化中国大语言语境的一部分，尤其特指当代中国大陆——在海外的中国诗歌写作中，"中国"一词的内涵，并非仅指国境线内。这就提出了一个振奋人心又棘手难解的问题：这些诗歌是否可能以另一种语言写出？对于这个问题，我不会做深入考察，但也不会假设它有一个简单的、肯定的答案。再者，这类诗歌以一种连贯话语的方式运行在本土社会史和文学史语境之中，比如，中国国

---

① Yeh 1991a and 1992a; Wang(David Der-wei) 2000; van Crevel 2007 and 2003a; Zhang(Jeanne Hong) 2004; Day 2005a.

② Chow 2000:11

内环境或非官方诗坛的特殊性,或者说中国传统文化观念积久的影响。很多诗人都会宣称,诗歌应该脱离社会主流自主发展,但是元文本表明,他们并未将这种观点内化到自身之中。

顺着这样的思路谈论中华性,也就表明,我的研究资料受到地域和语言的限定,这种限定的某些方面为这种研究资料所特有,并不一定适用于其他地区或用其他语言创作的诗歌。我希望,我的研究能够表明,把这些诗歌称为"中国"诗歌,并不意味着它的读者必须是任何一种意义上的"中国"人,也不意味着这些诗歌对所谓真实性作了本质化、异域化的误导。而且,虽然"中国语境"有其共鸣所在,但这并不使得本书中讨论的诗歌"只能"是"中国"诗歌。关于这一点,且让我们转换视角,回想一下,中国现代诗歌从一开始就不断受到诟病,因为它不够"中国",是"外来的""西化的"。直到今天,专业或非专业的读者依然会做出类似这般的评价,指责某首诗、某个诗人的总体诗作或某个诗歌潮流沿袭自国外,或是从国外贩进的二手货。

鸦片战争以降,中国和西方、日本之间的关系堪称险象环生、动荡不宁,虽然当代以来,情形与1839年时已不可同日而语。放眼当下文化和学术领域,在"世界文学"和"国际学术"(通常指英语学术)这类颇有争议的概念中,存在着公认的不对等的国族间的文学和学术交流,这反映了一种地缘政治现象。坦而言之,来自中国域外的现代文学,不仅仅有西方和日本现代文学,还有中欧、东欧以及南美洲的现代文学,它们对中国现代文学所产生的影响,超过了中国现代文学的对外影响。同样,西方理论铺天盖地,这一现象并不限于所谓国际研究领域,在中国国内的中国现代文学研究界也是如此。

在个体或群体层面上来看,文化和学术的发展很少发端于"纯粹",通常涉及某种程度的混杂,而且,长远来看,文化学术多会质疑那些将影响描述为单向发生的行为。中国古典诗歌如何影响了西方现代诗,以及西方现代诗又如何影响了中国现代诗,是一个现成的例子。但不管怎么说,不对等交流都依然是热门而敏感的话题。这也不难理解,因为就文学而论,这个话题可能激发出许多有爆发力的概念,如真实性、原创性、首要性、模仿、不平等、从属性等;还有,就文学话语而论,它又突出了方方面面的中心主义和沙文主义的危害。这在宇文所安、兼乐(William Jenner)、奚密、周蕾、林培瑞(Perry Link)、张隆溪、张英进、安德鲁·琼斯(Andrew Jones)、利大英、黄云特、杜博妮(Bonnie McDougall)、蓝诗玲以及许多其他人那里已经引发过极大的争论;这些争论发生时,往往会聚焦于北岛的作品。当然,他们争论的对象不限于中国文学,以及中国文学和其他文学的关系,也延伸到中国及其他地方的中国文学研究,以及中国文学的翻译。①

  西方的中国文学研究能否完全规避西方中心主义呢?当然,如此提问就反映了对于"西方"的一种很静态的、本质的看法,但这点且不多谈。有一些基本原则,虽无特别创意,但也许有助于用来描述我的立场。大多数,也可能是所有的声称具有普遍有效性的文学理论和方法,都源于一种特殊的(文学、语言、社会、意识形态)框架,我把它叫作 X 框架。这样的框架各种各样,它们在任何时间节点上都很少是"纯粹的",它们之间的互动推动着文化的发展,促使人们相对"本土"和相对"外国"的观点彼此相遇,尽管在相遇之前,两者可能均未把自己视为"本土"的或"外国"的。两者都不"纯粹",也不稳定,但在相遇之后,都会有所改变。在当今世界,类似的互动在所难免。作为 X 框架的文学理论和方法,不应机械地生搬到 Y 框架中,但同时,也不应机械地否定其对于 Y 框架文学的适用性。来自 X 框架的学者研究 Y 框架文学时,会采用一种 X 视角,但也不必排斥其他视角。X 视角有时会自身内含明确的理论和方法,但同时,也常常披着思想文化普遍性

---

① Owen 1990 and 2003; Jenner 1990; Yeh 1991b, 1998, 2000a and 2007b; Chow 1993: ch 1-2 and 2000; Link 1993; Zhang Longxi 1993; Zhang Yingjin 1993; Jones 1994; Lee (Gregory) 1996: ch 4; Huang Yunte 2002: ch 2; McDougall 2003: 12 et passim in ch 1-2. 奚密的文章(1991b)是对宇文所安 1990 文章的反驳,除此文外,这些参考文献局限于英文学术。

这样的外衣。X 视角体现了群体取向,但也为个体美学留出空间。来自 X 框架的学者在研究 Y 框架文学时,无法屏蔽 X 视角,这会影响到他们针对 Y 框架文学所提出的问题,及其对 Y 框架文学的描述。但是,这一切都不是问题,只要研究者意识到了这种情形的存在,意识到 X 视角不过只是可能的视角之一,而非真理。

在当下语境中,最具有争议性的视角便是研究和翻译中国文学的外国人的视角。他们通常是西方汉学家,充当着外国出版商、媒体、大学课程等领域的经纪人角色。人们考量其作用,往往会从一种普遍的、对于中国现代文学低微的国际影响力的不满出发。"本土"和"外国"评论家们对汉学家们的成就褒贬不一,从欢迎、褒扬到贬损、敌对,莫衷一是①("本土"和"外国"的划分当然越来越成问题)。乐观者强调,汉学家促进了文化交流;有时候人们把汉学家的工作看成是对中国文学"走向世界"事业的支持。悲观者则相信,汉学家驾驭汉语的能力不足,他们的西方视角,使得他们没有资格来评判汉语文学作品,也没有资格生产可靠、有效的翻译;悲观者偶尔还会对汉学家及其译作的原作者的人品产生怀疑;他们暗示,中国作家中,谁最后能进入世界文学之林,谁只能在林边徘徊,取决于这些作家能否与全球文学市场成功"接轨",以及他们个人与外国的学者型译者的"关系"如何。本书第十章描述的先锋诗人对外国汉学家和中国作家的猛烈抨击,即为此例。

从诗歌领域来看,有些学者对外国汉学家的作用,以及他们所"新造"的外国读者群的规模,过于夸大了;在某种程度上,这使人联想到这是对布迪厄"圈内生产"理论的过度解读,其实并不能反映诗坛现实。利大英于 1996 年写道,90 年代早期,由于中国国内环境的原因,"西方世界成为中国诗人的主要观众",尽管他后来注意到,在中国,

---

① 参见 Yeh 2007a:33。

"依然存在大量的诗歌读者群……就规模和影响而言不容小觑"。①张旭东认为:

> 事实已经证明,"纯诗"或"全球诗歌"的美学体制是这种昙花一现的极盛期现代主义(即朦胧诗——笔者注)最后的庇护所,多亏西方大学和基金会的"学术性"兴趣,才使得它能够在中国之外作为濒危种类继续存在。②

苏源熙(Haun Saussy)已经指出,这堪称一个掩盖于可疑的修辞外衣下的过度夸张。③

西方的文学界和学术机构一直很关注用欧洲语言书写的文学,对中国现代文学的关注要少得多。近些年来,世界各地的中国研究虽然呈上升趋势,但翻译中国文学的学者型译者仍然相对较少,因此,在将中国文学呈现给外国读者方面,某些个人所具有的影响力就会很大,或许大到失衡或不成比例。由于前文所述的不对等交流,也由于外国人对个别中国文学作品的肯定在中国国内话语中极有分量,所以,外国汉学家的枢纽作用被进一步强化了。然而,我们首先应该注意到,英语中的 sinologist(汉学家)的意思因人而异。尤其是在北美语言中,sinologist 通常有对中国传统文化中的东方主义再现之意,有着不充分的学科(disciplinary)理论,以及对本质化"中国"无所不包的想入非非。引人注意的是,从 sinologist 的词源来看,英语中的 China scholar(中国研究者)具有相同的意义,但其负面含义却少得多。在欧洲,学界也认识到了这些问题,但对"汉学家"这个术语争议较小,这也许是因为,中国研究一般集中在"中国研究"系,在比较文学系或历史系等其他学科中未得到充分发展。

目前,就中国现代文学低微的国际影响力和学者型译者的作用而

---

① Lee(Gregory)1996:13,38.
② Zhang Xudong 1997:136.
③ Saussy 1999.

论,足可形成以下几点意见。第一,在西方,中学生能学习欧洲语言中的不同语种,并不意味着这些语种之间的翻译工作一律能产生高质量的翻译文本。然而,欧洲语种比中文的情况还是强一些,因为在当前,虽然中学开设中文课的情况越来越多见,但大多数中文译者是在踏入大学校门后才开始学习汉语的。所以,中国文学翻译领域无疑有待完善。第二,以汉语为母语的人与以各种目标语为母语的人之间成功合作的例子,为数众多。第三,在评价学术和翻译时,我们应该铭记,中国现代文学本身,即作品的中文原文,在急剧动荡的中国现代史上处境艰难,在一定程度上可以说,它未曾找到稳定的立足点。第四,对于汉学家和通常是泛泛而论的西方视角的担忧,也许不应该让学者型译者停止对中国文学的研究和翻译。如其他学者所做的那样,杜博妮也曾言之凿凿地警告人们不要"幼稚"地采用西方视角,但是否应该"根据本土期待来调整批评",或者能否这样做,都有待商榷。这种立场意味着,外国的学者型译者除了传达中国国内的话语,及其"文学首先是社会记录"这样的观点预设之外,几乎无可作为;而上述观点,限制了文本在与形形色色的读者相遇时,以不同方式实现自身潜能的机会。当杜博妮力劝学者型译者不要对中国国内的文学经典照单全收时,她认清了这一问题的复杂性。①

**理论和方法论**

由于在本书中,我的研究对象包括各种各样的诗歌,所以,并未采用单一的、贯穿始终的文学理论。我借鉴了不同理论家的研究成果,只是基于这些理论是围绕着材料所引发的问题而展开,比如约翰·葛拉德(John Glad)关于流亡的观点,玛乔瑞·帕洛夫关于不确定性的观点;亚米太·艾维瑞姆(Amittai Aviram)关于节奏的观点等。在几个作

---

① 见杜博妮《虚构的作者,想象的观众:二十世纪中国现代文学》第1、2章,特别见 McDougall 2003:9。

为个案的研究对象那里,我一直重视形式和内容的协同作用,既不把形式与内容看成是一组对立的概念,也不将之视为简单等同的,而是意识到两者是相互关联、相互依存的。我的立场如下:诗歌首先是艺术,诗歌可能具备的社会记录或普遍性再现功能是次要的,诗歌形式对其内容的实现必不可少,我们应该警惕内容偏见(content bias)的陷阱,以及周蕾所说的将文学信息化(informationalization)。[1]

　　我的主要研究方法是文本细读。在这里,阅读诗歌,为的不是完整性,而是内聚力(coherence),内聚力与包罗万象、严格死板的一致性不是一码事,它往往表现为未决的张力而非闭合。在这一方面,不同的材料也不是总在提出相同的问题。例如,与沈浩波的诗歌相比,用文本细读法解读孙文波的诗歌更加在情在理。几年前,邓腾克(Kirk Denton)曾经对我发在他本人主编的期刊上的一篇文章评价说,它证明了文本细读"依然是一种很有价值的工作"[2],那篇文章其实是本书第四章的早期版本,内容是关于西川的。邓腾克的评价可以说证明了,自20世纪中期以来,文本细读法作为一种研究方法,何等身败名裂。在某种程度上,人们对文本细读法的诋毁,是与对新批评家(New Critics)的讽刺联系在一起的。用文本细读法进行文学研究的学者,被讽刺成两眼一抹黑,一味膜拜狭义的文学文本,不愿意承认纸上语词也可能具有一种人们普遍接受的参考价值。但这并非我所为。过去几十年间,文学和文化研究的发展是一件好事,最重要的原因是当下研究具备多样性和包容性。以文本细读法进行相关研究依然有发展空间,必要的话,连音节重读和标点符号之类的细枝末节都是值得注意的。本书中,我在引用个别诗作时,尽可能采用作品的全文,这是出于对诗歌文本的一种特殊敬意。好在,对于诗歌来说,引用全文往往是可能的;从理论上说,也绝对是最理想的。

---

[1] Chow 1993:132.
[2] Denton 1999.

# 第一章　中国先锋诗：文本、语境与元文本 | 61

　　由于我在上文提到过中国先锋诗歌能否用另一种语言来书写这个问题，那么自然就要说说翻译。本书中所有的翻译都由本人完成。自己翻译，是出于很实际的原因：在用一种语言研究另一种语言的诗歌的书中，分析、阐释与翻译情同手足、亲密无间；同时这出于本人对翻译艺术的热爱。本书中讨论的几首诗歌，虽然已经有其他译者捷足先登，但我依然让自己与这些文本独自相遇，如果我的译文恰好和前人的译本重合，也不会因此更改自己的遣词造句。在所谓的学术翻译和文学翻译之间，我倾向于后者，但也意识到自己对汉语原文的评价给翻译所带来的局限。我希望读者理解的是，这些事情没有一成不变的标准。比如，在第六章中，我指出，某种特定情况下的"灯"，事实上应被译成英文中的 window（窗户）。另一个反复出现的，是诗歌本身的可译性问题。显然，这不是中国诗歌独有的现象，但我还是想通过引用研究中国诗歌的同行专家的观点，来表明自己的立场。我支持霍布恩（Brian Holton）摈弃"不可译性"神话的做法；霍布恩、凌静怡（Andrea Lingenfelter）、西敏（Simon Patton）、戴迈河、柏艾格（Steve Bradbury）等人的翻译，为反对这个神话，提供了一些最强有力的英语证据，我对他们表示赞赏。①

*　　*　　*

　　广义上的可译性，引出最后一个连带性的问题，它关乎文学（尤其是诗歌）研究的特有本性，也关乎语言边界以内和跨越语言边界的研究工作。从根本上看，为什么讨论文学文本，甚或宣称能代表本应不言而喻的文学文本说话？这个问题让我们想到一些对于文学批评的截然不同的看法。一面把评论视作当今最有影响的高雅文学形式，②一面又将关于诗歌的学术讨论喻为陈腐的、不善的医学解剖。类似"医学解剖"这样的比喻，是拒绝"释义性"（paraphraseability）的极端

---

① 参见 Holton 1994:122-123 及 1999:188
② 引自 Yu(Pauline) et al 2000:6

例子:诗之所以为诗,正因为诗歌是由不容更改的确切词语组成的;而诗歌的语词,作为与其他文体不同的另一种文字表达,往好里说,是无用的,往坏里说,又是对诗歌完整性的严重背离。但也存在着其他可能的答案。托努斯·沃斯特霍夫(Tonnus Oosterhoff)描述了一幅与医学解剖一样强有力的画面,只是更有吸引力和生机:

> 难道评论性、解释性的写作必须是硬科学?难道这种写作和用第二声部歌唱不是更具可比性?在艺术作品中,围绕着主旋律的,也还有次旋律自身的律动,让艺术作品更清晰更有深度。作为写作者的读者必须追求精确,但他/她所追求的,应该是有意义的复调,而非科学那种非个人化的、语境内在的细致。①

向第二声部致敬。

---

① Oosterhoff 2006.

## 第二章 真实的怀疑:韩东

我们看到,直至80年代中期,人们还经常从先锋与正统的背离出发,对"先锋"进行反面定义(negative definition)。回顾过去,可以发现,作为中国现代诗歌史上早期分水岭的1917年文学革命,也是被这样定义的;当时,它的参照物是古典传统。胡适的《文学改良刍议》(1917),即以人所熟知的"八不"而引人注目。

反面定义有一定的道理,因为文艺是一项累积性的事业,我们对文艺的想象,经常是由过去塑造而成,而过去的东西,恰恰是新的创作不会提供给我们的。反面定义的对象不仅仅是潮流、运动、学派等,人们也会对个体作者的全部创作或单个作品进行反面定义,在审视一首诗或一幅画的时候去关注作品自身没有的特征,比如韵律,或与自然世界在形象上的相似性。一个反面定义,比如"这首诗不押韵",并不排斥也同时存在的正面定义,比如"这首诗凸显了文学表演性的一面"。然而,如果一首诗的显著特征仅限于对另一首诗的排斥,那么,其文本的存在功能则只在其批评性,而非其主体文本,虽然主体文本与批评之间的区别是相对的。

自80年代初期以来,作为诗人、编辑和元文本作者的韩东(生于1961年),一直是先锋圈内一个卓尔不群、颇有影响力的存在。除了两部个人选集外,他的诗歌也出现在许多重要的多人合集中;他是下文将要讨论的《他们》杂志的创刊编辑,他还很有雄心地创办了"年代诗丛",长期以来为诗歌论争作贡献。他的作品成为众多期刊和当代诗歌研究的重点对象。在英语学界,奚密、苏炜、文棣(Wendy Larson)和蓝诗玲等人的研究涉及韩东诗歌,他们将朦胧诗与后朦胧诗、新生代和第三代诗歌等类别进行了比较。杰弗里(Jeffrey Twitchell-Waas)

图 2.1　韩东于 2006 年（摄影 Pieter Vandermeer）

和黄帆在一篇关于南京诗坛的文章中对韩东有浓墨重彩的描写。西敏翻译的韩东作品见于鹿特丹国际诗歌节网，同时附有一篇灵动敏锐的介绍性文字。①

---

①　韩东，1992 年及 2002 年。关于"年代诗丛"，见 van Crevel 2003b。河北教育出版社的出版决策改变之后，"年代诗丛"就夭折了。参考 Yeh 1992；Su 和 Larson 1995；Lovell 2002；Twitchell-Waas & Huang 1997；Patton 2006。关于韩东诗歌的英译，参见 Tang Chao & Robinson 1992；Zhao(Henry) & Cayley 1996；Twitchell-Waas & Huang 1997；Zhao (Henry) et al 2000；*Renditions* 57(2002)，以及戴迈河的博士论文有关章节（→中国地下诗歌→有关材料→翻译）；*The Drunken Boat* 6-I/II(2006，在线)；*Full Tilt* 1(2006，在线)；Patton 2006；Tao & Prince 2006 以及 Zhang(Er) & Chen 2007。

自从刊物《今天》开创先锋诗歌的先河以来,之后的先锋诗歌都继续或多或少站在正统诗歌的对立面,这其中也包括韩东的诗歌。但其实这种景况已无多少意义可言,因为从 80 年代中期开始,先锋诗歌就已经令主流诗歌黯然失色。这里,比较重要的是,在先锋诗坛内部,韩东的诗歌常常由于对朦胧诗的否弃而被从反面定义,其原因在于:韩东某些最出名的早期作品,是对某些著名的朦胧诗作的反写,他的一些诗学命题也是如此。

本章第一节讨论韩东最初反朦胧诗立场的重要性,及其作品对当时诗歌潮流的评判作用。但对于韩东的诗歌,还有很多其他的话要说。第二节要分析的是,对韩东诗歌的反面定义,其实只捕捉到了作为文本的韩东艺术的一小部分,不足以对韩东作品的发展作出合理解释。他对朦胧诗的拒斥,仅仅是其多面性、原创性诗学观念的表现之一。韩东的诗作超越了地域性的文学史语境。

## 第一节 拒绝朦胧诗

从 1978 年 12 月创刊,到 1980 年,《今天》在中国内地存在总共不到两年。虽是昙花一现,但在年轻的城市知识分子当中,《今天》却产生了巨大的影响;对于在校大学生来说,尤其意义非凡。当时,大学生诗歌经由民间渠道流布全国,被集体命名为"校园诗歌",发展很快。那时韩东就读于山东大学哲学系,已是小有名气的校园诗人。吴开晋注意到,韩东的一首组诗于 1981 年获得了主流刊物《青春》颁发的奖项,这首作品还体现了《今天》(特别是早期北岛)所开创的朦胧诗的悲剧英雄传统。获奖后不久,韩东的风格就发生了彻底的改变。从 80 年代中期开始,新诗潮逐渐超越朦胧诗成为主流,在这个过程中,韩东的《山民》(1982)被奉为开山之作。①

---

① 吴开晋,1991 年,第 214 页;老木,1985 年,第 572—573 页。

## 山 民

小时候,他问父亲
"山那边是什么"
父亲说"是山"
"那边的那边呢"
"山。还是山"
他不作声了,看着远处
山第一次使他这样疲倦

他想,这辈子是走不出这里的群山了
海是有的,但十分遥远
所以没有等他走到那里
就已死在半路上了
死在山中

他觉得应该带着老婆一起上路
老婆会给他生个儿子
到他死的时候
儿子就长大了
儿子也会有老婆
儿子也会有儿子
儿子的儿子也还会有儿子
他不再想了
儿子也使他很疲倦

他只是遗憾
他的祖先没有像他一样想过
不然,见到大海的该是他了

尽管《山民》是在影射寓言故事《愚公移山》及其在红色年代的接受情

形,但是当诗中人物对大山和子孙感到疲倦时,诗意就发生了具有反讽意味的转折,与矢志不移、持之以恒的愚公精神形成了鲜明对照。①在此,我们的兴趣点在于《山民》一诗对朦胧诗急转直下的偏离:朦胧诗曾以语调的高蹈、隐喻的新颖大胆而著称。

与后期作品相比,《山民》一诗尽管笔触稚嫩,但却预示了韩东最著名的两首诗——《有关大雁塔》(1982)和《你见过大海》——的到来;这两首诗被收入众多诗选集,也被众多中国当代诗歌或文学史研究著作引用。它们体现了怀疑精神,手法反讽,在风格上刻意简单化。引人注目的是,改革开放以前,这样的文学表达方式在中国是极为稀少的,即使在先锋诗歌的第一阶段,即朦胧诗时期,也十分罕见。②

### 有关大雁塔

有关大雁塔
我们又能知道些什么
有很多人从远方赶来
为了爬上去
做一次英雄
也有的还来做第二次
或者更多
那些不得意的人们
那些发福的人们
统统爬上去
做一做英雄

---

① 例如:金汉,2002 年,第 290 页(这一部分的诗歌内容由骆寒超主笔);刘树元,2005 年,第 213—215 页。关于愚公移山的寓言及其相关解读,参见毛泽东,1967 年,第三卷,第 271—274 页。

② 《他们》第 1 期,1985 年,第 36 页;韩东,2002 年,第 10 页。在唐晓渡和王家新合编的《中国当代实验诗选》中此诗的创作时间为 1982 年,见唐晓渡 & 王家新,1987 年,第 205 页。

然后下来
　　走进这条大街
　　转眼不见了
　　也有有种的往下跳
　　在台阶上开一朵红花
　　那就真的成了英雄
　　当代英雄

　　有关大雁塔
　　我们又能知道什么
　　我们爬上去
　　看看四周的风景
　　然后再下来

这是经典版《大雁塔》，它与一个鲜为人知的早期版本并存于世，后者发表在兰州民间刊物《同代》上。该诗的经典版远离道德化说教，转向意蕴丰富的沉默，表明了韩东个人风格的转变。

　　在本章下半部分，我将重点分析韩东作品中那些被正面定义的特征。这里，先回顾一下已有的研究成果，记住《有关大雁塔》是对朦胧诗尤其是杨炼的《大雁塔》(1980)的反写。① 在《有关大雁塔》中，韩东解构了杨炼诗中的传统观念，颠覆了杨炼关于大雁塔的浮夸式文学展现。在杨炼诗中，大雁塔是雄伟壮丽的中华文明地标，承载着普通游客的诸多精神期望，这些在韩东的诗中被统统消解。与莱蒙托夫小说中的人物相比，"当代英雄"更容易让人联想到当代中国正统文学作品和早期朦胧诗中涌现出来的众多不同凡响的英雄人物形象。

---

　　① 杰弗里和黄帆以及王一川详细讨论了这种互文性，见 Twitchell-Waas & Huang 1997：30-31 及王一川，1998 年，第 236 页；同时见陈思和，1997 年，第 52—53 页。《大雁塔》首先发表于杨炼的文集《太阳每天都是新的》(1980)。此诗早期也出现在《花城》(第 5 期增刊，1982：9-14)上。一个英译版本可见 Soong & Minford 1984：256。

韩东重写大雁塔将近二十年以后,蔡克霖步其后尘挪用了"大雁塔",《有关大雁塔》的持久影响由此可见一斑。蔡诗的标题《大雁塔》(2004)和杨炼诗歌同名。他回应了韩诗开头两句(有关大雁塔/我们又能知道些什么),也回应了自杀场景,节选如下:①

  再不怀疑什么
  前面就是大雁塔了
  ……
  我已攀上了塔顶
  如果展翅
  也青空里腾飞
  该是件幸福的事了
  我压根儿不想
  在没有英雄的年代里
  充当什么英雄
  只想掸去世间浮尘
  心,平静下来
  听佛说话
  ……

这里,互文性持续进行并延展开来,其中一个相当重要的原因是,蔡诗采用了杨诗的标题,但重写的是韩诗中的场景,之后还影射到北岛那篇名噪一时的早期文本《宣告》(1980);韩东的"有种的"由此再度被扭转意义。《宣告》是为了纪念"文革"期间遇难的遇罗克。如下面段落:②

  在没有英雄的年代里

---

① 刘树元,2005年,第245—247页。刘没有讨论到对北岛的暗指,下文会提及。
② 北岛,1987年,第73—74页。

我只想做一个人
　　宁静的地平线

　　分开了生者和死者的行列
　　我只能选择天空
　　决不跪在地上
　　以显出刽子手们的高大
　　好阻挡自由的风

最后，抛下民族自豪感（杨诗）、对民族自豪感的解构（韩诗）和"文革"期间的不白之冤（北诗），蔡把读者重新导向其他久远的领域，突出了大雁塔最初作为藏经阁，用于收藏从印度取回的佛经的功能："听佛说话。"

　　早在80年代初，正如在《有关大雁塔》中反写了杨炼，韩东在《你见过大海》(1983)中也回应了舒婷，尤其是回应舒婷激越高昂的《致大海》(1973)和《海滨晨曲》(1975)。有趣的是，《你见过大海》也可说是韩东自己那首《山民》的续篇，"看海"是《山民》中的主人公一直未了的心愿。放在一起看，这些互文性关系有助于消解关于大海的文学神话（王一川语），以及关于大海想象的文化意义（刘树元语）。①

### 你见过大海

　　你见过大海
　　你想象过

---

① 舒婷,1982年,第1—6页。参见王一川,1998年,第239页；刘树元,2005年,第216页。《你见过大海》首先发表于《他们》第1期,1985年,第37页；在唐晓渡&王家新合编的《中国当代实验诗选》中此诗的创作时间为1983年,见唐晓渡和王家新,1987年,第208页；韩东,2002年,第14页。张枣(2004:217)把韩东在1988年所写的《下午》(《他们》第5期,第6页；韩东,2002年,第75页)称为反写朦胧诗的另一个例子。

大海

你想象过大海

然后见到它

就是这样

你见过了大海

并想象过它

可你不是

一个水手

就是这样

你想象过大海

你见过大海

也许你还喜欢大海

最多是这样

你见过大海

你也想象过大海

你不情愿

让海水给淹死

就是这样

人人都这样

毋庸置疑,对朦胧诗的批判性的回应,以及与之断绝关系,是韩东早期写作的部分动机所在。在近些年的一次访谈中,韩东承认,以北岛作品为代表的朦胧诗,在当时有着巨大影响,而自己这一代人挣脱束缚的尝试,也可以说是一种弑父行为。此言契合了80年代中期年轻作者和批评家们经常使用的口号"打倒北岛!"也是在这次访谈中,韩东偶然提到,当年是由于北岛的力荐,《中国》才刊发了《有关大雁塔》。[①]

---

① 参见 Yeh 1992b:396-397;韩东 & 杨黎,2004 年,第 296、299 页;徐敬亚,1989 年,第 134—140 页;韩东 & 常立,2003 年。

该刊当年在第 3 期设有一个专栏,该专栏得到了资深诗人牛汉的赞同支持,这使得另一种亦具先锋面貌的诗歌,作为朦胧诗的替代者而实则是继承者,正式获得了认可。不久以后,年轻一代对朦胧诗人的拒斥,从程蔚东发表在《文汇报》上的短文中体现出来,文章题为《别了,舒婷北岛》(1987)。①

与朦胧诗之间的断裂之举,不仅在韩东的诗歌中有所体现,他自 1985 年以来发表的早期诗学言论也可见一斑。他的"诗到语言为止"的格言,使人联想到马拉美的论断:诗歌是由语词(words)而非思想(ideas)所构成(虽然这只是对马拉美诗学观念的简化)。关于这个论题,其他现代作者也发表过相关言论。韩东的话表达了一种相似的愿望,那就是,要对诗歌去神秘化,或者至少要强调语言作为诗歌媒介的本体性首要地位,而不是把诗歌视作其他事物的延伸或媒介物。在本土语境中,韩东的这番言论也体现了对文学正统和早期朦胧诗的意识形态性主张的拒绝。

韩东的格言,是中国当代诗歌中被最常引用的诗学立场之一,并且催生了多种变体及解读。苏炜和文棣将其译为 poetry stops at language。这意味着,诗歌在"抵达"或"到达"语言之前就"停止"了,但韩东的本意大概是:诗歌在抵达语言之后才停止。杰弗里和黄帆把这句话扩展为 poetry begins and ends in language,这似乎是韩东的"诗到语言为止"与尚仲敏的"诗歌从语言开始"的合并。当于坚写下"诗'从语言开始','到语言为止'"时,他是有意把尚仲敏和韩东的话整合起来。韩东最初的提法,大致可追溯到 80 年代中期,但起源不甚明了。一如其性格,韩东一直在淡化自己观点的重要性,声称自己从来

---

① 程蔚东,1987 年。

都无意为诗界树立理论准则,他的话也不应被转化成某种"真理"。①

如果将韩东的诗歌作品和他的诗学主张相互比较,可以发现,后者因其严肃、严苛、严重的语气及其对抽象的青睐而格外醒目,但他对诗人、读者和批评家的角色、灵感、诗歌形式和技巧、诗歌的社会地位等问题的评述,确实体现出敏锐的眼光和洞察力。我们将在本书的第十和十一章对此再有论述。

上面说过,当代中国的民间诗歌刊物很有助于先锋诗歌面貌的形成。从 1984 到 1995 年,南京诗刊《他们》是读者群最大、办刊时间最久的民间刊物之一。韩东是《他们》的背后推手。至今,《他们》并未得到国外学界的充分关注。刊物中文名称的灵感源于乔伊斯·卡罗尔·奥茨(Joyce Carol Oates)的小说《他们》(Them),但在刊物第五期的封面上被回译成英文 They。刊物的几个核心作者从 1984 年开始沟通和合作,主要有韩东、丁当、于坚,以及陆忆敏、吕德安、普珉、王寅、小海、肖军、于小伟。纸质版的《他们》先后共出了 9 期:1—5 期发行于 1985—1989 年间,6—9 期出现在 1993—1995 年间。1989—1992 年间,刊物处于蛰伏状态。2002 年之后,刊物作为"他们文学网"的一部分发表于网络。②

从某种程度上讲,《他们》的确是因为有别于《今天》而确立了自己的身份,尽管这只是其许多个特征中的一个。而且,我们在下文会看到,《他们》同样不同于另一份引人瞩目的民间刊物,后者发端于当

---

① Su & Larson 1995:299;Twitchell & Huang 1997:34;尚仲敏,1988 年,第 299、232 页;于坚,1991 年,第 310 页;韩东 & 常立,2003 年。韩东的说法最迟肯定于 1987 年初开始流传开来(见唐晓渡 & 王家新,1987 年,第 203 页);从《他们》第 3 期的诗学主张中未见其踪可以判断出,"他们"一词可能出现在 1985 年之后。小海认为,这个说法可追溯到"80 年代中期"(见小海,1998 年,第 19 页)。甚至连兢兢业业的注释家吴开晋也无法确认该词最早出现在何处(见吴开晋,1991 年,第 218 页)。沈奇亦未说明出处(见沈奇,1996 年,第 204 页)。2003 年 3 月,私下交流时,韩东闪烁其词,说他想不起自己的确切说法,但可以想象自己说过类似的话。

② 关于《他们》及其在线论坛的延续形式,可见第一章中所列举的先锋诗研究,见韩东,1992 年;韩东、马铃薯兄弟,2004 年;"他们文学网"。

时活跃的诗歌省份——四川。① 跟《今天》比,《他们》的重要意义在于：在形式和内容上都从宏大升华转向简单日常,作为这个潮流的早期表现,《他们》推动了本书第一章提到的从"崇高"到"世俗"的变化趋势。韩东的《有关大雁塔》和《你见过大海》均见于南京刊物的创刊号,可以说是其代表性文本。

韩东在《他们》第三和第五期上都发表了"编者按",挑明与《今天》脱离关系。第三期(1986)的封面上,列出了十位撰稿人的名字,名字下面有这么一段话：

> 创办《他们》时,我们并没有一个理论的发言,现在仍然如此。但有一些问题变得越来越明确了,我们有必要总结一下。
>
> 我们关心的是诗歌本身,是诗歌成其为诗歌,是这种由语言和语言的运动所产生美感的生命形式。我们关心的是作为个人深入到这个世界中去的感受、体会和经验,是流淌在他(诗人)血液中的命运的力量。我们是在完全无依靠的情况下面对世界和诗歌的。虽然在我们的身上投射着各种各样观念的光辉,但是我们不想,也不可能用这些观念去代替我们和世界(包括诗歌)的关系。世界就在我们的面前,伸手可及。我们不会因为某种理论的认可而自信起来,认为这个世界就是真实的世界。如果这个世界不在我们手中,即使有千万条理由我们也不会相信它。相反,如果这个世界已经在我们的手中,又有什么理由让我们觉得这是不真实的呢？
>
> 在今天,沉默也成了一种风度。我们不会因为一种风度而沉默,我们始终认为我们的诗歌就是我们最好的发言。我们不藐视任何理论或哲学的思考,只是我们不把全部的希望寄托于此。

---

① 韩东,1992年,第194—198页。

虽然诗好像并未到语言为止,但尤其在上述引文的第二段中,流露出了对与《今天》相关的诗歌类型和文坛景象的拒绝。1988 年,徐敬亚编的《中国现代主义诗群大观 1986—1988》一书收入了《他们》的"编者按",文章以另加的一句话作为单行的结尾段落:"我们要求自己写得更真实一些。"书中也点明,《编者按》的作者是韩东本人。①

《他们》第 5 期发刊于 1988 年底或 1989 年初,封面上印有韩东的一帧肖像,开篇是他的一首诗。② 封二上是韩东写的一篇类似总论的短文,题为"为《他们》写作":

……为《他们》写作是我们这些人的写作方式,它使我们的诗歌成为可能。可以为一张光洁的纸而写作,可以为好用的笔,我们为《他们》,是同一个意思。

……有别于理想主义者,不必在目的性上大做文章。我们知道干一件好事,还要知道怎样才能干好……

……我们是同志,也是同路人。同路人的情意要大于同志。不能相信的是不择手段的纯正目的。目的的偏差肯定出现在起步之始。……

"他们"不是一个文学流派,仅是一种写作可能。

"为《他们》写作"也是一个象征性的说法。《他们》即是一个象征。在目前的中国它是唯一的、纯粹的,被吸引的只是那些对写诗这件事有所了解的人。"为《他们》写作",仅此而已。

重申一下,尽管韩东的这篇短文不乏理想主义,但"理想主义者"和

---

① 徐敬亚等,1988 年,第 52—53 页。韩东和常立再次确认了韩是文章的作者,见韩东 & 常立,2003 年。
② 期刊封面上写着大号字"一九八九",但其封底版本记录页上的出版日期却为 1988 年 11 月。

图 2.2　《他们》第 5 期封面

"大做文章"这样的用语,让人联想到的却是《今天》催生的诗人们和大量诗歌批评、理论和策略性话语。韩东写下的这篇《为〈他们〉写作》,也让我们联想到聚集在四川诗刊《非非》周围的诗人和话语。自1986年创刊以来,《非非》就广为人知。与"非非"类似,带引号的"他们"并非指刊物名称,而是指撰稿人;与"今天派""非非派"相比,"他们"并不足以构成一个文学流派,前两者是对在《今天》和《非非》上发表诗歌的作者的集体命名。① 虽然,是否存在一个"他们派"这一点有待商榷,但"他们"与"今天派""非非派"的一个不同在于:后两者主要集中在北京和四川,因此具有一定的地域身份,"他们"的作者情形则与之相反,全国各地都有诗人通过书信往来而非旅行见面,自由散漫地相遇在"他们"。"光洁的纸"和"好用的笔"是"他们"简单的舞台道具,摒弃了当时中国读者期待视野中与诗歌相关的若干事物,如真、美、正义、先知般的视野、饱经苦难的灵魂、个人象征手法等——即《今天》中的诗歌所反复描述的。在总论的结尾,韩东写道:"'为《他们》写作',仅此而已。"这是典型的韩东语。它规劝读者心气平和地看待事物,尤其要意识到,有些事物实际上并不像人们所推衍的那样内涵丰富——没有那么深刻或神秘,复杂或特别。

总之,中国诗歌从意识形态的压抑中解放出来以后,朦胧诗和朦胧诗人的影响无疑最为广泛,而早期韩东的诗歌和诗学观念则对朦胧诗构成了有力的批评。因此可以说,韩东的作品预示了我们在以后能够看到的诗界多样性。

## 第二节  一种原创的诗学观

没有中华文明的传统经验,没有对自然奇迹的体验,没有虚夸言辞或得意自炫,没有高蹈的理想,不需要累牍立论,也不需要什么流派,"仅此而已"。韩东对朦胧诗的拒斥因此一目了然。但所有这些辩驳都另有深意——它们表达了一种原创的诗学观,超出了其地域性的文学历史语境。

在主题方面,学界大多关注韩东对传统主题的解构,以及对庸常和都市日常生活的青睐。我们下面将要讨论的四首诗当中,《甲乙》就体现了这一特点。另外,韩东诗歌的另一特点少有人注意,就是打破

---

① 参见吴思敬,2002 年,第 86 页。

机械单调、平铺直叙的语言形式,制造一种冲击效应;当节律或其他形式特征未发生任何变化时,语义出现突变,这时冲击力来得尤其强大。在《山民》中,韩东初次尝试去发现自己的声音,但没有产生什么震撼性效果,声音泯然渐消。在《有关大雁塔》中,韩东随兴所至,提及有人跳塔自杀,我们在这里发现了震撼性效果。成群结队的游客热切地分享某个公共地标之荣光,对比之下,自杀行为为此场景增添了一种令人惶恐不安的重要性。除了最初带有讽刺意味的解读之外,"当代英雄"的意思变得模棱两可。言说者或许根本就是把"有种的"人看作真正的英雄,因为他们有勇气在大雁塔前自绝,作者借此谴责和解构了人们对中华文明的盲目膜拜。

在《你见过大海》中,重复和近似重复的手法贯穿始终,几乎整首诗都是为了专门制造一种催眠式的低音效果。在听觉或视觉上未发生小波动的情况下,根据言说者的描绘,"你"成了溺水者,被"你"浪漫化的大海则成了凶手,这样的转折扭转了整首诗歌的乏味单调。我们再次意识到,诗歌进行到一半时,"可你不是/一个水手"的观察,是一次警告。在多种文学传统中,"大海"这一意象都很常用,韩东借此暗示了诗人和水手的对立:言说大海的诗人不享有言说大海的权力,享有这个权力的水手则未曾有所言说。我们还将在《甲乙》里目睹另一种相似的震撼性效果。

此外,韩东诗歌的主题,往往因为言说者刻意为之的表面性(willed superficiality)而被强化。苏炜和文棣在讨论第三代诗歌时也援引詹明信的说法,讲到了表面性,但在这里,我的用法与他们不尽相同。① 苏炜和文棣关注的是作为一种后现代标志的表面性,而在我这里,表面性表示一种遮蔽了传统套路中的推理和联系机制,从而构成简明直接的陌生化效果。陈仲义注意到,在韩东和其他第三代作者那

---

① Jameson 1991:9;Su & Larson 1995:291-292.

里,存在着一种"客观主义"倾向,①陌生化效果正是其中的一部分。例如,《有关大雁塔》中,诗人对世界的观察是平视的,并未导向自我审视或价值判断,从而颠覆了下面列举的看似不言自明的假设:大雁塔这样的地标性建筑,让个人体验到自己身处文化遗产之中,而诗歌恰是表达这种经验的合适载体;还有,参照中国古典传统,登高望远也是一个合宜的诗歌主题。但是,在韩东这里,诗人观察到的仅仅只是:形形色色的人来到大雁塔,爬上高塔,环顾四周,或许享受一下成为英雄的幻觉,然后又爬下来……但诗人也留下了关于自杀的侧写,留待读者进一步思索。对常识和传统推断的抑制,使得整首诗具有一种陌生化效果,这也可以概括为诗歌开篇和结尾处的问题:"我们又能知道些什么。"重要的是,韩东笔下的"客观"并不意味着,诗人或言说者能够或确实想实现任何程度的表述上的客观性,也不意味着,作者就没有给读者留下更深的释读空间。我们将在本书第六章结合于坚的诗歌,再次讨论这个问题。

　　诗评家习惯性地认为韩东的语言是口语化的。口语化是韩东作品常被称道的特征之一,也是其他《他们》撰稿人频频让人称道的特征。韩东的风格有着巨大的影响:自从《他们》问世以来,口语化写作一直是许多中国诗人的沽名之道,并因此成为诗歌评论所关注的重点。现有的学术研究和诗人写作已经证明,这种所谓的"口语诗"的语言与日常生活用语不是一码事,虽然"口语"这个标签,在当下文学历史语境中不无道理。② 在这一方面,我们需要再次强调,韩东诗歌的力度不仅在于对这种或那种书面语的抵制。从正面来看,韩东在写作时,显得字斟句酌,聚焦清晰,收敛克制。这使得他的诗歌具有一种宁静的信心和恒心,在对(近似)重复手法的运用上尤其如此。韩东的遣词造句和他经常采用的文体形式,即诗行较短的自由体,非常匹配。

---

① 陈仲义,1994 年,第 26、45 页。
② 例如:于坚,1989 年,第 1—2 页;韩东、刘立杆、朱文,1994 年,第 119 页。

韩东的几个早期作品,作为摆脱朦胧诗的"口语诗"的开山之作,已经成为经典。因此,多人合集和文学史忽略了他的诗作的其他方面,或许也在所难免。《爸爸在天上看我》(2002)是一部内容丰富的诗集,时间跨度为1982—2001年,这部诗集表明韩东的作品有很多个侧面,对他的经典化描述,其实是简化了他事实上复杂的文学文本。以下,我们将重点讨论他的三首风格迥异的诗歌,关于这三首诗歌,在我所看到的对韩东的经典性述评中,从未有人提及。韩东诗歌的许多艺术特征,主要集中在本章最后述及的第四首诗《甲乙》中。

首先让我们看看《一堆乱石中的一个人》(1988)①:

一堆乱石中的一个人。一个
这样的人,这样的一堆乱石

爬行者,紧贴地面的人
缓慢移动甚至不动的蜥蜴

乱石间时而跳跃的运动员,或是
石块上面降落的石头

不是一面围墙下的那个人
整齐而规则的砖缝前面的那个人

当我们注视时停止在那里
把一块石头的温度传递给另一块石头

它的形状是六块相互重叠的石头
现在,渴求雨水似地爬到了
画面的上方

这首诗所反映的,并不是城市中的生活琐事。相反,一种可能的解读

---

① 韩东,2002年,第63页。

路径是,它想象把人先变为爬行动物,再变成运动员和石头,继而又变回人——通过一种否定联系法:不是⋯⋯——接下来,从第五节开始,再度变成冷血的爬行动物。这首诗并未表现出任何一种客观性。它在句法上也模糊不清,比如第四、五、六节之间的衔接。它高深莫测,难以理解:什么围墙?是砖缝里面还是外面的墙脚下?"我们"是谁?"六块相互重叠的石头"是谁的形状?接下来发生了什么?虽然如此,这首作品还是引人入胜,吸引读者进行多次解读。它也引诱读者把诗中的意象看作隐喻,这一点,与韩东本人及其早年文学知己于坚公开宣称的诗学主张"所见即所得"形成了对比。最为重要的是,诗歌声音表现出了张力,完全投入,但绝无反讽之意。《一堆乱石中的一个人》在诸多方面都有别于韩东那些最著名的作品,它和《有关大雁塔》《你见过大海》以及下文将要讨论的三首诗的共同点在于:一种可感可知的专注。比起许多早期朦胧诗和其他倾向"崇高"的文本,该诗对隐喻的处理更有效。诗中的隐喻不算太多,而且,这些隐喻没有让全诗显得涣散,而是彼此相互丰富。

《一种黑暗》(1988)①是写于同一年的另一首诗:

> 我注意到林子里的黑暗
> 有差别的黑暗
> 广场一样的黑暗在树林中
> 四个人向四个方向走去造成的黑暗
> 在树木中间但不是树木内部的黑暗
> 向上升起扩展到整个天空的黑暗
> 不是地下的岩石不分彼此的黑暗
> 使千里之外的灯光分散平均
> 减弱到最低限度的黑暗
> 经过一万棵树的转折没有消失的黑暗

---

① 参见《他们》第5期,1988年,第7页;同时见韩东,2002年,第69页。

> 有一种黑暗在任何时间中禁止陌生人入内
> 如果你伸出一只手搅动它就是
> 巨大的玻璃杯中的黑暗
> 我注意到林子里的黑暗虽然我不在林中

正如《一堆乱石中的一个人》,《一种黑暗》蕴含神秘莫测、超现实的场景和文学技巧,这样的特征通常不与韩东诗歌标志性的去神秘化发生联系。比如,"四个人向四个方向走去造成的黑暗""在树木中间但不是树木内部的黑暗""巨大的玻璃杯中的黑暗",还有"地下的岩石""不分彼此"的拟人化。"黑暗"在 14 行诗中出现了 12 次,在原文每一句的结尾和译文每一句的开头,获得了咒语般的特质。这首诗的语言不难,但也不怎么口语化,比如"使千里之外的灯光分散平均/减弱到最低限度的黑暗"。

诗中一个重要的场景是,"四个人向四个方向走去"。他们分开,彼此渐行渐远,外形黑黝黝的,这也是诗歌标题中的黑暗。随后,这一切被投射在林中树木上:树木之间有一种黑暗。然而,这并不是因为树木像不分彼此的地下岩石那样紧紧地站立在一起。树与树之间的黑暗,互相疏远,彼此排斥。黑暗阻止陌生人进入,这样的观察把来自树木的黑暗投射到人身上,和"四个人向四个方向走去"的场景上。最后,存在着一种双重疏远,这种双重疏远不仅存在于诗中人们之间及树木之间,而且存在于人、树和言说者之间;这一点,我们从第一行和最后一行中的冷漠客观的表达"我注意到"可以看出,因为这句话意味着,"我"不在林中,亦即"我"既不在那些人中间,也不在那些树之间。因此,《一种黑暗》质疑了人们建立并保持与他人接触、交往的能力。

总体来看,在韩东的其他作品里,也表达过类似的主题,比如下面两首诗。先以《看》(1990)①为例:

---

① 韩东,2002 年,第 126—127 页。

既看见你
也看见他
但你们二人
不能相互看见
中间是一面墙
一棵树
或一阵烟雾
我在墙的纵面
树的上面
我就是云雾本身

但你们可以
同时看见我
可以看见我
看着这一个
转向另一个
我是墙
树
云雾本身
任何可以看见
又用来遮挡的
事物

一只鸟的
两个侧面
分别用我的左眼
和右眼
既看见你
也看见他

惟独你们二人
　　不能相互看见

英语中,"look"比"see"隐含更强大的作用力,尽管在汉语中没有英语词来得那么明显。我把"看"译成"see",是为了保持"看"与结果词"看见"的联系,后者在本诗中是更为重要的表达方式。

　　比起《一种黑暗》,《看》更加着意展现人际交流的不可能性。横亘在"我"和"你"之间的障碍,形式不一。其中,"墙"和"树"频频出现在韩东的诗歌中,比如《墙壁下的人》(1988)和《街头小景》(1999),这两首诗凸显了人们互相感知、互相理解的局限性。① 有趣的是,在《看》中,说者在墙边和树上站位之后,从一个旁白式旁观者变成了一个设障者,同时扮演着旁白者和主人公角色。第一节最后一行几乎是得意洋洋的:"我就是云雾本身。"②在第三节中,言说者兼设障者化作鸟,其左眼和右眼各自独立运作。结尾几行语带讥诮:"(我)既看见你/(我)也看见他/惟独你们二人/不能相互看见",在这里,讥诮不是唯一的解读结果。另一种解读虽可能性不大但理论上说得通:最后四行可理解为一种中立的观察,甚至流露出遗憾之意。无论如何,《看》及韩东的其他一些作品,表达的都是拒绝相处、接触和沟通,甚至包括通过诗歌进行沟通。这让人想起,诗歌被看成是"阻隔"沟通的一种语言。诗歌的"阻碍"功能是后结构主义思潮之后理论家、批评家和诗人经常苦思冥想的一个主题,这个主题让人着迷也令人困惑。③ 再者,在韩东的这几首诗里,言说者明显也注意到了"语言妨碍沟通"这一悖论,但又积极置身其中,《看》即为一例。

　　韩东的《甲乙》(1991)是这里要讨论的第四个也是最后一个文本。这个文本表明,韩东的写作总体来说,比他早期的所谓"代表作"

---

① 韩东,2002年,第67、260页。
② 很明显,第七行的"烟雾"和第十和十八行中的"云雾"相呼应。
③ Bertens 2001:126。例如,黑尔勃兰蒂(Gerbrandy,1999)和北岛把诗歌描述为"一种保密法"。

更加意蕴丰厚。这首诗是洪子诚主编的《在北大课堂读诗》一书的讨论对象之一。"在北大课堂读诗"是德高望重的洪子诚先生开设并主持的一门课程,记录了研究生和教授对中国著名诗人作品的讨论。就其本身而论,作为领军型的高等教育机构的课堂成果,"在北大课堂读诗"是文学经典化进程中的一门"实物教学课"。书中内容涵盖张枣、王家新、臧棣、欧阳江河、翟永明、吕德安、孙文波、肖开愚、西川、韩东、柏桦、张曙光、于坚和陈东东等,这些在课堂上被讨论的对象,展示了在本书第一章提到的先锋诗歌阵容在文学史上的卓越地位。

作为"韩东专题"的主讲人,张夏放介绍了诗人的经历和作品。关于《甲乙》,他注意到,这首诗拆解了传统诗意,他接着请听者关注所谓的韩东散文体用法和一些中心意象,还说诗歌具有滑稽可笑和触目惊心的特性。在张夏放主讲之后,课堂上还有交流讨论。这些讨论散乱随意,但无损于发言人冷霜和胡续冬两人言论的相关性,他们两个主要讲韩诗中的说者所起的作用以及韩东所采用的去人格化技巧。臧棣说,韩东知道如何进行有效的破坏。他同时表示,《甲乙》问世时,堪称是强有力的诗作,韩东在《甲乙》中的所做所为,其他诗人们后来在 90 年代更胜一筹,例如肖开愚。这里似乎参照使用了"九十年代诗歌"这一概念,"九十年代"作为一种批评话语类型而非年代命名,一直是争论的焦点;这个名词也成为 1998—2000 年间"民间"与"知识分子"论争的导火索之一。根据前些年支持者的看法——其中包括臧棣——《在北大课堂读诗》中所研讨的诗人作品大部分被归为"九十年代诗歌",除了韩东、吕德安和于坚。该书在结尾部分,承认"九十年代诗歌"这一概念依然有待商榷。①

我下面的分析与臧棣的看法相左,揭示的是《甲乙》的文学价值绝

---

① 关于《甲乙》的讨论见第十章,关于"九十年代诗歌"概念的讨论见第十五章,见洪子诚,2002 年。臧把《甲乙》的写作年份追溯到 1992 年,而非 1991 年,一个小小的不准确并不影响上文讨论。

不仅限于以前所说的对传统成规或先锋诗歌内部成规的叛离。①

## 甲 乙

甲乙二人分别从床的两边下床
甲在系鞋带。背对着他的乙也在系鞋带
甲的前面是一扇窗户,因此他看见了街景
和一根横过来的树枝。树身被墙挡住了
因此他只好从刚要被挡住的地方往回看
树枝,越来越细,直到末梢
离另一边的墙,还有好大一截
空着,什么也没有,没有树枝、街景
也许仅仅是天空。甲再(第二次)往回看
头向左移了五厘米,或向前
也移了五厘米,或向左的同时也向前
不止五厘米,总之是为了看到更多
更多的树枝,更少的空白。左眼比右眼
看得更多。它们之间的距离是三厘米
但多看见的树枝都不止三厘米
他(甲)以这样的差距再看街景
闭上左眼,然后闭上右眼睁开左眼
然后再闭上左眼。到目前为止两只眼睛
都已闭上。甲什么也不看。甲系鞋带的时候
不用看,不用看自己的脚,先左后右
两只都已系好了。四岁时就已学会
五岁受到表扬,六岁已很熟练
这是甲七岁以后的某一天,三十岁的某一天或

---

① 《他们》第六期,1993年,第42页;同时见韩东,2002年,第137—138页。

六十岁的某一天,他仍能弯腰系自己的鞋带
　　只是把乙忽略得太久了。这是我们
　　(首先是作者)与甲一起犯下的错误
　　她(乙)从另一边下床,面对一只碗柜
　　隔着玻璃或纱窗看见了甲所没有看见的餐具
　　为叙述的完整起见还必须指出
　　当乙系好鞋带起立,流下了本属于甲的精液

与《看》不同,笔者在《甲乙》中把"看"译成"look",有时甚至把"看见"译成"look"。"看"在此是更加重要的表达。

　　韩东称诗中主人公为"甲乙"(汉语中天干的头两个),其用法相当于虚数,比起代词,"甲乙"更加有效地将主人公去人格化。选用简单而稍显正式的技术性词汇,强化了去人格化的效果。散文和诗歌的本质性区别,在此不甚相关,但我们是否应该像张夏放那样,称韩东的用语为"散文式",有待商榷。要提出异议的话,便可以指出诗中着重重复的词语和短语,例如第三、五行的"因此"和贯穿全诗的"看"。再者,诗意的用法,在这种情况下,最低限度的意思是指韩东浓缩的语言,这并不排除张夏放所注意到的诗中叙事感。①

　　且回到去人格化问题上。上述的"刻意为之的表面性"即为一例。言说者不满足于记述甲弯腰系鞋带后看一小会儿窗外,而是详细地描述了其一举一动。为了编造其他情节,例如运用高科技仪器为抢银行做准备,这种描述兴许能制造张力,把文本推向高潮,然而,在此,甲的行为,或者说确实是他这种人的存在本身,好像初次被感知,且无法激活意义建构的现成框架。这就解释了言说者何以无力选择,而沉迷于记录细节,似乎漫无目的。诗的语言中所发生的一切,与科学观察语言无异:甲几何式的多看看树的尝试,量化的身体移位,诸如"差距"和"目前为止"的表达等。言说者非要陈述人们日常经验中显而易见

---

① 洪子诚,2002 年,第 250 页。

的东西,借以从去人格化转向去人类化,换而言之,转向更加强烈的陌生化。在这方面,韩东和于坚之间的文学亲缘关系格外凸显。

正如在韩东的许多诗作中,"看"是中心意象之一,《甲乙》大部分文本着眼于准确描述"看"这一行为,从中透露出来的信息关乎感知的局限性。这种情况发生在多个层面上。首先是字面意义:甲看树的视线被围墙遮挡,如果他接受围墙的限制,就分享着墙内的空虚,他试图避开围墙,不仅是为了多看看树,也是为了少看看空虚。再者,"也许仅仅是天空"中的"也许"和"隔着玻璃或纱窗看见了甲所没有看见的餐具"中的"或",强调人无从知晓别人的感知。在诗中,这种不可能性不仅适用于主人公甲的同伴乙这样的凡夫俗子,而且适用于全知全能的言说者。关于全知全能言说者的角色,我们回头再探讨。

甲向窗外望去、闭上眼睛、完成系鞋带等行为的过渡,又是陌生化的运作机制,推理思路由此而生,作为没有推理者的推理(假如存在这样的事物),这个思路"本身"不合逻辑,但我们知道它虚假不实,不知为何又觉得想想蛮好玩的。我们不能确定甲为何闭上、睁开、最后再次闭上眼睛。他在测试视力吗?直至我们意识到,这对言说者来说完全合情合理。甲完成了看窗外的动作,系鞋带时无需看脚。他闭上眼睛,停止观看,就像食物被吞咽后从人的嘴里消失,便可以停止咀嚼一样。系鞋带的动作,漫不经心地把我们拉回到甲的童年,其作用相当于社会经验的缩影:个人学会这样或那样,做得好就受到表扬,变得擅长起来——而且,在诗集《爸爸在天上看我》中,《甲乙》修订版中的"他"对自己擅长的事情已感到厌倦并一直保有着这种厌倦。

《甲乙》显示了韩东极熟练老道的将日常生活琐事处理成诗歌素材的能力。如果我们只对所见所闻进行表层解读,整个世界或许存在于最细微处,在诗歌中,或在生活的其他方面,这是所获信息的一个重要部分。与上文分析的诗歌一样,对《甲乙》这个文本的表层解读的另一个关键点在于:玩世不恭地看待人们之间的共处和互动。在开头几行中,甲和乙被描绘成背靠背坐着。乙从视野中消失,直到结尾场景才复现。在结尾处,言说者注意到,甲忽视了乙,甲和乙看到不同的事物,却互相视而不见。甲看到窗外的世界,乙看见体现在橱柜里餐具上的家务活。此景语带讥诮,激发了关于两性婚姻之因循守旧、极端保守的种种联想,继而引出第27行诗,对乙的女性身份进行迟到的辨认。

乙站起来,甲的精子"离开"了乙的身体,也就是说她疏离了他的精子,证实其根本性分离。在这种情况下,关于性交和繁殖机制的常识遭遇陌生化局外人观点的压制,根本性分离在这里也同样如此。身体交媾和受孕的可能性,均无法根本改变这样的观点,据此,人类接触与无力进行真正互动的莱布尼茨式单子偶遇毫无二致。相反,性生活和浪漫爱情之类事物任何"天真的"联系,都有可能使言说者对性交的描述变得尴尬:两人性交之后,形同陌路,且使诗歌的结尾显得可耻。如此一来,根据张夏放在北大课堂上所作的报告,"精子"似乎是韩东的噱头之一。为了阐明该诗如何拆解了传统诗意,张夏放说,它很可能给读者造成一种心理上和生理上的"不洁"之感。① 有人也许把这看成是张夏放的假正经,或者看成是中国一座享有盛誉的大学里,被公开记录的课堂活动中的假道学。无论如何,诗歌最后一行("流下了本属于甲的精液")不仅仅意味着不洁或可耻,也可能这样解读:言说者用反讽的方式满足了某种特殊的读者期待——那好吧,这是你的线索或妙语,虽然它毫无意义。

这促使我做出最后的观察,我们应该再度审视言说者。由于第26行中提到了诗歌作者,所以我将其当作男性。言说者无法分享主人公的感知,还质疑和贬低与自身相关的语词:比如,他突然概括了自己对甲头部动作的仔细报导(见第12行中的"总之"),且发出无动于衷的议论——甲可能三十岁,也完全有可能六十岁。在诗歌末尾,言说者使人更加强烈地感受到自己在场。他明确贬低主人公,使他们变成牵

---

① 洪子诚,2002年,第253页。

线木偶,这凸显了诗歌作为文本建构物的人造性。甲对乙的失察首先是作者的"错误";其次,称其为"我们的"错误,这是言说者让读者成为从犯。如果我们像言说者一样未曾注意到乙,对乙同样视而不见或避而不见("忽略"),这其实表征了作者对创作过程的一种看法,即他没有或不想对写作过程有完全的控制权。如果我们没有与言说者同步,反而能发现作者在这里隐藏着一种深思熟虑的写作策略。最后,诗中倒数第二行("为叙述的完整起见还必须指出")运用了一种文学元意识(meta-consciousness)和正式的、近乎官腔的语言,以彻底区分言说者和诗歌的其他部分,以及两者之间的反讽距离。①

\* \* \*

韩东早期最著名的一些作品表达了对朦胧诗的否弃,对此,文学史和文学批评已给予了莫大的关注。这可以理解,但也导致了如下风险:韩东诗作的多面性遭到贬低,使他的诗作更多地被反面定义,好像只能作为对其他诗歌文本的批评而存在。韩东的例子说明,诗人早期作品被经典化,在后来会面临被简单化、被曲解的风险。

若干文本特征一起,共同构建了韩东独树一帜、富有影响力的诗歌声音:日常主题、刻意浅明的描写、口语、文学元意识;最后但同样重要的是,他在处理这些元素时表现出的个性和老练。或者,反过来说,解构英雄主题,摒弃成规性解读,拒绝文学语言,把陌生化当作一种基本的文本态度。

第一组特征,将使韩东的诗歌成为这样一种诗歌:相信真实性,相信个体经验,以此衡量一切事物,有时甚至达到荒诞的程度。第二组特征,则使之成为这样一种诗歌:不相信感情,不相信个体经验之外的任何事物。虽然两者均大有裨益,但还存在着一个重要的主题,它难以契合第一组特征,但与第二组特征颇为相契,即对人类能否有效接

---

① 韩东在2002年再版时,重新修改了1993年《他们》中的版本,并且重新加入了这句话。

触、交流（包括通过诗歌进行交流）持怀疑态度。因此可以说，韩东的诗学观念最根本的特征就是怀疑精神。

　　韩东的怀疑精神是存在主义式的，这与早年北岛在《回答》中宣称、后来不断被引用的"我—不—相—信！"构成反衬，是一种"真实的"怀疑。① 北岛的"我—不—相—信"其实是"我—很—相—信"的另一种表达，反映的是人文主义价值观，比如个人作为社会正义统治下的团体中一员的尊严。②《回答》之所以是北岛早期代表作，原因在于它根本上就是一种信仰表达。"我—不—相—信"是一种反抗式的宣言，但同时，在本质上表达了两层肯定：其一，它在一种宏大叙事内部运作，体现了政治话语余波缭绕的影响；其二，北岛"相信"的范围超出了孤立的俏皮话式短语的表层语义，也远远大于他"不相信"的范围。相比之下，韩东存在主义式的怀疑自始至终贯穿于他的创作之中。

　　以上论点给韩东的怀疑作了一个正面定义。他的怀疑感所创造的诗作，不仅仅是对前人诗作的评论，也自成一个复杂的主体文本。

---

　　① 闫月君等，1985 年，第 1 页；关于杜博妮翻译的完整英译本，参见 Bei Dao 1988：33。针对此诗最著名的诗句，笔者的译法是为了保留原文着重加强的四个音节节奏。
　　② 参见张闳，2003 年，第 67—68 页。

## 第三章 "死亡传记"和诗歌声音:海子

跟任何一个中国人提起诗人海子,人家马上就会说到他的自杀。

但是,果真如此吗?首先,并不是所有中国人都听说过海子。其次,不是只有中国人提到海子的名字就想到他的自杀。在公共话语领域,人们更多关注海子作为一个诗人之死,而非他的作品,这样的现象并非中国独有。许多人从未读过海子的诗歌,却确切知道他是一位诗人且自杀身亡;大概没有什么人是读过他的诗却又不知道他是自杀而死的。再者,一些中国读者——多为海子的诗人同行和诗评家——拒绝让关于海子自杀的记忆主宰对他的诗歌的评价。

但是,从另一方面说,首先,海子事实上是中国当代最著名的诗人之一,他在年轻读者中的知名度甚至超过北岛、舒婷和顾城。在20世纪70年代末80年代初,北岛、舒婷和顾城作为朦胧诗人,在整个中国社会的知名度,高于以往任何一代或任何一位诗人。上文已提到,他们当时摇滚巨星般的社会地位实属反常,那是由特定的历史条件决定的。后来,顾城的知名度进一步提升,是因为他也自杀身亡,像海子一样。顾城砍死谢烨后自绝,围绕这起谋杀+自杀事件的报道远远超出了文学界。其次,诚然,艺术家和作家的自杀行为令各地读者着迷,包括那些仅仅"阅读"过自杀事件却对自杀者的作品一无所知的读者,也包括既关注作者也关注作品的专业批评家,比如阿尔弗雷德·阿尔瓦雷斯(Alfred Alvarez)、耶龙·布劳韦斯(Jeroen Brouwers)等。然而,如奚密所说,文坛自杀事件特别吸引中国诗人和诗歌读者的眼球,现代中国作家中,自杀的人数之多也令人咋舌。近期,有许多正式或非正式的批评文字确证了奚密的发现,其中一例是冒键《最后的神话:诗人自杀之谜》(2005)。再次,没错,是有一些人试图将海子的诗歌从

第三章 "死亡传记"和诗歌声音:海子 | 93

图3.1　海子于1980年代末　来源:海子,1995年,封内照。

流行的、对海子的自杀行为几乎完全认同的潮流中拯救出来,但他们的努力非常艰辛。①

因此,把海子当作文学现象来研究,便必须得考虑可称之为"创造

---

① 佟自光、陈荣斌(2004)《必读的世界诗歌选集》,包括先锋诗人舒婷、顾城、北岛和海子。Alvarez 1971, Brouwers 1984　David Der-wei Wang 2004,第7章;Yeh 1994/1995,1996a。奚密(1994、1995)是同一篇文章的中英文版,但1994版似乎有所删减,我下面将仅仅引用Yeh 1995　冒键,2005年

性自杀"(creative suicide)的问题。海子的自杀是一首诗或是一首终结所有诗歌的诗吗,虽然这样的诗歌并不是用文字写出来的,也不是像三岛由纪夫那样公然精心策划的？大体而言,海子的生活是不是他作品的一部分？我们该不该把他的生活和作品视为一体？伊丽莎白·布朗芬(Elisabeth Bronfen)指出,关于死亡的艺术再现激动人心的一点在于,它让幸存者替代性地体验了死亡。显而易见,替代性死亡体验很适用于不仅制造死亡再现而且实际上通过自绝来"体验死亡"的艺术家,如果明显是预谋性自杀的话,尤其如此。在这种情形下,我们把艺术家的生活和作品视为一体,甚至使得"生活"能够意味着"死亡",或者更确切地说,其死亡之前的整个生活注定将引向这种死亡,别无它路。那样一来,"生平传记"(biography)变成"死亡传记"(thanatography),常常会触发一种可称为"事后必然性"的欺骗机制。也就是说,艺术家的生活被改写为一个为死亡做准备的过程。①

作为读者,我没有试图寻回作者的写作意图,或者努力证实诗歌所唤起的经验的历史真实性。一旦有人将自己的诗歌公之于众,就有很多问题可问,"作者是什么意思？""我们是否应该把诗歌中的言说者和作者的历史性形象等同？"这两个问题并不是其中最重要的。另外,就海子来说,如果我们也随大流地把他的生活与作品视为一体,那么,我们声称要探索的历史中的真实经验,则是一个个体的自杀。我认为,个体在自杀行为发生之前的心态——并非时间上的之前,而是经验中的之前——根本不可言传,至少不可超越基本上无意义的、肤浅的言语表达。如此说来,讨论真实的,也就是说"成功"的自杀行为——一定是他人的自杀行为——便是对某种不可言说之物进行语

---

① Bronfen 1992:x。布隆芬称自己的领域为死亡诗学,关注女性气质和死亡的对接,或者用另一种公式,即女性气质、死亡和文本性的三角关系(第403页)。西敏综述了杨炼的诗歌后,发现他"病态的口吻一成不变",并用"死亡传记"表示"对死亡和腐朽持久的研究,一个文学太平间",见 Patton 1995b。"死亡传记"偶尔见于医学,表示"描述死亡"。

词驯化的过程。确实如此,因为主动自杀者,一旦自杀行为"成功",便不可能再对此有所言说。

自杀行为之所以在生者这里能成为一个颇受关注的反思性话题,其原因之一是,作为一种自我毁灭手段的自杀行为,也是一种绝对的自我决断。把自杀看作一种张扬主体性的行为虽然不无道理,但也不应遮蔽其他的、同样言之成理的视野,尽管或许不那么惊心动魄。我指的是人生简直不堪忍受的情况,无论是因为宏大的原因,比如战争负罪感,还是因为简陋的原因,比如持续性气短等。换句话说,自杀未必是策略性的行为,也可能是绝望附体,或是脱身绝望。

我的上述看法,并不意味着我们应当把研究严格限制在海子诗歌的文本维度。一件艺术作品能唤起人们对创作者的好奇心,而人们对创作者的了解也会影响到他们对作品的体悟。从这个意义上讲,人们对于某个诗人或艺术家为谋生而做的无聊日常工作不感兴趣,而对其自杀行为却要关注着迷,是完全有道理的。说快乐小分队(Joy Division)的歌手伊恩·柯蒂斯(Ian Curtis)悬梁自尽之后,这个乐队的音乐未发生变化;说海子被货运火车碾成两截后,他的诗歌未发生变化,这肯定是站不住脚的。自杀会在事后影响到事先的一切,这一现象让人产生惊异之情,而不是像阿尔瓦雷斯那样摇头否认;阿尔瓦雷斯研究的是自杀如何影响创造性想象,他的研究原本颇令人信服,但他的"自杀根本未给诗歌增添任何东西"这一论断,还是需要商榷的。① 对这些事情的反思,尤其是学术性的反思,其关键问题之一是:评论者给文本划的边界何在?假定作者处于文本边界之内,那么评论者又想给作者多大的空间?对这个问题的任一答案,都代表了评论者的一个选择,也都值得阐释。

从这一和其他方面来看,海子的案例有助于我们理解先锋派的元文本,尤其是本书第一章中提及的,对许多中国诗人和诗评家来说是

---

① Alvarez 1971:33,124.

不言自明的诗人身份的重要性。从这里出发，本章第一节探讨海子的生活怎样被看作其作品的一部分，接着又被神话化。这些神话化的做法是，将海子的诗歌与他的自杀等同起来，使得他的诗歌文本与他的其他行为之间难分难解。作为一种平衡，我在第二节审视了海子作品的内在文本特征，揭示了经常淹没在关于作者命运的喧哗中的诗歌声音。

## 第一节 "死亡传记"

关于海子的批评大多在他死后写成，也是对他身亡之事的明晰注解。这本身恰能说明，在很大程度上，人们将海子的生活看作其作品的一部分。

### 生

然而，诗人海子在世期间，并非籍籍无名。《现代诗内部交流资料》和《中国当代实验诗歌》是两个具有突破性的四川民刊，聚拢了来自全国各地不同代际、不同流派的诗人。1985年，海子的早期作品在这两个刊物上就已占据重要位置。这两份刊物上，都有过以海子诗作和诗歌题目命名的多人诗选专栏，海子之外，只有北岛享有过这样的殊荣。在接下来几年时间里，一些很受关注的、展示了在朦胧诗之外的先锋诗歌发展状况的诗选集，也收入了海子的作品。1986年和1988年，他分别获得过北京大学五四文学社和文学期刊《十月》颁发的奖项，并以享有盛名的"幸存者诗歌俱乐部"成员的身份出现在两期民刊《幸存者》上。根据骆一禾的说法，海子生前发表了约五十首诗。然而，抛开他发表了的作品不谈，我们对他生前文学地位的了解，主要来自他人在海子死后所撰的文章和书籍。在生前，他是个典型的

"诗人中的诗人"。①

要了解人们如何将海子的生活看作其作品的一部分,就要了解他的传记材料。海子生于1964年,来自农村,在先锋派中卓尔不群。他在安徽省的一个村庄里长大,是个早熟的孩子,其学习天赋曾让周围的人吃惊不已,人们还记得他十岁上下在"小红宝书"背诵比赛中胜出的轶事。1979年,中国高校尚未走出"文化大革命"的余波,但已开始依据考试成绩而不是政治出身,招收十几岁至三十几岁之间各个年龄段的学生。15岁的海子(当时用本名查海生)被北京大学法律系录取。他的大学生涯,与另外三个人的学生时代重合,他们是文学活动家和编辑老木、诗人骆一禾和西川。北京大学之能够成为整个20世纪及之后的现代诗歌孵化基地,这几个人都有所贡献。通常情况下,海子性情腼腆,但他和骆一禾、西川建立起了持久的友谊。1983年大学毕业之后,19岁的海子被分配到中国政法大学,先任编辑,后任讲师。那时,他搬到了位于北京郊县昌平的中国政法大学新校区,在北京城北30公里开外。②

接下来几年时间里,他持续痴迷于阅读、写作,几乎回避了一切外界的干扰。对他来说,写作重于一切。他到中国的其他地方去旅行,也是为了完成写作构想。从1984年起,他开始自称海子,依然决绝、疯狂地投入到诗歌和关于诗人身份的宏伟构想中,不管是有心还是无意。同时,他需要赡养老家亲人,因此买不起什么奢侈品,尽管按照当时中国不同社会阶层的生活标准来看,他并不算穷。他社会关系稀少,好像有过不幸的恋爱经历并很受打击。他以惊人的速度同时创作

---

① 上述选集包括:老木,1985年;上海文艺出版社出版,1986年;唐晓渡、王家新,1987年;溪萍,1988年;徐敬亚等编,1988年;陈超,1989年。骆一禾的评价引自燎原,2001年,第12页。关于海子"诗人中的诗人"身份,见西川,1991年(a),第10页;肖鹰,1999年,第231页;燎原,2001年,第187、195页。

② 关于海子的传记信息,见骆一禾,1990年;骆一禾,1997年(a);西川,1991年(a);西川,1994年(a);苇岸,1994年;海子日记,1997年,第879—885页;燎原,2001年;余徐刚,2004年。

几种体裁的诗歌,包括短诗、长叙事史诗和诗剧。他孑然一身,昼伏夜作,对日常现实漠不关心,饭吃得少,酒喝得多,抑郁寡欢,在生命最后几个月里还产生过幻觉,可能是脑动脉瘤病征。海子是浪漫诗人的化身。

**死**

1989年3月26日,25岁的海子在山海关附近从侧面冲到一辆火车车轮下,事发地点在北京东数百公里处,靠近大海。他身上携有一张便笺:

> 我叫查海生,我是中国政法大学哲学教研室教师,我的死与任何人无关,以前的遗书全部作废,我的遗稿全部交《十月》编辑骆一禾处理。①

同年5月31日,海子的诗人伙伴和最亲密的朋友骆一禾,也是海子遗作的编辑,因脑溢血去世,当月早些时候他已陷入昏迷。骆一禾28岁,海子死后,他和西川一起整理海子的文学遗产。骆一禾的死从一开始便扑朔迷离。不少人认为,他在处理海子后事时操劳过度。另外,他过去曾出现过虚脱症状,在1989年的时候,有人认为他死于那年他身上开始出现的一系列并发症,类似这样的推测,使他的死亡更具戏剧性。在接下来的几年里,诗人戈麦(1991)和顾城(1993)先后步海子、骆一禾的后尘自杀,这段时间里中国大陆诗界又发生了十来起鲜为人知的自杀、病故等死亡事件,及其他暴力事件。这些事件,会让人们联想到"自杀潮"现象,就像歌德《少年维特之烦恼》出版后的

---

① 见杨黎,2004年,第16—17页;燎原,2001年,第340页。杨黎(2004)收录了骆一禾写给万夏的信,里面描述了海子的自杀,骆一禾只引用了海子随身携带字条的后三分之二内容,略去海子说自己的原名、工作单位的部分。燎原的字条版本与骆一禾的引文不同。据燎原所见,字条倒数第二句为:"我以前的遗书全部算数,我的诗稿仍请交给《十月》的骆一禾。"海子死后,骆一禾便赶往山海关处理相关事宜,人们当时把那张字条给了他。所以没有理由怀疑骆一禾写给万夏的信是否可信。

情形。①

**出版和出名**

海子的自杀引发了一轮出版热,一时之间他声名大噪,产生了他在世时不可能产生的大影响。虽然在 1983—1988 年间,海子曾在几种诗选上发表过作品,但 1990—1997 年间正式出版的四本书籍,证明了他在去世后声名更隆。海子的出版和出名过程大致上证实了这一点,比如他个人诗集的销售量,他在多人选集中的地位,各种纪念活动,蜂拥而起的有关他生活和作品的评价……这其中,既有学术文章,也有凑热闹的文字,不一而足。

1990 年,春风文艺出版社出版了海子的《土地》,这是他未完成的《太阳:诗剧》(1986—1988)七部的其中一部,由骆一禾和西川甄选后独立成书。如果不是 1989 年之后先锋文艺暂时处于瘫痪状态,《土地》可能在 1989 年便已付梓。1991 年,南京出版社出版了《海子骆一禾作品集》,其中囊括了海子创作实践的每一种体裁。这个作品集名义上由周俊和张维编辑,实则重印了创办于 1990 年的民间期刊《倾向》的第二期,陈东东做的主编。也是在 1991 年,人民文学出版社请西川编辑海子的短诗集;在那之前,曾有几家出版社联系过西川,但皆遭到西川的拒绝。由于人民文学出版社人事变动,《海子的诗》直至 1995 年才得以出版。在初版后记中,出版社表示终于满足了无数读者长久以来的要求。这些都并非闲话。至 2005 年 6 月,《海子的诗》

---

① 骆一禾之死的流行观点,见海子、骆一禾,1991 年,第 1 页;西川,1991 年(b),第 315 页;邹静之,1991 年,第 333 页;可能的医学并发症,见 Day 2005a,第 11 章;90 年代(早期)的多起自杀,见西川,1994 年(a),第 97 页;张清华,1999 年,第 185 页;王岳川,1999:80;冒键,2005 年,第 16 页;罗振亚,2005 年,第 140 页。戈麦在北京跳河。顾城在新西兰的激流岛上吊。关于戈麦,尤其是顾城的自杀,有无数评论。关于戈麦的自杀,见戈麦,1993 年,第 222—278 页。为处理关于顾城的大量资料,布莱迪(1997)和李霞(1999)提供了十分有益的出发点。另见 Wang(David Der-wei)2004,第 7 章。自杀风潮,见 Alvarez 1971:95,174。

已印了 12 次,印数多达 11 万册。2006 年,人民文学出版社再度推出新版,只做了小小的改动,更名《海子》,收入《中国当代名诗人选集》系列。另外还有,1997 年,上海三联书店出版了长达 934 页的《海子诗全编》,由西川主编,包括海子的短诗、长诗和长达 350 页的《太阳》一诗,以及诗评、前言、后记和日记。①

除了《海子诗全编》,还有三本设计相似的诗人全集,分别是顾城、骆一禾和戈麦的,全部由上海三联书店在 1995—1999 年间出版。与生者相比,已故作者出版诗全集更加顺理成章,但令人注意的是,这四本诗集中的三本(海子、骆一禾、戈麦),其中大部分作品在作者在世时未曾发表过。显然,这些大部头的黑色封面的书卷,体现了诗人们的特殊地位:年纪轻轻就猝死或暴死,自绝于世。虽然骆一禾并不是自杀,但一种连带性的自杀准则也延至其身,因为他的死可以看作是他在编辑海子遗作时遭遇的突然变故。这样的判断同样适用于《海子、骆一禾作品集》的编者意图,也适用于李超、朱大可、肖鹰、陈东东等批评家和诗人同行早期的文章。陈东东写道:②

> 当一个扼断了自己的歌喉,另一个也已经不能倾听,当优异的嗓子沉默以后,聒噪和尖叫又毁坏了耳朵。

由于骆一禾和海子志趣相投,相交甚笃,关于骆一禾的死的讨论就很容易从连带性自杀跳到自我献祭,或是殉友,或是殉诗,就像骆一禾说海子之死是"殉诗"那样。事实上,当代评论家把骆一禾列入当代自杀诗人名单的做法颇欠考虑,其结果已扩散到国内外的文学史编纂中。

---

① 见骆一禾,1990 年,第 10 页;杨黎,2004 年,第 16—17 页;海子,1990 年、1995 年、1997 年、2006 年;海子、骆一禾,1991 年。关于海子的其他著述,见 van Crevel 2008a。英译本,见 Tang Chao & Robinson 1992;Zhao( Henry) & Cayley 1994;海子,2005 年;Tao & Prince 2006。

② 海子,1997 年;顾城,1995 年;骆一禾,1997 年;戈麦,1999 年;李超,1999 年,第 60—61 页;朱大可,1999 年,第 141 页;肖鹰,1999 年,第 231 页;陈东东,1991 年,第 339 页。

冯铁(Raoul Findeisen)在1999年的一篇论茅盾和顾城的文章中提到骆一禾、海子和戈麦这些"早早自杀身亡的"诗人们;常立和卢寿荣在《中国新诗》中称骆一禾和戈麦为两位杰出的诗人,像海子一样,祭献了自己年轻的生命。①

海子生前未发表的作品在他死后大量公开出版,影响一时,除此以外,关于海子生平和作品的评论文字也随处可见。除了数不胜数的期刊文章,海子在当代诗界综述、诗歌史和诗歌谱系中也受到特别关注。例如,在学术期刊《诗探索》上,海子是第三位有一系列专题性文章来评判的诗人(《诗探索》于1994年复刊,之后,对某个诗人做专题性批评成为该刊常态)。在海子之前,该刊如此关注的另两个诗人是顾城和食指。在这里,浪漫主义诗人形象再度显现:顾城和海子自杀身亡,而食指(许多人熟知的郭路生)在"文革"中遭受的迫害远近皆知,此后一直精神失常。在上文提到的丛书《中国当代名诗人选集》中,这三个人的作品也代表先锋诗歌,这并非巧合(另有舒婷,她的作品自从在《今天》面世后就享有无可争议的经典地位)。文学史方面,洪子诚在《20世纪中国文学研究:当代文学研究》(2001)中,纵观了1949年以来有关中国文学的(中文)学术研究成果。在该书中关于诗歌的部分,有一节题为"当代重要诗人研究",个中内容又细分为艾青、田间、郭小川、贺敬之和海子;按照本书的定义,海子是这个著名诗人系列中唯一一个先锋诗人。洪子诚的学术履历表明,他的这个做法,不是为了给海子在文学体制内部的诗人谱系上争得一席之地,这仅仅标志着,与其他多数先锋诗人相比,海子的曝光率极高。同样,罗振亚在《朦胧诗后先锋诗歌研究》(2005)一书中,为海子专辟了整整一章;在本书的其他章节中,作者也涉及更多诗人和更广泛的话题,比如90年代的个人化写作和女性批评话语。②

---

① Findeisen 1999:167;常立、卢寿荣,2002年,第232页。
② 顾城,2006年;海子,2006年;食指,2006年;洪子诚,2001年;罗振亚,2005年。

另外,目前至少有两部编著和四部专著专门探讨关于海子的记忆和对海子诗歌的看法。首先,1991年的《海子、骆一禾作品集》收录了包括骆一禾在内的诗人同行早期的悼念海子的短文,其中骆一禾既是悼念者又是被悼念的对象,其他诗人还包括西川、邹静之、韩东、陈东东、钟鸣,以及评论家燎原、吴晓东、谢凌岚。其次,在1999年海子逝世十周年之际,又有一系列纪念性文章面世,多为先前发表过的文章,被崔卫平主编为一个精美的文集,收入数十张诗人的照片,书名为《不死的海子》,中文书名和本书的英文标题"*Hai Zi Whose Poetry Will Never Be Dead*"("写了不死的诗歌的海子"/"诗作不死的海子")有所出入。中文标题应该译为 *The Undying Haizi*,是声称诗人海子不死,也就是说,海子的作品和他的人生被视为一体。《不死的海子》里收录的文章多种多样,有两个表达怀疑的声音(韩东、程光炜),还有直接将诗人自杀神话化的(如谢冕、李超、余虹、朱大可),以及偶尔恰如其分地提及海子之死的文本分析性文章(如奚密、崔卫平、张清华、谭五昌)。

四部专著包括燎原的《扑向太阳之豹:海子评传》(2001)、高波的《解读海子》(2003,此书声称关注的是海子作品而非其生活故事)、余徐刚的《海子传:诗歌英雄》(2004)和周玉冰的《面朝大海 春暖花开:海子的诗情人生》。① 能激发国内批评者为之著书立传、做出全面深入的研究,并催生了研究专著、编著和专题网站的,在本书中,只有两位先锋诗人;海子是第二位,第一位也是闻名遐迩的自杀诗人:顾城。②

学者、批评家、编辑讨论海子的许多文章,以及他们所采用的批评

---

① 海子、骆一禾,1991年;崔卫平,1999a年;燎原,2001年;高波,2003年;余徐刚,2004年;周玉冰,2005年。

② 如陈子善,1993年;萧夏林,1994年;黄丽芳,1994年;江熙、万象,1995年。其他两个传记作品,也是由顾城之死引发,涉及面窄的研究包括:文昕,1994年;顾乡,1994年。像黄丽芳1994年出的书一样,麦童、晓敏1994年的著述是一本纪念文集,包含对顾城的评论及顾城自己的文章。后者有一部分论及近期中国诗歌的其他自杀,尤其是海子和戈麦。多年来,有多个为顾城和海子建立的网站,如参考文献所示。

视角,皆基于海子的自杀。奚密所认为的当代中国的诗歌崇拜现象,有利于人们广泛接受这样一种解释:海子的自杀行为是其诗人身份的完美证据。而且,海子自杀,骆一禾步其后尘,这两件事发生时,正值 80 年代末的动荡和 90 年代的经济狂潮来袭之前的思想波峰,80 年代群情激昂的精神生活此时遭遇寒霜,人们对某些事情不再公开讨论。回顾过往,可以明了的是,海子的自杀标志着 80 年代开始终结。① 1989 年之后,人们将郁结于心的悲愤,毫无疑问地,以诗作或批评文字的形式,投射到海子之死上;人们对骆一禾之死的态度也与此相似,只是没这么激烈。王家新的一篇论文,表达了对这种观点的同情和支持。戴迈河援引柏桦描述风云突变的 1980 年代的作品,指出关于"个人自杀"的诗歌往往覆盖着一层薄薄的面纱,个中掩藏着对"公共死亡"的指涉,这种掩藏,是出于作者的写作策略。陈东东、高波以及其他许多人的文章对此也有类似的涉及。②

在 80 年代末的背景下,海子自杀事件的影响,也体现在体制内或者个人发起的纪念活动和追认行为中。90 年代初之后,北京大学悼念海子的活动被制度化了,比如五四文学社每年一场的诗歌朗诵会,被定在了 3 月 26 日——海子的忌日——或此前后。1994 年,当 MC 开始在舞台上诵读海子诗歌时,众多的听众加入进来,数百人大声诵出了他们铭记于心的诗句。中国人背诵诗歌的传统向来令人叹服,但那场面依然惊心动魄,现场气氛一如集体祷告或是集体唱国歌。1999 年,北大剧社上演了海子诗剧《弑》,这是他《太阳》七部中颇受赞赏的一部。2001 年,一群学生来到海子自杀的地方,集体躺在铁轨上,模仿海子当初的行为(顺便说一下,虽然海子并不是"卧轨",而是从侧面冲上铁轨,人们多半还是用"卧轨自杀"描述他的死亡)。《海子的

---

① 如第一章所述,我偶尔用"八十年代"和"九十年代"指人们广为接受的知识文化界整体的风云变迁,不同于 80 年代和 90 年代这种客观的日历时间。
② Yeh 1996a;王家新,2002 年,第 34 页;Day 2005a,第 11 章;陈东东,1995 年;高波,2003 年,第 4—6 页;高波,2005 年,第 132—133 页。

诗》和《海子诗全编》出版之后,除了海子的母校,在全国范围内还有很多公共纪念活动,其中大部分是诗朗诵,另有一些是上文所说的戏剧活动等。①

另一个纪念或追认海子的个人例子是,1990 年,27 岁的诗人方向服毒自杀。方向作品的编辑胥弋在编写其作品年表时评述道,方向在1989 年受到了海子遗作的影响。西川也提到,曾有一位浙江青年去往海子的安徽老家,在向海子表达了致敬和悼念之情后,也自杀身亡;方向有可能就是那位匿名诗人。② 从诗歌崇拜现象、以海子为开端的诗歌界一系列高调自杀行为来看,类似这样的故事不应仅被看做传奇故事而置之一旁。而且,即便仅仅只是传奇,这些故事也足以成为中国诗坛上诗歌崇拜现象的确证。

与海子生前相比,他死后出现的批评文字、纪念性活动等,多到与他生前的影响不成比例。这正是湮没在众声喧哗里的,几乎无法分辨的少数不协调声音所持的立场。比如,程光炜在 1991 年写道:

    对这位诗人的怀念代替不了对他冷静地批判,而且,个人传记也再不能成为科学的批评的参照材料了。

1999 年,伊沙与诗人同行、文学界的好事之徒徐江、秦巴子合著了《时尚杀手:三剑客挑战时尚》一书。伊沙指出,海子享有诗人盛誉的直接原因,是他的自杀行为。他回忆道,早在 1990 年,就有诗人和批评家把海子称为"诗歌烈士"(兰波语)。伊沙抨击了那些提倡海子写作风格的人,认为这样的提倡会在诗歌写作中形成一种压抑、单调的气氛。1994 年,伊沙的诗集《饿死诗人》面世,在这本诗集里,他实现了自己作为一个诗人的突破。与诗集同名的那首诗作,嘲讽了海子、骆一禾

---

  ① 笔者亲历了朗诵会。燎原引用了《弑》的上演,见燎原,2001 年,第 8 页。关于纪念活动,见高波,2003 年,第 131—132 页。

  ② 方向,1997 年,第 157 页。又见冒键,2005 年,第 160—166 页;西川,1994 年(a),第 97 页。

第三章 "死亡传记"和诗歌声音:海子 | 105

及其他诗人作品中频频出现的词语——麦子。在这些诗人笔下,"麦子"一词常与中国的乡村和自然世界、中国的民族文化身份联系在一起。伊沙还讽刺了

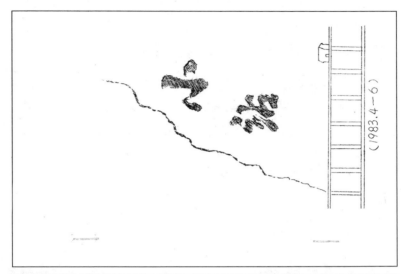

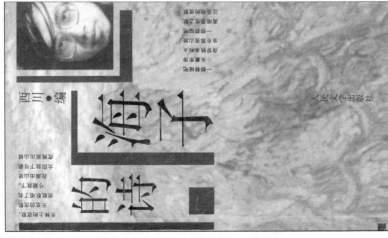

图3.2,图3.3 《海子的诗》,人民文学出版社,1995年;《小站》,1983年,民间刊物。

批评家们对"麦地诗人"的过分赞誉,比如燎原在他写于早期的短文和写于后期的海子传记中,都曾把海子、骆一禾喜欢运用的麦子和麦地意象,与凡高的向日葵情结相类比。在燎原之后,诸如此类的对"麦地诗人"的赞誉就从未停止过。2005年,冒键把海子的诗描述为"麦地乌托邦",赞美之情溢于言表。高波曾组织过几次研究海子的麦子和麦地意象的专题。刘树元也曾如是说:①

> 海子的麦地是孤独的,孤独的麦地是我们这个农耕民族共同的生命背景,那些排列在我们生命经历中关于麦子的痛苦,在它进入诗歌之后便成为折射我们所有生命情感的黄金之光。

长期以来,伊沙对此持不同的观点。下面是他的《饿死诗人》(1990)中的一段话:

> 诗人们已经吃饱了
> 一望无边的麦田
> 在他们腹中香气弥漫
> 城市中最伟大的懒汉
> 做了诗歌中光荣的农夫
> 麦子,以阳光和雨水的名义
> 我呼吁:饿死他们
> 狗日的诗人

《时尚杀手》在海子十周年祭日时问世,伊沙不负作为一个雄辩者的昭著恶名,声称除了短诗以外,海子的其他作品都是垃圾。他指出,批评家对海子诗学观念的鼓吹,让中国诗歌倒退了十年,把出生于70年

---

① 程光炜,1999年,第222页;伊沙等,2000年,第115—116页;Robb 2000,第13—15章。关于海子"麦子"诗歌例子,见海子,1997年,第68、100、353、354、355页;燎原,1991年;燎原,2001年,第五章;冒键,2005年,第226页;刘树元,2005年,第202页。

代的羽翼未丰的整整一代诗人,带入了海子的坟墓,成为海子葬礼上的祭品。①

同样是在1999年,秦巴子也声称,无人敢对海子的长诗做出真正客观的评价。他说人们对海子的浮夸"廉价",对伊沙的观点也表示认同,称海子的影响让中国诗歌倒退了不下两百年,因为海子崇尚的是两百年前的欧洲浪漫主义。像伊沙一样,秦巴子对下述现象也表达了沮丧之情:诗人的死亡何以意味着神话的诞生,在90年代,诗人和批评家们——秦巴子称他们为"乡村文化人"(海子曾如此自称),和试图垄断中国诗坛的"精神贵族"——又是怎样滥用了这样的神话。秦巴子的文章《海子批判:史诗神话的破灭》,是《十诗人批判书》的一部分;该书坦言反对经典,也猛烈抨击了其他一些著名的作家、诗人,如郭沫若、徐志摩、艾青、舒婷、余光中、北岛和王家新等。大约与此同时,徐江也开始批判海子,把海子与诗人汪国真相提并论,这对任何一个先锋诗人来说都堪称羞辱(如本书第一章所述);其逻辑在于,既然汪国真这么受欢迎,这么温良,那么他的诗歌就不可能有什么可取之处。我们在本书第十一章将讨论1998—2000年"民间写作"与"知识分子写作"论争;在那样的语境背景下,就能更好地理解伊沙、秦巴子、徐江的立场,以及下文涉及的于坚对海子遗产、对王家新等人的批判了;伊沙、秦巴子、徐江、于坚都是"民间写作"的代表。②

### 神话化

与许多其他地域、语言中的现代诗歌一样,"浪漫主义诗人"这一概念在早期的中国现代诗歌中也相当重要。人们常常把中国现代诗

---

① 伊沙,1994年,第3—4页;伊沙等,2000年,第115—116页。
② "乡村文化人",见西川,1991年(a),第6页;秦巴子,1999年,第227、234、248等页。秦巴子的短文未标明日期,但他声称写于海子死去十年之后(第227页)。虽然《十诗人批判书》(伊沙等,2001年)也包括了一些伊沙关于他自己的半开玩笑的原话,还有徐江的一篇关于作为诗人的摇滚偶像崔健的文章,秦巴子的那篇文章却极为严谨认真。见徐江,1999年(a)。

歌的开端与清末黄遵宪、民国早期胡适的作品联系起来。1907年鲁迅发表《摩罗诗力说》，是其间一个重要事件。鲁迅说诗人是搅乱人们思想的人，这使人回想起乔纳森·卡勒对诗歌现代性的描述：诗歌中的现代性本质上就是颠覆性。根据邓腾克的看法，鲁迅向中国读者展示了"诗人的魔鬼楷模（基于拜伦和雪莱之类西方浪漫主义者），本质上不合乎中国诗歌传统"。奚密曾有一篇论文探讨中国传统和现代性背景下的诗人之"狂"，她论述道，这种"中国的浪漫主义"绝非单纯的欧洲或西方舶来品，它在早年间的影响也并未消失，而是持续了下来；她指出，"狂"这一诗人母题是"理解现代中国诗歌活力的关键"。海子的浪漫主义诗人形象，既源于本土话语，也源于"外国"或国际话语，这想必加快了下文述及的海子被神话化的进程。①

批评家的态度褒贬不一，但没有人怀疑海子的自杀确实引发了神话化的过程，因为自杀，海子被提升到了神一般的地位。正是这种神话化，使得海子的生活和作品被视为一体。诗人，作为最浪漫的公众人物，其自杀确实能激起人们的好奇之心，激起人们渴望达到诗人似已达到的生与死的极致，在有诗歌崇拜现象的中国先锋诗坛上，尤其如此。因此，人们看到诗人自杀以后，就会要求给一个生前多半无人问津的人在死后建构一种公共身份。

能形成诗人的公共身份的语词很快就找到了。海子的诗歌和诗学观念中有很多能投射到他个人生活上的说法，他的生活被人们注意到时已进入壮观结局，这就更加引人入胜。海子的作品蕴含着对死亡、葬礼和自杀的玄想，以及对凡高等著名楷模的追慕之情——他曾称凡高为"我的瘦哥哥"。凡高的传奇人生（当然，也可以说是他的死亡传记）和他的画作给中国文艺圈留下的印象跟他的画作一样深。按照奚密的说法，在诗歌崇拜现象的缔造者们挪用的精神先驱谱系中，凡高是堪称完美的一个。多数精神先驱都有其个人的悲剧性标志（往

---

① 鲁迅，1996年，第102页；Culler 1997，第5章；Denton 1996：69；Yeh 2005：122。

往是自杀):从屈原(作为中国古代悲剧英雄式诗人形象的典范,其政治道德色彩在现代被审美化了),到各个文化传统中的(早期)现代诗人,如荷尔德林、茨维塔耶娃、兰波、普拉斯、策兰及其他很多,不一而足。海子在作品中还着重塑造了诗歌作为"火"的意象,以及诗歌作为创造和毁灭之源、作为生命给予者和剥夺者的"太阳"意象。诗中的言说者也常常成为太阳之子,纵身入火,被太阳吞噬。人们很容易将言说者与作为历史人物的海子相等同。①

投射的过程以及将海子的生活和诗作神话化或者彼此等同的过程,由好几个诗人同行和批评家的声音组成,这些声音由于他们的身份地位而显得是权威之见。这个现象,在骆一禾和西川早期的纪念海子的文章里,尤为明显。出于友人的悲痛之情,以及骆一禾紧随海子的离世,这些都使得海子的诗人身份更具公共悲剧性。骆一禾在他写给海子的第一篇祭文中写道,海子是"为诗而死",或者说是"殉诗"(参照"殉国"之类的说法)。他将这些说法视作不证自明的真相,没有去解释为诗而死,或者殉诗,到底意味着什么。王家新说,海子的自杀是他"对诗歌的爱的表达"。诗歌需要诗人以自杀来捍卫其存在吗?伟大的艺术作品需要艺术家毁灭自我吗?骆一禾曾称海子是永生的中国诗人、诗歌烈士和不朽者。他在写给海子的第二篇文章中,援引了拜伦的观点说,人们不该仅仅写作,而应该用写作的方式生活,这明显是把海子的诗作投射到其生活中,并称这是对海子生活与其诗歌之关系的恰当描述。②

西川是第一个用"神话"一词来描述海子之死的人。在《怀念》(1990)一文中,他开门见山地宣称"诗人海子的死将成为我们这个时

---

① Yeh 1996a:64-48;Yeh 2005:135。关于屈原,见 Scheneider 1980。如海子1997年,第4—5、72、133—137、377—378、895—897页。

② 骆一禾,1990年,第1—2页;王家新,2002年,第29页;骆一禾,1997年(a),第1页。骆一禾的短文日期为1989年4月26日,这是对海子最早的书面形式的纪念例子之一。其他关于海子死后"烈士"身份的例子,见 Yeh 1996a:63。此术语来源于海子的诗《献给韩波:诗歌的烈士》(1987?)。

代的神话之一"。往后几页,他写道:

> 这个渴望飞翔的人注定要死于大地,但是谁能肯定海子的死不是另一种飞翔,从而摆脱漫长的黑夜、根深蒂固的灵魂之苦,呼应黎明中弥赛亚洪亮的召唤?

80年代末,诗歌对于海子和西川本人来说是一种宗教经验,这从西川的话中可以见出。《怀念》一文在文风上也能见出宗教经验,比方他说,遇见过海子、聆听过海子朗诵的学生"有福了",海子爱过的四位女性"有福了",他代言的中国土地"有福了",他那个时代的中国新诗"有福了"。西川回忆说,海子认同兰波这个自封的诗歌烈士;并因此下结论说,海子本人现已步入烈士行列。① 就像西川写的那些关于海子的或表达情谊,或叙写轶事,或说理分析的文章那样,在随后的几年里,许多作者写的评论文章中,都一再提及"神话"。需要注意的是,在1990年,西川对正在形成中的将海子神话化这一现象,没有任何审察、怀疑或批评。事实上,在话语纷纭中,正是西川本人"发起了"海子神话。当时,西川开始经历痛苦的转折,他的世界观和他的写作都正发生激变。本书第四章将对这个过程有所探讨。数年之后,这些经历将会迫使他不断回顾、反省当年的那段岁月,这一点在下文中即可见到。

90年代早期之后,人们对海子的神话化逐渐显明,他的死亡被世人称颂,他的自杀被说成终极之诗和诗人形象的完成。吴晓东和谢凌岚写道:

> 海子死了,这对于在瞒和骗中沉睡了几千年的中国知识界来说,无异于一种神示。……唯有自杀才是同死亡宿命的主动的抗争……因而海子之死,也许意味着永恒的解脱,同时更意味着诗

---

① 西川,1991年(a),第307、310—312页。

人形象的最后完成。①

李超如此总结人们对《海子、骆一禾作品集》一书的评价：

> （海子和骆一禾的）死应给予昂贵的评价。我们不能没有这根不屈的神经。死亡是诗人的宿命，也是诗人的至尊。②

吴晓东、谢凌岚和李超关注的是诗人自身，余虹对海子之死的赞颂，则可看成是他在"言辞""语言""歌唱"中建立起海子之死与海子作品的联系：

> 血成言辞，语言返回神话，这是海子，在人类尽头的献祭……因了海子，死亡终于成了牺牲，成了诞生，成了歌唱。③

朱大可更进一步，把海子描述成诗人先知（拉丁语中的 poeta vates、英语中的 poet-seer）和诗人预言家，说他的自杀是一件精心设计的艺术作品。他将海子的命运与耶稣相提并论，这倒也符合当时中国诗歌话语所具有的宗教色彩和诗歌崇拜特征。海子和评论海子的人身上的这些特征，在众多其他诗人和批评家身上也一样具备，这证明了顾彬的论断不能成立："将诗人视作先知……这大概是郭沫若从德国和英国的浪漫主义那里借用的观念，这个观念仅仅只在社会主义艺术中获得了比现代性更长的生命。"④事实上，社会主义主流意识形态在先锋诗歌那里留下了明显的印迹，二者在相当大的程度上都可说属于"浪漫主义"这个概念，也属于顾彬从博里亚·萨克斯（Broia Sax）那里借用的"快感文学"（literature of euphoria）概念。

引人瞩目的是，朱大可不仅把艺术视为宗教，还把宗教变成艺术，把耶稣变成了艺术家：

---

① 吴晓东、谢凌岚:《诗人之死》，见周骏、张维，1991年，第359—360页。
② 李超，1999年，第60—61页。
③ 余虹，1999年，第120页。
④ Kubin 1993:25.

> （海子的命运）意味着海子从诗歌艺术向行动艺术的急速飞跃。经过精心的天才策划,他在自杀中完成了其最纯粹的生命言说和最后的伟大诗篇,或者说,完成了他的死亡歌谣和死亡绝唱……海子的死亡绝唱,乃是对耶稣的伟大艺术的现代摹仿,所不同的是他独自完成了这一行动,那么,他就必须一个人同时承担英雄和叛徒这两种使命。①

肖鹰的论文《向死亡存在》令人回想到西川《怀念》一文,在指出海子神话化这一现象的同时,也强化了这个神话化:

> 在诗歌的时代性失败中,诗人的死亡本身成为一种诗歌的可能形式……海子的死是一个对诗歌的启示,一个绝命诗人对诗的绝命性启示……诗人死后,与诗人未名的生前境遇不相称的是诗歌界以必然的过激形式反应了诗人的死亡——一夜之间,诗人和他的诗都被神话化了。这把诗人死亡所给与当代诗歌的启示变成一个醒心明目的明喻……如果诗歌依然还是可能和希望,诗人绝不会选择中断诗歌的死亡,并以死亡取代诗歌的位置。坚持对诗歌的欲望,却失去诗歌的可能,这三位诗人(海子、骆一禾、戈麦——引者加)的死成为这个时代诗性消亡之夜的象征——诗人之死成为最后的诗歌。②

从人们知晓海子自杀那一刻起,神话就出现了,成为死亡传记,往前回溯,重塑了诗人的从前形象。一些评论者在海子自杀之后写文章,引用他诗歌中的语词,接着靠这些文字提出他自杀的"事后预言"。这样,对海子生前的诗歌创作的回顾,赋予了在世时的海子以潜在的神性,也使得他那具体的死法成为必然的神化行为。他的死不光是他一

---

① 朱大可,1999 年,第 139—140 页。
② 肖鹰,1999 年,第 231 页。

辈子的巅峰时刻,也实际上将他提升到了神的地位。①

　　至少有两篇文章使神话化这一现象随着海子的诗歌走进了英语世界。王岳川的《90年代诗人自杀现象的透视》是一篇说教性很浓的心理分析操演。其一,王岳川将自杀描述为"纯粹的"诗人身份在一个商业逻辑主导的年代"见证真理"进而"面对死亡"的必然结果,他的视角基于诗歌和经济貌似简单的对立;我在本书中也多次质疑这种对立。虽然王岳川对赞颂诗人之死的流行趋势有所指斥,但他自己做的恰恰也是同样的事情。他的文章被收入了李霞编辑的《20世纪中国诗人顾城的短文、采访、回忆及未发表材料:死亡诗学》(1999)。在这本书中,李霞和其他几位撰稿人的文章都显示出了所谓死亡传记的动机,即大家通过诗人的死亡来解释他的生平经历和写作。其二,曾红在《中国当代诗人海子诗歌英译》(2005)一书里对海子的评价也是出于类似的方式。曾红大力向英语读者推介海子这位最著名的中国现代诗人之一;她的努力令人钦佩,但她对诗人和诗歌的评价的却有失平衡。虽然如此,如果把曾红的文章和赵启光为此书所作的序言放在一起阅读,那么相对来讲,曾文倒也不失冷静明智。有资料表明,海子在去山海关的路上随身携带了几本书,赵启光就此写道:

> 看到海子带到另一个世界的最后一本书书名,我觉得又难过又荣幸——我正是《康拉德小说选》的选编者、译者之一和前言的作者。1982年去美国之前,我把译稿交给一家出版社,从那以后杳无音讯。我得到了一个作者或译者能得到的最强回馈。海子不再是陌生人了。可惜我不知道曾有过这样一位真挚的朋友和旅伴。我们曾经一起深入黑暗的中心,一起穿越台风。我们一起去过那里,都认定我们喜欢那里的美。我离开了,他留在那里,永远留在那里。

---

① 张清华,1999年,第182页之后;燎原,2001年,第347页之后。关于海子的神话化,参见 Yeh 1996a:63。

这些话可以说是不近情理。赵启光进而称海子的死为"热情、献身和信仰的壮丽而浪漫的宣言",称海子的生命是一首诗,当然是用血写成的。①

目前,国外发表的研究海子的文章不多,即使有,也很少用海子的死来推断一切,像国内那样把海子神话化,或者把他的生活和诗歌视为一体的做法,不太常见,尽管研究者也都几乎不可避免地将海子身份与自杀挂钩。奚密在一篇文章中,探讨了诗歌中的死亡和中国的诗歌崇拜现象;她以文学社会学为研究路径,着重讨论作为更宽广的话语实践一部分的海子诗人形象。在另一篇文章中,奚密对海子的代表作《亚洲铜》(1984)做了细致的文本分析。这篇文章用汉语写成,1993 年发表在海外版的《今天》上,很可能是 1989 年 3 月 26 日之后唯一一篇未提到诗人之死的论文。因此,这篇文章显然暗含着捍卫诗歌声音的意图,反对将诗歌湮没在海子死亡传记的众生喧哗之中。在一篇关于(中国)文学中的自杀政治和自杀诗学的文章中,王德威把闻捷、施明正和顾城作为个案研究对象,其中也顺便提到了海子。基于奚密文章的启发,王德威在他的文章中指出,诗歌崇拜现象与这几位诗人所处的意识形态环境有着共谋关系。王德威本人曾在研究小说的著作中提出过与此相同的概念。和奚密一样,王德威的分析也振奋人心,尽管确如贝丽(Alison Bailey)所言,他的书中所分析的个案彼此之间关系不大。王德威认识到阿尔瓦雷斯提出的"极权主义艺术家"和"极端主义艺术家"概念不可能是绝对的,进而指出,貌似完全出于政治原因的自杀,实际上有可能是浪漫欲望作祟,而貌似"病态"的自杀,则有可能揭示出潜在的政治创伤。然而,如果我们从王德威所说的现代中国后期文化与政治之间的辩证关系来看,就可以了解,

---

① Wang(Yuechuan)1999;Li(Xia)1999;如李霞前言开头几段,书名取自赵毅衡的短文,见 Zhang(Henry)1999;曾文和赵文均收入《当代中国诗人海子诗歌英译》(*An English Translation of Poems of the Contemporary Chinese Poet Hai Zi*)一书中,Zeng 2005;Zhao Qiguang 2005:ii,v-vi。

他分析闻捷、施明正和顾城的自杀时,所动用的参照资料,并不那么适用于对海子的分析。戴迈河关注的,是上文提及的海子诗作以及他人对海子的评论中所揭示的海子自杀和时代背景的关联。米佳路探讨了张承志的小说和海子、骆一禾、昌耀的(史)诗,他发现,对"河流"这一民族符号的认知和重构,促进了他们的国族认同;他也注意到了海子和骆一禾之死对他们的作品接受所产生的影响。事实上,米佳路对昌耀的分析,也可以采用同样的视角,因为昌耀在 64 岁时患了绝症,跳楼自杀。当常立和卢寿荣在文章中将昌耀也囊括进"新生代"诗人时,就不得不扩大这一概念的范围。他们在文章中表达的对诗人之怀才不遇的哀叹,也就在意料之中了。①

**生平传记?**

海子的死亡传记最重要、最具体的一个例子是燎原的专著《扑向太阳之豹:海子评传》(2001)。该书由西川作序,因此也意味着该书的写作或多或少是经过了西川的许可。在序言中,西川谈及其他一些未遂的传记作者,对他们的可疑意图和写作风格有着不愉快的记忆。如果不是海子自杀了的话,没有人会想到给他写传。因此,《扑向太阳之豹》开篇便简要述及海子的自杀,便完全顺理成章。当然,不光是那些结局已经广为人知的故事才能采用历史倒叙手法,事先知晓的死亡结局也可以让我们对生命必将终结的感受更加尖锐,创造出更大的戏剧张力。然而,《扑向太阳之豹》并非如此。虽然燎原强化了海子神话,却并未写成海子圣传,他把少而又少的海子生平资料信息结合在一起,这一点值得敬重。但自始至终,他对海子生活的叙述非常连贯,当然,这一点取决于诗人最终的自杀。燎原把海子的诗歌写作历程编织到海子后来的生活之中,明确假定诗人的著作在整体上可以视为其

---

① Yeh 1993a,1995,1996a;Wang(David Der-wei)2004:ch 7;Wang(David De-wei)1994:242-243;Day 2005a:ch 11;米佳路,2007 年;常立、卢寿荣,2002 年,第 250—252 页;冒键,2005 年,第 16 页;刘福春,2004 年,第 592 页。

生平传记的一种方式。就传记本身而论,尤其在中国传统诗学中,燎原这样的立场是站得住脚的,但同时,却使得那些指向海子之死的段落占据了不成比例的分量。

燎原对叙事连贯性的追求,是与他对海子艺术的敬意、对一种浪漫主义诗人形象的敬意结合在一起的,因此他的结论是海子是"为诗而死"的。燎原以海子死前留下的纸条为出发点,对于"我的死与任何人无关"那句话做出如下评述:

> 为了拒绝我们对其死因作俗世角度上的猜测。而他在此关于诗稿交给骆一禾的表述,实际上则是一个公开的授权声明。遗书中第一层意思关乎死,第二层意思关乎诗,我们由此不难感受到,他清白地为诗而死的心理信息传递。①

燎原的许多论点不无道理,但这样的解释缺乏说服力,甚至可以说完全不合逻辑。我们也可以把海子的遗书解读为,他不希望有任何人为他的死受到责难,但是在燎原这里,他却非要说海子是为诗而死。与骆一禾及其他人认为海子"殉诗"一样,燎原也持同一观点,这里他依然把诗人的生活,尤其是他的死亡,视作其作品的一部分。从20世纪80年代开始,在中国大陆,诗歌崇拜现象遍地开花,但同时它也一直受到强有力的挑战。燎原的书出版于2001年,这证明了诗歌崇拜现象持久不衰的影响力。

余徐刚的《海子传:诗歌英雄》(2004)也是如此。余是学美术出身,他因自己与海子同为安徽人而自豪;这本书是作为海子十五周年忌辰的纪念资料而写作的。对海子童年平淡无奇的生活细节的叙述,与封底所宣传的该书题旨风马牛不相及,书中把诗人尊为真正的"诗歌皇帝"和"诗歌英雄",这只不过是重复一次海子的神话化。书中插入的一些照片也一样名不副实,如"海子常读的杂志"的封面和他大

---

① 燎原,2001年,第340页。

学时代读过的法律系课本;这两类书都有很多其他的读者,但是他们并没有因为这些阅读而成为"诗歌英雄"。余徐刚的叙述有时以对话方式展开,有时挪用诗人所想象的传主的视角来叙述,这让他的叙述带有半小说特征。他在书的结尾段落对海子寻死一刻的描述,即为最突出的例子:

> 一列货车呼啸而来。
> 海子遁入太阳!①

与之前关于海子的出版物相比,余徐刚的书并没有增添什么思想性内容,不过是又甜蜜又天真地描述了海子的生活及诗作。在此,我无意去怀疑作者的真诚,也无意去质疑他采访海子亲朋好友时的良好初衷。无论怎样,在2004年,这本书的出现,表明了当时享有盛名的江苏文艺出版社的想法:有一个(非专业的)读者群需要另一部关于海子的著作。与燎原的书相比,余徐刚的书在体裁上更轻松易懂,而出版这样的书,有利于提高出版社的声誉。

周玉冰的《面朝大海 春暖花开:海子的诗情人生》于2005年由安徽文艺出版社出版,内容上与其他书大同小异,是海子之死亡传记的又一实例。书籍腰封上的简介文字中开门见山地写着:

> 海子,当代中国诗坛一颗耀眼的流星,他于短暂的一生中,保持着圣洁而崇高的诗心,在不被世人理解的岁月里,忍受孤独与痛苦,凭着自身的才情和执著,创作了近200余首抒情诗和7部长诗。当他那些箴言圣歌式的诗句被大学生在广场集体朗诵时、被收入现在高中语文课本时、被房地产商用于海景房的广告语时……人们感念这位"麦地之子"、"诗歌英雄"。

和余徐刚一样,周玉冰以海子的安徽同乡自居,以此强化其传记作者

---

① 余徐刚,2004年,第215页。

的地位。书中也插入了很多照片,包括一幅海子母亲满面愁容的肖像;这张肖像被放在显眼的位置上;书中还有海子家中房子的画面,房内摆设井井有条,前门匾额上写着"海子故居"。①《面朝大海》一书是对海子人生的浪漫化的、希望能催人泪下的描述。周玉冰详述了众所周知的海子轶事,而且像余徐刚那样,也几乎把海子传记写成了小说。他描述自己想象中的海子多舛的爱情生活,描述他自己的梦,比如关于海子自杀的梦,细节丰富,浓墨重彩。本书的叙事安排准确地把读者带向海子之死。周玉冰在描写海子的最后时刻时写道:"他慢慢躺下,后背贴着冰冷的铁轨。"这与骆一禾写给万夏的书信有出入。在骆一禾的信里,根据货运火车工作人员的说法,海子是从侧面冲到火车轮下的。周玉冰很有可能在书稿完成前见过那封信。如果真是那样,他决定在自己的书中让海子"慢慢躺下"静候火车的到来,也许表露了他编排故事高潮的欲望,意在给悲剧英雄的生命安排一个辉煌的结局。可以想象的是,与骆一禾的叙述相比,周玉冰的描述使之更容易被视作一种"献身"仪式。

### 去神话化

正如一些人对不加批判地颂扬海子的诗歌这一现象表达质疑,也有一些人拒绝把海子的自杀简单抽象地解读为"为诗而死"。诗人韩东一直质疑对诗歌和诗人形象高度吹捧的现象,他在 1991 年率先发声,评价了当代诗人的"实验"倾向:

> 到了极致,甚至否定诗必须由语言材料构成。纸笔也纯属多此一举或者可有可无。诗至此可以是身体的艺术、行动的艺术。为了和日常生活区别开来,行动主义者一直在寻求超凡脱俗的行动。他们酗酒、打架、玩女人、四处流浪、培养怪癖,以此来证明自己是一个诗人。最终他们发现自己非但不能免俗,而且境况越发

---

① 周玉冰,2005 年,第 154、215 页。

糟糕。现在,只有死亡没有一试了。

奚密将韩东的话改述如下:"换句话说,自寻死路,似乎提供了一种新的维系诗人自我身份的途径,甚至是终极途径。"然而,韩东接下来显然斩断了海子和"实验者"的关系:

> 海子之死对于他们自我确立的意义不言自明。但这些和海子本人毕竟无关。

反正,奚密也没有深入思考海子自杀的缘由,只是提出,海子自杀的缘由与他的诗歌不可分割,具体而言,也许是一种雄心勃勃的诗学强加给他的压力让海子不堪重负。①

有的读者从传记角度来解读海子诗歌,韩东接受了其可能的有效性,但他认为,"为诗而死"与通常情形下的阐释截然不同:

> 海子之死只能是诗人悲惨处境和内心冲突的一个证明。我们不能从他的死亡去追溯他的诗歌,而只能从他的诗歌中去发现使他赴死的秘密。如果说海子是为诗歌而死的,那一定说明他的创造力已面临绝境。死是一个解脱,而非任何意义上的升华……我坚持认为海子是一个写不出诗来就宁愿一死的人。虽然这很可能不是这次死亡的具体原因。②

崔卫平的《真理的祭献》(1992)一文以一种死亡传记式的语调收尾,《海子神话》(1992)一文中的"自我分裂、断裂"一段的创作灵感,可能来自铁轨上海子的残肢断体。然而,总的说来,崔卫平的分析是基于文本,而不是从万能的诗人形象角度来解释一切,或是把诗人的生活和作品视为一体。在《海子神话》的结尾处,她推想到,在海子生前最后几个月,他的诗歌作品流露出的一种安宁、屈从的感觉是否表明

---

① 韩东,1991年,第335页;Yeh 1995:55,45。
② 韩东,1991年,第335—336页。

诗人已决意终结自己的生命,抑或预示着在创作力新一轮爆发前的平静。但她打断了自己的推想:

> 但不管怎么说,从中并不能得出为什么他选择1989年3月26日这个日子突然离开人世的理由,这种危机一直存在,但结果却并非必然。从他的诗中得出他自杀的原因总是不充分的,同样,从他的自杀去理解他的诗更是没有多少道理的。他生命中另外有一些秘密(或许只是很简单的)永远地被他自己带走了。①

最有力的为海子去神话化的例子当属西川的《死亡后记》(1994),在这篇文章里,西川发出了与当年《怀念》一文完全不同的声音。文章很有说服力,却又显得心有不甘,甚至有时怒气冲冲;这样的行文风格暗示出《死亡后记》的写作过程很艰难,作者写作此文,不是出于继续发声的愿望,而是出于留存下一个朋友和一个诗人同行的记忆这样一种责任感,因为人们对海子的记忆越来越离题了。这里顺便要说的是,关于海子的神话,正是西川自己以前的评论文字激发的,和其他一些评论者的文字一样。

西川开始以他批判性的反思,介入人们对海子之死引发的公共关注。关于海子可能的自杀原因,他系统地叙述了他"所知"的和"所猜测"的。首先是海子的"自杀情结"。1986年时,由于执迷于"天才短命"之类的流行观念,海子已试图自杀过一回。其次是海子的性格。西川描述道,单纯、固执、敏锐、清教徒式的、情绪化,是海子突出的性格特征,他平日里性情温和,但被激怒时又会"像一只豹子"。燎原的《海子评传:扑向太阳之豹》一书的书名,想必是取自《死亡后记》。尽管西川表达的明显是少数人的观点,但《死亡后记》在有关海子的评论中依然占据了中心位置。西川把海子的生活方式列为他自杀的第

---

① 崔卫平,1999年b,第98、101、110页;崔卫平,1999年c。钟鸣的反思灵感同样源于海子让自己的身体被碾压成两半的事实,见钟鸣,1991年。

三种可能的原因。他回忆起海子离群索居,为了创作免受干扰而减少社会交往,结果饱受孤独之苦,缺乏一些能挽回他自杀的社会关系。据传,海子曾要和昌平一家饭店的老板做交易,用为饭店的客人朗诵诗歌来换酒喝,饭店的老板却说,只要他不读诗,店内的酒随便他喝。在诗歌圈里,这件轶事已经被经典化,哪怕仅仅只是因为,这件事是诗歌"边缘化"处境的一个极佳例证,证明了与当时的消费主义、商业化等社会潮流相对照,诗歌已面临"危机"。

  西川列举的海子自杀的第四个可能的原因是"荣誉问题",也就是公众对他的作品的接受度问题。根据西川的描述,海子和其他中国先锋诗人都面临着社会整体上对诗界的不信任,也承受着来自文学内部保守力量的压力;西川说这"不是一个文学问题而是一个政治问题"。另外,他还记得,海子在先锋派诗人的内斗中也脆弱易伤;一个著名的例子是,1988年底,"幸存者"诗歌俱乐部在北京市中心的王家新家中举行聚会,当时,多多和其他几个诗人对海子的史诗提出了尖锐的批评,他们的批评好像差点儿毁了海子。几乎与西川的文章同时,苇岸也撰文,把此事与海子的自杀联系起来。但在2001年,王家新追忆往事,表达了不同的看法。① 西川继而指出,在另一场合,有另一位更著名的诗人——他称之为"LMN",西川在英文字母("诗人 AB""诗人 CD")的遮掩下连续抨击了那些以这种或那种方式错待了海子的人——剽窃了海子寄给朋友、诗人同行和编辑的打印稿,而没有被揭露。海子自杀的第五个可能的原因,西川说,是海子痴迷气功。气功是中国传统的一种运气法,气功之道主要是控制呼吸和冥想。练气功据说能获得超常的身体能力,用在练武术、治病等过程中。根据西川的说法,当海子觉得自己练气功达到了更高境界时,便开始产生幻觉。具体情形是:

    总觉得有人在他耳边说话,搞得他无法写作。而对海子来

---

① 苇岸,1994年,第107页;王家新,2002年,第33—40页,尤见37页。

说，无法写作就意味着彻底失去了生活。

这里，西川的话使人想到韩东的说法。韩东的诗作和诗学观念与西川截然不同，但他们两位都相信，如果海子活在世上，但由于生理原因而丧失写作能力，那么他宁愿死去。西川意识到，海子在临死前已经有了精神严重错乱的迹象，但他仍然质疑海子有"精神分裂症"这一正式的医学诊断结果。在《死亡后记》第六部分，西川暗示道，海子自杀的诱因（非深层原因）或许是他在烂醉如泥时数落过一个前女友，事后因此愧疚不安，虽然当时在场的朋友坚称他并未出言不逊。在第七部分，西川指出，"海子献身于写作，在写作和生活之间没有任何距离"。他这个说法，使海子的人生和作品难分难解，甚至是无缝接合。但是，西川总结道，如果海子用别的方式施展天赋，他本来可以写出更多更好的诗歌。

我们注意到了《死亡后记》的影响力，因此也能看到，那个在1990年启动了海子神话的声音，在仅仅四年之后，依旧保持着它的权威，尽管已经开始指责别人为海子神话推波助澜。之所以出现这样的情形，原因在于，西川是海子的好友，自己作为诗人也迅速声名鹊起。我很重视的一点是，西川指出的海子在某种程度上对自己天赋的误用，就证明了"海子自杀是一首终结所有诗歌的诗"这一说法是站不住脚的。

**读诗即阅人**

由于把海子的生活和作品视为一体这种思路在关于海子的批评中压倒一切，所以，对海子死亡的解读，从诗人本身延伸到他的作品，也就顺理成章。换句话说，海子的死亡回过头来，不仅决定着怎样解释他的生活，也决定着怎样解释他的作品。对海子传记的作者燎原来说，生活和作品的一对一关系是双向存在的。他一方面把海子诗歌当作传记资料，另一方面又在理解海子的诗歌时佐以其他的、诗歌外的证据。其他评论者对海子作品的文本分析，也同样表露了一种由海子的死亡出发来解释一切的倾向。这一点，我们可以在陈超的《中国探索诗鉴赏词典》(1989)里找到明证。陈超的书稿完成于1988年,那时海子尚在人世。这本书里讨论了海子的两首诗。在评论《抱着白虎走过海洋》时,陈超对诗句"倾向于死亡的母亲"有所困惑,接着却说海子这是表达了生与死的平衡。他总结道:

> 这首诗借助了梦幻的形式,揭示了生命的本质:那种宏伟的、义无返顾的、战胜死亡的伟力。①

十年后,在这本书1999年的修订增补版中,陈超增加了对海子另外三首诗的讨论。他将这些内容放在原有的两篇文字中间,把对已故诗人的赞颂之词放在第一篇新文章的开头。因为新文章排在整个系列的第二位,所以这些赞颂之词显得有些突兀。陈超选定的三首新增诗作,全是在海子死后的那些年里被反复引用或评论的。他早先把海子诗歌中流露出来的"生命的本质"定性为"征服死亡",但又不顾先后说法矛盾,改口道,海子在1987年的诗作《祖国(或:以梦为马)》中预言了自己的命运。中国文学向来有把言说者和作者相等同的传统,无论是否参照这一传统,下面我们都将看到,陈超的关于海子预言自己的死亡这一说法合乎情理。但是,只有当海子实现了"预言",只有当诗的作者照着诗中的言说者的话去做了,《祖国(或:以梦为马)》才成为经典,这是一个事实。陈超的这个选本倾向于选取诗人们的"代表作",因此可以这样理解:只有当《祖国(或:以梦为马)》这个作品得到了作者生活的验证,亦即其死亡的验证,它才能作为海子的代表作,被选入该选本的修订版。陈超把这首"悲慨与圣洁"的诗比作海子的"墓志铭",则是他对自己上述观点的再次确证。因此,他在讨论海子的诗剧《太阳》时,写出了如下文字,也就不足为奇了:

> 从某种意义上说,这部大诗还是"完成"了,诗人是以生命作

---

① 陈超,1989年,第615页。

为最后的启示录完成(诗歌和他自身——引者加)的。①

在文章结尾,陈超以赞许的态度援引了骆一禾对海子生活、作品的拜伦式看法,并且说,除了以上提到的这些,海子的诗歌还深深地根植于人类具象世界,阅读海子的诗歌能给人一种神圣之感。

高波的《解读海子》(2003)是一本值得特别关注的书,哪怕仅仅因为其对神话化海子的做法表达了质疑。他写此书的动机,以及他在《现代诗人和现代诗》(2005)里对海子进行个案研究的方式,都与我的角度相近,他同样对"海子自杀决定了海子的写作"这样一种观点有所质疑。在书中,高波探讨了海子诗歌的中心意象,这一点弥足珍贵。他反思海子的农村出身,探讨诗人和民间艺术、流行文化的亲缘关系,把海子放在20世纪中国诗歌的整体语境中来分析,这些做法都很有裨益。② 不过,在解读中,由于高波对海子的态度,与上文提及的几部海子传记类似,所以《解读海子》一书没有达到其所宣称的写作目标:厘清问题,防止人们"误读"被神话化的海子。高波倾向于把海子的诗歌天赋看作先于任何文本分析的既定事实,把海子的明确诗观看作关于诗人自身写作的不容置疑的真理。对高波来说,作为历史人物的海子的思想和感情经验是不证自明的,可探知的,并且与海子的写作之间有敏锐的关联。这样的态度限制了他的文本阐释空间。

我们已经看到,国内绝大多数评论家都把海子的生活神话化为其作品的一部分,把他的诗歌和他的自杀相等同,不去区分他笔下的世界与他的现实行为。在某种程度上,这完全可以理解。虽然其人其事引起了修辞性的夸张,但我们没有理由怀疑海子形象的准确性:他是诗歌崇拜者,他完全献身于诗歌,他的确沉迷于诗歌。根据浪漫主义的观点,他是诗歌的化身;用他自己的话说则是,他想"加快生命和死

---

① 陈超在这里的用词很模棱两可。陈超,1999年,第1158—1161页。
② 高波,2003年,第91、96、113—125、169页;高波,2005年,第132—179页(和高波2003年的著述多有重合)。

亡的步伐"。同样不能否认的是,他作品中的某些片段适于传记式解读。支持这种解读的具体文本证据,远远超越了诗人的情绪、个性与他的写作之间的一种抽象的兼容性。海子有好几首诗中都有一个叫"海子"的主人公,诗中的一些用语也与传记性事实相符,比如海子本人去过的一些地方的地名,比如他诗中提到的六口之家,也与他自己的家庭相似。① 更重要的是,对海子诗歌进行传记式解读即便不是不证自明的,但至少也是站得住脚的,因为在中国文学中,至今依然有一种传统的"传记式"(biographist)文学观,尽管这种文学观念正跻身于当下社会政治语境,跻身于国外和本土各种各样文艺现代性之中,并试图与它们一争高下。

但是,对于非中国本土的文学读者而言,海子的案例表明,中国读者在解读海子时的传记主义倾向,并不是在特殊的文本情境中出现的若干可能的阅读策略之一。外国读者所看到的是,中国读者的所谓传记主义是一种最基本的假设:归根结底,一位诗人留下的诗歌就可以作为理解这位诗人的终极材料。或者,用本书之前引用过的宇文所安的话来说就是,读诗即为阅人。贺麦晓也曾经指出,在当今新媒介背景下,这一假设依然适用于中国的文学生产(显而易见的是,中国文学阅读中的传记主义不同于19世纪欧洲文学阅读中的传记主义,后者把关于作者生活的无数"事实"都当作解读其作品的工具,这种方法在20世纪已被完全抛弃②)。高波的《解读海子》也许是中国传记式解读的最好范例,因为他宣称是从文本本身出发,结果却沦为解读诗人。在中国当代诗歌学术批评中,一名读者最初的解读意图往往是多样杂糅的,但一旦有需求,传记式解读方法就会毫不费力地浮现出来。海子自杀后,人们对海子的解读就属于这般情形,并且一直持续至今,很少有人去彻底反省把自杀看作一种特殊的文本视角(一首诗,或者

---

① 海子日记,1997年,第879—885页。符合传记事实的诗:海子,1997年,第107、157、174、178、347、375-376、414、470页。

② Owen 1979:232-234;Owen 1992:26-28;Hockx 2004;Levie 2004。

一首终结所有诗的诗),也很少有人去彻底反省这种视角会如何影响海子在文学史上的再现。

## 第二节　诗歌声音

　　为了与上文的论述做一平衡,在这一节里,我主要分析海子的几个文本,试图聆听个中的诗歌声音,未必会与诗人的命运有什么联系。当然,我不可能从脑海中删除掉海子的生平事迹,也无法完全屏蔽掉关于诗人自杀的各种联想,这样的解读立场也不会让海子的自杀不再那么惊心动魄。显而易见的是,我对把海子的生活和他的作品视为一体的做法有所质疑,但也不会因此完全放弃传记式解读途径;只要以文本为分析的基础,再者,传记式解读也不会将海子的诗歌降格为"单纯"的人事解析。

　　海子认为自己的长诗最为重要,称之为"唯一的真诗"。海子的评论者们却反应不一。《土地》一书的出版表明,骆一禾尤为赞赏海子的史诗。燎原亦是如此。谭五昌虽然认识到海子的史诗在其诗人同行当中激起了强烈的负面回应,但坚称它们在文学史上占有显著的位置。罗振亚称,海子创作史诗的努力是"合法的",却又认为诗人没有达到他的目标。程光炜对海子持批判态度,认为他没有很好地组织或限制自己的语言狂流。上文已经提到过,秦巴子称海子的史诗在根本上与时代精神不符。我同意程光炜的观点,例如,《太阳》中的大部分诗句呈现出因循老套的自大狂热,其中表达的个人经验显得莫名其妙,夸夸其谈,东拉西扯,简直无法整合,尽管像《夜歌》部分的那些段落笔触优美。①

---

　　① 海子,1997 年,第 888 页。海子对"大"诗、"史"诗和"伟大"诗的偏爱在其明确诗观中十分凸显,见海子,1997 年,第 869—918 页,特别是第 898—901 页。又见西川 1994 年(a),第 94 页;骆一禾,1990 年,第 2—3 页。骆一禾 1990 年;燎原,2001 年,第 277 页;谭五昌,1999 年,第 197 页;罗振亚,2005 年,第 116—126 页;程光炜 1999 年,第 222 页;秦巴子,1999 年。海子,1997 年,第 799—866 页。《夜歌》一诗见海子,1997 年,第 840—841 页。

在我看来,抒情短诗很可能是海子作品的精华。很多诗篇包含来自自然世界和农村天地的原型题材和意象,包括太阳、大地、月亮、星辰、天空、大海、春、秋、冬(但没有夏)、薄暮、黄昏、夜晚、黑暗、黎明、破晓、光、火、水、风、雨、雪、阳光、草地、河流、土地、麦子、麦地、谷物、农庄、丰收、牧羊人、家畜,血和死亡。许多短诗通常从第一人称言说者的视角展开,低沉压抑是其基调,如悲伤、阴郁,有时候一片荒凉,在这样的情绪背景下,异常欣快的时刻显得格外惹眼。海子的语言特征是,把浮华的表达、口语和亲密时刻结合起来。他的大部分诗歌用自由体写成。批评家们一致认为,海子在重建当代诗歌的"可唱性"方面贡献卓著,王一川就曾有力地论证过这一点。① 海子诗歌中,形式和内容的和谐统一,往往源于两者都不受约束。通常来说,这是弱点而很难是长处,海子诗作的数量之巨其实直接反映了这一点。

毕特·黑尔勃兰蒂(Piet Gerbrandy)曾提出过诗歌分类模型,以"开放"和"闭合"属性为一轴,以"易读"和"难读"属性为另一轴。他写道,对于一个开放的文本来说,"无论诗的语言多么引人入胜,读者仍然都会觉得篇幅完全可以长一些,也完全可以短一些"。按照黑尔勃兰蒂的标准,海子的大部分诗歌都属于开放易读型,也许我们因此可以说海子的诗歌很有"容纳性"(receptive)。海子的诗歌试图容纳许许多多的宏大事物,从古老文明遗产、神话,到"世界文学"和艺术巅峰之作,到深沉的个人情感,在这个过程中,也不断流露出诗人自己的亢奋之情。在现代中国语境中,除了正统的政治抒情诗之外,另两个杰出的诗歌先驱是惠特曼和郭沫若。在"崇高"和"世俗"的诗歌谱系上,海子稳居"崇高"一端。如王斑所言,海子的作品确认了"崇高"

---

① 王一川,1999年(b)。参见高波,2003年,第169—178页;罗振亚,2005年,第134—137页。

和民族文化身份、个人雄心之间的联系。①

在海子的短诗中,那些最能打动我的好作品,就是这里将要分析的五首短诗中的四首。这四首诗毫无狂热自大或夸夸其谈,反而显得个人化、私密、内敛。较之海子其他那些狂放不羁的作品,这些诗篇采用的结构手法,如重复和押韵,在语言效果上可感可知。海子的写作很少受严格的形式限制,1986年的《抱着白虎走过海洋》则是一次罕见的文本尝试(该诗还有一个早期版本,见于某本与西川合作出版的诗集,这表明海子在后来肯定有意识地改动过,使之形成了如今这个严整的定稿)。②

## 抱着白虎走过海洋

倾向于宏伟的母亲
抱着白虎走过海洋

陆地上有堂屋五间
一只病床卧于故乡

倾向于故乡的母亲
抱着白虎走过海洋

扶病而出的儿子们
开门望见了血太阳

倾向于太阳的母亲
抱着白虎走过海洋

左边的侍女是生命

---

① Gerbrandy 1995:15;西川 1991年(a),第9页;Abrams 1971:3-29;Wang Ban 1997:69-70。黑尔勃兰蒂关于诗歌分类标准更详实的英文介绍及其与当代中国文本的关联,见 van Crevel 2004:105—107。

② 海子,1997年,第123页;海子、西川,1986年,第11—12页。

右边的侍女是死亡

倾向于死亡的母亲
抱着白虎走过海洋

从上面引文可以看出,所有的诗行在视觉和听觉上都完全相等:八个汉字=音节,没有任何标点符号;每一诗节的第二行最后一个音节押韵,每节的第一行最后一个音节有"半韵"。此诗的语义和形式都受到了严格控制。开头一行萃取第二、四、六节最后一个词,接着就很机械地在第三、五、七节被重写,只替换一个词,后文每次都紧跟着第一节第二行诗,亦即本诗标题。母亲"抱着白虎走过海洋"这一中心场景,很是神秘。"抱"一词可被翻译成 clasp,意思是母亲骑在老虎背上,双手搂着老虎脖子。虽然"走过"是未具体说明的运输方式,但读者心目中会浮现出一幅老虎从水面蹚过或跑过的画面。代表生命和死亡的侍女,且把母亲视为一种强大的在场,与可敬可畏的实体进行互动,如"庄严"、故乡(中国人身份的重要组成成分);太阳和死亡,这一切在海子的诗作中都常常重现,强化了"过海"场景的神话性。病儿面对太阳的场景也似曾相识,下文我们将再次遇到,但病儿和母亲之间的关系动态依然不甚明了。另一种解读方式是,在母亲像抱孩子一样抱着(英译为 hold)老虎的画面中,母亲是带着老虎而不是骑着老虎走过海洋。诗人的名字和"孩子"①同音,这或许会让读者联想到诗人或言说者和白虎之间的同一性,从而把诗人想象成一种濒危的珍稀物种:既是作为真实存在过的人物海子,又是抽象的诗人形象。《抱着白虎走

---

① 在普通话中海子可能有三种不同的音调:三声+轻声,在意为"湖"的方言表达中便是此音调;二声(通过变调)+全三声;和二声(通过变调)+轻声。后两个可能是人名。根据在句子中的位置,海子的名字常常甚至总是被读作二声+轻声,就像"孩子"。西川回忆道,一位北大同学曾在交给海子一堆刚收到的信件时嘲笑海子,把收信人的名字"海子/孩子…海子/孩子…海子/孩子…"("Háizi",西川写作"海子",却解读为"孩子")念作"孙子…孙子…孙子…",见西川,1994 年(a),第 92 页。除了字面意义,"孙子"还是人身攻击语。

过海洋》特定的文本形式，让这首诗显得卓越非凡、引人入胜。上文分析的这些文本特征，加上诗中反复出现的谜语，两者结合起来，激发起读者丰富的想象，让人过目不忘。

《感动》也写于 1986 年。用自由体写成，比《抱着白虎走过海洋》更接近海子通常的风格。①

**感 动**

早晨是一只花鹿
踩到我额上
世界多么好

山洞里的野花
顺着我的身子
一直烧到天亮
一直烧到洞外
世界多么好

而夜晚，那只花鹿
的主人，早已走入
土地深处，背靠树根
在转移一些
你根本无法看见的幸福
野花从地下
一直烧到地面

野花烧到你脸上
把你烧伤
世界多么好

---

① 海子，1997 年，第 129 页。

早晨是山洞中
一只踩人的花鹿

形式上,最后几行诗经过改头换面后,回归开头几行,最后一节与第一节形成共鸣,让全诗更有意蕴。野花"烧到你脸上""把你烧伤"——就像《麦地与诗人》(1987)里一样,"别人……觉得温暖,美丽"的麦子实则不近人情,"灼伤"了言说者。① 烧到天亮和洞外的野花,不仅表征着野花明亮的颜色,也让野花的美丽和野花给言说者即主人公带来的痛苦之间,产生了戏剧化张力,与花鹿的作用前后呼应。花鹿踩到言说者的额上和脸上,破坏了纯真之美,也破坏了花鹿所代表的任何早晨时光的原初特性。在海子的其他诗作中,言说者和自然世界的关系也是模棱两可的,经常存在两种相互对立的力量,一方面是创造、滋养和舒适,另一方面则是暴力和毁灭。出于言说者的痛苦,他再三感叹,"世界多么好",强化了第一节和最后一节的内聚力,吸引读者对之做出一种反讽性的解读。然而,在这首诗和海子其他作品中,诗歌声音通常不表现为一种反讽的语调,而是显露出莫大的真诚。如此一来,上文言说者发出的感叹,其实是在召唤着一种狂喜沉迷的自我毁灭体验。我认为第一人称和第二人称都是指同一个人,即消极的言说者——主人公,他"从我额上"和"我的身子"的个体经验,转向全能视角的观察,体验"你根本无法看见的幸福"以及其他事物。在第二节中,言说者的动作转入地下,野花把土地与言说者所身处的山洞联系了起来。《感动》的力量源于美丽和恐怖并存。

现在,让我们转向很不一样的另一文本。这首诗的名气要比《抱着白虎走过海洋》和《感动》大得多,大概是因为它更符合当代中国广被接受的浪漫主义诗学,且本诗适用于各类纪念活动。作为一首短诗,它长度可观,文字上信马由缰,无拘无束:两整页,共38行,其中有些单行长达25个字。它还让人想到海子其他一些长诗,想到上文讨

---

① 海子,1997年,第355—356页。

论到的他的诗歌特征,即我所概括的因循老套的自大狂热倾向。这首诗题为《祖国(或:以梦为马)》(1987),是1994年北大集体朗诵活动中被集体朗诵的诗作之一。根据陈超和其他人的看法,这首诗也是海子预言自己死亡的作品之一。下面是开头和结尾诗节:①

> 我要做远方的忠诚的儿子
> 和物质的短暂情人
> 和所有以梦为马的诗人一样
> 我不得不和烈士和小丑走在同一道路上
>
> ……
>
> 太阳是我的名字
> 太阳是我的一生
> 太阳的山顶埋葬　诗歌的尸体——千年王国和我
> 骑着五千年凤凰和名字叫"马"的龙——我必将失败
> 但诗歌本身以太阳必将胜利

无论以何种标准来衡量,《祖国(或:以梦为马)》在内容和形式上都不是很有创造性的精妙之作。它不是让读者想起某种经验,而是将经验大声说出。这首诗里,并不包蕴什么暧昧或悖论,也没有制造任何戏剧化张力。它的主要内容是谈人类存在之苦,言说者和自然、宇宙的同一性等宏大主题。然而,这些主题并不是在文本的刺激之下出现在读者意识中,而是被明确宣称的,诗人好像相信一个备受折磨、自我膨胀的灵魂其本身是有诗性价值的。本诗不需要读者带着积极的态度去阅读,几乎没有给读者留下什么自主性的空间。就其文本或语言自身的可能性来讲,它做出的是宣言式的陈述,要求读者去全盘接受,没有现代诗歌艺术本身的说服力,如原创意象、陌生化、诗行和诗节层面

---

① 海子,1997年,第377—378页。

上可感知的韵律等。第一人称言说者的中心地位也并未赋予他或者全诗任何个性。顺便提一下,在此处未节选的诗句中的"我投入此火"一句,使人想起正统诗人郭小川的《投入火热的斗争》(1955);有如海子的《秋日想起春天的痛苦 也想起雷锋》(1987)回应了另一位政治抒情诗人领袖贺敬之的《雷锋之歌》(1963)。①

上文所说的这些,让人注意到先锋文本——包括早期著名的朦胧诗作品,也包括海子的诗歌——和前几十年正统文学的交集之处,因为这两种文学类型都追求庄重肃穆、意识形态色彩浓厚的宏大叙事。奚密将先锋诗歌与政治抒情诗之间的联系形容为微妙的文学合谋。② 海子和郭小川之间的互文性别开生面,因为虽然《祖国(或:以梦为马)》的风格和郭在 50 年代的集体主义政治抒情诗相似,但海子诗歌是采用宏大风格来鼓吹一种社会异端,从主流标准来看,"我"是一个格格不入的人物。同时,诗人也在诗中大声呼吁自己的民族文化身份;海子在其他作品中也常常用"伟大"的诗歌的出生地来指代中国。这首诗在先锋诗内部来看,可以说是在寻求一种社会认可和肯定。

从目前的情形来看,《祖国(或:以梦为马)》的寻求取得了成功。比如,有事实为证,这首诗的副标题"以梦为马",成为陈超主编的一本多个诗人合集的书名。该书是 1993 年谢冕和唐晓渡主编的六卷本《当代诗歌潮流回顾》中的一本,而这套书的目标是建构经典。③ 对这首诗的浪漫主义解读,有海子的生平经历作依据,这体现在"物质的短暂情人""诗歌的尸体"和"我必将失败"之类的短语中。另外,第一节的宣言式特征也能说明这首诗的快速经典化。本诗共九节,"和所有以梦为马的诗人一样"一行反复出现在前八节倒数第二行,语义和上文所说的浪漫主义诗学完全契合。诗的节奏优美,诗行的中心词组

---

① 郭沫若,1985 年,第 45—51 页;海子,1997 年,第 364 页;贺敬之,1979 年,第 366—426 页。
② Yeh 1996a:part 2.
③ 陈超,1993 年;谢冕、唐晓渡,1993 年。

"以梦为马"有四个平均的重读音节,内含两个强有力的头韵。最后,"祖国"概念和国家命运是中国古今诗歌史上受人喜爱的传统主题。《祖国(或:以梦为马)》反映了海子喜欢豪言壮语的典型特征。就诗歌本身而论,我认为,这首诗远远逊色于这里讨论的其他文本。这里之所以讨论这首诗,原因是它在中国享有盛名。

《春天,十个海子》(1989)①与《祖国(或:以梦为马)》截然不同,但一样闻名遐迩。英译把"海子"译成 child Haizi,是因为诗人名字和"孩子"同音,上文已讨论过这个问题。任何一个华语读者,包括诗作者本人,都不可能察觉不到个中的歧义所在,不论是已经知晓作者的名字又听别人朗诵的时候,还是在纸面上读到的时候。

### 春天,十个海子

春天,十个海子全都复活
在光明的景色中
嘲笑这一个野蛮而悲伤的海子
你这么长久地沉睡到底是为了什么

春天,十个海子低低地怒吼
围着你和我跳舞、唱歌
扯乱你的黑头发,骑上你飞奔而去,尘土飞扬
你被劈开的疼痛在大地弥漫

在春天,野蛮而复仇的海子
就剩这一个,最后一个
这是黑夜的儿子,沉浸于冬天,倾心死亡
不能自拔,热爱着空虚而寒冷的乡村

那里的谷物高高堆起,遮住了窗子

---

① 海子,1997 年,第 470 页。

## 第三章 "死亡传记"和诗歌声音:海子

> 它们一半用于一家六口人的嘴,吃和胃
> 一半用于农业,他们自己繁殖
> 大风从东吹到西,从北刮到南,无视黑夜和黎明
> 你所说的曙光究竟是什么意思

在海子的遗作中,大部分手稿都仔细标注了日期,记录着诗歌写作、完成或重写的年月日。《春天,十个海子》的手稿上标着"1989年3月14日,凌晨三、四点",这一标注中的黎明前时刻强化了海子的浪漫主义诗人形象。根据各种流传的说法,这是海子的绝笔。邹建军曾满怀敬意地,完全采用"生平经历"="死亡传记"式的解读方法,论证此诗表明了海子是勇敢地走向死亡。这个例子说明,诗歌写作时间之类的信息,有可能使诗歌降格为记录人间冷暖的文献,从而遮蔽了文本应有的其他解读方式。在诗人和批评家中,于坚是批评海子最厉害的人之一,他也是以相同的方式进入这个文本,但是用贬低的方式。他认为"十个海子"的形象只是说明了作者的狂热自大、沽名钓誉,除此以外他不接受别的解释。于坚称,海子的诗作是"恶之花",吸引人去注意其与主流意识形态的交集之处,字里行间并无高妙可言。他借用了波德莱尔的说法,是想以此来概括他对海子作品的评价,而不是为了证明海子诗作和法国象征主义诗歌有什么文本渊源。①

像《祖国(或:以梦为马)》一样,《春天,十个海子》里的文本线索也导向海子的生活和自杀:"一家六口人","十个海子全都复活"和"海子……倾心死亡",全都显示出消沉绝望的基调。最后一行可以有两种不同的解读方法,一种是暗示无论"你"说了什么,曙光都不会出现;另一种则质疑曙光是否是传统信念中的希望和新生时刻。海子在1986年的日记中也表达过相同的疑问:"黎明并不是一种开始,她应

---

① 《桃花》的创作日期标为1989年3月5日,但应该被视作1987年开始的《桃花》和《桃树》组诗的一部分,见海子,1997年,第448—455页。邹建军,1999年,第236—237页。于坚在国际亚洲研究所研讨会上的发言(莱顿,1995年9月)以及私下交流时的意见(1997年2月),见于坚,1995年(c),第140—141页。

当是最后来到的,收拾黑夜尸体的人。"①

尽管上述文本中的线索可以被视作另一则"死亡预言",但《春天,十个海子》和《祖国(或:以梦为马)》的相似性也就仅止于这些。在我看来,《春天,十个海子》是一首上乘之作,带有一种与《祖国(或:以梦为马)》完全不同的力量,强力叩击着读者心扉。这种力量源于原创性的意象、个人化的风格,以及一种分寸感。言说者没有使用陈词滥调、司空见惯的措辞,他在表达绝望的同时,并没有表现出海子其他作品里会有的那种高语喧哗,或不那么高妙的劝导策略。因此可以说,上面讨论的三首诗中,《春天(或:以梦为马)》和《感动》最为接近,但前者有一种更强烈的紧迫感。"真实性"是个极其复杂的概念,但这两首诗都给人一种真实的感觉,因为诗歌声音并不重在寻求社会的肯定或理解,但却给人留下了持久印象,尽管——或者因为——文本中有神秘怪诞的氛围、随意多变的语意范畴、情绪感受及多个主人公。和《感动》一样,《春天,十个海子》的读者能够感受到在不同主人公之间不断切换的可能性:复活的而悲惨地活着的多个孩子/海子,还有"你"和"我"。在这里,我对于坚的看法颇不认同。我认为,十个海子和他们回到生活中(即[耶稣的]"复活")的惊人形象完全没有表达什么狂热自大,这是因为任何的自我膨胀都会被第一、二节中的残酷场景削弱,而且,在两个关键时刻的发问,并没有问号,诗人的沮丧之情因此显而易见:"到底是为了什么""究竟是什么意思"。

这首诗被收入了多部诗人合集,包括一些既有主流诗诗作也有先锋诗作的诗集,因此毋庸置疑已被经典化了。② 这首诗的接受史,与本章前半部分讨论的议题有割不断的关系。它是海子最出色的诗作之

---

① 海子,1997年,第880页。
② 谢冕、孟繁华,1996年,第456页。

一,但之所以出色,并不是因为它是海子自杀前的绝笔。①

海子创作了很多类似于"颂"(ode)的诗作,献给不同的对象,包括某个叫"S"的人、太平洋和"最后一夜和第一日"。其中有两首干脆命名为《献诗》的诗(均写于1989)。敬献作为一种基本态度,不管献给任一具体物体,还是献给诗歌本身,均适用于海子诗歌和诗学外露的溢美之情。下面是《黑夜的献诗》的开头和结尾诗节,写于1989年2月,另附小标题"献给黑夜的女儿":②

> 黑夜从大地上升起
> 遮住了光明的天空
> 丰收后荒凉的大地
> 黑夜从你内部升起
>
> 你从远方来,我到远方去
> 遥远的路程经过这里
> 天空一无所有
> 为何给我安慰
> ……
> 黑雨滴一样的鸟群
> 从黄昏飞入黑夜
> 黑夜一无所有
> 为何给我安慰
>
> 走在路上

---

① 在《春天》的标题和第一行中,有着与吴绍秋的《春天,有一个孩子掉进河里》之间奇妙的呼应,吴的作品出现在《次生林》(1982),《次生林》是钟鸣用笔名石继乐(1982)编辑的一部民间先锋诗选,海子有可能读过。吴的诗包括了这个长句:"孩子再也没有起来……/好像有脚印,伴随着小溪,缓缓扭动,缓缓复活……",但在严格的词汇层面上("春天""孩子""复活"),充其量是只字片语的互文性。
② 海子,1997年,第319、359、472—478页。《献诗》,见第474、476页;《黑夜的献诗》,见第477—478页。

> 放声歌唱
> 大风刮过山岗
> 上面是无边的天空

黑夜,字面意思是"黑色的夜"或"黑暗的夜",是常规的诗歌用法,通常最好译为 night。英译中加上形容词 dark,使英语比汉语更加沉重,抑或有些笨拙,为的是保持第一节"黑暗"和"光明"的对比、"黑夜"和"黑雨滴"的呼应,等等。

第一节是海子诗歌中为数不多的文字组织很给力的例子之一。和《抱着白虎走过海洋》一样,每个诗节的第四行都有八个字,没有标点;第一、三行和二、四行押尾韵。这些文本特征强化了典型的海子意象(夜、土地、天空、丰收)的效果,形成了一条连贯的意象链。诗歌主题句中,"黑夜的女儿"到来,言说者启程远行,夜幕降临,或者说,夜幕升起。在第三、四节中(此处未节选)出现了乡村场景,丰收和荒凉并列,符合逻辑又自相矛盾,两者都在田野和谷仓里,言说者声称见到了中国佛教传统中阎王的眼睛。自始至终,言说者经历着一种越来越强烈却又暧昧不清的认同感,把自己和乡村、自然世界联系在一起,倒数第二节更加耐心地呈现黑夜的多个变体,完美地捕捉到了那种感觉。原文最后一节前两行展示了海子把很有力度的大白话巧妙嵌入如歌的诗歌形式中的能力。像《祖国(或:以梦为马)》一样,《黑夜的献诗》的话语方式和主题都很宏大;只是,在这首诗里,强烈的语言效果来源于诗歌的音乐性,以及对中心意象深思熟虑、再三重复的打磨。这首诗没有宣称这种或那种"伟大",而是唤起了一种强烈的个人幻想,脆弱易伤,同时又超然物外,从而激发出深刻的感情。正如《春天,十个海子》一诗中没有问号的问句那样,在这首诗里,言说者也不期待任何回答:"黑夜一无所有/为何给我安慰。"

\* \* \*

海子写作的是极其亢奋的一种"崇高"派的诗歌。因此可以说,他的诗近似朦胧诗,尤其具有江河和杨炼早期作品中的民俗文化特征。

另外,海子参加了80年代晚期由西川、陈东东和其他人主导的活动,以杂志《倾向》为载体,致力于在写作中抗衡口语化、粗俗化潮流;后者已向朦胧诗人的领头先锋发起了挑战。① 不过,海子并不是回到朦胧诗,而是与朦胧诗有着根本上的不同。他的诗远离社会政治意识形态,开始构建一个真正的个体抒情主体——当他沉迷于俗套的狂热时除外。另外,他的诗歌较少使用"晦涩"的意象(所谓"晦涩"意象是否在一定程度上传达了朦胧诗中伪装的政治信息,这个问题姑且不论)。

海子在中国诗歌史上的重要性,从其出版物和关于他的公共记录可见一斑,包括他的作品及其热销,也包括别人写的关于他的文字。假如海子不曾自杀,情形可能不尽相同,但这另当别论。他的诗歌和诗学观念是多种资源和影响共同作用而成的结果,其中包括中国历史、神话和语言,(中国的)自然和农村世界,以及各个时代、不同地域的文艺先驱,他们多为海子通过译本所接触到的外国人。很多中国当代诗人的阅读史都显示出一种国际视野,外国的影响有迹可循,但他们大多数也把(古典)中国诗作为其灵感和自豪感的源泉。海子却对中国古代和现当代诗人不屑一顾,除了屈原以外。屈原堪称是诗歌"烈士",是悲剧英雄式的中国诗歌和诗人的开山鼻祖(虽然他生活在楚国,但后人把"中华性"强加在他身上),也是传说中沉水自尽的诗人。② 另外确认的一点是,海子作品偶尔也是对郭小川、贺敬之等人实践的政治抒情体诗歌的回应。也许,这体现了海子的自我膨胀、亢奋痴狂和对浪漫主义诗人形象的追求,即我所谓的海子诗学"容纳性"的另一面。尽管如此,由于他的诗中饱含着艺术激情,海子诗作的精华部分将能经受住时间的考验。海子目前在中国受欢迎的程度远远超出了先锋诗歌的范围,影响比大多数诗人都要大。最后,虽然海子的资源和影响一定程度上可以在历史语境中得到客观确认,虽然人们

---

① van Crevel 2007.
② 海子,1997年,第880页。各个时代关于屈原神话的有趣讨论,包括现代初期和当代重写,见Schneider 1980。

在评价他时倾向于把他的生活和作品视为一体,但不应因此而忽视构成海子诗艺根基的那种个体激情。这又并不是说,神话中那种全能的天才诗人的存在本身,让人们对其身后作品进行批评性的、主体间性的反思变得没有必要。

死亡传记想必和自杀本身一样古老,但这不影响它依旧是一个被持续反思的话题。对于海子的诗来说,我希望,本章的论述已经证明,海子的诗歌声音应该得到比现在更多的关注。

# 第四章 精神高于物质,物质高于精神:西川

对文学史进行分期总有简化之嫌。纵观当代中国诗界、社会和文化语境的复杂动势,"精神""金钱"这些词,以及"80年代""90年代"这样的划分法,都欠公允。不能简单地用八九十年代之交的突变来解释从高雅文化热到无孔不入的商业化的转变。这一时期,汉语中的一个口头双关语为此转变提供了有趣证据:过去政治修辞中的"往前看"或"向前看",如今换了个字,被人们挪用为"往钱看"或"向钱看";这个用法,早在80年代中期就开始流传。如上所述,80年代末的社会环境是时代突变的催化剂,却不是根本原因。不过,在许多人看来,80年代和90年代的反差顺理成章。以先锋诗歌为例,80年代外向的集体主义和90年代"个人化写作"之间形成的反差非常突出,在这里,分期法就利大于弊。

进入90年代之后,西川成为中国国内最重要的两个诗人之一,另一个是于坚。西川在诗坛成名于80年代中期,1992年发表的组诗《致敬》是他的突破之作。本章第一节先给出一些参照,以将西川置于先锋诗坛整体框架之中进行分析,随后,回顾90年代早期和中期关于西川的一些评论,这些评论采用精神与金钱相对立的视角,将西川诗歌及其诗人身份的"崇高"精神性,与诗歌界的"世俗"倾向以及社会日盛的物质化趋势相对立。第二节,我首先揭示西川在90年代的写作与他那些早期作品大相径庭;然后对《致敬》进行文本细读,对精神与物质的二分法提出质疑。虽然《致敬》似乎是重申诗歌"崇高"的超越能力,但同时也展露出某种创新的不确定性,通过强调诗人的肉体之朽,来颠覆诗人身份的"崇高性"。第三节将考察西川的后期作品,从中理解玛乔瑞·帕洛夫的"不确定性"理论概念,尤其是她提出的

指称(reference)和写作游戏(compositional game)之间的张力。我认为,这种张力是西川诗作的核心特征。

## 第一节　精神性与物质主义、野蛮人

西川的创作始于 80 年代初他的学生时代。他毕业于北京大学英文系,毕业论文写的是庞德与中国诗歌的相遇,在论文中,他关注的是这起著名的跨文化文学生产事例中的误读现象。80 年代中期,他已经在文学圈内取得了不俗的成绩,发表的作品主要是诗歌,也有散文和旅行日记,以及博尔赫斯和庞德等人的译作。后来,他发表了几首在当时标新立异的散文长诗,形成了自己的独特风格。90 年代中期之后,他参加过众多国际诗歌节和其他文学项目。西川的作品被翻译成多国文字,如今已是享有国际声誉的诗人。①

如本书第三章所述,西川与北京大学校友海子、骆一禾诗趣相投,私交甚笃。80 年代后期,西川与陈东东、欧阳江河、海子一道,成为民刊《倾向》的核心作者,自觉地反对向朦胧诗提出挑战的口语化和粗俗化趋势。和欧阳江河、陈东东、海子一样,西川早期的作品并未因此而接近朦胧诗,也缺少朦胧诗中人道主义的社会政治介入意识。早期的西川与陈东东、海子相仿,视诗歌为一种宗教体验,这在其早期作品中可见一斑。由于大量使用意象,西川这一时期的诗作倾向于"崇高"而非"世俗",并且有明显的诗歌崇拜意识。西川的诗歌虽偶尔涉及中国历史,但对寻根派鲜有亲近。他的早期作品被贴上过诸多标签:徐敬亚等人主编的《中国现代主义诗群大观 1986—1988》一书中,对诗

---

① 至于西川的个人诗集,包括此处未加引用的诗集,见 van Crevel 2008a。他的诗作出现在大量多作者合集中。英译诗作包括:《译丛》1992 年第 37 期、《译丛》1999 年第 51 期;Barnstone 1993;Zhao(Henry) & Cayley 1996;Wang Ping 1999;Zhao(Henry) et al 2000;*Seneca Review* xxxiii-2(2003);Tao & Prince 2006;*The Drunken Boat* 6-I/II(2006,在线);Setence 5(2007);the DACHS 诗歌篇。

第四章　精神高于物质,物质高于精神:西川 | 143

图 4.1　西川于 2000 年(摄影 Maghiel van Crevel)

人诗作的分类之细登峰造极,我不太清楚其中的"西川体"能说明什么;1992 年,李福康和孔慧怡(Eva Hung)称西川的诗具有预见性(visionary);同年,奚密根据国内评论界的说法,把西川诗歌与"意识流"联系起来。尽管西川的后期作品与早年相比变化很大,但"知识分子写作"仍然是对他作品的合乎情理的描述。"知识分子写作"这个口号最初是在 1987 年《诗刊》社的青春诗会上提出来的,在 1988 年版的诗刊《倾向》中有所体现。在 1998—2000 年的论争中,"知识分子写作"这一名词的用法频频被扭曲,但只要屏蔽掉这场论争的干扰,我们就会发现,"知识分子写作"依然很适于用来描述西川的诗歌,尤其在

90年代初,可能比这个名词早先出现的时候更适合。为了让我的描述更清晰,这里引用一段西川在1995年抨击"美文学"的文字。这里,"美文学"指的是浅薄轻浮、无真实性可言的文学。

(美文学——引者加)反对创造力、想象力、反讽、隐喻、实验精神、怀疑精神,它反对写作的难度……①

西川是站在"美文学"的对立面的。作者对自己作品的看法未必天然地言之成理。另外,作品一旦写成,作者就只能以读者的资格对自己的作品发表意见,而且未必比其他读者的解读更有分量。但就西川这一个案而言,他对自己作品的评论与其作品是相符的,本章在下面的论述中将会证实这一点。

### 金钱和反文化时代的诗人形象

在中国文学界,西川的形象是一个生活在现代世界的文人,一个博学多才、饱读诗书、文史哲俱通的人;也有人认为他是个书呆子。上文对西川在先锋诗界的位置做了简单介绍,这样的背景交代,或可有助于解释90年代初中期有关西川作品的一些重要评论文字。首先看看杨克和温远辉的诫勉之语,他们认为,诗歌正跟随着时代的物质化潮流,无力抵挡社会变革之势:

后现代商品社会对艺术的打击是毁灭性的,由于金钱的魅力空前惑人,诗所传达的人文精神明显与当下大众的物质欲望相背离,诗对终极价值的关注呈现为"悬空"状态,满足不了消费社会感官愉悦的需要……今天的诗人要无愧于后代,必须通过一代人的共同努力,让当下诸多缺乏情感色彩的词汇——商品、交易、石

---

① 关于《倾向》,见陈东东,1995年及西川,1997年(c),第293—294页。关于诗歌崇拜,见 Yeh 1996a;关于"整体主义"和《汉诗》,见 Day 2005a,第9章;徐敬亚等,1988年,第360—362页;Li Fukang & Hung 1992:97; Yeh 1992b:394-395;西川,1995年,第64页。

油、钢铁、警察、政治、税单、指令、软件等等,最终体现出新时代里的文化内涵来……纯正的诗歌是真诚关注生存现实的诗歌,它不逃避社会和商品的双重暴力,戳穿"让诗回到诗本身"的虚构和幻觉,因为生存之外无诗。①

与此同时,其他批评家对这个新的"淘金潮"并不那么热衷,也不赞同杨温二人所持的诗人应与时俱进的态度。相反,他们重申诗歌抵抗物质主义的独特价值,以及以西川为代表的高贵脱俗、精神超越的诗人身份所具有的独特价值。他们的观点是布迪厄、汉斯·伯尔顿(Hans Bertens)等人理论的有力佐证。布迪厄建议把文化生产场域看作与经济世界相反之物。汉斯·伯尔顿指出,诗歌话语中有不少评论者将诗歌视为抵抗世俗凡庸、社会激变和技术变革的一道精神防线;这样的诗学观念,不仅可见于中国文学史,更常见于其他文学史。关于西川的这种观点其实暗含了某种维护性的,有时甚至是偶像化的道德判断。这样的批评话语意在要求读者在道德问题上站队,反映了中国传统文学观念和社会主义文学的正统观念一直都有相当高的相关性,"文如其人"即是这一观念的经典表达。在其他文化语境中,作者个人品性或许不在文本批评范畴之内。关于西川 1994 年之前的作品,杨长征写道:

> 西川的态度始终是平和、坚韧的。这平和与坚韧,在多灾多难、变化莫测、诱惑无穷的尘世中,又需要怎样的智慧与心灵才能支撑?仰望星空,西川说他不想把自己逼成一个圣人,但唯有真正的写作才能让他感到踏实。西川明白:钱可以一万一万、十万十万地赚,而文学作品却必须一个字一个字地写。②

---

① 杨克、温远辉,1996 年,第 76—77 页。
② 参见《文化生产场》一书第一、二部分,见 Bourdieu 1993;Bertens 2001,第 1 章;杨长征,1994 年,第 48 页。

1994年,《诗探索》在某一期上辟出西川诗歌专栏;专栏中收入了刘纳一篇意蕴容量很大的文章,她在文中给出如下断言:

> 在一个物价上涨、精神文化贬值的时代里,西川和他的一些诗友持守着诗歌的古典精神,以尊严的态度维护着艺术的庄重气质。①

在1997年的一期《文学评论》上,吴思敬也发表了一篇有力度的文章。像杨、刘二人一样,他也把诗人个性纳入了文本分析范畴:

> 在寂寞中坚执着的当然不只是老诗人。不少青年诗人在商潮涌动、金钱诱惑面前也表现了自己的操守……西川毕业于北京大学西语系,他的同学绝大多数都出国了,但他为了诗,留在了国内。他原在新华社的《环球》杂志社工作,在文人下海的热潮中,他也离开了《环球》,但他不是去待遇优厚的外企公司,而是去更加清贫的一家美术院校教书,为的是能有较充裕的时间读书写作,也为的是能与美术院校的青年艺术家有较多的交流切磋的机会。②

在《现代汉语词典》中,"清贫"被解释为"贫穷"(旧时多形容读书人),约翰·德范克(John DeFrancis)编纂的《ABC汉英词典》将之解释为"贫穷但诚实"。《新时代汉英大词典》的例句也证明了这个意思:"父子清贫自守。"③悖论之处是,整个社会的金钱化意味着诗人的境遇更加困窘。

上文中,在那些评论者看来,诗人兼学者西川的存在,是为了抵御这个物欲横流的时代,但他与之对抗的不仅仅是金钱。在先锋诗歌内

---

① 刘纳,1994年,第82页。
② 吴思敬,1997年,第80页。
③ 中国社会科学院语言研究所词典编辑室,1996年;DeFrancis 1996;吴景荣、程镇球,2000年。

部,有一些人把他看作反对"非文化""反文化"之类粗陋诗潮的"文化"卫士,而所谓"非文化""反文化"指的是 80 年代中期通过《他们》《莽汉》《非非》等民间杂志发出声音的诗潮。1994 年,面对这个诗人群体,蓝棣之承认,"文化的确可以成为沉重的负荷",但之后他也明确表达了自己对"文化"的忠诚:

> 然而,请千万不要误解,这绝不是说一个诗人没有文化最好,绝不是说写诗的人可以不读书,绝不是说诗的繁荣可以建立在文化沙漠之上。我想,西川的情况提醒我们看到问题的全部复杂性。因为西川正好是酷爱读书,酷爱文化,有较高较深的文化修养。可是他在写诗方面的成绩,是大家公认的。①

最后一句中的"可是"一词表明了"崇高""世俗"两个范畴之间的关联,但更表明了蓝棣之对"世俗"话语之"反知识分子"特征的抨击。蓝棣之对西川在诗歌写作中继续运用在"世俗"派看来已经过时了的原创性意象,表示赞扬:

> "非意象"早已经是新一代诗人的追求,他们已经不再对于任何意象有兴趣,转而追求流动的语感、诗感、节奏感,追求语言的原生态,追求新鲜的语句。在这潮流面前,作者(西川)并不嫌弃意象。这些情况,都足见作者是有主见和有勇气的。②

蓝棣之把西川看作黑暗时代的灯塔,在这一点上,他的观点与杨长征颇为相似,杨认为西川是"当代中国诗坛上的一座城堡"。崔卫平早在 1992 年也表达了类似的观点:③

> 在布满喧嚣、怪异、失落、裂痛的现代作品之中,西川居然不

---

① 关于"他们"和"非非"的"非文化"和"反文化"特征,见王光明,1993 年,第 216—224 页;蓝棣之,1994 年,第 85 页。
② 蓝棣之,1994 年,第 89 页。
③ 杨长征,1994 年,第 47 页;崔卫平,1992 年,第 120 页。

分裂也不混乱,居然仍然显示出和谐、沉思和光明的某些特质。

90年代中期,在社会急速变革的背景下,西川从容处身于各种相互冲突的诗歌观念之间。读完以上这些引文,我们听到学界的某些声音明确致力于将西川的作品和个人形象经典化时,并不会觉得奇怪。刘纳在她一篇文章的摘要部分,就开宗明义地表达了要将西川偶像化的意图:

> 西川是80年代中期以来中国最认真、最执着的写诗者中的一个。
> 
> 西川诗已经成为当代中国不容忽视的文学现象。
> 
> 西川诗已经初步具有规范的意义。①

## 第二节 另一种诗歌声音:诗歌崛起,诗人跌落

上文揭示了,文学评论界多么深切地忧虑精神与物质之间的紧张冲突。但令人惊奇的是,他们对西川90年代以来在写作上的惊人发展却置若罔闻。西川的这个发展发生在整个中国当代诗歌深远的变革之中。

### 从信仰、结构到怀疑、解构

为了与西川早期的作品相比较,让我们首先来考察《在哈尔盖仰望星空》(1985年;修改于1987和1988年)。上文提到,杨长征在把西川描述成一位抵抗金钱诱惑、高贵、有教养的诗人时,就提到了这首诗。②

---

① 刘纳,1994年,第75页。
② 西川,1997年(a),第181—182页。

## 在哈尔盖仰望星空

有一种神秘你无法驾驭
你只能充当旁观者的角色
听凭那神秘的力量
从遥远的地方发出信号
射出光来,穿透你的心
像今夜,在哈尔盖
在这个远离城市的荒凉的
地方,在这青藏高原上的
一个蚕豆般大小的火车站旁
我抬起头来眺望星空
这时河汉无声,鸟翼稀薄
青草向群星疯狂地生长
马群忘记了飞翔
风吹着空旷的夜夜吹着我
风吹着未来也吹着过去
我成为某个人,某间
点着油灯的陋室
而这陋室冰凉的屋顶
被群星的亿万只脚踩成祭坛
我像一个领取圣餐的孩子
放大了胆子,但屏住呼吸

这首诗淡远宁静,有凝神静思的优雅,但我却也惊讶于其因循守旧、缺少新意的文本元素。《在哈尔盖仰望星空》在形式上平淡无奇,以自由体写成,原文含有不规整的韵脚。"神秘"的事物(如夜空、时间)都是俗套之语,从预料之中的谦卑视角出发来处理都市人类生活经验。自然世界的浪漫主义延伸至点着油灯的小小陋室,在天真的言说者

("我像一个孩子")受到宇宙宗教启示时登峰造极。读者可把言说者或主人公视为诗人自己,把诗人的神启之作看成是给宇宙这位缪斯的献祭。即便不这么看,这首诗的精神旨征也毋庸置疑:信仰的是结构,而不是任性或混沌。我们下面会看到,从90年代初开始,西川的诗频频以怀疑、解构取代信仰、结构。沉寂一段时间后,西川以另一种声音重现,虽旧颜依稀可辨,但却已面目全非。究竟发生了什么?

前几章提到,八九十年代之交是中国人精神生活的转折点。在激情燃烧的岁月过后,大部分知识分子深感失落,甚至非常愤世嫉俗。很多曾一度沉浸于80年代后期文化狂欢中的人们,放弃了文学理想,或者弃笔从商(尽管回首过往,事实证明,80年代诗人的风骚一时有悖常理,90年代以后诗歌作品的数量和质量才是水涨船高)。以西川为例,在经历现实变革和理想幻灭之前,他的两位好友海子、骆一禾相继在1989年3月和5月去世。本书在第三章讨论了诗界的"死亡潮",也包括1991年沉湖自杀的戈麦,他也是西川的同窗和好友。他们三人之死使得"死亡潮"越发显得波诡云谲,令人痛心不已。这动荡的数年间,西川对这些事件都有所言论。①

作者对自身意图和个人经历细节的描述并不是天然"真实"的,但这也并不意味着,我们可以无视作者——同时他也是自己作品的读者——对于自己的想法,以及这些想法如何激发了写作等之类的描述。西川对1989年及随后几年经历的描述,可以归结为两个词:"悲痛"和"清醒"。"清醒"的心态与西川自觉的创作风格的变化尤为相关。早期西川坚决主张"纯诗"(pure poetry)。在80年代中国诗歌话语中,"纯诗"概念很少关乎(法国现代诗歌中的 poésie pure)文学语言的自我指涉性,更多地与通过文学文本所建构的世界的明确性、逻辑性和崇高品性相关联,弃绝一切俗务。虽然"纯诗"缺乏戏剧张力,但

---

① 例如:西川,1991年(a)及1997年(b);西川,1997年(c),第294—295页;Maas 1995。

是，在 80 年代的中国，在社会伦理和美学方面，"纯诗"都有其用武之地，尤其是当时诗坛还有着诗歌崇拜的氛围。然而，1989 年之后，发生在身边的死亡事件让西川感到，生活并不是明确的、有逻辑的和崇高的。对他而言，"纯粹"越来越变成一个空洞的、欺骗性的概念，损蚀着文学作品的真实性和活力。他对文学依旧矢志不移，但对诗是什么或者诗应该是什么这样的问题却变得态度摇摆不定。虽然，他同时也确信，有必要在诗歌写作与"纯诗"所背离的"现实"之间建立起某种关系。

在八九十年代之交，西川的写作风格无论是出于什么原因而改变，他的《致敬》以及 90 年代后期散文诗的问世，都让我们无法再用高贵、勇敢、严肃、坚决、规范等字眼（上文提到的批评家们所用的部分词汇）来描述他的写作，也无法继续把他的诗作视为没有歧义的"崇高"诗。同时，我们也很难再把西川的诗人身份看作一个可靠的象征，一座熟悉的堡垒，在这个社会价值规范变幻不居的时代。对西川作品的那种解读——针对其写作意图也好，针对其阅读效果也好——都过于社会化、政治化。除了古今中国文学正统的持续影响，上述局面的形成也反映了批评家们自己在面对当代社会潮流时惶恐不安的心态。

实际上，如果沿用蓝棣之、崔卫平和杨长征的比喻，那么，从 90 年代初开始，灯塔或许是标示危险的暗礁，而不是安全的港湾；堡垒墙壁上开裂的罅缝，或许是设计之初就已在那里。从那时起，西川作品的力量很重要的一部分来自对立之物的交替与共存，他的作品展现出一种包纳困境、矛盾、悖论和不可能性的能力。这一点，与崔卫平在西川作品中所看到的和谐、明了很不一致。① 这不取决于他作品中意象的"明晰"或"晦涩"，而是呈现在文本的所有层次中的一种颠覆了清晰、确定、直白的整体意绪。我将这种意绪称为"不确定性"，并将在本章末尾把这个概念和帕洛夫的理论联系起来。

---

① 参见王光明，1999 年及 2003 年，第 626—628 页。

在《致敬》一诗中，文本的关节点上都蕴含着不确定性。一如本书第四章关于流亡诗歌的讨论，下面的分析也无意勾勒出这首组诗的整体架构。我采用一种可能的视角，以回应上文提到的评论家们的观点，同时另辟蹊径来解读西川的作品。

从四川的小型民间刊物《九十年代》到大型综合期刊《花城》，从西川个人诗集到权威的诗人合集，《致敬》的发表/出版史蔚为可观。不同的版本略有出入，一些是明显的印刷错误，另一些可能是西川改变主意或编辑干预的结果。我的分析基于发表于《九十年代》的那个版本，也包括西川在 1993 年 11 月所做的改动；这也是 1997 年诗集《大意如此》出版之前他自身认可的最新版本。《大意如此》中的版本基本上遵循的也是上述修改意见，只有个别情况例外。我采用的版本与《花城》版有细微出入，而后者是流传最广的版本，我会在相关处有所说明。整首组诗的英译本见于《译丛》1999 年第 51 期。①

**《致敬》: 形式**

《致敬》由八首长诗组成，每首诗都有一整页的篇幅，标题编号，各自为题：一、《夜》，二、《致敬》，三、《居室》，四、《巨兽》，五、《箴言》，六、《幽灵》，七、《十四个梦》，八、《冬》。西川说过，这首组诗既非一首诗，亦非一首散文诗或一个叙事文本。虽然作者不愿给文本分类（尽管他确实有一次称之为长诗），但称其为散文诗也还在理。② 在第五章中，我们将回过头来讨论这一点。

西川的诗歌在音调上卓尔不群。他的书面文本内涵丰富，无论是默念还是朗读，读者和听者都能迅即感受到很多东西，比如排比和韵律。西川自己是个出色的朗读者，曾经出现在许多高规格的公开的诗

---

① 《九十年代》，1992 年，第 94—106 页；《花城》，1994 年，第 88—96 页；万夏、潇潇，1993 年，第 236—243 页；谢冕、孟繁华，1996 年，第 545—549 页；西川，1997 年(c)，第 159—174 页；*Renditions* 51 (1999): 87—102。

② 杨长征，1994 年，第 48 页；西川，1997 年(c)，第 295 页。

朗诵会上。虽然《致敬》没有严格的格律,但它的确充满内在的韵律感。下面就是一例:

> 多想叫喊,但要尽量把声音压低,不能像谩骂,而应像祈祷,不能像大炮的轰鸣,而应像风的呼啸。

感知节奏(rhythm)比感知音步(meter)和韵脚来得更为主观,对节奏的体验更多地取决于个别的读者。西川在朗诵《致敬》时,听者会在句子和段落层面上感受到节奏的运行。①

在每个诗节里,句子(以句号、问号或感叹号结尾)和组成句子的短语(由破折号、分号、冒号和逗号分开)均构成节拍。就此而言,单纯的诗行不太重要。我重点关注的是短语和句子层面的韵律效果,以及反复和排比,如《巨兽》第一节:

> [1]那巨兽,我看见了。那巨兽,毛发粗硬,牙齿锋利,双眼几乎失明。那巨兽,喘着粗气,嘟囔着厄运,而脚下没有声响。[2]那巨兽,缺乏幽默感,像竭力掩盖其贫贱出身的人,像被使命所毁掉的人,没有摇篮可资回忆,没有目的地可资向往,没有足够的谎言来为自我辩护。[3]它拍打树干,收集婴儿;它活着,像一块岩石,死去,像一场雪崩。

反复和排比贯穿始终,用标点符号标注和组成长而密的文本结构。在第 1 部分中,短语和句子逐渐加长,长度增加了文本的动力;第 1 部分是第 2 部分的跳板。第 2 部分句中的短语比第 1 部分的长,整句话十分冗长,让读者喘不过气来。在第 3 部分,言说者减轻了一些压力,重新使用较短的短语和句子。这样就形成了参差不齐的节奏变化,诗节在末尾的"雪崩"中戛然而止。

第一诗节根据内容,同样可分为三个部分。第 1 部分描述言说者

---

① 1995 年鹿特丹国际诗歌节。

所见的巨兽；在第 2 部分中，言说者赘述巨兽的性格；第 3 部分描述巨兽的动作，并将之与自然世界相联系。形式和内容相辅相成，并不止于此。紧接第一个长诗节的诗节突然变成单行，预示着出人意料的内容跳跃：

    乌鸦在稻草人中间寻找同伙。

《致敬》一诗中句子间的节奏不容小觑。至于诗节层面的节奏，上述例子（长诗节和短诗节紧接）即是一种典型的模式，在这首组诗中处处可见。这八首诗中，每首都有长短诗节交替出现的现象。如果说长诗节的意思是原文中三行以上诗句，那么即可用下图表示《致敬》的诗节分布：①

  1. 长长短短长长短短长短短长短
  2. 长短短长短短长短短长短短
  3. 短短短长短短长短短短短
  4. 长短长短长短长短长短
  5. 短短短长短短长短短长短短短
  6. 长长短长短长短长短
  7. 短短短短短短短长短长短短短
  8. 长长长短短长长长短短

短诗节中断了在长诗节间隙中加快语速、奔涌而出的语词。第一、二、四、五和八首诗都充分利用了这一运作机制。在长诗节不连续、连续的短诗节的数量又不足以阻断文本之流动的情况下，这样的长短诗节交替效果最佳。

  在《致敬》中，诗节层面的节奏弥补了诗歌形式规律的缺失（如诗

---

  ① 第五首诗中的第三个短诗节被收入了万夏和潇潇编选的诗集（1993），这部分被收入《九十年代》一书时，西川做了修改。

行切分和每节行数),但这一机制在全文的运作不甚一致,因此在文本形式上便容易找到不确定性。在90年代以后的作品中,西川继续进行着形式方面的探索。

### 内容:总论

在文学批评和其他语言运用中,虽然形式和内容都频频出现,但这绝不意味着对它们的区分易如反掌。一首词句排成"丛"形状的诗,这个"丛"形状是属于形式还是内容呢?如果将形式和内容相互等同,就会使得两者都意义尽失。也许这就是"形式即内容"这一说法的意义:消除一种人为的区分。但我们这里正在讨论的是人为的艺术,虽然形式和内容都不能独立存在,但也不能说两者就是一码事。常识和日常用法表明,这两者之间既有区别,也共成一个闭合的意义圈。形式和内容是一个范畴的两极,如果其间有渐进转化,就像《巨兽》第一节那样,两者就能相辅相成;对于那首"丛"形状的图像诗来说,形式的功能就不是将内容程式化地呈现出来(stylization),而是内容的形象化显示(icon)。当形式直接作用于内容层面时,形式确实就显出了其存在的必要性。

下面我们来探讨一下内容方面的问题。《致敬》一诗所包含的语义库,也渗透在西川的其他诗歌中。我们先简单分析一下该诗中的意象、措辞、氛围、言说者和主人公,然后再来探讨一个至关重要的语义范畴,即诗歌本身。

《致敬》一诗充满了意象。把语词视为意象,把意象视为隐喻,这意味着单从文本字面看,言未曾尽其意,也预设读者不会满足于文本的字面意义,而是对文本有阐释欲望甚至是冲动。不同文本能够激发起不同程度的阐释欲望和冲动。但是,并不是所有貌似意象的东西都再现或指代或"隐藏"了有待读者去"发现"的其他东西。意象的强大在场会让读者对其"真相"的探寻失去意义,尤其像《致敬》这样一个语言欢愉流露无遗的文本。另外,一个诗人在他全部作品中一直使用的意象,其意涵未必是一成不变的;甚至,在同一首诗作里,比如各部分可独立成篇的《致敬》一诗中,同一个意象的意涵也不一定贯穿始终。在本节的剩余部分和下一节的开头,我服从阐释冲动。之后,考察西川诗歌文本的表层涵义。我们会发现,这些表层涵义能够激发读者的阐释潜能,同时也给从事阐释的读者带来挫折感。

总体来看,《致敬》一诗的措辞与口语距离遥远。这首诗的语言神秘深奥、古色古香,极具美感,表达上文质彬彬、风格华丽。同时,这种文学性里掺杂着来自其他语域的词汇用语,比如官方用语和日常用语,在此又可察知与西川早期作品的不同之处。这样一来,反讽手法的运用,虽然没有让文体结构全然崩溃,但也颠覆了文风的严肃和庄重。因此显而易见的是,西川文本的语言本身常常是其写作题材的形象展示。

《致敬》的大部分场景发生在如梦似幻的氛围中,远离日常生活的喧嚣,唤起一个古老的神话和童话世界。叙事间既见惊怖也有精彩,不过整首组诗并不要求读者投入强烈的感情。从这方面出发,有些批评家说在西川诗歌里,心智与情感,对理性、道德的冥想与疯狂的激情之间,经常是二元对立的。[①] 关于《致敬》这个文本,之所以会得出这样的结论,原因或许在于,文本呈现的好像不是紧迫的现实,而是一场真做的假戏。言说者在诗歌故事中进进出出、飘忽不定,在主人公和全知叙述人之间来回变换角色。当言说者也是(男)主人公——唯一始终出现的人——时,他让读者觉得他是个旁观者,对周围事物几乎从不涉身,但又以出人意料的方式言说着自己和他人的各种冒险经历。他历经坎坷,但不觉得自己是个受害者。他天真幼稚,不矫情,不自大,亦无鸿鹄之志,但却有着睿智独立的思想。面对逆境,他表现得高贵、豁达、幽默。他清楚地意识到文学文本作为一种话语方式的功能,因此和读者之间保持着某种距离,以此表达一种面对异常境遇的

---

[①] 杨长征,1994 年,第 47 页;刘纳,1994 年,第 82 页。

谦卑,或者说是怀疑,或者说是他对貌似不言自明之物的质疑欲望。

《致敬》涉及各种语义范畴。关注诗歌范畴本身和诗学观念,是一种有益的解读方式:把《致敬》看作一首关于诗歌的诗歌,同时也注意到它的其他主题。从某种程度上讲,杨长征、刘纳、吴思敬等批评家关于诗歌的精神性与物质财富相对立的论断,的确可以在这首诗里找到论据。这是通过一种悖论的方式实现的——将这个论题纳入到它的内容之中。但尤其是涉及现实日常生活中的诗歌和诗人地位这个问题时,事情远不是这么明了,或者说,变得更加不确定了。

**内容:一次细读**

我们先看《致敬》一诗的标题。乍看起来,组诗中的第二首地位特殊,因为也题为"致敬"。在诗的主体中,这首出现在第十节:

> 一个走进深山的人奇迹般地活着。他在冬天储存白菜,他在夏天制造冰。他说:"无从感受的人是不真实的,连同他的祖籍和起居。"因此我们凑近桃花以磨练嗅觉。面对桃花以及其他美丽的事物,不懂得脱帽致敬的人不是我们的同志。

这位深山隐士藐视各种规则。他退离人类社会,被赋予通常不可能完成的事业("在夏天制造冰")。结合本节诗的其余部分,这让人联想到诗人的浪漫形象——这里指的是有别于真实存在过的抽象的诗人形象——并赋予其伟大的想象力。深山隐士说,只有能够"感受"的人是"真实"的。"我们"是他的信徒,尽力体悟着如何感受美,如何让美触动"我们"的情绪。一个真正与我们志同道合的人——"同志"一词表达了自嘲式反讽——就必须在美丽的事物面前脱帽致敬。受到组诗本身的启发,更因有感于《致敬》与兰波《地狱一季》的共鸣,我将致敬的动作解读成诗歌写作行为。① 如果"我们"诗人为美而活,通过写

---

① Coelho 1995:132.

诗来感受和表达感情，那么诗的最后两节便言之成理：

> 但这不是我盼待的结果：灵魂，被闲置；词语，被敲诈。

> 诗歌教导了死者和下一代。

组诗的其他段落证实，这暗示一种骄傲自负、顶礼膜拜的诗学观念，虽然经常是以半玩笑的方式表达出来。例如，《夜》第七节略述了诗人对一种缪斯似的、超自然信号的感受力："我给你带来了探照灯，你的头上夜晚定有仙女飞行。""我"和"你"可解读成同一个人的两面，一面是理性的白昼生物，另一面是夜晚诗人。外在因素（仙女）激发了诗人的灵感，而诗人的自身经验转化成记忆，继而成为写作素材。以下诗句出自《夜》第五节和《致敬》第八节："记忆能够创造崭新的东西"，以及"记忆：我的课本"。

在《致敬》一诗中，诗人的想象瑰丽奇观，许多不可能的事物在这里成为可能。下一段出自组诗第二首同名诗的第四节，表达了让钢铁生情的愿望，而钢铁传统上刚好象征着强力所带来的无情：

> 多想叫喊，迫使钢铁发出回声，迫使习惯于隐秘生活的老鼠列队来到我的面前。①

如果说诗歌就是能够奇迹般地激发情感的叫喊，那么，下一句——上文曾因其音质而引用过——也许就是对这位诗人风格的描述：

> 多想叫喊，但要尽量把声音压低，不能像谩骂，而应像祈祷，不能像大炮的轰鸣，而应像风的呼啸。

诗歌和夜晚的紧密联系贯穿着整首组诗。夜晚，仙女盘旋于头顶。之前两节诗如下："一个青年在地下室里歌唱，超水平发挥……这是黑

---

① 《花城》上的文本有"发出回声"，"掉下眼泪"则出现在万夏和潇潇编选的诗集中，这都是西川在《九十年代》中改动的地方。

夜,还用说吗?"《夜》的倒数第二节把夜、情感和写作联系起来,与白昼加以对照:

> 心灵多么无力,当灯火熄灭,当扫街人起床,当乌鸦迎着照临本城的阳光起飞,为它们华贵的翅膀不再混同于夜间的文字而自豪。

《夜》中的诗句可以说明,这首诗的写作时间为何晚于组诗中的其他几首,最终却变成了组诗的第一首。① 此诗的功能相当于在主体部分完成之后,为舞台布景,好比一本书的前言部分常常是在正文完成后才写一样。在《夜》的诗节结尾处,作者点明了这一首的自我指涉特征,此时,夜晚刚刚结束,白昼刚刚开始:"铜号吹响了,尘埃战栗;第一声总是难听的!"最后一个短语,作为全诗的评判性结语,显示言说者试图拉开自己与文学文本的距离,或者说,让自己与文本之间的关系变得不确定,尽管他自身又不能不是文本的一部分;这样,再一次提醒读者,言说者自己也意识到了这首诗本身也是一种话语。

组诗别处可见更多的将诗歌(或者写作)与夜晚联系起来的片段。我们在《居室》结尾处读到:

> 墨水瓶里的丁香花渐渐发蓝。它希望记住今夜,它拼命要记住今夜,但这是不可能的。

还有《冬》的第一节:"一个业余作者停止写作,开始为黎明的鸟雀准备食品。"在《冬》的第六节,"我"夜里醒来,炉火熄灭了。他起身,捅拨炉灰,让火再度燃烧:"对于那恰好梦见狼群的人,我生火救了他。"毫不意外的是,在这些解读中,诗歌、睡梦几乎总是亲密无间,几为一体,火也是个中之一,因为梦醒时分也总是炉火熄灭的时刻。火的复

---

① 万夏和潇潇在书中标出单首诗的创作时间,见万夏、潇潇,1993 年,第 236—243 页。

燃拯救了诗人兼做梦的人。前文已说过,这一段中的言说者和做梦的人代表了同一个人的不同身份,下面我们还将讨论这种双重性。

做梦的人把我们引到了第七首诗《十四个梦》。如果把整首组诗解读成关于诗歌的诗歌,那么《十四个梦》的确增强了诗歌与感受、情感、想象、夜晚、睡梦之间的相互联系。单独阅读《十四个梦》,未必能归纳出整个组诗的所指,但《十四个梦》14个诗节中的11个都以"我梦见"开头,还有一节以"在我的梦中"开头,因此,我们有很好的理由把组诗的言说者看作诗人自身,或与诗人关系紧密的人。

《十四个梦》还促使读者关注《致敬》在众多题材中的一个中心题材,那就是死亡,即日常生活中最残酷的事,对超凡脱俗的诗歌王国的入侵。平时,如果想看到雅致些的死亡场景,到诗歌作品和诗歌评论中去找,并不是没有道理。在中国先锋诗歌背景下,我们会想起海子的神话化,想起海子的自杀被赋予了那么多光环。然而,在《十四个梦》中段的第七、八节中,死亡已经立足于十足真实且没有光环的现实,这清晰地体现在西川对往昔诗人同行和友人们的描述中:

> 我梦见海子嬉皮笑脸地向我否认他的死亡。

> 我梦见骆一禾把我引进一间油渍满地的车库。在车库的一角摆着一张铺着白色床单的单人床。他就睡在那里,每天晚上。

西川曾经指出,在1989年春和90年代初,海子的自杀和骆一禾的猝死,一定程度上重新形塑了他的世界观和诗学观念。这一说法也反复出现在《十四个梦》《致敬》和西川90年代的其他作品里。在上述引文中,言说者通过睡梦和诗歌抵挡着海子死亡的现实,哪怕这抵挡只是暂时的——但即使这样也是枉费心机,因为海子确实死了,这是不争的事实,西川本人也不止一次公开表达过对海子之死的反思。本书在第三章讨论过,海子死后不久,1990年,西川就发表了第一篇悼念文章,实际上正是这篇文章,开启了批评界将海子之死神话化的风潮。1994年,西川又发表了《死亡后记》一文,试图为海子"去神话化"。

从这个意义上看,《致敬》处在这两篇文章的过渡时段。

往下三个诗节后,《十四个梦》中有一种令人毛骨悚然的歧义:

> 我梦见一个孩子从高楼坠落。没有翅膀。

上文提到,"海子"这个名字与"孩子"一词间有共鸣。西川曾提到过有人把这两个同音词放在一起解读。在第十节中,孩子/海子死于非命。最后,其实没必要专门提到这个孩子/海子"没有"翅膀……除非我们异想天开地认为孩子/海子是有翅膀的;可能是想象的翅膀,或是海涅的"歌声的翅膀",或是上文与"夜间写作"相互为喻的"翅膀"。但无论怎样,这些修辞都未能使孩子/海子超越地心引力,或者说超越日常死亡,不论是通过诗歌还是通过异常的死亡——自杀——来实现。

事后看来,海子和骆一禾的死影响到了在《致敬》第一、二、六首中关于死亡的话语。在《夜》一诗中,言说者说:

> 难于入睡的灵魂没有诗歌。必须醒着,提防着,面对死亡,却无法思索。

在各种文化语境,尤其是中国文化语境里,难于入睡的灵魂可以指涉像海子和骆一禾这样的英年早逝者。死亡现实进入西川的诗歌之后,就否弃了他们的诗人身份。他们注定清醒无眠,但又无法具有通常情况下属于清醒的理性。死亡让他们两手空空。

且看《致敬》第七节:

> 在漫漫的旅途中,不能追问此行的终点。在飞蛾扑火的一刹那,要谈论永恒是不合时宜的,要寻找证据来证明一个人的白璧无瑕是困难的。

如果"旅途"是指写作生涯——我们已经看到,海子就是这样一个执着的诗人,他对写作的态度堪称痴迷——那么,旅者在活着时,就无需琢磨旅行的目标何在。也就是说，诗人要对自己的写作持清醒心态，我们又不能接受那种创造性的写作能超越死亡、作品的生命会比作者寿命更持久的观念。这里，我再次强调，早在80年代末90年代初的中国诗坛，这样的观念广为流传；如果要举例的话，这里提醒读者注意海子的《祖国（或：以梦为马）》一诗。

上文已经说过，在《致敬》中，死亡让此类超凡脱俗的浪漫主义诗学观念完全靠边站了，体现在冲动地扑火自焚的飞蛾身上，象征生命的短暂。在西川笔下，虽然飞蛾是扑火自焚的，但貌似每个人都难逃干系。这种想法在《幽灵》第三节中被明示出来：

　　　　他人的死使我们负罪。

《幽灵》的主题主要是关于生者与死者的关系。言说者对生者百般挑剔，只因为生者无力面对死亡，对死者的幽灵也漠不关心。在第五节中，他公然挑衅"不体面的死亡"所面临的种种禁忌（"体面的死亡"应该是寿终正寝）：

　　　　不能死于雷击，不能死于溺水，不能死于毒药，不能死于械斗，不能死于疾病，不能死于事故，不能死于大笑不止或大哭不止或暴饮暴食或滔滔不绝的谈说，直到力量用尽。那么如何死去呢？崇高的死亡，丑陋的尸体：不留尸体的死亡是不可能的。

第一句本身就是"滔滔不绝的谈说"；这一句里，形式与内容互为映照，表明人们驾驭死亡的努力是徒劳的，一如诗人徒劳地将死亡浪漫化。在《幽灵》第八节中，西川的反讽在阴郁中呈现出来：

　　　　幽灵将如何显现呢？除非帽子可以化作帽子的幽灵，衣服可以化作衣服的幽灵，否则由肉体转化的幽灵必将赤裸，而赤裸的幽灵显现，不符合我们存在的道德。

在倒数第二节中，言说者又一次脱离其他活着的人，坦言自己与死者

幽灵的亲密关系,与他们的相遇嬉戏:

> 黑暗中有人伸出手指刮我的鼻子。

我在上文说过,《致敬》是一首关于诗歌的诗歌。根据这种解读,我们在这里看到,在许多较为平和的现实事物并不干扰诗歌的同时,诗歌面临死亡时却无能为力。这也是一种不确定性:诗歌和现实并不是互相排斥的东西,也完全能共存。虽然在整个组诗中,这种不确定性遍布各处,但诗歌确实可以避开日常生活的种种成规,因此也只能接受自己在社会上的"边缘"地位。例如,在《夜》一诗中,青年尽情放歌,不是为了某个付费的观众,而是在地下室中独自一人,无人观赏也无人倾听。

在题为《致敬》的第二首诗中,"幻想靠资本来维持"这一说法,首先貌似在睡梦与金钱之间缔结了一道意想不到的纽带,但同一首诗中,之后是一个重要的段落:山中隐士呼吁人们要有能力去感受什么才是真实。根据这个权威的说法,真实的是诗歌王国而不是无情现实。换句话说就是,幻想和物质财富相关。当《箴言》一诗中的言说者奉劝普通观众时,读者同样回想起上述诗评家挖空心思地解释物质财富与情感、精神财富相斥的话:

> 不要搂着妻子睡眠,同时梦想着高额利润;不要在白天点灯,不要和黑夜做交易。①

最后,在组诗最后一首《冬》里,诗歌与日常生活之真相的对立得到了一种诙谐愉快的、反讽的、模棱两可的表达途径:

> 那部盖在雪下的出租汽车洁白得像一头北极熊。它的发动机坏了,体温下降到零。但我不忍心目睹它自暴自弃,便在车窗

---

① 这段话最后一个短语"不要和黑夜做交易"出现在万夏和潇潇的选本(1993),也是西川在《九十年代》一书中改动的地方。

上写下"我爱你"。当我的手指划在玻璃上,它愉快地发出"吱吱"响,仿佛一个姑娘,等待着接吻,额头上放光。

言说者把"寒冷的受害者"这一形象"写"活了,使用了诗艺中最基本也最俗套的措辞("我爱你")。

我在上文已有两次提到过言说者的双重人格。下文引自《居室》第一、四、六节,即可为例:

> 我不允许的事情发生了:我渐渐变成别人。我必须大叫三声,叫回我自己……

> 镜中的世界与我的世界完全对等但又完全相反,那不是地狱就是天堂;一个与我一模一样但又完全相反的男人,在那个世界里生活……

> 常常有这样的事情发生:刘军打电话寻找另一个刘军。就像我抱着电话机自言自语。

刘军是西川的本名。他本来可以在这里使用笔名,就像他用海子的笔名,但他没有。或许他认为笔名不当,会让人分心,也或许他认为普通读者无需将上述场景与作者扯上关系。无论如何,西川在诗中使用本名,使之带上了自传色彩,不论现实中有多少个刘军。在《致敬》中,诗人描绘的是与日常生活相对立的诗歌;在这个语境里,自己给自己打电话的分裂人格,指涉的是诗人与日常生活中的人的双重身份。

至此,我尚未谈及《巨兽》一诗,这是《致敬》组诗中第四首,也是最长的一首,一个"巨兽"主人翁赫然居于文本中心。将显在的巨兽解读成隐喻,这一点令人振奋,这是把文本表层阐释成另一个涵义的一个极端例子。然而,前文对《致敬》的解读,为这样的阐释方式提供了充分的理由。再者,该诗在结尾处,巨兽也被称作"比喻的巨兽"。

《巨兽》可能是组诗中最震撼人心的一首。这里讲述了一个动听的故事,形式和内容俱佳,提醒我们文本运用有效意象和熟练驾驭语言便能够唤起一种强烈的在场感,使读者没有必要提出"这到底是什么意思"之类的问题。为了说明这一点,我将这首诗的全文都引用在这里,同时这也是我称之为"语言的欢愉"的力证之一。我还会像上文一样对这首诗进行解读:不求面面俱到,只从"《致敬》是关于诗歌的诗歌"这一点出发。

### 致敬·巨兽

那巨兽,我看见了。那巨兽,毛发粗硬,牙齿锋利,双眼几乎失明。那巨兽,喘着粗气,嘟囔着厄运,而脚下没有声响。那巨兽,缺乏幽默感,像竭力掩盖其贫贱出身的人,像被使命所毁掉的人,没有摇篮可资回忆,没有目的地可资向往,没有足够的谎言来为自我辩护。它拍打树干,收集婴儿;它活着,像一块岩石,死去,像一场雪崩。

乌鸦在稻草人中间寻找同伙。

那巨兽,痛恨我的发型,痛恨我的气味,痛恨我的遗憾和拘谨。一句话,痛恨我把幸福打扮得珠光宝气。它挤进我的房门,命令我站立在墙角,不由分说坐垮我的椅子,打碎我的镜子,撕烂我的窗帘和一切属于我个人的灵魂屏障。我哀求它:"在我口渴的时候别拿走我的茶杯!"它就地掘出泉水,算是对我的回答。

一吨鹦鹉,一吨鹦鹉的废话!

我们称老虎为"老虎",我们称毛驴为"毛驴"。而那巨兽,你管它叫什么?没有名字,那巨兽的肉体和阴影便模糊一片,你便难于呼唤它,你便难于确定它在阳光下的位置并预卜它的吉凶。应该给它一个名字,比如"哀愁"或者"羞涩",应该给它一片饮水的池塘,应该给它一间避雨的屋舍。没有名字的巨兽是可怕的。

一只画眉把国王的爪牙全干掉!

它也受到诱惑，但不是王官，不是美女，也不是一顿丰饶的烛光晚宴。它朝我们走来，难道我们身上有令它垂涎欲滴的东西？难道它要从我们身上啜饮空虚？这是怎样的诱惑呵！侧身于阴影的过道，迎面撞上刀光，一点点伤害使它学会了的呻吟——呻吟，生存，不知信仰为何物；可一旦它安静下来，便又听见芝麻拔节的声音，便又闻到月季的芳香。

飞越千山的大雁，羞于谈论自己。

这比喻的巨兽走下山坡，采摘花朵，在河边照见自己的面影，内心疑惑这是谁；然后泅水渡河，登岸，回望河上雾霭，无所发现亦无所理解；然后闯进城市，追踪少女，得到一块肉，在屋檐下过夜，梦见一座村庄、一位伴侣；然后梦游五十里，不知道害怕，在清晨的阳光里醒来，发现回到了早先出发的地点：还是那厚厚的一层树叶，树叶下面还藏着那把匕首——有什么事情要发生？

沙土中的鸽子，你由于血光而觉悟：啊，飞翔的时代来临了！

我把巨兽当作是广义上的对诗歌的隐喻，囊括艺术创造的方方面面。第一行诗中的"我"是上文所说的双重人格的一面。相应地，随着诗歌进程，他和巨兽之间的关系模糊起来。"那巨兽，我看见了"一句暗示，并非人人都能看见巨兽。根据浪漫主义诗学观念，在本诗余下的文字中，巨兽的特征同时也是诗歌的常见特征，诗人身上也带有这些特征：危险，骄傲于天赋使命同时也毁于使命，诚实（"没有足够的谎言来为自我辩护"）。因此，从一开始，巨兽就很适合梦境般浪漫的诗歌世界。在第三节中，巨兽痛恨的事物包括：遗憾、拘谨、遮蔽心灵和肺腑之情的表象；它主张无拘无束地表达个人情感。窗帘和灵魂的屏障是言说者日常生活的一部分。再往下两节，巨兽和诗歌之间的关联再次呈现，那就是它们都一样难以指称，排斥直白的表达，抗拒控制。言说者建议把巨兽称为"哀愁"，这是借用老套的比喻来说明"好诗源于痛苦而非幸福"。

本节的结尾句——"没有名字的巨兽是可怕的"——把读者从浪漫主义诗歌最大限度地引向了浪漫主义在这首诗中的具体表现。① 巨兽受到的诱惑"不是王官,不是美女,也不是一顿丰饶的烛光晚宴",这点明了诗歌的社会边缘性;也就是说,用政治权力、性、物质财富(豪宅、美女、盛宴)来衡量,诗歌处在边缘地位。诗人笔下的巨兽在第九节已明明具有比喻的身份。在它经过了本节中狂野奔驰之后,文本在破晓时分停留下来,一如组诗的第一首《夜》。一天开始了,藏着的匕首意味着暴力的到来,唤醒沙土中鸽子的血光代表日出的颜色。《巨兽》和《夜》的另一个相似之处是,最后一行指的不是被称为诗歌的抽象之物,而是这首诗本身。当鸽子飞离之时,诗歌结束。

在长短诗节交替的行文中,鸽子是打断怪兽动作的一连串鸟儿中的最后一只,这是"诗歌形式是诗歌内容的图像化呈现"的又一案例。作者以短而轻快的诗节描写鸟儿,长而笨重的诗节则是巨兽、人类、老虎、毛驴等不会飞的地面动物的活动范围。这里,如果鸟儿不是指诗歌本身,就有可能是来自诗歌王国的信使或监督者。在《致敬》别处,还有西川的其他诗歌及其明确诗观中,均有此类证据。②

我之所以认为巨兽是对诗歌的隐喻,源于《致敬》组诗中的其他几首。第四首若独立成诗——其实它已经单独发表过好几回——巨兽引起的共鸣会更加广泛:它可被看作情绪或想象中某种混乱无序、桀骜不驯的力量;更深入的解读有赖于读者自己去发掘。这里我举三个例子,巨兽可代表艺术家的灵感(西川曾这样说过),或社会动荡,或命运的力量。崔卫平借"巨兽"来阐明,西川的后期作品不再宣称我们能够通晓万物如何终结,并且暗示,冥冥之中有某种伟力非我们所能

---

① 西川在《九十年代》的文本中加了这句话,它也出现在万夏和潇潇的选本中,紧随其后的短语为"我们不能控制的力量"。
② 例如,见西川的《鸟》一诗,载西川,1999 年(a),第 89—90 页,《近景和远景》一诗的开头和结尾诗节,载西川 1997 年(c),第 217—236 页,以及本书第 10 章。

掌控。① 在这里,崔卫平用来评论西川作品的语汇,貌似是不确定的概念,虽然与以"孩子/海子"为体现的浪漫诗人相比,"巨兽"并不是如此不确定。

乍一看,把《致敬》解读成关于诗歌的诗歌,制造了诗歌与日常现实之间的浪漫对立,重申了数位批评家对于西川之诗人形象所持的观点。诗歌与夜、梦密切相连,提供了一种作为日常生活替代物的高傲选择。情感、想象、精神性的价值反衬出理性的局限,以及物质主义的卑劣粗鄙。在这个背景下,诗的写作时间和写作地点,会使人联想到中国的社会变革,特别是当时的诗坛和思想文化大环境。当时中国正处于从 80 年代到 90 年代的急速转型期,与其说这两个十年处于同一时间段,不如说它们代表了两种截然不同、互不相容的社会心态。

但如果我们继续往下读,或回头重读,事情就不会那么一目了然。海子和骆一禾的例子说明,有一种现实让诗歌无从逃避,即死亡,它无视自身之外的一切秩序。死亡侵入诗歌王国,扼杀了诗人,无论其诗歌将多么永垂不朽。用布罗茨基的话来说就是:

　　既无苦相也无恶意
　　死亡从膨胀的目录中选出
　　诗人,不选他的豪言壮语,
　　永永远远——只选诗人本身②

《致敬》的魅力主要来自于诗歌言说者兼主人公,他擅于摆正现实和诗歌的位置。他虽然承认强力而普遍的死亡真相,但也保留了在艺术中创造选择性的、属于个人真相的权利。他遇见答案,便会提出问题;他遇见问题,便不会给出答案。尤其他在闪烁其词地刻画诗人形象、描述相关事物的时候,他的角色堪称是悲剧英雄、低调的祛魅者、高调

---

① 西川,1995 年,第 66 页;崔卫平,1992 年,第 122—123 页。
② Brodsky 1973:99;由乔治·克莱恩(George Kline)译出。

的禁忌破坏者、凡俗中人,以及先锋诗歌中的不同声音的同伴。作为一首中国现代诗歌,这首诗的力量在于严谨缜密、信心满满的措辞、不同语域和题材的有机结合,和对华而不实的诗人形象的不敬与诗歌奇迹般的幸存之间所呈现的戏剧性张力。

## 第三节 语词捕捉意象,意象捕捉语词

《致敬》之后,西川又写出了几首长组诗,包括1996年的《厄运》和1998年的《鹰的话语》。① 后两个文本和《致敬》一样,都充满了实验探索意识,文本的不确定性体现在多个维度上,比如排印格式、诗歌声音、语域等。三个文本在题材层面上也有交叠,全都关注身份(identity)问题、自我和他者的关系、转变和变形等问题,以及诗歌形象和诗人形象等。

上文已经说过,西川的诗很能激发起读者的阐释冲动,也可以说是很会让人屈从于这种冲动。下面,我再次屈从于自己的这种冲动,从《鹰的话语》中选出几段作为阐释对象。接着,是文本表层而非文本深层含义,也是诗歌经验在这两个层次上的互动,使得我去探析阐释的局限性这一问题。

**再来一点儿"深层含义"**

和《致敬》一样,《鹰的话语》由八首诗组成。至于英语全译本,读者可参考《圣力嘉文刊》(*Seneca Review*)2003年第2期(总第33期)。每首诗的诗节都标了数字,整首组诗共有99节。在这里,八首诗的标题值得一起罗列出来,因为合在一起可以看做90年代末期西川诗歌风格的缩影:

  1. 关于思想既有害又可怕

---

① 西川,1997年(c),第175—198页;西川,1999年(b)。

2. 关于孤独即欲望得不到满足
3. 关于黑暗房间里的假因果真偶然
4. 关于呆头呆脑的善与惹是生非的恶
5. 关于我对事物的亲密感受
6. 关于格斗、撕咬和死亡
7. 关于真实的呈现
8. 关于我的无意义的生活

《鹰的话语》包含着许多"变形"时刻。以《关于我对事物的亲密感受》这节诗为例：

56. 于是我避开我的肉体，变成一滴香水，竟然淹死一只蚂蚁。于是我变成一只蚂蚁，钻进大象的脑子，把它急得四脚直跺。于是我变成一头大象，浑身散发出臭味。于是我变成臭味，凡闻到我捂鼻子的就是人。于是我又变成一个人，被命运所戏弄。

但"变形"不能囊括这里发生的所有事。"我"看似有一种精神上和语言上的能动力（mental-linguistic agency），特立自主，但没有自己的归宿。"我"从一具有生命或无生命的躯体游荡到另一具，其视角也不断变异：

58. 于是我变成我的后代，让雨水检测我的防水性能。于是我变成雨水，淋在一个知识分子光秃的头顶。于是我变成这个知识分子，愤世嫉俗，从地上捡起一块石头投向压迫者。于是我同时变成石头和压迫者，在我被我击中的一刹那，我的两个脑子同时轰鸣。

除了"变形"（metamorphosis），这段文字也涉及"转移"，即英语中 metaphor（隐喻）的字面意义。显而易见，不光是"我"有"转移"的能力，其他事物也一样。在《关于格斗、撕咬和死亡》中，我们读到：

64. ……我把自己伪装成一只鹰,就有一个人伪装成我。

《关于我的无意义的生活》一诗的最后一节,也是整首组诗的最后一节,有着与《致敬》相同的文学自我意识,暗示"变形"和"隐喻"的链条可以被打破,或者说"变形"和"隐喻"的诗性魔咒可以解除:

99. 所以请允许我在你的房间呆上一小时,因为一只鹰打算在我的心室里居住一星期。如果你接受我,我乐于变成你所希望的形象,但时间不能太久,否则我的本相就会暴露无遗。

我们所了解的说话人兼主人公情况就是这些。鹰本身呢?诗歌标题暗示鹰的人性化,因为它的"话语"和人类语言是紧密相联不可分离的。诗中的鹰一言不发,但鹰的话语也可以表示"鹰的现象或鹰的故事告诉了我们什么",或其实是"人如何言说鹰"。当鹰出现在诗的主体部分时,这种歧义延伸至鹰,它重弹老调只是为了颠覆老调。在《关于思想既有害又可怕》里,鹰是"一个不承载思想的符号",唤起读者对动物本能的传统印象,即特立独行,不为存在而焦虑困扰。然而,在那之后不久,鹰被称为"羞涩"。尽管"鹰"和"羞涩"不配,但这种人性上的不完美(human imperfection)或多或少使动物在读者眼里变得可爱。因此,鹰和《致敬》中的巨兽相似:比如,读者也会记得,巨兽被形容为缺乏幽默感,痛恨言说者的发型。

总而言之,我们发现诗中有两个鹰交替更换。其一为君临天下的旧形象(cliché),也是鹰的身份或鹰性(eaglehood)的抽象体。其二为一只个体的鹰。所谓旧形象的鹰"它高高飞翔,飞得那般自我,像自己的影子"。它甚至变成宇宙的校准点:"它展开翅膀,这时就是大地在飞动。"然而,我们那只羞涩的、有血肉之躯的鹰疏于进食,虚弱得无力从地面飞起。所谓血肉的鹰死了(旧形象的鹰当然永垂不朽),成了蛆虫的食物,其羽毛最终进了"白领丽人小客厅"。在当下的中国语境里,这让人联想到新富,他们不会被鹰的形象打动,但很可能会想购买鹰的标本作为室内装饰。抽象的鹰的形象和个体的血肉之鹰的区别,让人联想到《致敬》中超验的诗歌和凡俗诗人之别,尽管不能说是一一交叠。

因此,崇高的意象被庸俗的物质现实消解,这让我们重温在前文讨论的组诗《致敬》,回想"一个孩子从高楼坠落","他人的死使我们负罪"。在《鹰的话语》里,西川把这种观察拓展至动物:

……那不是形而上之死而是肉体之死:伤口化脓,身体僵硬。那是肉体之死,我们参与其中。

随后,在一种诗性的陈述中,我们读到,"如果我描述一只鹰,是为了砍下它的头";换而言之,给事物命名是为了令其无效。在同一节中,诗人思忖鹰的圣经式的死而复生的可能性,又一次回到旧形象的鹰。任何暂时的"鹰性"之死严格说来都是形而上的,什么化脓的伤口、僵硬的身体等都只是舞台道具。

但最终,形而上输了。分量最重的还是羽毛、脓疱、人兽互相认同、变形、转变的过程。第八首,即组诗最后一首《关于我的无意义的生活》是这样开始的:

88. 在人群里有的人不是人,就像在鹰群里有的鹰不是鹰;有的鹰被迫在胡同里徘徊,有的人被迫飞翔在空中。

有的鹰确实是人,有的人确实是鹰,所以《关于格斗、撕咬和死亡》中"我"才警告,"且慢将鹰肉列上菜谱"。人兽之别渐趋模糊,西川从这里还得出推论:做一只鹰已经完全不像旧形象的鹰那样刺激。如果人不迷恋行走,鹰会迷恋翱翔长空吗?

### 回到文本表层

上文说,西川的诗很会让人屈从于自己的阐释冲动。然而,如果读者期望能有一网打尽的阅读经验、发现包罗万象的象征体系中的连贯性、找到巨兽或鹰之类中心意象的固定独有的深层意义的话,便会

## 第四章 精神高于物质,物质高于精神:西川

发现实际的阐释过程是很艰难的。这种诗歌既邀请读者去阐释,又明显抗拒任何可能造成语义闭合的阐释。这些文本到底是怎样运作的呢?

《鹰的话语》的文本经常摆出阐述性姿态,这呈现为一些作者精心编排的形式整饬的重复句型。我们在《致敬》中也见到过类似表达。比如《致敬》组诗中的《箴言》一诗:

> 一本书将改变我,如果我想要领会它;一个姑娘将改变我,如果我想要赞美她;一条道路将改变我,如果我想要走完它;一枚硬币将改变我,如果我想要占有它。我改变另一个生活在我身旁的人,也改变自己;我一个人的良心使我们两人受苦,我一个人的私心杂念使我们两人脸红。

随着西川诗歌在 90 年代的发展,这类表达方式越发频繁地出现,比如上文已经提到的《厄运》,以及《鹰的话语》,①另外还有《关于孤独即欲望得不到满足》中的一节,这堪称是在展示一段穿越生命的旅程:

> 25. 要不要读一下这张地图:忧伤是第一个岔路口:一条路通向歌唱,一条路通向迷惘;迷惘是第二个岔路口:一条路通向享乐,一条路通向虚无;虚无是第三个岔路口:一条路通向死亡,一条路通向彻悟;彻悟是第四个岔路口:一条路通向疯狂,一条路通向寂静。

这类句型的意涵和形式,会让人想到东西方古代的哲理性文学文本,如庄子和赫拉克利特的文本,适于用来表达类比和对照、镜像和对立,引领读者进入一种认知性的与文本的对话。的确,西川的诗用发人深思、严肃深沉的事物来阐述发人深思、严肃深沉的题材,如上文论及的身份、自我与他者、人的境况等。然而,细读之后会发现,西川诗歌的

---

① 关于凌静怡(Andrea Lingenfelter)翻译的《厄运》选段,见 *Sentence* 5(2007)。

语义常常会偏离阐释的规则逻辑，追求模糊、悖论甚至矛盾的表达效果。因此，说他的诗歌带有哲学色彩，不如说——用他自己的话——这是"伪"哲学。以上已观察到，西川描述自己的写作，有时不无道理，这里又是一例。① 他的诗歌对阐释的抗拒源于其独特的文本肌理（texture），即语言的物质性，包括它的音乐性。按常规的说法是，诗歌的语词要致力于捕捉意象。对于西川的诗歌而言，则常常刚好相反：是意象在致力于捕捉语词。

\* \* \*

上文（尤其第二小节）所用的"不确定性"这一概念，指的是一种颠覆了明晰、确定、直白的文本维度的整体氛围。这和玛乔瑞·帕洛夫在《不确定性诗学：从兰波到凯奇》里对这一概念的界定大体相合。需要注意的是，帕洛夫指出，"不确定性"不同于"模糊性"，不同于从某单个文本中读出多重意义的可能性，也不是说从任何一首诗里都能读出任何意义（这就等于读不出任何意义）。帕洛夫指出，虽然有些（后）现代诗歌，比如约翰·阿什伯利（John Ashbery）的作品，"不断地让读者产生渴望完成和理解的冲动"，诱惑读者探索其深度，但读者对这样的文本很难有任何确定而深入的把握。帕洛夫借用罗杰·卡蒂诺（Roger Cardinal）的很有想象力的术语，展示了这类诗歌语言何以总似跃跃欲试地揭示（reveal）秘密所在，同时却又遮遮藏藏（re-veil），欲迎还拒。卡蒂诺说："读这样的文本仿佛交给你一把钥匙，结果却发现已换了新锁。"讨论斯坦因（Gertrude Stein）的时候，帕洛夫指出，"不确定性"来自重复与变换、相同与差异等很复杂的修辞模式，她还说这种模式之建立"是为了制造语义缝隙"。帕洛夫的这个分析很适用于西川作品的美学品质。西川的作品，以独特的方式展现着帕洛夫所说的参照物与写作游戏之间的张力，或者说是参照体系与自我组织体系之间的张力；这构成他诗歌的核心特征，也是他对当代中国文学的独特

---

① 西川，1997年(c)，第5页；参见西川，2001年，第224页，第19条。

贡献所在。①

在批评话语的元文本层面上,我对《致敬》的解读表明,在金钱化了的90年代背景下,有的评论家认为西川的诗歌反映了精神高于物质(mind over matter),抑或"崇高"高于"世俗"的单向性普遍现象,至少这个观点很不全面。在他的诗中同样能见到物质高于精神(matter over mind)的现象,他笔下的诗人之死及其他场景可以为例。"精神高于物质"和"物质高于精神"这两种表达,也适用于阅读他的作品的直接经验。将西川的某一作品解读为精神确实高于物质,因为读者从内容出发解读他的诗歌会有收获;而物质确实高于精神,因为他的语言所形成的物质性能带动诗歌的实现。先前已讨论过,形式和内容的协同作用是诗歌的一个典型特征。西川文本的双重性,是这一特征能够呈现的方式之一。

---

① 参见 Perloff 1999:27-32,72,84,97,98,261-263 等页。

# 第五章　外围的诗歌,但不是散文:西川和于坚

　　西川和于坚的诗被普遍看作"崇高"美学和"世俗"美学的代表,被看作两种背道而驰的诗学观念的代表作。有鉴于此,本章内容相当于架在第四章(关于西川)和第六章(关于于坚)之间的桥梁,跨越无人区,连接起先锋诗坛的一端与另一端。希望读者能原谅我使用这种老套的意象,哪怕仅仅是为了质疑在"崇高"和"世俗"两大阵营中双方都曾出现过的,说教性的"要求表态"的批评方式。与我在本书第一章所提的单个的、具有内聚力的伊斯特霍普式话语很不一样,这种批评方式强调不同诗学观念的互不兼容,而不是赞美诗歌话语的多样性和互联性。本章主要分析写于90年代初的两个杰出文本,一个是西川写的,一个是于坚写的,都写于1992年,都是十足的长文,文体也都介于诗歌与散文之间。比照上述意象,可以说这两篇长文都是在涉足两种文类间的无人区。也许,对于西川和于坚来说,或者对于诗歌和散文这两个文类来说,与其说是无人区,不如说是中间地带。这里,我说的是西川的《致敬》和于坚的《0档案》。关于《致敬》,第四章中已经谈过的内容,我偶尔会略述一二,但不会重复论述。

　　在先锋诗歌内部,《致敬》和《0档案》都堪称里程碑式的作品,也都被奉为经典,尽管关于《0档案》的争议持续至今。这两个作品的发表史表明,国内外读者倾向于将之归类为诗歌。除了前一章所列出的《致敬》目录,我还注意到,于坚一直把《0档案》称作长诗。1992至1993年间,《0档案》开始在民间流传,1994年正式发表在文学杂志《大家》的诗歌栏目,同时附有贺奕的评论文章。文章着重强调《0档案》属于诗歌类,实际上是把《0档案》视为诗歌文体的领头羊。1995年,台湾杂志《现代诗》再次刊登《0档案》和贺奕的评论。这个文本还

被收入《于坚的诗》(2000)等集子。1995 年,牟森的北京戏剧车间把《0 档案》改编成戏剧,剧本、表演与纸面出版的互动,让这个文本的身份愈益特殊,但这并没有改变它作为一首诗的存在形态。①

本章关注诗歌和散文这两个文类的区别,但目的不是把《致敬》和《0 档案》确定地归入其中一类。我也无意把这两种文类或这两个文本本质化,只希望指出,《致敬》和《0 档案》虽然从一开始就被当作诗歌,但它们凸显了诗歌与散文的差别,也凸显了这种差别的复杂性。《致敬》具有诗歌的形式规律,如句子和诗节层面的排比、韵律和节奏,但每行诗句不中断,占满页面宽度。相反,《0 档案》的分行以及行内用空格分隔出短句,形式上是诗歌,但节律松散,分段也仿照散文体。《致敬》诉诸诗性想象,充满含混、矛盾和悖论,阐释空间很大,虽然我们已经知道真正想阐释清楚其实很难。《0 档案》看似只有一个语义层,即在日常生活逻辑背景下的客观观察,但它把语言和"现实"彻底陌生化了,并两相对比,从而产生了诗性张力。这两个文本都凸显了文本长度和诗歌现象之间的一种尴尬关系,但它们在其他文学经验方面的差别让人禁不住想问,如果说其中一个是诗歌,是否意味着另一个就必须是散文?我对于这个问题的回答是"不"。它们的确都是诗,只是被归结为诗的原因不尽相同。

本章第一节集中讨论关于诗歌的定义的几个问题;第二节在文本分析的基础上,阐明《致敬》和《0 档案》的诗歌身份;第三节探讨中国当代文学中长诗显见的活力。

## 第一节 奇妙含混的"诗歌"定义

如果被问起知不知道诗歌为何物,大多数人都会说知道。因此,

---

① 于坚,1994 年,1995 年(a),2000 年,第四章;贺奕,1994 年;于坚、朱文,1994 年;于坚,1998 年(b),第 4 页。关于戏剧车间的 1995 年(b)改编版,见林克欢,1995 年;Yeh 1998a;张柠,1999 年;Huot 2000:80-82。

他们也会说知道散文是什么：散文是诗歌之外的其他文体，缺乏明显特征，是文学表达中默认的语言模式等。只有当被要求描述或定义诗歌是什么的时候，他才不那么确定。这种情形不仅适用于外行，对专业读者来说，诗歌和散文的界限也不是那么绝对，确实会有争议。什么是诗歌，什么是散文，它们的交集是什么，它们的外延又是什么，这些问题，确实没有一个可被普遍接受的、一清二楚的答案。尽管如此，诗歌和散文又确实是不同的，这种不同如此之明显，以至于散文诗和诗化散文这两个概念的区分也显得很有意义。这让人想起诺思洛普·弗莱（Northrop Frye）提出的从格律诗到自由体诗到自由散文再到（普通）散文的衡量标准。① 在这里，我首先探讨关于难以捉摸的散文诗这一文类的几套话语，可能会让读者觉得更加困惑。

像在19世纪的欧洲一样，在20世纪的中国文学传统中，很多诗人、学者和批评家承认，许多被贴上"散文诗"标签的文本，其实处身于一个过渡地带，一片灰色区域，一个诗歌和散文之间的无人区。对于散文诗，不管人们是从反面将它定义为"不受任一文体规范限制的文类"，还是从正面将它看作同时拥有两种文体优势的文类，其底线都是将之归结为诗歌而非散文。换句话说，散文诗通常被视为一种特殊的诗歌，而不是一种特殊的散文，如下面例子所示。约翰·西蒙（John Simon）在他的关于19世纪法国、德国和英国文学的博士论文中，认识到难以精确描述介于诗歌与散文两者之间的领域，但最终还是决然将自己的研究对象归为诗歌一类。研究中国现代文学的王光明，明确表示散文诗这种"现代抒情文学形式"实质上是诗歌而非散文。台湾诗人萧萧考察了台湾散文诗和自屈原以来华语文学中散文诗的历史，他引用数位中国作家的话来阐明，他所考察的文本是有特定的散文特征的诗歌，而不是相反。罗青提出"诗散文"同样可行，但萧萧不同意。

---

① Frye 1965：886，见玛乔瑞·帕洛夫的《智性的舞蹈》一书（1996）第四章，尤其是第143页上的讨论。

## 第五章 外围的诗歌,但不是散文:西川和于坚

林以亮指出,散文诗是真正的边界性文体,既不属于散文也不属于诗,萧萧对此未置可否,这或许因为林的这篇文章是收在一本名叫《林以亮诗话》的书中。在一本译自法语的荷语译文选中,魏赫曼(Menno Wigman)只有一次提到诗散文,其他都说的是散文诗。①

当然可以说,这是一个半瓶水还是半瓶空的问题。怎样称呼这个文类很重要吗?但这种认识上的差别——也是意图上的差别——在艺术领域无疑至关重要。诗歌和散文互不排斥,或者在包罗万象的体裁分类中各居其所。尽管如此,它们仍然处于某个谱系的两端,会影响到我们如何进入文本。我们为个体文本指定诗歌或散文的坐标,这本身就是具有学术意义的一件事。上文所引作者们相同的一点是,大部分人对波德莱尔的《巴黎的忧郁:小散文诗》一书心怀敬意,却未注意到波德莱尔本人在写给编辑阿森纳·何塞(Arsène Houssaye)的信中提到"诗散文的奇迹",而不是散文诗或散文体诗。魏赫曼的确提到过波德莱尔对自己作品最初的命名,但王光明却删掉了开场白(下面的划线部分),仅仅引用其后半句。这是波德莱尔关于文本的著名描述:

<u>诗散文的奇迹,它具有音乐性,而没有节奏和韵律,足够灵动,足够波动,</u>足以适应灵魂的抒情性的动荡,梦幻的波动和意识的惊跳。②

谁知道,如果波德莱尔诗选的书名未曾使得那封经常作为该书前言的书信黯然失色,那么,"散文诗"还会让"诗化散文"或"诗性散文"黯然失色吗?

上文提到的几位作者在给散文诗下定义的过程中所做的远远不止是重贴标签。萧萧辨别了散文诗的两种特征:它必须有小说企图,

---

① Simon 1987:3-4 及 697-698;王光明,1986 年,第 687 页;萧萧,1998 年,第 315—317 页;林以亮,1976 年,第 45 页;Wigman 1998:13-18。
② Baudelaire 1943:4 及 1998:129;Wigman 1998:15;王光明,1986 年,第 688 页。

并能产生震惊效应。为此,他列举了四种实现方法:虚与实间杂、时与空交错、情与境逆转、物与我转位。① 萧萧的理论有两个问题:其一,它未论及形式;其二,它也适用于许多不会被视为散文诗的、被公认为散文或诗歌的作品。

在《十九世纪欧洲文学的散文诗体》一文的导言中,西蒙探讨了散文的节奏问题,将其定义为"似乎……与意义契合,并具有共同表现力的声音"。在论文结尾,他再次讨论(散文)诗和(诗化)散文的区别:

> 这就是诗,因而也是散文诗,必须的作为:在声音、句法和节奏起伏方面,重复、阐明和强化观点——提供与语句的心灵匹配的身体。可话又说回来,情感冲击也与这一切产生关联……有的主题几乎不可避免地倾向诗歌:记忆、梦、英名队列、死亡意识。但不止于此,还有杜里女士(Mme Durry)的"真正不可言说"(proprement l'ineffable)。最后,正是陈述节奏方面的某种东西使人怦然心动,或心跳加速,或者几乎停跳,情不自禁……在此,是节奏本身与来自我们孩提岁月的某种东西形影相随,或许也重复着我们思想或感情的节奏? 我不知道。归根结底,这就是美的问题:为何所有或者几乎所有看见这张脸的人都觉得可爱呢? 几何学、生理学、心理学和美学抛出各式各样的解释,尽管有限,但都是不错的解释。但总会有另一个东西:那张脸莫名其妙的纯粹之美。从根本上说,散文诗之所以是散文诗,是因为它比散文更美。②

我大段引用西蒙的话出于两个原因。首先,是为了指出其理论的自相矛盾之处,他一方面探讨散文的节奏,另一方面又说节奏是诗歌的标志性特征。其次,是因为他容许"美"这一概念进入话语。美的体验有助于人们亲近文学或艺术,可惜有不少人认为"美"不适于课堂讨论

---

① 萧萧,1998年,第324—337页。
② Simon 1987:13,697-698。

和一般性批评话语。另外,是因为他承认了散文诗在一定程度上是不可定义的。他的让步并没有否定我们在诗歌的定义问题上已有的成就,也不是出于对诗歌神秘的敬意。语言使我们,或者说我们使语言,创造出了既强化语言又否弃语言的事物。这些事物也许是高度个人化的,但又被体验为一种主体间性,即使我们再调动更多的语词也无法说明我们的全部感受。

古往今来,关于诗歌的定义不计其数,这也恰恰证明了诗歌是不可定义的。根据语境(如文学、学术、格言等)的不同,人们会使用不同的定义标准。除了我们上文所见到的,这里再列出一些原型:

(一)绕圈子的抽象化定义,如"诗歌是(用语词表达的)不可言喻的东西","诗歌言说不可言说的东西",或者索性以意象表达,因而仅仅是待定义概念的一个范例:"诗歌是一面镜子。"[1]

(二)回避问题实质的定义,如"诗歌是美的文学表达",或柯勒律治的"诗歌=最佳排列的最佳语词",或雪莱令人困惑的宣称——"诗歌是对最幸福、最美好的心灵最美好、最幸福时刻的记录"。

(三)经典而抽象的定义,如中国传统的"诗言志",或华兹华斯的"诗乃自然流露的强烈情感"。我不想误解其意,不想无视这两个句子的特定文化语境及内涵,但这样的定义会产生极其可疑的"诗歌"。

(四)基于文本视觉特性的定义,如"诗歌是字行未必达到页宽的文学文本",或"至于诗歌,是作者决定字行终于何处,而非排版者"。[2]诸如此类的陈述有益于点明关于诗歌的普遍假设,但其局限性却也显而易见,因为聚焦于文本的视觉效果,会忽略掉文本的听觉效果。当然这个问题可在一定程度上得到补救,例如,说明诗歌是有韵律的。但这种解决方案也不能令人满意,因为散文中显然也有音乐性,即最广泛意义的节奏和韵律。另外,这些陈述对分行异常重视,但分行只

---

[1] Preminger 1965:640,644.
[2] Krol 1982:3-4.

不过是某时、某地、某种诗歌的一个特征罢了。

值得注意的是,人们对散文的定义一向干脆利落。这并不奇怪。众所周知,一般而言,散文更接近日常生活模式,所以散文中的语言和非文学语言的距离最近,而诗歌作为一种体裁的地位则源于对日常生活模式的偏离甚至漠视。

半个世纪之前,西蒙说自波德莱尔之后,散文诗已经变得更难定义,甚至更难发现了:

> 当诗歌和散文获得其现在拥有的灵活性和包容性时(部分也刚好归因于散文诗),对中间物的需要就降低了。①

至此我们已经历了另一个世纪交替,它以欣然蔑视文学领域及其他领域的种种界限为标志。对中国和其他地域的文学传统来说,西蒙所说的诗歌和散文的"灵活性和包容性"听上去越发真实。可以不夸张地说,现在越来越不可能给散文诗做出一个文类上的专门定义了,或者说越来越难尽如人意。但反思诗歌和散文之间的区别,并未因此而变得过时或无意义。因为,这有助于我们用新的眼光审视作为功能性范畴而非本体性范畴的文学及其子集(特里·伊格尔顿语),提醒自己是我们赋予了这些范畴以位置和意义。②

下面,我将从一系列关系到诗歌、散文之区别的角度出发,去探察《致敬》和《0 档案》,即文本的外观和声音,它们的题材、风格和释读,文本所要求的阅读态度,形象性,以及——依据赫里特·克罗尔(Gerrit Krol)的一篇精辟论文所述——文学文本中在场和行进的对立。

## 第二节 《致敬》和《0 档案》:诗歌还是散文?

进入中华民国以来,与中国文学及散文诗相关的两个人是刘半农

---

① Simon 1987:700.
② Eagleton 1996:8.

## 第五章 外围的诗歌,但不是散文:西川和于坚

和鲁迅,前者因其在 1910 年代开创先河的翻译,后者因其是《野草》(1926)的作者。在 20 世纪后半叶,散文诗自 60 年代初以来相当活跃,但主要是在台湾,其中最重要的作家有商禽、苏绍连和刘克襄。① 相形之下,直到 80 年代中期,中国大陆文学中才出现散文诗。中国大陆正统文学中其实已经有很多作品可被称作散文体诗歌,如李季的《王桂与李香香》(1946),贺敬之的《雷锋之歌》,罗高林的《邓小平》(1996)。② 但这些作品只要具有散文性——长度多达数十甚至数百页,或多或少都是线性叙事,缺少原创隐喻,浅明无意蕴——就不属于广泛的波德莱尔传统的散文诗特征。如果我们把波德莱尔传统的散文诗松散地定义为短小的、具有常规诗学特征的但不断行的文本,那么可以看到,这样的散文诗文体实验,在 80 年代以来的中国再次出现了,代表作家有杨炼、欧阳江河、雪迪、廖亦武、陈东东和西川。

我们已经看到,西川在 90 年代对散文诗体的采用是结构性的,并非偶尔为之(如《致敬》《厄运》《鹰的话语》等)。上一章中,我以细读的方式分析了《致敬》文本的散文和诗歌特性,在这一章中,我将其与于坚《0 档案》两相对照,相信会有进一步的收获。两者都引起读者关注诗歌与散文之别,但方式大不相同。第四章是把西川放在整个先锋诗内部的语境中去讨论,第六章对于坚的讨论也同样如此。在这一章里,我们将直接进入对两个文本的分析,这里,采用的是 1994 年刊登在《大家》上的那个版本。

《致敬》由八个文本组成,每个文本都有独立的标题,一到八分别为《夜》《致敬》《居室》《巨兽》《箴言》《幽灵》《十四个梦》和《冬》。英译本共有 3200 多字。《0 档案》包括七个部分:序言《档案室》,五卷

---

① Hockx 2000,Kaldis 2000,Yeh 2000b.
② 李季,1982 年,第 1 卷,第 1—55 页;贺敬之,1979 年,第 366—426 页;罗高林,1996 年。《王贵和李香香》的创作在中华人民共和国建国之前,是毛泽东《在延安文艺座谈会上的讲话》思想路线的产物,这个讲话在未来几十年间决定着中华人民共和国的文化政策。见 McDougall 1980;Denton 2003。

（卷一、卷二等，一些还有细分）：《卷一　出生史》《卷二　成长史》《卷三　恋爱史》《卷四　日常生活》《卷五　表格》；加上结语《卷末》，《卷末》除《附一：档案制作与存放》之外"无正文"。全译本字数超过5000字。就《致敬》而言，我大部分讨论所用的例子取自本书第五章中全文引用的《巨兽》。就《0档案》而言，我主要参照摘自《成长史》的一段有代表性的文字，如下所示。总结论点时，我会回过头来讨论这两个完整的文本。《致敬》的英文全译本见于《译丛》1999年总第51期，《0档案》则刊登于《译丛》2001年第56期。

## 卷二　成长史

　　他的听也开始了　　他的看也开始了　　他的动也开始了
　　大人把听见给他　　大人把看见给他　　大人把动作给他
　　妈妈用"母亲"　　爸爸用"父亲"　　外婆用"外祖母"
　　那黑暗的　　那混沌的　　那朦胧的　　那血肉模糊的一团
　　清晰起来　明白起来　懂得了　进入一个个方格　一页页稿纸
　　成为名词　虚词　音节　过去时　词组　被动语态
　　词缀　成为意思　意义　定义　本义　引义歧义
　　成为疑问句　陈述句　并列复合句　语言修辞学　语义标记
　　词的寄生者　再也无法不听到词　不看到词　不碰到词
　　一些词将他公开　一些词为他掩饰　跟着词　从简到繁
　　从肤浅到深奥　从幼稚到成熟　从生涩到练达　这个小人
　　一岁断奶　二岁进托儿所　四岁上幼儿园　六岁成了文化人
　　一到六年级　证明人张老师　初一初二初三　证明人王老师　高一高二　证明人李老师　最后他大学毕业
　　一篇论文　主题清楚　布局得当　层次分明　平仄工整

对仗讲究　言此意彼　空谷足音　文采飞扬　言志抒情
**鉴定**：尊敬老师　关心同学　反对个人主义　不迟到
遵守纪律　热爱劳动　不早退　不讲脏话　不调戏妇女
不说谎　灭四害　讲卫生　不拿群众一针一线　积极肯干
讲文明　心灵美　仪表美　修指甲　喊叔叔　叫阿姨
扶爷爷　挽奶奶　上课把手背在后面　积极要求上进
专心听讲　认真做笔记　生动活泼　谦虚谨慎　任劳任怨
**不足之处**：不喜欢体育课　有时上课讲小话　不经常刷牙
**小字条**：报告老师　他在路上拾到一分钱　没交民警叔叔
**评语**：这个同学思想好　只是不爱讲话　不知道他想什么
希望家长　检查他的日记　随时向我们汇报　配合培养
**一份检查**：1968 年 11 月 2 日　这一天做了一件坏事
我在墙上画了一辆坦克洁白的墙公共的墙大家的墙集体的
墙被我画了一辆大坦克我犯了自由主义一定要坚决改过

## 外观和声音

《致敬》没有断行，但刊于《花城》时，编辑或排版肯定是把行长当作这个文本的基本特征，这也表明了他们是把《致敬》归为"真正的"诗歌。《花城》版本严格地遵照《致敬》第一个民刊版中每行的字数，并且确保多数诗行排满整个页面。如果说缺少分行给《致敬》增添了散文特征的话，那么，文本视觉上的诗歌特征则体现在诗节风格化的长短交替上。《巨兽》里的长短诗节交替颇有规律，例证了贯穿整首组诗的文本模式，虽然这个特征并不是在每部分都同样明显。

《0 档案》的确有断行，但每行都是等了许久才真正"断"掉，因此就出现了这样的矛盾：一方面，诗行的持续是作者刻意为之，另一方面，诗行好像又无法忍受这样的排版方式。从这个意义上讲，这首诗被译成字母文字后，比原文更接近了文本精神的真谛；因为字母文字比汉字占据更多空间，若要尊重《0 档案》的视觉整体性，译文就必须采用横向版式,让人格外留意文本宽度。这也恰恰是《译丛》刊发于坚诗歌译文的一贯方式。《0档案》中没有逗号或句号之类的常规标点符号,句读都是用空格标识,这也是另外一个有可能吸引读者眼球的地方。该文本因而展露了对常规断行做法的双重不满:一边超过了每行的"正常"长度,另一边又通过使用行内短语以及短语之间的停顿,解构了"行"的概念。因此,若比照诗歌排版的成规,诗行显得过长,短语又过短。本书将在第六章进一步讨论这种文本形式的意义。

《0档案》的停顿,不仅仅只凸显在短语和诗行层面上,但能否说《0档案》有诗节,却颇费踌躇。每一个连续的行列都有自己的标题,每一个空行都标志着一个行列的结束。《0档案》的七个部分中有四个没有更细的划分;最长的部分长达54行。其他三个部分被细分为更小的部分,且各有各的标题,最短的部分仅有区区五行。从视觉表达手段来看,在较长的行列中,作者使用了黑体字,这在此处摘录的《成长史》引文中可见一斑。

总的来说,《致敬》的外观是由诗节而不是诗行确定的,《0档案》的外观则由短语和诗行确定,而不是诗节。鉴于这两个文本内部都还有编号和独立小标题,因此,从视觉上看,诗节的上一级结构可被称为章节。在本节结尾处,我将讨论这两个文本的巨大规模。在尚未从其他角度考察之前,暂不讨论这两个文本到底是诗化散文还是散文化的诗。

我们且来看看这两个文本的声音。在第四章中,我们已经发现,借助诗行和诗节层面的节奏和排比,短语内部和句末变化的韵律,《致敬》造就了卓越的声音效果,因此字面阅读和朗读效果俱佳。我在这里以汉语拼音形式大段转录下《致敬》原文,为的是呈现原文在音韵上的丰富性。引文的第二段是第四章所用引文的加长版:

  作为乘客的鸟。阻断的河道。未诞生的儿女。未成形的泪水。未开始的惩罚。混乱。平衡。上升。空白。
  ……

## 第五章 外围的诗歌,但不是散文:西川和于坚

> 多想叫喊,迫使钢铁发出回声,迫使习惯于隐秘的老鼠列队来到我的面前。多想叫喊,但要尽量把声音压低,不能像谩骂,而应像祈祷,不能像大炮的轰鸣,而应像风的呼啸。更强烈的心跳伴随着更大的寂静,眼看存贮的雨水即将被喝光!啊,我多想叫喊,当数百只乌鸦聒噪,我没有金口玉言——我就是不祥之兆。

《0档案》的声音特征非常鲜明,但就传统的诗歌形式而言却并不复杂,在这里没多大必要摘抄中文原文。该诗的押韵似乎是作者偶尔为之,并且押韵主要体现在作者执意使用的重复和排比手法上。文本节奏始终显得机械,像在数数似的,通常合着显明严格的节拍,有时相当躁狂,由此造就一种刻意为之的单调印象,这一点正与我们在下文的讨论相契合。《成长史》的开头几句即可为例:

> 他的听也开始了　他的看也开始了　他的动也开始了
> 大人把听见给他　大人把看见给他　大人把动作给他
> 妈妈用"母亲"　爸爸用"父亲"　外婆用"外祖母"
> 那黑暗的　那混沌的　那朦胧的　那血肉模糊的一团

这样的例子通篇都是,在若干段落中,每个短语往往都有固定的字数/音节,从一到六或七不等。全文总共三百多行,少数未加标点的诗行因此呈现出出色的视觉和听觉效果。比如引文的最后两行:

> 我在墙上画了一辆坦克洁白的墙公共的墙大家的墙集体
> 的墙被我画了一辆大坦克我犯了自由主义一定要坚决改过

在声音方面,《致敬》和《0档案》的差别与它们在外观上的差别一样大。分开来看,两条标准都不足以让我们将《致敬》或《0档案》肯定地归类为诗歌或者散文。

### 题材、风格和阐释

不论《致敬》和《0档案》是诗歌或散文,还是别的什么,这两个文

本的规模都比较大。两位作者似乎都不愿受题材所限。《致敬》描写自然界和人类社会的场景及形象，两者在诗中常常是作为对立之物或至少是目的相反的事物呈现出来。《致敬》结尾比较松散，也为未完成的零星意念或零碎意境留有表达的空间，虽然这一点在《巨兽》中不像在组诗的其他部分那么明显。也许《致敬》展示的是一种与日常生活凡俗现实相对立的超越而不朽的浪漫诗歌形象，但这种陈旧的二分法却毁于凡世诗人真实的肉体之死。这些事物被以高度文学化的方式呈现出来，间或穿插着其他语言或话语语域，语言的变化与题材的变化相依相随。按理说，《致敬》是一个很有阐释活力的文本，这不仅因为《巨兽》的主角是个"比喻的巨兽"，还因为读者可能通过阐释，在文本的想象和似真之间找到一个中和点。是的，具体的阐释过程往往复杂曲折，甚至无果而终，但这一点也改变不了《致敬》一诗很有阐释活力这一事实。

于坚不愿为自己的写作题材设限，这一点，可在《0档案》之《表格》的后半部分找到最极端的例子；这一节的标题是"物品清单"。于坚说过，这组诗回溯了他写于80年代的《一个诗人的物品清单》一文。① "物品清单"十分详细地罗列了主人公房间里的物品。我在这里仅引用48行中的5行：

  旧杂志15公斤　旧挂历15公斤　废纸20公斤
  单价　旧杂志　每公斤0.20元（挂历废纸同价）
  ……
  旧中山装两套　旧拉链夹克3件　喇叭裤1条（裤脚边已磨破）
  牛仔裤两条（五成新）　旧袜子（7双）　短裤　汗衫　毛巾若干
  吉他1把（九成新　弦已断　红棉牌）

---

① 于坚、陶乃侃，1999年，第77—78页。

在此提一下,这些物品以及作者对它们的评价与文中描述的房间其余部分很是协调一致。

《0 档案》中,堆积的嗜好并不囿于物质世界,如下面段落所示:

> 成为名词　虚词　音节　过去时　词组　被动语态
> 词缀　成为意思　意义　定义　本义　引义　歧义
> 成为疑问句　陈述句　并列复合句
> ……
> 一岁断奶　二岁进托儿所　四岁上幼儿园　六岁成了文化人
> 一到六年级　证明人　张老师　初一初二初三　证明人　王老师　高一高二　证明人　李老师　最后他大学毕业

尤其是如果把《0 档案》跟《致敬》相比,前者在题材上的最显著之处,是文本沉迷于记录诸多庸常、浅显或琐碎之物。这些记录合乎情理、紧凑连贯;通过这些记录,就像通过档案室里整齐摆放的卷宗标识一样,可以之为轮廓,形塑出中国当代城镇生活中某一个籍籍无名者的鲜活人生。《0 档案》的写作目标显然不在描述"非常"事物,从这方面来看,可以说《0 档案》的题材具有散文性——当然,也能说是反讽性。

抽象地说,《0 档案》描述的是中华人民共和国国家机构管理属下成员或员工之手段的人事档案现象。人事档案能在各个领域决定个体在社会生活中的境遇,涉及物质环境、家庭关系、政治权利等众多方面。那么,如果放到某个特定时空中去解读的话,人事档案制度会让人想起"文革"时期卡夫卡式的生活特质;那时,某人在某个特定时刻的私人性日常行为中流露出的平常信息,对他来说,却可能生死攸关,也很可能被记入人事档案。然而,我们对《0 档案》的解读不仅仅基于这一段中国史,因为人类社会中,档案的威力无时无处不在。系统性是个体风格的敌人;档案以把一个人的生活记录在案、把他缩减为某个数字的方式来"损害"他,是对个人行为过于细节化的记录,包括那些不那么光彩的方面,使每个人都显得薄弱无助。

　　同样重要的是,《0档案》关注的是公共话语和个人话语两不兼容的问题,以及语言塑造现实,而不是为现实服务或记录现实的能力,亦即档案书写生活的能力,而不是生活书写档案。① 从上面列举的语言学术语可见,具体的语言操作,或者说人们以为自己能操控语言这样一种幻觉,也是《0档案》关注的问题之一。从《0档案》文本给译者带来的诸多挑战来看,它让我认识到了"动词"和"名词"在《0档案》及于坚其他作品中的重要性及其使用方式,因此决定把这些词类直译为 words-that-move(自己在运动中的词,或能使其他事物移动的词)和 words-that-name(用来命名的词)。②

　　到底《0档案》作为一个文本需不需要阐释? 我在上文对此避而未谈;这个问题其实相当有趣,尤其因为于坚曾经宣称他厌恶隐喻和象征,他对自己写作的描述是"所见即所得",我们将在第六章和第十章中进一步讨论这个问题。如果说上文所言还不足以说明《0档案》是值得阐释的话,那么我们不要忘了,归根结底,决定什么是隐喻、什么不是隐喻,是读者而不是作者。况且,纵观《0档案》全文,每个层面的陌生化都表明,用玛蒂努斯·奈伊霍夫(Martinus Nijhoff)的话来说,③这个文本"言非所言",还努力掩饰,或者,更准确地说,读者很可能会觉得这个文本在努力掩饰。尤其是在一个"文学"的框架中,最枯燥的体制性语言也迫切需要解构,比如,被解读成对体制化的控诉。从这方面来看,像其他方面一样,于坚用一种"扫射"的方法,也就是我所说的"刻意为之的单调"。他展示了不胜枚举的政治正确的"官方"或主流说法的范例,以描述各种社会交流,并且这类范例与新奇、可疑、戏仿性的评论及对"非官方"人类行为的假装客观公正的描述

---

　　① 参见贺奕,1994年。
　　② 见 van Crevel 2001。
　　③ Nijhoff 1978:216。我翻译的动机出于原封不动地保留原文中"staat"一词的希望,问题的关键在于:奈伊霍夫的语词适用于自身,同样也适用于其他诗歌。

交替出现。对于《0 档案》来说,题材、风格及阐释问题可以概括如下:这不仅是一个关于档案的文本,它本身就是档案;这个文本不仅载于一种文体,它也是一个关于文体的文本。

文学形式和内容问题的分界线,从来都不是一清二楚。虽然如此,但如果把《致敬》和《0 档案》的题材与其外观、声音分别出来,依然能说两者都可称为诗歌。同上,它们都可归类为诗歌,是出于不同的原因:《致敬》主要是因为它的意象,《0 档案》则主要是因为它的反讽及其形成反讽的方式。意象和反讽的运用,都离不开各自作者驾轻就熟的语言能力。

**阅读态度**

比较《致敬》和《0 档案》所要求于读者的阅读态度,可以发现进一步的线索。如果说诗歌这一文类的特征是凸显语言的音乐性,激发超出"现实"的想象,又不冀望读者通过目标明确的交流去寻找一种可释义的"信息",甚至常常会阻碍读者这么做,那么,《致敬》肯定是诗歌。《0 档案》的情形则没这么简单。读者不会把对城镇中某个人平淡无奇的日常生活过于琐碎的描述看作"信息"。另一方面,读者有可能从这些描述中获取一些抽象的信息,就像上文讨论的那样,比如把这些看作档案和档案管理者们实施的控制手段,或者是暗示意识形态及社会管理。但在《0 档案》中,这样的信息能占据首要地位吗?对于那些对此持否定态度的读者来说,上文已经表明,《0 档案》独特的表达方式,提供了另外的诱人之处,即使它使用的不是常规的诗歌语言。

如果说诗歌阅读的适当态度是对晦涩、矛盾、悖论和(未决的)张力保持敏感,那么,不出意外的是,《致敬》和《0 档案》又一次以各自不同的方式,同样成为诗歌文本。本书在第四章中已经指出,《致敬》一诗中充满了晦涩、矛盾、悖论和张力,这些特征在整体上可被看作是文本的不确定性,它显现在文本的各个层面。另一方面,在《0 档案》中,真正的张力介于文本和潜文本(subtext)之间,由文本对语言和现实的陌生化所致。读者若把《0档案》的阐释放在一个历史框架中，跟具体的时间和地点连接起来，就会获益于文本以外的、关于当代中国生活的知识；《致敬》的阐释却完全不是如此。

那么阅读行为本身呢？诗歌读者何为？显然，这个问题没有单一准确的答案。比如，倘若李季的《王贵与李香香》和北岛的《借来方向》这样截然不同的文本均被当成诗歌，那么，我们对于诗歌阅读行为的陈述最好不要太笼统。同时，我们确实也可以说，现代诗歌在不同文化传统、不同社会环境（如媒体、教育）中，普遍需求读者的阅读方式更慢速、更彻底，阐释能力也更强。因此，只要牢记本书第一章关于细读的描述，我们就能发问：《致敬》《0档案》是否适于任何程度的细读？

而且，细读是《致敬》和《0档案》所要求的阅读路径吗？就《致敬》来说，很可能是的，原因在于我们上文讨论过的这个文本的题材、风格及阐释方式。但这就产生了一个问题：对于一首5000字左右（译成英语是3200字左右）的文本来说，读者很难像细读一首短诗那样，对它进行紧凑、持续、目的性明确的解读，即使这种努力是值得的，就像我希望第四章已经证明的那样。《0档案》不需要显微镜式的阅读，因为其显著特征之一是文本大部分是由机械罗列组成的。实际上，阅读《0档案》，即使一目十行，也还会在一定程度上有所收获，但这对《致敬》来说是不可想象的。从这个意义上讲，《0档案》没有《致敬》那么富有诗意，考虑到《0档案》的文本比《致敬》还要长，这么说也是不无道理。从这个视角来看，两个文本虽然都规模很大，但并没有因此而成为散文，而是成为了"有问题"的诗歌。

**形象性**

让我们回顾西蒙秉承罗曼·雅各布森（Roman Jakobson）的精神对诗歌的界定：

> 这就是诗——因而也是散文诗——必须的作为：在声音、句法

和节奏起伏方面,重复、阐明和强化观点——提供与语句的心灵匹配的身体。①

我用形象性(iconicity)这一概念,指的是形式直接确定内容这样一种文本机制,诗歌中的形象性比起散文要常见得多。在这种机制下,文本形式成为内容的形象或图像(icon),而不再仅作容纳内容之用的可有可无的文体。形象性并非西川的《致敬》一诗的显著特征,但用词经常是其题材的形象化呈现。就像第四章中已经提到的,我们在《巨兽》一诗中看到了形象性的一个具体例子,既体现在听觉上,也体现在视觉上,即诗节长短重轻相交替,长而重的诗节描述地面生物,短而轻的诗节描述飞鸟。假设长诗节用来描述飞鸟,可能就达不到这种效果。描述飞鸟的诗节相对简短,这也让它们显得"轻快",因此读者可以想象这些诗节是飞升的、向上的,正在飞离长而重的诗节。在这方面,《巨兽》与马拉美著名的《冬的颤抖》("Frisson d'hiver")一诗相类似,《冬的颤抖》也是长短诗节交错,短诗节用来描述天花板附近的蜘蛛。②

另一方面,《0档案》一诗是对形象性的清晰展现:它是一个关于档案的文本,谋篇布局像档案,大部分也是用档案文体写成。从这个意义上,我们也能把这样的文本看做是一个现成的但经过改造的艺术作品,与马塞尔·杜尚(Marcel Duchamp)开创的那个随手捡来一个东西(objet trouvée)就能创作成艺术品的传统一脉相承③,或者由无数现成的语言碎片组成的拼贴画。说形象性是《0档案》最有效的表达方式毫不为过,尤其因为这首诗中最关注的问题是形式如何强化了内容,甚至能行使内容的功能,或者说现实的再现能行使现实本身的功能。这两首诗都一定不会因为其形象性特征而成为散文。相对来讲,

---

① Simon 1987:697;例如,Jakobson 1960:esp. 368-369。
② Mallarmé 1935:111-115。
③ 这里指的是塞尚以男性便池为题材的作品《泉》。

形象性让《0档案》比《致敬》更有诗意。

### 在场和行进

这里，我将参照赫里特·克罗尔的《自由体》("Het vrije vers"，1982)一文，来分析《致敬》和《0档案》，并得出相关结论。《自由体》主要讨论的是诗歌和散文的区别。在文本的视觉布局问题上，克罗尔有一些合乎情理的概括性表述：

> 诗歌的一个突出特征是：不是所有的诗行都一样长。在散文里，大多数甚至所有的字行都一样长。诗与散文的另一个明显区别在于作品本身的长度。诗通常比故事短。我们能看到，诗歌作品的平均长度不超过一页，但故事的平均长度要长些……一首诗，能一目了然吗？①

这种论断无新意可言，但读下去就会发现，克罗尔关于诗歌文本之可视性的观察初看起来貌似天真，但其实相当重要：

> 我们总结出如下命题：艺术作品具有统一性。这个命题的意思是，我们将艺术作品想象为……统一体：能被录入一段记忆，抑或一份情感。诗歌和故事莫不如此。但区别在于，当这种统一感被一首诗所激发，就直接表现为另一个统一体，即单页的统一性……一首诗的统一性在单页上直接可见，故事则不然，其统一性间接可见：见于顺序。

《致敬》和《0档案》都可被录入一段记忆或一份感情，其作为艺术品（想象的）的统一性不取决于时间和逻辑上的内部顺序，但两者都不可能一目了然。两个文本的长度都大大超过克罗尔所说的一般诗歌，以至于单页的概念变得不相干。然而，根据克罗尔的看法，尽管单页

---

① 以下引文来自：Krol 1982:10-14。

## 第五章　外围的诗歌，但不是散文：西川和于坚

容纳不了，但两者都具有诗歌的统一性：

> （一首诗——引者加）可能是真实的，但却没有逻辑，也不必前后一致。即便如此，它仍具有统一性。我们可将此现象叫做"连贯"（coherent）。事物是连贯的，这是它们之所以是真实的原因。所以：a 和 b 是真实的，不是因为两者发生了因果关系，而是因为两者是相似的：a≈b（而非 a→b——引者加）。诗歌是世界和自身的相遇之所。相遇发生在比较中，在不同层次的意象中。意象互相构成各自的意义，并且可以互换。

本书中多处可见，诗歌的连贯性不必是面面俱到地"覆盖"全部文本；因此，"统一性"这个概念仅需适用于文本中具有连贯性的部分。然而，这无损于连贯性和因果性（荷兰文原文中的 consequentie 也指一致性）两方面的反差。那么，克罗尔的 a≈b 和 a→b 如何在具体文学文本中呈现？如果说，把隐喻当作 a≈b，把情节和人物发展当作 a→b，便可推论，《致敬》和《0 档案》更多地体现 a≈b，而非 a→b。

与此同时，由于这个缘故，两个文本之间又出现了另一个显著差别。在档案卷宗式的排列（出生、成长、恋爱、日常生活、表格）中，《0 档案》显示出社会性的时间顺序，《致敬》则完全没有。然而，《0 档案》中的时间顺序并未达到任何完整的结果，每一段人生都不是前一段人生的逻辑延续。恰恰相反，各个部分并列出现，几乎是一种任意的堆积，而没有形成描述生活的一个有意义的组合；事实上，生活缺乏有意义的秩序，恰恰是《0 档案》所传达的观念之一。正如档案在许多方面都不过是一堆词语的堆砌，档案所包含的生活也不过是一些盲目的活动，堆积着毫不关联的情境，不会形成任何一种总体走向。因此，读者基本上可以从任一地方开始阅读或重读。《致敬》大致也如此，但构成组诗的各个文本不能随便重新组合。尤其是第一首《夜》和最后一首《冬》已经在文本的开端和结束"抛锚"，文本各个部分重新编排的话也会影响到整体氛围的推进。

从克罗尔的观点来看,跟上文一样,两个文本都不能被果断地归为诗歌。同时,按照克罗尔的理论,读者从任一地方进入两个文本,都能享受到阅读和重读的丰富感受,这也说明把它们当做散文是站不住脚的。关于小说,他写道:

> (小说的)书面顺序有两种方式组成:横向(词→行)和纵向(行→页)。由于诗的篇幅不超过一页,所以就只有这两种排序原则。故事中还有第三种原则(页→书)……小说使这三种排序都成为可能,但只有一种派得上用场:由作者决定的语词顺序。小说其实是长长的一行……差不多每一部小说都让我反感,原因在于必须要从第一页开始读起。画,也不是从左上角开始观看才可见呢……理所当然,小说不该与画相提并论,而该与音乐相比:一切都有某种预先设定了的顺序……多年后,想重读一部小说中很美好的一页……首先必须记得那一页之前发生了什么。

我们知道《致敬》和《0档案》并非小说。不过,撇开这段话里的戏谑与挖苦意味,我觉得"长长的一行"这个短语是对《0档案》中冷硬无情的语言轰炸的贴切描述。上文已经说过,《0档案》的诗行给人的感觉是想要持续但又无法忍受正常的排版模式。用西敏的话说就是,于坚想让诗行"爆炸"。[①] 只要实际上有这样的可能,这首诗一定是"长长的一行":在理想情况下,犹如一条蛇咬住自己的尾巴,完成标题中"0"的恶性循环,排除了逃离其间世界的可能性。

这条蛇把我们带回到波德莱尔。他在给何塞的信中用蛇的意象来推销自己独特的创意。克罗尔可能认识到这也是诗歌:[②]

> 我们想停哪儿就能停哪儿,我停止做白日梦,你停止看手稿,读者停止阅读:因为我不会将读者执拗的意愿同连绵不绝的一个

---

[①] 1995年5月私下交流。
[②] Baudelaire 1989:129.

多余情节线索捆绑在一起。若拿掉一根脊椎,那曲折幻想的两个片段便可以逍遥自在地重逢。若将它切割成很多碎片,你就会发现每一片都可以独自存在。我斗胆为你献上这整条蛇,希望其中一些精彩的片段,让你开怀,让你分神。

像本小节之前说到的一样,依据克罗尔和波德莱尔的评论,我们不能明确果断地把《致敬》或《0档案》归为诗歌或散文。不过,两者都倾向于诗歌。粗略地说,这是因为两个文本都不是叙事的、有内部顺序的文本。当然这个评价只是相对的,因为的确存在着叙事的、有序的诗歌(在第七章中我们将看到一个例子),也的确存在非叙事的、无序的散文。

总之,我有充分的理由把《致敬》和《0档案》称为诗歌,虽然这是"超常"的诗。最重要的原因类似于克罗尔所说的连贯性和因果性(兼一致性)的对比。然而,这里,我想用另一组术语来对诗歌经验和散文经验各自的本质进行比照,也就是让读者关注诗歌在场(presence)和散文行进(progression)之间的对立。在《致敬》和《0档案》中,"在场感"被摊薄,拉伸至近乎"行进"的程度,但一定程度上,读者可以在任何地方自由出入于文本,并会与文本有一次可贵的相遇。

克罗尔关于音乐与散文之联系的论断颇具争议性。作为回应,在本节即将结束时,我建议把诗歌与两位爵士萨克斯大师的作品相类比,哪怕这类比仅仅是重申诗歌与音乐的亲缘关系。查理·帕克(Charlie Parker)的比波普(爵士乐)独奏曲是以固定和弦序列的和声向前"行进",常被称为变调;史蒂夫·科尔曼(Steve Coleman)是五行乐队的核心人物,他的大部分独奏曲中有一种单和弦恒定和声的在场感。帕克才华惊人,在旋律及单和弦或音阶预留时间内的连贯性方面富有"诗意",这点不容置疑;但与葛雷济尔(Loss Pequeño Glazier)的断言相反,在跨和弦和声方面,他必须与线性的因果性、顺序性结构保持同步。曲子的结构赋予每个瞬间一个相对值,不能随便重组。① 与以上提到的"诗意"相对,这是一种"散文意"。与此相反,科尔曼的许多乐曲营造了不变的、非线性的和声环境,时间限制由作为乐队指挥的科尔曼自行决定按提示音结束,未完成和声叙事。只要我们把爵士乐与自由体(而非格律诗)相比较,那么在和声和整体性方面,科尔曼的独奏曲就比帕克的独奏曲更具诗意。

## 第三节　外围的诗歌

自问世以来,《致敬》和《0 档案》都被叫作诗歌。先不说二者的文本特征,这种归类法一定也源自这样一个元文本事实:这两个作品问世之际,西川和于坚均以"诗人"知名。这样的表述意在表明,以文本为基础把这两个作品归为诗歌而非散文的做法,虽然有理可循但并不简单,这其中既复杂也有各种限制性条件。本章开篇说到了"无人区"的比喻,这里不妨另加一个空间比喻,把《致敬》和《0 档案》看成是诗歌整体范围内的外围(fringe)文本。它们与诗歌中心范畴的相区别之处,首先在于文本的长度。上文我们对这两个文本的各种讨论其实都涉及文本长度问题,从文本的外观,到声音,到它们在在场和行进中所处的位置。

人们通常的看法是,长度与好诗是格格不入的。歌德发表过"克制方能显出大家风范"这样的著名见解,埃德加·爱伦·坡称长诗是一种自相矛盾的存在,因为"一首诗,只因为通过提升并强烈刺激灵魂,才成其为诗;而所有强烈的刺激,从物理上来说,都必须是简短的"。② 令人注意的是,中国当代诗歌有很多很长的作品。其中极端的例子是罗高林长达 278 页的长诗《邓小平》;但规模如《致敬》和《0

---

① Glazier 2002:26.
② Poe 1973:552,见 Perloff(1996)在第 158 页上的讨论。

## 第五章　外围的诗歌，但不是散文：西川和于坚

档案》这样的文本，或者其他长达两三页、无法一目了然的诗歌作品，也不少。

中国何以在诗歌领域会出现很多鸿篇巨制？这不是本章关注的焦点。不过，在此不妨回想一下，如本书第一章所述，在 70 年代末 80 年代初，"文化大革命"刚刚结束时，人们想说的话何其多也。另外，虽然先锋诗歌的表达方式、读者群和社会地位与之前比起来大相径庭，但先锋诗歌作者的大诗实践传统，体现了从 40 年代到 70 年代占主导地位的左翼文学话语的遗响，这在第三章中已有论及。很多中国当代诗歌长度惊人的第三个原因，也许是 80 年代的寻根传统，其中历史和神话成分让文本加长了不少。以上所说的几个原因彼此并不相斥，可能也还有其他因素在起作用。另外，我们还应该探究一下先锋诗歌的阅读态度、写作态度以及两者之间的互动关系，由此考察先锋诗歌的意象表达及解读策略。虽有以偏概全之虞，但我依然认为，"细读"并不是中国批评界和学术界的主流，"细写"也不是文学创作的主流。如果真是这样的话，人们何以能够接受长诗甚至喜欢长诗，就说得通了。

\*　　\*　　\*

《致敬》和《0 档案》是有散文特征的诗歌，但却不是有诗歌特征的散文，因此应该被当作散文诗而不是诗性散文。约翰·西蒙在 50 年代就宣告了散文诗之死，尽管后来他承认，散文诗也许仍然是"基本话语形式另当别论的作家偶尔为之的旁白"。在华语文坛，林以亮认为散文诗不伦不类，故而敦促年轻作者远离散文诗。玛乔瑞·帕洛夫和其他人的研究证明，西蒙的断言在后来的西方文学中站不住脚。[①] 话说林以亮的担忧，也阻挡不了 60 年代台湾出现了成功的汉语散文诗。中国大陆 80 年代以降的文学实践也表明，和在其他语言中一样，汉语散文诗也是有活力的。西川和于坚的作品就是力证。

---

① Simon 1987:700 及 1965:665；林以亮，1976 年，第 6 章。

# 第六章  客观化和长短句:于坚

在当代中国,许多小说家一边还在写作着,一边就出版了各种文集(如文集、作品集、小说集等)。残雪、陈染、池莉、莫言、王朔和余华①等不少作家的"文集"性出版物常年持续登上书店的畅销书榜,他们的短篇与中篇小说也频频再版,用新的版式和封面。诗歌则不然(且不说海子、骆一禾、戈麦和顾城的诗歌全编之所以能面世,乃是因为三次自杀或一次"连带性自杀",这在本书第三章已有论及)。小说家作品的一再出版,是对他们之前成就的重新确认,但诗人的作品很少再版。人民文学出版社在20世纪90年代中期启动的一个开放式项目"蓝星诗库",再版了几个诗人的作品。"蓝星诗库"是全面体现早年成名的诗人之成就的诗选。然而,与小说出版不同的是,这些个人诗选集不是由多家出版社出版的,出版后也没有多次再版。新近出版的其他诗集丛书,如《零点地铁诗丛》(青海人民出版社)、《黑皮诗丛》(北岳文艺出版社)和《年代诗丛》(河北教育出版社),意味着对许多诗人的迟到的认可。多年来,这些诗人在诗坛的声誉与其正式出版物的数量一直不相称,因此这些诗集并非是其早期出版物的再版。②

于坚是入选"蓝星诗库"丛书的诗人之一。《于坚的诗》于2000年12月出版,其他入选诗人包括食指、舒婷、顾城、海子、西川、王家新、孙文波、肖开愚。《于坚的诗》收入诗人1982—2000年间的作品;出版后只过了三年,云南人民出版社即于2004年1月出版了五卷本《于坚集》。第一、二卷以近七百页的总篇幅收录了大致与"蓝星"诗

---

① 原文中作者姓名按汉语拼音排列。
② 关于诗丛和独自出版的诗集出版信息细节,见 van Crevel 2008a。

第六章　客观化和长短句：于坚 | 201

图 6.1　于坚于 1997 年（摄影 Pieter Vandermeer）

集同期的于坚诗歌，但始于 1975 年，其他三卷则收录了他的散文、评论以及历年来的重要访谈。如果考虑到青海人民出版社于 2003 年 9 月出版了于坚另一本厚重的诗集《诗集与图像，2000—2002》，云南人民出版社已在 2001 年出版了他的短诗集《诗歌·便条集，1996—1999：1—216》的话，那么，《于坚集》的面世就更加引人瞩目。《于坚集》的出版也并非故事的结尾，仅仅两年之后，长征出版社出版了《只有大海苍茫如幕》(2006)，收入诗人 2003—2006 年间的作品；《诗歌报》也与惠特曼出版社合作，出版了《八十八张便条：便条集 1996—2005 选》。惠特曼出版社总部位于纽约，但其主要读者群似乎在中国。

在上述轰炸式的出版之前，台湾唐山出版社在 1999 年出版过于坚作品集《一枚穿过天空的钉子》；作为黄粱主编的"中国大陆诗歌选集"丛书之一种，"一枚穿过天空的钉子"也是 2004 年《于坚集》第一卷的副标题。这里且回溯一下更早前于坚作品在国内的发表及出版经历：先有两本民间小册子，一本刊载他的长诗《飞行》，于 1998 年发行，当年诗人荣获第一届王中文化奖；另一本收入了长诗《0 档案》的节选及其改编成戏剧后的剧照（1995）。国际文化出版公司在 1993 年出版了诗集《对一只乌鸦的命名》。在 1989—1990 年间，诗人有三本非正式出版小诗集面世。云南人民出版社于 1989 年出版了《于坚诗六十首》。① 此外，80 年代中期以降，于坚的诗开始大量出现在有影响力的刊物上，从民间的《他们》到主流的《诗刊》，不胜枚举。于坚作品也常被收入有代表性的当代中国多人诗歌合集。

因此，于坚成了国内发表出版产量最大的先锋诗人。自 90 年代起他的诗被译成多国语言，包括丹麦语、荷兰语、英语、法语、德语、意大利语、日语、西班牙语、瑞典语。② 2004 年版《于坚集》规模恢弘，各卷制作精致，装帧精美，高品质米色纸张，照片复制效果极佳，偶尔精心选用的较小字体确保文本长句中哪怕最长的诗行也不会贸然断开。《于坚集》的出版堪称异乎寻常，因此我猜测此书获得了大笔的出版赞助，先锋诗歌赞助的现象在第一章中已经提到过。也许诗人五十岁

---

① 按时间先后顺序排列：于坚，1989 年（a），1989 年（b），1989 年（c），1990 年，1993 年，1995 年（b），1998 年（b），1999 年（a），2000 年，2001 年（a），2003 年，2004 年，2006 年（a）及 2006 年（b）。

② 于坚诗歌的英译包括：Morin 1990；Renditions 46（2001）；Wang Ping 1999；Patton 2003b；the DACHS 诗歌章节（→《中国地下诗歌》→相关材料→译文）；Tao & Prince 2006；The Drunken Boat 6-I/II（2006，在线）以及 *Full Tilt* 1（2006，在线）。原文中，这些语言按汉语拼音排列。

寿辰是此书的出版契机。

　　与于坚作品显赫的发表/出版史相比,他的诗歌的接受史也毫不逊色。有众多评论者对其作品无所不谈,褒贬不一。他的诗歌及诗学观念引发的争论不止一次;代表作《0档案》引发的争论是最显著的例子。《0档案》在1994年3月发表后不久,就成了北京大学谢冕组织的一次诗歌研讨会的主题,与会者针对其文学价值及此文是否为诗歌等问题展开了广泛争论;之后,评论界围绕这个文本争论不休,追捧和反对都同样狂热。贺奕认为,《0档案》在语言和其他方面都有拓新,能"拯救"中国当代诗歌。陈去飞对于坚的诗歌文本进行了一次冗长、系统的扫荡式考察,他得出的结论是:"搞怪"就是"前卫"。蔡毅则称其为"臭诗","缺乏基本的审美感受和文艺价值"。张柠称《0档案》为"词语集中营",并将其"巨大的"意义归结为"对于当代汉语词汇所进行的清理工作"。李震将于坚与欧阳江河(两者分别代表"世俗"和"崇高"美学)相比较,称赞《0档案》能够"拆解一个世界的结构"。如此种种,不一而足。就于坚的明确诗观来看,他所谓"拒绝隐喻",以及他在1998—2000年"民间写作"与"知识分子写作"论争中所扮演的角色,是众多争论中的两大要点。[①]

　　从上文可见,在评价于坚作品的文章中,有的观点是与诗人的诗学观念完全相悖的,如陈去飞及蔡毅的文章,但也恰恰因此才有意思,才使得当下中国诗歌的图景更加广阔。反之,于坚也有崇拜者,像门徒一样重复着于坚的观念:例如,谢有顺对于坚诗歌的接受,体现了作为批评家的于坚对学界看法的有效干预。批评家胡廷武、夏元明的情形也与谢有顺相似。除了这样的极端情况外,也还有对于坚诗歌及其文化追求更富真知灼见的评论,比如陈仲义、贺奕、胡彦、辛月、麦约翰(Jan De Meyer)、王一川、奚密、西敏、黄粱、刘士杰、汪政和晓华、张柠、

---

[①] 沈奇,1995年;贺奕,1994年;陈去飞,1995年;蔡毅,1997年;张柠,1999年;李震,2001年(a),第201—214页,有鉴于李震1994年和2001年(b)的著述,应该被置于"民间写作"与"知识分子写作"论战语境中加以考察。

胡可丽(Claire Huot)、李震、米娜(Cosima Bruno)、高波、余丽文、江克平等人的文章。①

以上对于坚作品发表/出版史的回顾,将我们的关注点引向诗人在诗歌界的作为。"操作"一词本身是中性的,但时下常被用来描述艺术家和作家所做的那些超出严格意义上的创作范畴的事情,以追求名利最大化,因此暗含"为抬高身价而有意操控"之意。自80年代初以来,诗坛陷入元文本之战;在这些争论中,于坚异常活跃,似乎乐于成为其中的一分子。然而,他的成功之本无疑仍是诗歌写作本身。

本章接着第五章关于《0档案》的讨论,按时间顺序来考察其他重要文本。第一节主要是内容分析,为第二节讨论形式和内容的协调问题做铺垫。于坚的诗体量偏大,有的作品在具体论述时只能部分引用。所有引文均出自《于坚集》,所引诗歌偶尔会与早期版本略有不同,但不会影响到论述过程。

## 第一节 "客观化"和"主观化"

自80年代初以来,"口语化"诗潮向先锋诗歌之至尊朦胧诗发起挑战,于坚是其中的两大诗人之一,另一个是韩东。如本书第二章所述,于坚、韩东以及其他在早期《他们》上发表作品的诗人被命名为"口语诗人"是可以理解的,但"口语"只是他们艺术的一个方面,这种命名难免有简单化之嫌。另外,评论界已经注意到,于坚的诗主要关注普通人毫无诗意的日常生活,具体而琐碎;在表达方式上,有时严肃,有时片面,也有时幽默风趣。这些本书第五章已经论及。陈仲义

---

① 谢有顺,1999年;胡廷武,2004年;夏元明,2005年;陈仲义,1994年:156页等以及2000年,第305页等;贺奕,1994年;胡彦,1995年;辛月,1995年;De Meyer 1996;王一川,1998年,第115、261页等以及1999年(a);Yeh 1998a;Patton 1998,2003a及2003b;黄梁,1999年;刘士杰,1999年,第89页等;汪政、晓华,1999年;张柠,1999年;Huot 1999:209-214及2000(78-82,192-194);李震,2001年(a),第201—214页;Bruno 2003:137等;高波,2005年,第180—242页;余丽文,2006年;Crespi 2007a。

把于坚写作的这个特征称为"日常主义"。① 再者,就是于坚曾公开声称要"拒绝隐喻",他的大致意图是,在诗歌表达中,所见即所得。以其《事件·写作》(1989/1994)为例,秃鹰就是秃鹰,不是一个衍生自陈腐的文化符号的、为权力歌功颂德的象征。总之,在先锋诗歌内部,于坚堪称"世俗"美学的领军人物之一,或许堪称是最有代表性的诗人。

并不是所有的评论者都把于坚在语言上"拒绝隐喻"看作一个既定事实,或是由诗人决定的东西。然而,他们至少同意,于坚在诗歌中对语言作为诗歌的物性、具象介质,以及语言与存在、现实之关系,进行了创造性反思,在这方面,他比大多数同代人都走得更远。有一些批评家从中国传统诗学出发,指出于坚没有遵循"抒情言志"或"文以载道"的常规;相反,他对物质世界冷静的观察与审视,使人类体验陌生化了,从而在写作中建立了客观性或客观再现。如果理想化地看待这一点,可以说,于坚的写作体现了为世界"更名"的能力,或者,据他本人的说法,是对世界"重新命名"。

以上关于于坚诗歌的讨论,都很切中肯綮。这里,我主要关注的不是"客观性"和"客观再现",而是于坚写作中的"客观化"(objectification)。我认为,"客观化"是于坚作品特色中的核心机制。这里所说的"客观化"并不是指对"他者"主体性的否定,比如把女性贬低为男性注视下的欲望客体。于坚诗歌中的"客观化",是摆脱了社会因袭的、常规和习惯性的见解与阐释后,对人类经验的再现。"客观化"是一个过程,一种对客观性的追求,而不是"客观"的实现;后者在文艺语境下是不可能的事。在作为"人造之物"(made thing)的诗歌中,只有在我们认识到"客观化"也是"人为"的,其实是诗人操纵及干预的结果,因此,归根结底说来,"客观化"是诗人的"主观性"表达,然后,"客观化"这个概念才能派上用场。基于这些限定条件,"客观化"提

---

① 参见陈仲义,2000年,第14章。

供了一个进入于坚诗作的有益视角。当然,"客观化"机制绝非于坚诗歌所独有,但他对"客观化"的独特运用方式,值得审视。

　　这里,尤其要说的是,作为于坚诗作中一个全局性的动力的"客观化",在个体的作品和诗句中常常与我称之为"主观化"(subjectification)的概念互动。也就是说,于坚对事物的想象性的、拟人化的关注,使得事物自身成为主体。西敏曾精心挑选了两个例子——于坚笔下的"雨点"与"瓶盖"——来分析这个问题。① "主观化"与"客观化"这两个互动的概念,对主客之分及其层级关系有所质疑。这里,我虽然不就此多谈,但这个论断值得注意,因为这与下文还要讲到的于坚解构崇高与低俗之等级关系的做法有所关联。

　　为了将成熟期的于坚和早年的于坚相对比,且让我们先看一首他写于1981年的无题诗。② 也许,并不是很多人知道于坚在出道时是这样写诗的:

> 1
> 冬天
> 太阳的肉
> 冻得通红
>
> 2
> 剥掉黄皮的月亮
> 白幽灵
> 吊在树林间
>
> 3
> 这里有一片蓝天
> 风去向乌云告密

---

① Patton 1998.
② 于坚,2004年(a),第16—18页。

4
患癌症的世纪
法律禁止行医

……

熟悉《今天》杂志上的朦胧诗的读者,应该会由此想到芒克的《天空》(1973)、北岛的《太阳城札记》(1979?)等那些著名的诗篇。跟那两首诗一样,于坚这首诗包含一系列被编号的诗节或小诗。除了这个特殊的形式,这首诗在其他方面也显示出早期朦胧诗的影响:依托于具体的历史语境,该诗语言蕴含明确的隐喻指向;"癌症"及"法律禁止行医"等意象,是从病理学的角度暗示 20 世纪中国经历的动乱和苦难。于坚最初向朦胧诗学习的另一例是他的《不要相信……》(1979),这让人想起北岛早期著名的诗句(我—不—相—信!)及其意象。比如:①

不要相信那颗星星
说它是爱的眼睛

以及:

不要相信我结实的手掌
说它会把稳爱的小船

但于坚在他的《罗家生》(1982)②一诗中发出了不同的声音。这首诗

---

① 芒克,1988 年,第 8—11 页;北岛,1987 年,第 21—24 页,最初于 1978 年发表在《今天》第 1 期上,见第 28—30 页,及《今天》第 3 期第 37—40 页;北岛,1987 年,第 25—26 页,最初于 1978 年发表在《今天》第 1 期上,见第 31—32 页;于坚,2004 年(a),第 14—15 页。
② 于坚,2004 年(a),第 36—37 页。其他版本在"领带"和"他再来上班的时候"之间有分节空行,但《于坚集》版本却没有空行。此诗中分节的功能性表明,没有分节空行为印刷错误。

可算是于坚之独创性的开端。尽管诗歌直白地提起了"文化大革命",但风格与其早期作品相比已相去甚远:

**罗家生**

他天天骑一辆旧"来铃"
在烟囱冒烟的时候
来上班

驶过办公楼
驶过锻工车间
驶过仓库的围墙
走进那间木板搭成的小屋

工人们站在车间门口
看到他　就说
罗家生来了

谁也不知道他是谁
谁也不问他是谁
全厂都叫他罗家生

工人常常去敲他的小屋
找他修手表　修电表
找他修收音机

文化大革命
他被赶出厂
在他的箱子里
搜出一条领带

他再来上班的时候

还是骑那辆"来铃"
罗家生
悄悄地结了婚
一个人也没有请
四十二岁
当了父亲

就在这一年
他死了
电炉把他的头
炸开了一大条口
真可怕

埋他的那天
他老婆没有来
几个工人把他抬到山上
他们说　他个头小
抬着不重
从前他修的表
比新的还好

烟囱冒烟了
工人们站在车间门口
罗家生
没有来上班

从各方面来说,《罗家生》都是于坚的成名作,至今依然是引用率最高的作品之一。80年代初期,读者们刚刚见识到充满隐喻、有时隐喻过多的朦胧诗,以及对中国历史和神话有高深指涉的寻根派。《罗家生》开启了新的诗歌写作方向,这一点,与本书第二章所讨论的韩东《有关大雁塔》很相似。这两首诗,关注的都是普通老百姓的生活,诗行短,口语化,语言简约,追求不经意间的震撼效果。在《有关大雁塔》中,有人爬上大雁塔,不是尽情赏景后再下楼,而是爬到作为中华民族文化骄傲之象征的大雁塔顶跳下自杀;在《罗家生》中,罗家生是死于毫无意义的工作事故。

  《罗家生》体现了于坚对低调风格的熟练运用,在当时的文学环境中另辟蹊径。例如,该诗的最后两行平淡、不经意的语气("罗家生/没有来上班")使其鲜明有力。这首诗在总体构思上同样有典型的于坚特色。诗人以超然淡漠的语调,把令人感动的葬礼场景和貌似罗家生工友的个人记忆结合起来:"从前他修的表/比新的还好。""客观化"亦见于言说者对事物刻意的表面化的观察。这个特征在于坚的诗作中反复出现,是另一个与韩东诗作相似的地方。就像在本书第二章中我用"表面性"这个概念,不是意味着一种后现代手法,而是意味着,通过屏蔽传统的推理及联想机制,实现叙述或描写的陌生化。例如,言说者未曾言明领带与罗家生被逐出工厂之间是否有因果关系。首先,这调动了读者关于"文化大革命"的背景知识,即领带当时可能被当作小资产阶级心态或追慕西方的标志;其次,这让事件"客观地"陌生化甚至荒诞化了;再次,这实际上恰恰暗示着某种作者假装自己没有的、强烈的道德判断。

  虽然于坚诗作在风格上极其分明,但又很是多样;为了防止"客观化"这一概念限制了我们对此多样性的判断,这里,且让我们分析一个风格迥异的文本。《墙》(1983)①也是于坚早期的作品,但与《罗家生》迥然不同:

墙

  没有季节的墙

---

① 于坚,2004 年(a),第 75—76 页。

即使在中午也照不到阳光的墙
没有人迹的墙
透射着各种暗影的墙
被探照灯突然脱光的墙
写着"此路不通"的墙
窗子死死关着的墙
无声的墙　震耳欲聋的墙
发生过一次凶杀的墙
吃掉了窗子的墙
教授写在墙上的墙
她眼睫毛下的墙
坐在你对面睡在你身边的墙
藏在短裤里的墙
文字组成的墙
眼球制造的墙　舌头后面的墙
笑着的墙　毫无表情的墙
荒原上的墙　大海中的墙
挂着日历的墙　属龙的墙
隔着父母的床的墙
死掉的墙　回忆中的墙　不朽的墙
每秒钟都在呱呱坠地的墙
沙发和壁毯伪装起来的墙
把视线躲朝任何一方
都无法逃避的墙
说不出来无法揭发指证的墙
描写上述这些墙的那一堵
捏着笔就像握着镐头的
墙

原文中每行都以"墙"字结尾,只是最后五行中"墙"这个名词前所带修饰语分别延伸了两、三行。因为汉英语法之别,所以译文中的 wall (墙)是放在每行开头,但连续重复的文本效果与原文类似。在前十行(直到"吃掉了窗子的墙")中,"墙"似乎是室外墙,与诗最后三分之一部分的室内墙相对。第 1—7 行多少呈现了经验式的观察,与第 5 行及第 8—10 行中对个人感受的表达相伴相随,兼具感观性("震耳欲聋")和想象性,拟人性和隐喻性("被突然脱光""凶杀""吃掉了窗子")。第 11—17 行或第 18 行中,作为隐喻的"墙"表示无法介入,包括无法介入学术文体、身体语言及性。从写作技术上看,文本后三分之一的连贯性弱于前三分之二,因为后一部分吸引读者用字面和隐喻交替的方式来解读"墙",还因为全诗最后走向包罗尽所有意象的抽象表达。

《墙》这个文本有两个方面体现出了于坚诗作的典型特征。第一,是不厌其烦地重复审视单个词语(word)。如果我们认识到诗歌语言具有指称功能的话,那么也可以说他重复审视的是单个事物(thing)。通过这种方式,可以将相互隔离甚至相互排斥的经验范畴结合在一起,或形成对比关系。如果说只能在二者中选择其一,那么,我认为,《墙》审视的是一个事物,而非一个词语。反之,在我看来,《对一只乌鸦的命名》(1990)是指称"乌鸦"这个词语而不是指称"乌鸦"这个事物;本章开篇已经提及,《对一只乌鸦的命名》也是于坚一本诗集的名字。① 第二,《墙》中流露出一种幽默感,这里否弃了朦胧诗的严肃性,在多个方面体现出当代诗人诗作的另一些特征,比如韩东,也比如在写作中使用粗莽语言的莽汉诗人李亚伟和万夏、非非诗人杨黎等。② 幽默感在于坚后期作品中尤其突显。

于坚开始发表作品以后,能与《罗家生》的经典地位相提并论的唯

---

① 于坚,2004 年(a),第 228—230 页。
② 见 Day 2005a,第 4 章及第 10 章。

一文本是《尚义街六号》(1985)①。《尚义街六号》是于坚老家昆明的一个古老地名,是吴文光当时在昆明住的地方。于坚在昆明生活了一辈子,对这座城市有强烈的认同感。在中国当代文化史上,吴文光是个重要人物,现居北京,在中国纪录片制作、戏剧及广义上的先锋文化界享有盛名。诗中,吴文光的家是一群哥们儿厮混的地方,以下是该诗第一段节选:

> 我们往往在黄昏光临
> 打开烟盒　打开嘴巴
> 打开灯
> 墙上钉着于坚的画
> 许多人不以为然
> 他们只认识梵高
> 老卡的衬衣　揉成一团抹布
> 我们用它拭手上的果汁
> 他在翻一本黄书
> 后来他恋爱了
> 常常双双来临
> 在这里吵架　在这里调情
> 有一天他们宣告分手
> 朋友们一阵轻松　很高兴
> 次日他又送来结婚的请柬
> 大家也衣冠楚楚　前去赴宴
> 桌上总是摊开朱小羊的手稿
> 那些字乱七八糟

---

① 于坚,2004 年(a),第 130—133 页。至于这首诗的创作时间,1985 年 9 月《他们》第 2 期和《一枚穿过天空的钉子:诗集 1975—2000》中标为 1985 年 6 月,而《对一只乌鸦的命名》和《于坚的诗》中标为 1984 年 6 月。

这个杂种警察一样盯牢我们
面对那双红丝丝的眼睛
我们只好说得朦胧
像一首时髦的诗
李勃的拖鞋压着费嘉的皮鞋
他已经成名了　有一本蓝皮会员证
他常常躺在上边
告诉我们应当怎样穿鞋子
怎样小便　怎样洗短裤
怎样炒白菜　怎样睡觉　等等
八二年他从北京回来
外衣比过去深沉
他讲文坛内幕
口气像作协主席
茶水是老吴的　电表是老吴的
地板是老吴的　邻居是老吴的
媳妇是老吴的　胃舒平是老吴的
口痰烟头空气朋友　是老吴的

请读者见谅，该诗的英译本将"打开灯"译成了 open the window（"打开窗"）。常规译法应为 turn on the light，逐字译法应为 open the light，但后者不通，英文里没有这种表达。因此，我用了另一个可 open 的物件来代替 light。"打开"一词在不同语境中重复出现，这显示了于坚把玩日常语言用法的习惯。在此，诗人将无生命的器皿（烟盒、灯）与嘴巴放在一起，迅速、机械地逐一"打开"，这样做所产生的效果即是明显的"主观化"。"打开"嘴巴通常让人联想到语言，而语言是人类的想象力与创造力之显著体现，这首诗轻视了嘴巴上述的正常含义又是一种"客观化"。以上段落中还有另外两个类似的使用重复手法的例子，它们也表达了作者对笔下人物类似的善意嘲讽。首先，我们读到李勃告诉其他人应当怎样做一些日常"琐事",包括睡觉,这些本来应该人类无师自通、天生就会的事。接着,言说者列举了吴文光的"所有物",从家用物品、排泄物到与他亲密程度不一的同伴。作者对常规分类进行了刻意表面化的重新排列,在这一例句中最为清晰:"口痰烟头  空气朋友    是老吴的。"

至于诗中提到的真实人名,包括于坚自己,读者或许想要把这些看做该诗之"真实性"的证据,就像谢有顺和其他一些批评家,是把这些细节看作历史文献或生活经验的记录。① 也许这样的写法,会让读者想到在中国传统文学中的世界、作者和文本之间的关系,但《尚义街六号》与传统文学的不同之处在于,读者通过这里所展现的生活经验,无法洞察作者的行为以及他在现实中的位置;而在传统文学文本中,这一点是毋庸置疑的。② 这首诗只是于坚写下的多首提及真实人名的诗作之一,并且这些被提及的人物还常常是文坛活跃分子。比如,《有朋自远方来》(1985),③诗名取自孔子《论语》的开篇,描述的是"他们"诗人韩东和丁当;这两个人作为"真实人物"在文本中出现,并没有为这首诗增加什么额外的意义。在《尚义街六号》中,真实人名的功能是引发读者去关注艺术家成名的过程,以及他们作为公众人物,其公共形象与个人日常生活之间的对立等问题:

> 许多脸都在这里出现
> 今天你去城里问问
> 他们都大名鼎鼎
> 外面下着小雨
> 我们来到街上
> 空荡荡的大厕所

---

① 谢有顺,1999 年。
② 见 Owen 1979,尤其是第 232—234 页。
③ 于坚,2004 年(a),第 134—135 页。值得注意的是,于坚,1989 年(a),第 40—42 页,及 2000 年,第 211—213 页,诗歌标题取自《论语》中"有朋自远方来"。

>     他第一回独自使用

也许《尚义街六号》叙事的真实性并不取决于我们核查诗歌"确有其事"的能力,而是取决于作者令人信服的、以冷嘲热讽的方式叙述出来的场景:这首诗把普通人、哥们儿情谊描绘成一种有可能发生、诗人有可能成为其中一部分的诗歌经验。即便如此,诗中出现的个人经验,还是在不经意间与可考证的文坛公共生活史扯上了关系。在"我们只好说得朦胧    像一首时髦的诗"这样的诗行中,意味着"晦涩""悲情""模糊"的"朦胧"一词,也是形容朦胧诗人的词语,而《尚义街六号》写作之际,正是于坚与志同道合的写作者们忙于摆脱朦胧诗人的时期。同样,于坚本人(当时他的笔名是大卫)、吴文光、费嘉、李勃、朱小羊等主人公全都是昆明民间刊物《高原诗辑》(1982—1983)的撰稿人。顺带要说的是,《高原诗辑》第四期刊载了吴文光写于1983年的《高原诗人》一诗,这首诗很可能是于坚创作《尚义街六号》的直接灵感源泉。①

这首诗里还提及更多的文学史事实,大多是以讽刺挖苦的方式呈现出来。李勃掌握的内幕故事使他成了"百事通",随后我们读到:

>     于坚还没有成名
>     每回都被教训
>     在一张旧报纸上
>     他写下许多意味深长的笔名

怀旧是这首诗的主要情绪:

>     那是智慧的年代
>     许多谈话如果录音
>     可以出一本名著

---

① 见 van Crevel 2007。

> 那是热闹的年代

同伴们分道扬镳了,那些欢乐时光随之结束,诗歌也戛然而止:

> 吴文光　你走了
> 今晚我去哪里混饭
> 恩恩怨怨　吵吵嚷嚷
> 大家终于走散
> 剩下一片空地板
> 像一张旧唱片　再也不响
> 在别的地方
> 我们常常提到尚义街六号
> 说是很多年后的一天
> 孩子们要来参观

"真实的"、历史的尚义街六号或许没有成为文化地标,但《尚义街六号》一诗却已如此。

　　于坚有一些诗作,其标题由"事件"和随后对事件的描述组成,除了其中一首,其他都是在1989—2002年间写成,如《事件:停电》(1991)和《事件:呼噜》(2000)。这些都被收入《一枚穿过天空的钉子》和《于坚的诗》两部诗集中,单列为"事件"部分。于坚的个人选集中一共收录了17首类似标题的诗。他对自己的诗作,对他那些表达自己明确诗观的非诗作品,都曾有一些改写。诗集《对一只乌鸦的命名》中的《三乘客》一诗(1982)在《于坚的诗》中更名为《事件:三乘客》;他的非正式出版的《经历之五·寻找荒原》(1989)在《一枚穿过天空的钉子》《于坚的诗》和《于坚集》里则更名为《事件:寻找荒原》。① 在1993年《对一只乌鸦的命名》问世以后,于坚好像把"事件"这样的系列命名方式当作自己一个标新立异的文本类别,重新把之前

---

① 于坚,1993年,第164—167页及1990年,第3—4页。

的一些作品整理进去。早些时候,他也曾用"作品"系列命名自己写于1983—1987年间的数十首诗作,如《作品1号》《作品108号》,且这个系列不是严格按照数字顺序排列的。这样的系列化命名方式促进了其作品内部的客观化机制。以"作品"系列为例,除了冷硬的编号之外,并没有其他命名;"事件"系列则表明了诗人是把诗歌当作纪录或报道手段的构想。这样的命名方式,使得诗歌摆脱了浪漫灵感和高雅艺术概念之类的东西,诗歌写作被呈现为各种用相似的路数进行产出的活动之一,就像官僚机构的运转会产出就事论事的、符合特定格式的纪实报告一样。除了诗歌标题,"客观化"及"主观化"还贯穿在多首"事件"诗中,相关例子随处可见。

这里我们首先考察,在这些诗作中,文本在想象性地关注这些有生命或无生命的客体时,所怀有的"主观化"冲动。《事件:停电》一诗细致地描写了停电时人们在家里熟门熟路地摸黑走动的情形。在《事件:棕榈之死》(1995)中,言说者对棕榈树详尽无遗的描述,让人想起中国古代文体之一"赋"。这首诗描述人类对棕榈树缺乏敬意,策划在棕榈树站立之处兴建大型购物中心,导致了树的死亡。另外还有几个顾名思义的标题,如《事件:围墙附近的三个网球》(1996)、《事件:翘起的地板》(1999)。反之,在"事件"系列诗作的语境中,于坚也把人类生存及感情生活中的大事,与烧坏的保险丝、砍倒在路边的大树、丢失的网球、有瑕疵的木工活儿同等对待,比如,同时被收入诗集《一枚穿过天空的钉子》和《于坚的诗》中的《事件:诞生》(1992)及《事件:结婚》(1999)。因此,于坚在"事件"系列诗作中重新组合了不同的经验领域,正如他在其他作品中也做的那样,这个手法也体现在《尚义街六号》中,甚至是在该首诗的单行诗句中。①

诗歌标题方面的另一例子是《事件:写作》。从传统的观点看来,

---

① 于坚,2004年(a),第249—250、281—285、306—309、346—347、254—255、337—339页。

写作作为一种文学性再现活动,当然比打呼噜之类的"事件"更有价值,特别是在诗集这样的文本语境中。在《事件:写作》这首诗的主体部分,于坚通过关注具体的语言工具(墨、笔、纸)以及文学与语言学的术语(隐喻、主语、状语),着力将(书面)语言的使用进行客观化处理。然而,与其他"事件"诗相比,看上去夸张、浮华的段落削弱了其客观化效果。哪怕是以于坚的标准来衡量,这些诗行也过长。① 因此从此处开始,就像在第五章中那样,偶尔会采用缩排换行的方式:

  写作 这是一个时代最辉煌的事件 词的死亡与复活 坦
途或陷阱
  伟大的细节 在于一个词从遮蔽中出来 原形毕露 抵达
了命中注定的方格

在《事件:写作》中,于坚对自身诗艺的反思强烈而执着,这反而妨碍了其诗歌天分的发挥。抽象化、概念化及阐释,让此诗不堪重负,因此未曾像其他"事件"诗那样出色而传神。可以说,这首诗是写作理论而不是写作实践,是明确诗观而不是诗歌作品。

"事件"系列的写作方式在《事件:铺路》(1990)②一诗中尤显效果,因为这首诗是在展示而非讲述:

**事件:铺路**

从铺好的马路上走过来 工人们推着工具车
大锤拖在地上走 铲子和丁字镐晃动在头上
所有的道路都已铺好 进入城市
这里是最后一截坏路 好地毯上的一条裂缝
威胁着脚 使散步和舒适这些动作感到担心

---

① 于坚,2004年(a),第278—279页。
② 于坚,2004年(a),第240—241页。

一切都要铺平　包括路以及它所派生的跌打
　　药酒　赤脚板　烂泥坑和陷塌这些旧词
　　都将被那两个闪着柏油光芒的平坦和整齐所替代
　　这是好事情　按照图纸　工人们开始动手
　　挥动工具　精确地测量　像铺设一条康庄大道那么认真
　　道路高低凸凹　地质的状况也不一样
　　有些地段是玄武岩在防守　有些区域是水在闹事
　　有一处盘根错节　一颗老树　三百年才撑起这个家族
　　锄头是个好东西　可以把一切都挖掉　弄平
　　把高弄低下来　把凹填成平的
　　有些地方　刚好处在图纸想像的尺度
　　也要挖上几下　弄松　这种平毕竟和设计的平不同
　　就这样　全面　彻底　确保质量的施工
　　死掉了三十万只蚂蚁　七十一只老鼠　一条蛇
　　搬掉了各种硬度的石头　填掉那些口径不一的土洞
　　把石子　沙　水泥和柏油一一填上
　　然后　压路机像印刷一张报纸那样　压过去
　　完工了　这就是道路　黑色的　像玻璃一样光滑
　　熟练的工程　从设计到施工　只干了六天
　　这是城市最后一次震耳欲聋的事件　此后
　　它成为传说　和那些大锤　丁字镐一道生锈
　　道路在第七天开始通行　心情愉快的城
　　平坦　安静　卫生　不再担心脚的落处

《事件：铺路》不偏不倚,详述了连贯的、具体的意象：一方面是工具、机器及人造材料（如水泥及沥青），另一方面是被替换和破坏的真实"物体"（如树根、烂泥坑、石头、动物和人的赤脚）。正如《事件：棕榈之死》,这首诗同样表达对现代化的控诉。现代化给属于自然环境的人的身体带来了破坏和漠视,虽然人在现代化所召唤的未来中会受到现代化的保护,不会再遇上"威胁脚"的烂路的坍塌和磕绊。因此,《事件:铺路》很容易让人联想起中国自 1980 年以来城市转型所带来的破坏性的一面。于坚曾在好几篇文章中谈及这个话题,其中特别提及昆明。① 由于蚂蚁、老鼠和动物之死通常是"不算数"的,但在这里作者却用精确的数字记录下来,所以文本虽然没有愤怒的控诉,只是表达自己假装中立的立场、节制而如实的观察,但意图已相当明显。

尽管于坚自称拒绝隐喻,但读者仍有充分的理由把整首《铺路》看作隐喻,把文本解读成一种抵抗的表达:抵抗的是地域和个体身份在集权和标准化的背景下被"抹除"和"铺平"。在这类问题上,于坚写作最重要的题材是关于语言的。在国际层面,他把外国或"西方"语言(通常指英语)与中文对立起来;在国内层面,他把标准语言或"普通话"与地方语言或"方言"(如云南话或昆明话)对立起来。在这两种情形下,都可以说是前者侵犯了后者。他把中文和地方习语的消失,及外语、普通话对中文、地方话的压制等"语言"问题,看作英文想要称霸世界、普通话想要独据中国的结果。他指出,英文和普通话是代表政治权力的统治地位所产生的话语。在非诗歌作品中表达自己的明确诗观时,于坚热情洋溢、振振有词地为汉语和地方话辩护着。在诗歌中,他交替使用随意、非正式的语言与政治正确的短语,后者多出自正式出版物。换句话说,正如第五章中已经提到的,他让个人话语与公共话语及其所代表的现实交替出现。在《铺路》中,主流话语在"好地毯上的一条裂缝""一切都要铺平""确保质量的施工""熟练的工程"等处可找到共鸣,还有风趣的"填掉那些口径不一的土洞"等。这样的叙述效果,可在"这种平毕竟和设计的平不同"一句中得到例证——遍布字里行间的反讽,是悲与喜的结合、绝望与苦涩的结合。

于坚式的欢快,在中国当代诗歌中是鲜见的。当然还有 80 年代的莽汉诗派及 21 世纪初以来像"下半身"诗歌那样的"世俗"美学的

---

① 例如,于坚,1997 年(b),第 99—107 页。

极端表现,但其风格更近于一种浑不吝的挑衅。诗作《事件:谈话》(1990/1992)中的欢快不同于《事件:铺路》。《铺路》是在平实严谨的文字表象中,向现代化及其在社会物质方面的影响发动挑战,而《事件:谈话》①则没有这样的意识形态色彩。这首诗极其滑稽,讲述一个熟人为了躲雨而造访言说者,他带着一位陌生人"闯入"了言说者的家。这首诗的滑稽之感,同样源于"客观化"与"主观化"的综合效果。故事大约发生在一个湿漉漉的七月,之后我们读到:

> 都在家里呆着　而用来流通的道路　就只有雨在漫步
> 这样是好的　家是家　雨是雨　一个不为了另一个存在
> 当门终于停下来忠实地供奉它的职位　我们却期待着一次入侵
> 毛孔在饭后打开　淫荡的孤独中　我们辨认着外面的声响
> 晚七点　天气预报完毕　雨还要持续一周
> 某人来访了　胖子或是瘦子　黑伞或是白伞
> 记不得了　入侵者的脸　干还是湿　我们从来不注意具体的事实

"我们从来不注意具体的事实",读起来像是一种挖苦,挖苦对象是于坚向来乐此不疲地挑战的"总体话语"。在他看来,"总体话语"的抽象化操控,损害了人们的具体经验,尤其在文化政治中。在《谈话》中,一些短语把语言刻画成仪式化的、涵义空洞的社会交往,即使最乐观地看,也只有一种纯粹交际的(phatic)功能,确认"你""我"在谈话但又"谈"不出任何真正的话题。如果不那么乐观地看,这首诗是在表达:语言是乏味的,甚至因其任意性而变得古怪离奇、荒诞不经:

---

① 于坚,2004年(a),第256—258页。根据于坚的说法,该诗写于1990年,见于坚,1990年,第1—2页及1993年,第13—16页;修改版中所标日期为1992年,见于坚,2004年(a)。

谈着话的忽然不翼而飞　　只剩下嘴巴　　牙齿和舌根那儿的炎症

　　话再一回响起来时　　漂移已在别一片水域了

　　这回的语法是　　如果……就　　假如……就好

　　还有　　怎么办呢？　　意味着什么呢？

　　假如雨是朝天空那个方向下就好啦　　意味着一种拯救

　　说得很好　　有意思　　总有一人会恰到好处把关键指出

　　然后咧嘴一笑　　嘴就那么残酷地往两边一闪

　　避开了爆炸的牙齿　　但是……当这个词出现

　　就预示着一个高潮近了　　有人将要愤怒　　有人将要把水吐掉

　　有人将要思考反省　　但是先喝点水　　把痰咳净

　　换支烟　　一整套的动作　　谈话中的体操　　具有音乐的秩序和美

　　舌根再次挤着上颚　　像是奶牛场　　那些工人在搓捏乳头

　　（中速）（行板）（庄严的）（欢乐的）（快板）

　　（热情）（缓慢　宁静）（3/4拍）（渐起）（重复第四段）

　　通常　　一张嘴爬着三到七只耳朵　　而另有几只

　　早已骑上摩托　　溜得无影无踪　　长着耳朵的脸

　　看见这些话　　以主谓宾补定状排列　　刚刚进出牙缝

　　就在事物的外表干掉　　无论多么干燥　　主人也得管住自己的耳朵

　　专心听讲　　点头　　叹息　　微笑　　为他换水　　表示正在接收

　　谈话者就相当兴奋　　娴熟地使用唇齿音　　圆唇和鼻音

　　像在修改一位夜大学生的作业　　在这里划上红线

　　在另一行写上？　　在结尾　　他批阅道　　主题还不深刻

　　雨还在下　　有什么开始在渗漏　　不管它　　话题　　得再搬迁一次了

交流开始有些艰难　幸好　这房间是干的　我们就谈干的
东西
　　干的家俱　干的婚姻　干的外遇和薪水　干的卫生间
　　干的电视和杂志　干的周末　在干的地方度过的干假期

谈话者,或"谈着话的"人,沦为一张自由漂浮的嘴巴,生出语言结构,如句型("如果……就"和"假如……就好啦")和符合所用语言音韵的声音(唇齿音、圆唇、鼻音)。把这种写作手法当做转喻显然是有问题的,因为于坚的做法是赋予嘴巴以自主性:它不再再现或代替谈话者。"假如……就好啦"的句式在彬彬有礼的谈话中显得了无意义,与其充满想象的用法形成对照。"假如"的所谓想象的用法在于再现了真正意味深长又难以置信的场景("假如雨是朝天空那个方向下就好啦　意味着一种拯救"),不像言说者和访客之间无关紧要的闲聊。

　　语言的俗套特征,同样显现在可预见的对话及互动过程中。哪怕仅仅是为了留客避雨而拖延时间,对社会和谐的期许也压倒了本来应该导致冲突的信息。连词"但是……"标志着一触即发的冲突,但言说者很快用续茶、续烟及尴尬的清嗓子等动作化解了冲突:"谈话中的体操/具有音乐的秩序和美。"主人公选择妥协而非冲突,"说得很好　有意思　总有一人会恰到好处把关键指出",主人"表示正在接收"等表达,都讽刺意味十足,尽管这里所发生的事情不过是空洞结构的机械运作而已。言说者援引老师批改作业时那些老掉牙的评语,将这些谈话比作支配着正规教育的规则,这是于坚诗歌中反复出现的主题。诗中没有单数第一人称,但由于言说者的视角与主人接待访客的视角频频重叠,所以我们可以认为这是主人眼里的主人公的自画像:这是几位普普通通的人,不是英雄。文本表达一种沉浸于宽容的自嘲,不作价值判断。

　　以"通常一张嘴爬着三到七只耳朵"为开端的那一段,既例证了于坚想象及关注事物的荒诞方式,又将谈话场景看作潮湿的物质要素,明显与潮湿的空气、齿间横飞的唾沫有关。文本从谈话回到雨中,通过下一行"雨还在下"来回应"主题还不深刻"。雨点继续飘落,让人感觉到不祥,似乎有什么东西开始渗漏进来,而将这种东西拒之门外的唯一办法是从头再来,谈论别的什么事。在此,谈话成了有意抵消恐怖骇人的自然世界形象的人类行为。我们也再次遭遇不同经验领域的重组,以及在多个语境中重复一个单词的另一例,如"干的家俱 干的婚姻"等等。这一行诗和下一行中所列的"干"物体有着不同的经验状态,从体制化的人际关系到消费项目,但全都是貌似合理的随意聊天的话题。不久后,诗歌结束:

> 十一点整　这是通常分手的时间　规矩　大家都要睡觉
> 雨是次要的　再大的雨　都要回家　走掉了
> 熟人和某某　打开伞　在雨中制造出一小块干处
> 雨仍然在下　它在和大地进行另一种交谈
> 大地回应着　那些声音　落进泥土
> 消失在万物的根里

正如谈话一样,客人的到访与离开取决于生活常规:分别是晚餐后及晚上十一点。"大家都要睡觉"这长辈式的陈辞滥调,强化了人际间交往的机械特征。在最后几行诗中,言说者对雨伞的功能做了典型的于坚式的描述,之后的句子则多少带有哲学思考色彩。雨水和土地之间所发生的谈话,伴有声音落入泥土这一鲜明有力的意象,或许比主人公们之间的谈话更有意义——但是否真的如此,就不得而知了。

我们在下一首诗作中继续观察"雨"。《在诗人的范围以外对一个雨点一生的观察》(1998)也是一首长诗,以下为 71 行诗句中的前 38 行:①

> 哦　要下雨啦
> 诗人在咖啡馆的高脚椅上

---

① 于坚,2004 年(a),第 327—329 页。

瞥了瞥天空　小声地咕噜了一句
舌头就缩回黑暗里去了
但在乌云那边　它的一生　它的
一点一滴的小故事　才刚刚开头
怎么说呢　这种小事　每时每刻都在发生
我关心更大的　诗人对女读者说
依顺着那条看不见的直线　下来了
与同样垂直于地面的周围　保持一致
像诗人的女儿　总是与幼儿园保持着一致
然后　在被教育学弯曲的天空中
被弯曲了　它不能不弯曲
但并不是为了毕业　而是为了保持住潮湿
它还没有本事去选择它的轨迹
它尚不知道　它无论如何选择
都只有下坠的份了　也许它知道
可又怎么能停止呢　在这里
一切都要向下面去
快乐的小王子　自己为自己加冕
在阴天的边缘　轻盈地一闪
脱离了队伍　成为一尾翘起的
小尾巴　摆直掉　又弯起来
翻滚着　体验着空间的
自由与不踏实
现在　它似乎可以随便怎么着
世界的小空档　不上不下
初中生的课外　在家与教室的路上
诗人不动声色　正派地打量着读者的胸部
但它不敢随便享用这丁点儿的自由

> 总得依附着些什么
> 总得与某种庞然大物　勾勾搭搭
> 一个卑微的发光体
> 害怕个人主义的萤火虫
> 盼望着夏夜的灯火管制
> 就像这位诗人　写诗的同时
> 也效力于某个协会　有证件
> 更快地下降了　已经失去了自由

从诗歌标题起持续贯穿全诗,雨点这种通常看来卑微低贱的无生命物体,与诗人这种通常看来崇高的人类形成对比。对比的效果不仅从本体上提升了雨点,同样也从本体上降低了(男性)诗人,前面的话("这种小事　每时每刻都在发生/我关心更大的　诗人对女读者说")已为反讽开路。在第9行("依顺着……")中,一个重要的时刻来到:没有人称代词标记的主语从诗人转换到了雨点,随后这样的情形还有几次。于坚原本可以使用中性的第三人称单数"它",但他没有,读者只有回过头来才会发现主语的转换。这就是"客观化"和"主观化"相结合在句法上的体现。

接着,诗人与雨点的相异,转变成了雨点与诗人女儿的相似。雨点和诗人的女儿都顺从于一个大的体系中的某条看不见的直线,他们是这个体系的一部分,而这两个体系绝不会允许他们独立存在:第一个是自然法则,第二个是教育规范。这样的题材在于坚作品中是常见的,另一个常见的手法是语域的混合。这又一次尖锐地指出,语言绝不是描绘"现实"的透明、中立、可靠的工具,体制化语言,比如正规教育和政治意识形态所使用的语言,最能显示语言之塑造和扭曲经验的潜能。雨点"脱离了(革命)队伍"这一说法,即可为证。

下一步,诗歌不是将我们带回到诗人和雨点,而是带回到雨点和诗人,在顺序上是这样。雨点有它显在的自由,却又不敢沉溺于这样的自由,这也可以说是一种尺度,同样适用于衡量诗人的生存状态。

在第38行(更快地……)发生了第二次匠心独具的、没有明确提示的主语切换。第9行的第一次切换,让读者做好了准备,接受了主语从诗人无缝地回到雨点("更快地下降了")。然而,读到第38行后半句("已经失去了自由"),又考虑到第36、37行说诗人在写诗的同时也效力于某个协会,之前的20或30行诗句都是在描述庞大体系如何吞噬着个体生存,那么则可以看出,这些描述,不仅适用于雨点和诗人的女儿,也适用于诗人自己。就那个庞大体系来说,由于之前提到了自然法则和教育规范,所以我们又大可把文学界想成第三个这样的体制。

在第41行中(此处未节选),雨点"终于抢到了一根晾衣裳的铁丝"。雨点与诗人相等同,这在第50—57行中再次出现:

> ……它似乎又可以选择
> 这权利使它锋芒毕露　具备了自己的形式
> 但也注定要功亏一篑　这形式的重量
> 早已规定了是朝下的　一个天赋的陷阱
> 就像我们的诗人　反抗　嚎叫
> 然后合法　登堂入室
> 用唯美的笔　为读者签名
> 拼命地为自己抓住一切

如前面(第35行),第54行有一个直白的明喻:"就像我们的诗人。"按字面意义,作为个体的雨点难免于向下坠落,这被明喻为诗人"向上的"社会流动。这让读者回想起《事件:谈话》里那个轻率的假想:"假如雨是朝天空那个方向下就好啦　意味着一种拯救。"

记住这一点,我们或可相信,在诗行结尾,雨点和诗人的相遇不仅仅是巧合,而是两者难分难解,甚至他们在根本上是同一的:

> 它一直都是潮湿的
> 在这一生中　它的胜利是从未干过

它的时间　　就是保持水分　　直到
成为另外的水　　把刚刚离开咖啡馆的诗人
的裤脚　　溅湿了一块

## 第二节　长句和空格

　　文学不可能是客观的,而且假设它能够是客观的,那么,会有人喜欢吗? 上文已经强调,"客观化"的过程不会生成任何"真实"的客观性,它是诗人的"人为"操纵及干预的结果,因此体现的是诗人的主观性。《罗家生》《尚义街六号》《事件:谈话》等作品表达了对具有人类那些典型的弱点的主人公的同情,《事件:铺路》一诗则表达了对标准化、现代化的控诉,作者的主观性,在这里可见一斑。如果说反讽的基本意思是假作掩饰或佯作无知,那么,"客观化"则是一种特殊的反讽。"文革"之后,中国当代诗歌最重要的发展之一是反讽手法再次兴起,八九十年代达到高峰;于坚和西川是这一趋势早期的积极实践者,以他们各自不同的方式。就像我们已经见到的,于坚往往把社会交往成规、崇高与低俗的等级差别等作为反讽的对象,这些对象可能是人类、物体,也可能是诗人、雨点等。接着上文的文本内容分析,我在下文将阐明以下论点:于坚诗歌的"客观化"及广义的反讽性也体现在他的作品的形式方面,甚至有时候依赖于形式方面。

　　于坚诗歌在形式上最突出的特征即是他所谓的长短句(这个用词与宋词术语"长短句"没有明显关联):诗行偏长,不用常规标点断句(逗号、句号、冒号、分号、破折号等),而是用大致相当于一个汉字字符的空格分开。以下例子出自《事件:谈话》:

十一点整　　这是通常分手的时间　　规矩　　大家都要睡觉
雨是次要的　　再大的雨　　都要回家　　走掉了

首先让我们来考察诗句的长度问题。在《于坚集》中,《唱给同时代人的歌》(1981)中有多达 20 个字的诗行。自这首诗之后,于坚的作品里就经常出现这样醒目的大诗,其出现的频率、诗句长度及诗行数,自90年代以来普遍见涨(其最新诗集《只有大海苍茫如幕》中的作品在这两方面都明显变得短小)。《寓言　出埃及记》(1985/1994)和《事件:结婚》是超级例子,每一首诗都洋洋洒洒三大页,包含多达38个字的诗行。① 至于于坚诗歌中的断句空格,从一开始就现出端倪。《于坚集》中的第一处空格出现在《雨夜》(1976)中。他的早期作品里这样的空格很少,且间隙很大,用得相当呆板,以制造浮华的戏剧化效果,与毛泽东时代正统诗人作品中变动缩格的效果并无二致,比如郭小川和贺敬之的作品;这再次体现了早期先锋诗人对正统诗人的附应,关于这一点,本书另有论及。具体地说,空格往往出现在"啊"之类词语的后面,起到替代感叹号的作用,如《末日》(1976)中出现的"啊　斜阳"及"啊　永恒的风"。于坚自己后来在《事件:寻找荒原》一诗中所揶揄的,恰恰就是这些"诗意的"感叹,即叙述者谈到云南西部的时候:②

　　　　一群红压压的山羊(我指的是土地)没有人看守
　　　到处都显示着史前的征兆　而我作为诗人　一个闯入者
　　　站在它们的外面　不知应该从啊开始呢还是从哦开始

当然,一群红山羊后面紧接着阅读提示"我指的是土地",是于坚乐于"拒绝"的隐喻的讽刺性版本,它引向言说者兼诗人半开玩笑式的自我反省——为选择适当的感叹词而烦恼。

《事件:寻找荒原》是于坚从90年代起所创作的,有特定形式的数十个诗篇中的第一首。在这些文本中,空格整齐地穿插于长句之间,构成了于坚诗歌在形式上最典型的特征。这种形式的作用是什么呢? 比起于坚的早期作品,除了没有标点符号的文本能给读者"干净"及

---

①　于坚,2004年(a),第19—21、263—265、337—339页及2006年。
②　于坚,2004年(a),第6页;例如,第8、9、11、19—21、23、24、26页;第11页;第218页。

"不加修饰"的感觉以外,空格又有什么功能? 这又跟后来的文本诗行的超级长度有什么关系?

我们能想到的一种可能是,在于坚的后期作品中,他只是用空格代替了前期作品中断行的地方。技术上,这有足够的合理性,只不过是用一种断句方式替换了另一种。为了说明问题,我们以《罗家生》中的一段为例,做几次这样的替换:

　　文化大革命　　他被赶出厂
　　在他的箱子里　　搜出一条领带
　　他再来上班的时候　　还是骑那辆"来铃"
　　罗家生悄悄地结了婚　　一个人也没有请
　　四十二岁　　当了父亲

若继续下去,用这种手法重写《罗家生》,会大幅减少诗歌的行数。然而,随着于坚的诗行长度逐渐加长,诗行的数量不降反升,每首诗的总字数也呈几何级数剧增。到底是诗人使用了更大的空间来填满词句在先呢,还是由于诗人要把句子弄长才在每首诗中使用了更多的字词? 这点其实无所谓。

诗行的扩展,为于坚诗作在排版上的变化提供了另一种可能的解释。这一点,与第六章的讨论有着密切关系,也就是读者会感觉到,《0档案》中有些诗行好像根本不愿断开,宁愿是没有尽头的循环。从这个角度看,我们可以说,于坚的长诗行——或许该说是"宽"诗行——是一种妥协的结果。诗行作为大部分诗歌的基本构成,被推向了极限,但诗人依然能决定它最终在哪里断开。假如他让长得看不到结尾的一行诗句占满一页内的可能空间,任由排字工人或文字处理器回旋盘绕,而不是他自己来断行的话,他的诗作——至少是文本最长的那些——会更加像散文诗。但是,有了断行,他那些极长极宽的长诗同样在体量视觉上显得庞大。大体说来,就像于坚那些表达其明确诗观的非诗歌文章一样,他的长诗很追求文本自身的存在感,占据着话语地盘。这一点,于坚与另一个著名的"口语诗人"韩东,形成鲜明对比。韩东的写作,不论是诗歌还是诗学文章,其特征都可以说是"玩缺失"(exercises in disappearance)。于坚的文本从字面上看,是有很多话想说,想用文字填满页面,这让人想到物质的堆积与贮藏;说到这里,读者会想到《0档案》中的"物品清单"。

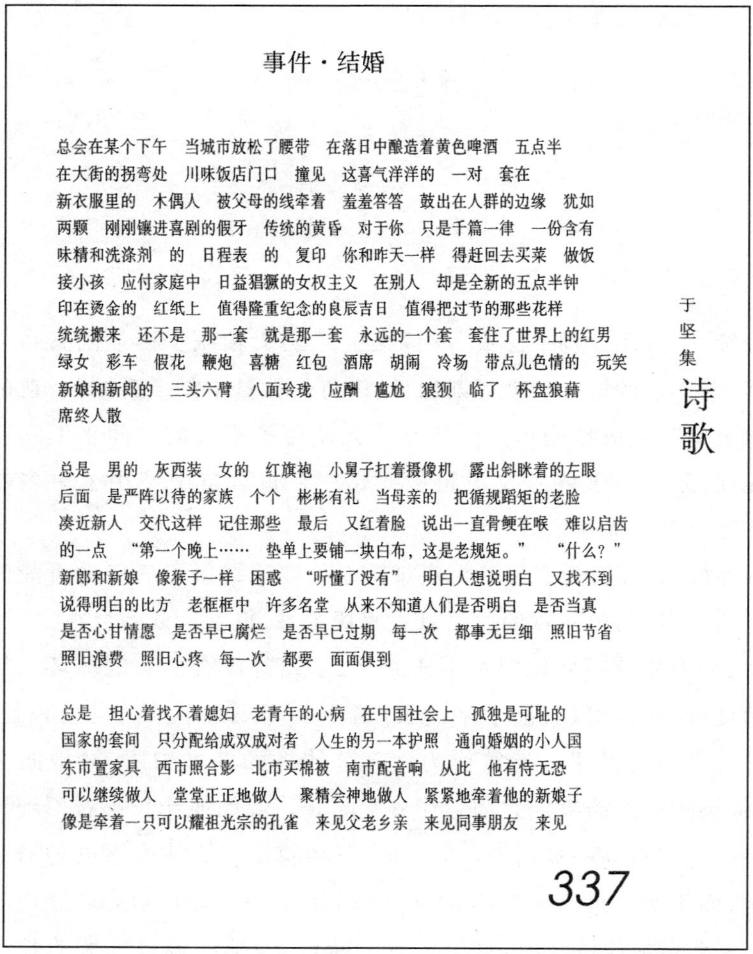

### 事件·结婚

总会在某个下午　当城市放松了腰带　在落日中酿造着黄色啤酒　五点半
在大街的拐弯处　川味饭店门口　撞见　这喜气洋洋的　一对　套在
新衣服里的　木偶人　被父母的线牵着　羞羞答答　鼓出人群的边缘　犹如
两颗　刚刚镶进喜剧的假牙　传统的黄昏　对于你　只是千篇一律　一份含有
味精和洗涤剂　的　日程表　的复印　你和昨天一样　得赶回去买菜　做饭
接小孩　应付家庭　日益猖獗的女权主义　在别人　却是全新的五点半钟
印在烫金的　红纸上　值得隆重纪念的良辰吉日　值得把过节的那些花样
统统搬来　还不是　那一套　就是那一套　永远的一个套　套住了世界上的红男
绿女　彩车　假花　鞭炮　喜糖　红包　酒席　胡闹　冷场　带点儿色情的　玩笑
新娘和新郎的　三头六臂　八面玲珑　应酬　尴尬　狼狈　临了　杯盘狼藉
席终人散

总是　男的　灰西装　女的　红旗袍　小舅子扛着摄像机　露出斜眯着的左眼
后面　是严阵以待的家族　个个　彬彬有礼　当母亲的　把循规蹈矩的老脸
凑近新人　交代这样　记住那些　最后　又红着脸　说出一直骨鲠在喉　难以启齿
的一点　"第一个晚上……　垫单上要铺一块白布,这是老规矩。"　"什么?"
新郎和新娘　像猴子一样　困惑　"听懂了没有"　明白人想说明白　又找不到
说得明白的比方　老框框中　许多名堂　从来不知道人们是否明白　是否当真
是否心甘情愿　是否早已腐烂　是否早已过期　每一次　都事无巨细　照旧节省
照旧浪费　照旧心疼　每一次　都要　面面俱到

总是　担心着找不着媳妇　老青年的心病　在中国社会上　孤独是可耻的
国家的套间　只分配给成双成对者　人生的另一本护照　通向婚姻的小人国
东市置家具　西市照合影　北市买棉被　南市配音响　从此　他有恃无恐
可以继续做人　堂堂正正地做人　聚精会神地做人　紧紧地牵着他的新娘子
像是牵着一只可以耀祖光宗的孔雀　来见父老乡亲　来见同事朋友　来见

于坚集　诗歌

337

图6.2　小字体:《事件·结婚》的一页　来源:于坚,2004年(a),第33页。

## 第六章　客观化和长短句：于坚

　　于坚诗歌文本的这些特征，是如何构造了其形式与客观化及广义上的反讽之间的关系？答案一方面在于读者对常规标点符号的亲身体验，另一方面在于读者对空格的亲身体验。尤其是逗号和句号，还有分号、冒号、问号及感叹号，都可以说是词语本身的无声附件，能减缓和终止词语的物理动力。不论是大声朗读，还是对书面内容不进行口头复述、只注重内向听觉体验的"默读"，都能证明标点符号对语调、调速及节奏的深刻影响。相反，常规标准符号的缺失则使得读者的阅读持续进行，无法停止，或者换个说法是无法着陆。

　　在这方面，我们所考察的文本，与既无标点又无空格的诗歌有何不同呢？以之前从《事件：谈话》中引用的两行诗为例，如果没有空格，可被读成：

> 十一点整这是通常分手的时间规矩大家都要睡觉
> 雨是次要的再大的雨都要回家走掉了

不同之处在于，没有标点也没有空格的文本，让汉语句法更加含混，甚至是在刻意追求语法上的不规范。这样的问题——如果它们是问题的话——在上述例子中虽然看上去不算严重，但还是应该注意到。在这里，我们也不要忘了，我们在本页上再次阅读这两行诗句的时候，也还记得前文中带空格的版本。

　　更重要的是，既无标点又无空格让文本显得颇为仓促。在以空格断句的文本中，常规标点符号的缺失让词语不能自行停顿，因此，词语的意义不会闭合，也不会具体化；但同时，空格也给读者在阅读过程中提供了片刻沉思的机会。如果说既无标点又无空格的文本让人喘不过气来，那么，没有常规标点的文本中的空格，则能够让读者屏息。空格让读者有了与语词真正保持距离的空间，当然，这也意味着阅读过程中的停顿，不论是朗读还是默读；但空格并没有常规标点符号所有的那种减慢和终止语词动力的效用，比如读到句号前面的语词会降调。虽然空格能让读者在阅读过程中有片刻沉思，但这沉思并不会打断或终止读者的"阅读流":这沉思在本质上是没有结论的。

关键是,由于文本的物质性好像不给语词一个"着陆"的机会,所以它会让读者怀疑,文本在字面上是有"掩饰"功能的,它可能展现的任何让人觉得陌生的无知,比如对崇高和低俗之等级差别的无知、对社会交际惯例的无知等,其实都是"故作"无知。因此,于坚诗歌的典型的文本形式,是激发读者开动脑筋、开启心灵的,就像这些文本本身,在面对这个我们已知或认为已知的世界时,也是开放的,假装自己是清白无辜的。

有两点内容可以支持以上的分析。其一,于坚诗歌文本的独特形式,对其朗读者来说,是具体可感的,不管朗读者是诗人自己还是别人,比如教室里的学生、在中国境外的文学活动中读他诗歌译文的那些人。以我的经验来看,朗读者在朗读时,会立即意识到需要对诗句中的空格做特殊处理,朗读者会倾向于保持一种"不自然的"、接近平调的音高,几乎不会降至"自然的"句尾低音。其结果是,他们的朗诵给人的印象是在叩问和探寻,在抗拒传统音高模式中的语调冲动,也在抗拒宽广的修辞层面上传统的理解和阐释方式。这样的朗诵强化了文本中的客观化机制;这里所说的客观化机制,既是本章第一节开头所定义的那样,也是反讽手法的一种特殊类型。

其二,我们在审视于坚诗歌文本的典型特征时,会想到本书第五章中引用的那个《0档案》中扰乱文本的整体节奏的重要片段。在这段诗里,诗人对空格及空格的突然移除所产生的效果有明确意识:①

**不足之处**:不喜欢体育课　有时上课讲小话　不经常刷牙
**小字条**:报告老师　他在路上拾到一分钱　没交民警叔叔
**评语**:这个同学思想好　只是不爱讲话　不知道他想什么　希望家长　检查他的日记　随时向我们汇报　配合培养
**一份检查**:1968年11月2日这一天做了　一件坏事

---

① 于坚,2004年(b),第31—32页。

> 我在墙上画了一辆坦克洁白的墙公共的墙大家的墙集体
> 的墙被我画了一辆大坦克我犯了自由主义一定要坚决改过

最后两行是一首超过300行的诗作中少数几个没有空格的句子,在全诗中是第一次出现。值得注意的是,这也是全诗仅有的有第一人称单数"我"的诗行。第二行后半句("我犯了自由主义一定要坚决改过")运用了政治正确的公式化语言,因此更有反讽意味,但前面所描述的"坏事"其实形成了不同的效果。"我在墙上画了一辆坦克洁白的墙公共的墙大家的墙集体的墙被我画了一辆大坦克"一句中的很多修饰用语,确实出自于坚惯于模仿的主流意识形态话语,但与此同时,在怒气冲冲、气喘吁吁、连续不断的行文中,这些短语也呈现为身陷其境、缺少省思的个体或兴奋或愤怒的情绪爆发,以至文本顾不上打上空格。

\* \* \*

于坚文本的典型形式是客观化在文本内容层面的形象显现,而客观化机制的文本效果如何,取决于这种显现。在中国当代文学界内外,于坚诗作的原创性都令人印象十分深刻。值得为他出一部"诗文集",虽然他现在依然在世并且还在持续写作着。

# 第七章 叙事节奏、声音、意义:孙文波

我们在前面的章节中,已经不止一次探讨过诗歌的显著特征之一:形式与内容的协同。这一章中,我们会继续讨论这个问题,只不过,着眼点是孙文波(1956— )作品中的叙事性。从目前的批评话语可见,叙事性是20世纪90年代中国先锋诗歌中一股重要的潮流,与80年代盛行的抒情性相对立;但批评界关于叙事性的研究主要关注的只是内容,对于形式似乎还无暇顾及。

孙文波,成都人,自20世纪80年代初开始写作,90年代早期成为先锋派中独树一帜的声音。90年代中期之后,他主要生活在北京。许多期刊和诗歌选集都收过他的作品,他的作品是国内评论界经常引用的对象,他也参加过国外诗歌朗诵会。本书第六章中提到的"蓝星诗库"系列也曾将他的作品收录成集。在批评界,孙文波总是被与肖开愚、张曙光相提并论,他的作品与王家新的诗作也有着亲缘关系。孙文波诗歌的特点是相对较少的意象、沉思的情绪及有力流畅的语调。在从"崇高"到"世俗"这一诗坛领域中,尽管孙文波、肖开愚、张曙光三人在写作中都为日常生活的"现实主义"再现开辟了空间,但他们还是更多地偏重"崇高",而非"世俗"。

洪子诚、程光炜、李少君、唐晓渡、罗振亚、魏天无等评论家在确立本书第二章提及的"九十年代诗歌"这一概念时,讨论过上述三位诗人的风格,诗人肖开愚本人也写过关于此话题的评论文章。除了在"民间写作"与"知识分子写作"论争中颇具争议性的特殊用法外(本书第十一章将探讨这场论争),诗评家经常援引的"九十年代诗歌"的文本特征即为叙事性。"叙事性"概念被不断延展,容纳了多种文本,但不难理解的是,这个概念依旧适用于孙文波、肖开愚、张曙光的作

第七章　叙事节奏、声音、意义：孙文波 | **237**

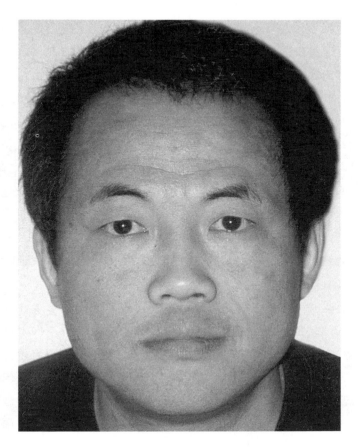

图 7.1　孙文波于 2000 年（摄影 Maghiel van Crevel）

品，还导致他们被贴上了"叙事诗人"的标签。大家公认，张曙光早在80 年代后期就已是叙事风格的先驱。正如本书的其他个案研究也不断变换切入问题的视角，如流亡、不确定性、客观化等等，这一章里，我虽以"叙事性"为分析焦点，但无意让作为分析对象的诗篇沦为单维度的文本。说起来，江克平刚好是从相反的方向出发来研究孙文波和于坚的诗歌，他探讨的是诗歌如何运用"非叙事性"方式来叙述历史（这里的"非叙事性"是与小说、回忆录、电影等典型的叙事性体裁相对而言的）。①

　　评论家们在论及孙文波、肖开愚、张曙光作品中的叙事性时，几乎只关注其内容，这似乎并不奇怪。按照狭义的、常识性的理解，所谓叙事，即为构造故事或讲故事。这很容易让人联想到文学作品的"可阐释性"，但却难以与诗歌语言的物质性相关联。因此，"叙事"这一概念习惯性地引导读者关注狭义的、常识的内容。具体来讲，就是引导读者思考诗歌的情节，即"诗说的什么"或"诗中发生了什么"。此外，在元文本层面上最让人关注的肖开愚，在其明确诗观中也提倡这一看法。如本书第一章所说，自80年代中期起，先锋诗歌发展的重心开始从信息转向媒介，从"写什么"到"怎么写"这一趋势的倡导者遍布整个先锋诗坛，但肖开愚认为，当代中国诗歌的困境实际上可归结为"写什么"，这比"怎么写"要重要。②

　　孙文波、肖开愚、张曙光诗歌的叙事性固然清晰地体现在内容方面，但是，如果把叙事性定义为类似于讲故事，那么，有个问题就值得深究：除了"可释义"的内容之外，这些诗歌的叙事性是否有可能也通过其他方面体现出来？这些诗歌具有什么样的叙事性？这个问题的提出，源于孙文波的长诗《节目单》。《节目单》最能代表孙文波诗歌特征的重要作品。之后的《续节目单》(1999) 在叙事复杂性、阐释空间及听觉品质方面，未能达到其所确立的标准。③

　　本章第一节作为前奏，主要集中笔墨讨论"内容偏见（content bi-

---

　　①　大部分公开发表的资料表明孙文波出生于1959年。1986年7月15日香港报纸《大拇指》刊登了孙文波的诗歌和生平纪事，不准确的出生年月由此发端。《孙文波的诗》(2001)、《肖开愚的诗》(2004)、《小丑的花格外衣》(1998) 分别为孙文波、肖开愚、张曙光颇有分量的诗集；诗人们的其他作品集见 van Crevel 2008a。见洪子诚,1998年；程光炜,1997年(a),1997年(b),1998年(b)；李少君,1998年；唐晓渡,1999年；王光明,2003年,第632—636页；罗振亚,2005年,第172—188页；魏天无,2006年,第5章；肖开愚,1997年(a),1997年(b)；Crespi 2007a。

　　②　肖开愚,1997年(b),第97页。关于肖开愚、孙文波、张曙光对于叙事性的看法，见曹文轩,2002年,第299—303页。

　　③　孙文波,2001年(a),第219-222、256-259页。

as)"现象。我在第二节中指出,虽然《节目单》在内容方面的叙事性源于其情节的复杂性,但诗歌借助呼语同时也发挥了诗歌的抒情潜能。第三节的论点是,《节目单》的叙事性不仅表现在内容上,也源于诗歌声音与其文本视觉外观的相互增益。这个相互增益的过程表现在两个层面:一是客观形式特征,二是节奏。后者没有前者那么客观,但其关联性丝毫不减。我在第四节中想要表明,90 年代文学批评中运用的叙事性概念,可以说是强化了整个中国现代诗歌语境所形成的"内容偏见"。

## 第一节　内容偏见

如第四章所言,形式和内容虽密不可分,但二者并不是一回事儿。在审视一首诗歌时,将形式和内容适度区分很有必要。维拉妮卡·福里斯特·汤姆森(Veronica Forrest-Thomson)在《诗歌技艺:20 世纪诗歌理论》一书中写道:

> 太多文学理论家以为,(形式是内容之支持的——引者加)意思是,形式和内容相互融合的程度,使我们无法在一首诗中区分不同层次,发现各层次的优劣短长。如果形式要支持内容,那么内容来支持形式……也同样必要……(形式和内容——引者加)一定是不同的、有分别的,才可能判定二者的关系。①

在众多关于诗歌的定义中,这里最让我们感兴趣的是形式与内容、声音与意义之间的动态关系。德莱克·阿特里奇也提出了类似的定义,他强调所谓的"语言这个物质的东西":

> 诗歌所呈现的,并不是将能指与所指之关系的随意性降到最低(只有仅仅重视语义的诗学观念才会产生这样的看法),而恰恰

---

① Forrest-Thomson 1978:121.

是强化和发掘这种随意性——诗歌使我们追寻意义的热情受阻,而被迫接受那些希望能抛弃的语言特征的独立性和价值。①

亚米太·艾维拉姆(Amittai Aviram)在他的研究中也处理过类似问题,尽管他的研究视角与阿特里奇大不相同。艾维拉姆的研究对我的分析大有裨益,如下可见。他把诗歌看作一种特殊的话语(utterance),对此定义如下:

> 诗歌……是这样一种言谈设计:一边使读者或听者往单纯的声音的方向走,另一边又同时使他往单纯的意义的方向走,从而使读者或听者感受到一种持续不断的张力。

本章第二、三节就是朝这两个相反的方向分别探索。第二节探索诗歌文本的意义,第三节探索诗歌文本的声音及其视觉。

艾维拉姆指出,尽管节奏是诗性经验的关键所在,但却常常被文学批评所忽略;原因之一恐怕是,节奏难以用语言表述。大致说来,中学和大学教育强调的都是语言的指称功能,这也使得许多读者在阅读诗歌时,对诗歌语言不够敏感,懒于深察,因此忽视了诗歌的语言节奏及其深奥难懂的形式特征。这个分析可以说是追溯到了诗歌界整体上的"内容偏见"现象的根源所在。所谓内容偏见,指的是读者过分关注诗歌"可释义"的方面,过分关注貌似简单直白、可复述的语义信息。② 举例来说,不妨想想对于坚的诗句带有"内容偏见"色彩的翻译:"打开烟盒　打开嘴巴//打开灯"常规的译法为"open our cigarette cases　open our mouths// turn on the light",我将"灯"改译成"窗"(window),是因为我认为,在当前的英语用法中保留原文中重复出现的"打开"一词,以成就作为诗歌的文本,要比追求单个词汇的译义之

---

① Attridge 1981:228,244.
② 参见 Aviram 1994:54-57. 关于内容偏见,参阅 Frye 1973:77, Forrest-Thomson 1978, Attridge 1981, Zhang Longxi 1992:179.

第七章 叙事节奏、声音、意义：孙文波 | 241

"信"重要得多。如果说这么做是一种"形式偏见"，那么我在此重申，形式乃诗歌的本质所在。这并不是说，针对诗歌提出的每一个问题都要与形式有关，但的确意味着，我们需要认识到，在我们提出的问题中，有哪些问题的答案应该把形式问题放在第一位。

对于格律诗来说，"内容偏见"的不利影响显而易见。例如，李白的《静夜思》千古传诵，反过来也可以说是被"用滥了"。但无论如何，"内容偏见"会让这首诗的内涵缩减为唐朝时对旅者愁思的描述。如果说这首诗在语义层面上不那么引人注目，其原因也正在于语义已经被从形式层面抽离出来，这恰恰有助于证明"内容偏见"的不利影响。再举一个中文里的例子。早期现代诗人闻一多的《死水》，若忽略其内容与精巧形式的反差所造成的巨大张力，该文本便只不过是在表达诗人对迟滞腐朽现象的民族寓言式沉思。对文学的这种信息化处理方式其实是使形式问题凸显出来。这些诗人到底为何煞费苦心地构造长度一样、押韵且排比的短语呢？或者，反过来说，读者是否能够只考虑其作品的内容，完全不考虑其显见的形式特征？甚至，没有这些形式特征的话，内容焉附？福里斯特·汤姆森对"内容偏见"的文学批评表达了谴责之情，称之为"糟糕的自然化"（bad naturalization）；为什么艾略特不只是说一句"生命好像很虚空"，而非要写下《荒原》一诗呢？走近我们处身的时代，直面中国当代诗歌对自由诗体势不可挡的青睐之状，我们在阅读《节目单》一诗时，不妨援引作为批评家的艾略特的说法来警示批评界：对于想写出好诗的人来说，没有任何一种诗体是自由的。[1]

语义释读提供了一种看似简单、不受约束的讨论诗歌的路径，但实际上，一旦越出单纯重述内容这一安全边界，对诗歌的讨论就变得极其困难，这个现象，可以部分解释"内容偏见"的成因。福里斯特·汤姆森从正面抨击了"内容偏见"现象，她试图要做的是"讨论诗歌最

---

[1] 参见 Forrester-Thomson 1978：xi, 133, Eliot 1990：37。

独特也最难以琢磨的特征,即所有该属于诗歌技巧(poetic artifice)的关乎节奏、语音、言语及逻辑的修辞手段"。① 她进而声称,恰恰是诗歌中那些最难以言传的部分,才最能表现诗歌的独特气质,继而撰写了一篇鼓舞人心的专文,重申本书第一章提及的第二声部的价值(托努斯·沃斯特霍夫语)。跨文化、跨语言的文学研究,本质上具有广义的翻译特性。那么,如果这种研究发生在区域研究的语境中(用 X 语来探讨用 Y 语写的诗,用 X 文化来讨论 Y 文化中的诗),就容易产生"内容偏见"。但单个文化内及单个语言内的研究也并不能自然而然地保证对形式给予应有的关注。

对于中国现代诗歌来说,历史、政治对文化生活的干预,加剧了"内容偏见"。20 世纪的中国,社会动荡不安,战争、革命连连,人们还经受过饥荒及各种动乱。另外,中国传统的诗学观念与社会政治有密不可分的关系,统治阶级作为文学的审查者兼赞助人,也历来看重文学的功用。这种境况促成了一种把文学看作社会环境的直接反映或自然产物的观念。如此一来,文学作品也被视为很适合释读。结果就是,国内外的评论都常常将中国现代诗歌视作被修辞、被装饰的社会文献。类似的例子还有唐纳德·芬科尔(Donald Finkel)及托尼·巴恩斯通(Tony Barnstone)的英译中国当代诗选,其"内容偏见"显而易见。依从福里斯特·汤姆森的说法,我将此称作对文学文本的"糟糕的历史化"(bad historicization)。尤其令人不安的是,上述诗选面向的是普通受众,读者无法接触到原文、语境及元文本,结果就会认为中国诗歌(包括当代先锋诗)在本质上政治性很强。当然也有一些反例,尤其在对格律诗的研究方面,如白之(Cyril Birch)研究徐志摩的诗歌音步,汉乐逸研究汉语十四行诗;在自由体诗歌方面,也有何致瀚(Peter Hoffmann)研究顾城的专著。无论如何,研究中国现代自由体诗歌,尤其需要持续关注形式与内容的相互依存性。就像另外几章一样,本章希

---

① Forrest-Thomson 1978:ix.

望在这一点上有所贡献。①

## 第二节 《节目单》：内容与情节

在此，先本章所使用的三个相关的术语：内容（content）、情节（plot）、意义（meaning）。根据雅普·奥维斯特根（Jaap Oversteegen）的说法，内容是在既定形式中出现的题材，或者说是诗歌或多或少可以释读的方面，包括读者在线性阅读过程中会遇到的文本的所有组成成分。② 内容经过释读、分析、重排以后便是诗歌的情节；情节不像内容那么关注诗歌的形式特征。意义这个概念范围很大、边界很模糊。在本章中，尤其在本章第三小节后半段，意义指的是艾维拉姆所说的声音与意义相对比的那部分，大致与内容交叠。更宽泛地说，意义指的是阐释之后的内容。在这一阶段，形式也已被纳入意义的范围。

像孙文波的许多其他诗作一样，《节目单》也是一首规模可观的文本：全诗72行，整齐地分为九段诗节兼"段落"。与在其他地方发表的意译版本相比，本书中的英译更加严格地"忠实于"原文。③ 这一点，与孙文波作品中诗行作为组织单元的重要性有关。稍后我还将对此进行详述。

**节目单**

1
翻开印制的精美的节目单，你看见
一个虚构的夜晚：月亮像霍乱病人的面孔。
他坐在花园的石椅上。失去父亲的悲伤
像劣等酒一样刺激他的心灵。你看见

---

① Finkel 1991, Barnstone 1993, Birch 1960, Haft 2000, Hoffmann 1993.
② Oversteegen 1983:29-31.
③ *HEAT* 1997-5:144-149, *The Drunken Boat* 6-I/II（2006，在线）。

他失神的目光凝望着枯萎的菊花。
当伴奏的乐曲响起,他开始在舞台上
来回走动。他看见了你。你和他知道
演员和观众的位置的确定,意味着:混淆。

2
一步,仅仅一步,你便迈过了观众的
界线。你甚至抢夺了主人公的角色。
你站在他的位置上,你开始了一个报仇的
过程。比起他来,你更清楚仇人是谁。
你几乎是狂吼着喊出仇人的名字。你,
挥舞着本属于他的剑,跑到了舞台的
最高处。你指挥着跑龙套的人,要他们
把仇人带到你的面前,你要立即砍下他的头。

3
他容忍了你的行为吗?他显得多么沮丧呀!
他悄悄地退到了舞台的角落里,手,
不停地拉动一角幕布。下面的情节
应该怎么处理?一个更大的场面怎么
与这个场面结合成完整的一幕?他
已经不知道。两个小时的时间,怎么能
在半个小时内就打发完呢?还应该有
阴谋、诡计、背叛,还应该有一个人的爱情。

4
于是,时间在人们的眼睛里颤动:云,
像疯狗似的在人们头顶奔走;河水
下降露出光滑的鹅卵石;蝙蝠,
在黄昏时分不停地掠过嗡嗡作响的电线。

于是,你开始陈述一册书中的细节;
一个句子读出时存在的低沉的
卷舌音。它们成为戏剧中的戏剧;
关于死亡,关于死亡后复活的述说。于是,

5
人们看到惊心动魄的一小段:在街道的角落,
拥挤的酒店里,喝得酩酊大醉的士兵们
满嘴猥亵的话语。他们中的两个争吵
起来了,为了对一个女人的评论。直到
拔刀相向,直到将酒店打得一塌糊涂。
狂乱中,所有的人加入了混战。而且,
有人死亡。这种血腥带来了多大的满足?
观众们全都睁大了眼睛,看得心惊胆颤。

6
而多愁善感的已经在哭泣。而一个丧偶的
女人已昏倒在座位上。时间,仿佛已
滑向了一边。你仿佛已走入另外的生活。
"白日的城市,就让它们像泡沫一样消失吧。
上升,上升。但不是像蒸汽似的上升,
而是像火箭一样带着呼啸和火焰上升。"
你对哭泣的感到满意;对昏倒的
发出诅咒:羸弱的灵魂,你们存在有什么用?

7
那么他呢?他带着黯淡的心情离开了。他
进入了现实僻静的小巷。在昏黄的
灯光下低头行走。风,在他的头顶
像小偷掀动屋顶似的发出响声。他

知道这一次退出就意味着永远退出。人,
怎么能在戏剧中度过一生?道具的酒,
不可能长期模仿酒。当他转而迈进
一家小酒馆,他大喊了一声:小二,拿酒来。

8
哦,你陶醉在舞台上。你就像王子看到了
王位的空出。这时候,你的眼睛里
看到的是比天堂更欢乐的场面:所有
跑龙套的都像你手中的道具。你摆弄
他们,就像摆弄铅笔。桌椅说话?
你让桌椅说出了话。墙和树木能否
走动?你让它们在舞台上像豹子
一样走动。"伟大的舞台是一场斑斓的梦。"

9
但你,你将如何使大幕落下?一个接一个
的高潮,不单掀动了观众心中的狂热浪潮,
而且把你推向了亢奋的中心。眼睛中,
你看到的尽都是刀光剑影。一段段乐曲
构造出一个锦绣的未来。像面包一样
膨胀的欲望,使你的手一伸再伸。你
忘记了自己,忘记了他。你成为
僭越者。你已经抓住什么就以为是什么。

《节目单》用一位全知叙事者的话开场,在中央位置(第5节第7行,"这种血腥带来了多大的满足?")以及最后三行("你忘记了自己,忘记了他……/你已经抓住什么就以为是什么")中,叙述者与诗中主人公的批判性距离最为清晰。诗中有两位主人公:"你"和"他"。在下页图解中的第一层,"你"阅读着"他"唱主角的戏剧节目单。随后,在第二层,"你"进入剧中与"他"互动,并强势地取代他的位置(第1节第7行及第2节)。戏剧嵌入《节目单》,"你"在剧中又编演了(第4节第5至7行)另一出戏(第4节第8行及第5节第1—7行)。在这最深处的第三层文本内部,出现两名士兵之间拔刀相向的一幕,与第一层及第二层的"你"和"他"相遇、挣扎并联。台上士兵们酩酊大醉,满嘴污言秽语,由此可解读为戏剧用法甚而文学用法的隐喻,第8节中"你陶醉在舞台上"一句也是对这种解读方式的支持。与当前的阐释更相关的是,观众("所有的人")和演员("两个士兵")混战一幕把上述的并联关系扩大了。这恰恰是第1节及第4节里所发生的事件:在第1节中,"你"还是一名观众。第5节的戏中戏是关键的过场戏,处于文本的正中央,此后文本过半,且在第6节继续上演。但此时"你"已是演员,其实也成了戏剧及观众的导演及判官。

图解中,带括号的词语引自原诗。外圈包含《节目单》整诗,中圈包含嵌入诗中的戏剧,内圈则包含戏中戏,戏由"你"站在"他"的位置上并成为"他"而出。图解的箭头表明导致地位或身份转变的(人际)行为;双线表示层与层之间的投射。

当随着诗歌的发展一直读到最后几行时,我们从内层往回走向了外层。这种运动不会止步于文本的边界。"你"割断了此前的"你""他"及两者的关系,"你"所僭越的(第9节第8行)按理应是"他"。最初身为观众的"你"变成了"他"。最初身为演员的"他"被从舞台上扔进现实,这或许意味着"他"被推出诗歌的边界。与此同时,这首诗暗示,作为《节目单》的读者的你(对了,不带引号,也是本书的读者)从文本边界之外,取代了作为"精美节目单"(第1节第1行)主人公和读者的"你",而被卷入一场怪诞的,甚至是荒诞暴力的事件之中。例如,戏中戏及其余波中,观众遇上了一些很可怕的事情。诗歌下一次被阅读时,整个进程又重新开始。读者将变成"你","你"将成为"他",而"他"将被驱逐。那"现实僻静的小巷"里,"他"也许成为作为《节目单》的下一位读者的"你"。《节目单》,抑或(不带引号的、生

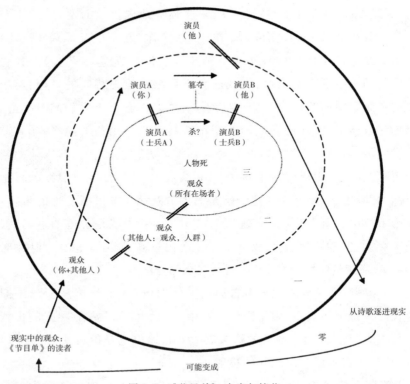

图 7.2 《节目单》：内容与情节。

活中的、比喻性的）节目单，不断地、无情地绕圈圈，循环反复，回旋共鸣，诗歌亦是如此。

诗中多次重复的佚名人称代词表明，它们代表必然发生、从本质上就会重复的社会交往模式，而非个体选择。形式层面上由于强调了重复机制而强化了这样的印象，如我们以下所见。下一个人一出现，一被纳入进来，包括"无辜的"读者，这些机制仿佛就开始运转了。话说得抽象一些，《节目单》亦关乎人际、社会角色及其越界和循环（迈过了观众的界线，站在别人的位置上，进入了现实）：从读者到主人公，从观众到演员，从演员 A 到演员 B，从戏里到戏外，然后可能又重新轮回。这些角色包括主体及客体，主体"他"扮演了客体"你"的角色，而主体"你"使得"他"成为观众注视的客体。

可是对诗歌主人公的阐释还有另一个维度。贯穿第 1 诗节,且在结尾句中,第二人称主人公"你"表明了对读者兼叙述对象的认同。这凸显了诗歌情节及其内容叙事性的复杂深邃。然而,"你"多次出现,大多数为呼语(apostrophe)机制的表现形式。乔纳森·卡勒确立了呼语在抒情诗歌经验里的核心地位;呼语的第二人称言说对象并非读者,诗人所谓"背对着观众",反映了呼语的希腊词源。用诺思洛普·弗莱及约翰·斯图尔特·密尔(John Stuart Mill)的话说就是,诗人被读者"偶尔听到"。① 与叙事时间(narrated time)相反,此时此刻的称呼显出了话语的时间(discursive temporality),"你"的数次出现使得人们关注作为一个事件和一个言语行为的诗歌,也关注其抒情品质。"你"有读者兼叙述对象以及呼语对象的双重身份也是完全可能的,比如"你"第一次和最后一次出现(第 1 节第 1 行及第 9 节第 8 行)。在第 1 诗节结尾句及第 2 诗节开篇处"你"好像逐渐从读者兼叙述对象转变为呼语对象,从整个第 8 诗节到第 9 诗节某个位置,"你"一直保持着这个身份。文本走到这里,读者兼叙述对象才重新浮现,其混乱的状态衬托了言说者对现实与虚幻或真实生活与戏剧之间所做的冷静区分。接着,言说者又把我们带回到文本的开头。如此而来,诗的整体画面即呈现了"你"各不相同而又彼此纠缠的双重身份。这种双重性并未颠覆诗歌内容的叙事性。相反,它在叙事过程中提醒我们想到抒情刚好强化了叙事的锐度。此文本的诗歌身份由此被主题化,使之成为关于诗歌的诗歌,同时也成为很具有诗学性的文本:它言说自身之所是。

---

① Culler 1981:ch 7, Frye 1973:5(密尔引文出处),249-250.

## 第三节 《节目单》:形式

如同其他大多数诗作,《节目单》的主要形式特征表现在它的声音上,但其视觉外观亦值得关注。确实,我们将发现诗歌的整体形式效果取决于听觉和视觉的互动。

**客观特征**

《节目单》全诗共9节,每节含8行诗。诗歌的每个组成部分规模相当,这是孙文波不少作品的典型特征。其中突出的一例为《叙事诗》,共23诗节,同样每节8行。① 在《节目单》中,句长从13到18字不等,每一节都以长诗行结束,除第1、2节外,其余诗节也都是以长诗行开始,给人一种节内循环往复的感觉。对于孙文波这样的叙事诗人,我们需要提醒自己,是诗人决定诗句在哪里结束,而不是排版者。这一点体现了与本书第四、五、六章中内容的若干交集之一。另一个交集是:尽管孙文波《叙事诗》的长度几乎是《节目单》的三倍,但两者都大大超出了一页的范围,且乍看之下都不符合克罗尔诗学批评的"可视性"标准。总之,作为宽度超过高度、井井有条、稳定的块状排列,《节目单》看起来稳固规整,甚至单调、重复、拖沓。《节目单》的外观流露出诗人一种耐心的坚持,而我们很快就会发现,它的声音也是如此。

这里,我们来探讨一下《节目单》的声音。跟其他许多广义上的自由体的中国当代诗歌类似,它没有结构性的韵律(尾韵、中间韵、头韵)。但是,诗歌却相当可观地运用了重复手法。以第4节为例:以"于是"开篇,以"于是"收尾,字面上以"于是"为转移,"于是"又是后半首诗的第一个词。"人们的眼睛"回应"人们头顶"。后者没有

---

① 孙文波,1997年,第109—118页。

"的",这生成了不对称性:要么诗人有意避免单调重复,要么表明文本不很顾念这方面的细节。句法层面上也同样出现了重复。第 4 节的前三行都以名词短语结尾,引导着一个新的句子("云""河水""蝙蝠"),因其处在带标点的停顿与换行符之间而格外醒目。与第四章相比,这里的分析需要对术语稍作调整:在此,句子被定义为(暗指的)名词短语 + 动词短语,这样就可以用逗号或分号结束。句末名词短语的效用既取决于诗歌的朗诵方式,也取决于视觉阅读,也就是说,不仅可听,而且可见。朗读者在听觉上处理跨行现象时可以采用一些很不同的方式。纵观《节目单》全诗,效果最明显的关于重复的例子,无疑是句子或诗行开头所使用的单数人称代词"你"和"他"。我在本章第二小节已从内容角度揭示了其重要性。排除不指代主人公的人称代词,"你"和"他"多达 38 个。人称代词在诗歌开篇及结尾处最为密集,在中间三个诗节(即第 4、5、6 节)的戏中戏处最为稀疏。

讲完韵律与重复,让我们来看看音步(meter)。韵律是重读音节与非重读音节、长音节与短音节的规律性排列。在此,《节目单》没有严格的韵律,对此读者并不会觉得奇怪。然而,文本的重音模式值得关注,下面是第 1 诗节的汉语拼音,重读音节有下划线:

*Fān-kāi yìn-zhì de jīng-měi de jié-mù-dān, nǐ kàn-jian yi-ge xū-gòu de yè-wǎn: yuè-liang xiàng huò-luàn bìng-rén de miàn-kǒng.*

*Tā zuò zai huā-yuán de shí-yǐ shàng. Shī-qu fù-qin de bēi-shāng xiàng lüè-déng jiǔ yí-yàng cì-jī zhe tā de xīn-líng. Nǐ kàn-jian tā shī-shén de mù-guāng níng-wàng zhe kū-wěi de jú-huā. Dāng bàn-zòu de yuè-qǔ xiáng-qǐ, tā kāi-shǐ zài wǔ-tái shàng lái-húi zǒu-dòng. Tā kàn-jian le nǐ. Nǐ hé tā zhī-dao yǎn-yuán hé guān-zhòng de wèi-zhí de què-dìng, yì-wèi zhe: hùn-xiáo.*

我是按照以下思路划定重音的。词语的第二音节为轻声,如"看见"之"见","月亮"之"亮"及"知道"之"道"。① 词语第一音节为二声或三声,其第二音节若为四声则重读,如"一样"之"样"("一"原为一声,因连音变调为二声),"凝望"之"望"及"走动"之"动"。重音按照句法结构而不是分行确定的,如诗行 2 中的"一"仍为轻声。句中的重音是相对的:第 2、4 行中的"像"及第 6 行中的"当"亦为轻声。这种相对关系或许会令人产生疑问,究竟要在何处划重音线呢?然而,如果我们把轻声除外的所有音节都划为重音,那么划重音的目的则荡然无存。通过对突出音节以及上述特例最起码的敏感性,这样分析就导致了一个模式:每行有六到八个扬抑格或扬抑抑格韵律。

上述引文中有六处例外情况均匀地分布在诗节中,已用阴影突出显示。如上文所说,它们都标示着新句子的开端,且都是以单音节人称代词("你"及"他")开头,随后紧跟着另一韵脚的第一个重音音节:如"你看""他坐""你看""他是""他开"及"他看"。纵观全诗,这些两个连贯音节的重音为整体节奏增添了有力的切分音。诗中主人公"你"和"他"的彼此交互,以及对"你"的双重身份的主题化强调,让本诗的形式和内容彼此联系,彼此强化,文本的形象性很明显。

在《玄妙的音乐:节奏与自由诗》一书中,伯尔斯·库伯(Burns Cooper)提出,节奏本质上是感性的,因而是主观的而非任意性的现象。节奏的感知在某种程度上或许也取决于文化及语言。我不会推测不同的人对于《节目单》相同或相异的感知,如以汉语为母语者、会汉语的非汉语母语者以及不会汉语的人群,只从自身会汉语而非汉语母语的感知视角出发去观察,另外就是考察孙文波的诵读为此处对书面文本的分析所提供的支持。②

至于短语的长度,根据当前的目的,短语被定义两个标点符号之

---

① 除了孙文波的朗读,有鉴于这部作品对于逼真转述的高度关注,我还根据德法兰西(DeFrancis)的《ABC 汉英词典》(1996)作出判断。

② Cooper 1998。1998 年鹿特丹国际诗歌节。

## 第七章 叙事节奏、声音、意义：孙文波

间的语词，不一定是动名词句式。孙文波严格地遵循着书面文本本身，只在标点符号之间停顿，如果我们不理会分行。他的诵读第 1 节生发出以下短语长度序列，按字＝音节来算：11—10—10—9—20—17—8—11—5—16—3—2。如果考虑到分行，最长的短语有 14 个字，诗节结尾注意到 5、3、2 个字的三个短语。结合字数、标点模式与诗节句法，我们发现，这三者当中的 3 个字的短语与此前 16 个字短语紧密相关，在第 7、8 行中，大约在 5 个字和 2 个字的短语位置上加强停顿。同上，标点模式与诗歌内容亦有关联，如"他看见了你"及"混淆"在诗节中占有很高的比重。如果右边界线我们用的是断行短语，而不用标点，如第 2、4 及 7 行，则再次确认了这样的关联。依照线性次序，短语构筑了诗节和诗歌的内容骨架："你看见（整个场景）……你看见（他）……他看见了你……你和他知道……这意味着……混淆。"

我们已经注意到，孙文波运用了诗句跨行连续法。在这一方面，《节目单》和其他作品一样代表着诗人的大部分创作。在这首诗中，只有三分之一的断行与完整的诗句保持一致，有标点符号标出。至于其余三分之二文本中的断行，我们从句法的角度看，断行后必须继续读下去。诗中有三级跨行连续。第一级附有标点（共 9 处），以第 2 诗节第 5、6 行为例，如"你，/挥舞着本属于他的剑"。第二级跨行连续（27 处，或者说超过了全文的三分之一）见于第 1 诗节第 1、2 行："你看见/一个虚构的夜晚"，及第 7 诗节第 7、8 行："迈进/一家小酒馆。"断行虽然中断了句子，但依然尊重名词及动词短语的完整性。在第三级跨行连续中，断行将（复合）名词短语或动词短语（12 处）从中间切分开来，如第 2 诗节第 1、2 行："观众的/界线"及第 5 诗节第 3、4 行："争吵/起来。"最后但同样重要的是，有一处明显横跨不同诗节的跨行连续，位于第 4 及第 5 诗节之间："于是，//人们看到……"

跨行连续的频度之高引人注目，这样，大量的跨行诗句成为该诗的默认模式。其结果是，当断行停顿发生在带标点符号的完整句子结束之处时，尤其强化了该诗行强调和结束的感觉，典型的例子见于最

后一行的结束性陈述:"你已经抓住什么就以为是什么。"反之,在这首诗里,句末分行系统性地受到了削弱。

以上讨论证明,与抒情元素不同,孙文波诗作的叙事特征在一定程度上源于诗句跨行连续,亦即源于诗歌的形式特征。《节目单》一诗的声音听起来就像是一个故事,即使把在前面所讨论的意义先放到一边,也还是如此。如上述所见,这首诗的效果取决于我们最好在看到文本的同时也听到文本,不管这听觉是来自读者自己还是他人的朗读。至于在句末断行的诗歌和完全没有句末断行的诗歌(前者如欧阳江河的诗,后者如西川的诗),视觉与听觉之间呈现的张力就没有那么大。

《节目单》的客观形式特征表明,除了内容,人们常说的孙文波诗歌的叙事性是由其外观、声音以及几乎无处不在的跨行连续之间的互动共同实现的。这一节在结束之际讨论节奏、声音与意义之关系的时候,我还会再次探讨诗句跨行连续的作用。

**节奏**

亚米太·艾维拉姆在《诉诸节奏:诗歌中的身体与意义》一书中批判性地参考各类文学、语言学及文化学理论(如雅各布森、尼采、弗洛伊德、拉康、尼古拉斯·亚伯拉罕[Nicholas Abraham]、克里斯蒂娃及菲利普·拉库-拉巴特[Philippe Lacoue-Labarthe]等),归纳出以节奏原理(the principle of rhythm)为基础的诗歌理论。节奏被定义为非连续因素的重复,节奏原理控制着诗歌的意义及声音。如上所述,也可以说节奏原理控制着诗歌的视觉外观及其他感官特征。这样,诗歌就可以被解读如下:

> 节奏之伟大力量向我们证明了物质世界的存在,而诗歌是那力量的寓言。诗歌赋予语词其本身所不具有的力量,是一种说出

## 第七章 叙事节奏、声音、意义:孙文波

不可言说之物的方式。①

虽然"说出不可言说之物"属于本书第五章提及的"绕圈子的抽象化定义"范畴,但节奏的运用能够令其更具体,也更具操作性。

如此看来,诗歌不仅能诉说不可言传的经验,还可以说出用言语和符号来传达这种经验的不可能性。艾维拉姆的论点的要点之一是处理了一个对于诗歌研究以至诗歌定义极其重要的问题:李白、闻一多、艾略特及其他无数诗人为何煞费苦心地坚持其独特的写作方式?如果文学所做的只是信息传播,即便包括想象的、审美的、没有明确目标的信息,那么诗歌一定也不如散文有效;那又何必费心去写诗呢?因此,节奏是诗歌的源头,而不是附属的或先行预载了信息的一种装饰性或修辞性手段。节奏自然产生刺激(affect),触动诗人和读者去思考用于表达刺激的语词和意象。这种看法,也影响了艾维拉姆对形式与内容——用他的术语说,也就是声音与意义——之关系的处理,很振奋人心。这里,形式与内容之间的次序并不是等级次序,而是本体化的次序,取决于节奏的首要性。诗歌通过运用自身的物质性现实、物质性存在——纯粹的有节奏的声音——来提高现实的价值和激活现实;这个过程让我们认识到,语言失败于针对那些构成语言符号的物质所具有的力量。不能忽略的是,在这样的失败当中能出现精心构造而成的诗歌的形式和内容。换句话说,像《节目单》这样的诗歌文本,内容上精细复杂,节奏上也朴实有力,两者间毫无矛盾的情形。

以上的讨论与跨文化、跨语言领域内的诗歌形式研究有所交集。扬·德·罗德(Jan de Roder)提出过所谓"去意义"(荷兰语为betekenisloosheid)的概念。艾维拉姆也谈到过类似的问题,他将此称为"无意义"(the meaningless)或"无意"(the non-sensical)。福里斯特·汤姆森则称之为"没有意义"(the non-meaningful)。我在别的文章中曾提出

---

① 参见艾维瑞姆的《诉说节奏:诗歌中的身体与意义》一书的封面、护封文字及全书各处,尤其是第一部分。见 Aviram 1994。

一个诗歌形式的定义,意在挑战文学批评、文学教育中存在的"内容偏见",也挑战其中存在的"认知偏见":

> 诗歌形式是一个不懂诗歌所运用的语言的人所能感知的一切。

如果夸张一些,我们可继而提出这样一种观点:假定节奏是具有普遍性的,那么,相对而言,诗歌之内容或意义的具体实现则取决于个别的文化语境。只需考虑到印度、澳大利亚土著及中东等地在音乐韵律方面的差异,就能认识到,节奏的普遍性不依凭特定的历史解读,而是依凭艾维拉姆所说的"动人性"(catchiness)及其通达人体的刺激。如果进一步探究日常生活中那些不言自明的经验,就会发现,节奏普遍存在于心跳、呼吸、性、游泳、爬行、行走、奔跑、飞翔、日与夜、四季、生与死等相关事物中。顺带要说的是,以上论断不仅在语义上同时也在节奏上与众所周知的死亡主题建立起了联系;而死亡主题在任何一种文化语境中都是非常重要的。读者会想起,在《节目单》一诗中"死亡"出现在第5诗节的关键位置上,即在文本中心的戏中戏里。

艾维拉姆主要参考常规中的格律诗文本提出他的理论,他的研究范围从古典、经典的高雅文化到说唱一类的当代流行文化,不一而足。他的理论虽然可能特别适用于这些类型的文本,但也一样适用于自由体诗。诚然,与格律诗相比,自由体诗更接近于散文,艾维拉姆所提出的问题及他的解答在自由体诗这里显得更为切要。无论如何,关于节奏的诗歌理论虽然并未声称有全面或独到的分析能力,但依然能够推进关于自由体诗的学术研究。

回到《节目单》一诗,我们发现,孙文波的这首诗歌并不是严格意义上的格律诗,很少押韵,但它在形式上确实呈现出系统的规整性,这使其有别于极度自由的自由体诗。该诗的听觉、视觉特性在词组、句子、诗行与诗节层面上相互结合,在文本表层形成一种耐心而持久的节拍。在韵脚、诗行及诗节、听觉及视觉方面,诗歌的节奏易于辨别,在诗歌内容方面也同样如此,尽管在内容方面,节奏更加认知化、媒介化。

作为本节的总结,我将归纳之前对形式和内容之关系的论述。第一,人际与社会角色模式中不可避免的重复,映射了《节目单》规整单调的语流。从其最初的情感状态来看,诗歌耐心的坚持,被认为是一种行为模式的语言表征。相反,诗歌平静、平衡的形式特征,与文本中心的暴力形成了鲜明的反差。这印证了艾维拉姆关于诗歌的定义:"诗歌……在本质上是这样一种话语设计:一边使读者或听者往单纯的声音的方向走,另一边又同时使他往单纯的意义的方向走,从而使读者或听者感受到一种持续不断的张力。"

第二,当"你"和"他"彼此切分,就破坏、影响了节奏在文本表面的呈现。随后,节奏多次复原,不仅重新确认了自身的存在,而且重新确认了主人公想要掌控节奏的努力只是徒劳而已。尽管"你"和"他"都试图发挥个体的作用,但又都受控于预设机制。同样,诗句跨行连续颠覆了诗行的表面视觉节奏;这样的跨行连续只在每节的结尾处才恰好出现,包括最后一节(只有一节不是如此)。在此,我借用艾维拉姆的一个观点:与其把诗歌节奏看作一种再现事物的符号,不如认为其功能是在做什么。是节奏把物质世界呈现在读者面前,也是节奏使诗歌努力要言说不可言说之物的宿命。文本对诗歌节奏的不充分的再现,表达的是对节奏的力量不受控制这一事实的焦虑之情:不论是分行、分节,还是其他手段,都无法控制节奏。

第三,在诗歌内容方面,上述各类角色出现在不同层面中。当我们进行线性阅读时,首先是向内移动,从外部世界到第1、2、3层,如前文图示。此时此刻,往下读意味着又一次向外移动。第2、1层,以及0层或者诗歌外面的世界,仿佛石头被扔进水里,在周围击起层层涟漪。尤其在第一节和最后一节中,第2、1及0层是从第3层痛苦的形体中心场景生发出的认知领域,逐渐扩大,且更为自觉。最简化、最直接的语词讲透必死性的信息和死亡的节奏:"有人死亡。"

以上所言，就是语词（包括语法）、意象在《节目单》一诗中"诉说节奏"的三种方式。

## 第四节　叙事性及其语境

让我们回顾本章早先提出的问题，并总结研究结果。文本分析表明，《节目单》有很强的叙事成分。叙事的敏锐度因第二人称主人公的双重身份而增强，并使得叙事性和抒情性形成对比，这种对比最终变成一种诗学观念的陈述。但孙文波诗歌中的叙事成分是什么，或者说，他的诗歌具有什么样的叙事性呢？这个问题的答案最大程度地涉及内容与形式两者之间的所有现象，从参照性的、认知性的事物到不具有参照性的刺激。

《节目单》一诗具有传统的故事特性。它好像讲述了一系列按时间顺序展开的事件及其内部发展。如果从结构主义叙事学概念——如叙述者和集中聚焦（focalization）——等切入，来阐释这个文本，多少能够言之成理。此外，莫妮卡·弗鲁德尼克（Monika Fludernik）的"后古典"叙事学意义上的"经验性"（experientiality）概念也同样可适用于该诗。根据弗鲁德尼克的看法，只要文本中出现的人形能动力（agency）积聚并评判了读者可识辨的、"真实"的经验，且表露出感情的投入，那么就有了叙事性，也就是说读者已经将文本看作故事。[①] 尤其在现代文学中，为某种传统体裁（比如小说）设计的理论为何不适用于另一种体裁（比如诗歌）？然而，在探讨和解释作为诗歌的《节目单》之叙事性的过程中，运用叙事学理论最多也只能做出不全面的探察。采用艾维拉姆的观点，通过分析诗歌的感官特征及其与意义的结合、互动，来揭示诗歌的节奏及其力量，这样可能收获更多。

那么，与诗歌可释义的方面同样重要的是，通过声调与节奏，读者

---

[①] 引自 Herman & Vervaeck 2001:146 等页。

可以感知诗歌的刺激层面。文本内部的主人公的观众,延伸成了文本"外部"的读者,这使得读者与文本之间建立起了直接的关系。从声调层面所获得的叙事特征因"散文式"的用语和惯用语句而更加显明(这些用语有句首的"而""于是""已经""但"等;惯用语句有说明性用语"直到"及交际性用语"那么"等)。至于《节目单》这一文本的节奏,它的传统的诗性特征及半格律特征是一清二楚的,但是在这个层面上,它的叙事性因为押韵的缺失、诗句跨行连续而大大增强。撇开抽象而结构齐整的情节中的参照物不谈,这首诗的声音听起来很像是讲故事。在关于当下先锋派诗歌的叙事性的讨论中,内容问题占据主导地位,但这样的形式问题也同样重要。

  本书在之前曾数次提及,20世纪中国诗歌研究中的"内容偏见"有其特定的文化历史背景:传统中对诗人社会责任的期望,以及现代以来经历的各种动荡。张曙光、肖开愚、孙文波这三位与90年代的叙事诗歌联系在一起的诗人,他们以非诗歌形式表达的诗学观念,都指向了同一个方向。在本章开头,我们提到了肖开愚的诗学观念,他是这三位诗人中最系统的理论家,也是"写什么"诗派的旗手,尽管他在一篇堪称轻松的文章中,评论了孙文波诗歌中"匀速的"语言,并且也许是以开玩笑的方式,将孙文波诗歌这种独特的节奏与他的生平联系起来进行解读,指出这源于孙文波当过兵、当过工人以及在城市铁道旁居住过的生活经验,即源于行军、机器和车轮的节奏。

  孙文波的诗学观念中并没有消除"内容偏见"。只有张曙光触及了作为核心问题的声调及节奏现象,尽管他的表述蜻蜓点水、前后不一。孙文波、张曙光、肖开愚这三位诗人的写作都着重关注当下中国的社会生活语境,包括那些波澜不惊、琐屑平庸的时刻。1997年,肖开愚通过与80年代的所谓"不及物的写作"的对比提出了"及物的写作"这一原创性概念,指写作的动机及经过有意识选定的题材,都源于作者的个人亲身经验。与叙事性概念相结合,"及物写作"在之后一些年的诗歌史和诗歌批评领域产生了一定的影响力,罗振亚和魏天无的研究可以为例。按照他们的观点,"及物写作"有助于解构 80 年代诗歌中的乌托邦抒情,包括早期朦胧诗、寻根热以及海子作品中以诗歌为宗教这一现象。①

\* \* \*

总之,在 90 年代的中国诗人、学者及批评家看来,诗歌不能不反映诗歌之外的真实世界。叙事诗人的诗作中也表达了类似的观点。但是在这里,我们也不要忘了阿契博德·麦克勒(Archibald MacLeish)所提出的要求:"诗不要隐有所指/而要直接就是"(A poem should not mean/But be)。还有艾维拉姆异曲同工的说法:诗要诉诸节奏的力量。只有在满足这类要求的情况下,内容才能获得至尊之位,并超越特定的历史语境。《节目单》及许多其他叙事诗歌恰恰就是这样。② 考虑到中国混乱动荡的 20 世纪,我们就更要提醒自己,诗歌之叙事性的表现方式是多种多样的,而且,总的说来,诗歌并不是记录社会的文献。

---

① 肖开愚,1995 年,第 158—159 页。孙文波,1998 年(b),2001 年(b)。张曙光,1999 年,尤其是第 245—246 页;他对前两个问题的回答在表述上的不一致,见第 235—236 页。肖开愚,1997 年(a),第 221 页。罗振亚,2005 年,第 172—188 页;魏天无,2006 年,第 5 章。

② MacLeish 1985:106-107.

# 第八章　"下半身写作":尹丽川和沈浩波

　　21世纪之初,中国先锋诗坛上最大的谈资当数一群备受争议的诗人,他们的写作被冠名为"下半身写作"。本章第一节批判性地介绍"下半身写作"诗人的诗作、诗学观念及诗人身份,尤其关注尹丽川与沈浩波的作品。我们集中关注的是2000—2002年这个时间段,这期间,以"下半身"命名的两个以书代刊的民间刊物面世了,"下半身"诗人的作品也纷纷在各类书刊上出版或发表。2002年之后,作为一个群体的"下半身"诗人不再活跃,但它毕竟已在文学史上占据了一席之地,尽管关于这个诗人群体的争议很大。另外,这个群体中一些个人之后的文学事业传承了"下半身"的遗产,比如尹丽川、沈浩波、朵渔等。本章第二节勾勒了"下半身"在先锋诗框架中的承传,它从三个角度被概括为:去神秘化、行为不羁及社会关怀。就第三点而言,虽然"下半身"诗歌是世俗美学的极端表现,但它也把文学定位为表达社会关怀的载体,这一点,与"崇高"及"世俗"诗歌的特征是相同的。这又确证了,尽管"崇高"与"世俗"为我们讨论先锋诗提供了有用的参照系,但这个参照系并不是分类严格、一成不变,两者之间的关系也不是简单的二元对立。

　　文坛对"下半身"诗歌的态度分歧很大。一些批评家认为"下半身"诗歌是不道德的,但这个现象只更能说明,在诗歌批评领域,批评家的期望与现实中的诗歌生产之间的错位,就像本书第一章谈到的诗歌危机论。本章希望向读者揭示的是,"下半身"诗歌虽然让文学界感到震惊,但这并不足以解释它所引起的关注。另外还有,"下半身"诗歌虽然植根于当代中国社会现实,但这并没有使得这样的现实意识成为欣赏"下半身"诗歌艺术必不可少的条件。

## 第一节 "下半身"诗歌

下面是创作于 2000 年的一首诗,尹丽川的《为什么不再舒服一些》①:

**为什么不再舒服一些**

哎　再往上一点再往下一点再往左一点再往右一点
这不是做爱　这是钉钉子
噢　再快一点再慢一点再松一点再紧一点
这不是做爱　这是扫黄或系鞋带
喔　再深一点再浅一点再轻一点再重一点
这不是做爱　这是按摩、写诗、洗头或洗脚

为什么不再舒服一些呢　嗯　再舒服一些嘛
再温柔一点再泼辣一点再知识分子一点再民间一点

为什么不再舒服一些

这首诗写的是什么？当然是性交——但一个人如何能以知识分子或民间的方式来做爱？

《为什么不再舒服一些》见于《下半身》创刊号(2000 年 7 月)。诗作标注日期为 2000 年 1 月,那时正值前两年间席卷中国诗坛的"民间—知识分子论争"即将偃旗息鼓。关于这场论争我们将在第十一章中讨论,目前注意以下几点足矣。论争起初只是涉及多位杰出诗人及评论家的一个圈内事件,不久之后就蔓延至诗坛以外的大众媒体。尤其是年纪大一些的资深学者与批评家觉得,这场论争让文学颜面扫地。让资深学者与批评家愤怒的是,对方的行为——站在一条极深的

---

① 《下半身》第 1 期,第 58—59 页。

## 第八章 "下半身写作":尹丽川和沈浩波

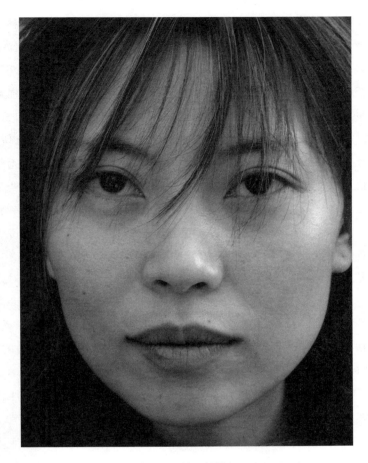

图 8.1　尹丽川于 2004 年(摄影 Martin de Haan)

代沟彼岸那些人的行为——极其可鄙,无异于煽风点火,浑不吝地危及文学界来之不易的自由。自"文革"之后,先锋诗坛发展迅速而且多元;这场发生在诗坛内部的争斗,可能恰好给先锋诗坛的老冤家们传递了一个错误的信息。另外,虽然"民间写作"与"知识分子写作"论争确实引发了人们对艺术现状的反思,但诗人和批评家的私人关系、职业关系,以及整体文艺氛围都受到了损害,尤其在 1999 年 4 月"盘峰诗会"后,这也令很多人扼腕叹息。

随后,2000 年初,论争即将落下帷幕时,有人讽刺取笑了这整个论争活动。在一些指点江山,快意而为的论争后,双方各自标举旗帜,即"民间"(之下有于坚、韩东、伊沙等著名诗人)和"知识分子"(之下有王家新、欧阳江河、西川、孙文波等著名诗人)。而这一切,意不在诗歌本身,更像是肆意为之的一种事后机灵。这也是尹丽川诗歌的特色,《为什么不再舒服一些》一诗的剩余部分也是:语带讥诮、疲惫倦怠、愤世嫉俗、玩世不恭,但又态度强硬。这首诗的效果由于一种无处不在且根深蒂固的教条观念而更加强化了,为的是以下这个绵延两千多年的文学传统:按照这种传统来说,公然地、详实地描述性事是一种恬不知耻的行为,若出自女性之手,则尤其羞耻。① 更糟糕的是,诗中的言说者是一个放荡的女人,她纵情于肉欲,不是缘于找到了灵魂伴侣或者爱人,而只是为了满足女性欲望,把男人当作泄欲的工具,对之颐指气使。

尹丽川(1973)与沈浩波(1976)作为"下半身"诗派的领军人物,在 2000 年夏至 2001 年底曾轰动一时。不少评论者将作为隐喻的"下半身"解读成生殖器的同义词,将"下半身"诗歌等同于色情文学。但是,其实,"下半身"诗歌往往讽刺意味很浓,对描述性生活及性快感并不太感冒,所以,这样的归类有失公允。"下半身"诗歌的意蕴不止于此,它以自身独特的、不可模仿的方式反映着中国大都市生活中的黑暗角落,从包围着都市青年的意识形态真空内部来看问题,发现他们已无法也无意再循规蹈矩地生活下去。诗歌展现了都市青年另类的生活方式,一方面是苦乐参半、感觉没有未来,另一方面,是极少数寻欢作乐者又觉得一切皆有可能;这两种感觉既相互矛盾又彼此耦合。这一切表现为愤世嫉俗、无动于衷的个人主义和享乐主义,或是朋克,或是商业化,或是两者兼而有之。顺便要说的是,这样的青年文化在别的国家也同样屡见不鲜。另外,在中国大陆社会文化背景中,

---

① Idema & Grant 2004.

它的文艺表现显然不限于诗歌。

### 尹丽川

如此看来,在尹丽川的作品中,除了放荡女人的声音,也还有更多的内涵。在中国,像《退休工人老张》(2000)①这样的诗歌标题,会让人联想到,以社会主义现实主义笔法描写的英雄其安居其所的退休生活画面,又或者,步韩东、于坚之类的"口语诗人"的后尘,让人想起芸芸众生中一个安详的、不问世事的男人形象。但事实并非如此:

#### 退休工人老张

他睁开眼,天花板上
有颗钉子,他看了十分钟。
他一睁开眼,就看见天花板上,那颗钉子
有十多年了吧。
十多年前,那颗钉子,在天花板上
不在他眼里。
那时他一睁开眼,就去上班,不,先上厕所。

现在他不上班,不着急去厕所,所以他醒了
就盯盯钉子。钉子掉下来,掉进了左眼
左眼坏了,看不见钉子。右眼没坏
也看不见钉子。因为天花板上,没有了钉子。

天花板上,有一个洞,就像他的左眼
是一个洞。所以天花板上的洞
他是用右眼看见的。他要看上老半天
闹钟才会响,天刚蒙蒙亮了

---

① 《下半身》第1期,第60页。

自80年代以来,琐碎的日常生活本身——不是白发苍苍,也不是其他作为社会模范的生活中那些固有的德高望重的象征,而是麻烦、无望、尴尬、颜面扫地等——作为诗歌主题,已经为读者所接受。尹丽川诗歌的力量在于她冷淡的写实性描述,及冷静的闲聊口吻,尽管所发生的事情其实很让人局促不安。还有就是,她对自己笔下的那些象征之物持一种无动于衷的把玩态度:钉子、一只左眼、一只右眼、天花板上的一个洞,及已经成为一个洞的左眼。"钉子掉下来,掉进了左眼"以后的场景很是荒诞。情节围绕着这只有问题的眼睛展开,想让读者相信:虽然老张的眼睛里掉进了一颗钉子,但他依旧耐心地继续躺在床上,直到闹钟响起,生活与往日无异。

这里,诗歌张力出现在了两种语言之间。一种是作为社会主义意识形态产物的描述主流现实的语言,这种语言也正是老张们的生存环境。另一种是尹丽川的语言,它把老张从这种语言中拉了出来,拉进她对老张生活的不恭不敬的描述中。

与《退休工人老张》一诗相似的文风上的操作,也出现在《呕吐的男人》(2000)①一诗的第6—12行:

## 呕吐的男人

> 西服是黑色的,秽物像奶油
> 在夜里一个男人蹲在中心呕吐
> 安静而乖巧,大家都很满意。
> 霓虹在跳舞,女人在跳舞
> 美酒在跳舞,音乐摔倒在地
> 必须认真、彻底,全力以赴。
> 呕吐出一些骨头
> 呕吐出一些皮

---

① 《下半身》第1期,第63—64页。

呕吐出一些水
呕吐出最后的劲儿
请继续。观众越来越满意。
为了高潮请你全身心投入，我的亲亲。

诗中呈现的是夜生活纵情狂欢、纸醉金迷、温柔而又残酷的画面。在文本中，柔情似水的例子见于昵称"我的亲亲"，它使得诗歌的效果复杂化了。这当然是一种反讽，可是在尹丽川的——贬低"下半身"的人会称其为"堕落"的——宇宙里，"我的亲亲"之类可能是最诚挚的。

同时，尹丽川也塑造了一些20世纪末在中国大城市中出现的"不洁"的人物，如瘾君子、妓女、小偷小摸的人等等，在描写这些人时，诗中充满了同情与悲悯，如《城市小偷》(2000)①一诗：

### 城市小偷

抓一把去年的雪在手中
撮出一团黑泥后
空空如也。你找不到一颗石头踢
一路上只好手脚规矩
街面清扫得那么干净
快没有你的容身之地了
公共汽车不再拥挤
你真不习惯，卖鞋子的大姐说：
你好。你也吃不惯
包子铺里卖的汉堡
操！这么多东西变了
也没人跟你说一声
大哥去越南做大生意

---

① 尹丽川，2001年，第183—184页。

二哥当了龟头,三哥进了局子
四哥?被车撞死,五哥回家种地
你没处去。1968,你生于此地
你是城市户口,你从小自力更生
你不骗不盗不奸淫,你比和尚更童贞
你经过警察,小心翼翼
可人家看都不看你一眼。
你的步子越来越慢,周围人呼啦啦地
穿过你身边。你坐了下来
在城市花园,栏杆硌得你屁股生疼
第一次,你怀疑起自己深爱的职业
没有人再需要你。你生不逢时

尹丽川之所以是"下半身"诗人中的佼佼者,其原因在于她能把幽默感与一些真实可信的伤感时刻结合起来,还有就是她对诗歌形式的讲究:戏谑的、如同小曲般的重复,接近押韵,节奏优美流畅。如《油漆未干》(2001)①一诗中,连续七行(3—9行)都运用了同样的句法和节奏,且都以"度"字结束:

### 油漆未干
——致某某、某某某和某某

请伸出双手
撕下你的脸面
测量它的厚度
加强它的硬度
取消它的湿度
把握它的尺度

---

① 《蓝》2002 年第 6 期,第 112—113 页。

缩短它的长度

修整它的宽度

拒绝它的风度

然后,请放回原处

(注意轻拿轻放)

请做好表情

对准虚无(即芸芸众生)

再麻烦你伸出舌头

舔一下你的脸面是否还在

不管它在不在

它正在的地方

请双手合十

你一定感觉得到

你虔诚的勇敢的表情

就像一块油漆未干的牌子

谁都想在上面

按一个手印

第一行"请伸出双手",十足的陈词滥调,表示这是一个充满爱与慈悲的多愁善感的画面。随后,"撕下你的脸面",却又有撼人心魄的残酷。"脸面"意象作为向世界呈现自我的方式,引入了身份认同的话题。"脸面"是否还在?人能看到自己吗?"脸面"已经接管掌控权了吗?人能成为自己吗?和《呕吐的男人》一样,《油漆未干》也有一个有力而略显神秘的结尾。最后的场景,无论从字面上还是从喻义上来看,都显示出对被想要留下痕迹的人触碰的厌恶之情。

### 表现与宣言

"下半身"诗人中广为传播的一个说法是,没有大学文凭的诗人是没有"被知识污染"的人。① 但事实上,他们中不少人早已心甘情愿地接受了知识的污染。尹丽川是中国最高学府北京大学外语学院法语系毕业的,之后在法国巴黎著名的 ESEC 电影学院深造。另外四名成员,包括主力沈浩波,都是毕业于享有盛誉的北京师范大学中文系。虽然如此,这个事实并未阻止他们对正规教育嗤之以鼻,称其为精英文化堡垒。如此一来,"下半身"诗人在其"世俗的"反知识分子倾向上,与许多"民间"诗人在 1998—2000 年的论争中的行为有如天作之合,并肩作战。其中伊沙与徐江这两位"民间"阵营的辩手,把 90 年代以来中国诗坛中那些但凡有点儿名气的人,几乎都给得罪光了。这两位在"下半身"诗人中备受推崇。作为上文提到过的"代沟"的一例,2001 年 8 月,在清华大学召开的"文化视野中的中国文学"会议上,蓝棣之痛斥了这场发生在"民间写作"与"知识分子写作"之间的论争,其中"下半身"诗人与北师大的这层关系,可能更让他的愤怒火上浇油。不难想象,曾任北师大中文系教授的蓝棣之,或许感觉自己培育了一窝毒蛇。②

在中国高校里,写诗的学生和教授为数不少,尤其是文科师生,但也不限于文科。高校中的教授或管理者鼓励学生举办各种类似沙龙的聚会,"学写诗"。"学写诗"这样的说法暗示了一种不同于(中国和其他地方的)大多数先锋诗人的诗学观念,揭示了中国传统诗学的持续影响,表明诗歌是一种可以习得的技能,未必非要有激进的创造力、原创的革新甚至对常规的背离。北大、北师大这样的高校里也有学生主办的诗刊及诗集,会举办朗诵会、设立诗歌奖等活动。这类学生诗歌很少超出中规中矩、因循守旧、咿呀学语的水准,内容大多是描绘四季变化、表达单相思或悲观厌世之情等话题。偶尔有少数几首原创性的诗作脱颖而出,赢得全国性声誉,作者就会被母校奉为座上宾,如山

---

① 见下文沈浩波的宣言。
② 参见朱大可,2006 年,第 278—279 页。

东大学的韩东、武汉大学的王家新、北京大学的西川及云南大学的于坚等。

因此,由于"下半身"诗人与北师大的渊源,2001年12月,在北师大中文系举办的第七届铁狮子坟诗歌节上,近四百人对这些诗人翘首以观、团团簇拥。但他们的作为冒犯了现场的大部分观众,很快就遭到嫌弃。在朗诵会上,一些观众退席以示抗议,另一些观众声嘶力竭地表达对他们的支持,最后活动演变成针对诗歌本质的口水仗。接着出现了一个诡异的场景:一位怒气冲冲的长者从礼堂后座挤到麦克风前,手持长剑;从装束来看,他好像刚练完武术,他的武器是用来锻炼身体,不是打仗的。除了一些愤怒的肢体语言外,这位老者与现场观众打起了嘴仗,表达了他对让北师大及诗歌蒙羞的"下半身"诗人的声讨。在这种情形中,长者的长剑实现了其象征价值,哪怕只是在我心目中激起了对戴安·阿勃丝(Diane Arbus)那幅著名的摄影作品——在纽约中央公园那个手拿玩具手雷的小孩——的例常反应。这张图片被倒置,小孩的下半身因此呈倒立之状,这成为《下半身》创刊号的封面图片。①

该刊以沈浩波撰写的宣言《下半身写作及反对上半身》为发刊词。"下半身现象"就这样与这几页宣言挂上钩,达到遮蔽了其他文本的程度,甚至遮蔽了诗歌本身。或许这样的情形可以理解,因为,其一,"下半身"宣言在行文上厚颜无耻。其二,"下半身"的同情者和批判者都注意到了,"下半身"理论与实践之间的出入,②虽然并没有明文规定说,出于趣味性考虑,作者的诗歌与其诗学观念必须相符。以下是宣言中的一些重要言论:③

> 强调下半身写作的意义,首先意味着对于诗歌写作中上半身

---

① 我亲身经历了这场朗诵会。关于北师大诗朗诵事件的报道见于多处,例如:沈浩波,2002年,第101页。
② 例如:尹丽川,2001年(a),第125—126页以及席云舒,2001年,第57—58页。
③ 《下半身》第1期,第3—5页。

图 8.2　沈浩波于 2006 年

因素的清除。

　　知识、文化、传统、诗意、抒情、哲理、思考、承担、使命、大师、经典、余味深长、回味无穷……这些属于上半身的词汇与艺术无关，这些文人词典里的东西与具备当下性的先锋诗歌无关。

　　源自西方现代艺术的传统就是什么好东西吗？只怕也未必，我们已经亲眼目睹了一代中国诗人是怎么匍匐下去后就再也没有直起身子来的。

来自唐诗宋词的所谓诗意,我们干脆对诗意本身心怀不满。我们要让诗意死得很难看。

只有找不着快感的人才去找思想。在诗歌中找思想?你有病啊。难道你还不知道玄学诗人就是骗子吗?同样,只有找不着身体的人才去抒情,弱者的哭泣只能令人生厌。

让这些上半身的东西统统见鬼去吧……我们只要下半身,它真实、具体、可把握、有意思、野蛮、性感、无遮拦。

所谓下半身写作,指的是一种坚决的形而下状态。

所谓下半身写作,追求的是一种肉体的在场感。注意,甚至是肉体而不是身体……因为我们的身体在很大程度上已经被传统、文化、知识等外在之物异化了,污染了,已经不纯粹了。太多的人,他们没有肉体,只有一具绵软的文化躯体,他们没有作为动物性存在的下半身,只有一具可怜的叫做"人"的东西的上半身。而回到肉体,追求肉体的在场感,意味着让我们的体验返回到本质的、原初的、动物性的肉体体验中去。我们是一具具在场的肉体,肉体在进行,所以诗歌在进行,肉体在场,所以诗歌在场。仅此而已。

诗歌真的只到语言为止吗?不,语言的时代结束了,身体觉醒的时代开始了。

我们亮出了自己的下半身,男的亮出了自己的把柄,女的亮出了自己的漏洞。我们都这样了,我们还怕什么?

上述宣言体现了沈浩波作为文学活动家的典型风格。其顽固不驯、气势嚣张、反知识分子的论调,以及"一种肉体的在场感"这样的表达所引起的关于"民间写作"与"知识分子写作"论争的联想,同时也与作为评论家（而非诗人）的伊沙和于坚的风格不谋而合。① "让诗意死得很难看"，正是全世界许多以艺术革新者自居的人在现代的所作所为。

虽然文学宣言之类的文字在学术评价上享有豁免权，但还是得说，沈浩波的言论显然是有缺陷的。他宣称"肉体在进行，所以诗歌在进行"，让人搞不清诗歌和肉体该如何进行，假如语言的时代真的结束了，这个问题反倒是更加重要的。所谓语言时代的结束，是旁白式的陈述，意在攻击"世俗"诗歌的知名前辈。本书第二章已经提到过，"诗到语言为止"是韩东最出名的诗学观点。如果把沈浩波的动物梦当真的话，那么，他一旦运用自己所诅咒的语言，问题就会出现，尤其是他在撰写这种多少带有阐述性的文本时。动物没有人类语言，更不用说文学语言了。如果说人类表达具有比喻意义上的动物性，那也得是其他艺术表达，如音乐，而不会是文学表达。原初的动物性肉体这一意象也与"下半身"诗派的颓废都市风格不能相容，无论是在生活上还是工作上。在《诗探索》上一篇态度稍微温顺些的文章里，沈浩波追随意气相投的伊沙、徐江、侯马等人，声称自己偏爱的诗歌手法是"后口语写作"。在这篇文章里，他虽然论断有力，但得出的结论却不过是一些未经检验的主观论断，既缺乏创新，也没有启发性。②

沈浩波的第一部个人诗集《一把好乳》（2001），是一本装饰过度、貌似专业的非正式出版物，在"写作狂"（白杰明语）泛滥的当下中国，这本诗集的材质，也许反映了沈浩波其实是靠出版业谋生的众多书商之一。③ 他的第二部诗集《心藏大恶》2004 年正式出版后几乎即刻被

---

① 中岛主编的《伊沙这个鬼：伊沙的诗及相关评论集》（1998）是伊沙的诗歌及其他相关文章（如访谈等）的合集，内容丰富，信息量大，包含其他人对伊沙诗歌的评论；于坚的《诗言体》一文延续、承袭了自己早期作品（如《穿越汉语的诗歌之光》）的肉体取向，或许因为他发言的主要对象是"于粉们"，即《下半身》编辑们，他们有可能向于坚约稿。参见沈浩波，1999 年，2001 年（b）；朵渔，2000 年。

② 沈浩波，1999 年。人们普遍认为伊沙发明了"后口语化写作"一词。例如：罗振亚，2005 年，第 212 页。

③ Barmé 1999：x.

禁,封面照片是一张腹部裸露、身穿牛仔裤的男人下半身照,男人的胯部被置于图片中央位置,以此来表现男子的性别特征。①《一把好乳》的序言题为《我的诗歌有道理》,在这篇序言里,沈浩波声称,国外汉学家永远理解不了像他那样的诗,多数国内的评论家也不能,因为他们所接触的都是学术性的、知识分子及正统的语言类型,无法理解口语中的细微差别。

确切了解自身的感知极限,是一件困难的事。另外,我也知道,诗歌中的母语与非母语经验可能是有实质区别的,尽管总的来看,我们在谈论这个问题时,也许忽视了作为个体的读者对文本的介入是实现文本的关键所在。但无论如何,外国读者决不像沈浩波说的那样无能,这里,我敢拿自己的词典打赌。相反,与其他多数先锋文本相比,国外的读者和译者对"下半身"诗歌更容易理解。原因在于,它维度单一,或者用一个相关的表达就是,具有肤浅的文本性;词、短语和句子层面上的随意松散,让译者大可不必遵循狭义上的"信"。关于翻译,尹丽川与沈浩波均曾表示,他们较少在意抠字眼,而更在意传达其作品的"意思"。② 我认为,"下半身"诗歌对自身在国内的传播持同样的态度,批评家对"下半身"诗歌的误解源于诗人与批评家互相抵牾的诗学观点,而不是因为谁的汉语不过关,未能充分掌握口语或"后口语"等语言类型。总而言之,沈浩波对国内外批评界的能力及其他多数先锋诗歌都颇有微词,这种行为在文学场中是典型现象:当新潮流谋到了一席之地时,就要与前人往事划清界限、撇清关系。

高雅文化与通俗文化之间的清晰界线,在过去数十年间已经受严峻考验,高雅即好、通俗即坏的自发评价亦大受质疑。但我还是想指出,上文所说的单一维度及浅薄的文本性并不是一种价值判断,也不是在委婉地说"下半身"是糟糕的诗歌。成功的"下半身"诗歌文本,

---

① 沈浩波,2001年(a)及2004年。
② 2001—2003年间几次私下交流。

一方面有一种特别的口语化或戏剧化特征，流畅自然，另一方面，又有效地再现了文学之外的相关语境。这个语境就是都市丛林，它是贪得无厌的消费及娱乐业的根据地，人在其中目睹了金钱至上、流动至上、不均至上，性不再与婚姻、爱情和繁衍后代挂钩。如此种种，反映着中国主流意识形态及一切生活领域中旧有体制的崩塌，如勤俭节约、铁饭碗、禁欲主义，等等。在"下半身"诗歌里，时尚前卫、浪荡江湖、不能满足社会传统期待的青年人体验着这个"新新中国"。他们聪明机灵，人脉广泛，吃得开，对一切苦乐都敏锐洞察。

### 与"美女文学"相比较

上文说到，"下半身"诗歌牢牢扎根于当代中国动荡的社会现实之中。作为诗坛的一部分，它出现在"民间—知识分子论争"所导致的氛围中，但这不过是解读这些文本若干可能的角度之一。因此，在探讨沈浩波的诗歌之前，我们将对"下半身"诗歌与相关的小说略加对比。迄今为止，当代小说是建树更大的研究领域。

从70年代末开始，中国大陆的文化政策有所放松。随后，朦胧诗及伤痕文学体现了正统文学向实验或先锋文学的转变。[1] 从那以后，诗歌与小说作为一种高雅艺术，其地位日益受到质疑。80年代，尤其90年代以来，反知识分子倾向，对"流氓"生活方式的推崇，以及突破当下传统、在描写性生活方面的探索，都彰显了文学的震撼性价值，同时也彰显了作为文学重要主题的城市与身体。关于小说，魏若冰（Robin Visser）、陆洁等学者曾表示，现代性和全球化带来的疏离与焦虑，使城市成为魅力与丑陋的共存之处。[2] 因为古老久远的性别歧视，也因为中国传统的传记式文学观会将文学作品中的叙述者与作者等同起来，所以，性/身体在女性写作中变得尤为重要。所有这一切，都

---

[1] Yeh 2003:525, Knight 2003a:528-529.
[2] Visser 2002, Lu 2004.

发生在铺天盖地的文化及艺术商业化的背景下。

从以上背景出发,且让我们参考费梅(Megan Ferry)、桑禀华(Sabina Knight)、桑德拉·莱恩(Sandra Lyne)、孔书玉等学者的研究,把"下半身"诗歌与同样饱受争议的以"美女作家"之名而为人熟知的女性作家们及其作品放在一起进行比较,尤其是卫慧的《上海宝贝》(1999)及棉棉的《糖》(2000)。① 它们的相同点之一是,虽然尹丽川、沈浩波、卫慧好像都站在青年文化、反知识分子和"流氓"这边,而且他们都策略性地贬低了自身所受的正规教育(棉棉是其中唯一一个没有名牌大学文凭的人),但事实上,他们的读者群远远超出了青年文化范围,许多知识分子都是他们的读者,"流氓"则几乎没有。这让人联想到"痞子文学"或"流氓文学"的鼻祖王朔与高雅文化之间的暧昧关系,如学者王瑾所分析的那样。反正,期待王朔作品的读者群中有很多"流氓",是不切实际的。②

文棣指出,闵安琪在《红杜鹃》一书中将性激情用作政治、革命激情的替代品,但这种机制在"下半身"诗歌和"美女作家"小说中都没有发挥作用。③ 尹丽川、沈浩波、卫慧及棉棉的作品大多无关政治。与此同时,他们各自聚焦于社会底层生活、无法无天的屌丝、萎靡不振的色情、毒品和摇滚乐消费者以及新都市丛林中的其他人群,这与90年代中国社会的转型是密不可分的。因此,这也是一种政治维度,哪怕只是因为他们的作品揭穿了作为塑造社会政策主要因素之一的政治意识形态。

文棣所讨论的性解放潜质,在费梅与桑禀华的研究中也占首要地位,还出现在孔书玉对文学商业化的调查当中。在此,我们发现了"下半身"和"美女写作"之间的重大差异。在女性继续遭受压制的时代

---

① 卫慧,1999年;棉棉,2000年;Ferry 2003;Knight 2003b;Lyne 2002;Kong 2005:ch 4.
② Wang Jing 1996,第7章,尤其是284页。
③ Larson 1999.

背景下,卫慧和棉棉在叩问女性身份、伦理和道德的同时,最终强化了女性性征的刻板形象。沈浩波粗鲁的男子气概有着不同的运作方式,因为它可被解读成对大男子主义的讽刺性控诉。与此相类似,尹丽川对女性的刻板形象持把玩态度,她以既尖酸刻薄又洋洋自得的方式来提升女性的能动作用及其自我表现。而根据费梅的观点,女性的能动作用及其自我表现,刚好是"美女作家"颠覆的东西。另外,亚洲女性长期以来遭遇猎奇式性化,迎合着(国外)男性的眼光;莱恩把《上海宝贝》归为其中的又一例。我们从中发现了"美女作家"与"下半身"之间另一个与性欲相关的反差:女性性欲出现在尹丽川诗歌里的方式,与在"美女写作"那里毫不相同。顺便要说的是,卫慧积极促进关于她的书在性描写方面的宣传,但尹丽川却注意到"性"这个话题窄而又窄,并评论道:西方媒体对《上海宝贝》的炒作,更多的是出于对社会问题的兴趣,而不是受到文学的驱动。①

与前述几点问题相关,"下半身"诗歌与"美女文学"的主要区别在于:(国际)出版市场是促进"美女文学"及其直白的性描写的强有力因素,因为出版商不仅想要名(哪怕是恶名),也想要钱。在这方面,"下半身"诗歌多见于难以获取经济效益的纸面和网络渠道,而且总体来说,"下半身"诗歌隶属于一个没有卖点的文学类别——先锋诗歌。下文我们将回到诗歌中去。

### 沈浩波

关于沈浩波的冲劲,更贴切的表达,见于其诗歌作品,而不是他的那些阐释性文字。在《他妈的出租司机》(2000)②一诗中,言说者驾驶着在世纪之交的北京城中七万多辆出租车中的一辆:

---

① 尹丽川和《那就是北京》,2004 年。
② 沈浩波,2001 年(a),第 93—94 页。

第八章 "下半身写作":尹丽川和沈浩波 | 279

图 8.3 《下半身》第 1 期封面

**他妈的出租司机**

"他妈的老堵车,从琉璃厂到马家铺,
在洋桥堵了他妈的一个小时,今儿他妈的太不顺了"

"刚才下车那女的,他妈的有个榜肩儿,

这老娘们儿,我认识她,就他妈是国贸的"

"全他妈晚上出来,你看这些大货车,开他妈这么快,
你丫要抖在石家庄抖去,到我们北京抖他妈什么抖"

"我说你丫站十字路口干嘛呀,你他妈站哪儿不好,
大晚上的,添他妈什么乱呀"

"真他妈操性,这么个破桥,修了九个月还没完工,
净他妈坑老百姓,三环上的立交六个月都他妈好了。"

"你看那棵树了吗,树皮掉了一大块的那棵,前几天一他妈皇冠给撞上去了
你丫犯迷糊就歇会儿呀,这不是他妈找死吗"

"要真他妈死了倒也犯不着心疼这车了,
中轴都他妈断了,这小子得花不少钱"

"这路说是要修,到现在都没动静
真他妈麻烦,瞧他们办这么点事情"

"你他妈就住马家铺啊?哎哟,您可真会找地方
整个一杂草丛生呀,你他妈怎么找的"

世界各地的出租车司机,都是这样操着出租车司机的语言骂骂咧咧的:政治不正确,满口脏话,自言自语;这也是其他一些既独处但又相互影响的行业里——如理发师、小店主等——自然生成的一种语类。沈浩波笔下的出租车司机也不例外。这首诗与杜尚的"现成"艺术品颇为相似。沈浩波的大部分作品都像这首诗一样,并不需要读者对中国了解很多。他的诗歌还描写以下主题:对教师和教育的厌恶、婚姻的恐怖、琐碎乏味的中产阶级生活、暴发户、感情冷漠的性生活、恶棍、娼妓及街头团伙暴力,林林总总,不一而足。这些作品有时风趣滑稽,

大多咄咄逼人,大量使用口语。他的语言没有格外的独特性或实验性,但很有气势。诗行要么特短,要么特长。首先,我们来看句子特短的一个例子:《黄四的理想》(2001)①,诗中有一两处涉及中国现状,但对读者而言,一点点历史知识足矣:

### 黄四的理想

我和黄四

在他家的阳台上

喝啤酒

掷色子

黄四的手气

特别好

就像他

这几年的财运

黄四朝掌心

吹了口气说

如果是个豹子

我今年

就会实现

第一个理想

买一辆卡迪拉克

穿过天安门广场

他又吹了一口气

如果下一把

还是一个豹子

我就要实现

---

① 沈浩波,2001年(a),第59—60页。

第 2 个理想
我要花 100 万
或者 200 万
把我们当年的班主任
就是那个
叫徐春萍的
半老徐娘
包上两个月
我要剥光她的衣裳
一边捏着她
干瘪的乳房
一边让她
给我讲
马列主义思想

读者可以想象得到,这首诗是一边呷着啤酒掷色子,一边断断续续说出的话。这其实也是沈浩波朗读诗歌的方式:句尾停顿贯穿始终。① 在其他一些作品里,沈浩波和别的"下半身"诗人的短诗行只不过是个写作小花招。当形式有助于表达厌恶、拒绝、否定等内容时,短诗行的效力才最强,无论这种表达是生硬直接,还是经由反讽,比如他对理想主义的讽刺性描写。这种类型的写作,可称为"拒绝式"写作——跟上文说"下半身"诗歌肤浅一样,这个说法,也不是一个价值判断。

沈浩波的长诗行作品比较少见,但总体而言好过他那些断断续续的短诗行。在《我们拉》(2001)②一诗中,"拉"指排便(拉屎)。"下半身"的敌友均曾援引此诗,各自作为为己方辩护的证据:作为副歌的"我们拉呀,我们拉"一句,好像既能证明这是好诗,又能证明这是坏

---

① 2004 年 5 月比利时根特中心站的问答环节。
② 沈浩波,2001 年(a),第 14—15 页。

诗。另一首《淋病将至》(2001)的情形也是如此,敌友双方均曾援引。上文说过,先锋诗歌中有不少很"大"的诗篇;按照中文的标准,《淋病将至》也算是很长的一部作品。这首诗由11个庞大的诗节组成,自始至终保持着让人喘不过气来的语速。我在这里引用了全诗(见下页),为的是让读者感受一下它可谓咄咄逼人的规模。

第一行中的方舟书店位于北京市百万庄大街附近,在90年代,曾出售各种亚文化、反主流文化产品。开心乐园是一家摇滚酒吧,在北京五道口附近,许多地下摇滚乐团常常在这里演出;后来或许是由于北京无处不在的拆迁蔓延至此,或许是预算出了问题,或许两者兼有,停业关门了。21世纪初,这个地方成为一片废墟,周围散漫着汽车修理铺及卖盗版CD的小摊贩。沈浩波从这个地方开始了他言辞激烈的长篇大论,针对种种乱象:金钱、对绿卡的猎求、消褪的欲望、来罪恶大城市公款旅游的地方官员,当然还有与感情无关的性:"你有你的我有我的吻过之后什么都没了。"尽管语言粗粝,有时还厚颜无耻、冷硬无情、玩世不恭,但全诗仍然表达了某种社会关怀,这在"逃避遣返的民工"及"马路牙子上蹲着的是人不是恶狗了"之类的诗行中显而易见。在沈浩波笔下,北京城就是一个持续数年的巨大建筑工地,而这类人物形象,正是建筑工地的一部分;在这个工地上,机器声震耳欲聋,探照灯令人眩目,农民工夜以继日地工作着。像所有其他无家可归的人一样,言说者最后流落街头,全都站到大街上淋雨;但全诗始终散发着顽强的韧劲。

**淋病将至**①

"方舟书店"不开了,"开心乐园"不搞了
咬牙买下的贝司被老爸砸了,一起混的发小已经学会挣钱了
艺术青年们无家可归了

---

① 沈浩波,2001年(a),第155—159页。

都站到大街上淋雨了
淋啊淋啊淋啊淋啊淋啊淋啊淋啊淋啊
淋着淋着
就淋成淋病了

世贸中心倒掉了，五角大楼炸掉了，
自由女神被忘掉了，老美们看见外国人眼睛都绿了
怀揣绿卡的人们无家可归了
都站到大街上淋雨了
淋啊淋啊淋啊淋啊淋啊淋啊淋啊淋啊
淋着淋着
就淋成淋病了

眼看国庆要到了，天安门又要戒严了
胡同里的保安揣上电棍了，街心公园里不准乱搞了
逃避遣返的民工无家可归了
都站到大街上淋雨了
淋啊淋啊淋啊淋啊淋啊淋啊淋啊淋啊
淋着淋着
就淋成淋病了

发黄的颧骨越来越高了，眼影下的皱纹越来越碎了
紧身的弹力裤实在太土了，巴士上的小青年不忍心碰你们的屁股了
被北京的风沙卷走容貌的黄脸婆们无家可归了
都站到大街上淋雨了
淋啊淋啊淋啊淋啊淋啊淋啊淋啊淋啊
淋着淋着
就淋成淋病了

眼屎越积越厚了,堕胎已经两回了

小敏小丫小兰还有玛丽你们太傻了,成年的男人不是东西你们现在知道了

兜里只剩一包"都宝"的小女孩无家可归了

都站到大街上淋雨了

淋啊淋啊淋啊淋啊淋啊淋啊淋啊淋啊

淋着淋着

就淋成淋病了

北风砸得窗玻璃哐哐做响了,小白杨冻得是哆里哆嗦了

穿棉猴的老爷们缩着脖子了,涂脂抹粉的大妈大婶儿没地儿乱扭了

喜欢穿着长裙漫步后海的怀旧的小娘们无家可归了

都站在大街上淋雨了

淋啊淋啊淋啊淋啊淋啊淋啊淋啊淋啊

淋着淋着

就淋成淋病了

20岁你就发胖了,30岁割去胆囊了

40岁跟小姑娘做一次你就气喘吁吁了,50岁你丫暴死街头了

挥霍年华就像挥霍酒精的傻逼们无家可归了

都站到大街上淋雨了

淋啊淋啊淋啊淋啊淋啊淋啊淋啊淋啊

淋着淋着

就淋成淋病了

北京的鸡婆发话了,俺们这旮沓不比你们外地了

打一炮起码300了,要有美刀那就更好了

外省来的副科长们无家可归了

都站到大街上淋雨了
淋啊淋啊淋啊淋啊淋啊淋啊淋啊淋啊
淋着淋着
就淋成淋病了

女儿都送哈佛了,富爸爸都开大奔了
站在四环可以望见五环了,开着奥迪直接就奔奥运了
祖国和人民达成共识了,穷人和艺术家有碍市容了
把他们统统赶到大街上淋雨了
淋啊淋啊淋啊淋啊淋啊淋啊淋啊淋啊
淋着淋着
就淋成淋病了

谁说年华容易度过了,谁说馒头可以阻止饥饿了
马路牙子上蹲着的是人不是恶狗了,为什么立交桥下面到处都是沟壑了
写着写着我已经快要写高了,有点伤感你们说我是矫揉造作了
把像我这样的杂种统统赶到大街上淋雨了
淋啊淋啊淋啊淋啊淋啊淋啊淋啊淋啊
淋着淋着
就淋成淋病了

那天遇上一个女的名叫曹艳了,喝得有点飘了她给我唱了一段越剧名叫《断桥》了
什么叫做眼波流转如今我算知道了,兰花般的指尖划过夜色了
你有你的我有我的吻过之后什么都没了,拿起拎包转身我就下楼了
有多少像我这样衣着单薄的光头佬半夜时分跑到街头淋

# 第八章 "下半身写作"：尹丽川和沈浩波

雨了
淋啊淋啊淋啊淋啊淋啊淋啊淋啊淋啊
淋着淋着
就淋成淋病了

淋啊淋啊淋啊淋啊淋啊淋啊淋啊淋啊
淋着淋着
就淋成淋病了
淋着淋着
就淋成淋病了
淋啊淋啊淋啊淋啊淋啊淋啊淋啊淋啊
淋着淋着
就淋成淋病了
淋着淋着
就淋成淋病了
就淋成淋病了
就淋成淋病了
就淋成淋病了
就淋成淋病了
……

如果以适当的、持续不断的劲头大声朗读这首诗，就像在2001年北师大的朗诵会上那样，可以看出，《淋病将至》的确代表了沈浩波的写作风格。它给"下半身"诗歌最根本的人类经验注入了一种刻骨铭心的声音：绝望透顶却又不可抑止。

参照上文关于单一维度和肤浅的文本性的讨论，这也提醒我们注意，许多"下半身"诗歌都非常适合即兴朗诵。至于书面上的文本呈现，同样值得一试，尽管它不鼓励读者动用细读法。"下半身"诗歌不会激发读者去煞费苦心地解读其句法歧义或原创性隐喻，也不鼓励读者识辨其复杂的互文性。只要我们允许它激活恰当的阅读期待，其艺术潜能就不会丧失效力，诗歌所唤起的语境也依然同样重要，同样惊人。恰恰相反，这些诗歌文本的表述本身加深了我们对语境问题的理解——如上文所说的都市丛林生活等——因为诗歌提供了一种另类的、不寻常的视角，对我们借助其他媒介和文体所学到的东西来说，是一种补充。同时，它也导引我们去反思诗歌的本质，再次确认诗歌体裁的基本特征。下文我们将探讨这个问题。

### 生产、接受、演出阵容——但为何是诗歌？

"下半身"是第一个与互联网密不可分的中国诗歌事件，这类诗歌文本及其作者，依托网络这个最佳媒介和环境，找到自己的读者并且持续发展。① 互联网更容易催生短平快、无关痛痒的文本生产。如第一章所述，多样化的网络文学经验在中国飞速发展，很有可能成为年轻一代的默认选择，但对许多作者和读者来说，作品最终的书面出版仍然是衡量网络文学成功与否的一个标准。对于"下半身"作品的涌现，互联网毫无疑问起到了推波助澜的作用，但"下半身"在纸媒或纸面出版上留下的成绩也还是可观的，这其中也包括自2003年以来零散出现的多种语言译文。②

2002年，符马活主编的《诗江湖：2001网络诗歌年选：先锋诗歌档案》面世，诗选涵盖了多位诗人，依从的是"下半身"的文学谱系。该诗选以这个名字被正式编入"中国版本图书馆"图书在版编目，但封面标题"诗江湖：先锋诗歌档案"更为显眼。这一简称遮掩了本书的网络因素，这进一步证明，印刷出版物丝毫没有丧失其在作者和读者心

---

① 至于先锋诗歌网站，见 DACHS 诗歌篇以及 Inwood 2008，第2章。关于作为"网络女诗人"和"女博主"的尹丽川，见 Blume 2005，Yin & Bradbury 2005 及 Hirsch 2007，第1章。

② 参见 Inwood 2008，第2章。关于书面发表经久的重要性，见 Hockx 2004：121 及 Inwood 2008，第3章。关于尹丽川和沈浩波诗歌的英译，除了 *The Drunken Boat* 6-I/II（2006，在线）和 *Full Tilt* 1（2006，在线），另可见 Index on Censorship 35-4（2006）。

目中的优势地位。封面也被偷梁换柱,打出了"中国诗歌的下半身"的广告语,"下半身"在此作为一个隐喻,其使用范围大大超出"下半身"诗人群体。出版界以"下半身"诗人之名,也推出了一系列老式的纸质出版物。首先,从 2000 年 7 月至 2001 年 3 月,《下半身》以书刊形式发行了两期。2001 年,尹丽川和沈浩波各自出版了首部个人诗集。尹丽川的《再舒服一些》中还收录了一些小说及短文;沈浩波出版的诗集是上文所说的《一把好乳》。吴文光主编的精巧的《现场》丛书第二期(2001),以及由旅日华侨主办的诗刊《蓝》第六期(2002),都推出"下半身"专辑,包括诗歌、传记、参考文献、访谈、表达"下半身"诗学观念的文章及批评等等。2006 年,尹丽川的诗选《因果》发行。从那以后,"下半身"作为一个群体不再活跃,尹丽川却名声大噪,在国外参加了几次朗诵会。另外,推介其他"下半身"诗人的出版物也有不少,比如黄礼孩的《'70 后诗人诗选》(2001)、符马活的《诗江湖:2001 网络诗歌年选:先锋诗歌档案》等选集,以及《诗参考》《葵》《诗文本》《诗歌与人》《原创性写作》等民刊,也包括符马活同名诗集的前身《诗江湖》。①

"江湖"一词由来已久,有几分浪漫多感,多用来描述一群机灵生猛的流浪漂泊者的生活世界,这群人生活在法规和秩序的边缘或之外,他们中有算命先生、街头艺人、风尘女子、武士刀客甚至亡命之徒。虽然把诗坛喻作"江湖",绝非仅仅与"民间—知识分子论争"相关,但这两个阵营初次交手后,"江湖"就成了"世俗"诗歌倡导者的最爱,比如徐江就曾用通俗武侠小说式的腔调向"知识分子"阵营叫板:"尔等但在江湖飘,看谁先挨我的刀!"②

谈到接受问题,"下半身"是 21 世纪头几年最热闹的中国诗歌话

---

① 符马活,2002 年;尹丽川,2001 年;沈浩波,2001 年(a)及 2004 年;尹丽川,2006 年;黄礼孩,2001 年。
② 徐江,1999 年(b),第 90 页。这一习惯用语的原文是"人在江湖飘,谁能不挨刀!"

题。在媒介上,对"下半身"诗歌的风格及整体评价存在着巨大的分歧,这发生在多种不同的话语渠道中,从网络上匿名的或毁或誉,到知名评论家在文学或学术期刊、著作中发表的长篇大论。下面我们举一些例子。

马策的《诗歌之死:主要是对狂奔在"牛 B"路上的"下半身"诗歌团体的必要警惕》是一篇狂怒的文章,发表于 2001 年初《芙蓉》。"牛 B"意为母牛的生殖器官,是表示赞赏或钦佩的脏话,马策讽刺性地使用该词,以回应"下半身"自我宣传的标语;大写字母 B 与"逼"同音,是书面语"阴道"的粗俗表达。马策将"下半身"置于中国诗歌语境中,指斥其自我沉溺的倾向,及昭然的自我炒作意图。他警告说,"下半身"青睐污言秽语,会将诗歌推至享乐主义的深渊。依据这个观点,他连"下半身"诗歌中可能有价值的方面,都拒不接受。2001 年底,席云舒在《诗探索》上发表文章,对当代诗坛与网络传播相关的一些特征出语指责,指出文艺激进分子空喊口号的行为背后是背景知识的缺乏。向卫国出版《边缘的呐喊——现代性汉诗诗人谱系学》(2002)一书(此处"汉"指汉语而非汉族,如同第一章谈到的民刊《现代汉诗》),表达与马策相同的立场。向卫国指出,杨克的《1999 中国新诗年鉴》第一部分已经囊括了若干位后来被归入"下半身"群体的诗人,因此,"下半身"并不像他们自我标榜的那样"新"。"下半身"诗人在《诗江湖》中宣称,后来的集体命名从根本上改变了他们的写作风格,对于这一说法,向卫国表示怀疑。①

其他批评家对"下半身"持正面肯定的态度,这延续了整个先锋诗史上一种渐增的文学包容性,如第一章所述。在这些批评家看来,"下半身"不仅是"世俗"诗学中一个离经叛道的分支,对沉滞萧条的圈子里的文化构成一种挑战,而且对文学也做出了真正的贡献。伊沙和徐

---

① 马策,2001 年;席云舒,2001 年;向卫国,2002 年,第 173—176 页;杨克,2000 年;沈浩波、尹丽川,2001 年。

江本身也是诗人,也代表了包括"下半身"在内的"世俗"美学。虽说他们的观点未必公正,但也不能因此剥夺他们的发言权。两人与马策在同一期《芙蓉》上发表评论文章,均表示对"下半身"事业的支持,但同时也提出,要警惕众声喧哗遮蔽诗歌自身的危险(伊沙),以及为酷而酷的危险(徐江)。徐江说沈浩波是诗歌疯子,是针对其狂热与勤奋而言的——沈浩波同时兼具作者、编辑、批评家、组织者等身份。同样在 2001 年,谢有顺在《花城》上发文,动用了大量理论来表达对"下半身"写作的支持。具有讽刺意味的是,这让人联想到"下半身"及相关诗派想要推翻文学及批评之象牙塔的欲望,也证实了"下半身"诗人群的"专业读者总是说晦涩术语"的断言。谢有顺为"下半身"答辩,他概述了"下半身"和作为"抒情"大潮化身的海子这两者之间根本的对立。海子在自杀之后被认为是"烈士",他的死亡被神化,这些都触怒了伊沙、徐江;本书第三章曾对此有所论述。在文章中,谢有顺还警告"下半身"诗人不要鼠目寸光,不要过度关注生殖器和性生活。2002 年,陈仲义在《诗探索》上发表评论,将"肉身化写作"列为四大重要诗潮之一。在另一篇正面肯定的文章中,陈仲义扩大了自己的观察范围。这篇文章刊登于《蓝》的"下半身"专栏。《蓝》是民间刊物,因此在这里,陈仲义能够更加畅所欲言地讨论"下半身"的主题及语言问题。他主张肉身与精神、感官与心灵的平衡,指出"下半身"诗歌与社会变革及网络文化之间有着割不断的关联。张清华为《2001 年中国最佳诗歌》(2002)一书所作的序言,是一篇鼓舞人心的文章,将"下半身"描绘成诗歌革新的标志以及"70 后"文学的中坚力量——"70 后"这一概念当时在国内批评界刚刚确立,指 1970 年以后出生的作者,因为他的文章中所讨论的作者都是 1970 年以后出生的。张清华提醒读者,从 80 年代中期开始,虽然先锋文学偏离"崇高",转向"世俗",但从未走入"普通"大众的视野,总体说来,先锋写作仍属于精英文化的一部分。

近些年来,"下半身"在文学史上取得了一席之地。例如,在简史性质的《朦胧诗后先锋诗歌研究》一书中,罗振亚辟出整整一章,讨论"70后"诗歌,"下半身"是其中的章节标题之一。罗振亚的陈述不偏不倚,他认可"下半身"作为所谓口语化写作主要代表的意义,把"70后"诗歌的另一构成部分称作"泛学院化写作",包括胡续冬、蒋浩、姜涛、王艾、周瓒等作者。在"70后"这个框架中,这两个潮流可分别被看作是"世俗"与"崇高"的附属品。罗振亚正确地指出,"下半身"乃至"70后"诗歌整体的显著特点,是他们创作了许多"快乐的文本",较少出现读者在其他诗歌中会遇到的"痛苦"。他总结道,就知名度而言,"70后"诗歌,连同其先驱"下半身"诗歌,其"在场性"足以挑战第三代及90年代诗歌等先前的文学时代,但是否成功仍须等待。朱大可在《流氓盛宴:当代中国的流氓叙事》(2006)一书中,承认"下半身"是当代文化的一部分,说得更具体一些,是其中所谓不良行为这一现象的一例。本章结尾处将讨论这一点。朱大可对尹丽川的诗歌赞赏有加,对沈浩波的作品却颇贬低,但他也注意到了沈浩波在文学上的"活动力"(activism)。①

上文提到的对"下半身"持谴责态度的文章中,席云舒的反映引人注目,原因在于他描述了自己面对最新发展时的惊愕之情,并认识到,不能将批评期待视野与实际诗歌生产之间的不协调全部归咎于诗人。这种不协调及其所导致的危机,在中国在他处都不是什么新鲜事。吴思敬则表示,就当代中国而论,诗歌写作与批评的不协调,以及90年代末严重的危机,都可追溯至80年代中期;那时,新诗大量涌现,湮没了甚而完全忽视了评论者的声音。用他的话来说,评论界"失语"了。能说明吴思敬所言的"失语症"很重要的一点是,连一些同情先锋诗的评论家都无法理解和接受新诗所创造的审美潮流。②

从各种重要出版物来看,"下半身"群体由12位作家组成,他们全

---

① 伊沙,2001年(a);徐江,2001年;谢有顺,2001年;陈仲义,2002年(a)及2002年(b);张清华,2002年;罗振亚,2005年,第4章;朱大可,2006年,第283—287页。

② 吴思敬,1996年。

都出生在 1970—1980 年间,其中有两位是女性:沈浩波、尹丽川(女)、盛兴、李红旗、南人、朵渔、巫昂(女)、朱剑、马非、轩辕轼轲、李师江、阿飞。"下半身"作为一个群体,组织松散,基于一种宽泛的文学关系,同时也涵盖了其他作家,如在北师大诗歌朗诵会上受到追捧的诗人竖。"下半身"的大多数成员是男性,这或许有助于解释"下半身"维系自身发展时所展示的大男子主义和性别歧视。至于女诗人,只要我们承认"女妖精"(femmes fatales)形象并没有加快妇女解放的步伐,那就可以说女诗人尹丽川和巫昂的行为其实并没有颠覆传统的性别模式。"下半身"的另一个特点是,作者们有意为之的很酷的视觉表演,在当时的文坛很是罕见,自从在民刊上首秀以后,就被广泛传播了。这绝对也是时代的标志之一,如第一章所说的,视觉媒体正在侵占纸面媒介的领地。比如难以置信的摄影角度、轻佻的姿态、狂野的发型、尹丽川转脸点烟的姿势、沈浩波的"剃头记",等等,这一切及同类画面都已成为"下半身"文学事业的一部分,既轻佻玩世又专注投入。

虽然"下半身"诗群闹闹哄哄、自我放纵,但他们决不会把自己的行为当作衡量一切的标准;而且,与大多数同龄人相比,他们更喜欢自嘲。他们也欣然接受,自己的许多诗作,只不过是以断行写下的稍纵即逝的想法或印象,挑衅的,甚至可能是骇人的、荒诞的,值得一读但并不耐读。这样说来,好像"下半身"文本与时代精神评论没什么差别,还不如采用诗歌以外的体裁去写作,如政治手册、报纸社论、社科报告。

但情形真的如此吗?那些最棒的"下半身"诗歌,恰恰是它们的作者没有把它们写成小册子、社评或报告,才能够引领人们去反省诗歌这一文学类型,并再次认识到,"下半身"的走红,不仅仅是因为丑闻,尽管会遭遇马策等人强制式的反应。类似这样的反应,对于无法无天的文学来说,总是在劫难逃的。

那么,"下半身"这帮人为什么写诗,而不写别的东西?与沈浩波

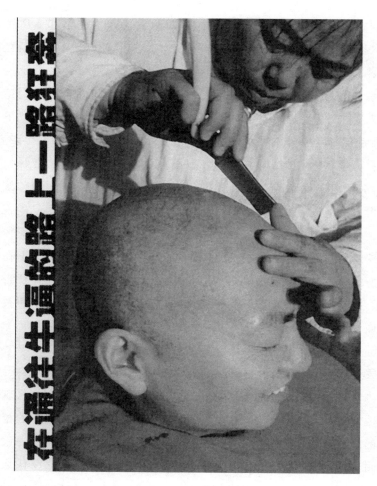

图 8.4 《在通往牛逼的路上一路狂奔》:沈浩波的《剃头记》。
来源:《诗江湖》2001 年第 1 期,第 12 页。

的宣言相反,虽然处在新时代,运用了新的写作风格,但"下半身"写作其实与知识、文化、传统乃至诗意有很密切的关系,也还能继续列举,再加上抒情与哲理,因为连极简主义的诗学都在有意无意地让诗歌成为抒情和哲理的沉淀。"下半身"所谓的"不在乎"同样有待商榷。一个人若真的不在乎,就不会从事写作,除非是为了钱;但从资金收益来看,"下半身"诗歌与其他大多数先锋诗歌文本相比,更加没有市场。实际上,"下半身"诗歌不仅对激烈社会变革时代的恐慌表现出明显的"在乎",而且对个中的欢纵也是如此。问题的关键在于,诗歌既能言说他物,同时,作为一种人造物,它也能言说自己,并使得人们关注诗歌本身——既与他物相互关联,又独善自立。"下半身"诗歌既植根于社会现实,又享有艺术置身现实之外的权利,它存在于这二者的交界,缺一不可。

## 第二节　诗学谱系

"下半身"诗歌并不是没有自身的产生根源。下面,我将以"崇高"及"世俗"美学为参照,勾勒"下半身"在先锋诗歌内部的发生及存在谱系。重申一下,这不是分类处理法,而是将"崇高"和"世俗"作为一组多维度文本和元文本的坐标,帮助我们识辨先锋诗歌内部的总体发展趋势,及其与个体诗人作品之间的关系。

在 2000—2002 年间的全盛时期,"下半身"诗人在自我定位时,常常使用 1998—2000 年"民间"与"知识分子"论争时大肆鼓吹的"民间"概念。对于"下半身"群体来说,"民间"这个概念之所以能成为参照框架,是因为,这场论争让"崇高"与"世俗"的分歧登峰造极,而正是在这期间,"下半身"作为一个群体,形成了自身的诗人身份。顺便要说的是,沈浩波并不是全盘接受"民间"立场,但他对"民间"的不满,与他对任何和"知识分子写作"相关的事物都恶意攻击的态度相比,相形见绌。① 无论怎样,"下半身"都是"世俗"立场在 21 世纪初的若干极端表现之一,另两种极端表现是数年之后出现的"垃圾派"和"低诗歌运动",这在殷海洁、戴迈河等学者近几年的研究中可以看

---

① 至于沈浩波对"民间写作"的批评,见沈浩波,2001 年(b)。

图 8.5 "酷姐"尹丽川。来源:《诗文本》2004 年第 4 期,第 10 页。

到。① "下半身"诗人的诗学观念及相关评论,确立了其与"世俗"派的亲缘关系。在陈述"下半身"的来龙去脉时,我们主要关注其三大显著特征。

### 去神秘化

我所谓的"下半身"诗歌的"拒绝性",在沈浩波的宣言中可见一斑。这也是沈浩波及其他人对高大全诗人形象的多种解构方式之一。就其本身而论,"下半身"积极秉持一种去神秘化(demystification)、甚

---

① Inwood 2008,第 2 章;Day 2007a。

至去神圣化（desecration）的诗学观念，本书曾多次对此加以讨论。这种诗学观念可追溯至韩东、于坚、伊沙等作者，以及《他们》《非非》等期刊。起初，它在某种程度上被从反面定义为对朦胧诗的拒绝。后来，它发现自己与"崇高"一方的多个类别都相互对立，如第一章所述的多组"崇高"派与"世俗"派的对立："抒情""神话""乌托邦""西化"，等等。但愿在前文中，我已经阐明，但这里也不妨重申一次：从韩东到沈浩波，多个作者诗歌中的去神秘化特征，已远远超越了对其他诗歌类型的反抗这一意义。

下面以具体的例子来分析，韩东的《有关大雁塔》和《你见过大海》等作品，有效地解构了中华文明的经典符码及其陈词滥调、言过其实的意象。伊沙的诗如法炮制，其去神秘化的名作有《车过黄河》（1988）及《饿死诗人》等文本，后者主要针对海子及其追随者发难。与韩东的《你见过大海》相比，伊沙的作品中，既有对诗歌意象的刻意"滥用"，也会对傲慢的诗人形象表达蔑视之情。于坚的作品，尤其是《0档案》，甚至将诗歌语言的神圣地位也去神秘化了。①

## 不良行为

基于早期的文学环境和诗歌潮流，"下半身"诗学的另一个特点是，从传统意义上看，它不守规矩、冒失无礼。这里所说的传统，还只是指先锋文学内部的传统，更不用说主流文学传统了。这种与不良行为相伴随的诗学观念，通过彻底的破坏性和其他身体方面的社会禁忌显现出来，比如：其一，卖淫、吸毒、手淫、排便、撒尿、疾病与暴力；其二，与上述禁忌相关联的是，贬低教育与学习；其三，厚颜无耻地展示自己的性别歧视，尤其是厌女症、排斥同性恋，及普遍的爷们儿做派。这里，曾有许多熟为人知的先例和类似的情形发生，都与去神秘化殊途同归。我们又一次想到了伊沙，还有"莽汉"诗人李亚伟及"非非"

---

① 韩东，2002年，第10、14页；伊沙，1994年，第5、3页；于坚，1994年。

诗人杨黎。这些诗人，他们的不良行为的影响都远远超出了诗歌的范围。据朱大可所言，20世纪80年代的先锋诗歌是当代中国其他文学体裁及艺术中的"流氓话语"的摇篮。①

《风光无限》(1999)是伊沙第二部正式出版的诗集中的第一首诗。这首诗中，开篇即将排泄的快感与登高望远这一古典文学主题相联系。这个禁忌及其他种种禁忌在他的其他作品中也俯拾皆是，如《在女性文学研讨会上的发言》(1997)及《我和我的导师》(1996)等。在诋毁高等教育方面，早期的例子有李亚伟的《中文系》(1984)。"下半身"出现之际，杨黎发表了冗长的描写嫖娼性行为的《打炮》(1999?)一诗，"打炮"是一个男权俚语，指性交与射精。此诗最初见于2000年《诗参考》。这份民间刊物影响很大，办刊时间长，除了其他类型的诗歌外，它一直为所谓"不良行为"的诗歌提供发表机会。《原创》也是如此，2001年也刊发了《打炮》。②

### 社会关怀

"下半身"诗歌也表达社会关怀，这在我们正在做的文学谱系学研究中是特别有意思的一个现象。我使用"社会关怀"这一宽泛的概念，专指许多"下半身"诗作对急剧转型的当下中国及其所引发的社会公正与不满问题的介入。日益扩大的城乡差距、贫富悬殊及强弱对比，即为一例；青年人拒绝接受过时的意识形态和体制，自90年代以来，他们对这些事物从根本上已经无动于衷，是为另一例。从社会关系准则、价值，到时尚、音乐、文学品位，一代又一代人的整体经验，已经越来越不能相互兼容了。沈浩波及尹丽川的诗歌揭示了这个现象，若干批评家的震惊之情只能是更加凸显了这样的现实。

先不说社会急剧转型的90年代，从先锋诗的早期开始，就有不少

---

① 朱大可，2006年，第6章。
② 伊沙，1999年(a)，第1—44、125页；中岛，1998年，第259页；李亚伟，2006年，第6—11页；Original Writing 2(2001)：4-9。

"世俗"派作者是关怀社会的,包括 80 年代中期在《他们》上发表作品的诗人。另外,戴迈河也指出,近几年的"低诗歌"运动中的作者们也是有社会责任感的。还有以哲学家和音乐家自居的诗人文盲,他在《烧死你们这帮狗日的》(2002)一诗中描写了一家精神病院的内部生活。① 文盲这个惹是生非的诗歌标题,将矛头对准了精神病院管理者,在诗中,他以悲悯之心刻画了一群精神病人。然而,值得注意的一点是,与去神秘化或描述不良行为的诗歌不同,表达社会关怀的诗学观念绝不是"世俗"派作品所独有的。社会关怀是"下半身"与过去数十年里构成先锋派的各类风格的共通之处,而且,还与中国传统诗观有交集。

在"崇高"诗派那里,表达社会关怀的最著名的例子是 70 年代末至 80 年代初持人道主义立场的朦胧诗,如北岛的《宣告》、舒婷的《祖国啊,我亲爱的祖国》、江河的《纪念碑》。回头来看,这些诗作标志着从正统文学到先锋文学的转型,接近于社会宣传手册。后来,在艺术手法娴熟的"崇高"派中,表达社会关怀的诗作有王家新的《帕斯捷尔纳克》(1990)、肖开愚的《人民银行》(1997)等。②

最后一个例子是颜峻的《反对一切有组织的欺骗》,也很能说明问题;在这首诗里,社会关怀是一个弥合"崇高"与"世俗"之间鸿沟的概念,我将在第十二章对此进行详细分析。颜峻的诗与"下半身"诗歌是真正的同时代作品,两者有着惊人的相似之处。《反对一切有组织的欺骗》扎根于问题重重的当下中国现实之中,贴近平民生活,不平则鸣,充满能量,但又流露出自嘲和幽默。他在诗中描述了滥用职权的警察、铺天盖地的消费主义和娱乐文化,以及生态灾难,社会关怀从中可见一斑。然而,不同于"下半身"的是,《反对一切有组织的欺骗》既不愤世嫉俗也不颓废堕落,它满怀思虑,是一首很有政治色彩的诗,富

---

① *Original Writing* 3(2002):39-41.
② 阎月君等,1985 年,第 42—43、190—192 页;王家新,1997 年,第 64—66 页;肖开愚,2004 年,第 57—58 页。

含言外之意。在文学技巧方面,它大量运用联想性和想象性意象,有散文诗的形式,难免让人联想到西川的作品。在这方面,它也展示了与"崇高"美学的亲缘关系。①

\* \* \*

除了在文学"自治"领域内能够处理的东西以外,沈浩波、颜峻等诗人还有很多话要说。说起来,他们的现代先驱分布广泛,这里仅举出大约百年前的两个人为例,他们是中国的梁启超和意大利的马里内蒂(Marinetti)。想到梁启超的作品,是因为它处于中国现代文学的开端;想到马里内蒂,是因为未来主义作品,就像沈浩波和颜峻的作品一样,自强不息、叛逆反抗,甚至有侵略性,以貌似自反的学问和文化为标志。关键在于,梁启超和马里内蒂都认为,艺术将自己置身于非文学环境,就能够引发社会变革。事实上,二者(尤其是梁启超)都觉得反映社会变革,是文学的起点,而不是它可能的终点。②

社会关怀是中国先锋作品的一个共同特征,这超越了"崇高"与"世俗"美学的二分法(英雄/日常、书面语/口语、文化/反文化等)。社会关怀深深植根于当今文学以外的现实中。在世界上其他的许多地方,当代诗歌反而是充当文学与文学外部世界之间的缓冲区。在中国,表达社会关怀的诗歌源远流长,这使得诗人通过文治武功来造福社会成为自明之事。虽然现代诗人扬言要摆脱昔日的中国文学传统,但传统诗学的这一方面,已经渗透到现代以来无数诗人的作品当中,也贯穿于改革开放初期的作品中,影响着诸如"下半身"诗人等年轻一代,虽然年轻一代在继承这个传统时不循常规,是以挑衅、非体制甚至反体制的方式。

"下半身"诗人和颜峻之类的作者不同于他们的文学先驱,他们摈弃了诗人通过为他人代言而获取更高地位的方式。与此同时,他们依

---

① 颜峻,2001 年,第 149—152 页。
② Martin 1973;Weber 1960:241-246.

旧追求个人知名度和声誉，或者至少不回避这些东西。他们的魅力在于虽然非常时尚且心怀叛逆，但在关注现实方面依然有所作为。如果不理会他们作品中的这种双重性，那么就是对今日中国之社会变革与文化发展之间的迷人关系熟视无睹。

# 第九章　非字面意义：西川的明确诗观

　　前几章的个案分析大多聚焦于文本，第三章有大量的分析元文本及语境的内容，从本章开始，关注重点将转移到元本文部分。本章及第十章将深入探讨诗人个体的明确诗观，即诗人明确写下的对文学的看法，尤其是对诗歌的看法。第十一章则将剖析"民间写作"与"知识分子写作"论争。

　　诗歌之外的文章、论文、访谈等元文本性的文类常常被称为"次要的"（secondary）资料。这是一种技术性的说法，不含价值判断，因此并不意味着这些资料不重要，只是与诗歌本身的所谓"主要"（primary）身份形成了对比。诗人个体的明确诗观常常出现在"次要"资料中，但也完全可能在"主要"资料中出现。换而言之，诗也能说诗。为了区分"次要"资料和"主要"资料中的明确诗观，我把前者也叫作"非诗歌"（verse-external）诗观。这样说来，"非诗歌"诗观属于个体诗人明确诗观的一个子集，也许通常说来是其最大的一部分。在写作此章时，我广泛撒网，所收集的资料不限于非诗歌文本，原因在于希望把分析范围延伸到西川的一个具体的文本：既不是诗歌，也不是文章，难以被简单地归为"主要"≈创作性或"次要"≈批评性的话语类别。

　　除了单纯的好奇，我们为何想要了解诗人在诗内诗外所表达的明确诗观呢？正如我对本章写作意图的阐述，研究诗人的明确诗观，并不是为了检验一个诗人的写作实践是否符合其理论，或者叩问作者是否是自身作品的可信读者，更不是为了检查诗人是否信守其诺言或实现了其所宣称的理想。这个问题的答案或许可以告诉我们，某位作者的诗歌及其明确诗观是否匹配，但这并不必然会增进我们对两者的赏析。如前一章所述，个体诗人的诗作的趣味和诗学观念的趣味，并不取决于二者是否相符。反过来讲,我们如果发现某人的明确诗观是让读者能有效阅读其诗歌的不可或缺的因素,按理说它就享有了文本的地位,而不只是元文本。再重申一下,这两者之间有交叉重叠。总的说来,我们也可以将某个特定作者的明确诗观部分或整体地视为其诗歌的延伸,因为诗人谈论自己的作品,和其他艺术家对自己的作品的讨论,会有所不同。对于画家、音乐人等艺术家来说,讨论作品所使用的语言属于"次要"媒介,但是,对于诗人——当然还有小说家及剧作家——来说,语言则是"主要"文本和"次要"文本、创作和批评话语共享的媒介,彼此间的界限容易变得模糊不清。以隐喻的方式来陈述诗学观念,便是其中的明显一例。我们在西川身上发现,有时刚好是他的诗歌在阐释着他的诗观,而不是相反;在西川这里,"主要"文本和"次要"文本的常规关系偶尔会被倒置。

我对元文本的关注,也是受到了中国当代元文本活动的范围及强度的影响。先锋诗人创造了数量惊人的元文本,凸显了布迪厄的所谓"合法性"这一理论法则,也就是说,某个艺术家在被其他艺术家神圣化:那些作品正在被经典化的中国诗人也会发表一些关于诗歌的言论。[①] 我从这些诗人中选择西川、韩东、于坚三位作为分析对象。本章分析西川,下一章分析后两个人。这三位诗人的诗作,都曾在先锋诗歌初期及后来的发展中产生过显著的影响,他们各自也都有最有意思的元文本写作。而且,西川是公认的"崇高"美学的重要代表人物,韩东和于坚则是典型的"世俗"诗人。这样的划分虽然可以理解,但我们也要提醒自己,这三个人中的任何一个,在这方面都绝不"纯粹",关于这一点,本书在其他章节中也有论及。

本章篇幅比下一章短小,覆盖面也没有那么广,这是由于,出自西川之手的元文本数量比韩东的要少,比于坚的更要少。此外,就内容而言,与西川相比,韩东、于坚的元文本更多是针对先锋诗坛的现状。

---

① Bourdieu 1993:50-51.

关于本章及下一章的组织结构,尽管我在探讨西川与韩东、于坚的诗学主题时,会有大量重叠,但双方的实质性差异是鲜明可见的,足以说明其各自成章的合理性,不必作进一步细分。在这两章中,我以主题性方法展开论述,会有大量的直接引文,为的是给予读者以直接的话语感。我的目的是,勾勒出西川、韩东及于坚的诗学观念,将它们放在文本自定的参照框架之内来探讨,而不是把它们与某种诗歌概念化现象或当代中国的诗歌实践相比较。不过,我对自认为重要的话题和代表性文字的选择本身,就已经是一种阐释行为了。

在下面第一节中,我将讨论西川表达自己明确诗观之实质的三首作品(为了避免脚注过多,这里多直接引用原文),偶尔,也会提及其他一些作品。在第二节中,我以艾布拉姆斯(M. H. Abrams)的诗歌类型学理论,及苏特曼(A. L. Sötemann)在分析个体诗人时对艾布拉姆斯的理论的运用为参照,对西川的诗观进行简单分类;之后讨论西川对于整个先锋派的代表性问题。正如第一章所述,我用阳性代词统称所有诗人,反映出这里几乎是由清一色男性主导的元文本竞技场。鉴于女诗人对先锋诗歌发展做出的重要文本贡献,男性主宰元文本竞技场的现象就显得更加奇怪了。

## 第一节　自释、问题、炼金术

人们对医学处方的期望是:清晰明确、明白无误、效用明显,就是其字面意义而不是别的。而诗歌却处处与医学处方相反。作为诗歌文本,天赋其以这样的特权:可以像谜一般含混晦涩;用本书第七章中引述的扬·德·罗德术语来说就是——诗歌虽然不等于"无意义",但倾向于"去意义"和"无用"。因此,诗歌不是字面意义,恰恰相反,它能够激发起读者强烈的阐释冲动。西川的元文本强调的就是诗歌的这个特征。另外,和他的诗一样,西川的元文本也会触发读者的阐释冲动。

在这一章中,我的分析围绕三个文本进行:一篇题为《艺术自释》(1986)的短文,收于《中国现代主义诗群大观 1986—1988》(徐敬亚编,1988),长文《关于诗歌的九个问题》(1995),该文最初刊发于文学杂志《山花》,以及一系列诗学陈述的重要文章,题为《诗歌炼金术》,写于 1992—1993 年,1994 年发表在《诗探索》上,1999 年经大幅修改扩充后收入西川的著作《水渍》(2001)。① 前两篇(以下简称为《自释》及《问题》)是关于诗歌的阐述性话语。后者(《炼金术》之一、之二)介于次要及主要文本、文学批评与文学创作之间。它在形式上接近诗歌:充满意象,语言雕琢(这个词的中性用法),至少有语言自觉。我不能肯定地称其为非诗歌文本。因此,可以说它是三者中最"不可靠的"。但我们也不应忘记,这里不是要去文本中寻求医学处方一般的可靠性。

我将依据这三个文本所涉及的主题逐个考察西川的诗观:诗人形象、灵感、诗歌与现实的关系、技巧、形式、诗歌语言和诗歌本身等。说到诗歌语言和诗歌本身,在西川的元文本写作中,诗歌语言及诗歌本身是难解难分的,这一事实,可看作文本生产的共鸣。读者或许会想到第四章中讨论的意象和词语"互相捕捉"的双向关系。在这方面,我避免给出任何结论,比如不会讨论文本和元文本的一致性。鉴于上文所言,读者应该不会感到意外。

## 诗人

在西川的明确诗观中,诗人占一席之地,但不是至关重要的。早先,在《自释》一文中,诗人被赋予宗教意义上的超自然能力:

> 诗人既是上帝又是魔鬼。

---

① 西川,1988 年、1995 年、1994 年(b)及 2001 年,第 223—228 页。

《炼金术》之一（#1-2）①中的陈说更为务实而谦卑：

> 诗人既不是平民也不是贵族，诗人是知识分子，是思想的人。
>
> 诗人是劳动者。

经修改之后，在《炼金术》之二（#1-2）中，作者的言辞读起来更为谨慎：

> 诗人既不是平民也不是贵族，而是感受思想和表达的人。
>
> 诗人是知识分子中的一种，是另类的劳动者。

这样的修改，或许得益于文坛上对"知识分子"这一概念更新的敏感。90年代末，"民间写作"与"知识分子写作"之间的论争，为知识分子的历史增添了怪诞的一章。诗歌写作中知识的重要性，在西川所强调的"感受"的衬托下进一步淡化。

主张诗歌是不可定义的，或反对诗人为诗歌下定义，在中国和其他地方，西川都不是第一人。他在《炼金术》之二（#87）中写道：

> 诗人应尽量避免给诗歌下定义。

这样的表达是其明确诗观的一部分，带有明显的反讽意味，具体地说，这是自我颠覆。实际上，西川却乐于罔顾自己对给诗歌下定义之危险性的警告；下面我们将看到，他定义的东西不少，包括诗人身份、灵感、写作过程等方面，也包括诗歌本身。

在《炼金术》之二（#65）中，《自释》中所说的诗人的神性特质为魔力所取代：

---

① 篇名《关于诗学中的九个问题》《诗歌炼金术》之一、《诗歌炼金术》之二后面括号里的数字表示文本中标号的条目。有的条目，重复出现在《诗歌炼金术》之一和之二。例如：《诗歌炼金术》之二#46，之一#31。

强力诗人点铁成金。

神魔同体的诗人及其继承者炼金术士,都具有特殊的超能力。然而,《问题》(#4)及《炼金术》之二(#5)中接下来的告诫,却是对当代中国的诗歌崇拜现象的批判(我在上文也提过,奚密提出的诗歌崇拜,在相当程度上是诗人崇拜):

有人竟宣称自己不写诗但却是诗人。

在诗歌写作中,别在乎你的诗人身份。

### 灵感

根据上文的告诫之语,可以看出,与诗人形象这个问题相比,关于创作过程中的各种问题,西川有更多的话要说。首先我们来看他关于灵感的观想,在《炼金术》之二(#46)(其在《炼金术》之一为31行)中:

灵感即是发现。穿透性的发现。

虽然"发现"激发创作行为,但发现已存在的事物与从无到有的"纯"创作,这两个概念截然不同。西川只有一次谈到过另一种更不容易把握的灵感类型,那是在《问题》(#9)中:

既然问题("我为什么写作")是神秘的,那么我们最好以一种神秘的方式来回答。

《问题》是一篇关于诗歌的阐述性文字,包含许多理性论证、关于诗歌与具体文学实践之关系的想法。但是说到灵感,西川还是将创作冲动喻为敲响莫扎特房门索要安魂曲——病魔缠身、穷困潦倒的作曲家生前未能完成的那首乐曲——的神秘黑衣人(是不是莫扎特自己的安魂曲呢?)。西川称使者为"穿黑衣服的人":

有人猜他是上帝,有人猜他是魔鬼,有人猜他是死神,而我宁肯猜他是诗神。

　　这个神秘的、有点咄咄逼人的家伙,与我们所知奥林匹克山上的九位缪斯女神不一样。那些无所事事,又端庄又大方,又智慧又心灵手巧的姑娘们,专门给风流才子打扇子。而真正迫使我们写作的却是这个身份不明的人。他代表着宇宙万物、历史、人类和我们个人身上那股盲目的力量,那股死亡和生长的力量,那股歌唱和沉默的力量。他遮住他的面孔,出现在我们身旁,搞得我们六神无主,手足无措。为了安静下来,我们只有摊开稿纸。

**诗歌与现实的关系**

　　创作过程的另一侧面是诗歌与现实的关系。在《炼金术》之二(#61、22)中,西川强调了现实或者说诗歌之外的世界所扮演的两个重要角色。其一,作为参考系的现实:

　　……把自然和人生当做写作的参考系。

其二,作为可被加工的原材料的现实:

　　作为写作资源的知识在写作中被改造。

后者有多个论述作为支撑(《炼金术》之二#11、35,之一#21、86):

　　在文化传承方面,人们太看重诗人(诗歌)与诗人(诗歌)的关系,而忽略了诗人(诗歌)与非诗人(非诗歌)的关系。

　　首先要热爱生活,其次要蔑视生活。热爱生活使诗歌丰富,蔑视生活使诗歌精炼。

　　不存在孤立于神话、历史和存在的诗歌,就像不存在孤立于神话、历史和存在的语言。

还有1997年《在路上》一文中极为简洁明快的论述:

> 文学虽不必反映生活,既一定源于生活。①

《问题》(#5)有着相似的表述,即为了发现一切事物的诗意,也就是说为了获得灵感,诗人必须:

> 切入生活,触及事物。

所有上述观点都在强调现实作为诗歌之不可或缺的原材料的重要性。

相形之下,如第四章所述,早期的西川反而提倡一种与现实隔离的"纯"诗。以《自释》为例,其中没有涉及任何关于诗歌与现实的关系。1989年和1990年初诗人之诗学观念的巨变,可从两个版本的《炼金术》(之二#42、之一#27)看得出来:

> 纯洁的诗歌拒绝,人道的诗歌包容。

据《炼金术》之二(#62)所言,现实虽然是诗歌不可或缺的原材料,但毕竟不是诗歌:为了诗歌的生发,现实需要进行转化。以下陈述依然保存现实的完整性,且可能意味着现实与诗歌的区别仅仅是个视角问题:

> 诗歌语言不是日常语言,即使诗人使用日常语言,也不是在日常语言的意义上来使用。

但西川同时也说明,现实与诗歌之间存在着对立关系,因此一方的衰败可能导致另一方的勃兴(《炼金术》之二#61、之一#39):

> 让语言与自然较量,让语言与人生较量……

同样,西川在《炼金术》之一(#60)中以一种罕见的、充满激情、发自内

---

① 西川,1997年(e),第69页。

心的呐喊的方式宣称：

> 诗歌绝不向任何非诗的势力低头。

而在《炼金术》之二（#98）中，他补充道：

> 这是对于写作独立性的确认。

在20世纪90年代末的中国，维护写作独立性的必要性，使人想到以下几点。其一，虽然正统文学观念——认为文学应对其社会效果负责且充当政治的附庸——在很多方面已经与时代不相适合，但继续影响着官方文化政策。其二，传统诗学将文学归结为最广泛意义上的"文以载道"，"道"即是特定历史背景下的主流社会意识形态。其三，或许也是最为紧迫的一点，席卷中国文化生活的商业化潮流成为威胁文学艺术之自足性的一股势力，虽然我们在此须要谨记，事情并非如截然分明的精神与物质二分法那么简单，如第一章及第四章所述。

## 技巧

创作过程的另一方面是诗歌技巧。对于技巧，读者很容易看得出来，西川很有想法，这些想法中也有一些是关于诗人形象的。如果将（"知识分子"的）知识、博学之类视为诗歌技巧的组成部分，就会注意到《炼金术》之二（#21）中的这一条：

> 把无知尊为权力是最大的无知。

这一论述或许得益于"民间写作"与"知识分子写作"论争，以及从前的反知识分子思潮的启发，也不由让人想到蓝棣之在评论西川诗歌时为学问所做的辩护。但西川却始终强调技巧的其他方面的重要性。他早年在《自释》中写道：

> ……追求结构、声音、意象上的完美。

还提及这个诗歌的评价标准：

> 诗歌内部结构、技巧完善的程度。

### 形式

诗歌形式自然与上述命题密切相关。如我们所见，西川对自己诗歌中的形式的关注，在很多方面都可以看见或听到：节奏及韵律，以及更为普遍的独特的散文诗诗节及段落。至于其明确诗观，他在《炼金术》之二（#68，之一#43、73）中写道：

> 诗歌的形式即是它的音乐。

> 诗意的一种：语言在高潮中所获得的狂喜的音响效果。

他的关于形式的另一番话很有代表性，给读者留下了更多的疑问而不是答案（《炼金术》之二#69，之一#44）：

> 诗歌的外在形式可以被反复使用，而每一首诗的内在形式只能被使用一次。

外在形式或许指客观的形式特征。内在形式则可能意味着诗歌这些特征中某种独特的、个性化的活力。

### 诗歌语言和诗歌本身

参照以上评述，可以看出，西川认为诗歌并不是创造力和情感势不可挡的自发喷涌。甚至他在早期的《自释》一文中就已持这种观点：

> 请让我有所节制。

祈祷式的句子"请让我"在短文中重复了数次：对于早期的西川来说，诗歌如同宗教。后期的西川则认为，强烈的感情实际上会损害诗歌。《问题》（#4）中有这一段文字：

> 我不相信那种没有经过训练的诗歌写作……但是在中国，在"诗言志"的误导之下，很多人以为只要言志便是好诗，只要有激情就能当诗人……诗歌写作必须经过训练，它首先是一门技艺，其次是一门艺术……我从不相信"李白斗酒诗百篇"，我从不相信诗人出自诗意的生活方式。

《炼金术》（之二#43，之一#28）表明，西川并不是无暇顾及激情，而是对激情的用法有讲究：

> 必须培养想象的激情，但不应宣泄激情，而应塑造激情。

另外，西川谴责了"美文学"，"美文学"指的是以轻佻浅薄而非真实性为特征的书写，关于这一点，诗人在《自释》（#6）中做出了说明，我在第四章已经引述过：

> （美文学——引者加）反对创作力、想象力、反讽、隐喻、实践精神、怀疑精神，它反对写作的难度。

这段文字表达了西川规范性的诗学观念中一些重要的成分，尽管说得抽象了一些：即据称是美文学所反对的一切。西川正是针对诗歌本身，而非诗人形象或创作过程，产出了最丰富、最庞杂、最具创意的话语，而随着时间流逝，其发展也最为深远。起初他在《自释》中写道：

> 面对诗歌一如面对宗教。

> 诗歌在三种层次上出现等级之差：一机智、二智慧、三真理。但我所谓的真理是一种猜测，它源于智慧的思维方式和机智的表达。

早期的西川只不过是在重申循规蹈矩的经典价值观以及诗歌的概念化表述，如上述"追求完美"的说法。例如，衡量一首诗歌成功与否有四条标准，其中第一条是西川当时的诗学观念最明显的范例：

诗歌向永恒真理靠近的程度。

我们在前已发现,诗人的诗学观念在 90 年代初期发生了巨变。从他对美文学的厌弃出发,首先让我们来看看,他在《炼金术》之二(#48)中说了诗歌不是什么:

> 可以归结为态度的东西——诸如愤怒、敬仰、赞美、蔑视等——都不是诗歌的力量所在。

至于诗歌是什么,《炼金术》之一(#29)表达了以下值得商榷的二分法,据此,女诗人兼炼金术术士产出的是一种东西,男诗人兼炼金术士产出的是另一种:

> 让女人去表达她们的情绪,让男人们去表达他们的智慧。

这在《炼金术》之二中没有再出现。重现的是西川对于诗歌语言的分类(之二#54,之一#36):

> 就诗歌语言来讲,诗歌分三种:歌唱性诗歌、戏剧性诗歌、叙述性诗歌。能够综合此三种的人堪称集大成者。

顺便说一下,西川 90 年代及之后的散文诗在一定程度上实现了这种综合。我们可仅以此分类为证据(也许主要是就诗人自身的写作而言)了解到,他并没有过分注重文学体裁间的细分,如诗歌与散文或小说等的分别,① 反而关注文学方式或调式(mode),如叙事及歌唱。虽然歌唱、戏剧及叙事之区别本身并无惊人或原创之处,但是把诗歌呈现为"人造物"、强调诗歌技巧,确实有助于阐释《炼金术》之二(#53)中诗人被给予的这条建议:

> 别宣布你已抵达"真实",真实是诗人的理论噩梦。

---

① 参见杨长征,1994 年,第 48 页。

这一忠告是西川诗观有了长足发展的明证，这个发展，包括从他80年代的"纯诗"观，到90年代更为复杂深邃的诗观，也包括从《炼金术》之一到《炼金术》之二的变化。

在诗歌自身这一宽泛主题下，西川探讨了一个"我"。这里的"我"，大概不应该被当作通常意义上作为主人公的"自我"，而应该是言说者身上所体现的歌唱性、戏剧性或叙事性视角。在此，我对西川诗学观念的解读主要是得益于他的诗歌而不是相反，尤其是第四章所引的《鹰的话语》第56、58、64、88、99节；在那里，我指出，言说者是一种精神上和语言上的能动力，特立自主，但没有自己的归宿。在《炼金术》之二（#16-17-18）中，西川提供了关于这个"我"之构成的解释。扩展开来，这个解释也适用于生产了这个"我"而又被"我"生产的语词，亦即诗歌：

"我"的构成："外在我"和"内在我"。

"内在我"的构成：

"逻辑我""经验我"与"梦我"。

不可避免的自相矛盾。

这些论断使人想起《致敬》中黑夜的诗歌、梦与白昼的现实和理性之间的反差，尽管这两个世界难分难解，但文本自身颠覆了两者之间的简单对立。

在《炼金术》之二中，在关于"我"的段落之后，是关于其制作者的段落，即诗人（#19）。不过，这个表述更多地关乎诗歌本身而不是诗人形象：

诗人相信启示和秘传真理。与其说诗人需要哲学和宗教，不如说他需要伪哲学和伪宗教。

上述段落及随后的解释是（#20）：

## 第九章　非字面意义：西川的明确诗观

> 伪哲学发现思维的裂缝，伪宗教指向信仰的审美价值。

这是西川近年来明确诗观的中心意旨，而且确实有助于我们阐释他的诗歌，就像在第四章中所见。以下这些言论以调侃的方式支持着上述观点（《炼金术》之二#59，之一#7、44）：

> 在最好的状态，诗人胡说八道都是好诗。

> 允许说废话。

西川在《炼金术》之二中关于诗歌本身的又一条评论也值得一提（之二#28，之一#16）：

> 诗歌是飞翔的动物。

这段文字是西川明确诗观中以隐喻的方式来表达的一例。另外一个例子是诗歌作为炼金术这一核心意象。当西川以隐喻的方式讨论隐喻时，鉴于隐喻之于诗歌经验的中心地位，也可以说是以诗论诗的时候，我们就面临着一种概念上的递归状态。在这里，也在《炼金术》的大部分文本中，诗人的论述与中国传统批评话语有着惊人的相似之处。传统批评话语表现出对诗化语言的青睐，这与作为一种艺术手法的引经据典紧密相关，指的是作者从相关的段落中引用最关键的语词，以最直接的方式来抓住意思的能力。在张隆溪看来，在阐释这一点时，要考虑到传统批评话语对所有语言特别是阐述性语言之充分性的深刻质疑。张隆溪称其为深深植根于中国文化心态中的理念，同时他也意识到，这并非中国或其他地域的前现代传统中所特有。[①] 西川的诗歌及其诗学都反映了这样的质疑。

让我们仔细审视出现在西川诗学观念中的飞翔的动物。西川在接受加拿大诗人弗雷德·华（Fred Wah）的访谈时说：

---

① Zhang Longxi 1992:55.

> ……鸟是我钟爱的动物。我想我肉眼能够看到的最高处的动物就是飞鸟。大地上有走动着的巨兽,而大地的上空有鸟类飞行。我看不到的星星飞鸟能看到,我看不到的上帝飞鸟能看到。因此,飞鸟是我与星辰、宇宙、上帝之间的中介。①

这一段与西川对诗歌源泉、灵感等问题的看法如出一辙,其中最明显的标识是"中介"概念;飞鸟及巨兽无疑是遥指《致敬》。与将诗人视为最宽泛意义上的神性——智慧、美丽、真理、神秘——和人类语言表述之间的中介的观点相比,西川在这二者之间添加了另一层意思。诗歌仍然源于神性,但诗在成为文本之前经历了鸟和诗人两重媒介。

《炼金术》之一(#62)最后以一个隐喻收尾:

> 我一直在试图描写海市蜃楼。

《炼金术》之二(#104)的结束句则为:

> 我曾努力眺望海市蜃楼。我曾试图穿越乌托邦。我曾试图进入巴别塔。

1999年2月,西川在接受第三届爱文文学奖时,对自己过去的言论作了澄清。他的演讲词这样结尾:

> 我曾试图像个瞎子一样描述海市蜃楼,像个旅行者一样穿越乌托邦,像个侦探一样进入巴别塔。②

"瞎子"未必让我们联想到荷马、赫廷加(Hettinga)等盲眼诗人,而这个身患残疾、无能为力的形象则增加了"曾""努力"与"试图"等措辞的内在意蕴。描述海市蜃楼、穿越乌托邦、查探巴别塔内部情形,也就是结束语言的混乱,或者说恢复语言与世界、能指与所指之间某种非

---

① 西川,1997年(b),第284页。
② 西川,2001年,第221—222页。

任意的、统一的关系,这些尝试均告失败,并且或许本来就是徒劳无益之举。

这是西川最丰富、最有趣的明确诗观文本的一个附加结论,重申且深化了诗人对于乌托邦的幻灭之感。从1989年至1990年初,经过诗观的转型之后,这种幻灭感一直是西川诗观的一部分。因此,它为我们考察诗歌、诗人形象等问题提供了新的视角。其中的一个视角多见于零散的评论性文字,这些文字的共通之处,是对真实的、正确的、诚挚的、可感知的、未加遮蔽的事物的蔑视,或者说是对本章开头时提及的字面价值的蔑视。在《自释》中,西川还主张诗歌要真实、诚挚:

> 我反对当代中国诗坛上假圣人的面孔,故弄玄虚的伪真理。

然而,随后,诗人早年所持的作为宗教的诗歌的概念被伪宗教、伪哲学所取代,还有诗人现在相信自己在"秘密地"传递真理。读到《炼金术》之二#51、之一#34中的这份记录,"真理"几乎好像只是一个笔误:

> 只有不真诚的人才需要谈论真诚,别让真诚伤害了诗歌。

直白地说,绝不能让事实成为一个好故事的障碍——毕竟,说废话是允许的,而西川对真理的态度从一开始就复杂暧昧。诗人在《自释》中写道:

> ……我所谓的真理是一种猜测。

但也许,真理只要是一个秘密,它就能行得通,因为我们在《炼金术》之二#23,之一#11中读到:

> 没有秘密的文学不能传之久远。

这里,西川的措辞更接近文言文,与现代汉语有着距离。这一段让我们想到《左传》中据说是出自孔子的一句话:"言之无文,行而不远。""志"以"言"为补充,"言"转而以行文或"文"为补充。在孔子所说的

"文"的外壳之下,是"言"和深层人伦道德;懂得如何阅读诗人的人,肯定能够察觉这一点,但在西川"文学"的外壳之下,内含着的是秘密。① 鉴于其诗歌表层之下"深层意义"的不确定性特质,如第四章所述,读者不禁要问,这些秘密是多么的真实或不真实呢? 还有,这些秘密到底看得到看不到呢?

在诗歌话语中,非字面意义的东西会让人联想到意象这一现象,特别是联想到隐喻;后者在西川的写作中也居于中心地位。例如,在两个版本的《炼金术》(之二#25、之一#13)中都出现了点铁成金的隐喻:

在信仰与迷信之间,诗人是炼金术士。

## 第二节　更大的画面

艾布拉姆斯在《镜与灯:浪漫主义文论及批评传统》一书中提出了文学理论类型四大构成要素说:宇宙(即现实或诗歌以外的世界)、受众、作者及居于核心地位的作品。依据各种文学理论对这些要素的主要取向,艾布拉姆斯区分了模仿说(世界取向)、实用说(读者取向)、表现说(作者取向)、客观说(作品取向)。他的理论模式的影响波及多种文化传统,也改头换面出现在刘若愚的《中国文学理论》中,即为一证。我们在本章和下一章里所讨论的明确诗观并不是诗歌理论,但它们确实构成了适用于艾布拉姆斯分类模式的一种元文本类型。这也正是苏特曼在《诗学四种》这篇关于19及20世纪不同作者的诗学观念的文章中所做的。苏特曼采用的是与艾布拉姆斯相似的理论框架,虽然有一些调整,且使用的术语不同。② 他以浪漫主义代替表现,象征主义代替客观化,现实主义代替模仿,古典主义代替实用。

---

① Owen 1992:29-30.
② Abrams 1971:3-29, Liu(James) 1975:9-13, Sötemann 1985.

以一些特定条件为前提,艾布拉姆斯提出了一个多少呈线性的"历史进程":模仿→实用→表现→客观。然而,苏特曼的研究证明,艾布拉姆斯之类的学者及其类型学,作为概念性工具,很是有效,但它们很难按照时序划分文学史时期,组成这种类型学的个别单位,事实上很有可能随着时间的推移而同时出现。他首先将现实主义和古典主义诗学归为一类,将浪漫主义和象征主义诗学归为另一类。他指出,前两者的特点是实际、理性、模仿、泛化、道德、直接且具体,后两者的特点则是形而上、反理性、富有创造性、极其个人化,且充满暗示。换一个角度,他又将浪漫主义和现实主义同象征主义和古典主义相对照,这样重新组织了四个主义后,他指出,新的前两者非常注重的是随意性、自发性与冲动,新的后两者则注重刻意习得的技巧与清晰。苏特曼正确地指出,不同类型诗歌的作者所持的诗学观念或许惊人地相似,反过来说,持不同诗学观念的同代诗人或许也会在诗风上表现出惊人的亲缘性。他还指出,个体诗学常常不限于上述四大类中的某一类,且往往随着个体诗人文学事业的发展而变化。他的观点很适用于研究当代中国先锋诗歌,西川的创作即为一例。

西川的诗歌要求读者有积极性、想象力,甚至创造性,但他的明确诗观却较少提及读者或诗歌与受众之间的互动。因此可以说,西川的诗观在任何意义上都不能算是实用主义的,或者苏特曼所说的古典主义的。他的诗观有着模仿的或现实主义的一面,因为它把诗歌以外的现实或世界刻画成不可或缺的东西。然而,西川并不把诗歌看作对生活的直接反映,他强调从生活到诗歌需要一个深刻的转化过程。因此,他轻视诗歌的真实性,且沉迷于对真实性的颠覆,即透过伪宗教、伪哲学、伪理性甚而伪真理(亦即猜测)进行的颠覆行为。再者,他承认诗歌以外的世界直接影响诗歌,但他的这些说法往好里说是抽象,往坏里说是客气话。他对这个问题的介入根本不像韩东等诗人那样执着,与于坚更是不能相提并论。虽然西川对自以为是的诗人形象表示质疑,但他的诗观还可以说是表现的,或者说是浪漫主义的,因为他把诗人描述为神明和炼金术士,这样,写作过程就被浓墨渲染成一种复杂精致的创作行为。最后,他的诗观是客观的或者说象征主义的,因为它的大方向是诗歌本身。但是,值得注意的是,西川频频关注诗歌的生成过程,而不关注诗歌在生成之后将为何物。

*　*　*

下面一章讨论的是韩东、于坚的诗学观念。在此之前,我们需要把西川的诗观置于更大的话语空间之中。首先,西川诗观作为先锋诗的产物,从根本上不同于中国传统及现当代的主流诗学观念,后两者都相当重视诗人的生活经历、创作意图、描摹的逼真及真实性、社会责任,以及文学附属于国家大事的从属地位。西川坚持写作的独立性,他宣称乌托邦之旅是白费功夫,这与普遍意义上的政治化诗学形成了对比。然而,所谓乌托邦之旅,意蕴含糊,原因在于,他所谓的乌托邦或许主要是指涉 80 年代先锋派"纯"诗,但在 1989 年及 90 年代初,他已经背离了"纯"诗概念。这两种解读并不相互排斥,反而让人想起奚密所说的某些 80 年代先锋文本同正统思想之微妙的合谋,这个问题,本书之前的文字中已有几处讨论过。反过来看,西川的元文本与(现代)西方诗学的联系显露无遗,这在他的作为诗歌核心的隐喻中也有充分体现,尤其是他将诗歌"制作"视为炼金术,这会让人想起马拉美、兰波等诗人。①

抛开中国传统诗观、正统思想及外国文学,仅就当代先锋诗歌来看,西川的明确诗观是否具有一定的代表性呢?首先,我们应该对先锋诗人写作的元文本的丰富多变保持警醒;其次,大约从 2000 年起,互联网的使用,使得元文本产生了持续而深远、广泛的变化;有鉴于此,是否有代表性这个问题就显得疑窦丛生了。

以上面两条为前提,可以说,其一,90 年代曾出现不受社会政治、文学上的集体主义控制的个人化写作潮流,西川堪称其重要代表。西

---

① 例如,Michaud 1953:67-72,Coelho 1995:121-122,127-132。

川的写作,反映了近年来人们对政治曾经大力干预文学这一段历史的记忆,且如上所述,也承受着90年代以后文学商业化所带来的苦恼与焦虑。其二,西川诗观与其他许多先锋诗人共有的特点是读者导向话语的明显缺失。先锋诗人好像不大关注文本与个体读者之独特相遇的具体实现。

西川讨厌自以为是的诗人形象,可以说他的诗观一定程度上代表着重要的先锋诗潮。诚然,80年代初以降,"口语化"及"世俗化"潮流势不可挡,"世俗"派尤甚,解构不可一世的诗人形象已成为诗人元文本的常规特征。然而,大体而言,不论是西川的诗歌文本还是他的明确诗观,在这一点上都毫不含糊——他对"崇高"美学情有独钟。据此,诗人就不言自明地享有了某种超凡的地位,西川关于诗人形象的评论告诫人们谨防极端的自我膨胀,他并没有把诗人贬为庸俗之辈。实际上,"世俗"派的卫士们虽然声称诗人不过是凡夫俗子,但同时他们也生产了许多与其"日常"立场很不相符的元文本。这让问题变得更加复杂了。

我们马上就要在第十、十一章中探讨"世俗"派的代表人物及其诗观。与韩东相比,西川的元文本生产较为低调、低产、温和、"轻松";与于坚相比,更是差异很大。西川的原创性贡献在于他探索了创作与批评之间的边缘地带。

# 第十章　去神圣化？韩东和于坚的明确诗观

　　本章开篇之际,我需要提醒读者,第九章中关于明确诗观的研究也同样适用于本章。众多诗人的元文本产量颇丰,我选择西川、韩东、于坚三人作为研究对象的原因之一是:西川是被公认的"崇高"美学的代表,韩东、于坚则被看成是"世俗"派作家的代表;尽管这样说有一定道理,但我们应当提防这个定位被本质化。关于韩东、于坚的元文本,这里有一点补充说明。总的来说,80年代初以降,这两位诗人在某种程度上是联袂登场的,虽然在90年代末,两人关系恶化了,彼此的冲突是半公开的。韩东、于坚算是两位最重要的"口语"诗人,也是民间刊物《他们》的撰稿者。《他们》办刊时间最长,读者群最广,对中国当代诗歌面貌的形成颇有影响。1986年,两人在太原举行的《诗刊》年度"青春诗会"上进行了对话,会后联合发表的文章是他们的早期元文本之一。另外还有1994年连续刊发在《他们》上的这两位诗人的访谈录。韩东与于坚以各自的方式成为1998—2000年"民间写作—知识分子写作"论争中"民间"阵营的重要代表,这场论争也成为这两个人某些非常激烈的元文本段落产生的背景。

　　本章标题中的"去神圣化?"点明了两点。第一,70年代末至80年代初早期朦胧诗中出现了夸大自我的悲剧英雄主义,近年来与诗歌崇拜现象有关的诗人身上也有类似特征。韩东和于坚的写作均以"去神圣化",或至少以"去神秘化"而著称。同时,韩东和于坚针对"崇高"话语,围绕着杨炼和海子等诗人进行的"去神圣化",虽然至少在修辞意义上取得了成功,但我们发现,他们也建构了一种自身的"世俗"崇拜,超出了奚密所说的回击"崇高"派的反崇拜行为。① 韩东与于坚赋予诗人以一种普通人的真实性,但归根结底,他们想象中的诗人往往也同样高谈阔论,与诗歌崇拜者以及韩、于声称反对的"知识分子"并无二致。照此看来,他们的观点其实是崇拜"普通性",作为一项积极的甚至神圣的事业,要求的是无条件的忠诚。因此,标题中的"去神圣化"后面,我加了个问号。

我的研究资料主要是韩东、于坚自 80 年代中期至 2000 年代中期的文章、访谈等。与西川的诗学观念相比,诗人形象问题,即什么是诗人,诗人意味着什么,对韩东、于坚来说,都有着重要意义。本章第一节考察他们作品中出现的中国诗人形象,作为其诗观中互相关联的其他方面的一个大背景。第二小节表明,虽然这两个人的诗学观念有亲缘关系,但他们在元文本竞技场上却表现出截然不同的风格。这里,我依旧使用阳性代词,以反映男性在元文本竞技场上的垄断地位。

## 第一节　韩东和于坚眼中的诗人形象

和第九章一样,我根据所占有的材料本身所提供的思路展开讨论。总的说来,本章的各部分议题,大致是从我们所谓的诗歌和诗人本体论,转向韩东、于坚对中国诗坛现状的评论,因此,在这一章中,读者也会想到在本书中其他地方强调过的文学社会学。

### 诗歌从何而来?

在韩东和于坚发表于 1988 年的《在太原的谈话》一文中,于坚断言,重要的不是诗歌在何处发生,而是通过何人呈现:

> 只有当诗歌不是选择时尚或文化或哲学或历史或西方东方

---

① Yeh 1996a:78.

等等，而只选择诗人自己，它才是好诗。①

两人的作品中都曾反复出现如下的关于诗歌的概念：诗是一种先于诗人、以诗人为媒介的抽象体。韩东在《关于诗歌的两千字》(1997)一文中详尽地讨论了这一点：

> 诗早在诗人们出现以前就已产生，它先于诗人而存在，但并不急于降临人间。诗歌选择诗人，并通过诗人而出生，诗人不过是诗歌的生产渠道。经过生产阵痛的诗人们误以为是他们创作了诗歌，并试图将这一生殖的后果据为己有，就像人类的父母对其子女的当然拥有。子女并非由父母所生，灵魂、预定的形象以及生产的程序皆来自上天，归究于神秘。父母不过是流水线上作业的普通工人，他不是设计师、机械师或老板，机械而被动地工作着，这是他作为一名工人基本的品质。……利用或运用诗歌以达到个人的成就是可鄙的行为，认为诗歌乃是个人自私的营造是心理上的下流。……真正伟大的诗歌不属于任何人，他只是借助诗人和他的名字下降于具体的时代，这真是一件无可比拟的荣耀之事，问题在于我们是否做好了准备。②

### 诗人天然的感受性及其神性

这两位诗人中，就使诗人察知诗歌临近的特性而言，韩东的言论也比较多：

> 任何心胸狭窄、刚愎自用、傲慢自得、自以为是之辈皆与诗歌无缘……那些犹豫不决、营营苟苟、投机钻营和心神不定的人更是如此，诗歌绝不会像一片树叶飘落在他那躲闪的头顶上。作为

---

① 于坚、韩东，1988年，第77页。
② 韩东，1997年。

## 第十章 去神圣化？韩东和于坚的明确诗观

> 一个诗人，我们需要集中精力，毫不怠懈，其次需要腾空自己，像腾空一个房间，不抱任何成见。……至于诗歌是否降临那是它的事，是神秘而高远的事，我们只是希望成为有幸者，用血肉之躯承接它箭矢般的光芒。①

韩东通过他的诗作和诗学，对其他人作品中的豪言壮语进行着解构，但有的时候，他自己使用的意象却也流露出同样的风格，上段引文即可为例。韩东表达自己诗观的文章，最早见于老木 1985 年编的《青年诗人谈诗》一书中。文章很可能是写于 80 年代初期，其中，他的怒气冲冲很可能是针对朦胧诗人的：

> 贫穷的中国，在精神上居然产生了这样一批俗不可耐的贵族。可笑？可悲！那些质朴的东西哪里去了！那些本源的东西哪里去了！怎样解释民间和原始的东西具有经久不衰的巨大的艺术魅力？怎样解释"归真返朴"？②

为了跻身韩东所说的感受诗歌光芒的那些人之列，人就必须具有天然的诗人气质。1994 年，韩东在与刘立杆、朱文的访谈中说道：

> 诗人的品质，诗人的可能性，他开始就包含的那种因素，那种神秘的东西肯定是天然的……。我们的努力就是使这些东西尽可能地释放出来。③

于坚则更多地关注诗歌一旦选择了诗人之后所发生的事情。从始至终，于坚的主要关注点之一是语言及其与诗人的关系。早年，继 1986 年青春诗会之后，同年他在《诗刊》上发文，提出"语感"是诗人最明显的特质。韩东接受了"语感"这个说法，并在随后的《谈话》中表示支

---

① 韩东，1997 年。参见韩东，1995 年(a)，第 85 页。
② 老木，1985 年(a)，第 125 页。
③ 韩东、刘立杆、朱文，1994 年，第 114 页。

持。在诗人天性这一点上,于坚与韩东也意见一致:

> 诗最重要的是语感。……语感不是抽象的形式,而是灌注着诗人内心生命节奏的有意味的形式。
>
> 语感不是靠寻找或修炼或更新观念可以得到的。它是与生俱来的东西。它是只属于真正的诗人的东西。①

诗人的天性,即韩东所说的诗人可能性、于坚所说的语感,并不仅仅是一种天资,而是使诗人成为神明。韩东在《三个世俗角色之后》(1989)的结尾处写道:

> 诗人不是作为某个历史时刻的人而存在着,他是上帝或神的使者。……他和大地的联系不是横方向的,而是纵的,自上而下,由天堂到人间到地狱,然后返回。……他的障碍是肉体的障碍,因为他食人间烟火。但他真实的目的是非肉体的。……
>
> 诗人永远像上帝那样无中生有,热爱虚幻的事物,面对无穷无尽的未来和未知。所不同的只是,上帝创造世界只用了六天(第七天休息),而诗人将用一生的时间写完一本诗集,发扬他不可多得的神性。②

至于诗人的神性地位,于坚在《重建诗歌精神》(1989)中写道:

> 诗人不再是上帝、牧师、人格典范一类的角色,他是读者的朋友……他不指令,他只是表现自己生命最真实的体验。③

---

① 于坚,1986年;另见1989年(a),第1—2页及1988年。西敏把"语感"译成"the feel of language",这里沿用他的译法(Yu Jian 1996:65)。

② 韩东,1989年,第20页。我把"未来和未知"译成"the unarrived and un-known",为了保留原文的平行结构。

③ 于坚,1989年(d),第63—64页。

在这篇文章中,于坚宣布一个新的时代从他这一代人开始,他也参与了整个现代时期中国诗人最喜爱的一种活动。他认为,新诗特征包括冷静客观、平实亲切、平凡普通,以及反映真实的生活经验,哪怕它是压抑的、低贱的、粗俗的。他把上述这些特征与他没有指名道姓的一些追求崇高和纯粹的同辈诗人的写作相对立,指出他们属于过去了的时代。他的所谓过去,从五四文学开始,到1942年毛泽东《在延安文艺座谈会上的讲话》的发表,再到1949年左翼文学观成为国家文化政策,都没有终止;甚至到1978年先锋诗歌出现在《今天》上时,也没有终止。于坚如此是把民国诗人、1942年以来的主流诗人及80年代一部分先锋诗人统统归纳为过气的诗人,他在其他几篇文章里,也毫不隐晦地重复着这一有力的修辞行为。① 在80年代的同辈诗人当中,他目标清晰地瞄准朦胧诗,但这也是80年代末(即于坚写文章的时候)盛极一时的"崇高"诗歌崇拜。

于坚关于诗人神性地位的说法,体现了他和韩东共同的诗学观念,因为两人都含蓄地区分了两种"诗人":其一是一种抽象的、理想化的诗人概念,其二则是这个抽象体在当代诗坛的(不)真实的具体化身。对于坚而言,"不再是上帝角色"的"不真正"的诗人,失去了他们一心向往的神明般的身份,而新时代的"真正"的诗人,包括于坚在内,则根本就不会追求这样的身份。

几年之后,在《诗人何为》(1993)一文中,于坚对作为神明的诗人这一概念的敌意似乎锐减了:

> 在世界看来,诗人永远承担着精神救赎这种角色。我并不否认,在今天,总体话语以及它所建构的价值网络濒于崩溃的时代,需要有新的神,来引领我们……
>
> 伟大的健康的诗歌将引领我们,逃离乌托邦的精神地狱,健

---

① 特别是于坚,1998年(a)。

康、自由地回到人的"现场""当下""手边"。①

如第一章所述,批评"崇高"美学的人把乌托邦主义看作其特质之一。

1994年,在一次与朱文的访谈中,于坚将成熟的诗人描绘成"神性奕奕"的人,这个词语改自成语"神采奕奕"。② 在《穿越汉语的诗歌之光》(1999)中,于坚称诗人为"神灵"及操作语言的使者。这篇文章是"民间写作—知识分子写作"论争中的一个关键文本,读者不妨注意以下引文中"知识分子"一词的贬义用法。在同一篇文章中,于坚也提出了"诗人写作"概念,大概是指我们之前所见的"真正的诗人"所从事的写作。这确认了诗人的神性地位:

> 难道还有比诗人写作更高的写作活动么?诗人写作乃是一切写作之上的写作。诗人写作是神性的写作,而不是知识的写作。③

### 诗歌制作

关于诗歌的实际"制作",韩东语焉不详。我们以上已读到,他心目中的诗人幻想着自己致力于创造性活动,但其实只是机械的、被动的媒介。韩东在《关于诗歌的十条格言或语录》(1995)一文中发表过类似的意见:

> 诗歌的方向是自上而下的。它是天空中飘渺的事物。由于写作者的等待和渴望而产生重力,降于人间。诗歌不是向下的挖掘,它不是煤。写作者不是劳动者,他必须放弃用力的姿态。④

---

① 它成文的时间为1993年,可能是那期间发表于期刊上的一篇文章,于坚,1997年(b),第235—238页。
② 于坚、朱文,1994年,第129页。
③ 于坚,1999年(b),第13—16页。
④ 韩东,1985年,第85页。西敏翻译了全文(Han 1997)。

## 第十章　去神圣化？韩东和于坚的明确诗观

于坚没有降低诗人天然的诗歌感受力的重要性，但同时他也认为诗人是更为主动的角色，并且，他把诗人描绘成从事韩东认为是无用功的那种向下挖掘着的人。在《穿越汉语的诗歌之光》中，于坚对"诗人写作"做出如下说明：

> 前几天，我在昆明武成路附近的一个废墟中拾到一扇木头雕刻的窗子。当时周围有些人看见我把一扇烂窗子绑到单车上，非常不屑，可能以为我要拿回去当柴烧。这扇窗子由于长时间的烟熏，已经一片漆黑。第二天中午，我在阳光下清洗这个窗子……这个被黑烟的积淀层遮蔽着的窗子终于呈现了出来，我才发现这扇窗子不仅有格子，格子之间还雕着几朵花……这时候我忽然听见了从前创作这个窗子的那个木匠的凿子凿响木头的声音，我看见花一朵朵从他的手心间开放出来。我当时的心情，相信与从前那个木匠是一样的。这是一种造物的心情，一种除去了遮蔽之物，看见了世界之本真的心情。一块木头，在别人看来只是木头，只是窗子或许甚至只是烧柴，但在诗人看来，却是花园。这就是诗人，这就是诗歌……
>
> 诗人写作是谦卑而中庸的……①

此文与下面《从隐喻后退：作为方法的诗歌》（1997）一文中的宣言如出一辙，《从隐喻后退》是《传统，隐喻及其他》（1995）的续写。② 于坚提出的具体性有些靠不住：他极力主张从隐喻后退，但他本人所使用的正是隐喻，把木头比作花园，把诗人比作木匠等。《从隐喻后退》是典型的于坚风格的文章，充满着对"崇高"、悲剧英雄式的及浪漫主义诗观的攻击，也表达了他对语言的高度关注：

---

① 于坚，1999 年（b），第 10 页。
② 于坚，1995 年（c）。

诗人不是才子,不是所谓的精神王者,也不是什么背负十字架的苦难承受者。诗人是作坊中的工匠,专业的语言操作者。

具体的写作行为拒绝传统写作中的神秘主义写作(在中国,有许多诗人声称,他们要在秋天或月光下才能写作)倾向……①

"诗人背上的十字架",是中国当代诗学运用基督教意象及术语的例子之一,这已成为更大的诗歌宗教话语的一部分,奚密在探讨"崇高"诗歌崇拜时已经说明过这一点。② 但这些意象也出现在"世俗"派这里,强化着"世俗"派自身对诗歌神圣性的(重新)建构,例如,前文所述的韩东对《圣经》故事"创世纪"的援引。

顺便要说的是,我们不应该对在先锋派或整个中国(现代)文化及其历史语境中出现的基督教意象及术语的意义作简单的臆测,因为这些意象的"西方"与"中国"含义可能存在着本质上的差别,但此议题不在本书研究范围内。

**语言用法**

诗歌"制作"把我们引向语言用法这个话题。在第二及第六章中,我们发现,韩东与于坚以采用所谓的口语而著称,他们是相对于正式语或书面语而言,因此他们也常被称为"口语诗人",尽管这样的标签是其艺术的一种简化。在与刘立杆、朱文的访谈中,韩东说:

我诗歌的基本语言就是现代口语。……自然,我的语言不能说是和日常会话等同的,但口语显然是我的一个源泉。……如果是书面的近亲繁殖,我们的语言势必将越来越丧失应用的价值,越来越萎缩、无趣,趋于消亡。③

---

① 于坚,1997年(a),第72页。
② Yeh 1996a,尤其是第53—57页。
③ 韩东、刘立杆、朱文,1994年,第119页。

## 第十章 去神圣化？韩东和于坚的明确诗观

同样，于坚也对口语的长处作了详述。他把正式语和口语对立起来，将之与普通话和方言①、北方和南方的对立相联系。以下文字引自《诗歌之舌的硬与软：关于当代诗歌的两类语言向度》(1998)的开篇：

> 尤其在南方，普通话可能有效地进入了书面语，但它从未彻底地进入过口语，方言总是能有效地消解普通话，这甚至成了人们的一种日常的语言游戏。……普通话把汉语的某一部分变硬了，而汉语的柔软的一面却通过口语得以保持。这是同一个舌头的两类状态，硬与软，紧张与松弛，窄与宽……②

只有屈指可数的几个中国当代诗人长期严肃关注国家语言政策在语言上、政治上以及艺术上的影响，于坚是其中之一。普通话与各种方言之间巨大的差异，显然影响着以方言为母语者的诗歌实践。有不少诗人感到，他们在"写"诗的时候难免要改用普通话，结果他们用方言朗诵作品时就会出问题。但近年来方言创作和方言朗诵的地位有所提升，而人们对使用中文有别于其他语言的汉字地域性的诗性潜能越来越感兴趣。

根据于坚的描述，普通话以及对普通话俯首称臣的那些人具有雄霸诗歌创作的野心。这点与他的一个总的看法有关：在他看来，中国现代诗歌已变成一个僵化的、包罗万象的、在根本上受到政治驱动的套话体系，能指与所指之间的距离已大到无法接受。他在《从隐喻后退》一文中表述这些观点时，所使用的语言学及文学术语虽有待商榷，但我们应当把此文看作一种修辞性干预，而不是学术论文。

在这篇文章中，于坚的意图是显而易见的。他讲了一个故事，虽然有些荒唐，但富有感染力。其实，这个故事依赖于现代汉语的特质

---

① 学者倾向于把"方言"译成"regional language"。此后，我把"方言"译成"dialect"，以将语言问题置于其所属的大众社会政治和文化话语之中，并且在翻译两个术语时避免使用"language"一词。

② 于坚，1998年(a)，第1页。参见 Inwood 2008:218-224。

而非诗歌的普遍内在特性。他说第一个看到大海的人发出近乎谐音的感叹词"嗨"。"嗨"通常相当于"嗨哟",但这里表达的是自己见到大海时的惊叹与敬畏之情,是所谓真实经验的一种表达。作为一种反双关的方式,或许可以把"嗨"翻译成"See!"(而非"Sea")。其实,最初看见大海的人很接近上文提到的诗人先知(拉丁语的 poeta vates,英语的 poet-seer),于坚"去神圣化"的声名也不影响这一意象的恰当性。一旦第一个看见大海的人试图描述大海,把"嗨"这个声音传递给其他人,词也就离开了所指的事物,(诗性)表达疏离了真实的经验,"隐喻"霸权则开始生效。按照于坚的用法,"隐喻"指的是许多不同的东西,比如一般性的明喻、象征符号、意象,但也包括固定表达或如同陈词滥调的语言等。这些与于坚所说的对事物"最初的命名"及"重新命名"形成了对比。在他这里,所谓好诗,是指后两者。

虽然这个论点破绽百出,但于坚把最初命名者的"海/嗨!"与现代诗人习惯于高呼的"永恒而辽阔!"相对立,并因此而表示难过,其言下之意却非常明了。于坚接着写到,宏大文学文化史是诗人脖子上的磨石,深深植根其间的系统催生了语言的常规表征,这种表征反过来又控制着诗人。

根据于坚的看法,诗人所做的,应该是反其道而行之。就像他在与朱文的访谈中说的:

> 成熟的诗人不为语言的魔力所左右,他清醒、冷静、理性地控制这种魔力,他的方式是在解构语言中建构语言。①

在《从隐喻后退》一文中,于坚将解构语言延伸至解构隐喻。这再次证明,在他的观念里,这两者是难以区分的。以下为相关论述:

> 诗是一种消灭隐喻的语言游戏。

---

① 于坚、朱文,1994 年,第 129—130 页。另见 Yu Jian & De Meyer 1995:29。

> 诗是语言的解剖学。
>
> 拒绝隐喻,就是对母语隐喻霸权的拒绝,对总体话语的拒绝。拒绝它强迫你接受的隐喻系统,诗人应当在对母语天赋权力的怀疑和反抗中写作。写作是对隐喻垃圾的处理清除。
>
> 作为一个主观的、虚构的世界,诗所提供的语言现实就是,消除想象的方法,消除幻觉和罗曼蒂克的方法、消除乌托邦和恶之美学的方法。
>
> 从诗歌的根本的写作向度上看,有两类,一类是词根为"前进"的诗歌;一类是词根为"后退"的诗歌。①

"恶之美"出自波德莱尔的《恶之花》,这是经常被引用、影响了中国当代诗歌的外国诗作之一。如第三章所述,"知识分子诗人"疑似对外国诗歌顶礼膜拜,这让于坚大动肝火。

在当代中国,"前进"一词也带有强烈的主流色彩。如前文所述,于坚的"前进"与"后退"概念,与"硬"与"软"之间类似的对立并行不悖:书面语对口语,普通话对方言,北方对南方。

### 诗歌之于读者是何物?

一首诗歌一旦写成,它对于读者而言为何物?读者与诗歌相遇后会产生什么反应?在《关于诗歌的十条格言或语录》中,韩东如是说:

> 诗歌与学识无关,它是天真未泯之人的事。写作者和阅读者靠天真而非学识沟通。一个好的写作者并不比一个好的阅读者比诗更有发言权……一个好的阅读者肯定优于一个较次的写作者。②

---

① 于坚,1997 年(a),第 71—73 页。
② 韩东,1995 年(a),第 85 页。

然而,与其他中国当代诗人无异,韩东和于坚的诗观都不是以读者为导向的。于坚的说法多少有点儿自相矛盾:

> 成熟的诗人决不针对他同时代的读者或诗人写作,他无视这些人,他只为语言写作,他强迫读者接受他的说法,这种强迫是"抚摸"式的。①

韩东和于坚都不认为是读者赋予诗歌以生命。笼统地讲,他们也不怎么考虑作者意图及读者经验之间是否脱钩或者有分歧。根据于坚的说法:

> 在诗人的潜意识深处,有一个由他所置身的社会,时代的政治、文化、宗教、家族遗传、历史、审美价值、人生阅历的影响形成的活的积淀层。……诗人只要把直觉到的组合成有意味的形式,成为语感,他的生命就得到了表现。②

因此,于坚着重将诗人的生活表达置于社会语境中。同样地,在于坚与韩东的《在太原的谈话》(1986)一文中,他说道:

> 诗人的人生观、社会意识……都会自然地在诗人的语言中显露出来。③

几乎同一时间,《诗刊》刊登了青春诗会会议纪要,其中记录的韩东的言论就更明显地让我们联想到中国的传统诗观:

> 从一首真正好的诗里,我们可以看见作者的灵魂、他的生活方式和对这个世界的理解。④

---

① 于坚、朱文,1994年,第129—130页。
② 于坚,1986年。
③ 于坚、韩东,1988年,第76页。
④ 韩东,1986年。

韩东不认为能把内容从诗歌的其他部分中剥离出来,未将诗歌看作传达内容的工具:

> 但这一切必须溶汇于诗歌之中,而不仅是通过诗歌的形式来表达的。

从《奇迹和根据》(1988)一文可以看到,韩东把诗歌形式视为重中之重,尽管他的表达方式比较抽象:

> 诗歌不为某种文化的完善而成立……诗歌有其更深远的目的,这就是赋予世界以形式。对诗歌形式的解释也许需要文化的帮助。也可能这种解释只存在于我们称之为文化的那个单位中。但解释不能替代形式。……诗歌作为形式存在的超越性和独立无依。它直接和人类的心灵有关,是心灵的活动和需要。……它是人类和世界情感关系的有形存在。①

在《在太原的谈话》中,韩东重申了形式与内容是密不可分的。这里,他说的不是人类的心灵,而是个体的心灵,更确切地说,是两个个体的心灵。在中国传统诗歌概念中,阅读诗歌也是读者了解诗人的手段,韩东在此提出了一个现代的版本:

> 读一首真正好的诗你会感到那种心灵的亲近,这种亲近不仅是有了共鸣……你用你的灵魂感受到了另一个灵魂的真实,是活的灵魂。诗歌不表达什么,它本身就是一个人的灵魂,就是生命。即使表达也只是以这唯一的形式来表达的。……诗歌的美感完全是由个人的生命灌输给它的,又是由另一个具体的生命感受到的。除此之外,诗歌毫无意义,我不能设想那种没有生命迹象同时又具审美价值的诗歌。②

---

① 韩东,1988年,第51页。
② 于坚、韩东,1988年,第76页。

**诗人相对于"世间"环境**

韩东和于坚的观点都与中国传统诗学有所关联,都是将诗歌及其与读者的互动置于某种社会语境中。然而,他们坚持认为,诗人没有义务去扮演任何社会角色,还应该主动规避社会角色。在《三个世俗角色之后》中,韩东批评同辈们是"政治动物""文化动物"及"历史动物",尽管这种定位在一定程度上是受环境所迫。韩东力劝他们冲破藩篱。这篇文章言辞激烈,充满怨气:

> 在一个政治化的国度里,一切都可以从政治角度加以理解。而艺术范围内的变化往往是不为人知的。大家没有这个兴趣,也没有这个精力。所以了解中国事务的中国人或外国人都认为中国没有艺术。……
>
> 北岛的成功就是这样被人们曲解的。北岛本人也承认自己的成功多半是由于政治上的压力。后来他利用这一点让我们感到失望。但作为一个人生存和不朽的努力无论如何是被允许的。……
>
> 北岛并没有利用中国人,但他利用了外国人,其实质是一样的。
>
> 西方人不了解中国,也没有这种愿望。西方人至今对中国的要求仍然是殖民主义的,在精神领域,这么说一点也不过分。中国人仍被当成稀有的文化动物,在一块古老的土地上生存供观赏之用。这就是西方人对中国人的全部概念。
>
> 中国人只能站在中国人的立场上,否则就是不本分。而人的立场被西方垄断着。
>
> 就这样,中国人做人的权利被剥夺了。如果你不满足于做一

个低级动物的话,那么好,你可以做一个富于神秘色彩的文化动物,这就是中国人。阿城就是这样取得西方人的信任的。……

当我们摆脱了卓越的政治动物和神秘的文化动物两个角色之后,我们就来到了艺术创造的前沿。这里还有另一个陷阱,这就是深刻的历史动物。①

与韩东、于坚的其他一些说法,尤其是有争议的说法一样,韩东对北岛、阿城的评论有待商榷,甚至是站不住脚的,至少会因不全面而造成误导。关于北岛诗歌政治的说法有很多,如本书第一章所述,有杜博妮、李典等人对北岛作品的细致研究,北岛的诗歌也被卷入了关于中国现代文学与其他文学之不对等交流的讨论中。② 在此无需多讲,只说一下韩东在 2003 年,即在《三个世俗角色之后》一文论及北岛的 14 年之后,在和常立的访谈中,提到自己那一代人是努力摆脱北岛及 80 年代朦胧诗的压倒性影响,堪称是一种弑父行为。③

在与刘立杆、朱文的谈话中,韩东再三反对中国诗人以政治迫害为卖点的行为。当被问及因持激进政治观点而被视为"异见者"的先锋诗人时,他说道:

首先,由我国的政治生活所决定。一个诗人如果他不是循规蹈矩的,他坚持自己的艺术主张,就会为外界不理解,被同行所嫉妒……我国政治生活的一大特点,就是安定团结为好。任何异己的、反常的、突出的和叛逆的东西,对于社会的政治秩序而言都是一种威胁。因此说,我们的诗歌要想不流于大众化,还有自己的想法,自己的个性,甚至还有病态的挥之不去的东西要表达,要求得到传扬、扩散,当然会引起一阵骚动。……这种标新立异的先

---

① 韩东,1989 年,第 18—19 页。
② McDougall 1985, Li Dian 2006.
③ 韩东、常立,2003 年。

锋文学与政治的冲突本来是很正常、很自然的一件事……一是在特殊的政治背景下,坚持个人化的艺术追求的确会碰到一些问题……①

《〈他们〉,人和事》(1992)一文最初刊登在《今天》上,随后被《诗探索》(1994)节选发表。文中,韩东又一次声明,诗人绝对没有所谓非诗的责任,即没有任何政治、社会、道德责任。写作是以诗歌自身成立为目的,这也决不是一种逃避主义。上文已提到,韩东因谴责他人的浪漫悲剧英雄主义而闻名,但他自己的诗观也常常反映这种东西。下面是其中最严肃、最说教的段落之一:

> 在一个充满诱惑的时代里,诗人的拒绝姿态和孤独面孔尤为重要,他必须回到一个人的写作。任何审时度势、急功好利的行为和想法都会损害他作为一个诗人的品质。他是不合时宜的、没有根据的,并且永不适应。他的事业是上帝的事业,无中生有又毫无用处。他得不到支持,没有人响应,或者这些都实际与他无关。他必须理解。他的写作是为灵魂的、艺术的、绝对的,仅此而已。他必须自珍自爱。②

但是在同时,韩东也警告诗人不要妄自尊大,这也是典型的韩东风格:

> 诗人与读者的关系应该是诗与读者的关系。不需要读者出场。读者阅读你的诗歌也没有必要知道你的生活,知道你诗之外的所作所为。当一个诗人对诗人与读者的关系孜孜以求时,我觉得他是在谋求不可能达到的明星的地位。

于坚同样也常常评论诗人的角色及诗人的特性。在《诗人及其命运》

---

① 韩东、刘立杆、朱文,1994 年,第 114—115 页。参见韩东、朱文,1993 年,第 69 页。
② 韩东,1992 年(b),第 199—200 页。参见韩东、朱文,1993 年,第 71—72 页。

(1999)一文中,他谴责诗人自宋朝起开始"上升",自视高于诗歌。诗人意识到自古就有的天赋言论权,但从宋朝起才开始不把它当作一种抽象的特权,而是看作一种使诗人与众不同的东西。于坚发现,在一些人当中,这种趋势一直延续至今,使诗人变得比诗歌更重要,这在人们对诗人之死异乎寻常的关注中可见一斑。海子、戈麦、顾城等当代诗人自杀之后,媒体跟风炒作,这也是于坚常常提及的事例之一。

在于坚看来,诗人自以为是是不对的。他同时也描绘了当今社会对诗人冷漠忽视的一幅冷酷画面:

> 诗人是具有魅力的人。我青年时代漫游云南,到过不少部落。我发现云南大地上那些部落中的巫师,总是一个部落的灵魂、历史、母语所在,但这个灵魂是在日常生活之外,只是在节日或庆典中才发生功能,唤起人们的记忆、耻辱、尊严、感激和畏惧。和古代不同的是,古代的巫师只是通灵活动的组织者,通灵者是部落所有的人。但现在的情况不同了,巫师在部落中要么至高无上,要么被遗忘。在云南我见过不少巫师,他们无不是部落中最贫穷最孤独的人。这是诗人的命运,这是诗人自己无法选择的命运。

在《诗人及其命运》及其他文章中,于坚都发表过一些可堪置疑的言论,他说,直到宋朝时,在中国社会中,诗歌都还是普遍存在于普通大众日常生活里的中心元素。

他继而预言,在一个全球化的世界里,第一个被遗忘的人将会是诗人,诗人已经变成了博物馆导游。然而,

> 真正的诗人应当反抗诗人在我们时代的命运。上升使诗丧失了存在的价值。拒绝上升,诗人应当坠落。坠落,一个需要重量的动词,坠落比上升更困难。[①]

---

① 于坚,1999年(c),第81—83页。

"动词"一般译为"verb"。这里,我将之译成 word that moves,这是受启于于坚在他的诗歌和诗观表述中都有意抠语言及学术语字眼的做法,如第五章所述。"堕落"一词常常意味着"退化",于坚的用法大概意在挖苦诗人在他人眼中的天职,即"上升"至更高境界。

韩东式的诗人的孤独是一种自豪的、荣耀的孤独,而于坚却把孤独当作悲惨命运的一部分,他认为诗人应当努力改变它。他赞同韩东的诗歌无用论——这一说法是参考了庄子。庄子认为,在无形的、更高的境界中,无用之用才为大用:

> 诗歌应该对于人生是有用的。无用之用,就是诗歌之用。①

### 诗歌的敌人和"真正的诗人"的敌人

我们之前注意到,韩东、于坚含蓄地区分了两种"诗人":其一是一种抽象的、理想化的诗人概念,其二则是这个抽象体在当代诗坛的(不)真实的具体化身。尤其是后者,促使他们不厌其烦地谈到韩东在《论民间》(1999)一文中所识辨的、威胁着真实而正确的诗歌的三个"庞然大物"。②《论民间》是"民间写作—知识分子写作"论争中的重要文本,也是我所说的"世俗"诗歌崇拜的代表之作。这三个"庞然大物"是:体制、市场与西方。体制指的是文化政策、正统文学及国家认可的意识形态;市场则是铺天盖地的中国生活商品化;西方也包括国外汉学家。韩东、于坚的观点中有反西方情绪,也有强烈的反知识分子之意,论争的语境使得他们话里话外的意思更加尖锐。让我们来回顾一下韩东、于坚眼中诗歌的敌人,当然也是"真正的诗人"的敌人,因为"真正的诗人"是诗歌的真正信徒。

在接受朱文的采访时,于坚说,传统诗歌观念的侵蚀,已经使得读

---

① Chuang-tzǔ 1981:75。这里,我沿用了格拉姆翻译的"无用之用"。
② 韩东,1999 年,第 7、10 页。韩东频频使用作为名词的"民间"。

者对诗歌体裁缺乏敬意。那些未曾掌握真正的文学技能但也在写作的人傲慢无知,引申地看,这样的傲慢无知也出现在体制准许的文学类型中;读者对诗歌缺乏敬意,就源于此:

> 中国传统是把写诗看成抒情言志的日常卡拉 OK,人们不会轻易地去从事舞蹈、作曲、绘画、写小说这些艺术,却人人敢于写诗……千年诗国,诗已不是专业艺术……在中国,凡读过书的人,很少有不在年轻时写过一两首诗的。①

相比之下,于坚在回忆起对 1997 年鹿特丹国际诗歌节的印象时写道:

> 诗人不是大众的讥讽对象,也不是大众的卡拉 OK,更不是胁肩谄笑于御前的侍者,而是倍受尊崇的古老而新鲜的智慧。②

就商业化而言,韩东在回应刘立杆和朱文的问题时像往常一样板脸说教:

> 这种商业化的大背景是应该给予否定的。……古老的艺术家们一开始就是站在与此对立的立场上的,如今他们成了不合时宜的一小撮。并非像有人声称的那样:商业化有什么不好?商业化使本来就不适合写作的人都去经商了,而真正坚持下来的都将被证明是天生的艺术家。……这完全是一种合理化的解释。……如果一个诗人既有强烈的金钱欲望,又有很高的艺术天赋,在今天的背景下金钱的欲望当然会损害他的写作。从各方面说,商业化无疑是写作的一个障碍。企图对此进行合理化解释的人居心何在呢?在商业化的压力下,写作者的精力分散是一个问题。同时,作品的实现也会被艺术以外的法则所左右。你没有读者,作品不能变成金钱,就没有价值。……有很多人对此进行佐

---

① 于坚、朱文,1994 年,第 129—130 页。
② 于坚,2004 年(d),第 302 页。

证，说在西方国家所有的艺术行为都是和商业有关的，都是在商业化的系统内得以实现的，因此中国的商业化进程对于诗人也是没有坏处的，是合理和必要的。在西方一种很普遍的东西，就是不可怀疑的。西方的今天就是中国的明天。真难以相信，诗人们对历史价值的判断和政治家们竟如此一致。①

碰巧，于坚就是给商业化以"合理化解释"的人之一。在与朱文的访谈中，他说道：

> 商业化征服不了诗歌，它会征服大批"才子"，真正的诗歌只有在商业化的社会中才会幸存。②

至于把西方当作诗歌的敌人这一点，韩东和于坚都意识到，中国当代诗人崇洋媚外、一味盲从和追仿西方的榜样，他们对此表示反感，但并不是反对西方或西方诗歌本身。在与朱文合著的《古闸笔谈》(1993)一书中，韩东谈到：

> 每一个作者都得从阅读开始。那么在今天，具有权威和说服力的自然是翻译作品。我们都深感无传统可依，伟大的中国古典文学或文字传统似乎已经作废。……事实上我们已经成了文学传统的孤儿。
>
> 为了寻求安慰，大家不约而同地转向西方。怎样把自己嫁接到西方文学传统之上成了今天很多诗人的努力方向，为了使自己变得坚强有力，也为了"走向世界"。可惜的是，这一努力只能通过翻译作品间接达到。在文字上，我们向翻译作品学习，然后模仿写作类似的东西。然后，还须再次翻译成英文或其他文字向西方推行，占领"国际市场"。……且不说他们把西方文学传统偷换

---

① 韩东、刘立杆、朱文，1994年，第122页。
② 于坚、朱文，1994年，第134页。

成人类文学传统的狡诈,而且功利性十足地(也是毫无理由地)认为西方文学传统具有无可比拟的优越。①

然而,在《从我的阅读开始》(1996)一文中,韩东对西方的影响不再不以为然:

> 在我所读的文学作品中,西方作家的作品占了很大的比例。……因此有人称我们这代作家是"喝狼奶长大的"。……但在讨论中却缺乏实际意义,并且有可能把面临的问题引向歧途。②

他强调,他所有的阅读,不论文本出自哪里,都是现代汉语。援引南京诗人鲁羊的话说就是,很可能对今天的中国读者而言,与文言文相比,现代汉译西方文学的外语味更淡些。

与上文相比,于坚"反西方"的主张来得更为强烈,其中他最喜欢攻击的目标是(中国的)流亡诗歌:

> 恐怕没有布罗茨基那种意义上的流亡文学,汉语诗人到了英语国家,必然是自成小圈子,自我欣赏……流亡诗人除了"流亡"二字令西方人肃然外,恐怕很少有人想得起来他们是诗人。流亡,在中国诗人,大多是逃避存在……布罗茨基是不想走被强迫赶走的,这些流亡诗人恰恰相反,以流亡欧美为荣,争先恐后,何不流亡越南、缅甸、突尼斯?以流亡而自豪,骨子里是殖民地文化人心态。③

"英语国家"英译为 countries of the English language 很不顺,为的是保留与"汉语诗人"英译为 poets of the Chinese language 的并行句式。于坚以"英语"来转喻多种外国语言,这本身就很成问题。

---

① 韩东、朱文,1993 年,第 71 页。
② 韩东,1996 年,第 35 页。
③ 于坚、朱文,1994 年,第 133 页。

1995年，在接受麦约翰的采访时，于坚说：

> 我觉得把诗歌和政治扯在一起是错误的。变化和革命给诗人施加的影响是有限的。1989年之后，几位诗人写信告诉我他们决不会再写作。我完全不能理解那样的态度。我在1989年写了一些好诗。无论身边发生什么，我首先是个诗人。这并不意味着我有一种象牙塔心态，压根儿也没有。作为公民，作为普通人，我当然关心所发生的事，我会发表己见。自1989年以来不少诗人离开了中国，可我不理解他们的做法。……
>
> 无论发生了什么，那些人始终保持着与母语的联系。如果一位诗人甘愿与母语断绝关系，他还怎么写下去？作为诗人，我需要与中国、中国人和中国语言保持直接联系。这有利于我的诗歌。你知道的，有些事情只不过是一些作家离开中国的借口。可恶。任凭情势怎样，诗人都没有逃跑的借口。不止于此：跟中国一刀两断，在西方以权威以及中国文学发言人自居。外国多多少少自动接受了流亡诗人的角色。是不是让人想不通？①

于坚接受陶乃侃的访谈题为"抱着一块石头沉到底"，在这个访谈中，他陈述了自己对西方及相关问题的看法。这个标题的典故出自屈原。诗人屈原投河自尽后，他的非凡品质被后世诗人追忆；屈原被看作怀才不遇的象征：他为官刚正不阿，后来被称为爱国诗人；当然，"爱国诗人"这个称号是后人追予的，也就是说，人们以"中国"身份代用了屈原的楚人身世。在这个访谈中，于坚更显得好战、混乱、逻辑不清，甚至可以说视野闭塞、耍机弄巧。他的一些言辞激烈的长篇大论，好像意在回击诗坛上来自别人的修辞性威胁，比厘清问题要重要一些，用语峻厉高调，触人眼目。当然，我无意否认于坚数年来对于厘清诗坛上的一些问题很有贡献，他一直关注作为诗学关键部分的语言问题，

---

① Yu Jian & De Meyer 1995:30.

即为其中一例。

关于西方和中国诗歌,于坚针对国内受众的话语与他偶尔针对外国读者有所不同。面对外国读者时又另说一套。20世纪80年代,国内几乎是不加评判地对外国文学和文学理论大唱赞歌,在90年代,先锋诗与西方的关系却成为一个尴尬的话题,其间既有批判性的反思,也涉及(中国)身份问题。从这个角度看,于坚的批评也是言之成理的。他指出一些同代人为了与西方"接轨",迫不及待地寻求在国外出版著作或发表文章的机会("接轨"是一个流行词汇,意指有操纵色彩的自我提升)。① 顺便要说的是,于坚本人一直对外国人持欢迎态度,甚至有时刻意招揽。例如,1990年,他在其第三本私人印制的中文诗集的英文序言里向朗费罗、惠特曼及弗罗斯特等人致谢。② 这不过是于坚数年来积极吸引外国关注、对中译外国文学也很是精通的一个例证。把读者群扩展到国外,这样的愿望无可厚非。写作者当然希望自己的作品有人读,受众尽可能地多。然而,如王家新所言,于坚行为的异乎寻常之处在于,他指责别人这样做好像是违反了一种暧昧不明的民族主义法则,但这个看起来好像又没有用在他自己身上。③

面对国内受众,于坚有一套不同的说辞,从下面与陶乃侃的访谈中可以得见:

> 英语对并非其母语的人来讲只是二流语言,但它已居世界语的位置,世界的普通话,正在导致世界交流工具的模式化、标准化,变成一种电脑语言,每个人都能使用的语言。我觉得今天的汉语仍然保持着它古代就具有的诗性……它不是像英语那种人们普遍可以掌握的语言,汉语是一种更古老的智慧,它自产生就是一种诗性的语言,掌握汉语要有灵性,我觉得汉语本身就是对

---

① 例如:于坚,1998年(a)及1999年(b)。
② 于坚,1990年。
③ 王家新,1999年,第48—49页。

全球一体化、物质化的一种挑战。①

于坚话锋一转,委婉指出作为很多中国人"第二语言"的英语是"二流语言"。随后,他将英语与推行失败的世界语相提并论,等于是颠覆了英语的全球性意义。同时,他联系普通话在国内扮演的角色,暗示英语称霸全球的野心:

> 在英语现代化的终端则是"克隆",经济复制、文化复制、现代化的复制,这个世界不正在这样搞么?最终就是人被复制。但是汉语由于它的独特性、区域性,由于它具有五千年历史的诗性,它不可能成为一种世界通用的语言工具。汉语是……能传达与西方逻辑不同的世界观的语言……能成为引领人类文明的另一种方向的语言。英语通向电脑,汉语则通向人……当英语带领人们朝现代化方面前进,使人变成物质的奴隶时,汉语却使人保持人与大自然、古代文明传统和万物有灵的旧世界的联系。

小说批评家谢有顺在"民间写作"与"知识分子写作"论争中站在"民间"一方。他与于坚合写了《真正的写作都是后退的》(2001)一文,文中,于坚对充满模仿、派生、复制的现代化过程表达了类似的关注:

> 别人创造,你来共享。一个崇拜耐克牌商标上的勾子的中学生或者一个梦想把孙子送到美国去留学的卖肉的老太婆这么想,一个商人或外贸部官员这么想,倒也未可厚非,问题是,今天中国那些用汉语写诗的也这么想……有大学诗歌教授甚至已经宣布,汉语诗歌要入关,标准是掌握在发达国家的汉学家那里了……我的愤怒是诗人的愤怒,如果民族主义在这个国家已经遭到所有知识分子的唾弃,那么诗人应该是最后一个民族主义者,他是母语的守护者和创造者啊。我是一个母语意义上的民族主义者,在此

---

① 于坚、陶乃侃,1999年,第80页。

意义上,我永远拒绝所谓的"国际写作"。①

在随后于坚与陶乃侃的访谈中,抛开他对"西方"的歪曲不谈,可以看出,正是于坚斥责的他的同代诗人的被殖民心态,才使得他本人把从爱尔兰到拉美等多个国家称为"边缘"。另外,他曾多次告诫说,让诗歌脱离政治,但他又把"文革"看作当代诗歌的决定性因素之一,这两个说法可是互不相容的。

> 从我出国的感受来看,西方是一个已经完成的社会,人们生活在一种养尊处优的状态中。早期现代化给人带来的忧虑日益减少,他们的诗在表现人生和人性上能使我激动的很少,游戏之作较多。我以为西方的本世纪的好诗恐怕在六十年代以前就被写完了,现在世界杰出的诗人作家几乎都来自边缘,爱尔兰、俄国、捷克、波兰、拉美……当代中国诗歌其实是非常优秀的,只是养在深闺人未识。……中国近几十年的社会情况和历史记忆都与西方不同,还是一个尚未完工、因而充满创造活力和种种可能性的社会。中国诗人经历了"文化大革命",对人性有更深刻的感受。②

在中国语境中,"养在深闺"的诗歌让人想到封建帝国时代的女性写作。如果说是男人多方力阻古代女性及其作品进入公众视野,那么又是谁阻隔了一统当代诗坛的中国(男性)诗人?虽然先锋诗歌与主流诗歌很是不同,但大多数诗人都有出版和发表机会。

《穿越汉语的诗歌之光》大约与于坚、陶乃侃的访谈同一时间发表,文中,于坚说:

> 我以为本世纪最后二十年间,世界最优秀的诗人是置身在汉

---

① 于坚、谢有顺,2001 年,第 32 页。
② 于坚、陶乃侃,1999 年,第 80 页。

语中。我们对此保持沉默,秘而不宣。①

关于这一奇怪的宣言及深闳意象,一种可能的解读是:当代中国诗歌并未在国际上获得充分认可,于坚对此感到灰心丧气,沮丧之下转而对中国诗歌夜郎自大起来。

读者不禁要问,在这里,谁是于坚预期的受众呢?显然不是不懂汉语的外国人,也不大可能是汉学家。于坚曾经说汉学家的汉语水平相当于小学生,尽管他这句话是在 1998 年韩东和朱文推动的挑衅性的"断裂"问卷调查中说出的。② 当时,一些当代小说家和诗人(包括几位颇具社会争议性的人物)回答了调查问卷,对功成名就的个体和根基稳固的体制——从鲁迅、中国作家协会到海外汉学家——做出评判。"断裂"调查鼓励问卷回答者打破旧习、摆脱文学史经典。关于汉学家,韩东当时如是说:

> 除非将当代文学降低到汉语拼音的水准,否则汉学家的权威便是令人可笑之事。当然他们能促成某些事情。但他们因为幼稚而损坏的方面更多更深重。汉学家是一伙添乱的人。③

后来,韩东澄清了"促成事情"的意思,说这是指他们能帮助中国诗人"到国外去参加笔会,或者去做驻校诗人"④。

在《关于诗歌的十条格言或语录》一文中,韩东所描述的汉学家对当代中国诗歌的成就一无所知。他的话不是完全没有道理,但这里不妨补充一句。我们无需使用缺少根由的"边缘化"概念也能观察到,与中国本土同样无知的广大读者群相比(见本书第一章),汉学家的数

---

① 于坚,1999 年(b),第 16 页。
② 见朱文,1998 年;韩东,1998 年(c);汪继芳,2000 年及 Berry 2005。于坚的话见汪继芳,2000 年,第 264 页。
③ 韩东,1998 年(c)。同样见于:汪继芳,2000 年,第 264 页。
④ 韩东、常立,2003 年。

量可以忽略不计。韩东认为，在中国，当代诗歌比较受冷落，①但下文中出现的"我们"大概没有包括他自己：

> 现代汉语的外延大于古代汉语。古代汉语活在现代汉语中，而不是相反。现代诗歌之于古代诗歌并不是一个强大帝国衰落后遗留下来的没落王孙。古代诗歌之于现代诗歌不过是它值得荣耀的发端。这是两种截然不同的史学观。西方汉学家们总是乐于赞同前者，而我们又总是乐于赞同汉学家。这是双重的被动、误解和屈辱。②

于坚和韩东多次采用这样一种批判角度，将同时代人看作抽象的诗人形象的腐败现身。于坚的反知识分子精神的例子能说明问题。当朱文问及于坚"愤怒诗人"的名头时，于坚回答：

> 当我把沉浸于诗歌深处的脑袋偶尔浮出诗坛的水面看见有那么多漂浮物、垃圾在喧嚣之际，我确实无法不愤怒，在中国诗界，尤其是在所谓先锋派的圈子里，我时常有被强迫在公共厕所中占一个蹲位的感受，你一方面要写作，一方面又得向一堆垃圾证实你的价值……当你总是听到很有诗歌才华的某某，最近靠剪刀浆糊剪贴性知识出书，并换了五百元一双的皮鞋了……听到某位……诗人，跑到某国洗盘子去了，心中总是有一种被出卖的感觉，似乎在这个国家，从没有人把诗真正当作一回事……诗人在今天已成为这样一种形象：闲人，大谈文化，怀才不遇，郁郁寡欢，苍白修长，自杀，用斧子砍人……我作为诗人，经常被幼稚、糊涂、不明真相的读者将我与这一形象混为一谈。③

用斧头砍死他人的自杀者，指的是顾城自杀前杀害了谢烨这一事件。

---

① 韩东、常立，2003 年。
② 韩东，1995 年，第 85—86 页。
③ 于坚、朱文，1994 年，第 125—126 页。

2004年,在接受马铃薯兄弟的访谈时,韩东也一样义愤填膺:

> 坚持"知识分子"身份的那些人表现出的做作、浮夸、自我感动以及伪善让我本能反感。我以为最大的恶不是恶本身,而是伪善。①

我曾在本章开始时指出,20世纪90年代末韩东和于坚进入了半公开的冲突状态。2001年,杨黎采访韩东,言谈之间,韩东的愤怒已经蔓延到于坚身上。作为反知识分子论争中的领头者,在20世纪八九十年代,于坚和韩东的名字屡屡被人们同时挂在嘴边。这次访谈中,韩东找于坚的茬儿,特别提到于坚那些著名的长诗,认为他野心勃勃,挥霍语言,没有字斟句酌地写:

> 这种东西根本就不用看了……就是看到这个人很牛逼……于坚在以知识分子的方式反驳知识分子……他已经丧失了自己的语言。他要证明他自己比("知识分子"原型)西川更博古通今,更有文化。谈起诗歌来也是什么唐诗宋词。……同时在美学的这个方向,他也转向,他也要证明他比对方更有文化更有胸襟,做得更大。本质上是一个叛徒,自鸣得意。他也加入了这个秩序……我觉得他的诗歌在九十年代有很大的变化,我觉得这种变化的趋向就是知识分子。②

在这段对自己人的怒骂中,最令人注意的是"叛徒"字眼。反过来,这也让人想到受害者于坚有"被出卖"的感觉。尽管韩东在"世俗"派中是"去神圣化"的始作俑者,但他把诗人描述成置身于神圣事业的人。用布迪厄的话说,从事这种事业的合法性前提是无条件的忠诚。

---

① 韩东、马铃薯兄弟,2004年,第100页。
② 杨黎,2004年,第302—309页。

## 第二节 元文本风格

韩东和于坚之间的冲突大致出现在"民间—知识分子"论争的时候。以《论民间》为例，此文是韩东在这场争吵中最实质的贡献，但文中，他对"民间"阵营最具代表性的人物于坚只字未提。于坚显眼的缺席，恰与韩东在《论民间》中塑造的真正诗人的形象相符，因此也与韩东本人的形象相符：真正的诗人，是一个孤独的勇士。①

轮到于坚登场时，他比韩东更卖力地塑造了一个类似的自我形象。具体说来，也是一位勇士，但他不仅孑然一身，而且顽强不屈，充满浪漫情怀。我们回想一下他的愤怒，因为"得向一堆垃圾证实你的价值"，读者还会把他与那些跟他不对付的诗人"混为一谈"。于坚从一开始就把自己塑造成一个局外人形象，如在唐晓渡与王家新合编的《当代中国实验诗选》(1987) 中所示：

> 我属于"站在餐桌旁的一代"。上帝为我安排了一种局外人的遭遇，我习惯于被时代和有经历的人们所忽视。毫无办法，这是与生俱来的，对于文学，局外人也许是造就大师的重要因素，使他对人生永远有某种距离，可以观照。②

2001 年，在于坚与谢有顺合写的《真正的写作都是后退的》一文发表的时候，于坚和其他论争参与者的文字逐渐充满污言秽语。于坚写道：

> 有时令我丧失写作欲望的问题是，值得为这个视诗人为傻 B 的时代如此严肃认真地写作么？许多朋友觉悟了，聪明起来，再

---

① 韩东，1999 年。
② 唐晓渡、王家新，1987 年，第 153 页。

也不当傻 B。我是最后的不可救药的诗人，我是为过去写作的。①

大概同一时间，于坚在接受朵渔的访谈时谈道：

> 在昆明，我其实就是一个人，没有任何人围着我，我极少和文学界来往，我的朋友搞文学的极少……在中国诗歌界，我不也是越来越孤独么，左派动不动要把我批判一下，最近《华夏诗报》还有文章说我是"诗歌的敌人"。"知识分子写作"也在骂我，我可能最终还要得罪年轻人。②

2002 年，于坚谈起自己参加 1997 年鹿特丹国际诗歌节的情况，给采访者金小凤留下了深刻的印象。金小凤引用于坚的原话，讲一个学中国诗歌的女学生参加诗歌节，学生说读于坚的作品让自己感到难过，因为她觉得不那么优美，于坚就此回应道：③

> 我不是制造景泰蓝的，我搞的是岩石的表面，那类的东西非常粗糙，会伤害你。

《棕皮手记》是于坚多年短文集的总名，其中有下面一段文字，强化了于坚的孤独形象，他把自己描绘成与世隔绝的样子：

> 多少年来，我一直都住在翠湖北路的一个大院里，从未搬过，那个大院也从未改变。但门牌倒是变了五次，翠湖北路 2 号、翠湖北路 1 号、翠湖北路 25 号、翠湖东路 3 号，以致邮件也收不到了，就像一个人周围的人都变了，只有他没有变。于是昔日那些认识他的人再也找不到他了。④

---

① 于坚、谢有顺，2001 年，第 31 页。
② 访谈时间为 2001 年，载于坚，2003 年及杨黎，2004 年。这段引文来自于坚，2003 年，第 279 页。
③ 于坚、金小凤，2002 年，第 216 页。
④ 于坚，2004 年(e)，第 80 页。

## 第十章 去神圣化？韩东和于坚的明确诗观

孤独的勇士像韩东和于坚所谈及的多种诗人形象一样，都既含蓄又外显。上文讨论的几个形象都指向"世俗"派对诗歌和诗人形象的崇拜，超越了一切作为对"崇高"派之回应的反崇拜行为。虽然"世俗"派主张诗人关注日常，告诫诗人不要自我膨胀，但韩东和于坚反其道而行之，将诗人身份看作极重要、极具社会意义的优秀品质。这又一次说明，中国现当代诗人是如何重视对自身的诗人形象的维护，他们是把诗人形象当作一种抽象之物去珍惜，以各种不同的方式或相继或同时去实现它、阐释它，凡此种种，大部分出于对艺术家的浪漫想象；这一点，在第一章中已经提及。在韩东的作品中，诗人的优秀品质主要体现在诗人的神圣地位及道德操守方面；在于坚的作品中，诗人的价值则主要在于与无处不在的艺术腐败作斗争。

我们注意到，这两位诗人在诗人形象及相关问题上，偶尔各执一词，但其诗学观念整体上在许多方面却是相互兼容的。然而，他们在元文本竞技场上的操作风格截然不同。打个比方说，韩东饮食节制，于坚则暴饮暴食。或者，我们可以用德语中的 Verneinung（大意为"否定"）来概括韩东的综合表现，用 Bejahung（大意为"肯定"）来概括于坚的综合表现，尽管于坚一直在"解构"他所反对的诗歌。韩东则是一个"伟大的否定者"，他自己好像也意识到了这一点：

> 在说起诗时，我习惯于说一些排斥性的概念，如诗不是什么，诗人不是什么。所有说诗是什么，诗人该怎么做的说法都是偏颇的。①

当马铃薯兄弟问及韩东写作是贴近还是远离群众的时候，他以其一贯的风格作答："似乎都不是。"②

至于在本书第二章中所讨论的 80 年代"诗到语言为止"这一格

---

① 韩东，1998(a)。
② 韩东、马铃薯兄弟，2004 年，第 103 页。

言,韩东说:"这是一种'排斥性的意向'"①又说:

> ("诗到语言为止")也没有理论上的表述。……这种一次性的话变成了真理就很可怕了。②

于坚"拒绝隐喻"及"解构语言"的做法大获成功,并常常与韩东一道向自己发现的中国诗坛上的各种庞然大物开战。然而,如第六章所述,虽然他发出了许多否定的声音,但于坚的诗歌生产给人留下的印象是:这些文本就希望"在场",希望占据话语领地。他的元文本也是这样。相比之下,韩东在诗歌创作和元文本领域常会让人感觉像是在"玩消失",这些作品虽然被写出来了,但似乎既勉勉强强又吞吞吐吐,往往写出来只是因为想要把正在讨论的问题"谈到消失"。

韩东和于坚的旗帜性文章见于多个多作者合集,二人的文字被争相复制、引用,他们的分量之重在当代中国元文本竞技场上由此可见一斑。③ 或许不出所料的是,上述"否定"与"肯定"的对比也表现在各自的产量上。韩东发表的文字数量可观,于坚则产出了数量惊人的元文本。看起来,这不仅仅是因为于坚有话可说(确实是这样),也不是为了赚钱,也不是因为他的许多文章无论经过怎样的编辑,都依然可以说是敷衍写成的,更不是因为他不费吹灰之力的自我重复(就自我重复而言,例如,他的《诗言体》(2001)一文,标题暗指"诗言志"的传统概念,但在精神与肉体的对比之下容纳了很多杂乱的观点,而且这些观点大部分早就在其他地方发表过④)。于坚惊人的元文本生产力还源于他在回收再用自己的文字方面有超乎寻常的积极性,甚至放在90年代中期出现的出版狂潮中来衡量也还是很多。

在回收再用自己的作品时,于坚有时并不澄清新出的文章是另一

---

① 韩东、朱文,1993 年,第 69 页。
② 韩东、常立,2003 年。
③ 例如:韩东,1999 年及于坚,1999 年(b)。
④ 于坚,2001 年(b)。

## 第十章 去神圣化？韩东和于坚的明确诗观

篇文章的翻版,比如他的做法之一是省去标题。一个显著的例子是《拒绝隐喻:棕皮手记、评论、访谈》(2004),这是他个人选集的第五卷,也是最后一卷。书的头80页左右,上文讨论过的一些文章被完全或接近完全地照搬,但没有带原来的标题,也没有提出处。这样,这些资料就变成了他对诗歌持之以恒的思考的一部分。全篇被分为几年一期的大版块,原文中一块与另一块之间有时甚至连空行都没有。文本中还有一些没加标注但并非不重要的修改,例如,汉语作为"世界上最富有诗意的语言"改为汉语作为"世界上最富有诗意的语言之一"。① 其他类似的例子还有:于坚和朱文的一次谈话形成的文字,本是未发表但在1993年被四处传播的打字稿,两个人的名字都在上面,但在1994年《他们》上发表时却略去了朱文的名字。2003年,在《诗集与图像:2000—2002》一书中于坚再版了《真正的写作都是后退的》一文,但合作者谢有顺却被署为采访者。② 由此可见,于坚不仅是个十分高产的作家,而且也热衷于塑造形象以支撑其地位。

\*　　\*　　\*

韩东和于坚风格不同,但在"世俗"派和"崇高"派诗歌及其元文本的框架内,两人都是"世俗"派,积极反对"崇高"阵营。但是,他们的立场根本不那么"纯粹",这一点,从其对诗歌及诗人形象之神圣性的建构上可见一斑。

韩东和于坚对中国诗坛现状的诸多评判表明,两人的元文本输出比西川更有策略,更渴望对先锋文学的发展产生影响;于坚尤其如此。在下一章讨论"民间写作"与"知识分子写作"的论战时,我们将探讨策略问题。

---

① 于坚,1999年(b),第15页及2004年(e),第75页。
② 于坚、朱文,1993年及1994年;于坚,2003年,第257—268页。

# 第十一章　为何这般折腾？
## ——"民间"与"知识分子"的论争

20世纪最后几年里，众多中国诗人及批评家参加了"民间写作"与"知识分子写作"旷日持久的论争。关于这场论争，我在前面章节时有提及。论争成了学界及大众媒体的头条，程光炜、沈浩波、于坚、杨克、唐晓渡、孙文波、王家新、韩东、西渡、徐江、伊沙、何小竹、陈超、中岛等大腕纷纷卷入其中。主角为清一色的男性。本书中不止一次提到，鉴于女性诗歌这一文本类别有其巨大意义和广泛影响力，男性在先锋诗歌元文本领域内的主导地位就愈发突显。

泛泛而论，如果对各自阵营个体所书写的诗歌文本加以分析，无疑可以将"知识分子"与"民间"诗歌作一对比。读者或许会想到，"知识分子"与"民间"是先锋诗歌内部"崇高"与"世俗"互为对比的两个美学话语的一例，第一章对此已略有提及。然而，诗歌文本本身在论争中所扮演的角色其实微不足道。相反，论争者所提出的非诗歌诗学主张乃是重中之重。并且，虽然彼此敌对，但"民间"与"知识分子"阵营为这一偌大而密集的元文本撰文，却显露出一些明显的相似性。那么，他们到底在折腾什么？

本章第一节将列出上百篇文献资料，作为批评清单，以勾勒出论争话题，即大家在谈论什么。第二节探讨地域文化、体制与个人生平的分野，以及作者之间的关系，并再次反思现代中国诗人形象的社会学意义，以分辨何物危如累卵，亦即：大家为何谈论他们所谈论的话题。本章后面附有按时序排列的"论争"文献，以此作为这场论争之发端和发展的有形纪录，为后人研究打开方便之门。正文中出现的条目#1-120是指附录中的参考文献（采用文内格式是为了避免分析时湮没在书目细节中）。其他文献则以脚注标明，可在全书所引参考文献列表中找到。

论争是先锋诗歌话语的一个关键的、多面向的节点。就先锋诗（自我）形象及诗坛人际关系、出版模式等方面而论，它不同于早先与文学体制的博弈。关于论争的资料十分丰富，只有在真正沉潜于资料的情况下，我们才能真正摸清其来龙去脉。为此，我将对所有的重要文本进行详细分析，许多其他参考材料也将概略提及。因此，本章第一节冗长而密集，一些读者或许想从第一节直接跳去第二节。但对于这个充满修辞色彩的文学事件，我希望避免草率下结论，关于它的资料也一样很值得下功夫。本章在分析时，重申多次在前面章节中论及的一点：在当代中国诗坛上，诗人形象非常重要。

## 第一节 大家在论争什么？

论争产生了大量、过剩的公开材料，如诗歌及批评文集、学术专著、民间与主流文学期刊、地方日报及周刊上的文章等等。本章研究并未延及互联网。在第一章中，我已声明网上资料不在本书研究范围内；论争在2000年初告终，而互联网在诗界的广泛应用则发生在那之后。

**程光炜对一个年代的挪用："来自西方的中国诗歌"**

1998年2月，身居京城的批评家程光炜编选了一部诗歌选集，名为《岁月的遗照》(#1)。"九十年代文学书系"(#3)总编洪子诚在书系总序(#4)中向读者指出，与80年代相比，90年代的诗歌氛围起了变化，同时重申1989年是当代诗歌两个不同时期的转折点。反观90年代（"高雅"）文学的社会地位，显然不及80年代，洪子诚以谨慎乐观的态度总结道：尽管诗歌的影响与以前相比变小了，但出现了一些很优秀的作品。《岁月的遗照》也含有诗歌卷主编程光炜所写的引言，题为《不知所终的旅行》(#2)。数月前，此文曾独立发表在《山花》

上，当时想必就已让一些人心中不快了，但它是作为"九十年代文学书系"诗歌卷的引言而触发了论争。

在《不知所终的旅行》一文中，程光炜提出"九十年代诗歌"这一概念，以此作为一支特别的文学流派，貌似垄断了过去十年间写作多元化的现实。①"九十年代诗歌"被认为是体现了程光炜个人的职业偏好，青睐那些他经常以"朋友"相称的诗人作品。与此同时，他的对手出手迅疾，指出他忽略了一些其重要性不容置疑的作者，有众多出版物为证。任何选集都难免带有选者的个人印迹，可以说，主观性是编者的特权；而且，"九十年代诗歌"这个概念模糊了美学特征与年限的界限，这样做的绝不仅限于程光炜一人；②但是，这篇引言及所选诗歌确实带有公然的偏见。这从书卷最后附录中所列诗歌与推荐书目亦可见出。总的说来，此选集之能引发激烈争论，并不足为奇。

程光炜对"九十年代诗歌"的看法受到王家新作品的启发。以下段落见于选集封底（第 2 页）：

> 我震惊于他这些诗作的沉痛，感觉不仅仅是他，也包括我们这代人心灵深处所发生的惊人的变动。我预感到：八十年代结束了。抑或说，原来的知识、真理、经验，不再成为一种规定、指导、统驭诗人写作的"型构"，起码不再是一个准则。③

依程光炜所见，"知识"是好的，尽管他说的"这代人"发现 80 年代的那种知识在整个 90 年代都无所适从。如第四章所述，1987 年，《诗刊》在山海关举行"青春诗会"之后，数名诗坛新人提出诗歌的"知识分子精神"，并于次年在民间刊物《倾向》上落实自己的想法。参照这

---

① 如第一章所述，我使用"八十年代"和"九十年代"的说法，是参照了整体思想文化领域的风云突变，有别于日历时间的中性指示作用。这种区别与本章息息相关。

② 参见罗振亚，2005 年，第 172—188 页及魏天无，2006 年。

③ 这一章中，注释页码均参照最初发表时的刊物，但程光炜的《不知所终的旅行》是三个例外之一（#2、63、86），其页码参考《岁月的遗照》导言，原因在于是这篇导言触发了论争。

一自贴的标签,程光炜称其喜爱的诗人为"知识分子"。除了《倾向》创刊人陈东东、西川及欧阳江河外(自80年代中期起,欧阳江河在将"严肃"或"知识分子"诗歌理论化方面拔得了头筹),从程光炜在《岁月的遗照》引言中所用的篇幅来判断,①"知识分子"诗人还包括王家新、张曙光、肖开愚、孙文波、柏桦、翟永明、臧棣等。程光炜认为:

> (九十年代写作)要求写作者首先是一个具有独立见解和立场的知识分子,其次才是一个诗人。(第17页)

撇开正统文学政策的坚决捍卫者不谈,在后"文革"时代的中国,难以找到任何一个反对作家必须持有独立观点、独立立场的人,但相对于诗人身份,"知识分子"身份的重要性有待商榷。

在原则上,诗坛上有许多声音与程光炜的说法大致一样:

> 我尊重八十年代几位认真写作的诗人的劳动。……所谓的九十年代诗歌……是一个极其严格的艺术标准,是一个诗歌写作的道德问题。(第15—16页)

问题是,程光炜用一个年代概念,概括了当时齐头并进的各种诗歌实践中的一种。

自19世纪末黄遵宪进行白话实验以来,围绕中国诗歌与外国文学,尤其是与"西方"文学的关系问题,人们一直争论不休。程光炜对这一问题的处理方式,可以说是一石激起千层浪。首先,他列举了众多外国文学影响中国文学的案例,但却没有文本证据,所以有借此自抬身价之嫌。在讨论张曙光的时候(入选作品《尤利西斯》[1992]),程光炜提到叶芝、里尔克、米沃什、洛威尔及庞德;讨论王家新(入选作品有《帕斯捷尔纳克》和《卡夫卡》[1992]),他提到叶芝、米沃什、帕斯捷尔纳克及布罗茨基;讨论翟永明,他提到了普拉斯;讨论西川(入

---

① Day 2005a,第8章。

选作品《重读博尔赫斯诗歌》[1997]),他提及博尔赫斯、聂鲁达和庞德;讨论陈东东,他提到阿波里奈和布列东;讨论肖开愚,他提及"一些美国诗人"及庞德。在中国传统方面,程光炜仅仅提到民国时期诗人李金发、戴望舒与陈东东之间的关联,以及唐宋诗人李商隐、温庭筠、李煜与选集中名不见经传的诗人之间的联系。

第二,程光炜对中国诗歌与其西方先驱之关系的描述,也是论争的一个基本点。以下为关键段落:

> 有一种说法,由于中国传统诗歌没有为现代诗的发展提供有效的审美空间,因此可以说,中国现代诗歌是在另一个审美空间即西方诗歌传统里成长和发展的。这种说法为我们提供了一个假设:人们只能在西方诗歌的口味中谈论九十年代诗歌。我丝毫不怀疑诗人赋予中国现代诗歌以伟大品质的真诚与责任,我怀疑的是,二难中的写作处境,是否就有利于现代诗歌合乎理性的发展。一方面,我们试图用庞德、艾略特、奥登、叶芝、米沃什、曼杰施塔姆,包括国际汉学家带有偏见的判断和随时变化的口味,建立现代汉诗实际等于虚拟的"传统",另一方面,在内心深处,在对汉文化及其语言的刻骨铭心的理解上,我们则对这一建立在沙堆上的"传统"毫无信心。我们对所谓的"国际诗坛"抱有足够的警觉性,另一方面,我们却极其渴望得到它的承认,藉此获得一个什么是伟大诗人的标准。一方面,我们希望做冲锋陷阵的堂吉诃德,另一方面,即使前进一百步,我们最多不过是那个优柔寡断的哈姆雷特。我们的教养、人格决定了,这不过是一场没有结果的艺术演习。(第18页)

程光炜的结论中提及了堂吉诃德及哈姆雷特,而不是(比如说)孙悟空和阿Q,这是能说明问题的一例。2001年,他对这个问题的看法更简单明了:现代中国诗歌来自西方。①

第三,书名《岁月的遗照》取自张曙光的同名诗,选集也以此诗开篇(第1—2页):

> 我一次又一次看见你们,我青年时代的朋友
> 仍然活泼,乐观,开着近乎粗俗的玩笑
> 似乎岁月的魔法并没有施在你们的身上
> 或者从什么地方你们寻觅到不老的药方
> 而身后的那片树木、天空,也仍然保持着原来的
> 形状,没有一点儿改变,仿佛勇敢地抵御着时间
> 和时间带来的一切。哦,年轻的骑士们,我们
> 曾有过辉煌的时代,饮酒,追逐女人,或彻夜不眠
> 讨论一首诗或一篇小说。我们扮演过哈姆雷特
> 现在幻想着穿过荒原,寻找早已失落的圣杯
> 在校园黄昏的花坛前,追觅着艾略特寂寞的身影
> 那时我并不喜爱叶芝,也不了解洛厄尔或阿什贝利
> 当然也不认识你,只是每天在通向教室或食堂的小路上
> 看见你匆匆而过,神色庄重或忧郁
> 我曾为一个虚幻的影像发狂,欢呼着
> 春天,却被抛入更深的雪谷,直到心灵变得疲惫
> 那些老松鼠们有的死去,或牙齿脱落
> 只有偶尔发出气愤的尖叫,以证明它们的存在
> 我们已与父亲和解,或成了父亲,
> 或坠入生活更深的陷阱。而那一切真的存在
> 我们向往着的永远逝去的美好时光?或者
> 它们不过是一场幻梦,或我们在痛苦中进行的构想?
> 也许,我们只是些时间的见证,像这些旧照片

---

① 2001年7月私下交流。

> 发黄、变脆,却包容着一些事件,人们
> 一度称之为历史,然而并不真实

这首诗的后半部分较之前半部分来得更为强烈。在这里要关注的是这些句子:

> 讨论一首诗或一篇小说。我们扮演过哈姆雷特
> 现在幻想着穿过荒原,寻找早已失落的圣杯
> 在校园黄昏的花坛前,追觅着艾略特寂寞的身影
> 那时我并不喜爱叶芝,也不了解洛厄尔或阿什贝利

中国诗人没有理由不参照西方传统。并且,文本中也没有任何能表明言说者之文化身份的蛛丝马迹,除非我们通过文本的语言,即中文,去确定言说者来自何处。是否应该把言说者设想成西方人,因为他谈到了哈姆雷特等人?当文字从作为公众人物的、历史上的西方文人不经意地过渡到言说者生活中一个无名的个体("你")时,这样的解读也许没有多少说服力。无论如何,虽然我无意容忍文化民族主义及保护主义,但该选集的副标题、程光炜的引言及以张曙光的诗作为该选集的书名,这三者相结合,触犯了众怒,是不难理解的。

### 沈浩波的愤怒回应:"对诗坛的占领"

1999年初,一本精心组织的反驳程光炜的选集及其引言的书面世,这就是杨克主编的一本"叫板选集",其中包括一篇于坚写的"叫板引言"。但我们首先来看一篇由沈浩波执笔的早期文章,之后不久,他就成了"下半身"运动的领军人物。1998年10月,还是北京师范大学学生的沈浩波(当时自称为"臭水"),在学校的《五四文学报》上发表了《谁在拿"九十年代"开涮》一文(#8),此文首次发表于《东方文化周刊》,随后又在1999年1月发表在拥有广大读者群的《文友》上。这篇文章更像是写给程光炜的公开信,肆意而大胆,充满指责(第20页):

## 第十一章 为何这般折腾？

> ……我主要想提到的几个人名,是我一贯就很不喜欢的所谓"著名"诗评家程光炜,是我曾经一度敬重过而现在对他的所作所为产生怀疑的北大教授洪子诚,是整天以"知识分子"自诩的高中毕业生欧阳江河,是满嘴"帕斯捷尔纳克""布罗茨基"等洋名洋姓、满嘴"流放""沉痛"的王家新,是写了100首长着同样面孔的坏诗却正在试图建立他在90年代诗歌地位的孙文波,是满嘴优美词语却始终无法堆砌成一首好诗的陈东东,是从任何方面来看都不值一提现在却装模作样暴得大名的肖开愚,以及等而下之的张曙光、臧棣、西渡之流。

沈浩波是个巧舌如簧的善辩者。也就是说,虽然沈浩波的陈词既华而不实又主观,但是他势头十足的表述给人留下了持久的印象。在文章最后,他的笔锋直指程光炜,以近乎威胁的语调,同时也有幽默的挖苦,就像他对王家新的攻击(第21页):

> 我承认王家新的《帕斯捷尔纳克》写得不错,但也仅此而已了,在他的大部分诗作中,写得最好的永远是那些带有引号的句子(引用的是他人的诗句)!他永远在伦敦,在俄罗斯,他永远倾诉他的布罗茨基、帕斯捷尔纳克、卡夫卡,他就是不在中国的土地上生长!他整天重复着"流放、流放、流放",问题在于,谁流放你王家新啊!你不是北岛,不是多多,不是布罗茨基,你永远是谨小慎微的王家新,学着俄罗斯人戴大围巾的王家新!

沈浩波认为,程光炜及有相似喜好的诗人、批评家及编辑已占领了90年代重要的出版渠道,有意打压一些杰出诗人,如于坚、伊沙、阿坚、莫非、侯马、徐江、韩东、王小妮。他的话里包含一些在整个论争中将反复出现的对"知识分子"的控诉:西化及缺乏本土文化精神、矫揉造作而故作神秘的措辞、操纵出版机会及诗坛人脉。

**于坚的两大诗歌阵营:"穿越汉语的诗歌之光"**

1999年初,广州诗人兼编辑杨克推出《1998年中国新诗年鉴》(#12)。虽然其所收诗作只以一年为限,但可谓志存高远。实际上,这本集子选取的近百位诗人及许多批评家的文章,也包括了1998年之前的文字。杨克之后,同年4月又出了另一本年鉴,由京城批评家及编辑唐晓渡编选,名为《1998年现代汉诗年鉴》(#17)。较之杨克的集子,这本年鉴视野更广阔,结构更缜密,收入了上百位诗人的作品,并附有特别推荐的诗作、评论及1998年发生的诗歌事件。如我们在前面章节中所见,"现代汉诗"中的"汉"指汉语而非汉民族。唐晓渡选取的附录材料,有可能让沈浩波对某些诗人及批评家的占领诗坛之举更加不满。

杨克的年鉴与唐晓渡的年鉴在广州和北京相继出现,两书编委会的组成及杨克年鉴的附录(#13)均表明了北方与南方、北京与外省的对立,这两方面的对立很快成为论争的中心议题之一。杨克的年鉴可以说是向程光炜《岁月的遗照》叫板的结果,昆明诗人于坚的叫板文章《穿越汉语的诗歌之光》(#14)冲锋在前,则等于是宣战。

《穿越汉语的诗歌之光》写于1998年秋。之前一年,程光炜《岁月的遗照》刚刚问世,于坚在《诗探索》上发表了《诗歌之舌的硬与软:关于当代诗歌的两类语言向度》(#5)一文,后来出现在《穿越汉语的诗歌之光》里的重要观点,这时已隐约可见;关于这两篇文章,第十章已有论及。《诗歌之舌的硬和软》的语气没有《穿越汉语的诗歌之光》那么尖刻,想必是因为它发表的时候,程光炜还没有宣称"九十年代"是自己偏好的一个诗学概念。

在《诗歌之舌的硬与软》一文中,于坚通过将普通话与方言相对比,来检视当代诗歌的发展。于坚将下面这些称为"硬语言":普通话、正统话语、主流意识形态和文学正统、官方宣传和公共空间话语、乌托邦主义、抽象、形而上的精神性、书面语、受国外影响的文学精英主义、"知识分子写作"等等。接着,他把这一切与一系列的诗人作品联系起来,包括政治抒情诗人贺敬之和郭小川,朦胧与后朦胧诗人北岛、杨炼、王家新、海子、欧阳江河、西川等,还有大众诗人汪国真。他显然将北岛、杨炼、王家新、海子、欧阳江河、西川置于正统的、因循守旧的艺术位置,而不顾他们公认的先锋身份。另一方面,于坚又写道,地方语言、(南方)各省的生活、边缘性、日常现实、消遣、幽默、玩笑、亲密、具体、肉体性、本土文化、口语用词及"民间写作"等,即他所谓的软语言,见于韩东、于坚本人、吕德安、翟永明、杨克、朱文、陆忆敏、杨黎等第三代诗人的作品中。于坚对普通话与地域方言之间差异的关注,完全合情合理,但据此构造文学谱系,仍然缺乏事实依据。

虽然如此,但与《穿越汉语的诗歌之光》及于坚后来撰写的文章相比,《诗歌之舌的硬和软》在理性与清晰上堪称典范。于坚的观点新颖独到,但写作风格上却显得飘忽无端、混乱无序、咄咄逼人。和沈浩波一样,于坚的文字也常常效果鲜明,原因是他擅长嬉笑怒骂,诙谐多趣,天生就是艺术及"日常"圈的弄潮儿。《穿越汉语的诗歌之光》虽然内在逻辑可疑,但囊括了"民间—知识分子"论争的多数核心要素。

在我们对这些战斗檄文作出评价之前,需要讲到"民间"的翻译问题。"民间"的英语译法有"popular"(流行、通俗)、"folk"(民众)、"of the people"(人民的)、"among the people"(人民当中)、"people-to-people"(人民之间)、"non-governmental"(非官方)等意。本书中一直译成"popular",虽然这样会与"流行、通俗"发生意义上的重叠。另一方面,如果把"民间"译成"of the people"/"人民的",那么就会与中国的政治话语产生莫须有的关联,如"人民共和国""人民群众"等短语所示。"People-to-people"和"non-governmental"仅仅涵盖了"民间"在论争中的一少部分含义。况且,我们会发现,于坚和其他人用"民间"这一个词来表达两种不同的意思,这让翻译的问题变得更加复杂。我用大写首字母的"Popular"和"Intellectual"特指论争中的"民间"和"知识分子"概念及阵营。当研究者碰到难以翻译的概念时,偶尔也会不翻译，说明后干脆用自己的文字记录下来。但在英语中保留汉语拼音 *minjian* 也不行，因为在关于论争的汉语话语中，"民间"同样问题重重。①

现在来看看于坚在《穿越汉语的诗歌之光》一文中对程光炜的尖锐批评。于坚把冲突的范围扩大，将诗坛划分为"知识分子写作"和"民间写作"两大阵营，使其陷入全面论争。尽管他在1993年曾声称，知识分子立场是成熟的诗人的最低条件，②但在这里，他以"民间"阵营的斗士形象出现。他的论点围绕"民间"一词的修辞性用法展开，赋予其两种大相径庭的含义：一种关乎体制，另一种关乎美学，这与第一章中所讨论的"非主流"一词具有相似的模糊性。在于坚的文章中，"民间"有时是在体制层面上非正式地发表作品的意思，这也是《今天》《他们》《非非》等刊物的标签。其他时候，他采用的是"民间"一词的美学意义，故有"什么是民间诗歌？"之问，其内含的意思是："什么是好诗？"或者"什么样的诗歌才有意义？"于坚争辩说，好诗在本质上是反知识的，他将"民间"诗歌描述成对日常生活经验的再现、木匠般的技艺、穿透遗忘回归存在家园的语言运动、智慧与灵魂折射出的光芒，等等。文章中充满了类似这样的含混而高贵的定义。在其最有趣的定义中，于坚关注的是语言自身，而不是真和美之类的东西。

于坚充满激情地伸张"民间写作"在体制和美学上的正当性，他这样其实是在说，"知识分子写作"在这两方面，等同于获得国家认可的正统文学。如果说"知识分子写作"在美学意义上是"民间写作"的异己，外行读者很可能会认为，在体制意义上，"知识分子写作"也和先锋文学史没什么关系，这会回过头来使得"知识分子写作"者们从先锋诗歌史上举足轻重的民刊上销声匿迹。由于先锋诗歌在最初时先被定义为对正统的反动，后来自80年代以来实际上已经让正统文学

---

① 参见王光东，2002年。
② 于坚、朱文，1993年，正式发表物见：于坚、朱文，1994年，文中第五个问题。

相形见绌，所以对于任何一位先锋诗人而言，被敌意地归为正统，都是一种损害和诋毁。

于坚将"知识分子写作"描述成精英主义、不自然、异己、虚假的，而"民间写作"则是敏感、诚实、平易近人、真实、属于普通民众的。与其"硬舌与软舌"之见一脉相承，于坚指出，"知识分子写作"据守北方，尤其是指作为政治意识形态中心的北京和普通话；而"民间写作"居于外省，具体是指作为中国文化腹地的南方及南方方言。南方与北方的对立延伸至外语/外国、汉语/中国的对立。于坚将"知识分子写作"与外国殖民传统，以及他所谓的利用西方语言资源来奴役汉语的欧洲化捆绑在一起。他认为，流亡诗歌不能算是中国诗歌，而"民间写作"是在发掘中国经验以及"民间"诗人引以为豪的本土传统，例如唐诗宋词。最后，针对一些语言比其他语言更适合完成某些任务的说法，他发表了总结性评论（第16页）：

> 对于汉语诗人来说，英语乃是一种网络语言，克隆世界的普通话，它引导的是我们时代的经济活动。但诗歌需要汉语来引领。汉语的历史意识和天然的诗性特征，导致它乃是诗性语言，它有效地保存着人们对大地的记忆，保存着人类精神与古代世界的联系。我们以为本世纪最后二十年间，世界最优美的诗人是置身在汉语中。我们对此保持沉默、秘而不宣。

如第十章所述，这好像是在假设外国人不懂汉语。如果世界上最优秀的诗人真的都是用汉语写作，那么不禁要问，在中国以外的大千世界中的人们缘何被蒙在鼓里呢？这一切与于坚认为汉语是人类福祉的观点也格格不入。还有那些可怜的，既不是英语又不是汉语的语言，好像在任何领域中——经济也好，诗歌也好——都不可能达到领袖地位似的，如斯瓦西里语、芬兰语、土耳其语、葡萄牙语、印地语、俄语、阿拉伯语等等。

以上段落体现了于坚对论证逻辑或事物之间细微差别的忽视。

有时候，这种修辞性的混乱似乎是他刻意为之，例如对程光炜观点的歪曲。当于坚引用程光炜的文字时，下面括号中的部分被遗漏了（第8页）：

> 要求写作者首先是一个（具有独立见解和立场的）知识分子，其次才是一个诗人。

《穿越汉语的诗歌之光》和于坚的其他文章一样鱼龙混杂，许多说法站不住脚，比如他认为，中华人民共和国建国、八九十年代转型等历史事件与文学发展无甚关系，诗歌是唐宋时期普通民众的日常经验，其情形类似于于坚及其他诗人的"民间"诗歌，等等。于坚的另一贡献，或者说整个论争（主要是"民间"阵营）的一个显著特征是，回荡着正统文学话语的声音，或者可以说是正统文学话语在已经激变了的语境中的延续。这一点，尤其体现在"民间"派对"知识分子"派负面而刻板的印象上，"民间"对"知识分子"道德化的、充满正义感的口诛笔伐，让人想到政治意识形态宣教。如果我们记得知识分子曾经遭受的一些苦难，并且了解先锋诗歌在一定程度上与文化正统之间的紧张关系，就会对此感到不安。于坚的文字中流露出奇怪的反知识分子特征，如下文所示（第8页）：

> 新潮诗歌批评的先天不足（在普通话的权威中建立的批评话语，缺乏独立的真知灼见）导致它只有向"知识分子"获取理论资源，最终丧失了批评的独立立场，堕落到与那些僵硬的"本本主义"的大学诗歌教授、诗歌评论家、中文系以及诗歌选本之类的诗歌权威差不多的水平。

于坚的反知识分子思想，结合了正统文学的论调与创新性、批评性的二元对立。值得注意的是，这种对立出自与正统文学理论互不相容的对艺术家的现代浪漫主义想象。另外，为了论证的方便，于坚及其战友们有时也会把"知识分子"定义为"完成了一定水平正规高等教育的人"。这种说法的不妥之处在于:许多"民间"人士也毕业于知名院校。于坚毕业于云南大学,沈浩波毕业于北京师范大学,北师大也是下文将要讨论的徐江和伊沙的母校。另两位重要的"民间"论辩家谢有顺和韩东,分别毕业于福建师范大学及山东大学。

我们已注意到,"民间"阵营强调本土文化的价值,拒绝西化。当然,尤其是现代,纯粹的西方文化或纯粹的中国文化其实都是不存在的。读者或许会记得,于坚曾坦承,出道之初他自己深受惠特曼及其他外国诗人的影响;他还列举过普希金、莱蒙托夫、雪莱、拜伦、泰戈尔等人名,自言"文革"期间常躲在昆明空荡荡的图书馆里阅读西方文学作品。"文革"后,于坚广泛而有选择地熟读外国文学中译本的习惯无疑持续了下来,和许多在八九十年代功成名就的作家一样。① 王家新(#23)曾指控"民间"的问题是民族主义,虽然他的说法言过其实,但孙文波(#81)、耿占春(#6)等人有理有据地注意到,"民间"的一些观念顺应了重新抬头的中国民族主义思潮。以下是于坚《穿越汉语的诗歌之光》一文的结束句(第17页):

> 最近二十年的汉语诗歌可以证明,那个梦想——重建汉语自从1840年以来几近丧失的尊严,使现代汉语重新获得汉语在历史上,在唐诗和宋词曾有过的那种光荣——并非梦想,而是一条伟大的道路。

### 徐江的刻薄戏谑:"俗人的诗歌权利"

诗人徐江和于坚一样,心中充满对辉煌的中国古典语言及诗歌的怀旧之情。他在《一个人的论争》(#71)一文中写道(第97页):"作为一名汉语诗人,没生在李白、苏轼的年代,是我的悲哀。"和于坚一样,徐江也准备好了为理想而战:"本人有责任维护中国诗坛的清醒、清洁与公平,不能让一小撮酸文人既浪得了虚名又破坏了文学和汉

---

① Yu Jian & De Meyer 1995:28.

语。""一小撮酸文人"的说法把我们直接带回到1942年春的解放区,毛泽东文学政策形成之际。徐江也喜欢称"知识分子"为"买办诗人"。他的《俗人的诗歌权利》(#25),以及他在论争中撰写的最有料、最尖刻的文章《乌烟瘴气诗坛子》(#16),都回荡着主流诗学的回声。1999年3月,《乌烟瘴气诗坛子》刊登在《文友》上。此刊之前曾发表了沈浩波的《谁在拿"九十年代"开涮》,对"民间"阵营的支持一如既往。在《乌烟瘴气诗坛子》一文中,徐江使用"文学沼泽冒瘴气"这样的意象,让针对"知识分子"的指控范围更大,并指责程光炜给读者留下了这样的印象(第6页):

> 90年代的中国诗人都是些病恹恹的失语症患者,没一个能说出明白话!如果不是我自己在写诗,差点儿连我也相信他所提供的信息了:诗人都不是正常人!

此文分为三部分,小标题分别为"那些选本""那些诗奖"及"那些诗人"。第一部分有对程光炜编的《岁月的遗照》一书更具摧毁性的批评。第二部分阐述了作者对"刘丽安诗歌奖"背后腐败现象的看法。刘丽安又名Anne Kao,是当时先锋诗歌的资助人,有人认为她偏袒"知识分子"。第三部分引人注目,呼吁诗人们洁身自好(第7页):

> (诗人)缺乏自律——长发或秃头、流浪、演讲、朗诵、泡妞儿、蹭饭、奇谈怪论、狂妄自大等,一度是人们对诗人的认知标签。

当徐江概括这些缺乏自律的诗人与其他想必"正常的"人之间的关系时,他的修辞才华表露无遗。一言以蔽之,70年代,人们害怕诗人;80年代,人们对诗人感到好奇;90年代,人们讨厌诗人。徐江将谋杀也放在诗人之所以让人"讨厌"的行为之列,暗指诗人顾城自杀前杀害了妻子谢烨;他的论据足以服人。而自杀,也被他算作诗人的一种"讨厌"的而不是让人忧虑的行为,这点可以接受。从徐江其他的文章来判断,80年代末以降先锋诗坛上发生的几起自杀事件中,这里我们大概会想到海子。"民间"阵营成员们认可海子的才华,但也将海子的生活、作品与他们对"知识分子"之自我膨胀、脱离中国日常生活的指责联系起来。文章最后,徐江斥责《诗刊》编辑们将自己的名字列在有影响力的作者名单上,把这作为中国诗人公然沉迷于自抬身价的例证。他随即列举了自己与侯马合编的选集,将此列为过去二十年来的十佳诗集之一。

在论争中,徐江最引人注目的贡献,不一定在文章内容上,而是在文章语域上。他的用词和整体的语调既粗野又滑稽。《玩弄中国诗歌》(#11)一文比《乌烟瘴气诗坛子》早一个月面世,是一篇旁敲侧击地提及论争早期阶段的文章。文中,他将当代诗歌描述成一项运动,而运动规则的出台,各类选手的推出,无不在制造着一种喜剧效果。徐江警告雄心勃勃的批评家们:"要不时地推出对一些不为人知的女诗人作品的长篇论文。"(第21页)

1999年发行的《诗参考》收录了徐江的《这就是我的立场》(#72)一文,从中可见出他抨击"知识分子"的决心之大。他指控王家新剽窃帕斯捷尔纳克的作品,痛斥道:

> 某一天忽然意识到,流亡诗不仅出国可以写,在国内也可以写。(第87页)

徐江显然觉得没必要拘泥于所谓细节,比如"流亡文学"这一概念是否超出了其最为"常识性"的解读这样的问题。除了诗人具体"在"什么地方,对诗人在写作中对某些地域位置的偏好,徐江也有自己的看法,他指责王家新写奥斯维辛,却不去写南京大屠杀。

如我们在第八章中所见,在诗"江湖",徐江是西安诗人伊沙的密友。自从伊沙著名的诗集《饿死诗人》出版后,围绕他所产生的争议之大,无人能及,我们将在下文提及他对论争的贡献。① 2000年3月,沈

---

① 伊沙,1994年。

浩波（当时用名沈浪）对伊沙和徐江的访谈，就能说明这二位如何故意通过攻击文艺界同仁以博名，哪怕是恶名。沈浩波《将骂人进行到底》一文的标题带有恶搞性质（#91）。这个标题是对以往政治术语的一种嘲弄式模仿，它使得伊沙、徐江、沈浩波及其他一些人的喜欢以较真的方式使用嘲仿语言的做法更加引人注目。

### 谢有顺的沉闷而咄咄逼人的文风："诗歌真相"

虽然徐江与伊沙的用语经常让人联想到主流话语，但也夹杂着其他一些语言类型：幽默、平民化、粗俗，颇有独创性。批评家谢有顺的行文则不然。谢有顺以小说研究见长，但也写过几篇与"论争"有关的文章，如《诗歌与什么有关》（#15），刊发于1999年3月《诗探索》，文中观点可归纳为诗歌应关注"真实生活"。谢有顺从一种狭隘的"传记主义"（biographism）入手，假定现实与艺术之间存在着一种简单的一一对应关系，他的文学观念几乎是反创造性的。至于他的文风，可以说是上文提及的正统文学话语之回音的典型案例，自始至终既空洞沉闷又咄咄逼人。

谢有顺的《内在的诗歌真相》（#20）引发了"知识分子"阵营的激烈回应。该文发表在《南方周末》上，对杨克的《1998年中国新诗年鉴》大表赞扬。文中，作者自问，在物质时代写诗是否是一件滑稽的事？他注意到普通人常常拿诗人开涮。有鉴于辉煌的唐宋诗歌传统，他觉得这显得尤为可悲。在他看来，公众已背弃了诗歌，其原因在于，不少诗人把诗歌变成了知识和深奥的学问。他推崇杨克的《年鉴》，视之为与这种趋势相抗衡的一种尝试。谢有顺在论争中所写的大部分文章都追随于坚的观点，《内在的诗歌真相》也是。这里，他归纳出两种突出的诗歌类别，"民间写作"以诗人于坚、韩东、吕德安为代表，他们的诗歌主要表达当今中国的生活现实；"知识分子写作"以西川、王家新、欧阳江河为代表，热切渴望与西方"接轨"；这正是于坚所不齿的。此外，和于坚一样，谢有顺误引程光炜视诗人为知识分子的观点，但他却没弄清楚这个被断章取义了的观点出自谁手,以为是出自西川、王家新及欧阳江河,让他们背负了程光炜的罪名。谢有顺补充道,诗歌若要恢复生机,就必须从"知识分子"话语霸权中解放出来。在论争中,有些参与者把后结构主义术语、文本典故、当地诗坛人物和事件混杂在一起,只有入了门的读者才能明白其意,谢有顺是这样的参与者之一。他与参与论争的两派人员共有的另一个特点是,文章的结尾都如洪钟雷鸣。《内在的诗歌真相》的结尾响起的是民族主义回声:

> 诗歌是守护自尊的生活,还是守护知识和技术,汉语诗歌是为了重获汉语的尊严,还是为了与西方接轨,我相信,每一个敏感的人都会在他的内心迅速地做出抉择。

谢有顺不赞成过分依赖西方,他指出,张曙光的诗歌中都是密密麻麻的外国人名,在程光炜的选集里也是,发表在期刊上的作品也是。谢有顺在《诗歌在疼痛》(#68)(载《大师》1999年10月)一文中提到:

> (知识分子)听不到民间的诗歌声音,不是因为没有,而是他们的耳朵没有从西方大师身上收回来。(第72页)

他呼吁提升本土尊严,但这和他本人总是习惯性地引用西方而非中国作者、批评家话语的做法恰恰相悖。他的论争文章篇幅都不大,但却援引了普鲁斯特、卡夫卡、博尔赫斯、福克纳、哈维尔、桑塔格、福柯、阿多诺、阿赫玛托娃、狄尔泰等等。他所使用的文学术语,也使得下面的自我描述显得疑窦重重。下文选自《谁在伤害真正的诗歌》(#35),载1999年7月号《北京文学》(第69页):

> ……我没有高学位,尽管我没在北京这一理论"要地",尽管我确实没有读过多少外国人的高言大智。

以可疑的"高学位"与其他教育水平来区分"知识分子"与"非知识分子",确实有悖情理。就谢有顺本人的背景来说,他曾就读于福建师范大学,师从先锋诗歌的资深拥护者孙绍振,后者在80年代初关于朦胧诗的讨论中发挥了重要作用。2006年,谢有顺成为中山大学中文系教授。

在内容方面,和徐江一样,谢有顺在论争中没什么突破性的贡献,反而让人觉得他是于坚的毕恭毕敬的追随者,重复于坚的学说。他的长文《诗歌在前进》(#96)刊发在2000年4月《山花》上,其中包含很多有意思的对诗中使用口语的反思,但该文之所以吸引眼球,却是由于缺乏历史性的诗歌视野,且文风辛辣。

批评家唐晓渡(#32)、诗人王家新(#51)及西渡(#28)等"知识分子"与"民间"作者们各执一词,但他们所争论的要点,在局外人看来,不过只是"论争"所引发的文本洪流中多出一道涟漪罢了,尤其是关于"真相"这个问题。1999年4月,谢有顺的一篇书评的标题中,出现了"真相"二字。"真相"意为"真实面目""真本色""真实情况",常常用于政治语境,主要用在披露能激起道德义愤的事情,所以被揭示"真相"的人,会认为这是一种严重的侮辱。不久后,于坚也热情洋溢地写了篇文章,阐释什么是"真相",这篇文章的后果是,论争中出现了一些最振聋发聩的战斗檄文。

### "盘峰诗会""是非后的是非"及媒体

当下的学术批评界依然喜欢在关于"中国文学的走向"等问题上指手画脚,常用"应该""应当"等词,这使得体制化的口头交流更显重要。20世纪70年代末以降,召开过许多大规模的新诗研讨会,虽然这些会议由国家机构出资,但并未能阻止与会者们从正统文学话语外围发动突袭,有时难免只有先锋诗歌一枝独秀。1999年4月16—18日,也是在这样的一个会议上,"民间"与"知识分子"的论争真正引起了公众注意。

"盘峰诗会"在北京附近一家名为"盘峰"的宾馆举行,因此以宾馆命名,组织者是北京市作协、中国社会科学院文学研究所当代文学研究室、《北京文学》及《诗探索》编辑部。此次会议的正式名称为"世纪之交：中国诗歌创作态势与理论建设研讨会"。按例，除了学者和批评家，许多诗人也出席了会议。这也说明，与许多西方国家相比，文学与学术、创作与批评之间的界线在中国似乎没那么一清二楚。

在人们的记忆中，"盘峰诗会"是"民间"与"知识分子"的一场正面交锋。是否有人故意策划了这场冲突，跟会议本身与"论争"议题都不相干。在此只需提到，不同的评论者都强调，这次会上和整个"论争"中，都存在着某些参与者的策略性行为。有人说会议筹备阶段有意识的炒作，使得论争成为专家圈子以外的媒体头条新闻，还有人说是"民间"活动家们致电"知识分子"诗人与批评家同行，试图说服他们共演一场你死我活的双簧。① 无论如何，"盘峰诗会"所引发的关注和集体记忆，足以使之成为整个论争的转喻，如今许多人记住了"盘峰论争"这个名词，即可为证。

对于学术界读者来说，1999年6月《诗探索》收录了一份详尽的会议述要，由张清华撰写，题为《一次真正的诗歌对话与交锋》(#26)，此文也作为两篇论争专题文章的头一篇再刊于7月及8月号的《北京文学》。张清华的文章发表之前，5月中旬，《中国青年报》刊登了田勇的一篇文章，题为《十几年没"打仗"：诗人憋不住了》(#21)，随后此文以《关于新诗发展方向又起论争》为题被《新华文摘》摘录。田勇的原标题体现了新闻媒体报道"盘峰诗会"典型的哗众取宠风格，体现了对"民间"阵营的同情。文中，作者貌似客观，但他的态度被笔误，也被他对"民间"观点的借用遮掩了：

> 这种使诗歌创作不断知识化、玄学化的倾向，是当前诗歌处境日益恶化的主要原因之一。

6月中旬，《中国图书商报》委托"知识分子"阵营的程光炜和西渡为杨

---

① 自2000年以来，与唐晓渡、王家新、臧棣和其他人私下交流。

克的《年鉴》撰写书评，又委托"民间"作家伊沙评论唐晓渡的《年鉴》。之后，三文在同一个大标题"他们在争什么？"之下并列刊登。果不其然，三篇书评都声色俱厉。程光炜指控杨克伤害了"九十年代诗歌"的知识分子—文化精神，似乎浑然不觉自己的这一概念此前已广受非议。西渡说杨克的编辑工作马虎草率、不负责任，声称对此表示失望。伊沙虽承认这一缺陷，但他说瑕不掩瑜，杨克的《年鉴》很有活力，相形之下，他认为唐晓渡的《年鉴》平庸无奇、毫无新意，显得拙劣。伊沙声称，唐晓渡在公然质疑"外省"所编选集的合法性；三周后，唐晓渡发表了一封愤怒的致编辑的信（#41），并在 2000 年底又一次就此事撰文（#111）。

随后，7 月 1 日，双周刊《文论报》用第二版整版报道了两大阵营的论争，刊登了臧棣、沈奇、西渡、陈均的文章。在《谁伤害了 90 年代的诗歌》（#38）一文中，批评家沈奇重点关注数月前两份出版物问世以后的喧哗，即杨克的《年鉴》和他自己的《秋后算账——1998：中国诗坛备忘录》（#10），后者首先刊发于 2 月号《出版视角》。对于已经出现的全面冲突，沈奇的故作惊讶，让人生疑。"秋后算账"通常有等政治运动结束后再和人家清算的意思。此文是对"知识分子"气势汹汹的进攻，作者点名道姓地说西川、王家新、张曙光是头号罪人。沈奇如此描述"知识分子写作"：

> 高蹈的、抒情的、翻译性语感化的，充满了意象迷幻、隐喻复制、观念结石以及精神的虚幻和人格的模糊。（第 23 页）

他说，"知识分子写作"使他这个专业的诗歌读者发晕。在《谁伤害了 90 年代的诗歌》中，他没有手下留情，称"民间"诗人是被"知识分子"伤害的诗歌的受害者。陈均的《诗歌不与什么有关》（#37）讽刺性地反驳了谢有顺的名为《诗歌与什么有关》一文（#15）。陈均痛斥谢有顺无知。臧棣写给《文论报》的稿件（#40）很快再刊于《北京文学》。下文在讨论《北京文学》上的专题栏目时会再次讨论此文。西渡的

《诗歌是常识吗?》(#39)节选自《诗探索》上的长文《对几个问题的思考》(#24),下文也将论及。总之,《文论报》征询了三位"知识分子"及一位"民间"作者的观点。至于撰稿人比例的失衡,编辑刘向东随后解释说,他被迫在最后一刻找人顶替原先的四篇稿约之一。①

7月中旬,静矣在拥有广大读者群的《北京日报》上发表了一篇批评文章,题为《99 诗坛:"民间写作"派和"知识分子写作"派之争》(#42)。和张清华类似,静矣对"论争"的评价较为公正。她指出"民间"阵营有辱骂"知识分子"的倾向,称"知识分子"诗人为"伪诗人""买办诗人""国内流亡诗人"。跟张清华一样,静矣也质疑这场"论争"到底与诗歌有多大关系。她写到,1998 年 3 月举行"'后新诗潮'研讨会"("新诗潮"是多年来对先锋诗歌的多个冠名之一),"民间"的干将于坚、韩东等人好像未被邀请,"盘峰诗会"上的喧闹是"民间"阵营的沮丧之情迟到的表达。② 这两篇精彩述要的区别在于,张清华倾向于持乐观态度,而静矣则因争论未产生任何理论洞见而感到失望。③ 她继而通过肉身与头脑的对比进行分析,两者分别与"民间写作"及"知识分子写作"相关联,最后,她总结说,这场论争是一起悲剧事件。

1999 年夏天又一次目睹了诗坛的喧哗与躁动。7 月 26 日,《太原日报》整版报道了"盘峰诗会"及其背景,并推出京文、唐晋及王魏的文章。京文是一个笔名,《世纪之交的诗歌论争》(#43)其实是张清华发表在《诗探索》及《北京文学》上的会议述要的删减版。唐晋的《"盘峰会议"的危险倾向》(#44)行文尖刻,带有正统特征。他指出,会议几乎没有进行文本分析,诗人们太妄自尊大。王魏的《背景与其它》(#46)则记录了会议主持人吴思敬和林莽的话,这两人都是诗坛老前辈,吴思敬是学者,林莽是诗人兼编辑。林莽说,诗歌好像正处在流失读者的危机之中,争论白热化是件好事。吴思敬称,一年前"后新诗

---

① 2002 年 11 月私下交流。
② 荒林,1998 年;沈奇(#10),第 23 页。
③ 参见张清华,2002 年。

潮"会议是诗歌批评分流的预兆,意见上的分歧如今浮出了水面。他认为,1998年谢冕与孙绍振对当前诗歌发展态势持怀疑态度,而陈超、唐晓渡及他本人却表示乐观。他说,"盘峰诗会"的目标之一是为上述分歧提供讨论平台。

王魏在《太原日报》上发表了另一篇文章——《关注者的声音》(#45),文中列举了老前辈诗人牛汉、郑敏以及批评家孙绍振对此事的评价。前两位言辞谨慎,避免站队。相形之下,孙绍振则显得无所谓,他表示,论争的根源可追溯至80年代,因而高潮的到来是早晚的事。他确信,今日中国不同于朦胧诗与"清除精神污染"的80年代初,先锋诗歌不会成为上层意识形态与政治议程的一个问题。虽然《太原日报》上的文字报导不偏不倚,但它展示的视觉资料却有失公允:一张"知识分子"诗人西川的单人照,紧挨着"民间"诗人伊沙及于坚的照片,另外还有沈奇、韩东、谢有顺及杨克的合照。

7月31日,《科学时报》辟出专版,以《"盘峰论剑"是非后的是非》为标题,刊登"知识分子"阵营五位发言人王家新、唐晓渡、孙文波、蒋浩、陈均的文章。王家新的《也谈"真相"》(#51)猛烈控诉了于坚曲解文学史及其欺骗圈外人的行为。在《我看到……》(#50)一文中,唐晓渡与王家新立场一致,指责"民间"阵营的不良行为,但被指责者的不受规训的、反叛的自我形象,很可能让他的指责变成了夸奖。孙文波的《事实必须澄清》(#49)是一篇有力度的作品,语气较王家新、唐晓渡要和缓许多。他指出了于坚及其他人的言辞中的矛盾与谎言,尤其是他们对"盘峰诗会"的评价,孙文波将他们的夸夸其谈及行为不端归结于其作为诗人的不安全感。另外,他的文章也表明,说教与灌输意识形态用语并不仅限于"民间"一方。蒋浩在其《民间诗歌的神话》(#48)一文中,和唐晓渡一样,提醒"民间"的争辩者要记得从前年代里言语和其他方面的可怕景象,他也跟许多人一样,指出了于坚独有的论辩逻辑漏洞。在《于坚愚谁》(#47)一文中,陈均指出,单纯的野心使得著名的昆明诗人落入了现今这般状况。

四周之后的 8 月 28 日,《科学时报》给了四位"民间"诗人回应的机会,他们是伊沙、于坚、徐江、沈浩波。这个整版专题的标题是"北京诗人剑入鞘　外省骚客又张弓"。这里,将北京与外省、北方诗人与南方骚客平行对列。在这一特殊的语境中,"南方骚客"的意思近于"煽动者",同时也让人联想到屈原的《离骚》及其所代表的古代"南方"诗歌传统,和以《诗经》为代表的"北方"诗歌传统之间的对立,虽然这种对立非常复杂,绝不是壁垒分明。① 这个标题用中国文学史来反映"民间"诗人与批评家们所提出的"北方—南方""中央—地方"等概念的二元对立。

至于《科学时报》上的个人来稿,伊沙的《究竟谁疯了?》(#60)可为一例,该文体现了诗人在讽刺与短论方面的修辞才华。他攻击西川(#33)以"黑社会"诗歌比喻"民间"的活动。于坚的《谁在制造话语权力?》(#61)一文,开篇就令人捧腹。他说,不明白诗人们何以能生活在北京这样的城市里,他把北京说成是疏离本土文化的场所,指出首都三伏天的高温或可以解释北京人对自己作品的激烈反应。徐江在《敢对诗坛说"不"》(#59)一文中对王家新、唐晓渡及其他支持"知识分子"观念的人表达了失望之情,他的叙述,给"盘峰诗会"贴上了一个在孙文波等"知识分子"诗人看来是有偏见的、欺骗性的标签。在《让论争沉下来》(#58)一文中,沈浩波指斥林莽、吴思敬等会议主持人是在和稀泥,他不无道理地注意到,诗人与诗评家们倾向于组成互相吹捧的群体。

在报纸进行跟踪报道的同时,各类学术期刊及大众文学刊物继续发表"知识分子"与"民间"论辩者的文章。1999 年《北京文学》7 月及 8 月号辟出专栏,第一部分收录了陈超、唐晓渡、谢有顺、西川和韩东的文章,第二部分有于坚、臧棣、西渡、孙文波、王家新、沈奇和侯马的文章,双方阵势保持势均力敌。在《问与答:对几个常识问题的看法》

---

① Hawkes 1985:15-28,Hartman 1986:59-63.

(#30)一文中,陈超说"知识分子"与"民间"阵营之间的对抗是虚构的产物。他指出,针对"知识分子写作"使用"西方语言资源"的指控是可恶、错误的,原因是它迫使人们做出毫无道理的选择:西方或中国,你站在哪一边?陈超还说,一个人用什么作为写作素材并不重要,重要的是如何使用这些素材。唐晓渡在《致谢有顺君的公开信》(#32)中指出,谢有顺的文章与正统文学话语有共同之处,提醒他先锋诗歌形成今天百花齐放的局面已经经历了20年的积淀。他谴责谢有顺缺乏宽容之心,及其将"论战"意识形态化的做法。谢有顺在《谁在伤害真正的诗歌?》(#35)中倒戈一击,指控"知识分子"的"遮蔽"行为,这里,"遮蔽"的意思是出于自身派系利益考虑,阻止他人入门而操纵出版机会和诗坛公共关系;我们在本章第二节中将讨论这个问题。西川《思考比谩骂要重要》(#33)一文的文章标题,无疑重申了他在"民间"阵营心目中的"知识分子"身份,文中有对于坚、伊沙、徐江、谢有顺的驳斥,描述了中国文学圈里的骂人现象。西川希望大家承认,中外文本的互文关系作为一个事实,在所难免,毕竟不是什么坏事。韩东的《附庸风雅的时代》(#31)文笔尖刻,主要讨论他对少数80年代以降有影响的"知识分子"诗人的看法,称他们在阻碍他人的追求。下文将细述韩东关于"民间"之文学观念的解释,这里,也需要一长段引文,进一步阐明韩东与"西方"的尴尬关系(第74页):

> 90年代成名的"老诗人"……他们的阅读是有目的的……这是在阅读中逐渐进入角色的一群。因此我们并不难理解他们对于书籍的那种病态爱好……他们只读那些被人认为是自己写出来或可以写出来的书,只关注那些被认为是自己的或可能过上的生活(或生活方式)……他们对翻译作品由衷地热爱,对西方文学史如此地熟悉……对在上述系统中的所谓大师,巨人如此五体投地,对他们的生平佚事更是如数家珍……他们的灵感完全来自于以上的读物,其写作方式、格局以及形式也不出其右……像一切收藏家和古玩爱好者一样,他们对于书籍和书籍中思想和艺术价

值态度是绝对认同的……其极端表现就是能自己动手制造赝品……使行家里手也看不出来。与最顶尖的收藏家古玩家爱好者尚有不同，我们的"读者—艺术家"最终欺骗了自己。

《北京文学》"论争"专栏第二部分以于坚的文章打头炮，我们稍后会单独讨论。臧棣在《诗歌：作为一种特殊的知识》(#40) 一文中强调（第92页）：

努力将诗歌重新发展成一种独立于科学、历史、经济、政治、哲学的知识形态。

他警告说，20世纪中国文学话语的大众化趋势已不止一次反对追求创新的诗人，诗人自己不要重复这样一种机制。西渡的《为写作的权力声辩》(#56)，即下面将要讨论的《对许多问题的思考》(#24) 一文的删减版，其中很重要的一点是，作者对"知识分子写作"诗歌脱离日常生活这样的假想性判断，对远离当下时代思潮的那套话语表示了质疑。在《关于"西方的语言资源"》(#54) 一文中，孙文波痛斥于坚煽动种族及民族主义情绪，他以李白的突厥血统为例，说明跨文化影响是一种自然现象。王家新在《关于"知识分子写作"》(#55) 中声称：

（知识分子写作）首先是在中国这样一个社会，对写作的独立性、人文价值取向和批判精神的要求，对作为中国现代诗歌久已缺席的某种基本品格的要求。

要注意的是，"品格"一词，有"品德、品性"之意。沈奇的《何谓"知识分子写作"》(#53) 一文坚称，批评话语普遍支持"知识分子写作"而妨碍了"民间写作"的发展。北京诗人侯马在《90年代：业余诗人专业写作的开始》(#52) 一文中痛斥"知识分子"的矫揉造作。

《北京文学》专栏第二部分首推于坚的《真相：关于"知识分子写作"和新潮诗歌批评》(#63)。编辑大刀阔斧地删减，但完整的文章随后刊发于《诗探索》9月号。《真相》一文声称支持谢有顺的有争议性的用词,怒斥欧阳江河的名篇《89 后国内诗歌写作:本土气质,中年特征与知识分子身份》。① 于坚将像程光炜《岁月的遗照》那样的垄断、妨碍出版的选集行为追溯到 90 年代初,责怪诗评家卖身给了"知识分子"。起初,他控诉"知识分子"透过"硬"语言使诗歌意识形态化,通过将"知识分子写作"和"民间写作"相对比,而将前者与官方正统相等同。他再次确认,对"第三代"(他指的是 80 年代中期以后的"世俗"派作者)的攻击首先来自官方正统,之后来自"知识分子"阵营。正统批评家章宏明在 1990 年《文艺报》上发表了攻击先锋派的《对"新诗潮"的透视》一文,于坚引用此文为证。② 恰恰是因为于坚极力要与正统划清界限,让我们不由注意到,"真相"及"透视"这两个词语所表达的意思极其相似。不仅如此,于坚的文章结构与章宏明的几乎完全对等:若干着重突出的反问句,每个问题之后紧接着是预想中的回答,词严色厉,语调坚决。

撇开论争的内容不谈,"民间"阵营在"论争"中始终得以占上风的原因之一,仅仅在于于坚、伊沙、徐江等作者旺盛的生产力。另一原因是,"民间"阵营自甘于粗野、简单、大嗓门,在声音上压倒"知识分子"。这一点从于坚《真相》结尾段落中让人喘不过气来的长句子可见一斑(第 47—48 页):

> 坚持民间立场、诗人写作、中国经验以及诗歌的自由、独立、原创力、民主精神和非意识形态的位于边缘的外省诗人与利用北京的文化政治地理优势企图将 80 年代以来重获独立和尊严的诗歌再次依照历史惯例纳入权力话语,建立惟我独尊的诗坛秩序、霸权的批评家们之间水火不容的关系已经真相大白。
>
> 那些在中国外省的辽阔大地上埋头写作,没有批评家为其摇

---

① 欧阳江河,1993 年(a)。
② 章宏明,1990 年。

旗呐喊，远离便于国际接轨的北京，仅仅靠具有创造力的不同凡响的诗歌文本在中国诗坛的铜墙铁壁之间建立了诗歌的尊严和个人魅力的独往独来的优秀诗人与倚靠权力话语、批评家吹捧，离开了权力和吹捧就不存在的西方诗歌和文艺理论的读者冒充的平庸诗人的"知识分子写作"的思想战线之间的泾渭分明之势，已经真相大白。

　　在伟大的80年代依靠第三代诗歌的杰出文本实绩起家的新潮诗歌批评中的北京部分，已经彻底背叛了在那个伟大的充满自由主义精神的时代中得以重新建立起来的诗歌批评对少数、对另类写作的宽容；非道德、非意识形态的、自由、独立、客观、公正的专业精神和唯文本的学术立场，可怜地成了"知识分子写作"——一个"小圈子气候"的代言人，再也无法冒充"公正、权威"，他们对于诗歌、诗人的态度其实不过是"顺我者昌逆我者亡"罢了，他们公然敢那样穷凶极恶围攻作者——诗人，说明这些"新潮诗歌批评家"从来就没有尊重过诗歌，已经真相大白。

"围攻作者"是"民间"阵营对"盘峰诗会"的另一种说法，指数名"知识分子"作家对于坚或杨克群起而攻之。这些说法被所谓的围攻者驳回。

　　专业与大众媒体似乎都有利于"民间"阵营。首先，虽然程光炜使用的"九十年代诗歌"概念招致许多人反对，但它没有故意引发论争的动机。但是，从杨克《年鉴》、于坚《穿越汉语的诗歌之光》开始，"民间"阵营的回应就是有意为之。因此，是"民间"一方先下手为强，似乎始终都在更积极地追求宣传效果。再者，就论争话语的接受度而言，反精英主义情绪及嬉笑怒骂的震撼效应自然容易获得反响。"民间"派在论争中的表现也更加惊世骇俗，符合大多数媒体内在的对轰动效应的追求。在1999年和2000年余下的时间里，"民间"阵营继续主导着论争。

例如,《文友》发表了两篇吸引眼球的文章,一篇为 7 月号刊发的《诗歌真的失去了读者吗?》(#34),署名湘子,人们普遍相信这是于坚的化名。文章在论证、术语和语言上确实有于坚的痕迹。湘子宽慰读者说,只有坏的——"知识分子"的——诗歌才失去了读者。罕见之处在于,文章虽然支持"民间"作者,但也承认好的——"民间"的——诗歌在本质上是边缘现象,无法被多数人欣赏。

另外,1999 年 11 月的《文友》主推伊沙的长文《世纪末:诗人为何要打仗》(#75),同时该文以《两个问题和一个背景:我所经历的盘峰诗会》为题刊登在《诗参考》上。杨克的第二部《年鉴》(1999 年)收入此文时,仍然以"世纪末"为题。这个题目充分显现了文章的范围与目标。在文中,伊沙对谁在会上说了什么、做了什么等作了很是偏颇的概述。根据他的表述,这个事件之所以发生,其源头可回溯到 20 世纪 80 年代诗歌及批评的全面分裂。伊沙回顾了海子的自杀,认为这是一个关键时刻,"知识分子"阵营因此获得千载难逢的机会,经由操纵,其美学抢占了诗坛的特权位置,以至于"隐喻设置的修辞的阴谋,使糊涂的西方汉学界真的以为他们敢于面对中国的现实"(第 80 页)。诚然,海子的被神话化是一个失衡现象。尽管如此,于坚、徐江、伊沙及其他"民间"作者对海子的生活、作品及死亡的刻意的不敬,让人觉得这是一种策略性的破除禁忌的行为,纯粹是为了制造轰动效应。否则,就很难理解于坚(#36)在 1999 年 7 月号《湖南文学》上的文章所指(第 75 页):

> 据说他连自行车都骑不来,却认为自己是人中之王,但没有得到应有的待遇,就去自杀。

伊沙的看法是,诗人开会不是为了交流观点,而是为了张扬性格。《世纪末》和他的其他文章的文风表明,他的这个观念不仅适用于言说,也适用于写作。他承诺要客观公正,但其实空洞无物,很可能从一开始就只是个笑话。伊沙的自我矛盾与狡黠诡诈的辩论相交杂。王家新曾引用"文革"术语,伊沙以其人之道还治其人之身,完全忽视了王家新援引"文革"术语为的是说明正统文学话语在"民间"话语中有所延续。伊沙痛斥"知识分子"时,他的话语有大男子主义、性别歧视、厌女症等特征,比如,他把诗人欧阳江河与肖开愚所使用的"中年写作"这一短语与性无能相联系,①还有,他在回想自己在会议上发言的时候,写道(第79页):

> 所谓"知识分子写作"让我想起了"女性文学"的提出,我对"女性文学"的感受同样适用于"知识分子写作":作为男人,我平时很少想起也根本不用强调自己裤裆里究竟长了什么东西。

除了《文友》之外,还有两家一直支持"民间"阵营的出版物:《社科新书目》及《诗参考》。尤其在2000年春天,《社科新书目》中,与"知识分子"相比(#97、100),"民间"的声音(#91、93、94、95、98、99、105)曝光度更高。根据"编者按"来判断,他们获得的好感和亮相机会远远多于"知识分子"。《诗参考》是一份历史悠久的民刊,第14—15、16期分别于1999年11月及2000年7月出版,刊发的是早先在别处发表的专题文章以及专门投来的稿件。1999年,《诗参考》出了一个名为"刊中刊"的专辑,虽号称公正,除了"民间"作者于坚、伊沙、徐江、杨克、宋晓贤、沈浩波等人的文章以外,也并列重刊了"知识分子"作者王家新、张曙光的文章,但主编中岛明确表示自己站在"民间"一方。收入2000年《诗参考》增刊的所有论争文章都是为"民间"说话的。诗人兼画家严力的《说教和包装》(#109)写于1997年,讨论的是旅居海外、心怀政治抱负的知识分子,与"知识分子"诗人风马牛不相及;但或许是严力对"知识分子"一词的贬义用法,正中了编辑下怀,佐证了他的策略性动机,否则,没法解释此文也被收入的原因。

虽然专业的和大众文学圈外的宣传总的来说有利于塑造"民间"

---

① 参见欧阳江河,1993年(a);肖开愚,1997年(a),第226页。

形象,但形势也不完全是一边倒。丁芒的《所谓"民间立场"的实质》(#69)一文见于《中国时报》,此文成功地保持批判性距离,粉碎了"民间"的理论化,指控"民间"心胸狭隘,想垄断自己的先锋地位。至于专业文学刊物及文学批评刊物,《山花》和《大家》都等量发表"知识分子"与"民间"的来稿,《诗探索》也是。迄今为止,刊发于《诗探索》上的论争文章篇幅最大,内容也最为丰富多元。

较之"知识分子",本章给予"民间"更大的空间。这反映了两大阵营各自文章之产量的高低,以及"民间"一方在1998—1999年大体上保持主动的事实。同时,"知识分子"在反驳或解构"民间"的论点时,一般会止步于攻击"民间"诗歌,间或表示"民间"的恶意谩骂只是白费口舌。① 因此,"知识分子"在论争爆发后所扮演的角色主要以防御为主。当然,在"民间"派——以于坚(#63)为例——看来,自80年代后期以来,"知识分子"一方就一直在暗地里攻击和排挤"民间"派,主力是西川、唐晓渡、王家新、陈超、欧阳江河、臧棣、程光炜等人。下文,我们将考察上述"知识分子"提出的一些辩驳,接着讨论"民间"诗人韩东一篇很值得注意的文章,随后再概述论争如何在2000年中期逐渐落下帷幕。

### 王家新顽强的抵抗:"诗人从来就是知识分子"

从对手和队友的评价,以及作者本人在论争中写出的批评文章的数量和质量来衡量,"知识分子"阵营中最出色的作者是王家新。他的文章中最有分量的当为《知识分子写作,或曰"献给无限的少数人"》(#23)和《从一种蒙蒙细雨开始》(#86)。前者是王家新在"盘峰诗会"上的讲话稿,稍作修改后刊发于6月号《诗探索》及8月号《大家》。王家新与孙文波合编的《中国诗歌:九十年代备忘录》(2000)(#85)也收了此文。《中国诗歌:九十年代备忘录》是另一部引发争议

---

① 例如:程光炜(#27)。

的选集,我们将在本节最后几段中加以讨论。《从一种蒙蒙细雨开始》是这部选集的引言,但早在选集正式出版前,此文已独立刊发在1999年12月号《诗探索》上,另外也见于1999年的《诗参考》。"献给无限的少数人"是从翟永明的作品中摘录的短语,王家新援引翟永明的文字似乎是在暗示当代中国最有名的女诗人站在"知识分子"那边。翟永明本人并没有流露出任何"选边站"的迹象。"从一种蒙蒙细雨开始"出自西川早期的诗歌,王家新援引此句来支持"知识分子"当然并没有引发"选边站"问题。这两篇文章都文采斐然,强而有力,且与论争现场保持着批判性距离,若干段落中肯而雄辩。考虑到王家新自1998年来所承受的攻击,这些文章已算不小的功绩。

《知识分子写作,或曰"献给无限的少数人"》是对"民间"阵营之指控的抗辩,主要回应了于坚和谢有顺。王家新令人信服地争辩道,于坚的创作,尤其是《0档案》,与"民间"论争话语列出的好诗标准相去甚远。此外,他还质疑上面引文中于坚对"汉语诗人"的描绘。他指出,于坚和其他人一样犯有与西方"接轨"的"罪行"(第48—49页):

> 中国诗人们不用汉语难道是用英语来写作?这还用得着标榜吗?中国诗人们的作品被译成外文难道不是中国诗歌的光荣而成了诗人们的罪过?于坚本人不也曾向人们暗示或炫耀自己的作品被洋人订了货,怎么现在又做出一副"拒绝接轨"状呢?说穿了,这无非是一种策略。无非是为了利用一个民族主义高涨的时代……无非是为了向人们显示:别人都在与西方接轨,唯独自己在恢复汉语的尊严。恢复汉语的尊严当然是中国诗人终生的使命,但怎样去恢复?靠那种假大空的宣言?靠贬斥其他民族的语言?

王家新质疑构成"民间写作"话语基础的非此即彼立场,特别是从这种立场而来的"民间写作"与"知识分子写作"的基本对立。他的建议是以警句格式表达的(第40—41页):"知识分子当然并不等于诗人,但诗人从来就是知识分子。"根据王家新所言,卷入论争当中的那些人全都是知识分子,而在中国,这类人大半个20世纪都在遭受苦难。王家新悲叹道,他们如今却变成内部的仇敌,而不是共同面对官方文化政策、泛滥肆虐的商业化潮流的盟友。他也拒绝承认北方与南方、外国与中国是两组平行对立的概念,而是关注文学影响、互文性及跨文化关系等更复杂、更多元的现象。

如前所述,王家新的《从一种蒙蒙细雨开始》刊发在《诗参考》与《诗探索》上一个多月后,又作为王家新与孙文波合编的《中国诗歌:九十年代备忘录》一书的导言,于2000年1月出版。在文中,王家新并没有假装公正,因此我们将在下文考察一下编者的"偏心眼"给整部选集所造成的后果。他承认,在80年代初期和中期,中国诗人有时会不假思索地吸收和模仿西方的文学、理论与批评,这或许是为了弥补"文革"时期所经受的精神饥荒。但他也准确地观察到,80年代末以降,中国诗歌与西方的互动关系已受到批判性重估,这在多位"知识分子"诗人的诗作中明显可见。讨论这些发展时,王家新的心胸很是开阔。但在重提程光炜使用本来应该是时间性的而非判断性的"九十年代诗歌"概念,来表示众多文学流派中的一支时,他又很僵化死板。另一个弱点是,他习惯性地说诗歌似乎永远无法摆脱苦苦挣扎的状态,但自相矛盾的是,文章又透露出一种历史终结的满足感。王家新的后见之明是,先前的趋势已经使得下面的结局难以避免(第10—11页):"独立的、知识分子的、个人的写作。"[1]也就是说,之前的趋势将引生"最后的诗歌",即王家新所拥护的诗歌类型。但相信自己喜爱的诗歌是唯一正确的诗歌,甚至是当代中国诗歌的必然道路,并非只有王家新一人。来自"民间"阵营的多位作者都有相同的看法,于坚(#14)尤甚。

---

[1] 参见王家新、孙文波,2000年。

**"知识分子"的其他反驳：西渡和程光炜**

西渡是"知识分子"阵营中另一位热情多产的捍卫者（#24、28、39、56）。他的《对几个问题的思考》（#24）一文最先发表在1999年7月号《诗探索》上，该文的节选《诗歌是常识吗？》被收入《文学理论》特别专栏，同时以更为贴切的标题——"对于坚几个诗学命题的质疑"刊发于7月号《山花》。西渡几乎是忘我地大声疾呼支持"知识分子写作"，但也有力地指出了于坚言论中的缺陷。他提出，诗歌与时代思潮相联结决不是"民间写作"独有的特权。就外国与中国语言资源及其他方面的对立而论，他指出"民间"有仇外心理，认为这体现了他们内心缺乏安全感。西渡拒绝接受于坚对"民间"一词的用法，频频参照邵建的《你到底要求诗干什么？》（#9）一文。此文是杨克第一本《年鉴》的约稿，结果却满篇都是对"民间"的尖锐批评。西渡写到，"民间"作者们如今自认出于唐诗宋词一脉，但在不久前的80年代还声称要全盘否弃中国文化传统。

1999年夏天那场激烈的论争之后，程光炜在1999年10月号《大家》上对批评他的人做出了回应。他的《新诗在历史脉络之中：对一场论争的回答》（#66）一文不偏不倚、冷静适度。这篇文章的发表并没有减弱程光炜以前的文章在许多人眼中的偏见特征，但确实把"民间写作"话语放置到一个有益的历史视野当中。程光炜说，论争的几个重要部分都可归于中国新诗历史上反复出现过的问题之下。他将眼下"民间"派的激进主义与20世纪20—70年代的"左派"狂热相联系，一言蔽之（第191页）：

> 历史上曾经发生过、但一直未能很好解决的问题，在90年代的适当场合被重新提炼出来：（"民间"阵营）将诗人与人民分离，推导成所谓"民间立场"与"知识分子写作"的对立，把本来在中国新诗史上属于常识问题的新诗发展与外来诗歌影响的命题，说成是向"西方文化资源"靠拢，企图将诗学问题政治化、民族主义

图 11.1 "世纪之交的诗歌论争",刊发于《太阳日报》。依顺时针方向图为西川、沈奇、韩东、谢有顺、杨克、于坚、伊沙等。

化。实际上,这是一个文化原教旨主义和将批评私斗化和扩大的陷阱。

程光炜还详述了文学影响的复杂性、20世纪诗歌史上现代性与种族性的交互作用,以及针对某些特定诗歌种类的所谓"难度"或"晦涩难懂"的长期争论等事宜。他将"民间"话语视为文化激进主义的一个实例,指出这在现代中国各个时期、各个地域都曾显露一二。

### 韩东的激情:"放弃权力的竞技场"

无论作为诗人、小说家、批评家、学者、记者还是政客,中国作家的产量之高都令人惊叹,其出书的速度既振奋人心又叫人担忧。中国人的书写癖,可以何小竹的《1999 中国诗年选》(#78)为证。该诗选的编委会于 1999 年 6 月开工,10 月前后肯定已经完工,因为书在 12 月份问世,在所选诗歌的年代还没结束之前。话说回来,它以"诗选"命名,这样就没有义务去保证所选对象范围的完整性和代表性;编者在后记(#79)中也强调了这一点,但他讨论的是编辑的己见而非作为日期范围的年代。何小竹坦承自己全然未顾几位诗人的劝告,不保证选作的客观公正,他也公然表达自己对"民间"的偏爱。选集所收录诗人的编排顺序以抽签的方式决定,小安和盛兴是例外,这两人的排位出于编者对其作品质量的推崇。

在讨论这些元文本中间,且让我们换换口味,来读一首诗歌。此诗是张曙光《岁月的遗照》一诗的对手之作,后者在本节开始时已有提及。如我们已经见到的,特殊的文学喜好成就了一部诗选集,《岁月的遗照》是其开篇之作,那么小安的诗则是另一种文学喜好成就的另一部诗选集的开篇之作(第 19 页):

**精神病者**

你要怎样才能走出去呀
把你的头
再偏向右边一点
使双手放在最正确的位子上

一个混乱的人
在玻璃上水汪汪的样子
我们没有办法理清你的大脑
把你洗得更干净些

也许你是最好看的那一个
又是最完整的那一个
在任何地方

你都如此颠三倒四
不管你是叫小莉还是平儿

我们都只好叫你小莉和平儿
你回到家里
走在大街上
身上有一种标志
与生俱来呵
你如此喜欢香蕉
而厌恶苹果

我们无需对《岁月的遗照》或《精神病者》进行详细分析，就可感受到"知识分子写作"与"民间写作"这两个扛鼎之作的巨大差异，不论是题材、语调、形式还是整体经验。但还是让我们回到元文本这个正题上，再最后审视一下论争中很重要的一个贡献。

韩东经常把"民间"用作名词，他的《论民间》(#77)一文是何小竹《1999中国诗年选》的导言。《论民间》的语调让人想起韩东前一年夏天发表在《北京文学》上的专题文章《附庸风雅的时代》，不那么尖酸，但一样沉重，一样倾向于道德说教和抽象分析，如本书第十章所述。韩东在《附庸风雅的时代》中指责了"知识分子写作"，但《论民间》更有建设性。此文按小标题分为14部分，其中一些是反问句，否定的答案是意料之中的（第1、6、10页）："民间是否是虚构？""民间是否已经完成使命？""民间是否取消个人？"韩东讲述了"民间"诗歌的简史。这里，"民间"一词不可能不被解读成一个体制性的概念，指不受国家监管而发表的作品。像于坚(#14)一样，韩东通过一系列非正式出版物来追溯"民间"的诗歌谱系，直至《今天》。体制意义上的非官方身份是"民间"极其重要的标准，这一点，从节选自"九十年代的民间"的这段文字中清晰可见（第8页）：

部分出身于80年代民间的诗人跻身于主流诗坛，正式出版诗集,得到公开评论,频繁出现于各类媒体,热衷于参加国际汉学会议,他们自觉地脱离民间的方式并不意味着民间的消失或"已经完成使命"。

从正式出版、公众评论、媒体关注和出国参会记录来看,人们立马会想到杰出的"民间"诗人及理论家于坚,但韩东却一次也没有提到他。我们是否以此作为于坚被"民间"派扫地出门的证据呢?或至少按照韩东的标准是遭到了驱逐?另外,如果假设韩东自视为"民间"诗人是言之成理的,那么我们也别忘了,他早在1992年就正式出版了第一本诗集,论争后不久韩东又有一本重要的诗集正式出版(2002年);还有韩东主编的"年代诗丛"前十卷,收入了民刊《他们》及《非非》麾下作者们的作品,作者中也有几位之前从未出现在正式出版物中。① 这是否意味着韩东及"年代诗丛"中的作者们也已跻身主流诗坛?若如此,韩东对"民间"的看法还站得住脚吗?

韩东尤其不赞成诗人因为错误的原因进入主流话语,虽然在他举的两个例子中,过错都不在诗人本人。他不无道理地认为,海子和顾城之所以成为广大公众眼中的诗歌烈士或英雄,主要是因为他们的自杀,而不是他们作品的价值。但是,他下面援引的三位"民间"代表人物胡宽、王小波和食指,却是在颠覆自己的论点,因为前两位也是英年早逝,而且后一位的神圣地位却和他的精神病况大有关系。这恰恰反映着大大推进了海子的"死亡传记"现象的那种诗人形象,即"民间"、去神秘化、广义上"世俗"派的作者们在理论上不应苟同的诗人形象。

第十章已提及,据韩东所言,"民间"生来就抵抗着体制、市场与西方这三个"庞然大物"的影响("庞然大物"指的是一种原创的、真实的但不断扩张和腐败的事物)。在韩东看来,"民间"本身本质上不可能成为一头庞然大物,因为"民间"立场的特征是"独立精神和自由创造"(第2页)。

---

① 韩东,1992年(a)及2002年。

下面这一段完全算得上是"民间"的使命宣言,它的使命似乎远远超出一种简单的文学趣味喜好(第8页):

> 民间的使命即是保存文学,使其在日趋物质化和力量对比为唯一标志的时代里获得生存和发展的可能性,维护艺术的自由精神和创造能力。

整体而言,此文的激情感人至深。对于韩东来说,"民间"似乎更像是一种生活方式、世界观甚至宗教,最起码是他在明确诗观中始终保留的诗歌形象的一部分,而韩东心中的诗歌是一种神圣的事业。文章最后转向"民间"的未来,与韩东所说的"伪民间"相对立,他总结道(第17页):

> 伪民间即是:一,将民间作为一种权力手段的运用。二,将民间作为不得志者苦大仇深的慰藉。三,将民间作为自我感动者纯洁高尚的姿态。以上三种理解,既是来自民间内部的也是来自其外部的对民间的歪曲、误解和避重就轻,以致最终取消了它不可或缺的重大意义。与其对照,真正的民间即是:一,放弃权力的场所,未明与喑哑之地。二,独立精神的子宫和自由创造的漩涡,崇尚的是天才、坚定的人格和敏感的心灵。三,为维护文学和艺术的生存,为其表达和写作的权利(非权力)所做的必要的不屈的斗争。

《论民间》冠冕堂皇、道德说教的口吻与韩东著名的"口语诗"形成鲜明对比,但与程光炜、于坚、王家新等论争主力所创建的语域却恰相吻合。

### 曲终人散之感:论争的结束

2000年上半年,还有许多文章仍在关注"民间"和"知识分子"之间的对抗;与此前相同,大部分以"民间"立场说话。例如,3月,《社科新书目》再度一整版刊登公然偏袒"民间"立场的新闻报道，名为《诗坛再次爆发战争》(#92,93,94,95);5月，该报发出题为《盘峰论争：周年反思专版》(#97,98,99,100)的特稿，两大阵营平分版面。然而，总体来看，这些文字不过是在炒冷饭。有的作者开始采取回顾姿态，如沈奇(#101)和徐江(#108)甚至暗示双方握手言和的可能，声称这符合中国诗歌的整体利益，祈求新世纪的到来会成为一个新的开端和契机。

有鉴于此，何小竹的《1999中国诗年选》浑不吝地偏袒一方，就已流露一种曲终人将散之感，反映出两大阵营都发现自己陷入了僵局。上文所说的王家新和孙文波合编的文集《中国诗歌：九十年代备忘录》也是如此，编者不屑于超越自己的文学追求，固执地重蹈覆辙，像程光炜那样把年代名称作为一个特殊的文学派系。继《从一种蒙蒙细雨开始》——王家新的引言——之后，该文集还收入了90年代以来大约40篇批评文章，在文章选择上严格把关，一边倒地偏向"知识分子写作"，另外虽然也收入了若干局外人的文章，但只是走个形式而已：后者多数是对"民间"话语持中立立场的评论者，如周瓒(#88)、杨晓斌(#73)、耿占春(#6,76)和姜涛(#62)。《中国诗歌：九十年代备忘录》的编撰指导思想是，"民间"话语不过是一时之风。这个腔调尤其体现在文集附录部分。首个例子是子安的《90年代诗歌纪事》，此文先前以"王家新"实名(#67)发表在《山花》上。伊沙随即在2000年1月《文友》上发表《王家新伪史记》(#87)，徐江在2000年《诗参考》上发表《眼睛绿了》(#108)，先后抨击王家新文章中的偏见。《中国诗歌：九十年代备忘录》附录二、三是陈均关于90年代诗歌术语的讨论，以及刘福春、子安/王家新在90年代以来所写的理论批评及文集索引。这样一来，"民间"声音在文集中基本上完全缺席。同时，有若干撰稿者不留情面地责难于坚、伊沙、谢有顺等人，表明缺席的其实都是论争劲敌。这一切都显得很荒诞。对于"民间"诗歌及其直系先辈来说，这不是一份"备忘录"，而是一份"被忘录"。当我问及"民间"作者的缺席问题时，王家新首先说是那些作者不合作，随后又补充道，他没有跟他们联络。①

2000年6月，杨克出版《1999中国新诗年鉴》(#102)，遵守自己每年出版一本《年鉴》的承诺。虽然《社科新书目》《诗探索》《诗参考》等期刊持续刊登"民间"和"知识分子"作者们相互挑衅的文章，但杨克第二本《年鉴》的出现可以被视为论争的一个公开结论。这本《年鉴》与杨克一贯的公关风格一脉相承（例如#82），在不偏不倚地选择诗歌与批评的问题上做出一些仅仅流于表面的妥协。这里，引用一下谢有顺为该书写的气势显明的导言，此文也曾以《诗歌在进步》(#96)为题刊发于《山花》(第76页)：

> 让诗与非诗分开，让真实和谎言分开，让创造与模仿分开，让借鉴西方与唯西方大师是从分开，让有尊严的写作与知识崇拜分开，让有活力的言说与对存在的缄默分开，让朴素的词语与不知所云分开，让心灵的在场与故作高深的"复杂诗艺"分开，让敏感的人与僵化的知识分子分开。

作为本节提供的批评文献清单的最后的引文，谢有顺的话派上了用场，又一次体现了论争的严肃性以及正统文学话语惊人的回响。

## 第二节 大家为什么论争？

程光炜以"九十年代"来指称若干重要诗潮中的一支，由此点燃了论争的烽火。根据团结在"民间"旗帜下的作者们的感受，这是他们的诗歌艺术被遮蔽的一个可耻事例。我们无法核查有"知识分子"倾向的诗人与批评家是否真的曾有意无意、积年累月地阻拦着非同类诗歌的去路。从于坚或伊沙的出版物能看到，两个人都好像没有被遮蔽。

---

① 2000年8月私下交流。

话又说回来，王家新与孙文波合编的《中国诗歌：九十年代备忘录》是一份"知识分子"无视"民间"作者的重要出版物，虽然我们考虑到此书出版之际，论争已经如火如荼，但此书使"民间"阵营对"知识分子"曾"遮蔽""民间"的指控，有了一定的可信性。无论如何，从"民间"立场来看，一类诗歌被遮蔽和另一类诗歌占据诗坛这样的场景，不仅仅是论争的引爆器或催化剂，也是冲突的根源所在。

论争期间，作者与文本之间的界限始终模糊难辨。因此，程光炜在《岁月的遗照》中选择作者问题上所受到的指控，几乎是水到渠成地导致了有倾向性的二元对立，制造了"知识分子"与"民间"之间整体上的对立。"民间"与"知识分子"名义上指的是两种诗歌形态的对立。我在本书中始终主张，先锋诗歌完全可以被视为两种不同美学类型之间的一个广泛而多样的存在，在这样一个框架内进行文本分析与阐释，聚焦于典型的"民间"或"知识分子"美学，也会导致差异极大的诗学观念。但如上所见，除了含混的、缺少事实依据的相互指控外，论争几乎无暇顾及诗歌本身。

论争作为一种文学存在样态，固然可以不讲理据，但是，几乎完全无视论争的中心内容——诗歌文本——依然令人讶异，尤其是因为两种诗歌类型之间的对立，并不是基于论争双方的文章中所表达的明确诗观。与此相反，双方的明确诗观却有一些显著的相似之处。以"知识分子"唐晓渡为例，他在《现代汉诗年鉴》(#19,18)的前言和后记里均声称自己是站在"民间立场"。于坚在杨克的第一本《年鉴》的导言里的说法如出一辙。这些短语作为"民间"最简短、最出名的诗学纲要，被当作信条印在《中国新诗年鉴》的封面内页上(#14,12)，从那以后它们就成为反"知识分子"的标语。另一例子是程光炜(#1)引自他最喜爱的诗人之一肖开愚（第5页）：

> 写作不仅要有赖抱负，同样更要有赖政治、经济、爱情及至时事和日常生活的"资料"，它要把自己置入广阔的文化语境当中。

不知情的人很可能会以为这是于坚或谢有顺说的话。又比如，"知识分子"和"民间"的作者都会时常对政治意识形态、商业化给诗歌造成的伤害表示不满，在这方面，双方有着共同的道德说教偏好。而且，说这些话的，也不是一些"跑龙套"的，而是王家新、韩东等主角们。双方在明确诗观上的一致性的最后一例，是程光炜把"知识分子"描绘成具有独立观点与立场的创作者，而韩东也认为"民间写作"是独立精神与自由艺术创作的体现。

在此，我们不妨想想，作者的个体背景（author personalities）这个话题是否有助于解释论争究竟是怎么回事，就像李欧梵给20世纪20年代现代中国文学论战作出的解释一样。① "民间"阵营提出了作者之间的地理和文化界线，如下：一、"知识分子"身处的首都对阵"民间"身处的外省；二、"知识分子"的北方对阵"民间"的南方；三、"知识分子"的西化对阵"民间"的"中国性"。所有这三点在修辞上都合情合理，但其实个中问题重重，比如，一、以张曙光为例，他被认为是"知识分子"阵营的杰出代表，但一辈子住在哈尔滨而不是北京；"民间"的煽风点火者沈浩波是到北京上大学后（从此定居京城）才开始写作。二、如果除了诗人和批评家当下的行踪之外，再考察他们的出生地及成长经历，那么，彼此交错的名单就变得更长了："知识分子"程光炜、王家新、唐晓渡、孙文波、欧阳江河全都是后来才移居北京的南方人，陈东东至今仍是上海居民。三、虽然文学影响和互文性之类的概念有其复杂性，但说"民间"诗人拒绝或不相信西方则明显失实，这一点，多数论争者不肯屈尊讨论的诗歌文本即可为证。无论怎样，他们有什么拒绝西方的必要呢？同理，如果说"知识分子"是在盲目全盘地接受西方，也同样失实。

顺便要说的是，即使中国诗人要了解本土文化参照之外的西方或其他地域，只要他们是用中文写作，就已保证了相当程度的"中国

---

① Lee(Leo Ou-fan)1973:19—27.

性"。语言,无论是作为抽象概念还是作为全世界各种语言的具体表现形式,都远不仅是装扮某种独立不变的内容的简单工具,而诗歌,是语言的艺术。在此无需深究,只提醒读者回顾一下第一章关于所谓"中国性"的讨论,不妨提个很老但很关联的问题:中国人用中文写成的诗歌还需要在哪些方面具有"中国性"呢?

反过来讲,虽然地理和文化的分界线不能说明问题,但它也不仅仅是好战者的想象或臆造,尤其是首都和外省之间的分野,尽管这种划界现象和首都的傲慢显然不是中国所独有。当我问及"被遮蔽"到底意味着什么时,"民间"诗人的回答各不相同。以伊沙为例,他根本不觉得自己是"被遮蔽"的牺牲品。同时,"民间"诗人也一致认为,北京比其他地方"机会"更多,包括会议、外国媒体、学者兼译者,以及文化中心的整体氛围。这样的地位无疑属于北京,这一点,不仅体现在前往首都的火车和飞机上的自动广播中,而且也是愤怒的"民间"诗人亲眼所见——虽然他们对此颇是嘲弄,如于坚所为。关于论争中地理和文化分界线的最后一点是,这个现象当然可以被当作中国文学史上过去的某个时刻的延续。其中的一例,是不久前的70年代后期,以贵州诗人黄翔的刊物《启蒙》为中心形成的群体,与围绕在北京刊物《今天》周围的群体之间的竞争。另一例是,1982年,成都诗人钟鸣在非正式出版的诗选《次生林》上发表了关于南方诗歌力量克服北方首都霸权的断言,随后《象罔》等其他民间刊物上也有类似提法。第三个例子是,80年代中期以降,"第三代"诗歌普遍有"南方"意识,首次在先锋诗歌内部向《今天》的至尊地位发起了挑战。

诗人个体背景的差异,也可追溯至80年代根据体制内外而作出的划分。这样的界线也存在于"同仁刊物"或"同人刊物"等刊物之间,界线的形成受制于文学关系纽带(意为一种广泛共享的诗学),或地域身份。如上所述,《倾向》(1988—1991)的创刊志向是体现褒义而非贬义上的"知识分子写作",创刊编辑及相关人员有陈东东、西川、欧阳江河、老木、王家新等。90年代初期,"知识分子写作"与其他数家民刊联系在一起,尤其是《南方诗志》(1992—1993),供稿者有陈东东、王家新、西川,还有在论争中被视为"知识分子"的其他作者。程光炜在其引起争议的诗选中,将《倾向》和《南方诗志》放在首要位置上,"民间"作者们为此恼羞成怒。"民间写作"与"口语诗"的里程碑刊物有《他们》、不遵体统的《莽汉》和所谓反文化或前文化的《非非》。一旦我们认识到,《倾向》创刊者积极致力于抗衡口语化、粗俗化潮流,也有意识地努力让读者承认,《倾向》的诗学观念是诗坛的一个重要组成部分,那么,一个整体景观就完整了。

随着各持不同的诗学观念的刊物的涌现,我们没有理由去怀疑文本性因素——对这种或那种诗学风格的"美学的"而非"策略性的"偏好——的重要性。只是,诗人个体写作会有发展,会与他人的写作发生分离或交集,但在其他相关作者或读者看来,这个个体与敌与友的关系却依然在持续,在这种情形下,作者个体背景确实会发生影响。从这一点看,除了上文所举与论争直接相关的事例以外,考察一下从70年代末至今对于中国当代诗歌面貌的形成有巨大贡献的其他民刊,便会发现,一些民刊常常隶属于"世俗"或"崇高"诗学体系,同时,它们也从属着"北方"或"南方"身份。①

地理文化分界线和体制分界线常常有交叉重叠。与地理文化分界线、体制分界线皆有交织,在论争中清晰可见的另一种关系,是个人交往和盟友关系(友谊之类);有时会与文学亲缘关系相交叠,但也未必一定如此。让我们来探讨一个事例,看看这些不同的过滤因素对文学批评的洞察力能产生什么样的影响。

在成为"民间"阵营的中心人物很久之前,人们就常常把于坚和伊沙联系到一起。同样,直至今天,诗人、批评家、学者和一些读者,也都会把西川和海子同时挂在嘴上。没错,于坚和伊沙都是"口语"诗人,和"去神秘化"者,而西川、海子在早期诗歌中,都曾表达过对这种趋

---

① 关于南北对抗及其所涉及的期刊,见 van Crevel 2007。

势的反感,并且两人的诗歌都被贴上了"宗教色彩"标签。在诗歌文本里,于坚和伊沙却差别很大,成熟的西川和海子同样也大相径庭;当然,对海子未来诗歌发展的任何猜测都只能是主观臆想了。其实,也可以说,伊沙的诗与海子的诗相似,于坚的诗与西川的诗相似,如下文将要分析的那样。从本质上看,伊沙和海子诗作中的诗歌声音说出了他们"是谁"(who they are),而于坚和西川的作品则显示了他们"看到了什么"(who they see),这两者的区别为文学分析及阐释提供了一个非常有效的出发点。但是于坚和伊沙都是所谓外省的人(从昆明到西安的距离这里且撇开不谈),还有,两人都喜欢言行不逊,甚至"不写实"地逗弄是非,其元文本写作尤其如此;因此,他们就被归为一类。同样的事也发生在西川和海子身上,因为他们上的是同一所大学,也是好友,海子自杀后,西川曾写两篇怀念文章记述他们的友情。中国有句格言"文如其人",这句话本身很合情理,但作为一个命题,最好要提供经验上的文本作为证据,才能用在某个具体的作者身上,或用以证明作者间的文学亲缘关系。在只对文本本身有兴趣的情况下,我禁不住想要反驳,是不是我们也能说"人不如其文"呢?

从地理文化、体制、个人经历等角度,有助于揭示论争在波起云涌的动态变化中的发展轮廓,但只有重新反思中国诗人形象社会学,才能比较完整地回答本章开头所提的问题,即人家为何谈论所谈论的话题。本书开篇处提到,汉乐逸和奚密等学者曾指出,早期中国现代诗人如何苦苦追索先人们数个世纪以来都享有的、高高在上、极其显要但现在已经失落了的社会身份。虽说现代诗人们为改变中国诗歌的面貌而做出的自发行为,加剧了诗人社会身份之沦落,但此前他们的地位也已经遭受到强于文学的社会和政治力量的抑制。如此说来,回归老路,并不能改善诗人的身份危机。与此同时,从清末到1978年改革开放,诗人一路坎坷,把自己变成一个新的20世纪物种绝非易事。这80年目睹了社会动乱、战争等诸多坎坷,广义来看,是诗歌很难独善其身的一个社会。在这方面,1978年《今天》的问世,打开了一个崭新的空间，超出了官方文学体制的范围。

　　70年代末80年代初，在中国文学气候、文学机制风云变幻的形势下，政府完全可能会抑制这次诗歌实验。但1983—1984年"清除精神污染"之后，随着中国的社会文化变革日益快速而深入，先锋艺术开始茁壮生长，枝繁叶茂，让阻碍性力量黯然失色，各种新诗潮过去的共同的阻碍变得无关紧要了。这一时期，也见证了我所说的当代诗人身份的多次重新塑造，先锋诗歌内部的矛盾冲突及重新定位初现端倪，四处横流的社会商业化，即许多人眼中的新的共同阻力，也未能让诗人们做到同舟共济。后来，大致说来，"崇高"与"世俗"之间的分歧、竞争在1998—2000年间的论争中达到了顶点。因此，这场论争，也是在《今天》所开辟的空间里进行的一场关于谁有居留权的胜负对决。老一辈诗人和批评家担心论争会不意间危及先锋诗歌辛苦打拼来的领土，至于其他旁观者，他们可能觉得诗人们行为古怪，态度纷呈，开心的、愤怒的，应有尽有。此时说先锋诗歌已超出了主流文学体制的范围，已不再适合它在90年代所获得的"中心位置"。当然，这是社会"边缘"内的中央，即先锋诗歌自70年代末、80年代独领一番风骚之后的存身之处。

　　如此而来，"民间"与"知识分子"论争的中心其实是诗人身份的继承权问题，也就是，只有我方和战友，才有权利担当承续悠久传统的火炬手，并获取中国诗歌重获艺术独立这一事实所带来的象征资本。对于坚、王家新等热情投入的论争者来说，要当火炬手就要排除异己，不论其手段是高谈阔论，还是闷声不语。另外，对有关各方来说，诗人身份好像不仅是个文学问题，也是个社会问题，许多诗人批评家都渴望靠近社会的中央舞台。这个现象又一次表明，虽然许多先锋诗人宣称诗歌应独立于主流社会，但其实内心并不真的这样想。虽说从宽泛而抽象的意义上讲，无论是以传统还是以现代为参照，他们都仍然认同历史悠久的"文以载道"。这个结论既适用于文本也适用于作者。确实，"民间写作"和"知识分子写作"话语中之所以存在若干相似之处,就在于双方这共有的"诗人观"(poetal views),尤其是双方都认为诗人身份无比重要。

当然,"民间"与"知识分子"的论争,和中国现代诗歌及文化领域的其他论争之间,有着一定的连续性,与贺麦晓所分析的民国时期的"骂人"式批评现象也遥相关联;在现代之前,"骂人史"还可追溯到公元3世纪时诗人、理论家、政治家曹丕的那句名言:"文人相轻,自古而然。"[1]本章表明,这次论争是布迪厄称之为文学场域里的"占位"现象的一次冷酷的狂欢。这种"占位"背后有着切实的动机。奚密注意到,整个现代时期都一直有周期性的论争,涉及的问题与文化身份有关,多体现为中国与外国、本土与西化、本土主义与世界主义等之间的二元对立。[2] 另一个持久不息的问题是诗歌和诗人社会地位之争,也就是争夺关注度、在社会政治发展中的参与度和影响力;但很难说的是,自70年代末80年代初关于朦胧诗的讨论及"清除精神污染运动"以来,这种论争在多大程度上超出了诗坛本身,蔓延到社会上。我们不要忘了,诗歌与国粹的传统联系已经减弱,并在先锋诗歌随后的发展中彻底断裂。总体而言,中国社会变革如此快速而深入,以至于难以想象,这一次论争只不过是数年前类似事件的翻版而已;而且,这可以通过论争中肆无忌惮的修辞行为得到印证;关键的一点是:论争话语中常常流露出明确无误的讽刺。如本书多处提及,与不久前的过去相比,这可以说是中国当代诗坛的显著特征。

\* \* \*

一旦尘埃落定,事情是否就会与过去不同?有一些"民间"声音仍然断言,尘埃至今尚未落定,好像是下定决心要"继续斗争"。但是,严格意义上的论争在2000年初就失去了势头。未来依然会有许多未决的争端再点烽火,但能给问题或局面带来实质性变化的可能性微乎

---

[1]  Hockx 2003,第6章。曹丕名言的翻译见:Owen 1992,第58页之后。
[2]  Yeh 2001,第5页之后。

其微。同时，论争本身也已成为了学术研究的对象。

无论从道德角度还是实际角度看，论争都确实改变了诗坛的氛围。虽然，论争之前的日子并不是大家聚在一起，一团和气，但论争之后，先锋诗坛起初还有的团结互敬局面，已严重受损。据"民间"的说法，更明显且重要的是声誉和等级的剧变，鼓舞了之前在诗坛受阻的诗人们，给了他们实在具体的发表/出版机会。丛书"年代诗丛"即为一例，另一个例子是近年来民间诗刊的大量涌现，如《诗文本》《诗歌与人》《下半身》，特别是网络诗歌的出现。虽然即使没有论争，这些事情也仍可能发生，一如暂时停息的冲突也仍可能爆发，也一如没有程光炜的诗选，"知识分子"的策略雄心也依然会显露。这里抛开假设，依然可以说，论争促进了"文革"以来诗歌对先锋生活和时代的反思，也强化了往往出现在"十年"或"百年"之际的回顾性反思，尽管时间本身其实并没有十进制。

在现代中国，比在其他地方尤甚的是，文学回顾的结果倾向于让我们的目光从过去转向未来。这表明，文学被看成是一种意义不言自明的连贯体，带着一种方向感穿行于时间之中，而不是一种由通用语言媒介汇成的艺术冲动的不可预料的累积，虽然这种冲动从未与社会发展相脱离。这个观念，或许有助于理解近年来诗人和评论家在正式和非正式场合经常提出的一个问题，就是：这场"民间"与"知识分子"的论争有意义吗？

国内的批评界对这个问题的答案，从绝对的肯定，到绝对的否定，各种各样都有，如果考虑到论争中的观点分歧有多么彻底，那么这样的结果就是预料之中的事。或许受益于时间上的距离，最近出现了对文学史做出细致入微的评价和批评的研究性著作，如罗振亚的著作（2005）与魏天无的著作（2006），前者态度中立，后者则由于"民间"在论辩中的缺陷，而小心谨慎地站在"知识分子"一边。撇开这两个著作的不同点不谈，两位作者都谴责了"民间"对诸如"知识分子"等关键概念的歪曲，但也观察到，这场论争，使得我们更紧迫、更深入地思考了当前的诗歌发展状况。在英语学术圈内,奚密认为,论争使整个诗坛蒙羞,弊多而利少。根据李典的说法,论争则是中国诗人和批评家在商业化、全球化时代重建诗歌意义的一种顽强的集体努力。①

至于论争有无意义,也许换一种说法就是,把它看作一种自然现象,比如一股浪潮,或一场暴风雨。这类现象的影响很值得深思,其动机也同样如此。

### 附录:参考书目(以时间为序)

从杰出论争者聚焦明确、派系分明的投稿文章,到眼界更开阔、与论争保持距离地远观的重要文章著述,在本参考书目中都有罗列。尤其是前一类文章,该书目敢说有一定的全面性。书目止于 2002 年 1 月,其时,严格意义上的论争已经结束一段时日,并且已经成为 20 世纪末中国文学现状调查的众多话题之一(#120)。

书目的多数条目出现在本章前两部分。书目末尾的一些文章与上述讨论没有直接关联,但或许对未来的研究有益。每一条目都以年月(日)时间顺序罗列,按作者姓氏字母顺序录入。除了大部分中文书籍和期刊记录在案的出版月份,无法像查阅报刊和周刊那样核正这些书目的准确时间。再者,手稿完成时间和出版时间有别。尽管以下记录不够完善,但仍然能够提供关于"民间"与"知识分子"论争之元文本和话语事件的可靠表述。

1　1998-02｜程光炜编:《岁月的遗照》,北京:社会科学文献出版社。
2　1998-02｜程光炜:《不知所终的旅行》,发表于本目录第 1 项第 1—21 页(曾发表于《山花》1997 年第 11 辑第 69—75 页)。
3　1998-02｜洪子诚、李庆西主编:《九十年代文学书系》,北京:社会科学文献出版社。
4　1998-02｜洪子诚:《总序》,发表于本目录第 1 项第 1—9 页
5　1998-03｜于坚:《诗歌之舌的硬与软:关于当代诗歌的两类语言向度》,《诗探索》1998 年第 1 辑第 1—18 页(转载于本目录第 12 项第

---

① Yeh 2007a:34;Li Dian 2007.

451—468 页）。

6　1998-05 ｜ 耿占春：《一场诗学与社会学的内心论争》，《山花》1998 年第 5 期第 77—81 页（转载于本目录第 85 项第 268—277 页）。

7　1998-09 ｜ 侯马：《抒情导致一首诗的失败》，《诗探索》1998 年第 3 期第 150—154 页。

8　1998-10-10 ｜ 仇水：《谁在拿"九十年代"开涮》，北京师范大学中文系五四文学社主办：《五四文学报》，第 1—2 页（转载于 1998 年 12 月的《东方文化周刊》，作者名为沈浩波［沈浩波文中、伊沙文中引用，未供页码］、《文友》1999 年第 1 期第 20—21 页、本目录第 102 项第 540—544 页）。

9　1999-02 ｜ 邵建：《你到底要求诗干什么？》，发表于本目录第 12 项第 403—419 页。

10　1999-02 ｜ 沈奇：《秋后算账——1998：中国诗坛备忘录》，《出版广角》1999 年第 2 期第 22—26 页（转载于本目录第 12 项的第 384—395 页、《诗探索》1999 年第 1 期第 18—30 页）。

11　1999-02 ｜ 徐江：《玩弄中国诗歌》，《文友》1999 年第 2 期第 20—21 页。

12　1999-02 ｜ 杨克编：《1998 中国新诗年鉴》，广州：花城出版社。

13　1999-02 ｜ 杨克：《〈中国新诗年鉴〉98 工作手记》，发表于本目录第 12 项第 517—520 页。

14　1999-02 ｜ 于坚：《穿越汉语的诗歌之光》，发表于本目录第 12 项第 1—17 页。

15　1999-03 ｜ 谢有顺：《诗歌与什么相关》，《诗探索》1999 年第 1 期第 1—7 页（曾发表于本目录第 12 项第 396—402 页）。

16　1999-03 ｜ 徐江：《乌烟瘴气诗坛子》，《文友》1999 年第 3 辑第 4—8 页。

17　1999-04 ｜ 唐晓渡编：《1998 年现代汉诗年鉴》，北京：中国文联出版社，第 379—380 页。

18　1999-04 ｜ 唐晓渡：《后记》，发表于本目录第 17 项第 1—2 页。

19　1999-04 ｜《现代汉诗年鉴》编委会：《序》，发表于本目录第 17 项。

20　1999-04-02 | 谢有顺：《内在的诗歌真相》，《南方周末》(转载于本目录第 102 项第 526—530 页)

21　1999-05-14 | 田涌：《十几年没"打仗"：诗人憋不住了》，《中国青年报》B4 版(转载于《新华文摘》1999 年第 8 期第 128 页，作者名为田诵，题目为《关于新诗发展方向又起论争》)。

22　1999-06 | 孙文波：《我理解的 90 年代：个人写作、叙事及其他》，《诗探索》1999 年第 2 期第 26—37、77 页(转载于本目录第 85 项第 10—21 页)。

23　1999-06 | 王家新：《知识分子写作，或曰"献给无限的少数人"》，《诗探索》1999 年第 2 期第 38—52、85 页(转载于《大家》1999 年第 4 期第 83—89 页、本目录第 85 项第 151—165 页，作为序/引言)。

24　1999-06 | 西渡：《对几个问题的思考》，《诗探索》1999 年第 2 期第 53—67 页(转载于《山花》1999 年第 7 期第 79—85 页，题目为《对于坚几个诗学命题的质疑；本目录第 85 项 22—34 页，题目为《写作的权利》)。

25　1999-06 | 徐江：《俗人的诗歌权利》，《诗探索》1999 年第 2 期第 21—25 页。

26　1999-06 | 张清华：《一次真正的诗歌对话与交锋："世纪之交：中国诗歌创作态势与理论建设研讨会"述要》，《诗探索》1999 年第 2 期第 68—77 页(转载于《北京文学》1999 年第 7 期第 59—62 页)。

27　1999-06-15 | 程光炜：《令谁痛心的表演》，《中国图书商报·书评周刊》第 4 版。

28　1999-06-15 | 西渡：《民间立场的真相》，《中国图书商报·书评周刊》第 4 版。

29　1999-06-15 | 伊沙：《两本年鉴的背后》，《中国图书商报·书评周刊》第 4 版。

30　1999-07 | 陈超：《问与答：对几个常识问题的看法》，答李志清问，《北京文学》1999 年第 7 期第 63—64 页(转载于本目录第 85 项第 63—70 页，题目为《关于当下诗歌论争的答问》)。

31　1999-07 | 韩东：《附庸风雅的时代》，《北京文学》1999 年第 7 期第

73—74 页（转载于本目录第 102 项第 555—557 页）。

32　1999-07｜唐晓渡：《致谢有顺君的公开信》，《北京文学》1999 年第 7 期第 65—68 页（转载于本目录第 85 项第 75—81 页、第 102 项第 530—537 页）

33　1999-07｜西川：《思考比谩骂要重要》，《北京文学》1999 年第 7 期第 75—76 页（转载于本目录第 85 项第 82—84 页、第 102 项第 537—540 页）

34　1999-07｜湘子：《诗歌真的失去了读者吗》，《文友》1999 年第 7 期第 8—9 页。

35　1999-07｜谢有顺：《谁在伤害真正的诗歌？》，《北京文学》1999 年第 7 期第 69—73 页。

36　1999-07｜于坚：《抱着一块石头沉到底》，答陶乃侃问，《湖南文学》1999 年第 7 期第 70—80 页。

37　1999-07-01｜陈均：《诗歌不与什么相关》，《文论报》第 2 版。

38　1999-07-01｜沈奇：《谁伤害了 90 年代的诗歌》，《文论报》第 2 版。

39　1999-07-01｜西渡：《诗歌是常识吗？》，《文论报》第 2 版。

40　1999-07-01｜臧棣：《诗歌：作为一种特殊的知识》，《文论报》第 2 版（转载于《北京文学》1999 年第 8 辑第 91—92 页、本目录第 85 项第 42—45 页、本目录第 102 项第 551—554 页）。

41　1999-07-06｜唐晓渡：《读者来信》，《中国图书商报·书评周刊》（转载于周伦佑编《非非·2000 年特刊：21 世纪汉语文学写作空间》，题目为《请尊重批评的底线》，第 206—208 页）

42　1999-07-12｜静矣：《99 诗坛："民间写作"派与"知识分子写作"派之争》，《北京日报》。

43　1999-07-26｜京文：《世纪之交的诗歌论争：中国诗歌创作态势与理论研讨会纪要》，《太原日报》第 5 版。

44　1999-07-26｜唐晋：《"盘峰会议"的危险倾向》，《太原日报》第 5 版。

45　1999-07-26｜王巍：《关注者的声音》，《太原日报》第 5 版。

46　1999-07-26｜王巍：《背景与其它》，《太原日报》第 5 版。

47　1999-07-31｜陈均：《于坚愚谁》，《科学时报》。

| | | |
|---|---|---|
| 48 | 1999-07-31 | 蒋浩:《民间诗歌的神话》,《科学时报》(转载于本目录第 102 项第 563—565 页)。 |
| 49 | 1999-07-31 | 孙文波:《事实必须澄清》,《科学时报》(转载于本目录第 102 项第 547—548 页)。 |
| 50 | 1999-07-31 | 唐晓渡:《我看到……》,《科学时报》(转载于本目录第 102 项第 570—572 页)。 |
| 51 | 1999-07-31 | 王家新:《也谈"真相"》,《科学时报》(转载于本目录第 102 项第 544—547 页)。 |
| 52 | 1999-08 | 侯马:《90 年代:业余诗人专业写作的开始》,《北京文学》1999 年第 8 期第 95—96 页(转载于本目录第 102 项第 567—568 页)。 |
| 53 | 1999-08 | 沈奇:《何谓"知识分子写作"》,《北京文学》1999 年第 8 期第 94—95 页(转载于本目录第 102 项第 565—567 页)。 |
| 54 | 1999-08 | 孙文波:《关于"西方的语言资源"》,《北京文学》1999 年第 8 期第 93 页。 |
| 55 | 1999-08 | 王家新:《关于"知识分子写作"》,《北京文学》1999 年第 8 期第 94 页。 |
| 56 | 1999-08 | 西渡:《为写作的权力声辩》,《北京文学》1999 年第 8 期第 92—93 页。 |
| 57 | 1999-08 | 于坚:《诗人及其命运》,《大家》1999 年第 4 期第 80—83 页。 |
| 58 | 1999-08-28 | 沈浩波:《让论争沉下来》,《科学时报》(转载于本目录第 102 项第 604—606 页)。 |
| 59 | 1999-08-28 | 徐江:《敢对诗坛说"不"》,《科学时报》(转载于本目录第 102 项第 569—570 页)。 |
| 60 | 1999-08-28 | 伊沙:《究竟谁疯了?》,《科学时报》(转载于本目录第 102 项第 548—550 页)。 |
| 61 | 1999-08-28 | 于坚:《谁在制造话语权力?》,《科学时报》。 |
| 62 | 1999-09 | 姜涛:《可疑的反思及反思话语的可能性》,《诗探索》1999 年第 3 期第 56—71 页(转载于本目录第 85 项第 137—150 页)。 |

63　1999-09｜于坚:《真相:关于"知识分子写作"和新潮诗歌批评》,发表于《诗探索》1999年第3期第30—48页、《诗参考》1999年辑第57—67页、本目录第102项第587—604页(曾节略发表于《北京文学》1999年第8期第88—90、81页)。

64　1999-09｜张曙光:《90年代诗歌及我的诗学立场》,《诗探索》1999年第3期第49—55页(转载于《诗参考》1999年期第82—85页、本目录第85项第3—9页、第102项第557—563页)。

65　1999-09｜邹建军:《中国"第三代"诗歌纵横论:从杨克主编〈1998中国新诗年鉴〉谈起》,《诗探索》1999年第3期第79—87页。

66　1999-10｜程光炜:《新诗在历史脉络之中:对一场论争的回答》,《大家》1999年第5期第190—193页(转载于本目录第85项第120—125页、第102项第579—584页)。

67　1999-10｜王家新:《90年代诗歌纪事》,《山花》1999年第10期第82—93页(转载于本目录第85项第365—394页,作者名为子岸)。

68　1999-10｜谢有顺:《诗歌在疼痛》,《大家》1999年第5期第186—190页(转载于本目录第102项第572—578页)。

69　1999-10-25｜丁芒:《所谓"民间立场"的实质:评广东版〈1998年中国新诗年鉴〉的理论话语》,《华夏时报》总128期,1999年10月25日。

70　1999-11｜宋晓贤:《中国诗坛的可悲现状》,《诗参考》1999年第98—99页。

71　1999-11｜徐江:《一个人的论争》,《诗参考》1999年第96—97页。

72　1999-11｜徐江:《这就是我的立场》,《诗参考》1999年第86—90页。

73　1999-11｜杨小滨:《一边秋后算账,一边暗送秋波》,《诗参考》1999年第93—95页(转载于本目录第85项第71—74页)。

74　1999-11｜伊沙:《上一课》,《诗参考》1999年辑第100—101页。

75　1999-11｜伊沙:《世纪末:诗人为何要打仗》,《文友》1999年第11期第7—11页(转载于《诗参考》1999年辑第75—81页,题目为《两个问题和一个背景:我所经历的盘峰诗会》;本目录第102项第515—526页,保留原题目)。

| | | |
|---|---|---|
| 76 | 1999-12 | 耿占春:《没有终结的现实》,《青年文学》1999 年第 12 期(耿文中引用,未供页码;转载于本目录第 85 项第 126—130 页)。 |
| 77 | 1999-12 | 韩东:《论民间》,发表于本目录第 78 项第 1—18 页(转载于本目录第 102 项第 464—478 页)。 |
| 78 | 1999-12 | 何小竹编:《1999 中国诗年选》,西安:陕西师范大学出版社。 |
| 79 | 1999-12 | 何小竹:《每年端出一些好吃的东西:编辑工作手记》,发表于本目录第 78 项的第 481—483 页。 |
| 80 | 1999-12 | 孙基林:《世纪末诗学论争在继续:99 中国龙脉诗会综述》,《诗探索》1999 年第 4 期第 51—61 页。 |
| 81 | 1999-12 | 孙文波:《论争中的思考》,《诗探索》1999 年第 4 期第 18—30 页。 |
| 82 | 1999-12 | 杨克:《并非回应》,《诗参考》1999 年第 91—92 页(转载于《诗探索》1999 年第 4 期第 31—33 页)。 |
| 83 | 1999-12 | 臧棣:《当代诗歌中的知识分子写作》,《诗探索》1999 年第 4 期第 1—5 页(转载于本目录第 85 项第 42—45 页)。 |
| 84 | 2000-01 | 陈超:《置身其中:世纪末诗坛论争》,答曹剑问,《现代都市》2000 年第 1 期第 35—38 页(转载于周伦佑编,《非非·2000 年特刊:21 世纪汉语文学写作空间》第 229—242 页,题目为《置身其中:关于当下诗歌论争的答问》)。 |
| 85 | 2000-01 | 王家新、孙文波编:《中国诗歌:九十年代备忘录》,北京:人民文学出版社。 |
| 86 | 2000-01 | 王家新:《从一种蒙蒙细雨开始》,转载于本目录第 85 项第 1—11 页,作为序/引言(曾发表于《诗探索》1999 年第 4 期第 6—17 页、《诗参考》1999 年第 68—74 页)。 |
| 87 | 2000-01 | 伊沙:《王家新伪史记》,《文友》2000 年第 1 期第 27—28 页,作为《激情点射》的一部分。 |
| 88 | 2000-01 | 周瓒:《"知识实践"中的诗歌"写作"》,发表于本目录第 85 项的第 46—62 页。 |
| 89 | 2000-01-15 | 苗雨时:《90 年代诗坛的一场论争》,《文论报》第 2 版。 |

90　2000-03 ｜ 耿占春：《真理的诱惑》，《南方文坛》2000年第5期第28—29页。

91　2000-03-08 ｜ 徐江、伊沙：《将骂人进行到底》，答沈浪问，《社科新书目·阅读导刊》第5页。

92　2000-03-28 ｜ 编者按：《社科新书目·阅读导刊》第13页。

93　2000-03-28 ｜ 谷昌君：《"知识分子写作"或曰"新左派":〈中国诗歌九十年代备忘录〉导读》，《社科新书目·阅读导刊》第13页（转载于《诗参考》2000年辑第73—74页）。

94　2000-03-28 ｜ 沈浩波：《真正的民间精神的光》，《社科新书目·阅读导刊》第13页（转载于《诗参考》2000年辑第72—73页）。

95　2000-03-28 ｜ 中岛：《一场蓄意制造的阴谋》，《社科新书目·阅读导刊》第13页（转载于《诗参考》2000年辑第71—72页）。

96　2000-04 ｜ 谢有顺：《诗歌在前进》，《山花》2000年第4期第76—81页（转载于本目录第102项第1—16页，作为序）。

97　2000-05-28 ｜ 孙文波：《"知识分子写作"发言》，《社科新书目·阅读导刊》第15页。

98　2000-05-28 ｜ 伊沙：《"民间立场"发言》，《社科新书目·阅读导刊》第16页。

99　2000-05-28 ｜ 于坚：《"民间立场"发言》，《社科新书目·阅读导刊》第16页。

100　2000-05-28 ｜ 臧棣：《"知识分子写作"发言》，《社科新书目·阅读导刊》第15页。

101　2000-06 ｜ 沈奇：《中国诗歌：世纪末论争与反思》，《诗探索》2000年第1/2期第17—34页（转载于周伦佑编，《非非·2000年特刊：21世纪汉语文学写作空间》第209—228页、本目录第102项第577—591页、《诗参考》2000年第55—65页）。

102　2000-06 ｜ 杨克编：《1999中国新诗年鉴》，广州：广州出版社。

103　2000-06 ｜ 杨克：《〈中国新诗年鉴〉99工作手记》，发表于本目录第102项的第652—656页。

104　2000-06 ｜ 曾非也：《看诗坛热闹》，发表于本目录第102项的第

584—586 页。

105  2000-06-28 | 方辰:《〈1999 中国新诗年鉴〉出来啦!》,《社科新书目·阅读导刊》第 15 页。

106  2000-07 | 马俊华:《诗坛夺嫡》,《诗参考》2000 年第 79—80 页。

107  2000-07 | 唐欣:《写作何必"知识分子"》,《诗参考》2000 年第 68—69 页。

108  2000-07 | 徐江:《眼睛绿了》,《诗参考》2000 年第 75—78 页。

109  2000-07 | 严力:《说教和包装》,《诗参考》2000 年第 66—67 页。

110  2000-07 | 中岛:《我对〈1999 中国新诗年鉴〉的几点看法》,《诗参考》2000 年第 69—70 页。

111  2000-08 | 唐晓渡:《诗坛"后厚黑学",或开塞露主义》,周伦佑编,《非非·2000 年特刊:21 世纪汉语文学写作空间》,第 197—205 页。

112  2000-10 | 周瓒:《当代文化英雄的出演与降落:中国诗歌与诗坛论争研究》,戴锦华编,《书写文化英雄:世纪之交的文化研究》,南京:江苏人民出版社,第 72—129 页。

113  2000-11 | 李震:《先锋诗歌的前因后果与我的立场》,《唐》第 1 辑第 144—149 页(转载于本目录第 116 项第 596—604 页)。

114  2000-12 | 沈浩波、侯马、李红旗:《关于当代中国新诗一些具体话题的对话》,《诗探索》2000 年第 3/4 期第 51—59 页。

115  2000-12-11 | 王干:《走出 90 年代》,《太原日报》。

116  2001-07 | 杨克编:《2000 中国新诗年鉴》,广州:广州出版社。

117  2001-10 | 蓝棣之:《论当前诗歌写作的几种可能性》,《文学评论》2001 年第 5 期第 80—87 页。

118  2001-12 | 黄天勇:《反叛与游戏:对中国 20 世纪最后 15 年诗歌实验的考察》,《诗探索》2001 年第 3—4 期第 64—74 页。

119  2001-12 | 席云舒:《困顿中的反思:关于世纪之交的诗坛现状及其局限》,《诗探索》2001 年第 3—4 期第 55—63 页。

120  2002-01 | 曹文轩:《20 世纪末中国文学现象研究》,北京:北京大学出版社,第 277—308 页。

# 第十二章  说起来,就不光是写作了:颜峻

我把这最后一章称为尾声。其一,本章篇幅较短;其二,它与前面比较规整的章节不一样;其三,本章意在使这本书有个结尾,但不是干脆停止;其四,也是最重要的一点,本章与音乐有关。除了长度,本章和前十一章的不同之处还在于,它所使用的材料要少得多,而且不能说完全都是扎实的学术研究。第一节更像新闻报道,是对2003年的一次壮观的诗歌朗诵的报道,此文原来是写给现代中国文学和文化在线资源中心,又名 MCLC 资源中心(Modern Chinese Literature and Culture Resource Center)。作为一个平台,该中心所谓"出版页"能容纳多种文类,包括现场报道、翻译等。

我希望将来多研究诗歌和音乐,或者诗歌与其他艺术类别之间的交集。在本章,第一节呈现的是报道的本来面目,作为对我当时经历的直接回顾,没有拓展成之前章节的格局,只作了小小的编辑改动。如此一来,它也是第二节的铺垫。读者可能还记得,本书第一章把中国先锋诗歌看作一种具有一定内聚力的伊斯特霍普式的诗歌话语;本章第二节对中国先锋诗歌的目前状况和范围有一个简略的反思。在第一章也谈到了,研究自己所处时代的东西,其难点在于,研究对象距离太近,而且还在不断变化中。本章展示的是原汁原味的现场报道,以期传达出研究自己所处时代的东西的兴奋感,这兴奋感跟上文所说的难点恰恰源于一处。研究者不仅亲身体验了诗歌的书面的、静态的沉淀,而且亲身感受到诗歌在本土背景下的动态展现,这样的经历真是妙不可言,因为能感觉到它与各种元素的互动:体制的、个体的、公共的、私人的、正式的、非正式的、国内的、国外的,等等。

# 第十二章　说起来，就不光是写作了：颜峻

图 12.1　颜峻于 2007（摄影乔乔）

我在第一节所传达的内容，留待读者自行认定：是难点还是兴奋？还是两者都有？还是其他？

## 第一节　三维表演

2003 年 5 月，于北京

有几所学校凭借诗人、学者和批评家的声音在当代中国诗坛打下了烙印,北京大学是其中的一所。2002年12月,在北大中文系的一次非正式研讨会上,校友黄亦兵(即诗人麦芒)生动地追忆了80年代和90年代初的北大诗歌。数月后,2003年3月26日,即北大五四文学社举行年度未名湖诗歌朗诵会的日子,参加第21届活动的人包括梁晓明、车前子、宋琳、孙文波等。自90年代以来,朗诵会日期就是著名诗人、北大校友海子固定的纪念日。海子于1989年3月26日自绝于山海关。

跟近几年一样,今年的朗诵会标志着3、4月诗歌节系列活动的开始。2003年的主题句改写自笛卡尔的名言,用"诗"替代了近音字"思":"我诗,故我在。"用一条音译的反双关语,可翻译成 I sing, therefore I am("我唱,故我在")。活动节目包括女性诗歌朗诵会,地址是雕刻时光咖啡馆。以前,雕刻时光位于北大小东门外,但如今那里仅存的几座老式胡同建筑群早就被拆毁,为了给新建的北大科学园腾地方,咖啡馆随后迁至魏公村。朗诵会在城西北香山脚下雕刻时光咖啡馆的另一家门店的花园里举行。不同年代的诗人分别由潇潇、童蔚、尹丽川、曹疏影和周瓒等人代表,周瓒是很有影响力的民间女性诗歌杂志《翼》的创刊人和编辑。4月份的活动包括周瓒关于诗人穆青的讲座,以及杨小滨论当下诗歌叙事性的讲座。接下来几周,原计划请臧棣和唐晓渡作报告,但由于"非典",活动被取消,就像北京其他所有有组织的、人数超过三五个的聚会都被取消了一样,为的是降低传染的风险。4月8日,在北京"非典"真实的感染人数(嗯,或许应该说是刚开始的近似感染人数)被公之于众前一周,第三次朗诵会仍然蒙混着办了。很值。

"非典"时期的诗歌:但愿尽快抑制住病毒的蔓延,在得天独厚的沿海城市以外的其他地区,医疗设施经费也能大大增加,多到足以消除人们关于霍乱时期的爱情的联想。至4月初,在首都,"非典"蔓延的谣言盛传一时,足以让人提高警惕,并形成了某种集体意识,使得人

## 第十二章　说起来，就不光是写作了：颜峻

们比平时更费劲地抑制着咳嗽和打喷嚏的冲动。但在颜峻的朗读会举办之际，气氛还远没有像后来那么紧张。实验电子乐队 fm3 和影视艺术家兼 VJ 师武权为了给颜峻做技术性和艺术性伴奏而戴上了口罩，纯粹是一种戏剧化举动。

颜峻（1973—　）以前住在兰州，在西北师范大学学习中文，后来当过编辑，直到 1999 年移居北京。从此，他以乐评家、出版人和艺术家的身份成为民间乐坛的核心人物。他也在诗歌方面发出自己的声音，首先是作为民间刊物《書》（对，是繁体字）的撰稿人和编辑（《書》从 2001 年起先后出版三期，包括颜峻专辑），后来又出了民间个人诗集《次声波》（2001），入选诗作写于 1991—2000 年（本书成稿时又有补充：2006 年，颜峻非正式地出版了自己的第二本诗集，书名为《不可能》，书的一面采用"传统的"线装形式。① 读者很快发现，另一面是用胶水黏合而成，应该被打开阅读的地方，正是线装书合上的地方。2007 年 4 月，在北京西北部圆明园的单向街书店里举办朗诵会期间，颜峻开始朗诵之前炫耀式地"强行"打开了新书《不可能》）。

4 月 8 日，颜峻在 Thinker 咖啡馆里表演。咖啡馆的英文名（意为思想者）可能是原名，而并非源于中文的（音）译。刚好相反，中文名字"醒客"可能源于英文的 Thinker，是新词，让人想到"侠客"，意思大概是"清醒的客人"或"清醒的旅行者"。醒客咖啡馆是美妙的万圣书园的一部分，坐落在北大和清华之间的成府路上。万圣书园曾经以几间房子为基地，与原雕刻时光咖啡馆同处一条街巷，后来拆迁队一进驻为科学②铺路，它也同样从废墟上拔地迁址。

虽说颜峻是诗坛上的年轻声音，但他因诗朗诵的特别音响效果而名声大噪，灯光熄灭时，咖啡馆里已聚集了一大群观众。颜峻的声音低沉有力，不羞于放声咆哮和歌唱，比如当他参加 2002 年 11 月广州

---

① 颜峻，2006 年（b）。
② 此处，作者故意将："Science Park"（"科学园"）改写成"Science"。——译者注

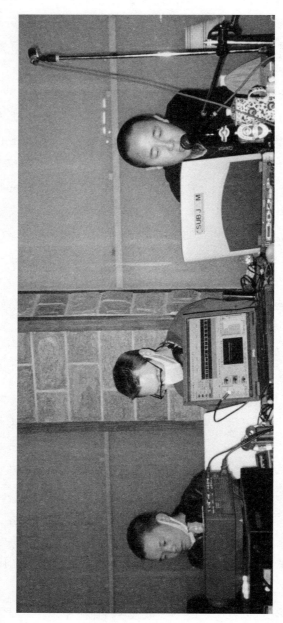

图12.2 2003年颜峻（右一）与实验电子乐队fm3和武权（不在照片上）在醒客咖啡馆（摄影 Maghiel van Crevel）。

"诗人发声"活动时,面对近500名观众,也毫不怯场。再者,他习惯于伴随音乐和音景朗诵诗歌。2002年12月,颜峻在助阵黑大春和目光摇滚乐队的一次诗朗诵时,亲自上阵操作声响设备。那是一场不错的诗朗诵,但比不上在醒客咖啡馆这次,实验电子乐队 fm3 和武权在视听方面很给力,使颜峻能专注于嗓音的表达。

这次诗朗诵的总体效果是一次三维诗歌表演。技师、艺术家们面对观众,把一幅动态的、时而带有诗性重复的纪实影像拼贴画投影到大屏幕上,这是第一维度。这些拼贴画由模糊不清、新闻短片式的连续镜头组成,比如美英入侵伊拉克、地面行动,以及唐纳德·拉姆斯菲尔德(Donald Rumsfeld)和萨达姆·侯赛因等政治领袖精心策划的事件。其中交替出现另一个世界的掠影,例如一家医院的内部,既聚焦于患者兼受害人的孤苦无助,又聚焦于医务人员慰藉心灵而又恐怖可怕的力量,即中国报纸所赞颂的"非典"战斗先锋"白衣军队"。一个孩子在学识字,是另一个重复出现的画面,在与其他画面相交叠的语境中,意味着把教育看作另一种貌似不言而喻的权力关系维系的"体系",跟政治体系和医疗体系一样。涂刷在居民区房屋墙壁上的"拆"字,也让观众大开眼界。"拆"是中国当代城市地方特征之一,也是通常被扮酷的另类、非主流青年用来装饰T恤的玩意儿。如果一定要对拼贴画的总体政治立场作什么解释的话,那么,举世闻名的、以前苏联为首的东方集团国家某地一尊巨大的列宁雕像被拆毁的连续镜头,作为反复出现的画面之一,则释放出了明确无误的信号。

但是,除了带有明显的意识形态主题的画面以外,还有很多画面是沉思的、静态的镜头,比如一只鸟、乘风破浪的船尾、十字路口交通机械的、舞蹈设计式的动作。还有,始终通过色彩和对比度设置的调整,以及不同画面的覆盖式投影来对拼贴画进行视觉上的操控。虽然整场秀展露了明显的社会介入意识,但这并未妨碍其美学品质。其总体基调是异化、压抑和荒凉,同时也带有痛苦而甜蜜的忧伤、怀旧和悲悯,让人联想起高佛雷·雷吉奥(Godfrey Reggio)的电影《失衡生活》

(*Koyaanisqatsi*,印第安赫必语中的一个词)。

之所以有这个联想,一个原因在于:颜峻的拼贴画一如雷吉奥的电影杰作,伴随画面的并不是作品自己的声音。在《失衡生活》中,自然和人造环境惊心动魄的景致存在于菲利普·格拉斯(Philip Glass)时而庄严壮丽时而疯狂躁动的音乐声中。这种方法本质上是一种陌生化。它同时强化了画面和音乐各自的视觉和听觉感受,可矛盾的是,它也拆散了两者的结合,因为观众的意志行为能够在某种程度上把画面和音乐分隔。同样地,颜峻的拼贴画中的画面获得了新的意义,因为伴随画面的有似音乐非音乐的、电脑生成的音景,以及颜峻的诗歌朗诵。这就是演出的第二个维度。

在上述画面下方,投射着颜峻的诗歌书面形式的只言片语,形成了第三维度。至关重要的是,这些"字幕"很少与颜峻大声朗诵的文本保持一致。所以,(一)坦克和士兵,拉姆斯菲尔德或萨达姆或列宁,医生和护士,学生和老师,无名平民百姓和其他无生命物体的模糊画面由(二)怪诞音景中颜峻的声音来伴随,说出"废除精神奴役制"或"反对我们自己,反对我们所反对的一切"之类的话,(三)再加同步字幕,视觉画面可说又被"译"为诗歌的书面碎片,比如"我听到乌云的声音",抑或"禁锢在歌中,燃烧着,像消失在艺术之谷的梦,永远地"或"欢迎来到地下!"总之,有让观众"触电"的感觉。

像醒客咖啡馆里的诗朗诵,或许是实现和体验颜峻诗歌的最佳场景,但如果单独考察其写作文本,也确实自有价值。他的散文诗《反对一切有组织的欺骗》(2000)是上述引文和表演时字幕的来源,让人想到一个反常的互文本组合:艾伦·金斯堡、威廉·巴勒斯和西川的作品(尤其是《致敬》)。《反对一切有组织的欺骗》和《致敬》的相似之处是在诗节结构和句子层面(比如并联短语)的技巧上,偶尔也表现在特定意象上。《反对》一诗中的跳跃式联想,也是颜峻和西川共有的特征,且以各自不同的方式,与巴勒斯的小说相似,尤其表现在对碎片

第十二章 说起来,就不光是写作了:颜峻 | 421

图 12.3 2002 年颜峻助阵黑大春和目光乐队(摄影 Maghiel van Crevel)

式历史、虚构、如梦或痴狂体验的处理上。和金斯堡之间的互文性最清楚的地方是颜峻矢志不渝的社会政治和伦理道德承诺,及其无政府主义倾向。①

颜峻的写作和表演的文学社会语境,形成于近些年来其他的一些诗潮中,年轻作者以颓废、傲慢或理想主义的方式表现社会关怀,他们的风格同时也是接地气的、率直的、不拘于传统的。看起来,这些诗人

---

① 颜峻,2001 年,第 149—152 页。

图 12.4 重新合成的三维诗歌活动的两维,新闻短片连续镜头展现的是美国国防部部长唐纳德·拉姆斯菲尔德在五角大楼开新闻发布会,字幕上写着"我听到乌云的声音"。倒放的苹果标记自始至终在屏幕上飘动。同时听见、看见三维呈现,播放《撒把芥末》012 专辑曲目 6。来源:颜峻,2005 年,也可在网上找到。

在根本上是平实的,并且与目前大多数先锋作者相比,不那么执迷于诗人形象的伟大。北京的"下半身"诗人尹丽川和沈浩波是最好的例子,他俩各具一格。诗人文盲也一样,他是重庆人,曾在中国北方生活数年,现居广州。文盲的作品中充满秽语和亵渎之言,表达对社会问题急切的、寻衅般的控诉,言说者的自我放纵偶尔会减弱控诉的口吻。他在《原创性写作》等民刊上发表过作品,并把自己的许多诗歌制作成音乐,非正式地发行了一张名为《到处都是我们的人》(2003)的光碟。其中的音乐乱七八糟的,这既是它的魅力也是它的败笔。

颜峻今年 4 月份在醒客咖啡馆的演出也被完整地记录了下来。他计划把一些影像资料做成光盘,贴上"Subjam/铁托工作室"的标签,通过某些渠道发行。下面是《反对一切有组织的欺骗》的全文。这首诗在朗诵会上扮演了最重要的角色。该诗杂乱散漫,但有一种古怪的能够给予读者或听者以活力的能力。文字中有不少"中国"元素,大部分来自当下社会粗糙的一面。诗里也有自嘲和幽默、愤怒和堕落下流,涉及不同的资料来源:余华、李白、马克西姆·高尔基、"民间"与"知识分子"论争、巴黎1968年"五月风暴"、《晋书》、毛泽东、《国际歌》、约翰·列侬等,不一而足。诗里有戏谑但严肃的沉思,有世界性的反叛、勇气和风尚,也有对于这些的轻松的自我意识。总之,颜峻那里是真有料。

### 反对一切有组织的欺骗

　　昨夜我梦见了酱油;昨夜我开始发芽;昨夜,广阔的沙漠像一道叹息远远地离去了。我听见乌云的声音,房檐下,最后一个拆迁的少年抽完了烟。昨夜,因为没有女人的眼泪,上海变成了木马的城市;因为没有薄雾从桥上走过,广州变成了药片的天空……而西宁的街灯灭了,小伙子揣着刀,从滴满羊油的小路上跑过;昨夜,北京的上帝出门了。

　　反对一切有组织的欺骗!

　　反对在星星出没的傍晚开会。反对在树上呼喊我的名字,反对在细雨中呼喊。反对资本家思考。反对两面三刀。反对借尸还魂。反对你降低我的智商。反对一场中断的电影——当光线扯破我们的外衣,噩梦中的仙女停留在空气里,她没有爱情,也没有未来,她的孤独就是我们的孤独……反对权力。

　　旧货市场永垂不朽!

　　昨天你还是个书生,今天你就是流氓,明天你说梦话变成了哲学家,难道人生就是这样?难道手机打不通,飞机就可以公开行走,擦过脆弱的天空?出去吧,和牛魔王一起看看上帝,一年的时间,足够你学习沉默、观察、住进钢铁和泥土的洞穴哭泣,冬天就要结束了,你要相信你的回忆。

性生活包治百病!

反对广告,反对遗忘。反对撕毁任何证件和嘴脸。反对从流星雨中经过,身披金黄的斗篷却忘记了女儿的名字。反对食肉动物跳舞。反对电脑死机。反对像镰刀一样生活。反对夜来香死在夜里。反对时尚杂志和网络公司。反对白日做梦,穿上透明的衣裳,心脏像鸿毛一样爆炸……二锅头十步杀一人……傻逼统治着世界……一本色情杂志就是一次考试……反对恐惧。

让暴风雨来得更猛烈一些吧!

反对大气功师,反对摇滚英雄。反对电流破坏美丽的大气层。反对关闭游魂的酒吧。反对拐弯的上帝。反对乳房崇拜。反对卖花,反对出卖七星游动的幽冥之花,反对情人节和母亲节的花,反对吃花。反对皮。反对蔚蓝色阴谋。

把草原从艺术家手中解放出来!

人们怀疑,是因为血压刺激着大脑,但人们也崇拜,难道是因为饥饿?所以要反对螳螂的演说,要反对有洁癖的科学家,她伤害了我!并且进一步反对知识分子化装成流氓的样子。同理,反对森林化装成鸟类旅居的木屋,最终被卖艺的带走,囚禁到歌里,失了火,像梦一样消失在艺术的峡谷中,永远……

解放电脑的身体!

听说,声音循环着,可以唤醒夜班工人;血液坠落着,可以击中50年代出生的黑人。因为你随手记下了空气和木屐的样子,所以下午会变得更长些,让小偷从山坡上下来,呆呆地看着落日。那些在天空中开会的家伙,会跳着舞,掉下来。人们也聚集着,可以出发了。

欢迎来到地下!

从来就没有朋克理论，只有朋克行动。

死便埋我。

相信爱情和其他日常用品的无限性。

世界是你们的。

反对娱乐记者扭曲的笑容。

在生锈的钉子上歌唱。

走得开心点。

噪音可以改善生活，但请不要在烟雾腾腾的书房里演奏——他说，在乌云密布的时候，科学就是迷信。他还说，抽烟使愤怒者头疼，零食让嬉皮士沉思，烟雾改变了铁托的人生。至于人生，人的一生，人的一生……他的领土是干净的，他的邻居每天嚎叫，他说，从来就没有什么救世主。

同性恋又怎么了。

向李白同志学习——
改变这个世界，改变我们自己。

现在你相信来世了吧？

远方的牛羊瞪着眼睛反对婚姻。

废除精神奴隶制。

有钱人需要钱包。

春天的每一个细节，都像是海岸线。

上树！像鸟一样俯视斗争者。
上树！欢迎小妖精的到来。
上树！解散美国。

谁会飞谁就是魔术师。
当然苍蝇除外。

反对。反对一切。
反对我们自己。反对我们反对的一切。
反对我们没有反对的一切。
反对我们自己的一切。
反对一切不可以反对的和不可能反对的。

反对。

## 第二节 写作、活动文化和诗歌的开放

　　我在上文中表示,如果把颜峻的诗作看作"只是"写作的话,他的文字也能够自成一体,但现场表演却是其最佳的实现和体验方式。幸运的是,成全了他的心愿的科技,也使比现场观众更多的人了解到了他在表演时的场景。在 MCLC 资源中心网站上,上述新闻报道的英文原文和诗的英文译文后面有颜峻几首诗歌的书面文本和朗诵会录音资料。另外,活动之后,颜峻制作了一张光盘,把《反对一切有组织的欺骗》的朗诵重新合成,反衬编辑过的视觉性版本,后者包括颜峻、fm3 和武权表演时朦朦胧胧的镜头画面。朗诵部分也是重新合成的,名为《反对不可能反对》,包含颜峻在朗读原诗倒数第二节时的若干同声循环。这张光盘名为 *Sub Jam* 012;莱顿大学汉学研究院 DACHS 网站藏有全部资料,包括影像资料。第三个在线资源是颜峻的 MySpace 主页,上面有他 2006 年在北大演出的录音资料。①

　　作为写作,颜峻的诗很自然地属于 80 年代和 90 年代形成的先锋话语。作为"大环境"中技术化和跨媒介的文化潮流的一部分,他的诗促使我们反思先锋话语当前的性质和视野,因为它不再局限于所谓纸

---

① van Crevel 2003c 及 2005;颜峻,2006 年(a)。

媒写作和纸媒阅读。与中国和其他地方当前的诗朗诵实践相比,颜峻诗朗诵的听觉和视觉维度使之极其适合特殊的、难忘的表演形式。

2007年度未名湖诗朗诵就是所谓"正常"的朗诵的一例。这里,我无意贬低纸媒诗歌的质量,但知名先锋诗人和初出茅庐的诗人的大多数朗诵作品简直沉闷至极。如果朗诵者的志向未曾超越标准的、正常的、非原创的对书面文本的口述复制,那么朗诵又有什么附加值可言呢?这并不是说成功的朗诵需要特效。人的声音本身就完全能迷倒观众,只要它激活所朗诵的内容,在朗诵过程中进行再创造,而不是眼睛死死盯着书本,敷衍了事,像上交一份课堂作业。在最坏的情况下,令人不快的口误表明,朗诵者只是在机械地处理书写文本,而不是把文本当作活的语言去体验。

虽然这种不满源于在过去大约20年的时间里,我经常光顾诗歌朗诵会,但在此还是为这样的"一棍子打死"而心生内疚。在中国和其他地方,也同样有很具个人风格的朗读者出现,打破了诗歌节沉闷的氛围。诚然,2007年北大朗诵会上也有可圈可点的例外。胡续冬是其中一例,他因为用四川方言朗诵效果良好而知名。他的台风从容自如,口齿伶俐,很会掌握时间,风趣幽默,确保听众真有收获,而不只是出于礼貌地鼓鼓掌,礼节性地确认一下诗人对索然无味的朗诵文本的所有权。胡续冬朗诵的美中不足之处,也恰恰在于他的台风过于从容自如,以至于他讲述的诗歌故事险些比诗歌本身还要长。颜峻是另一个例外,与2003年他在醒客咖啡馆里的朗诵相比,这次的朗诵现场技术和艺术支持较少,仅有一台自己操作的笔记本电脑,但他还是迷倒了听众。他选用两首短诗《1月1日(给没见过雪的人)》(2007)和《2月13日(给没见过雨的人)》(2007),把强效灯光、电脑生成的音景和反复朗诵(与朗诵《反对不可能反对》时一样)结合起来,达到了迷人的效果。还有更多的例子:2003年度北大诗歌节上也有车前子的朗诵。众所周知,他多次表演过诗朗诵,虽然使用的是比视听设备简单的手段,但还是令人难忘,因而享有盛誉。例如,车前子同年在鹿特丹国际诗歌节上的"朗诵"已被完整存档,见于诗歌节网站上维克多·弗鲁金德威尔(Victor Vroegindeweij)和丹尼尔·凡·阿克(Danielle van Ark)的"诗屋"(Camera Poetica);这是一部艺术摄影短片:车前子的朗诵简直就是演戏,声音的表演精彩绝伦。①

在此,更大的画面也许是"活动"场景。"活动"在中国社会文化生活中的重要性正在迅速增强。江克平从事的是诗歌朗诵研究,他把"活动"描绘成一种去中心化、高度自主的实践。在他看来,活动已经取代了中心化、精心策划的政治运动。他认为,活动兴起,风行一时,不亚于一种公众生活的重组,这样的重组与国家着意推广"文化经济"(cultural economy)的举措同时共进。② 虽然,各种形式的诗歌朗诵都仅仅构成可泛称为"活动文化"(event culture)的一个小小组成部分,但是,要认识到的一点是,诗歌话语正因此发生着变化,不再是孤立存在。

如此一来,正如颜峻把诗歌与音乐、影像结合起来,使之成为某种更大事物的一部分,恰恰是因为欣赏其作品不完全取决于受众对中文的掌握或翻译的可得性,所以对他而言,将中文诗歌朗诵录音上传到他的以英文为主的 MySpace 网页是天经地义的事。这样,因为他跨越了媒体和文体之间的界限,也因为他的做法牵涉到的,绝不仅于某一特定语言环境下语词的指称和音韵功能,所以他自然而然就成为全球化的一部分,无论是放在"中国"场景还是放在"外国"场景中。或者说,相对来讲,先锋音乐和声音艺术(sound art)与流行文化更接近,所以一旦颜峻的写作成为充分展开的表演的一部分,与大多数的先锋诗歌相比,就不是那么名正言顺的是高雅艺术了。

在第一章中,我提到,互联网的出现绝不仅仅意味着技术变革,它对诗坛方方面面的影响使其成为文学史分期上的一座里程碑;我也曾

---

① 车前子,2003 年。
② Crespi 2001 及 2007b;Crespi & Tsou 2007。

提到,网络发展与多媒体诗歌表演的交界急需更深入的研究探索。笼统地说,本书对诗歌话语这最后一个个案的研究,凸显了诗歌与其他艺术之分、中国与外国之分、高雅与低俗之分的瓦解,至少,这些领域之间的分界中的罅隙在日益增多。

*　　*　　*

但是,这并不是说"老式"的东西将会消失。仅仅作为书面文本的诗歌不是任何意义上的"老式"的东西,要多多益善才好。我要说的是,在本书研究的诗歌话语穿越一道急剧变化的文化风景的同时,它也会以新的方式开放着——也就是,只要"说"起先锋诗歌,它就会继续发展。

# 引用文献

鉴于很多网址的不稳定性,为确保读者能继续获得中国研究方面的网络资源,莱顿 DACHS 主持建立了一个引用库,其中包括本研究项目当初下载的网址和网页。本书的引用库建于 2008 年 1 月,见 http://leiden.dachs-archive.org/citrep/van-crevel2008/。除了备份功能,下面的列单没必要再列出冗长的 URLs。如果参考文献部分所提供的搜索引擎、网址名称和临时点击说明不能满足找到原有材料的要求,读者或许会希望求助于引用库。

所有非正式出版物都被标出。非正式诗歌刊物有关信息见于前言中所提到的专门参考文献(van Crevel 2007)。

除了标题本身一目了然,没有必要再画蛇添足的文章或著作外,对访谈文章作者都会标明,文章列在被采访者的姓名之下,采访者的姓名随后,如同合写或合编的文章或著作。

不同于本书的主体部分,引用文献里中文标题的翻译没有区分作为思想文化分期的"八十年代"和"九十年代"和作为纪年时间指标的"80 年代"和"90 年代",但与原文保持一致,简繁体字的使用同样也是为了保证参考文献的准确性。

*

Abrams, M H. 1971: *The Mirror and the Lamp: Romantic Theory and the Critical Tradition*, London etc: Oxford UP(first edition 1953)

Alvarez, A. 1971: *The Savage God: A Study of Suicide*, London: Weidenfeld & Nicolson

An *et al*(eds). 2004:安琪、远村、黄礼孩,《中间代诗全集》,共二册,福州:海峡文艺

Ang, Ien. 2001: *On Not Speaking Chinese: Living between Asia and the West*, London etc: Routledge

Ash, Adrienne. 1982: "Lyric Poetry in Exile," in Spalek & Bell 1982: 1—18

Attridge, Derek. 1981: "The Language of Poetry: Materiality and Meaning," in *Essays in Criticism* 31—3: 228—245

Aviram, Amittai. 1994: *Telling Rhythm: Body and Meaning in Poetry*, Ann Arbor: University of Michigan Press

Bailey, Alison. 2006: review of David Der-wei Wang, *The Monster That Is History: History, Violence, and Fictional Writing in Twentieth-Century China*, MCLC Resource Center→Book Reviews(online, see also p475)

Barmé, Geremie. 1999: *In the Red: On Contemporary Chinese Culture*, New York: Columbia UP

——& Jaivin, Linda(eds). 1992: *New Ghosts, Old Dreams: Chinese Rebel Voices*, New York: Times Books/Toronto: Random House

Barnstone, Tony(ed). 1993: *Out of the Howling Storm: The New Chinese Poetry*, various translators, Hanover etc: Wesleyan UP

Baudelaire, Charles. 1943: *Le spleen de Paris: petits poèmes en prose, suivis des journaux intimes et de choix de maximes consolantes sur l'amour*[ Paris Spleen: Little Poems in Prose, Followed by the Intimate Journals and a Choice of Consoling Maxims on Love], Paris: Éditions de Cluny

——1989: Charles Baudelaire, *The Parisian Prowler: Le Spleen de Paris: Petits Poèmes en prose*, translated by Edward K Kaplan, Athens GA etc: University of Georgia Press

北岛. 1978:《陌生的海滩》, 北京(unofficial publication, reprinted 1980)

——1983: *Notes from the City of the Sun*, bilingual, edited and translated by Bonnie S McDougall, Ithaca: Cornell University East Asia Papers(revised edition 1984)

——1987:《北岛诗选》, 广州: 新世纪(second, expanded edition; first edition 1986)

——1988: *The August Sleepwalker*, translated by Bonnie S McDougall, London: Anvil

——1990: "Terugblik van een balling"[ An Exile Looking Back], in Carly

Broekhuis, Dirk Jan Broertjes, Simon Franke, Simon Gunn & Bert Janssens (eds), *Het collectieve geheugen: over literatuur en geschiedenis* [The Collective Memory: On Literature and History], translated by Maghiel van Crevel, Amsterdam: De Balie/The Hague: Novib: 65—79

——1991: *Old Snow*, bilingual, translated by Bonnie S McDougall & Chen Maiping, New York: New Directions

——1994: *Forms of Distance*, bilingual, translated by David Hinton, New York: New Directions

——1995:(北島)《午夜歌手:北島詩選 1972—1994》,台北:九歌

——1996: *Landscape over Zero*, bilingual, translated by David Hinton with Yanbing Chen, New York: New Directions

——1998:(北島)《藍房子》,台北:九歌

——1999:"From the Founding of *Today* to Today: A Reminiscence," translated by Perry Link, Stanford Presidential Lectures in the Humanities and Arts (online, see also p475; republished as "How the 'Revolution' Occurred in Chinese Poetry," in Jefferey Paine [ed], *The Poetry of Our World: An International Anthology of Contemporary Poetry*, New York: Harper Collins, 2000: 433—437)

——2000: *Unlock*, bilingual, translated by Eliot Weinberger & Iona Man-Cheong, New York: New Directions

——2003a:《北岛诗歌集》,海口:南海

——2003b:《北岛的诗》,长春:时代文艺

——2004:《失败之书:北岛散文》,汕头:汕头大学

——& LaPiana, Siobhan. 1994:"Interview with Visiting Artist Bei Dao: Poet in Exile," in *The Journal of the International Institute* 2—1 (online, see also p475)

——& 唐晓渡. 2003:《"我一直在写作中寻找方向":北岛访谈录》,《诗探索》2003—3/4: 164—172

——& Wedell-Wedellsborg, Anne. 1995: "Secrecy and Truth: An Interview by Anne Wedell-Wedellsborg," in Søren Clausen, Roy Starrs & Anne Wedell-Wedellsborg (eds), *Cultural Encounters: China Japan and the West*, Aarhus: Aarhus UP: 227—240 (dated 1992)

──& 查建英. 2006:《北岛》,《八十年代访谈录》,北京:三联:66—81

──& Zhang-Kubin, Suizi. 1989: Suizi Zhang-Kubin, "Endzeit: Ein Gespräch mit Bei Dao" [End Times: An Interview with Bei Dao], in *die horen: Zeitschrift für Literatur, Kunst und Kritik* 34—3: 55—58

贝岭. 2006:《流亡带来了什么——答日本文学刊物〈蓝〉主编提问》,獨立中文筆會(revised as Beiling 2007)

──2007:《流亡中的文学》,自由聖火(revised edition of Beiling 2006)

Berry. 2005: Michael Berry, "Rupture Writers," in Edward L Davis (ed), *Encyclopedia of Contemporary Chinese Culture*, London etc: Routledge: 517—518

Bertens. 2001: Hans Bertens, *Literary Theory: The Basics*, London etc: Routledge

Bevan, David (ed). 1990: *Literature and Exile*, Amsterdam etc: Rodopi

Birch, Cyril. 1960: "English and Chinese Metres in Hsü Chih-mo," in *Asia Major* 8: 258—293

Blume, Georg. 2005: "Die Internetpoetin" [The Internet Poetess], in *Die Zeit*, 24 February 2005

Bourdieu, Pierre. 1993: *The Field of Cultural Production: Essays on Art and Literature*, edited by Randal Johnson, various translators, Cambridge: Polity Press

Boym, Svetlana. 1998: "Estrangement as a Lifestyle: Shklovsky and Brodsky," in Suleiman 1998: 241—262

Brady, Anne-Marie. 1997: "Dead in Exile: The Life and Death of Gu Cheng and Xie Ye," in *China Information* xi-4: 126—148

Brems, Hugo. 1991: *De dichter is een koe: over poëzie* [The Poet Is a Cow: On Poetry], Amsterdam: Arbeiderspers

Brodsky, Joseph. 1973: *Selected Poems*, translated by George L Kline, Harmondsworth: Penguin

──1990: "The Condition We Call 'Exile'," in Glad 1990: 100—130

Bronfen, Elisabeth. 1992: *Over Her Dead Body: Death, Femininity and the Aesthetic*, Manchester: Manchester UP

Brouwers, Jeroen. 1984: *De laatste deur: Essays over zelfmoord in de. Nederlandstalige letteren* [The Last Door: Essays on Suicide in Dutch-Language Literature],

Amsterdam: Synopsis/De Arbeiderspers (first edition1983)

Brown, Edward. 1984: "The Exile Experience," in Olga Matich with Michael Heim (eds), *The Third Wave: Russian Literature in Emigration*, Ann Arbor: Ardis: 53—61

Bruno, Cosima. 2003: *Contemporary Chinese Poetry in Translation*, PhD thesis, School of Oriental and African Studies, University of London

Buruma, Ian. 2000: *De neoromantiek van schrijvers in exil* [The Neoromanticism of Writers in Exile], Amsterdam: Prometheus (translated into English, with minor revisions, as Buruma 2001)

——2001: "The Romance of Exile: Real Wounds, Unreal Wounds," in *The New Republic*, 12 February 2001: 33—38 (translation of Buruma 2000, with minor revisions)

蔡毅. 1997:《诗—非诗:〈0 档案〉评析》,《滇池》1997—1: 61—63

——1999:《文艺沉思集》,昆明: 云南人民

曹文轩. 2002:《20 世纪末中国文学现象研究》,北京: 北京大学

常立、卢寿荣. 2002:《中国新诗》,上海: 上海人民美术

Che Qianzi. 2003: "Che Qianzi—HOSPITAL ILLUSTRATION 3," film clip by Victor Vroegindeweij & Daniëlle van Ark, Poetry International Web→All Camera Poetica

Cheesman, Tom & Gillespie, Marie. 2002: "Talking Diasporas," in *Index on Censorship* 31—3: 6—7

陈超. 1989:《中国探索诗鉴赏词典》,石家庄: 河北人民(revised and expanded as Chen Chao 1999)

——1993:《以梦为马:新生代卷》,北京: 北京师范大学(in Xie Mian & Tang 1993)

——1994:《王家新诗二首赏析》,《诗探索》1994—4: 111—118

——1999:《20 世纪中国探索诗鉴赏词典》,共二册,石家庄: 河北人民

——2003 (ed).《最新先锋诗论选》,石家庄: 河北教育

——2005:《贫乏中的自我剥夺:先锋"流行诗"的反文化、反道德问题》,《新

诗评论》2005—2：3—10

陈东东．1991：《丧失了歌唱和倾听：悼海子、骆一禾》，337—339（dated 1989）

——1995：（陳東東）《魚刺在魚肉中成長：中國地下詩刊《傾向》始末》，《文藝報》（香港）2：48—50（reprinted as《〈傾向〉詩刊創刊始終》，《傾向》10［1997］：283—288）

陳去飛．1995：《"搞怪"就是"前衛"：大陸詩作于堅〈0 檔案〉深度批評》，《臺灣詩學季刊》12：44—59 and 13：43—46

陈思和．1997：《无名的时代：九十年代中国小说》，in Wan Zhi 1997a：58—57

陈旭光．1996：《诗学：理论与批评》，天津：百花文艺

陈仲义．1993：《第三代与朦胧诗之比较》，《作家》1993—12：74—77

——1994：《诗的哗变：第三代诗面面观》，厦门：鹭江

——1996：《中国朦胧诗人论》，南京：江苏文艺

——2000：《扇形的展开：中国现代诗学谫论》，杭州：浙江文艺

——2002a：《大陆先锋诗歌（1976—2001）四种写作向度》，《诗探索》2002—1/2：115—125

——2002b：《肉身化诗写刍议》，《蓝》6：148—157

陈子善（ed）．1993：《诗人顾城之死》，上海：上海人民

程光炜．1993：《王家新论》，《南方诗志》1993 秋：58—67，《雨中听枫：文坛回忆与批评》，武汉：湖北教育，2000：168—184，名为《跨时代的写作》；《程光炜诗歌时评》，开封：河南大学，2002：165—179，名为《王家新论》

——1997a：《90 年代诗歌：叙事策略及其它》，《大家》1997—3：137—143

——1997b：《叙事及其它》，in Sun 1997：5—8

——（ed）1998a：《岁月的遗照：九十年代文学书系，诗歌卷》，北京：社会科学文献

——1998b：《不知所终的旅行》，Cheng 1998a：1—20

——1999：《现成的诗歌与可能的诗歌》，Cui 1999a：221—225（dated 1991）

——2003：《中国当代诗歌史》，北京：中国人民大学

程蔚东．1987：《别了，舒婷北岛》，《文汇报》，11.14，1987：3

Chi, Pang-yuan & Wang, David Der-wei（eds）. 2000：*Chinese Literature in the Second Half of a Modern Century*, Bloomington etc：Indiana UP

Chow, Rey. 1991: *Woman and Chinese Modernity*, Minneapolis etc: University of Minnesota Press

——1993: *Writing Diaspora: Tactics of Intervention in Contemporary Cultural Studies*, Bloomington etc: Indiana UP

——(ed)2000: *Modern Chinese Literary and Cultural Studies in the Age of Theory: Reimagining a Field*, Durham etc: Duke UP

Chuang-tzǔ. 1981: *Chuang-tzǔ: The Seven Inner Chapters and Other Writings from the Book* Chuang-tzǔ: translated by A C Graham, London etc: George Allen and Unwin

Coelho, Alain. 1995: *Arthur Rimbaudfin de la littérature: lecture d'Une saison en enfer* [Arthur Rimbaud, the End of Literature: Reading *A Season in Hell*], Nantes: Joseph K

Cooper, G Burns. 1998: *Mysterious Music: Rhythm and Free Verse*, Stanford: Stanford UP

Crespi, John. 2001: "The Lyric and the Theatric in Mao-Era Poetry Recitation," in *Modern Chinese Literature and Culture* 13—2: 72—110

——2005: "The Poetry of Slogans and Native Sons: Observations on the First China Poetry Festival," MCLC Resource Center→Publications(online, see also P475)

——2007a: "Poetic Memory: Recalling the Cultural Revolution in the Poems of Yu Jian and Sun Wenbo," in Lupke 2007: 165—183 and 219—232

——2007b: 江克平,《从"运动"到"活动":诗朗诵在当代中国的价值》,吴弘毅译,《新诗评论》2007—2: 3—19

——& Tsou, Zona Yi-ping. 2007: "An Interview with John Crespi on Performance Poetry in China, with a Sampling of Live Recordings," in *Full Tilt* 2(online, see also p475)

崔卫平. 1992:《西川:超度亡灵》,《现代汉诗》1992 秋冬: 118—123(reprinted in Xi Chuan 1997d: 5—9)

——(ed)1999a:《不死的海子》,北京:中国文联

——1999b:《真理的祭奠》,in Cui 1999a: 89—98(dated 1992)

——1999c:《海子神话》,in Cui 1999a: 99—110(dated 1992)

Culler, Jonathan. 1981: *The Pursuit of Signs: Semiotics, Literature, Deconstruction*, London etc: Routledge & Kegan Paul

——1997: *Literary Theory: A Very Short Introduction*, Oxford: Oxford UP

DACHS poetry chapter: Leiden University division of the Digital Archive of Chinese Studies( DACHS Leiden) →Poetry( online, see also p475)

Daruvala, Susan. 1993: "Zhou Zuoren: 'At Home' in Tokyo," in Lee( Gregory) 1993a: 35—54

Day, Michael Martin. 2005a: *China's Second World of Poetry: The Sichuan Avant-Garde, 1982—1992*, Leiden: DACHS poetry chapter→*China's Second World of Poetry*

——2005b: "China's Second World of Poetry: The Grand Poetry Exhibition of 1986," DACHS poetry chapter→*China's Second World of Poetry*→Related material

——2007a: "Online Avant-Garde Poetry in China Today," in Lupke 2007: 201—217 and 219—232

——2007b: "On Paper or Online, or Both?", paper presented at the annual RMMLA conference, Calgary

De Meyer, Jan A M. 1996: "Voorwoord" [ Foreword ], in Yu Jian, *Poëzie als incident: gedichten van 1982 tot 1995* [ Poetry as Incident: Poems from 1982 to 1995 ], translated by Jan A. M. De Meyer, Gent: Poëziecentrum: 5—9

De Roder, J H. 1999: *Het schandaal van de poëzie* [ The Scandal of Poetry ], Nijmegen: Vantilt/Wintertuin

De Francis, John( ed). 1996: *ABC Chinese-English Dictionary*, Honolulu: University of Hawai'i Press

Denton, Kirk A( ed). 1996: *Modern Chinese Literary Thought: Writings on Literature, 1893—1945*, Stanford: Stanford UP

——1999: editor's note to *Modern Chinese Literature and Culture* 11—2

——2003: "Literature and Politics: Mao Zedong's 'Talks at the Yan'an Forum on Art and Literature'," in Mostow et al 2003: 463—469

朵渔. 2000:《是干,而不是搞》,《下半身》1: 114—117

多多. 1989: *Looking Out from Death: From the Cultural Revolution to Tiananmen*

Square, translated by Gregory Lee & John Cayley, London: Bloomsbury

——2005:《多多诗选》,广州:花城

Eagleton, Terry. 1996: *Literary Theory: An Introduction*, second, revised edition, Oxford: Blackwell

Easthope, Antony. 1983: *Poetry as Discourse*, London etc: Methuen

Edmond, Jacob. 2004: "Locating Global Resistance: The Landscape Poetics of Arkadii Drogomoshchenko, Lyn Hejinian and Yang Lian," in *AUMLA: Journal of the Australasian Universities Language & Literature Association* 101: 71—98

——2005a: "Beyond Binaries: Rereading Yang Lian's 'Norlang'and 'Banpo'," in *Journal of Modern Literature in Chinese* 6—1: 152—169

——2005b: "Yang Lian and the Globalization of Poetry," paper presented at 中国新诗:百年国际研讨会(北京大学、首都师范大学举办), 18—20 August 2005

——2006: "Dissidence and Accommodation: The Publishing History of Yang Lian from *Today* to Today," in *The China Quarterly* 185: 111—127

——2008a: "A Poetics of Translocation: Yang Lian's Auckland and Lyn Hejinian's Leningrad," in Chris Prentice, Henry Johnson & Vijay Devadas(eds), *Cultural Transformations: Perspectives on Translocation in a Global Age*, forthcoming

——2008b: "The *Flâneur* in Exile," unpublished manuscript

——& Chung, Hilary. 2006: "Yang Lian, Auckland and the Poetics of Exile," in Yang Lian 2006: 1—23

Edwards, Robert. 1988: "Exile, Self, and Society," in Lagos-Pope 1988: 15—31

Eliot, T. S. 1990: "The Music of Poetry," in Eliot, *On Poetry and Poets*, London: Faber & Faber: 28—38(first published 1942)

Emerson, Andrew G. 2001: "The Guizhou Undercurrent," in *Modern Chinese Literature and Culture* 13—2: 111—133

——2004: "Poet's Life—Hero's Life," in Huang Xiang, *A Bilingual Edition of Poetry out of Communist China*, translated by Andrew G Emerson, Lewiston etc: Edwin Mellen Press: 1—37

Eoyang, Eugene Chen. 1998: "Tianya, the Ends of the World or the Edge of Heaven: Comparative Literature at the Fin de Siècle," in Zhang Yingin 1998: 218—232, 280—282

方向. 1997:《挽留:方向詩集》, edited by 胥戈, 香港金陵書社
Ferry, Megan M. 2003: "Marketing Chinese Women Writers in the 1990s, or the Politics of Self-Fashioning," in *Journal of Contemporary China* 12—37: 655—675
Findeisen, Raoul David. 1999: "Two Works Hong (1930) and *Ying'er* (1993) as Indeterminate Joint Ventures," in Li Xia 1999: 135—178
Forrest-Thomson, Veronica. 1978: *Poetic Artifice: A Theory of Twentieth-Century Poetry*, Manchester: Manchester UP
Frye, Northrop. 1973: *Anatomy of Criticism: Four Essays*, Princeton: Princeton UP (first edition 1957)
——1965: Northrop Frye, "Verse and Prose," in Preminger 1965: 885—890
符马活(ed). 2002:《诗江湖:2001 网络诗歌年选:先锋诗歌档案》, 西宁:青海人民
高波. 2003:《解读海子》, 昆明:云南人民
——2005:《现代诗人和现代诗》, 昆明:云南/云南人民
高行健、杨炼. 1994:《漂泊使我们们获得了什么？杨炼(Y)和高行健(G)的对话》, in Yang Lian & Yo Yo 1994: 293—327 (reprinted in Yang Lian 1998b: 323—367; for German, Italian and [abridged] English translations, see Gao & Yang 2001a, 2001b and 2002)
——2001a: *Was hat uns das Exil gebracht? Ein Gespr? ch zwischen Gao Xingjian und Yang Lian über chinesische Literatur* [What Has Exile Brought Us? A Conversation on Chinese Literature between Gao Xingjian and Yang Lian], translated by Peter Hoffmann, Berlin: DAAD Berliner Künstlerprogramm
——2002: "The Language of Exile: When Pain Turns to Gain," translated by Ben Carrdus, in *Index on Censorship* 31—3: 112—120
戈麦. 1993:《彗星:戈麦诗集》, edited by 西渡, 上海:上海三联
——1999:《戈麦诗全编》, edited by 西渡, 上海:上海三联

耿占春. 1999:《没有故事的生活:从王家新的〈回答〉看当代诗 学的叙事问题》,《当代作家评论》1999—6:113—120(reprinted in 耿,《中魔的镜子》,上海:学林, 2002:232—248)

Gerbrandy, Piet. 1995:"Pindarus en free jazz, of: Hoe classificeer je poëzie?" [Pindar and Free Jazz, or: How Do You Classify Poetry?], in *Hollands Maandblad* 1995—4:13—20

——1999:"De muur: over poëtica, pornografie en innerlijke noodzaak" [The Wall: On Poetics, Pornography and the Inner Urge], in *Hollands Maandblad* 1999—12:25—31

Glad, John(ed). 1990: *Literature in Exile*, Durham etc: Duke UP

Glazier, Loss Pequeño. 2002: *Digital Poetics: The Making of E-Poetries*, Tuscaloosa etc: University of Alabama Press

Golden, Séan & Minford, John. 1990:"Yang Lian and the Chinese Tradition," in Howard Goldblatt(ed), *Worlds Apart: Recent Chinese Writing and its Audiences*, Armonk NY etc: M E Sharpe:119—137

龚静染、聂作平(eds). 2000:《中国第4代诗人诗选》,成都:四川文艺;顾城. 1995:《顾城诗全编》,edited by 顾工,上海:上海三联

——2006:《顾城》,北京:人民文学

——website:《顾城之城》(online, see also p475)

顾乡. 1994:《我面对的顾城最后十四天》,北京:国际文化;桂兴华. 2002:《青春宣言》,上海:上海人民

郭小川. 1985:《郭小川诗选》,共二册,北京:人民文学

Haft, Lloyd(ed). 1989: *A Selective Guide to Chinese Literature*, 1900—1949: *Volume III: The Poem*, Leiden etc: Brill

——2000: *The Chinese Sonnet: Meanings of a Form*, Leiden: CNWS

海子. 1990:《土地》,沈阳:春风文艺

——1995:《海子的诗》,edited by 西川,北京:人民文学

——1997:《海子诗全编》,edited by 西川,上海:上海三联

——2005: Haizi, *An English Translation of Poems of the Contemporary Chinese Po-*

*et Hai Zi*, translated by Zeng Hong, Lewiston etc: Edwin Mellen Press
——2006:《海子》,北京:人民文学(≈ Haizi 1995, with minor changes)
——& 骆一禾.1991:《海字、骆一禾作品集》,edited by 周骏、张维,南京:南京
——& 西川.1986:《麦地之翁》,北京(unofficial publication)
——website:《海子 1989》(online, see also p475)
韩东.1986:《青年诗人谈诗:韩东》,《诗刊》1986—11:29
——1988:《奇迹和根据》,《诗刊》1988—3:50—51
——1989:《三个世俗角色之后》,《百家》1989—4:18—20
——1991:《海子:行动》,in Haizi & Luo 1991:335—336
——1992a:《白色的石头》,上海:上海文艺
——1992b:(韓東)《〈他們〉,人和事》,《今天》1992—2:188—200(excerpted as《〈他们〉略说》,《诗探索》1994—1:159—162)
——1995:《关于诗歌的十条格言或语录》,《他们》9:85—86
——1996:《从我的阅读开始》,in Wan Zhi 1997a:35—41
——1997:《关于诗歌的两千字》,《广西文学》1997—9:54
——1998a:《韩东论诗》,《诗歌报月刊》1998—2:6  1998b:《我的文学宣言》,《文友》1998—9:15
——1998c:《备忘:有关"断裂"行为的问题》,《北京女学》1998—10:41—47
——1999:《论民间》,in 何小竹(ed),《1999 中国 诗年选》,西安:陕西师范大学:1—18
——2002:《爸爸在天上看我》,石家庄:河北教育
——2007:"Ten Maxims or Utterances Concerning Poetry," translated by Simon Patton, Poetry International Web→China→All Articles of China
——& 常立.2003:《关于"他们"及其它:韩东访谈录》,《他们论坛》,26 August 2003:斑驳文学网(online, see also p475)
——刘立杆、朱文.1994:《韩东采访录》,in《他们》7:113—123(excerpted in《诗探索》1996—3:124—129)
——马铃薯兄弟.2004:《访问韩东》,《中国诗人》2004—1:98—103
——& 杨黎.2004:《韩东访谈》,in Yang Li 2004:284—311

——朱文. 1993:《古闸笔谈》,《作家》1993—4: 68—73

Hanne, Michael(ed). 2004: *Creativity in Exile*, Amsterdam etc: Rodopi

Hartman, Charles. 1986: "Poetry," in William H. Nienhauser Jr with Charles Hart-man, Y. W. Ma, Stephen H. West(eds), *The Indiana Companion to Traditional Chinese Literature*, Bloomington: Indiana UP: 59—74

Hawkes, David. 1985: "General Introduction," in *The Songs of the South: An Ancient Anthology of Chinese Poems by Qu Yuan and Other Poets*, translated by David Hawkes, revised edition, Harmondsworth etc: Penguin

——2007: "The Poetry of Liu Hongbin," MCLC Resource Center→Publications

贺敬之. 1979:《贺敬之诗选》,济南: 山东人民

贺奕. 1994:《九十年代的诗歌事故: 评长诗〈0档案〉》,《大家》1994—1: 59—65

He Yuhuai. 1992: *Cycles of Repression and Relaxation: Politico-Literary Events in China 1976—1989*, Bochum: Brockmeyer

Herman, Luc & Vervaeck, Bart. 2001: *Vertelduivels: handboek verhaalanalyse* [Narradevils: A Handbook of Narratological Analysis], Nijmegen: Vantilt/VUB Press

Hirsch, Charlotte. 2007: "37°8—*Erhöhte Temperatur*": *Selbstdarstellung und-reflektion einer neuen Generation am Beispiel der Bloggerin Yin Lichuan* ["37°8—A Slight Temperature": Self-Representation and Self-Reflection of a New Generation: A Case Study of Yin Lichuan, Bloggeress], MA thesis, Universität Hamburg

Hockx, Michel(ed). 1999: *The Literary Field of Twentieth-Century China*, Richmond: Curzon

——2000: "Liu Bannong and the Forms of New Poetry," in *Journal of Modern Literature in Chinese* 3—2: 83—117

——2003: *Questions of Style: literary Societies and Literary Journals in Modern China, 1911—1937*, Leiden etc: Brill

——2004: "Links With the Past: Mainland China's Online Literary Communities and Their Antecedents," in *Journal of Contemporary China*, 13—38: 105—127

——2005:"Virtual Chinese Literature: A Comparative Case Study of Online Poetry Communities," in *The China Quarterly* 183: 670—691

Hoffmann, Hans Peter. 1993: *Gu Cheng: eine dekonstruktive Studie zur Menglong-Lyrik* [Gu Cheng: A Deconstructive Study of *Menglong* Poetry], vols Ⅰ-Ⅱ, Frankfurt am Main etc: Peter Lang

Holton, Brian. 1994:"Translator's Afterword," in Yang Lian 1994b: 119—127

——1999:"Translating Yang Lian," in Yang Lian 1999: 173—191

Hong. 1998: 洪子诚,《九十年代文学书系总序》, in Cheng Guangwei 1998a: 1—9

——2001:《20世纪中国文学研究：当代文学研究》,北京：北京

——(ed). 2002:《在北大课堂读诗》,武汉：长江文艺

——& 刘登翰. 2005:《中国当代新诗史》,北京：北京大学(revised edition; first edition 1993)

——& 孟繁华(eds). 2002:《当代文学关键词》,桂林：广西师范大学

Hsu Kai-yu. 1975: *The Chinese Literary Scene: A Writer's Visit to the People's Republic*, New York: Vintage Books

Hu Shi. 1996:"Some Modest Proposals for the Reform of Literature," translated by Kirk A. Denton, in Denton 1996: 123—139

胡廷武. 2004:《序》, in Yu Jian 2004a: 1—11

胡续冬. 2005:《脱下隐身衣之后的诗歌：2000年以来"诗歌生态"的一个侧面》, paper presented at 中国新诗：百年国际研讨会(北京大学、首都师范大学举办), 18—20 August 2005

胡彦. 1995:《于坚与诗的本质》, in《诗探索》1995—2: 142—147

黄梁. 1999:《文化与自然的本质对话：纵论于坚诗篇的朴质理想》, in《当代作家评论》1999—4: 67—70(originally the preface to Yujian 1999a)

黄黎方(ed). 1994:《朦胧诗人顾城之死》,广州：花城

黄礼孩(ed). 2001:《'70后诗人诗选》,福州：海风

黄翔. 2005:《流亡游戏：质疑所谓"反对派"并对"异议者"持异议》,博讯文坛→独立中文作家笔会→黄翔文集

Huang Yibing. 2007a: *Contemporary Chinese Literature: From the Cultural Revolu-*

*tion to the Future*, New York: Palgrave Macmillan

——2007b:"The Ghost Enters the City: Gu Cheng's Metamorphosis in the 'New World'," in Lupke 2007: 123—143 and 219—232

Huang Yunte. 2002: *Transpacific Displacement: Ethnography, Translation, and Intertextual Travel in Twentieth-Century American Literature*, Berkeley etc: University of California Press

荒林. 1998:《当代中国诗歌批评反思:"后新诗潮"研讨会纪要》,《诗探索》1998—2: 73—82

Huot, Claire. 1999:"Here, There, Anywhere: Networking by Yong Chinese Writers Today," in Hockx 1999: 198—215

——2000: *China's New Cultural Scene: A Handbook of Changes*, Durham etc: Duke UP

Idema, Wilt & Grant, Beata. 2004: *The Red Brush: Writing Women in Imperial China*, Cambridge MA etc: Harvard UP

——& Haft, Lloyd. 1997: *A Guide to Chinese Literature*, Ann Arbor: Center for Chinese Studies, University of Michigan

Inwood, Heather. 2008: *On the Scene of Contemporary Chinese Poetry*, PhD thesis, School of Oriental & African Studies, University of London

Jakobson, Roman. 1960:"Closing Statement: Poetics and Linguistics," in Thomas Sebeok(ed), *Style in Language*, Cambridge MA: MIT Press

Jameson, Fredric. 1991: *Postmodernism, or, the Cultural Logic of Late Capitalism*, London etc: Verso

Janssen, Ronald R. 2002:"What History Cannot Write: Bei Dao and Recent Chinese Poetry," in *Critical Asian Studies* 34—2: 259—277

Jenner, WJF. 1990: review of Bei Dao 1988, in *The Australian Journal of Chinese Affairs* 23: 193—195

江克平: *see* Crespi, John

江弱水. 1997:《孤獨的舞蹈》,《傾向》10: 21—30

江熙、万象. 1995:《灵魂之路:顾城的一生》,北京:中国人事

江江. 1990:《詩的放逐與放逐的詩》,《今天》1990—2:68—75

金汉(ed). 2002:《中国当代文学发展史》,上海:上海文艺

京不特. 1998:《從主流文化下的奴隸到一個獨立的個體人:回憶八十年代上海的地下文化》,《傾向》11:226—247

Jones, Andrew. 1994: "Chinese Literature in the 'World' Literary Economy," in *Modern Chinese Literature* 8—1/2:171—190

Kaldis, Nicholas. 2000: "The Prose Poem as Aesthetic Cognition: Lu Xun's *Yecao*," in *Journal of Modern Literature in Chinese* 3—2:43—82

Knight, Deirdre Sabina. 2003a: "Scar Literature and the Memory of Trauma," in Mostow et al 2003:527—532

——2003b: "Shanghai Cosmopolitan: Class, Gender and Cultural Citizenship in Weihui's *Shanghai Babe*," in *Journal of Contemporary China* 12—37:639—653

Kong Shuyu. 2005: *Consuming literature: Best Sellers and the Commercialization of Literary Production in Contemporary China*, Stanford: Stanford UP

Kramer, Oliver: see Krämer, Oliver

Krämer, Oliver. 1999: Oliver Krämer, "No Past to Long For? A Sociology of Chinese Writers in Exile," in Hockx 1999:161—177

Krol, Gerrit. 1982: *Het vrije vers* [Free Verse], Amsterdam: Querido

Kubin, Wolfgang. 1993: "The End of the Prophet: Chinese Poetry between Modernity and Postmodernity," in Wendy Larson & Anne Wedell-Wedellsborg (eds), *Inside Out: Modernism and Postmodernism in Chinese Literary Culture*, Aarhus: Aarhus UP:19—37

Lagos-Pope, María-Inés (ed). 1988: *Exile in Literature*, Lewisburg: Bucknell UP/ London etc: Associated University Presses

蓝棣之. 1994:《西川诗二首评点》,《诗探索》1994—2:85—91

老木(ed). 1985a:《新诗潮诗集》,共二册,北京:北京大学五四文学社(内部交流)

——(ed)1985b:《青年诗人谈诗》,北京:北京大学五四文学社
Larson, Wendy. 1989:"Realism, Modernism and the Anti-'Spiritual Pollution' Campaign in China,"in *Modern China* 15—1: 37—71
——1999:"Never This Wild: Sexing the Cultural Revolution,"in *Modern China* 25—4: 423—450
Lee, Gregory B(ed). 1993a: *Chinese Writing and Exile*, Chicago: The Center for East Asian Studies, University of Chicago
——1993b:"Contemporary Chinese Poetry, Exile and the Potential of Modernism,"in Lee(Gregory)1993a: 55—77(revised as Lee[Gregory]1996: ch 5)
——1996: *Troubadours, Trumpeters, Troubled Makers: Lyncism, Nationalism, and Hybridity in China and Its Others*, London: Hurst
Lee, Leo Ou-fan. 1973: *The Romantic Generation of Modern Chinese Writers*, Cambridge MA etc: Harvard UP
——1991:"On the Margins of the Chinese Discourse: Some Personal Thoughts on the Cultural Meaning of the Periphery,"in *Dædalus* 120—2: 207—226(reprinted in Lee[Gregory]1993a: 1—18, and in Tu 1994: 221—238)
——1995: 李欧梵,《既亲又疏的距离感》,in Bei Dao 1995: 9—22
Lee, Mabel. 1990:"Introduction: The Philosophy of the Selfand Yang Lian,"in Yang Lian, *Masks and Crocodile: A Contemporary Chinese Poet and His Poetry*, translated by Lee, Sydney: University of Sydney East Asian Series: 9—36
——1993:"Before Tradition: The Book of Changes and Yang Lian's 尺 and the Affirmation of the Self Through Poetry,"in Lee & A. D. Syrokomla—Stefanowska (eds), *Modernization of the Chinese Past*, Sydney: Wild Peony, 1993: 94—106
Levie, Sophie. 2004:"Biografisme: een nieuwe plaats voor de auteur in de literatuur-wetenschap?"[Biographism: A New Place for the Author in Literary Studies?], in *Jaarboek van de Maatschappij der Nederlandse Letterkunde te Leiden*, 2002—2003[Yearbook of the Society of Dutch Literary Studies, 2002—2003], Leiden: Maatschappij der Nederlandse Letterkunde: 43—60
Leys, Simon. 1978:"Introduction,"in Chen Jo-hsi, *The Execution of Mayor Yin*

and Other Stories from the Great Proletarian Cultural Revolution, Bloomington etc: Indiana UP

李超.1999:《形而上死》,in Cui 1999a:54—61(dated 1992)

Li Dian. 2006: The Chinese Poetry of Bei Dao, 1978—2000: Resistance and Exile, Lewiston etc: Edwin Mellen Press

——2007:"Naming and Anti-Naming: Poetic Debates in Contemporary China," in Lupke2007:185—200 and 219—232

Li Fukang & Hung, Eva. 1992:"Post-Misty Poetry," in Renditions 37:92—148

李季.1982:《李季文集》,共三册,上海:上海文艺

1990:李丽中、张雷、张旭,《朦胧诗后:中国先锋诗选》,天津:南开大学

李欧梵: see, Lee, Leo Ou-fan

李润霞.2004:《从历史深处走来的诗兽:论黄翔在文革时期的地下诗歌创作》,《蓝》2004—1:133—147

——2008:(李潤霞)《亂世潛流:文化大革命時期的地下詩歌研究》,台北:秀威

李少君.1998:《现时性:九十年代诗歌写作中的一种倾向》,《山花》1998—5:82—86,9

Li Xia(ed). 1999: Essays, Interviews, Recollections and Unpublished Material of Gu Cheng, Twentieth-Century Chinese Poet: The Poetics of Death, Lewiston etc: Edwin Mellen Press

李新宇.2000:《中国当代诗歌艺术演变史》,杭州:浙江大学

李亚伟.2006:《豪猪的诗篇》,广州:花城

李震.1994:《神话写作与反神话写作》,《诗探索》1994—2:4—17

——1995:《伊沙:边缘或开端——神话/反神话写作的一个案例》,《诗探索》1995—3:90—99

——2001a:《母语诗学纲要》,西安:三秦

——2001b:《先锋诗歌的前因后果与我的立场》,in 杨克(ed),《2000 中国新诗年鉴》,广州:广州:596—604

廖亦武(ed). 1999:《沉沦的圣殿:中国二十世纪70年代地下诗歌遗照》,乌鲁木齐:新疆青少年

燎原.1991:《孪生的麦地之子》,in Haizi & Luo 1991:347—355(dated 1989)

——2001:《扑向太阳之豹:海子评传》,海口:南海

林克歡.1995:《成熟的生命與冰冷的世界》,《現代詩》23:20—21

林幸謙.2001:《當代中國流亡詩人與詩的流亡:海外流放詩體的一種閱讀》,《中外文學》30—1:33—64

林以亮.1976:《林以亮詩話》,台北:洪範

Link, Perry. 1993: "Ideology and Theory in the Study of Modern Chinese Literature," in *Modern China* 19—1: 4—12

——2000: *The Uses of Literature: Life in the Socialist Chinese Literary System*, Princeton: Princeton UP

——2002: "The Anaconda in the Chandelier," in *The New York Review of Books*, 11 April 2002: 67—70

Liu Binyan & Link, Perry. 1998: "A Great Leap Backward?", review of 何清漣,《中國的陷阱》, in *The New York Review of Books*, 8 October 1998: 19—22

刘福春.2004:《新诗纪事》,北京:学苑

劉禾(ed). 2001:《持燈的使者》,香港 etc: Oxford UP

Liu, James J. Y. 1975: *Chinese Theories of Literature*, Chicago etc: University of Chicago Press

Liu, Melinda. 2004: "The Avant-Garde Art Goes Too Far?", in *China Daily*, 2 August 2004(online, see also p475)

刘纳.1994:《西川诗存在的意义》,《诗探索》1994—2:75—84

刘士杰.1999:《走向边缘的诗神》,太原:山西教育

刘树元(ed). 2005:《中国现当代诗歌赏析》,杭州:浙江大学

Liu Tao Tao. 2001: "Exile, Homesickness and Displacement in Modern Chinese Literature," in Wolfgang Kubin(ed), *Symbols of Anguish: In Search of Melancholy in China*, Bern: Peter Lang: 335—351

Lovell, Julia. 2002: "Misty in Roots: Chinese Poetry after Mao," in *Poetry Review* 92—3: 64—68

——2006: *The Politics of Cultural Capital: Chinas Quest for a Nobel Prize in Literature*, Honolulu: Hawai'i UP

Lu Jie. 2004:"Rewriting Beijing: A Spectacular City in Qiu Huadong's Urban Fiction," in *Journal of Contemporary China* 13—39: 323—338

Lu Xun. 1996:"On the Power of Mara Poetry," translated by Shu-ying Tsau and Donald Holoch, in Denton 1996: 96—109

吕周聚.2001:《中国当代先锋诗歌研究》,北京:中国广播电视

罗高林.1996:《邓小平》,北京:作家

骆一禾.1990:《"我考虑真正的史诗"》,in Haizi 1990: 1—10(dated 1989)

——1997a:《海子生涯》,in Haizi 1997: 1—5(dated 1989)

——1997b:《骆一禾诗全编》,张玞编,上海:上海三联

罗振亚.2002:《中国现代主义诗歌史论》,北京:社会科学文献

——2005:《朦胧诗后先锋诗歌研究》,北京:中国社会科学

Lupke, Chris(ed). 2007: *New Perspectives on Contemporary Chinese Poetry*, New York: Palgrave MacMillan

Lyne, Sandra. 2002:"Consuming Madame Chrysanthème: Loti's 'Dolls' to *Shanghai Baby*," in *Intersections: Gender, Histoiy & Culture in the Asian Context* 8

马策.2001:《诗歌之死:主要是对狂奔在"牛B"路上的"下半身"诗歌团体的必要警惕》,《芙蓉》2001—2: 141—145

Maas, Michel. 1995:"Een postpostduistere dichter over de grenzen" [ A Post-Post-Obscure Poet Crossing Borders], in *De Volkskrant*, 22 June 1995

MacLeish, Archibald. 1985: *Collected Poems, 1917—1982*, Boston: Houghton Mifflin

麦童、晓敏.1994:《利斧下的童话》,上海:上海三联

Mallarmé, Stéphane. 1935: *Vers et prose: morceaux choisis* [ Verse and Prose: Selected Pieces], Paris: Librairie Academique Perrin

Malmqvist, Göran. 1983:"On the Emergence of Modernistic Poetry in China," in *Museum of Far Eastern Antiquities*, Bulletin 55: 57—69

芒克.1988:《阳光中的向日葵》,桂林:漓江

——2003:《瞧!这些人》,长春:时代文艺

冒键.2005:《最后的神话:诗人自杀之谜》,银川:宁夏人民

Mao Tse-tung. 1967: *Selected Works of Mao Tse-tung*, vols I-V, Beijing: Foreign Languages Press

Martin, Helmut. 1973: "A Transitional Concept of Chinese Literature 1897—1917: Liang Ch'i-ch'ao on Poetry-Reform, Historical Drama and the Political Novel," in *Oriens Extremus* 20—2: 175—217

McDougall, Bonnie S. 1980: *Mao Zedong's* "*Talks at the Yan'an Conference on Literature and Art*": *A Translation of the* 1943 *Text with Commentary*, Ann Arbor: University of Michigan, Center for Chinese Studies

——1985: "Bei Dao's poetry: Revelation & Communication," in *Modern Chinese Literature* 1—2: 225—252

——1993: "Censorship & Self-Censorship in Contemporary Chinese Literature," in Susan Whitfield(ed): *After The Event*: *Human Rights and Their Future in China*, London: Wellsweep: 73—90

——2003: *Fictional Authors*, *Imaginary Audiences*: *Modern Chinese Literature in the Twentieth Century*, Hong Kong: The Chinese University Press

——& Louie, Kam. 1997: *The Literature of China in the Twentieth Century*, London: Hurst

Mi jiayan. 2007: "Poetics of Navigation: River Lyricism, Epic Consciousness and the Post-Mao Sublime Poemscape," in *Modern Chinese Literature & Culture* 19—1: 91—137

棉棉. 2000:《糖》,北京:中国戏剧

Michaud, Guy. 1953: *Mallarmé*: *L'homme et l'oeuvre*[Mallarmé: The Man and the Works], Paris: Hatier-Bovin

Morewedge, Rosemarie T. 1988: "Exile in Heinrich Boell's Novel: *Billiards at Half Past Nine*," in Lagos-Pope 1988: 102—120

Morin, Edward(ed). 1990: *The Red Azalea*: *Chinese Poetry since the Cultural Revoluion*, *translated* by Fang Dai, Dennis Ding & Edward Morin, Honolulu: University of Hawai'i Press

Mostow et al(eds). 2003: Joshua Mostow with Kirk A. Denton, Bruce Fulton & Sharalyn Orbaugh: *The Columbia Companion to Modern East Asian Literature*,

New York: Columbia UP

Nijhoff, Martinus. 1978: *Verzamelde gedichten* [Collected Poems], Amsterdam: Bert Bakker

Oosterhoff, Tonnus. 2006: "Wat er staat als er niets staat" [What It Says When It Says Nothing], review of Yra van Dijk, *Leegte, leegte die ademt: Het typografisch wit in de moderne poëzie* [Emptiness, Emptiness That Breathes: Typographical White in Modern Poetry], in *NRC Handelsblad*, 27 October 2006: 27

欧阳江河. 1993a:(歐陽江河)《89 後國内詩歌寫作:本土氣質,中年特徵與知識份子身份》,《今天》1993—3: 176—198(reprinted in domestic publications such as Wangjiaxin & Sun 2000: 181—200 and Chen Chao 2003: 165—185)

——1993b:(歐陽江河)《另一種閲讀》,《今天》1993—4: 228—238

——1996a:(歐陽江河)《初醒時的孤獨:序〈零度以上的風景〉》,in 北島,《零度以上的風景:北島 1993—1996》,台北:九歌,1996: 7—35(reprinted as《北岛诗的三种读法》,欧阳,《站在虚构这边》,北京:三联,2001: 187—210

——1996b:(歐陽江河)《當代詩歌的昇華及其限制》,《今天》1996—3: 157—170

——1997:《谁去谁留》,长沙:湖南文艺

Oversteegen, JJ. 1983: "Analyse en oordeel" [Analysis and Assessment], in Oversteegen, *De Novembristen van Merlyn: een literatuuropvatting in theorie en praktijk* [The Novembrists of *Merlyn*: A View of Literature in Theory and Practice], Utrecht: HES: 15—71(first published 1965)

Owen, Stephen. 1979: "Transparencies: Reading the T'ang Lyric," in *The Harvard Journal of Asiatic Studies* 39—2: 231—251

——1990: "What Is World Poetry? The Anxiety of Global Influence," in *The New Republic*, 19 November 1990: 28—32

——1992: *Readings in Chinese Literary Thought*, Cambridge MA etc: Harvard UP

——2003:"Stepping Forward and Back: Issues and Possibilities for 'World' Poetry," in *Modern Philology* 100—4: 532—548

Patton, Simon. 1994: *A Poetics of* Wubuwei: *Two Texts by Gu Cheng*, PhD thesis, University of Melbourne

——1995a: review of Bei Dao 1994, in *Modern Chinese Literature* 9—1: 139—145

——1995b: review of Yang Lian 1994b, in *World Literature Today* 69—4: 871

——1998:"Raindrops and Bottle Tops: An Introduction to Chinese Poetry in the 1990s," paper presented at the Chinese University of Hong Kong, 10 November 1998

——2003a:"On Yu Jian's《Afternoon A Colleague Walking in Shadow》," in *Cipher Journal*

——2003b:"Yu Jian," Poetry International Web→China( online, date provided by Poetry International secretariat;)

——2006:"Han Dong," Poetry International Web→China( online, date provided by Poetry International secretariat;)

Perelman, Bob. 1996: *The Marginalization of Poetiy: Language Writing and Literary History*, Princeton: Princeton UP

Perloff, Marjorie. 1996: *The Dance of the Intellect: Studies in the Poetry of the Pound Tradition*, Evanston: Northwestern UP( first edition 1985)

——1999: *The Poetics of Indeterminacy: Rimbaud to Cage*, Evanston: Northwestern UP,( first edition 1981)

Poe, Edgar Allan. 1973: *The Portable Poe*, edited by Philip Van Doren Stem, New York: Penguin

Pollard, D E. 1985:"The Controversy over Modernism 1979—1984," in *The China Quarterly* 104: 641—656

Porter, Peter. 2007:"Introduction: *A Day within Days* by Liu Hongbin," MCLC Resource Center→Publications

Preminger, Alex( ed). 1965: *Encyclopedia of Poetry and Poetics*, Princeton: Princeton UP

秦巴子. 1999:《海子批判:史诗神话的破灭》, in Yi el al 2001: 225—252.

人民網. 2006:《十年間從人們嘴邊消失的49個老詞》, 人民網→文化→新聞, 15 September 2006 (online, see also p475)

Robb, Graham. 2000: *Rimbaud*, London etc: Picador

Safran, William. 1991: "Diasporas in Modern Societies: Myths of Homeland and Return," in *Diaspora* 1—1: 83—99

Said, Edward W. 1984: "The Mind of Winter: Reflections on Life in Exile," in *Harper's* 269: 49—55

——2001: "Reflections on Exile," in Said, *Reflections on Exile and Other Literary and Cultural Essays*, London: Granta Books: 173—186 (revised and expanded edition of Said 1984)

Saussy, Haun. 1999: "Bei Dao and his Audiences," Stanford Presidential Lectures in the Humanities and Arts

Schneider, Laurence A. 1980: *A Madman of Ch'u: The Chinese Myth of Loyalty and Dissent*, Berkeley etc: The University of California Press

尚仲敏. 1988:《反对现代派》, in Wu Sijing 1993: 228—235

上海文艺出版社 (ed). 1986:《探索诗集》, 上海:上海文艺

沈浩波. 1999:《后口语写作在当下的可能性》,《诗探索》1999—4: 34—42

——2001a:《一把好乳》, 北京 (unofficial publication)

——2001b:《我要先锋到死!在"中国南岳九十年代汉语诗歌研究论坛"上的发言》,《原创性写作》2: 30—34

——2002:《下半身啊下半身》,《蓝》6: 98—101

——2004:《心藏大恶》, 大连:大连

——沈浩波、尹丽川. 2001:《实话实说"下半身"》,《诗江湖》1: 69—73

沈奇 (comp). 1995:《对〈0档案〉发言》,《诗探索》1995—2: 155—156

——1996:《詩是什麼: 20世紀中國詩人如是說 (當代大陸卷)》, 台北:爾雅

释极乐 (ed). 1982:《次生林》, 成都 (unofficial publication; pseudonym of Zhong

Ming)

诗刊社. 1998:《中国诗歌现状调查》,《诗刊》1998—9: 4—8

食指. 2006:《食指》,北京: 人民文学

舒婷. 1982:《双桅船》,上海: 上海文艺

Simon, John. 1965: "Prose Poem," in Preminger 1965: 664—666

——1987: *The Prose Poem as a Genre in Nineteenth-Century European Literature*, New York etc. Carlarid

宋琳. 2002:《主導的迴圈:〈空白練習曲〉序》, in Zhang Zao & Song 2002: xv—xxvi

宋晓贤. 1999:《中国诗坛的可悲现状》,《诗参考》1999: 98—99

宋永毅. 1997:《文革中的黃皮書和灰皮書》,《二十一世紀》42: 59—64

——2007: "A Glance at the Underground Reading Movement during the Cultural Revolution," in *Journal of Contemporary China* 16—51: 325—333

宋醉发(ed, phot). 2008:《中国诗歌的脸》,香港: 中国文化

Soong, Stephen C & Minford, John(eds). 1984: *Trees on the Mountain: An Anthology of New Chinese Writing*, Hong Kong: The Chinese University Press

Sötemann, A L. 1985: "Vier poetica's" [Four Poetics], in WJ van den Akker & G J Dorleijn(eds), A L Sötemann, *Over poetica en poëzie* [On Poetics and Poetry], Groningen: Wolters-Noordhoff: 119—130

Spalek, John M & Bell, Robert F(eds). 1982: *Exile: The Writer's Experience*, Chapel Hill: University of North Carolina Press

Su Wei & Larson, Wendy. 1995: "The Disintegration of the Poetic 'Berlin Wall'," in Deborah S Davis, Richard Kraus, Barry Naughton & Elizabeth J Perry, *Urban Spaces in Contemporary China: The Potential for Autonomy and Community in Post-Mao China*, Washington etc: The Woodrow Wilson Center Press/Cambridge: Cambridge UP: 279—293

Suleiman, Susan Rubin(ed). 1998: *Exile and Creativity: Signposts, Travelers, Outsiders, Backward Glances*, Durham etc: Duke UP(first published as *Poetics Today* 17—3/4[1996])

孙文波. 1997:《地图上的旅行: 孙文波诗选》,北京: 改革

——1998b:《我的诗歌观》,《诗探索》1998—3:148—156

——2001a:《孙文波的诗》,北京:人民文学

——2001b:《我怎麼成为了自己》,unpublished manuscript

Tabori, Paul. 1972: *The Anatomy of Exile: A Semantic and Historical Study*, London: Harrap

Tan Chee-Lay. 2007: *Constructing a System of Irregularities: The Poetry of Bei Dao, Yang Lian and Duoduo*, PhD thesis, University of Cambridge

谭五昌. 1999:《海子论》, in Cui 1999a: 187—214

Tang Chao & Robinson, Lee( eds & transl). 1992: *New Tide: Contemporary Chinese Poetry*, Toronto: Mangajin Books

TangXiaobing. 2000: *Chinese Modern: The Heroic and the Quotidian*, Durham etc: Duke UP

Tang Xiaodu( ed). 1992:《灯芯绒幸福的舞蹈:后朦胧诗萃》,北京:北京师范大学

——1999:《90 年代先锋诗的若干问题》, in 唐( ed),《先锋诗歌》,北京:北京师范大学:1—19( abridged; the full text is included in,《唐晓渡诗学论集》,北京:中国社会科学,2001:104—123)

——2006:《"终于被大海摸到了内部":从大海意象看杨炼漂泊中的写作》,《新诗评论》2006—2:111—138( also available from Yang Lian's website→中文→评论研究)

——& 王家新( eds). 1987:《中国当代实验诗选》,沈阳:春风文艺

唐欣. 2000:《写作何必"知识分子"》,《诗参考》2000:68—69

Tao Naikan. 2006:"Introduction: The Changing Self,"in Tao & Prince 2006: 3—26

——& Prince, Tony( eds & transl). 2006: *Eight Contemporary Chinese Poets*, Sydney: Wild Peony

Teeuwen, Rudolphus. 2004:"Fading into Metaphor: Globalization and the Disappearance of Exile,"in Hanne 2004: 283—298

Teng, Emma J. 2005:"What's 'Chinese' in Chinese Diasporic Literature?", in Charles Laughlin( ed), *Contested Modernities in Chinese Literature*, New York etc: Palgrave MacMillan: 61—79

《他们文学网》(online)

田志伟. 1987:《朦胧诗纵横谈》,沈阳:辽宁大学

佟自光、陈荣斌(eds). 2004:《人一生要读的60首诗歌》,北京:中国书籍

Tu Wei-ming. 1991: "Cultural China: The Periphery as the Center," in *Dædalus* 120—2: 1—32(reprinted in Tu 1994: 1—34, 261—268)

——(ed) 1994: *The Living Tree: The Changing Meaning of Being Chinese Today*, Stanford: Stanford UP

Twitchell-Waas, Jeffrey. 2005: "Dazzling Songs Hanging in the Void: Yang Lian's æ," in *Chicago Review* 50—2/3/4: 334—345

——& Huang Fan. 1997: "Avant-Garde Poetry in China: The Nanjing Scene, 1981—1992," in *World Literature Today* 71—1: 29—38

van Crevel, Maghiel. 1996: *Language Shattered: Contemporary Chinese Poetry and Duoduo*, Leiden: CNWS

——2000: *Poëzie in tijden van geest, geweld en geld* [ Poetry in Times of Mind, Mayhem and Money], Leiden: CNWS

——2001: "Translator's Introduction[ to Yu Jian's 《File 0》]," in *Renditions* 56: 19—23

——2003a: "Zhai Yongming," in Lily Lee(ed), *Biographical Dictionary of Chinese Women: The Twentieth Century*, 1912—2000, Armonk, NY: M E Sharpe: 672—678

——2003b: "The Horror of Being Ignored and the Pleasure of Being Left Alone: Notes on the Chinese Poetry Scene," MCLC Resource Center→Publications

——2003c: "The Poetry of Yan Jun," MCLC Resource Center→Publications

——2004: "Who Needs Form? Wen Yiduo's Poetics and Post-Mao Poetry," in Peter Hoffmann(ed), *Poet, Scholar, Patriot: In Honour of Wen Yiduo's 100th Anniversary*, Bochum etc: Projektverlag: 81—110

——2005: "Yan Jun," DACHS poetry chapter→Yan Jun

——2007: "Unofficial Poetry Journals from the People's Republic of China: A Research Note and an Annotated Bibliography," MCLC Resource Center→Publications

——2008a: "Avant-Garde Poetry from the People's Republic of China: A Bibliography of Single-Author and Multiple-Author Collections," MCLC Resource Center→Publications

——2008b: "Avant-Garde Poetry from the People's Republic of China: A Bibliography of Scholarly and Critical Books in Chinese," MCLC Resource Center→Publications

——& Van Toorn, Willem. 1990: "Een innerlijke culturele revolutie: een gesprek met Bei Dao en Duoduo" [An Inner Cultural Revolution: A Conversation with Bei Dao and Duoduo], in *Raster* 50: 124—127

Visser, Robin. 2002: "Privacy and Its Ill Effects in Post-Mao Urban Fiction," in Bonnie McDougall & Anders Hansson (eds), *Chinese Concepts of Privacy*, Leiden etc: Brill: 171—194

万夏、潇潇(eds). 1993:《后朦胧诗全集:中国现代诗编年史》,共二册,成都:四川教育

萬之(ed). 1997a:《溝通:面對世界的中國文學》, Stockholm: Olof Palme International Center (English translation in Wan Zhi 1997b)

——(ed) 1997b: *Breaking the Barriers: Chinese Literature Facing the World*, translated by Chen Maiping, Anna Gustafsson & Simon Patton, Stockholm: Olof Palme InternationalCenter (Chinese translation of Wan 1997a)

Wang Ban. 1997: *The Sublime Figure of History: Aesthetics and Politics in Twentieth-Century China*, Stanford: Stanford UP

王彬(ed). 1991:《二十世纪中国新诗鉴赏辞典》,北京:中国文联

——(ed). 1998:《二十世纪中国新诗选》,北京:大众文艺

Wang, David Der-wei. 1994: "Afterword: Chinese Fiction for the Nineties," in Wang with Jeanne Tai (eds), *Running Wild: New Chinese Writers*, New York: Columbia UP: 238—258

——2000: David Der-wei Wang, "Introduction," in Chi & Wang 2000: xiii-xliii

——2004: David Der-wei Wang, *The Monster That Is History: History, Violence and Fictional Writing in Twentieth-Century China*, Berkeley: University of California Press

王光东. 2002:《民间》, in Hong & Meng 2002: 213—217

王光明. 1986:《散文诗》,《中国大百科全书: 中国文学 II》, 北京: 中国大百科全书: 687—688

——1993:《艰难的指向:"新诗潮"与二十世纪中国现代诗》, 长春: 时代文艺

——1999:《个体承担的诗歌》,《诗探索》1999—2: 17—20, 25

——2003:《现代汉诗的百年演变》, 石家庄: 河北人民

汪国真. 1991:《汪国真爱情诗选》, 北京: 中国友谊

王家平. 2004:《文化大革命时期诗歌研究》, 开封: 河南大学

王家新. 1993: *Selected Poems by Wang Jiaxin*, translated by John Cayley, London: Wellsweep( floppy disk containing written texts and audio recordings)

——1994:《谁在我们中间》,《诗探索》1994—4: 99—103

——1997:《游动悬崖》, 长沙: 湖南文艺

——1999:《知识分子写作, 或曰"献给无限的少数人"》,《诗探索》1999—2: 38—52 and 85

——2001:《王家新的诗》, 北京: 人民文学

——2002:《没有英雄的诗: 王家新诗学论文随笔集》, 北京: 中国社会科学

——& 陈东东 & 黄灿然. 1993:《回答四十个问题》,《南方诗志》1993 秋: 42—57( interview, unofficial publication, reprinted [ abridged ] in Wang Jiaxin 1997: 187—214)

——& 孙文波(eds). 2000:《中国诗歌: 九十年代备忘录》, 北京: 人民文学

汪继芳(ed). 2000:《断裂: 世纪末的文学事故——自由作家访谈录》, 南京: 江苏文艺

Wangjing. 1996: *High Culture Fever: Politics, Aesthetics, and Ideology in Deng's China*, Berkeley etc: University of California Press

Wang Ping(ed). 1999: *New Generation: Poems from China Today*, translated by Wang and various others, New York: Hanging Loose Press

王一川. 1998:《中国形象诗学: 1985 至 1995 年文学新潮阐释》, 上海: 上海

三联

——1999a:《在口语与杂语之间》,《当代作家评论》1999—4:43—51

——1999b:《海子:诗人中的歌者》, in Cui 1999a:245—259

Wang Yuechuan. 1999:"A Perspective on the Suicide of Chinese Poets in the 1990s,"translated by Li Xia, in Li Xia 1999:77—95

汪政、晓华. 1999:《词与物:有关于坚写作的讨论》,《当代作家评论》1999—4:50—57

Weber, Eugen. 1960: *Paths to the Present: Aspects of European Thought from Romanticism to Existentialism*, New York: Dodd, Mead and Company

巍天无. 2006:《新诗现代性追求的矛盾与演变:九十年代诗论研究》,武汉:湖北教育

苇岸. 1994:《怀念海子》,《诗探索》1994—3:98—108

卫慧. 1999:《上海宝贝》,沈阳:春风文艺

文昕. 1994:《顾城绝命之谜:英儿解秘》,北京:华艺

Wigman, Menno(ed & transl). 1998: *Wees altijd dronken! Franse prozagedichten uit het fin de siècle* [Be Forever Drunk! French Prose Poems from the *Fin de Siècle*], Amsterdam: Voetnoot

Wong, Lawrence Wang-chi. 1993:"'I Am a Prisoner in Exile': Wen Yiduo in the United States," in Lee(Gregory) 1993a:19—34

Wong, Lisa Lai-ming. 2001:"Writing Allegory: Diasporic Consciousness as a Mode of Intervention in Yang Mu's Poetry of the 1970s," in *Journal of Modern Literature in Chinese* 5—1:1—28

吴景荣、程镇球(eds). 2000:《新时代汉语大词典》,北京:商务

吴开晋(ed). 1991:《新时期诗潮论》,济南:济南

吴思敬(ed). 1993:《磁场与魔方:新潮诗论卷》,北京:北京师范大学(in Xie Mian & Tang 1993)

——1996:《启蒙·失语·回归:新时期诗歌理论发展的一道轨迹》,《诗刊》1996—7:51—54

——1997:《九十年代中国新诗走向摭谈》,《文学评论》4:79—85

——2002:《走向哲学的诗》,北京:学苑

——2005:《中国新诗:世纪初的观察》,《文学评论》2005—5:107—112

吴新化.2004:《固守人类精神的高地:对当代诗歌边缘化的思考》,《湖州师范学院学报》26—4:15—18

西川.1988:《艺术自释》,in Xu Jingya *et al* 1988:361—362
——1991a:《怀念》,in Haizi & Luo 1991:307—312(dated 1990,on Haizi)
——1991b:《怀念》,in Haizi & Luo 1991:313—318(dated 1990,on Luo Yihe)
——1994a:《死亡后记》,《诗探索》1994—3:88—97
——1994b:《诗歌炼金术》,《诗探索》1994—2:72—74
——1995:《关于诗学中的九个问题》,《山花》12:61—66
——1997a:《虚构的家谱》,北京:中国和平
——1997b:《让蒙面人说话》,上海:东方
——1997c:《大意如此》,长沙:湖南文艺
——1997d:《隐秘的汇合》,北京:改革
——1997e:《在路上》,《作家》1997—4:68—69
——1999a:《西川的诗》,北京:人民文学
——1999b:《鹰的话语》,《第三届爱文文学奖颁奖会》,北京:爱文文学院,14 February 1999(reprinted in Zhang Zao & Song 2002:181—193)
——2001:《水渍》,天津:百花文艺

西渡.2000:《守望与倾听》,北京:中央编译

奚密:*see* Yeh, Michelle

席云舒.2001:《困顿中的反思:关于世纪之交的诗坛现状及其局限》,《诗探索》2001—3/4:55—63

夏元明.2005:《回到隐喻之前:于坚诗学与创作》,《长江学术》7:113—119

向卫国.2002:《边缘的呐喊:现代性汉诗诗人谱系学》,北京:作家

小海.1998:《诗到语言为止吗》,《诗探索》1998—1:19—21

肖开愚.1995:《生活的魅力》,《诗探索》1995—2:157—161
——1997a:《九十年代诗歌:抱负,特征和资料》,《学术思想评论》1997—1:215—234

——1997b:《当代中国诗歌的困惑》,《读书》1997—11:90—97

——2000:《学习之甜》,北京:中国工人

——2004:《肖开愚的诗》,北京:人民文学

肖全. 2006:《我们这一代》,广州:花城

萧夏林(ed). 1994:《顾城弃城》,北京:团结

肖鹰. 1999:《向死亡存在》, in Cui 1999a:226—231

萧萧. 1998:《台湾散文诗美学》,现代汉诗百年演变课题组(ed),《现代汉诗:反思与求索》,北京:作家:315—338

谢冕. 1980:《在新的崛起面前》,《光明日报》, 7 May 1980

——& 孟繁华(eds). 1996:《中国百年文学经典文库 1895—1995:诗歌卷》,深圳:海天

——& 唐晓渡(eds). 1993:《当代诗歌潮流回顾》,共六册,北京:北京师范大学

谢有顺. 1999:《回到事物与存在的现场:于坚的诗与诗学》,《当代作家评论》1999—4:58—66

——2001:《文学身体学》,《花城》2001—6:193—205

辛月. 1995:《于坚诗二首赏析》,《诗探索》1995—2:148—154

溪萍(ed). 1988:《第三代诗人探索诗选》,北京:中国文联

徐江. 1999a:《玩弄中国诗歌》,《文友》1999—2:20—21

——1999b:《这就是我的立场》,《诗参考》14/15:86—90

——2001:《从头再来——1999—2001:诗人的被缚与诗歌的内在抗争》,《芙蓉》2001—2:130—135

徐敬亚(ed). 1986:《中国诗坛 1986 现代诗群体大展》,《诗歌报》, 21 October 1986 and《深圳青年报》21 and 24 October 1986

——1989:《崛起的诗群》,上海:同济大学

——et al(eds). 1988:徐敬亚、孟浪、曹长青、吕贵品,《中国现代主义诗群大观 1986—1988》,上海:同济大学

颜峻. 2001:《次声波》,北京:铁托出品;SUB JAM B(unofficial publication)

——2005: *Sub Jam* 012(CD-rom),北京(unofficial, also available at DACHS poetry chapter→Yan Jun, with an introduction by Maghiel van Crevel; online, see also p475）

——2006a:"live at Beida poem…,"Yan Jun's MySpace page

——2006b:《不可能》,北京（unofficial publication）

Yan Yuejun et al(eds). 1985:阎月君、高岩、梁云、顾芳,《朦胧诗选》,沈阳:春风文艺

杨长征. 1994:《西川:仰望星空的智者》,《北京青年》7:47—48

杨健. 1993:《文化大革命中的地下文学》,济南:朝华

杨克(ed). 2000:《1999 中国新诗年鉴》,广州:广州

——& 温远辉. 1996:《在一千种鸣声中梳理诗的羽毛》,《山花》9:75—77

Yang Lan. 1998:Lan Yang, *Chinese Fiction of the Cultural Revolution*, Hong Kong:Hong Kong UP

杨黎. 2004:《灿烂:第三代的写作和生活》,西宁:青海人民

杨炼. 1980:《太阳每天都是新的》,北京（unofficial publication）

——1989a:《黄》,北京:人民文学

——1989b:《人的自觉》,成都:四川人民

——1990:Yang Lian, *The Dead in Exile*, bilingual, translated by Mabel Lee, Canberra:Tiananmen

——1991:《太阳与人》,长沙:湖南文艺

——1994a:（楊煉）《℞》,台北:台灣現代詩社

——1994b:*Non-Person Singular*, bilingual, translated by Brian Holton, London:Wells weep

——1996:"Living in the Now and Forever:A Way Forward for Chinese Literature," translated by Yang Lian & John Cayley, in *The Times Literary Supplement*, 25 October 1996:14

——1998a:《人海停止之处:杨炼作品 1982—1997——诗歌卷》,上海:上海文艺

——1998b:《鬼话·智力的空间:杨炼作品 1982—1997 散文文论卷》,上海:上海文艺

——1998c:"The Writer and the Party:Western Misunderstandings of Contemporary Chinese Literature," translated by Brian Holton, in *The Times Literary Supple-*

ment, 6 November 1998: 18—19

——1999: *Where the Sea Stands Still*, bilingual, translated by Brian Holton, Newcastle upon Tyne: Bloodaxe

——2002a: *Notes of a Blissful Ghost*, translated by Brian Holton, Hong Kong: Renditions

——2002b: *Yi 易*, bilingual, translated by Mabel Lee, Los Angeles: Green Integer

——2002c: "In Search of Poetry as the Prototype of Exile," translated by Torbj？en Lodén, in 00*tal* 9/10: 35—41 (for a Chinese edition, see Yang Lian's website or 杨《追寻作为流亡原由的诗》, in Zheng *et al* 2005: 235—240)

——2003:《幸福鬼魂手记:杨炼作品 1998—2002——诗歌、散文、文论》,上海:上海文艺

——2006: *Unreal City: A Chinese Poet in Auckland*, edited and introduced by Jacob Edmond & Hilary Chung, Auckland: Auckland UP

——website: Yang Lian (online, see also p475)

——& 友友. 1994:《人景·鬼话:杨炼、友友海外漂泊手记》,北京:中央编译

杨立华. 2003:《北岛诗二首解读》,《诗探索》2003—3/4:173—183

杨四平. 2004:《20 世纪中国新诗主流》,合肥:安徽教育

杨小滨. 1994:《今天的"今天派"诗歌:论北岛、多多、严力、杨炼的海外诗作》,《现代汉诗》15/16:107—126(reprinted as[杨小濱]《今天的"今天派"詩歌》,《今天》1995—4:244—261)

——1999:《历史与修辞》,兰州:敦煌文艺

姚家华(ed). 1989:《朦胧诗论争集》,北京:学苑

Yeh, Michelle. 1991a: *Modern Chinese Poetry: Theory and Practice since* 1917, New Haven etc: Yale UP

——1991b: 奚密,《差異的憂慮:一個回響》,《今天》1991—1:94—96

——1991c: "Nature's Child and the Frustrated Urbanite: Expressions of the Self in Contemporary Chinese Poetry," in *World Literature Today* 65—3: 405—409

——(ed & transl) 1992a: *Anthology of Modern Chinese Poetry*, New Haven etc: Yale UP

——1992b:"Light a Lamp in a Rock: Experimental Poetry in Contemporary China," in *Modern China* 18—4: 379—409

——1993a: 奚密,《海子〈亞洲銅〉探析》,《今天》1993—2: 123—132

——1993b: 奚密,《"落地生根"還是"落葉歸根"? 海外中文詩隨想》,《中時晚報》時代副刊, 20 June 1993 ( reprinted in 奚密,《現當代詩文錄》, 台北, 1998: 聯合文學: 264—278)

——1994: 奚密,《死亡: 大陆与台湾地区近期诗作的共同主题》,《诗探索》1994—3: 36—54

——1995:"Death of the Poet: Poetry and Society in Contemporary China and Taiwan," in Sung-sheng Yvonne Chang & Yeh ( eds), *Contemporary Chinese Literature: Crossing the Boundaries*, a special issue of *Literature East and West*: 43—62 ( reprinted with minor revisions in Chi & Wang 2000: 216—238)

——1996a:"The 'Cult of Poetry' in Contemporary China," in *Journal of Asian Studies* 55—1: 51—80 ( reprinted in Zhang Yingjin 1998: 188—217)

——1996b: 奚密,《北島: 我在語言中漂流》,《自由時報》, 10—11 October 1996

——1998a: 奚密,《诗与戏剧的互动: 于坚〈0档案〉探微》,《诗探索》1998—3: 102—114

——1998b:"International Theory and the Transnational Critic: China in the Age of Multiculturalism," in *boundary* 225—3: 193—222 ( reprinted in Chow 2000: 251—280)

——2000a:"Chinese Postmodernism and the Cultural Politics of Modern Chinese Poetry," in Wen-hsin Yeh( ed), *Cross-Cultural Readings of Chineseness: Narratives, Images and Interpretations of the 1990s*, Berkeley: Institute of East Asian Studies, University of California at Berkeley: 100—127

——2000b:"From Surrealism to Nature Poetics: A Study of Prose Poetry from Taiwan," in *Journal of Modern Literature in Chinese* 3—2: 117—156

——2001:"Frontier Taiwan: An Introduction," in Yeh & N G D Malmqvist( eds), *Frontier Taiwan: An Anthology of Modern Chinese Poetry*, New York: Columbia UP: 1—53

——2003:"Misty Poetry," in Mostow et al 2003: 520—526

——2005:"The Poet as Mad Genius: Between Stereotype and Archetype," in *Journal of Modern Literature in Chinese* 6—2/7—1: 119—144

——2007a:"Anxiety and Liberation: Notes on the Recent Chinese Poetry Scene,," in *World Literature Today* 28—35

——2007b:"'There Are No Camels in the Koran': What Is Modern about Modern Chinese Poetry?", in Lupke 2007: 9—26 and 219—232

也门. 2001:《一块提醒哭泣的手帕:王家新批判》, in Yi et al 2001: 287—320(pseudonym of Yi Sha)

伊沙. 1994:《饿死诗人》, 北京: 中国华侨

——1999a:《我终于理解了你的拒绝》, 西宁: 青海人民

——1999b:《两个问题和一个背景:我所经历的盘峰诗会》,《诗参考》1999: 75—81

——2001a:《现场直击:2000 年中国新诗关键词》,《芙蓉》2001—2: 123—129

——2001b:《我所理解的下半身和我》,《下半身》1: 113—114

——2003:《伊沙诗选》, 西宁: 青海人民

——et al. 2000: 伊沙、徐江、秦巴子,《时尚杀手:三剑客挑战时尚》, 广州: 花城

——et al. 2001: 伊沙、张闳、徐江、秦巴子、沈浩波,《十诗人批判书》, 长春: 时代文艺

——see also Yemen

尹丽川. 2001:《再舒服一些》, 北京: 中国青年

——2006:《因果》, 福州: 海风

——& Bradbury, Steve. 2005:"Have Net, Will Travel: Is This the New Face of Chinese Poetry? PRC Poet and Head-Turner Yin Lichuan Talks about Her Image, Her Verse, and Publishing on the Web," in POTS, 21 October 2005: 17—18 (interview)

——& That's Beijing. 2004:"Beijing Writers Face a Dilemma," in *China Daily*, 2 April 2004

Yip Wai-lim. 1985:"Crisis Poetiy: An Introduction to Yang Lian, Jiang He and Misty Poetry," in *Renditions* 23: 120—130

一平. 2003:《孤立之境:读北岛的诗》,《诗探索》2003—3/4: 144—163

余虹. 1999:《神·语·诗》, in Cui 1999a: 111—121(dated 1992)

于坚. 1986:《青年诗人谈诗:于坚》,《诗刊》1986—11: 31

——1989a:《于坚诗六十首》,昆明:云南人民

——1989b:《阳光下的棕榈树》,昆明(unofficial publication)

——1989c:《作品,1988—1989》,昆明(unofficial publication)

——1989d:《重建诗歌精神》,《滇池》1989—6: 62—64

——1990:《诗集,1989—1990》,昆明(unofficialpubl ication)

——1991:《拒绝隐喻》, in Wu Sijing 1993: 308—312

——1993:《对一只乌鸦的命名》,昆明:国际文化

——1994:《0档案》,《大家》1: 48—58

——1995a:(于堅)《0檔案》,《现代詩》23: 1—11

——1995b:(于堅)《戲劇車間〈零檔案〉》,北京,戲劇車間(unofficial publication, original in full-form characters)

——1995c:《传统,隐喻及其他》,《诗探索》1995—2: 137—141

——1996:"Four Poems by Yu Jian," translated by Simon Patton, in *Renditions* 46: 69—75

——1997a:《从隐喻后退:作为方法的诗歌》,《作家》1997—3: 68—73

——1997b:《棕皮手记》,上海:东方

——1998a:《诗歌之舌的硬与软:关于当代诗歌的两类语言向度》,《诗探索》1998—1: 1—18

——1998b:《王中文化奖:首届获奖者诗人于坚》,昆明(unofficial publication)

——1999a:(于堅)《一枚穿过天空的钉子》,台北:唐山

——1999b:《穿越汉语的诗歌之光》,in 杨克(ed),《1998中国新诗年鉴》,广州:花城: 1—17

——1999c:《诗人及其命运》,《大家》1999—4: 80—83

——2000:《于坚的诗》,北京:人民文学

——2001a:《诗歌便条集 1996—1999：1—216》,昆明:云南人民

——2001b:《诗言体》,《芙蓉》2001—3:69—75(reprinted in《诗江湖》1:52—59)

——2003:《诗集与图像 2000—2002》,西宁:青海人民

——2004:《于坚集》,共五册,昆明:云南人民(see Yu Jian 2004a, 2004b, 2004c, 2004d, 2004e)

——2004a:《一枚穿过天空的钉子:诗集,1975—2000》,in Yu Jian 2004

——2004b:《0 档案:长诗七部与便条集》,in Yu Jian 2004

——2004c:《人间笔记:散文》,in Yu Jian 2004

——2004d:《正在眼前的事物:散文》,in Yu Jian 2004

——2004e:《拒绝隐喻:棕皮手记·评论·访谈》,in Yu Jian 2004

——2006a:《只有大海苍茫如幕》,北京:长征

——2006b:《八十八张便条:便条集 1996—2005 选》,New York:诗歌报/惠特曼出版社-Walt Whitman Literature Fund

——& De Meyer, Jan A M. 1995: "Yu Jian: ik heb China nodig" [Yu Jian: I Need China], in *Poëziekrant* 1995—6:28—30(interview)

——& 韩东. 1988:《在太原的谈话》,《作家》1988—4:75—77

——& 金小凤. 2002:《于坚访谈》,《诗参考》19/20:211—219

——& 陶乃侃. 1999:《抱着一块石头沉到底》,《湖南文学》1999—7:70—80(interview)

——& 谢有顺. 2001:《真正的写作都是后退的》,《南方文坛》2001—3:28—33

——& 朱文 1993:《回答诗人朱文的二十五个问题》,昆明/南京(interview, unofficially circulatedm anuscript)

——& 朱文 1994:《回答二十五个问题》,《他们》7:124—134(interview: published version of Yu Jian & Zhu 1993, with interviewer Zhu Wen unidentified)

余麗文. 2006:《邊緣與中心的對話:解構于堅與華嗚》,《创世纪詩雜誌》147:162—182

Yu, Pauline *et al* (eds). 2000: Pauline Yu, Peter Bol, Stephen Owen & Willard Peterson, *Ways with Words: Writing about Reading Texts from Early China*,

Berkeley etc: University of California Press

余徐刚. 2004:《海子传: 诗歌英雄》, 南京: 江苏文艺

袁幼鸣. 1992:《"汪国真现象"备忘录》, 北京: 学林

臧棣. 1994:《王家新: 承受中的汉语》,《诗探索》1994—4: 103—110

Zhang Er & Chen Dongdong(eds). 2007: *Another Kind of Nation: An Anthology of Contemporary Chinese Poetry*, bilingual, various translators, Jersey City: Talisman House

Zeng Hong. 2005: "Foreword," in Haizi 2005: xiii—xxiii

张闳. 2003:《声音的诗学》, 北京: 中国人民大学

章宏明. 1990:《对"新诗潮"的透视》,《文艺报》, 17 November 1990

Zhang, Jeanne Hong. 2004: Jeanne Hong Zhang, *The Invention of a Discourse: Women's Poetry from Contemporary China*, Leiden: CNWS

Zhang Longxi. 1992: *The Tao and the Logos: Literary Hermeneutics, East and West*, Durham etc: Duke UP

——1993: "Out of the Cultural Ghetto: Theory, Politics and the Study of Chinese Literature," in *Modem China* 19—1: 71—101

张柠. 1999:《〈0档案〉词语集中营》,《作家》1999—9: 41—50

张清华. 1997:《中国当代先锋文学思潮论》, 南京: 江苏文艺

——1999:《"在幻像和流放中创造了伟大的诗歌"》, in Cui 1999a: 172—186

——2002:《序》,《2001年中国最佳诗歌》, 沈阳: 春风文艺: 9—24

张曙光. 1998:《小丑的花格外衣》, 北京: 文化艺术

——1999:《关于诗的谈话: 对姜涛书面提问的回答》, in 孙文波、臧棣、肖开愚(eds),《语言: 形式的命名》, 北京: 人民文学: 235—250

Zhang Xudong. 1997: *Chinese Modernism in the Era of Reforms: Cultural Fever, Avant-Garde Fiction and the New Chinese Cinema*, Durham etc: Duke UP

Zhang Yingjin. 1993: "Re-envisioning the Institution of Modern Chinese Literature Studies: Strategies of Positionality and Self-Reflexivity," in *positions* 1—3: 816—832

——1998: *Chinain a Pofycentric World: Essqys in Chinese Comparative Literature*, Stanford: Stanford UP

張棗. 1999:《當天上掉下來一個鎖匠....》, in 北島,《開鎖》, 台北:九歌, 1999: 7—29

——2004: Zhang Zao, *Auf der Suche nach poetischer Modernit？t: Die Neue Lyrik Chinas nach 1919* [ In Search of Poetic Modernity: China's New Poetry after 1919], PhD thesis, Eberhard-Karls-Universität Tübingen

——& 宋琳(eds). 2002:《空白練習曲:〈今天〉十年詩選》, 香港 etc: Oxford UP

Zhang Zhen. 1999a: "The World Map of Haunting Dreams: Post-1989 Chinese Women's Diaspora Writings," in Mayfair Mei-hui Yang(ed), *Spaces of Their Own: Women's Public Sphere in Transnational China*, Minneapolis etc: University of Minnesota Press: 308—335

——1999b: "The Jet Lag of a Migratory Bird: Border Crossings toward/from 'The Land That Is Not'," in Sharon K Horn(ed), *Chinese Women Traversing Diaspora: Memoirs, Essays, and Poetry*, New York etc: Garland: 51—75

Zhao, Henry Y H. 1997a: 赵毅衡,《"流外丧志",而后有文学:关于海外大陆小说的几点观察》, in Wan Zhi 1997a: 115—128

——1997b: Zhao Yiheng " ' Those Who Live in Exile Lose Belief' But Create Literature: Some Remarks on Fictional Works by Chinese Writers Living Over-seas," in Wan Zhi 1997b: 130—149

——1999: "The Poetics of Death," in Li Xia 1999: 9—20

——2003: "The River Fans Out: Chinese Fiction since the Late 1970s," in the European Review 11—2: 193—208

——& Cayley, John(eds). 1994: *Under*-Sky Under Ground: *Chinese Writing Today: I*, London: Wellsweep

——& Cayley, John(eds). 1996: *Abandoned Wine: Chinese Writing Today: II*, London: Wellsweep

——et al(eds). 2000: Henry Zhao, Yanbing Chen & John Rosenwald, *Fissures: Chinese Writing Today*, Brookline: Zephyr Press

Zhao Qiguang. 2005: "Preface: In Memory of Hai Zi," in Haizi 2005: i—xi

Zhao Xun 赵埙. 2002:《还需要多久,一场大雪才能从写作中升起:王家新的

〈伦敦随笔〉解读》,in Hong 2002:27—52

赵毅衡:see Zhao, Henry Y H

Zheng Yi et al(eds). 2005:郑义、苏炜、万之、黄河清,《不死的流亡者》,台北:INK 钟鸣. 1991:《中间地带》,in Haizi & Luo 1991:343—346(dated 1989)

——1998:《旁观者》,共三册,海口:海南

——see also Shi Jile

中岛(ed). 1998:《伊沙这个鬼:伊沙的诗及相关评论集》,北京:《诗参考》编辑部(unofficial publication)

中国社会科学院语言研究所词典室(ed). 1996:《现代汉语词典》,北京:商务(revised edition)

周伦佑. 1999:《在刀鋒上完成的句法轉換》,台北:唐山

周玉冰. 2005:《面朝大海 春暖花开:海子的诗情人生》,合肥:安徽文艺

朱大可. 1999:《先知之门》,in Cui 1999a:122—142(dated 1991)

——2006:《流氓的盛宴:当代中国的流氓叙事》,北京:新星

朱文. 1998:《断裂:一份问卷和五十六份答卷》,《北京文学》1998—10:19—40,47

莊柔玉. 1993:《中國當代朦朧詩研究:從困境到求索》,台北:大安

邹建军. 1999:《试论海子的诗歌创作》,in Cui 1999a:232—244

邹静之. 1991:《正午的黑暗》,in Haizi & Luo 1991:332—334(dated 1989)

# 致 谢

本书的研究工作、资料搜集和写作得到了荷兰科学研究组织（NWO）、悉尼大学文学院、莱顿大学文学院、莱顿大学非西方研究院（CNWS）、莱顿大学国际部、莱顿大学基金会（LUF）、国际亚洲研究所（IIAS）、北京大学国际合作部和北京师范大学文学院文艺学理论研究中心的资助和支持，在此谨表感谢。

除了感谢匿名审稿人数年来对我发表于期刊上的文章提出建议，我还要感谢恩斯特·凡·阿尔芬（Ernst van Alphen）、毕特·黑尔勃兰蒂（Piet Gerbrandy）和佩特拉·古威（Petra Couvée）在诗歌方面的高见，还有贺麦晓（Michel Hockx）和戴迈河（Michael Day）对本书完稿后所提出的建议。另外，我还感激学术机构、课堂和研讨会上对我的研究提出批评意见的听众。感谢柏艾格（Steve Bradbury）、大卫·古德温（David Godwin）、汉乐逸（Lloyd Haft）、莫欧礼（Oliver Moore）和西敏（Simon Patton）对我的翻译提出的善意评论。谢谢莱顿大学汉学图书馆的雷米·克里斯蒂尼（Remy Cristini）和雷哈诺（Hanno Lecher）提供了一流的检索和信息技术支持。

如同我之前的著述，我深深地感激很多中国诗人、学者、批评家和读者，他们帮助我找到本书所要讨论的诗歌，以及诸如诗歌表演、诗歌历史等一切相关材料。帮助过我的人太多太多，不能一一致谢，但我希望能再次公开地表达我曾私底下对他们表示过的感激之情。其中还有一个不得不说的名字：车前子。他的画使本书封面熠熠生辉。

我要感谢以下期刊、著作和网页的编辑，他们允许我使用先前发表过的材料。以下材料按本书中出处先后排序：

第一章：《中国季刊》（*The China Quarterly*）第 183 期，由朱莉（Julia

Strauss)和贺麦晓编辑后重印,收入《当代中华人民共和国文化》(Culture in the Contemporary PRC),剑桥:剑桥大学出版社,2005;中国现代文学和文化资料中心→出版物,2003 和 2007;劳淑珍(Sidse Laugesen)和魏安娜(Anne Wedell-Wedellsborg)编辑,《中国人来了!丹麦—中国诗歌节》(Kineserne Kommer! Dansk-Kinesisk Poesi-festival),奥尔胡斯:奥尔胡斯大学,2004;《新诗评论》第 3 期,《醉舟》6-I/II。第二章:《淡江评论》(Tamkang Review)总第 36 期年第 4 期,《全速》(Full Tilt)第 1 期,2006 年版《诗歌国际》(Poetry International)。第三章:《袖珍汉学》(minima sinica)2006 年第 1 期。第四章:《中国现代文学和文化》(Modern Chinese Literature and Culture)总第 11 期年第 2 期,《热度》(HEAT)第 8 期,《译丛》(Renditions)第 51 期,《圣力嘉评论》(Seneca Review)总第 33 期年第 2 期。第五章:《现代中文文学学报》(Journal of Modern Literature in Chinese)总第 3 期年第 2 期,《译丛》(Renditions)第 56 期。第七章:陆洁编,《21 世纪之交的中国文化场景》(China's Culture Scene at the Turn of the 21st Century),伦敦等地:劳特里奇出版社,2008;《全速》(Full Tilt)第 1 期,《审查索引》(Index on Censorship)总第 35 期年第 4 期。第九章:罗然(Olga Lomova)编,《重新雕龙:理解中国诗学》(Recarving the Dragon: Understanding Chinese Poetics),布拉格:卡洛林出版社,2003。第十章:《亚洲研究》2-1 和 2-2。第十二章:中国现代文学和文化资料中心→出版物,2007。

  我还要感谢摄影师们,他们的工作使本书和被拍者生动有趣。感谢人物和图片来源出版物的作者和编辑允许我使用这些图片。他们的名字已在图注中列出。遗憾的是,很多摄影师的名字无法确认。